El misterio
del Priorato de Sión

El misterio
del Priorato de Sión

Jean-Michel Thibaux

Traducción de Juan Tafur

Rocaeditorial

Título original: *Le secret de l'Abbé Saunière*
© Jean-Michel Thibaux, 2005

Primera edición: noviembre de 2005

© de la traducción: Juan Tafur
© de esta edición: Roca Editorial de Libros, S.L.
Marquès de l'Argentera, 17. Pral. 1.ª
08003 Barcelona.
correo@rocaeditorial.com
www.rocaeditorial.com

Impreso por Industria Gráfica Domingo, S.A.
Industria, 1
Sant Joan Despí (Barcelona)

ISBN: 84-96284-97-2
Depósito legal: B. 39.576-2005

A Henri Noulet

y

Serge Solier, Marie de Saint-Gély, Jean Robin,
Irène Merle, Franck Marie, Gérard de Sède,
Otto von Hötzendorf, Jean-Luc de Cabrières,
Naguib Shawwad, Louis des Rochettes, Henri
Sorgue, Patrick Ressmann, Jacques Rivière,
Pierre Jarnac, Richard Duval, Yolande de
Chatelet, Yves Lignon, Irène Cazeneuve, Moïse
Zera-A, André Malacan, Michèle et Frantz
Lazès Dekramer, Claire Corbu, Véronique
Assouline, Antoine Captier, Eric Woden,
Sandrine Capelet, Jacques Bonomo, Guy
Rachet, Pierre Boulin, Gérard Bavoux, Jean-
Paul Maleck, Hélène Renard, Christian Baciotti,
James Calmy, André Galaup, William Torray,
Olympe de Gand, Robert Bracoli, Elie Ben-Jid,
Cyril Patton, Esther Hautman, Jean-Christophe
Meyer, Solange de Marenches.

I

Couiza, 1 de junio de 1885

*E*l sacerdote recibió la carta del obispo en una mañana fresca y soleada de primavera: monseñor Billard lo mandaba a Rennes-le-Château. Reunió sus harapos, predicó por última vez ante sus pastores de corderos, atravesó la aldea de Clat y se marchó sin remordimientos. Cuando cruzaba el río, las mujeres escondieron sus rostros asustadizos tras las persianas. La más vieja se puso a cantar:

> Salimonda, Salimonda,
> trae el hacha y el cuenco,
> que esta alimaña tiene dos cabezas.
> Jeanne Rasigonde,
> trae el cuenco y el puñal,
> haremos correr la sangre.

No entendía por qué le inspiraba temor a esas mujeres morenas, mitad españolas y mitad sarracenas. ¿Qué le había dado él a esos brutos? Y ellos, ¿qué le habían dado? A lo largo de tres años, había aprendido en su compañía a cazar y a pescar, y también a pecar. ¡Tres años! Mil noventa y cinco días con esos malos cristianos, supersticiosos, idiotas, republicanos devotos de Ferry y Gambetta, que veneraban a Marianne por encima de María. Se habría vuelto tan bruto como ellos de no ser por la sabia decisión del obispo. Habría acabado por aprobar las iniciativas del Estado laico.

«Al diablo con su maldita república», pensó apartando de sí las imágenes de Ferry, Waldeck-Rousseau, Buisson, Zévort,

Sée, todos los otros enemigos y perseguidores de la Iglesia. Recorrió como un autómata la calle principal de Couiza, llevando al hombro los dos sacos de viaje remendados con cuero y cordel. Los hombres adivinaban su poderosa musculatura bajo la sotana. Las muchachas lo encontraban apuesto y decidido. Sus ojos eran tan negros que se mordían la lengua para no murmurar: «Estrella, estrella, haz que sueñe con él». Enfiló por delante de los zaguanes y las casuchas llenas de murmullos, sombras equívocas, risas peregrinas. Sentía a su espalda el peso de las habladurías y las miradas desconfiadas de los aldeanos. El silencio que caía a su paso era espeso, deliberado. Ignoraban que se dirigía a su nueva parroquia, en lo alto de las colinas, a una nueva prisión.

Entre brumas, acudió a su memoria un camino de cabras que solía tomar en otra época. Era un recuerdo feliz. Había sido un niño feliz. Era el jefe de la banda que conducía a los valientes de Montazel al asalto de la montaña de Rennes. Cruzando los prados, emboscados tras las retamas y los zarzales, los niños de la aldea enemiga aguardaban el combate. ¡Cuántos golpes y contragolpes! ¡Cuántas horas consagradas a planear el ataque! ¡Cuántos ardides desenmascarados! Había nacido para las armas, para la gloria, para las damas. Pero sus padres lo habían encaminado hacia la Iglesia. A su pesar, se había convertido en un soldado de Dios, enrolado en las tropas de León XIII. Amaba a Cristo y a los santos, pero lamentaba no poder honrarlos como era su deber. «Nunca tuve vocación.» Recordó una vez más su adolescencia, los rezos de su madre, las procesiones, las peregrinaciones, ese tono con que los suyos solían decir que él era «su salud en el otro mundo». También perduraban en su memoria los castigos de sus superiores en el seminario de Carcassonne. Después que lo nombraron cura de Alet, había pasado noches enteras mortificándose. Toda una vida malgastada. Los años por venir le parecían ya estériles.

Por el camino se acercaron unos carreteros que subían a las cumbres a traer hielo.

—¡Arre! ¡Arre! —venían gritando.

—¡Apártese, cura! —gritó uno, haciendo silbar la fusta—. No quiera irse tan pronto al paraíso.

—Habría un parásito menos en este mundo —dijo otro.

Los demás rieron. El sacerdote reculó contra el parapeto del puente sobre el Aude. Las ruedas de la carreta pasaron rozándolo tras los caballos fatigados. Las risas de los hombres se hicieron más feroces cuando lo vieron petrificado con sus sacos. La sotana se le levantó revelando los zuecos rotos y polvorientos.

—¡Salvajes! —les gritó.

Al momento, un hombre barrigón saltó del carro. Su boca era una herida sangrante en medio del rostro curtido por el sol.

—¡Tenga cuidado, cura! —le espetó—. No olvide que estamos en la República y el rey no vendrá a salvarlo.

—No lo olvido, hijo mío. Cierra la boca y no me vengas con soflamas de la comuna.

—¡Ah! ¡Tiene mal de ojo! —dijo el otro con sarcasmo. Lo amenazó con el puño—: ¿Quiere que le cierre el otro ojo de un puñetazo?

El sacerdote dejó caer los sacos. Tenía el cuerpo de un atleta. Nunca se había sentido tan sereno, tan contento. Atrapó el puño en el aire y lo apretó entre los dedos, frunciendo apenas los labios por el esfuerzo. Estrujó las falanges y las coyunturas, unas contra otras, impasible. Su adversario se puso pálido y trató de darle un golpe bajo con la rodilla.

—Estás lleno de vicios, hijo mío. Tendrás que pedir perdón a Nuestro Señor.

—¡Antes muerto!

—Amén.

El montañés abrió mucho los ojos. ¿Qué quería decirle el cura? ¿Cómo, amén? El sacerdote lo agarró por el cuello antes de que pudiera gritar y se encaramó al parapeto llevándolo a rastras. Los otros trataron de intervenir.

—Un paso más y lo dejo caer —advirtió el sacerdote—. Se romperá las piernas si no se rompe el cuello. A ver, hijo. Pide perdón.

El hombre estaba paralizado por el terror. Miró con ojos de pánico a sus compañeros, que empezaron a recular.

El sacerdote sonrió sosteniéndolo en vilo por encima del torrente. Sus ojos brillaban con la determinación de quienes cumplen sus amenazas.

—Pido perdón a Nuestro Señor —balbuceó el carretero.

11

—Pues he cambiado de opinión —dijo el cura—. Ahora quiero que le reces a la Virgen.

—No sé rezar.

—Seguro que te enseñaron el catequismo. Reza así como repites las canciones de la revolución.

—¡No me acuerdo de la oración!

—¿Ves ahí abajo el agua helada del Aude? Haz memoria que se me está cansando el brazo.

—Dios te salve, María, llena eres... llena eres de garbo...

—¡De gracia!

—Llena eres de gracia...

El carretero recordó toda la oración. También recordó el *mea culpa*, que tuvo que recitar tres veces. Llegó a cantar el *De profundis* antes de que el sacerdote lo dejara caer en el suelo.

Los otros se precipitaron encolerizados sobre el cura para vengar a su camarada.

—Será mejor que no lo intentéis —dijo el abad con los brazos en jarras, sin dar ninguna muestra de temor—. No, hijos de la montaña. Dios está de mi lado. El que quiera vérselas conmigo tendrá su merecido.

Los hombres se quedaron de piedra. Algo en las palabras del cura indicaba que no hablaba por hablar. Era un temerario que se jactaba de su fuerza, pero ya no tenían el menor deseo de enfrentarse con él. El nombre de Dios estaba grabado con letras de fuego en sus toscos cerebros. Su compañero se levantó trastabillando y se marcharon en silencio. Por el camino de Quillan, los caballos habían seguido andando solos. Corrieron tras ellos, pues la ley prohibía que las carretas fueran sin cochero.

—Buen viaje, hijos —gritó el cura levantando su equipaje—. Id con Dios.

Pasada la tensión, se arrepintió del arrebato. Una vez más, no había obedecido los mandamientos. Los demonios, que eran astutos y temibles, lo habían hecho caer en la tentación. A la salida de Couiza, se prometió estar más atento y velar mejor por su alma. Empezó a recitar el padrenuestro por el camino de cabras que llevaba a Rennes-le-Château.

Siguió rezando por la cuesta. El tilo y la lavanda perfumaban el largo barranco que se perdía entre las retamas y los peñascos. Había olvidado la luz gloriosa que brillaba en aquel cielo límpido, la belleza de esos paisajes agrestes, azotados por los vientos, la lluvia y el sol. La ferocidad de la naturaleza le inspiraba un entusiasmo casi fervoroso. Rezó ocho padrenuestros, puso fin a la penitencia y se entregó a los deleites de la vista, del olfato, del oído. Estaba de vuelta en Razès, en su querido Languedoc, en esa tierra bermeja que palpitaba para él. Desembocó al poco rato en las laderas del Causse, que estaban devastadas como siempre por los rebaños. Unos corderos franquearon el Paso del Lobo, rumbo al arroyuelo de Coumeilles. Las campanillas y los ladridos de los perros volvieron a recordarle los tres años de hastío que había pasado en Clat. Su frente se ensombreció. ¿Acaso no le depararía lo mismo su propia tierra? Tenía treinta y tres años y ansiaba conquistar el mundo. Pero en la bolsa no llevaba ni treinta francos. Ni siquiera podría costearse un viaje de tres días a París.

En el último recodo, divisó por entre unos robles su parroquia. Las casas eran todas blancas, de techo ocre, y se amontonaban alrededor del castillo de los Hautpol de Blanchefort. La aldea estaba en lo alto de la colina, encaramada entre la tierra y el cielo como las fortalezas de los cátaros. Su historia era aún más antigua. Los celtas habían morado allí, y luego los romanos. Los visigodos habían establecido más tarde su capital en Rennes. Nada quedaba en pie de esa época remota. Iba a tomar posesión de un imperio que había desaparecido del recuerdo de sus moradores.

—¡Ya veremos! —exclamó, desafiando a la pequeña aldea, donde trescientas almas aguardaban atentas.

Porque, sin duda, todos debían de estar enterados de su llegada. Los niños que jugaban en los linderos de las aldeas eran también sus centinelas. Apretó el paso hasta la cima de la cuesta. Una anciana vestida de negro desgranaba un rosario bajo uno de los muros de piedra que bordeaban la entrada de Rennes.

—¡Buenos días, padre! —lo saludó con voz alegre.

—Buenos días, hija.

—Ya estábamos deseando verlo. Dicen que es de por aquí, de los Saunière de Montazel.

—Cómo no. Me llamo Bérenger Saunière y soy de Montazel. Mi padre era el mayordomo del marques de Cazemajou.

—Lo conocí de nombre. Qué bien que el obispo nos lo haya mandado aquí. Así todo será más fácil. No nos gustan los forasteros. Será más fácil… sobre todo para las mujeres. —La anciana se quedó mirándolo—. Si usted quiere, vengo con mucho gusto esta tarde a limpiar el altar.

Bérenger asintió con una sonrisa. «Un halago no cuesta nada, pero es mucho lo que compra —se dijo—. Tendré que poner a esta mujer de mi lado y confesarla cuanto antes, para enterarme de la vida de mis feligreses.»

—Mi nombre es Aglaé Dabanes.

—Hasta esta tarde, Aglaé.

—Las llaves de la sacristía las tiene Alexandrine Marro. Vive en la callecita junto al castillo. Los postigos de su casa están pintados de verde. Hay un banco de madera delante de la puerta y en las tardes de verano está siempre allí.

—Gracias.

Echó a andar por la calle principal. Tras las cortinas de las ventanas había movimientos imperceptibles. En los establos, sombras furtivas como en Couiza. Estaban oteándolo, sopesando su manera de andar. Era un examen, lo sabía. Si no les caía en gracia, los muchachos de la aldea vendrían esa noche a ponerlo en su sitio. Un cerdo ocioso empezó a seguirlo. Hacía calor. Los mugidos, los aleteos que entrecortaban el silencio, el olor a humo, las grietas que dibujaban intrincadas líneas en la tierra, las puertas cerradas con tranca: eso era su parroquia.

La cólera volvió a sobrecogerlo. «Ya es la segunda vez que peco de orgullo —se dijo—, soy un sacerdote indigno. Sólo estoy aquí para dar testimonio de Cristo y de la verdad.» Se repitió la última frase diez veces, para grabársela en el corazón.

Delante de un pozo, había unas niñas morenas acunando sus muñecas de trapo. Miraron de reojo al hombre vestido de negro que venía rezando entre dientes. Tenía un aspecto tan triste que una le preguntó si venía a darle a alguien el santo sacramento.

—No, hija. —Bérenger sonrió encantado—. Soy el nuevo párroco.

La niña hizo una reverencia y le besó la sotana. Volvió con sus compañeras, que reían con disimulo detrás de las muñecas.

La aldea taciturna cobró vida, como si la niña la hubiera tocado con una varita mágica. Los ancianos lo saludaban desde sus jardincitos. Unos chicos se acercaron en tropel, lo rodearon, le dieron la bienvenida y se marcharon corriendo hacia el castillo.

Bérenger respiró más tranquilo. Lo habían aceptado. A su izquierda, en la casa de los postigos verdes, había una mujer sentada en el banco de madera. Podía tener cuarenta años, o más bien setenta. Bajo las arrugas, sus ojos eran vivaces e implacables como los de los buitres. Parecía un personaje amarillento de un cuadro de Brueghel.

—Estaba esperándolo —dijo, levantándose con brusquedad.

Bérenger la miró a los ojos. No lo había saludado y él detestaba que le faltaran al respeto. La mujer vaciló incrédula al percatarse de su mirada. Se secó las manos en el vestido, como para mantener la compostura.

—¿Tiene sed?

—No —dijo él, sin quitarle los ojos de encima.

—Estará cansado.

—Sí, Alexandrine. Tengo prisa por irme a descansar.

—¿Le ha dicho mi nombre Aglaé?

—Sí, me lo ha dicho ella. No soy el Diablo.

—¡Dios nos libre! —dijo la anciana santiguándose.

A espaldas de Bérenger, el cerdo soltó un gruñido. Unas gallinas que cruzaban la calle revolotearon espantadas.

—Basta con pronunciar su nombre para que el Diablo se manifieste —dijo Bérenger, amenazándola con el dedo índice—. La espero mañana por la mañana en el confesionario.

—Sí, padre —dijo respetuosa Alexandrine—. Tenga, padre, aquí están las llaves. La pequeña es la de la sacristía y la grande la de la puerta principal de la iglesia. La de cobre comunica la iglesia y la sacristía... por dentro... ¡Que tenga suerte!

—¿Suerte, hija? ¿Qué quieres decir con eso?

—Hay que tener agallas para vivir ahí. El abad Pons renunció. Era su predecesor.

Bérenger tomó el manojo de llaves y se echó al hombro sus dos sacos. El corazón empezó a palpitarle a medida que se acercaba a la iglesia de Santa María Magdalena. Cuando dobló la esquina, la iglesia y el campanario aparecieron antes sus ojos. Ahí estaba la casa del Señor. Su propia casa, a partir de ese día. Por

15

fin iba a conocerla. Había oído decir que tenía mil años de anti-güedad y los muros porosos y agrietados no revelaban menos. Había grietas incluso en el ábside. En cuanto al techo, era un auténtico colador: el viento se había llevado casi todas las tejas. Sintió un nudo en la garganta al contemplar el caserón detrás de la sacristía, las ventanas sin postigos y los vidrios rotos. Una vez en la iglesia, se quedó pasmado por el deterioro a su alrede-dor. En un arranque de ira, lanzó sus sacos a través de la nave. Una voz visceral, casi un gemido, brotó de sus entrañas:

—¿Qué han hecho de tu casa, Señor? —gritó, apretando los puños.

El silencio era tan hondo que no se atrevió a dar un paso más para no remover el polvo y la arena que cubrían el suelo. Los bancos estaban desfondados, el confesionario era un nido de hongos y humedades.

Nunca antes se había sentido tan indignado en su vida de sacerdote, ni siquiera cuando ensalzaban a la República en su presencia. No sólo como sacerdote, también como hombre se sentía burlado. Al cabo de años de miserias, de fatigas, de frus-traciones, al cabo de tantos sacrificios, ¡lo mandaban a predicar ahí! ¡A esa cueva de ratas! Sus superiores no podían haberle infligido un castigo peor. ¿Qué podían reprocharle? ¿Que era monárquico? ¿Que era brillante, demasiado inteligente? ¿Qué, entonces? ¿Qué sería de la Iglesia cuando ya no quedaran cu-ras como él para mantener a raya a los laicos del gobierno?

Alrededor de la estatua rota de santa María Magdalena, un puñado de roedores mordisqueaban las servilletas de los flore-ros. Los floreros estaban también rotos, vacíos, todos los floreros de la iglesia.

—¡Fuera de aquí, bestias del demonio!

Dio un salto y tomó un candelabro vacío. Las ratas se ende-rezaron en dos patas, enseñando sus dientes puntiagudos. El mandoble tiró por tierra el florero y el candelabro abatió dos de las más grandes. Bérenger levantó el arma para volver a la carga y la dejó caer. Las demás ratas habían desaparecido. Se encaminó al altar, pasando la mano por las grietas de los mu-ros, acarició los relieves de mármol manchados y las pinturas destruidas por las lluvias. Estaba tomando posesión de aquellas ruinas que lo cubrían de vergüenza. La Virgen y san Antonio lo miraron pasar con los ojos carcomidos por el tiempo. Creyó distinguir rastros de sangre en los arañazos que surcaban sus rostros de piedra. Por entre los agujeros del techo, el sol descendía en largos rayos polvorientos, pero la luz no alumbraba más que heridas. Tan sólo parecía haberse salvado el altar mayor. Bérenger se acercó a la losa de granito, que reposaba sobre dos extraños pilares tallados con cruces y jeroglíficos. Un candil minúsculo brillaba en el sagrario. Juntó las manos y cayó de rodillas delante del santísimo sacramento. ¡El templo estaba vivo! A pesar de la destrucción, del caos, de las tinieblas, el templo estaba vivo. Pidió perdón por su falta de humildad:

—Me he dejado llevar, he condenado al prójimo… ¿Quién soy yo para juzgarlos o para odiarlos?

Su rostro enrojeció de vergüenza, cuando comprendió cuán vana había sido su exaltación.

—Si mis palabras o mis actos te ofenden, condéname tú a mí, Señor. No merezco ser siervo tuyo. Ni siquiera soy digno de pronunciar tu Santo Nombre en los desfiladeros de Causse. Dios mío, ten piedad de mí.

II

Jules guardó su catalejo y devolvió a su sitio las ramas que había apartado. Se levantó, echó un vistazo a su pantalón, se sacudió el polvo de las rodillas y reculó despacio. Allí abajo, en la comarca de Razès, la suerte estaba echada. El fuego no tardaría en traer una nueva época de purificación. Los hombres nunca habían estado tan interesados en el más allá, en las fuerzas que rigen el universo, en Dios y en Satán. Él, Jules Bois, era uno de sus abanderados. Los simbolistas lo protegían, los ocultistas lo buscaban, también los videntes y los magos. En compañía de todos ellos, Jules buscaba sin tregua a Satán y a sus legiones, a través de la pesadilla, hasta quedarse sin sentido. El siglo llegaba a su fin en tinieblas, entre los terrores de la noche que pintaban Klinger, Rops, Redon y Ensor. Jules tenía el alma igual de negra por el ansia de poder y eternidad.

En el lapso de un segundo, cientos de pensamientos e imágenes incoherentes se agolparon en su cerebro. Su rostro de muchacha se ensombreció y sus ojos resplandecieron. El poder aún no era suyo. Todo dependía del cura miserable que había tomado posesión de la parroquia.

—No saldrá de Rennes hasta mañana —dijo—. Ahora mismo debe de estar quitándole el polvo al confesionario. Confiemos en que no sea un tonto.

—No creo que sea tonto —respondió una voz sorda en la espesura—. Seguimos sus pasos hace ya tiempo. Fue un alumno brillante e indisciplinado, un seminarista ejemplar que soñaba con librarse de la voluntad de sus maestros. Un joven cura violento y reaccionario, que buscaba la serenidad. Está lleno de contradicciones, dudas e inquietudes. Lo hemos elegido porque será bastante fácil manipularlo. Además, es de la región. Áspero, inquebrantable, duro como los túmulos de los celtas. Es el hombre indicado para la situación. Confíe en mí.

—Tengo mis dudas.

—¿Por qué?

—Es demasiado violento, de acuerdo con nuestros informes. Nuestros enemigos johannistas podrían aprovecharse de sus actos inconsecuentes.

—Ya es tarde para cambiar de plan. La carne es débil. Haremos de él un esclavo.

Las flaquezas de la carne. El peligro era grande y Jules desconfiaba de esas trampas vulgares. Sería difícil controlar a su hombre por esos medios, una vez que hubiera despertado el ser adormecido en su interior. Podía convertirse en un demonio con inteligencia propia; sus deseos y fantasías quizás acabaran por perderlos.

—Ruego a Satán que nuestra empresa salga adelante —dijo Jules, santiguándose con la señal de la misa negra.

—¡Cuidado, Bois! —gruñó la voz—. Cuídese de la cólera del cielo.

—Habla usted como Elías, señor abad.

—No soporto sus hábitos, ni su cinismo, ni su reino del submundo, ni sus lealtades. Es usted la antítesis de Elías, que tampoco me cae en gracia. Él tendría que haberse quedado en Rusia y usted en París. No preciso su ayuda.

—Sabe que no hemos venido aquí por elección... Por cierto, ¿dónde está Elías?

—¡Sólo falta que ese judío impotente se haga daño!

—No se inquiete por él, señor abad —dijo Jules con ironía—. Estará levitando en alguna de las grutas de la comarca. O transmutando plomo en oro, o hierba en trigo.

El abad miró alrededor con sus ojos pálidos, enterrados en medio de las arrugas. ¿Dónde andaría ese demonio de judío? De repente, se llevó las manos al vientre e hizo una mueca.

—¿Aún se encuentra mal? —preguntó Jules.

—Siempre me encuentro mal. Esas flores de camamila no me han traído ningún alivio.

—Existe otro remedio, pero dudo que sea apto para un hombre de Dios como usted. En la noche del sabbath, cuando la luna entre en su vigésima cuarta morada...

19

—No quiero oír nada más.

—Como quiera. Aquí está nuestro amigo. Quizás él pueda curarlo.

—Tampoco aceptaré las curaciones de los amantes de Sión.[1]

Elías Yesolot se acercó trastabillando por entre las piedras, acosado por los mosquitos. Su gran cabeza de sabio se balanceaba de un lado a otro. Abría y cerraba la boca en pos del aire tibio, pues sus pulmones habían quedado lisiados por una neumonía que había padecido en Moscú. En realidad, todo su cuerpo obeso era una fuente de dolores que no aplacaban sus remedios, ni sus talismanes, ni sus invocaciones al arcángel Rafael. Tendría que haber renunciado a aquella aventura peligrosa para que ocupara su lugar un cabalista más joven. Pero Jules y el doctor Encausse se habían empeñado en que viniera él, el anciano sabio, el descendiente del rabino Simeón Bar Ya'Hai. Debía acompañar a Jules como observador, a la espera de una tarea digna de su rango.

—¿Dónde estaba? —tronó el abad.

—En el molino —respondió Elías, enseñándole dos piedras blancas—. Estaba escuchando.

—¿A quién escuchaba, a Satán?

—Escuchaba a nuestro hombre. A Bérenger Saunière. Es muy desdichado.

—¿Lo escuchaba a quinientos metros de distancia? Se burla usted de mí, monsieur Yesolot.

—¿Qué le hace pensar eso? —intervino Jules—. Preste atención y no dude de una sola de sus palabras.

El abad estuvo a punto de persignarse. Se preguntó qué hacía allí con aquellos dos condenados. Si sus ansias de poder no fueran tantas, si no hubiera tanto en juego, si no estuvieran involucrados en el asunto el Priorato de Sión, la Iglesia de Juan y Dios sabía qué otras potencias, hacía rato que habría abandonado su compañía. Estaría escribiendo su libro, estudiando celta, buscando aquel secreto que estaba allí, bajo sus pies, en algún lugar, ese secreto que había hecho de todos ellos cómplices a pesar de que se odiaban y tenían creencias opuestas.

1. Los amantes de Sión (Havevei Sión) dieron inicio en Rusia a la emigración hacia Palestina en 1881.

El abad apretó los dientes. ¿Y si alguien más vigilaba ya al cura? ¿Si los johannistas se encontraban igual de cerca? Por entre los peñascos, adivinaba ya sus sombras, el poder ominoso de la sociedad secreta conocida como la Iglesia de Juan. Todo había empezado en 1188 bajo el pontificado de Clemente III, cuando el olmo de Gisors se desplomó tras la disputa sangrienta entre Enrique II de Inglaterra y Felipe II de Francia. De un lado, los ingleses y una turba de obispos místicos que se creían los albaceas de las ideas de Juan. Del otro lado, los franceses y Clemente III, el heredero espiritual del Pedro, y, en el medio, el Temple y el Priorato de Sión, que a pesar de sus estrechos vínculos no tardarían en enfrentarse. El Gran Maestre del Temple, Gérard Ridefort, había tomado partido por el rey de Inglaterra, estigmatizando a sus hermanos de Sión. Entre las dos órdenes había estallado la guerra. El priorato había nombrado entonces a su primer gran Maestro, Jean de Gisors.[2]

El abad trató de imaginar aquella batalla sorda que se perdía en el alba de los siglos. Seguía librándose hasta ese día. Los johannistas habían tomado el lugar del Temple, del que no había quedado en pie ni una sola piedra. Nadie conocía ya la existencia del Priorato de Sión, fundado en 1070 por el monje calabrés Urdus y patrocinado por Matilde de Toscana, la madre adoptiva de Godofredo de Bouillon. De ese mismo Priorato que había dado luz al Temple en 1113 para cambiar las sociedades y las razas del mundo. Ese mismo Priorato al que ahora debía servir y que aborrecía en secreto, como debía servir a aquel judío ruso, porque intuía su poder.

Elías se ensoñó en la lejanía a la espera de que el abad se plegara a su voluntad. Dejó en el suelo las dos piedras blancas que había recogido. Eran fragmentos de antiguas esculturas visigóticas. El pasado aún moraba en ellas, todavía albergaban sus vibraciones, pero el abad estaba demasiado cerca y su espíritu ejercía un influjo negativo. Habría que aguardar al silencio del crepúsculo para que le revelaran sus secretos.

«Es inteligente y antisemita —se dijo Elías, tratando de pe-

2. Ver anexo al final de la obra.

netrar en los pensamientos de aquel hombrecillo frágil, cuyos ojos delataban el odio y el desprecio—. No debo fiarme de él. Finge que tiene miedo. Pero miente. Sólo obra en su propio provecho. Él mismo practica la magia… Es…»

—¿Qué es lo que ha escuchado? —le preguntó de repente el abad.

—He escuchado la cólera, la pena y el hastío.

—¿El arrepentimiento no?

—También el arrepentimiento.

—Entonces se quedará.

—Se quedará. Pero no será nada fácil. Ahora mismo está vaciando la casa parroquial en otro arrebato de violencia.

Aglaé había acudido escoba en mano a la iglesia, fiel a su promesa. Después de darle una reprimenda, Bérenger la dejó limpiando y entró en la casa parroquial. Una vez allí, renunció a las apariencias. Para que se enterara toda la aldea, abrió las puertas y despedazó a patadas los tabiques de las ventanas, que estaban tapiadas con clavos y tablones.

Luego tiró a la calle uno tras otro los trastos variopintos e inservibles que se amontonaban en su tugurio de leproso. Fue un alivio inmenso. Los dos calderos agujereados aterrizaron en el camino, la silla coja se hizo pedazos, las cortinas carcomidas fueron a dar al arroyo, las tres pilas de almanaques de Mateo de la Drome y cientos de ejemplares del *Semanario religioso de Carcassone* hicieron las delicias de los niños que habían acudido atraídos por el jaleo, para observar en primera fila al cura nuevo.

Un rollo de alambre de gallinero cayó también fuera, junto con una docena de platos desportillados.

—No pienso dormir entre arañas y gusanos —gritó el cura—. Adiós, padre Pons. Usted se habrá ido acobardado pero yo me quedo.

En el dormitorio del piso de arriba, el lecho estaba cubierto de tejas. El colchón se hundió entre crujidos bajo su peso. Se tendió de costado sobre el cubrelecho mohoso, y se quedó pasmado mirando el tejado: las ratas se paseaban por las vigas bajo el azul del cielo. No tendría más remedio que buscar hospedaje en casa de uno de sus feligreses. La idea lo sublevaba y lo entristecía, porque era tan pobre que tendría que pedir crédito. No había acabado de llegar, y ya tenía que empezar a pedir.

Despertó a medianoche bañado en sudor. ¿En qué momento se había dormido? Durante un instante permaneció a la orilla de las cosas, acompañado por los espectros de sus sueños, que eran tan espirituales como carnales. A través del agujero del tejado centelleaban las estrellas. Pegaso, Andrómeda y Casiopea se habían detenido en lo alto para contemplarlo en el fondo de su pocilga. Se dio la vuelta, intimidado por esos ojos luminosos que parecían escrutar su conciencia. «¿Qué sueños son esos que escondes? —lo acusaban—. ¿Quiénes son esas mujeres de labios sensuales?» Desde hacía tiempo, sus sueños estaban poblados de cuerpos pálidos, redondeados, como los de las modelos de Manet. De mujeres calenturientas, pintadas por Renoir, que lo sofocaban con sus labios carmesí. Desnudas, adormiladas, como Gervex había pintado a Rolla... A todas las había visto en reproducciones de cuadros prohibidos. Mujeres dulces, gentiles, sabias, estremecidas, mujeres que se complacían en atormentarlo, que lo acariciaban y lo envolvían y le revolvían el bajo vientre, que lo absorbían entre sus carnes y lo abandonaban luego jadeando sobre el lecho aunque él seguía llamándolas con todas sus fuerzas, con todo el ardor crispado de su cuerpo.

Hundió los dedos en las sábanas, resistiéndose a la enorme ola de deseo que crecía en su interior. No debía apaciguar sus ansias, no allí, al menos, tan cerca de la casa del Señor. Sus manos temblorosas querían aliviarlo, pero se rehusaba a obedecerles. Las juntó una contra otra, se dejó caer fuera del lecho y luchó pidiendo perdón. Durante un instante, mientras decía la oración, se sintió reconciliado con Dios. Un relámpago irreal brotó del fondo de su ser, como una revelación de lo inefable, una esperanza que le hacía arder el alma, una llama pura y viva. El peso de su carne sofocó el ímpetu y el flujo irresistible de su sangre lo devolvió al centro de la habitación, el deseo desbarató su arrebato de fe. Se levantó de un salto, bajó a toda prisa por la escalera y salió corriendo de la casa parroquial, rumbo a la iglesia.

Su mano se aventuró hasta la pila de agua bendita. Saltó con la mirada de santo en santo, hasta detenerse en la Virgen. Se persignó con aprensión y arrastró los talones hacia la Madre de Dios, que lo miraba con la cabeza hundida sobre el pecho, con las manos entreabiertas. Se desplomó a sus pies, conmocionado, buscando la bondad, la comprensión de aquella mujer que conocía tan a fondo la razón.

—Ten piedad de mí —murmuró, aún bajo el asedio de las obsesiones que rondaban su espíritu—. Ten piedad de mí.

Repitió las palabras hasta sentir otra vez en el corazón la mansedumbre de la oración.

Echó a andar hacia el altar, sin atreverse a alzar la vista hacia la cruz. Esperó de rodillas el castigo, la cólera divina, cuyos poderes le eran desconocidos. Sus pecados le parecían graves... Pero ¿lo eran en verdad? Quizá lo fueran. Sin embargo, esta vez no había llegado a pedirle a Dios: «¡Tómame y arrójame donde quieras!».

III

Unos días más tarde

*B*érenger se estiró en el lecho. El día despuntaba. Las gruesas cortinas de algodón difuminaban el rubor del alba. El repiqueteo de una carreta se apagó por el rumbo de Couiza. Escuchó con nitidez el canto estridente del gallo y los ladridos de los perros. Apartó las sábanas ásperas y se arrodilló al pie del lecho. No era más que una sencilla cama de cedro estilo primer imperio, encajonada en un rincón del cuartito, pero el colchón era nuevo y la almohada mullida. Un lecho limpio y cómodo, que había hecho de él el más feliz de los mortales. Dio gracias al Señor. Luego, pidió perdón. Perdón por las mujeres y por los hombres de su aldea, por los republicanos que destruían la Iglesia, por él mismo y por sus sueños. ¿Podía ser que su nueva vida fuera de la casa parroquial fuese la causa de esta transformación? Las ninfas que lo atormentaban seguían poblando sus noches, pero ahora aceptaba con resignación condescendiente las dolorosas tentaciones de la carne. El pecado que no podía combatir le parecía menos grave con el paso de los días.

Se incorporó más tranquilo. Oyó en la cocina el golpeteo de los zuecos de su casera. Alexandrine Marro había oído a su vez crujir el cielo raso, la puerta del armario donde Bérenger guardaba sus ropas. Abandonó la reserva que se imponía mientras el padre estaba durmiendo y entonó una de esas canciones inacabables, en las que iba enumerando al vuelo las tareas de la jornada y ponía por testigos a sus muertos de las penas de su vida: el cerdo no quería engordar, el molinero hacía trampa con la harina que traía al pueblo, aún no había hecho la colada y ya casi no le quedaba ceniza para blanquear la ropa, el brujo del vecino tenía cara de sapo y sus malas miradas la habían hecho caer en medio de las gallinas; una infinidad de cosas más que Bérenger era incapaz de comprender.

Alexandrine era una mujer extraña. Tras la agitación de la primera noche en la casa parroquial, había ido a tocar a su puerta. Ella le había ofrecido enseguida «el único cuarto digno en ese pueblo de piojosos, donde ni siquiera los dueños del castillo tienen con qué comprar las plumas de las almohadas». Eso había dicho.

—¿Cuánto? —había preguntado Bérenger confiando en su solidaridad cristiana, puesto que la vieja perversa había dicho que era muy devota.

Alexandrine le había impuesto un trato oneroso, como si fueran dos campesinos que regateaban en el mercado de Carcassonne.

—Por tratarse de usted, padre, veinte francos al mes. Treinta y cinco si le doy de comer.

Bérenger creyó haber oído mal. No. Ésas eran las cifras prohibitivas que había susurrado la vieja, por entre sus labios finos y resecos, cubiertos de bigotillos negros.

—Aquí tiene dos francos por una noche y una comida —replicó Bérenger lanzándole la moneda de plata, que rodó por la mesa hasta la mano ávida de la vieja.

—¿Y después?

—Mis ingresos no me permiten alojarme en su casa. Le pagaré diez francos mensuales por las comidas.

—¡Dieciséis!

—¡Once!

—¡Catorce!

—¡Trece!

—Está bien, padre. En cuanto al hospedaje, vaya a ver a Víctor Gélis, el miembro principal del Consejo de la parroquia. Le dará la llave del Aubépine. Es una casa sin dueño que está en ruinas, pero le servirá con algunos remiendos.

Hasta allí había llegado la conversación. Bérenger buscó a Víctor Gélis, que atendió su petición al cabo de una hora, le encontró un ayudante para las reparaciones y le abrió un crédito en el ayuntamiento. Puesto que el ayudante trabajaba en el campo por la mañana y Bérenger debía ocuparse de la iglesia, las obras tardaron seis días Se había visto obligado a prolongar su estadía en casa de Alexandrine, con merma de otros tres francos para su modesto peculio.

Bérenger salió por última vez de su habitación. A partir de esa noche dormiría en el Aubépine. Cuando la casa parroquial recobrara su antiguo encanto (gracias a la ayuda del ayuntamiento, y ojalá pronto), volvería a establecerse junto a su querida iglesia.

El olor de las ollas cosquilleó en su nariz cuando entró en el cuarto lleno de humo del que Alexandrine era ama y señora. Dormía allí, recibía allí a sus parientes lejanos, allí almacenaba el grano y las provisiones. En el invierno, las viudas se daban cita al atardecer delante de la chimenea para estremecerse cuando el viento ululaba en la campiña. Sus miradas se abandonaban al fuego del hogar y sus almas ardían entre las llamas cuando llegaba la hora de las historias, llenas de adulterios, metáforas vacías, conjuros, advertencias y risas tontas.

Bérenger se sentó en la cabecera de la mesa, delante de su única comida de la jornada: sopa de patatas con tocino, un trozo de salchicha asada, dos rebanadas de pan, el queso de cabra y el vaso de vino. Hundió la cuchara de hierro entre las bolitas de grasa sin carne que flotaban en la sopa espesa, imaginándose un festín servido en platos de oro.

—¿Ha dormido bien, padre? —preguntó Alexandrine.

Había interrumpido su canción al llegar al gallo enfermo y la maldad de los hijos de la mujer del alcalde, su principal adversaria en el comadreo. Estaba de rodillas ante el hogar, rellenando un saco de cenizas, y su falda negra se bamboleaba como una ola contra sus huesos. Bérenger se quedó mirando sus largas manos ganchudas, que iban y venían rascando la ceniza bajo el caldero. El tenue chirrido le hizo pensar en el graznido de un buitre.

—Sí —respondió por fin. Se quedó mirando el cráneo desplumado de la anciana y la pañoleta verde botella que llevaba anudada tras la nuca. Sí, era un buitre.

—Echará de menos mi habitación.

—Tal vez. Pero me he procurado una cama decente.

—¿Y el colchón?

—El de la sacristía me bastará.

—¿Ese saco de chinches?

27

—Lo vaciamos, lo limpiamos y lo rellenamos con la mejor paja de la aldea.

—¿Puso el ajo en el nicho y la peonía bajo la almohada?

—He tomado todas las precauciones para protegerme de los fantasmas que no dejan dormir a la gente de esta aldea.

—¿Y de las mujeres?

—¿De las mujeres? —Bérenger tragó saliva.

—No de las mujeres como yo, sino de las que todavía tienen la carne joven… los senos duros y redondeados.

—Cállese. Eso es pecado.

—Lo pongo en guardia contra usted mismo, padre. Usted no es un cura ordinario. Es un hombre apuesto, más apuesto que cualquier hombre que haya pasado por aquí.

—No tengo por qué protegerme de las mujeres. La fe me preserva de todas las tentaciones.

—Que Dios lo oiga, padre. Hay una esperándolo en la iglesia.

—¿Una mujer de la aldea?

—Una forastera. No es de aquí. Una muchacha hermosa como el Diablo.

Bérenger se preguntó de quién podía tratarse. Acabó a toda prisa su parca comida y se despidió de Alexandrine, que lo miraba con aire curioso y suspicaz. Cuando se aproximaba a la iglesia, una muchacha de dieciséis o diecisiete años vino a su encuentro. Llevaba una blusa gris y una falda azul que remataba justo por encima de sus botas de soldado. Bérenger la encontró hermosa pese a sus vestimentas. «Una modelo ideal para ese condenado de Renoir», pensó, imaginándola en uno de esos cuadros llenos de manchas coloridas del pintor, en los que las mujeres eran flores, ángeles y demonios. El rostro juvenil, fresco y redondeado, los cabellos recogidos en un moño, los ojos almendrados que chisporroteaban llenos de vida… Tenía cierto gesto enfurruñado, pero se debía a la forma del mentón, al labio inferior grueso que hacía aún más provocativa su boca, esa boca que era un arco, una fruta de pulpa encarnada, del color de las cerezas silvestres cuando empiezan a madurar.

—¿Cómo te llamas, hija? —le preguntó Bérenger.

La muchacha lo miraba de hito en hito, con una sonrisa extraña y descarada.

—Marie Dénarnaud.

—No te conozco.

—Soy de Espéraza. Vengo a buscar agua de azufre al manantial de la Magdalena de Rennes-les-Bains dos veces por semana. Es para mi madre.

—Éste no es el camino más seguro para ir hasta allí.

—He hecho el rodeo para traerle una carta del abad Boudet. Aquí la tengo.

Con un gesto fugaz, se sacó de la blusa una carta lacrada. Bérenger la tomó y la abrió. El abad Boudet le daba la bienvenida y lo invitaba a visitarlo a Rennes-les-Bains. Bérenger se sorprendió de la rapidez de la invitación. Sin embargo, la idea de poder conversar con un colega era un alivio.

—Gracias, Marie.

—Bendígame, padre —le pidió ella en un susurro y le cogió la mano, estrechándosela con fuerza.

Bérenger sintió en la palma los dedos tibios de la muchacha y el calor se propagó por todo su cuerpo. Sin embargo, no apartó la mano. La boca desdeñosa y entreabierta de Marie le provocó un leve estremecimiento. Era demasiado parecida a las muchachas escurridizas de sus sueños, a las que besaba convulsivamente en los labios, en las sienes, las mejillas, el cuello, los pechos... Marie lo observó con aire malicioso. La mirada de aquel cura apuesto y viril la embargaba de dulces sensaciones, un torrente desconocido palpitaba bajo su piel. ¿Qué esperaba él para soltarle la mano? Apretó aún con más fuerza aquella mano grande y firme que ansiaba sentir sobre sus pechos.

Bérenger reprimió el deseo insensato de abrir los brazos, estrecharla contra su cuerpo y hundirse en el olor de sus cabellos, en el perfume de su piel. Cayó en la cuenta de su locura y retiró la mano con violencia. Bendijo a María sin pensar, enfurecido consigo mismo.

—¿Le gusto, padre? —susurró la muchacha en tono provocativo, como para hundirlo aún más hondo en el tormento.

Bérenger hizo un esfuerzo desesperado para sustraerse al encanto de su voz. Invocó entre dientes la ayuda de Dios, pero las palabras se le quedaron anudadas en la garganta.

—Vete —murmuró avergonzado.

—Como usted diga, padre. Pero volveré a visitarlo.

Se echó al hombro el petate que traía y se marchó conto-

29

neándose hacia el valle. En el recodo de la aldea, se volvió sonriendo a decirle adiós.

Bérenger soltó un suspiro. La tentación había sido grande. ¿Cómo podía presentarse delante de Cristo con esos pensamientos en la cabeza? Se estremeció y entró en la iglesia. Debía preparar su primera misa, y eso era lo más importante. La tarea no daba espera. En menos de una hora, la aldea oiría de sus labios la palabra divina.

Al día siguiente, salió al alba de la casa a la que se había mudado la víspera. Enfiló por el sendero que descendía entre los pastizales hasta Rennes-le-Bains. Estaba feliz. Su primera misa había sido un éxito. En el curso de dieciséis confesiones, se había enterado de lo que todo párroco debía saber acerca de su aldea: quién era el adivino, a quiénes tachaban de putas, quién estaba al frente de los muchachos, quiénes robaban el grano y las gallinas... Lo sabía ya todo sobre el brujo, la gente rica, los indigentes, los ateos y los republicanos. Se encargaría de llamar a estos últimos a la razón antes de las siguientes elecciones. Haría entrar a Dios por una brecha en sus cerebros alborotados por los masones. Les recordaría los errores de Jules Ferry, el descalabro de las finanzas, la crisis de la economía y el desastre de las políticas laicas. Los haría sentir culpables de las guerras de Túnez, Tonkin y Camboya, que cada día causaban más descontento y propiciaban el ascenso de la extrema izquierda. ¡Cuántos argumentos tenía para rebatir a aquellos charlatanes de café! Pero aún tendría que esperar. Las elecciones eran en octubre.

Redobló el paso, llenando sus pulmones con la fragancia del aire fresco. Delante, el sol recortaba los contornos del monte Cardou. «Éste es el oro que me envía Dios», se dijo, haciéndose sombra con la mano. Más allá del camino que rodeaba Coume-Sourde, distinguió una silueta que avanzaba a toda prisa hacia el Paso del Muerto. Quienquiera que fuese, deseaba pasar desapercibido. Caminaba a un costado del sendero, metiéndose en todos los baches y escurriéndose en la espesura.

Bérenger siguió sus pasos intrigado. La silueta desapareció cuando llegó al lugar donde la había visto. Estaba a punto de reanudar la marcha cuando la vio trepando por encima del arroyo de Hounds. Era una mujer. ¿Qué haría allí, tan lejos del mundo civilizado? Volvió a seguirla para no quedarse con la intriga. La silueta lo condujo hacia la colina.

El sendero estaba flanqueado de peñascos atormentados por el sol. Por esos rumbos, el fuego del cielo ardía en la tierra. Bérenger apretó aún más el paso y, al llegar a la cresta, giró sobre sí mismo. La mujer había vuelto a desaparecer. No había señales de vida en todo el horizonte. Naturalmente, acabó por encontrar el sendero que se internaba en el bosquecillo. Un ruido llamó entonces su atención. Se acercó con cautela, oyendo el gemido ansioso y repetido. Se acurrucó bajo las ramas del último árbol y contempló las grandes piedras celtas que había más adelante, unas enhiestas, las otras por el suelo. Lo que vio bajo las piedras lo dejó sin aliento.

Encima de una de las piedras celtas, una mujer joven se entregaba a un extraño ritual. Estaba frotándose completamente desnuda contra un menhir que tenía forma de falo. Enlazaba la piedra con las piernas, fundiéndose con ella, aplastando el sexo ofrecido contra la superficie áspera del megalito. Bérenger se quedó paralizado, sobrecogido por el deseo. El cuerpo desnudo siguió estremeciéndose, retorciéndose ante sus ojos. Los brazos níveos de la muchacha ceñían la piedra como serpientes. El aire restallaba con la crin negra de los cabellos, que le llegaban a los riñones.

—Dios de la tierra —gimió la mujer—, haz que quede preñada. Haz que crezca en mi vientre la semilla del que yo quiero.

Bérenger siempre había creído que esas prácticas eran cosa del pasado. ¿Cómo podía pensar aquella mujer que la tierra podía fecundarla? Cerró los ojos, ofendido en su alma de cristiano. En cuanto volvió a abrirlos, sintió otra vez la tenaza del deseo y contempló el espectáculo con auténtico placer.

La mujer lanzó un grito, sacudida por un espasmo. Se abatió sobre la piedra y resbaló poco a poco al suelo, hasta donde estaban sus ropas.

Bérenger volvió la espalda con todos los músculos crispados y se alejó de puntillas, como un ladrón, con la opresión del remordimiento. Las lágrimas corrieron amargas por sus ojos. La imagen de la mujer volvió a sus ojos mientras rezaba a los

31

santos, en todos los recodos del camino. Siguió acosándolo hasta el otro extremo del estrecho valle.

El arroyo de la Blanca borboteaba allí entre alegres espumas. Se acurrucó en la orilla y se echó agua fresca en el rostro. Poco a poco, el ardor del deseo se fue haciendo más tenue, hasta dejar en su entrepierna un vacío sin contornos. Bérenger se dejó caer entre los pastos altos, donde nadie podía verlo desde la ruta. Si no hacía ni un solo gesto, ni el menor movimiento, eludiría la mirada del cielo. Sabía que era una actitud ingenua, pero necesitaba consolarse. Permaneció así largo rato, contemplando las alturas sin pestañear. Con el primer canto del gallo reanudó la marcha, como si el perdón le hubiera sido concedido.

Rennes-les-Bains apareció ante sus ojos cuando el sol ya brillaba sobre la ruta. Había recobrado la serenidad y caminaba otra vez con paso firme. El pequeño balneario de aguas medicinales era bastante más animado que su parroquia. Las calles estaban llenas de gente de ciudad, hombres elegantes de frac, mujeres bellas. Todo un mundo de sombreros de flores, cintillos, botines, sombrillas, encajes, corbatas de seda y finos bastones, que se deslizaba a su alrededor, hurtándose a sus pasos. No era más que un cura pobre del campo, un zarrapastroso que se atiborraba de tocino y sopa de ajos. Incluso los sacerdotes que acudían a tomar las aguas termales le parecían príncipes, con sus sotanas limpias y planchadas, sus cruces de plata, sus misales de canto dorado. Agachó la cabeza y bajó los ojos. Su sotana estaba cubierta de manchas. Sus chanclos (¿cómo llamarlos de otro modo?) tenían las puntas raídas y las suelas agujereadas. Tampoco la cruz niquelada que llevaba al cuello era para hacerse ilusiones: ni las miradas ni las sonrisas de los paseantes se dejaban engañar. A simple vista, sabían que su fortuna ascendía a la cifra de setenta y cinco francos mensuales y que después de una buena colecta podía comprarse un salchichón.

La casa parroquial de la iglesia del Nazareno era un palacio comparada con la suya. Tocó a la puerta, después de sacudirse el polvo con el dorso de la mano. Se quedó sorprendido cuando abrieron la puerta de roble. Había esperado encontrar a un hombre parecido a él, alto y fuerte como casi todos los hombres de la comarca. Tenía delante un cura enclenque, de tez amarillenta y cara de comadreja. Los ojos pálidos e insondables se movían sin cesar en el rostro apergaminado.

—¿El padre Henri Boudet? —preguntó vacilante.

—Sí.

—Soy Bérenger Saunière, el nuevo párroco de Rennes-le-Château.

—¡Ah! Es usted. Entre. Es un gran placer tenerlo aquí. Entre, por favor, y disculpe el desorden. Mire bien por dónde pisa.

El abad Boudet lo condujo a través de un pasillo lleno de toda clase de piedras. «Debe de ser arqueólogo en sus horas libres», pensó Bérenger al pasar por encima de una bastante grande. La biblioteca en la que entraron era un sueño hecho realidad. Cuando menos había dos o tres mil volúmenes en los anaqueles. Vio incluso un papiro y varios pergaminos. Sobre la mesa había docenas de frascos con líquidos de todos los colores, dispuestos alrededor de una especie de cubo de plomo.

—Estoy investigando la civilización celta y nunca tengo tiempo de ordenar… ¿Se encuentra bien?

—¡Qué maravilla tener todos estos libros! —suspiró Bérenger.

—Puede pedirme prestados cuantos quiera… Pero permítame que le dé un consejo. Este de aquí, por ejemplo.

Le tendió un libro publicado recientemente en Limoux. *Las piedras grabadas del Languedoc*, de Eugène Stublein.

—Hay mucho por descubrir en nuestras tierras —dijo el abad con voz jovial—. Mucho, Saunière. Son tierras ricas, en las que han morado distintas civilizaciones… Le aconsejo que perfeccione su dominio de las lenguas antiguas. Sus superiores del seminario me han contado que el griego no tiene secretos para usted.

—Obtuve buenas calificaciones. Pero de eso hace ya cuatro años.

—Persevere. Busque otras lenguas, memorice los símbolos, lea y aprenda.

Le tendió entonces *El castillo de Berbería* de Poussereau, junto con un libro negro titulado *Salomón*. En la portada había una frase en hebreo dentro de un cuádruple círculo.

33

—*Haschamin Vehoullu Hastischi Iom* —leyó Bérenger,
para hacer gala de sus conocimientos.

—¡No! —exclamó Boudet—. La voz tiene que fluir, tiene
que vibrar para que la onda surta efecto: *Haschamaîn Vaieku-
llo Haschischi Iôm*. Los cielos fueron creados el sexto día.

Las palabras le llegaron hasta el alma. Bérenger las oyó reverberar en su interior. Por un momento, el sonido redujo su
alma a cenizas, como la onda de una explosión. El eco se pro-
longó en el silencio, hasta desaparecer. La insospechada fortaleza de Boudet, que tanto contrastaba con su aspecto enfermi-
zo, llenó de vagos presentimientos a Bérenger.

—¡Tiene usted mucho que aprender! —dijo Boudet riendo—. Siempre me sorprende que en esta época el hebreo esté
prohibido en la escuela. No es una lengua muerta, sino más
bien la lengua del porvenir... ¿Le apetece un café? Tengo uno
excelente. Una de mis penitentes me lo hace llegar desde Burdeos. ¡Julie!

—¿De Burdeos?

—Viene al balneario para curarse el estómago. Es rentista.
¿Sabe?, todos los que vienen al balneario, si no son funcionarios, ni banqueros, ni notarios, ni diáconos, ni vicarios, ni sir-
vientes, son rentistas... ¡Julie!

—Qué suerte para su parroquia.

—El maná de las ciudades es un alimento providencial. Lo
acepto con humildad. Durante el verano, tenemos siempre el
cepillo a rebosar... Las limosnas nos las dan en oro.

—Pues yo, encaramado en lo alto de las rocas, tengo que recibir en especie las donaciones de mis campesinos. Nunca podré reparar mi iglesia.

—¿Qué remedio? El Estado administra ahora nuestros
bienes y son los alcaldes los que mandan a reparar las naves. Es
usted joven, ya lo nombrarán en otra parte. Con suerte, en una
gran ciudad cristiana. Escuche este consejo: «Honra el poder
supremo que existe en el mundo, el que de todo saca partido y
reina por encima de todo».

—Asimismo —replicó Bérenger—: «Honra también lo que en
ti sea más poderoso, que es de la misma naturaleza que aquello; encontrará provecho en todo lo demás y guiará tu vida».
Pensamientos para mí mismo, Marco Aurelio, libro V.

—¡Felicitaciones, joven amigo! Su saber me asombra… ¡Julie! —gritó otra vez el abad—. Pero ¿dónde se ha metido? Discúlpeme un segundo, mi criada ha desaparecido. Voy a poner a calentar el agua para el café.

Bérenger envidiaba las comodidades de su cofrade, aquella parroquia llena de luz, a salvo del mundo y de la República, aislada como un pequeño navío donde todo era esplendor. En el verano el oro corría allí a raudales, pasaba de mano en mano hasta resbalar dentro del cepillo. Boudet, a cambio, repartía bendiciones, absolvía los pecados. «Aquí prosperaría cualquiera», pensó, y recordó con amargura su nido de águilas en medio de Razès. Los millones nunca brotarían de su parroquia. Ni siquiera cabía pensar en traficar con las misas, como sus colegas de Lourdes y Limoux, ni en percibir ninguna ganancia por cuenta de las beatas de su iglesia: no poseían más que unos céntimos, vivían humildemente de sus huertos y de la leche de sus ovejas. Bérenger soñaba con dilapidar una fortuna, pero no poseía ni la sombra de un pequeño capital. Sus padres le habían dejado lo justo para que pudiera enterrarlos y su hermano Alfred era vicario de un villorrio situado al pie de un camino de tierra. Los demás, y a Dios los encomendaba, tenían que contentarse con contemplar de vez en cuando el oro del cielo. «El que especula por el bien de la Iglesia no peca», le había dicho un día el abad Allou, su profesor de Moral. Bérenger había hecho suya la máxima y las palabras maduraban en su alma de soñador. No se sentía capaz de cargar toda la vida el pesado fardo de la miseria. El oro lo seducía, lo fascinaba. Sólo sus fantasías le permitían soportar la mediocridad de su existencia, refugiarse en el rincón que pese a todo tenía ella su espíritu, en el camino para llegar a Dios.

«Cada uno tiene su camino», se repitió mirando la mesa poblada de frascos. Se fijó en el cubo de plomo, que tenía grabada una cruz con puntas de flechas. El camino de Boudet se le antojaba lleno de misterios. Se empinó para ver de cerca los volúmenes de los anaqueles más altos. *La ciencia de la cábala* de Lenain; un tratado de demonología; las *Conversaciones* del conde de Gabalis; *El mundo de los doce havioth*, anónimo; las *Claves verdaderas*; Agrippa; Eliphas Lévi; Potet; De Guaita… Libros bastante comprometedores para estar en manos de un

35

abad. Podían valerle una sanción, si sus títulos llegaban a conocimiento del obispo.

Su mano se posó sobre el tratado de demonología. Vaciló con cierta repulsión antes que un ruido repentino pusiera fin a sus pesquisas. Al darse la vuelta, quedó estupefacto: era la mujer desnuda de la colina. Estaba allí mismo, delante de sus ojos, cubierta con un austero vestido de campesina, mirándolo con ojos maliciosos.

—¿Pasa algo, padre? —le preguntó ella sorprendida.

—No, no... Todo está bien... Me ha sorprendido.

—¡Ah, hete aquí! —vociferó Boudet, que traía la cafetera—. ¿Dónde andabas?

—Estaba en el río.

Bérenger intuyó que estaban unidos por la complicidad. La mirada endurecida de Boudet no era más que una máscara. Julie no dejaba de lanzarle sonrisas zalameras. Bérenger se preguntó si ella lo habría visto a él en el Pla de la Coste. Nada le permitía suponerlo. La sirvienta dispuso las tazas, abrió con dedos vivaces un paquete de galletas redondas y construyó con ellas una pirámide en un plato de porcelana rosa. Acto seguido, tomó dos cucharas de plata de una caja labrada y las sostuvo por un instante delante de sus ojos, para comprobar que estuvieran limpias. Volvió el rostro hacia Bérenger, esquivando su mirada. La idea de que pudiera tomarlo por un depravado lo llenó de indignación «No, no puede haberme visto», se dijo en silencio.

Boudet sirvió el café y asintió con la cabeza al aspirar el aroma. Un buen café y una galleta de mantequilla bastaban para saciar su magro apetito. No comía nada más, aparte de caldo, espinacas, peras, zanahorias y pechuga de pollo. Se inclinó sobre su taza, ajeno a la turbación de Bérenger, contemplando las leves volutas que emergían del líquido y desaparecían en el aire recalentado de la pieza.

—¿Azúcar, padre?

La voz de Julie retumbó en los oídos de Bérenger.

—Sí... no... dos. ¡Tres!

Empezaba a obsesionarse con la idea de que la muchacha lo hubiera confundido con otro. Boudet abandonó sus contemplaciones y lo miró intrigado

—Discúlpeme, padre —mintió Bérenger—. Se me están olvidando los buenos modales. La última vez que me invitaron a un café fue hace más de un año en una peregrinación a Lourdes.

—Lo comprendo, Saunière... Lo comprendo. Cierre los ojos y deléitese con este néctar... Se encuentra en medio de una jungla exuberante, en el África o en Panamá. Las indígenas se pasean a su alrededor con sus cuerpos espléndidos. ¿Es ésta la imagen de los comienzos de la humanidad? ¿De la época dichosa que vendrá después del Juicio? Somos sólo apenas cadáveres destinados a decrepitud y a la podredumbre... Olvidar esta estación impura del mundo, entrar de una vez en el Edén, renunciar por fin a nuestra pequeñez en la gloria inmensa del cielo, esto es lo que ha de ocupar nuestros pensamientos, en lugar de nuestra propia vanidad. La historia rinde testimonio de la insignificancia del hombre. Escuche, Saunière, escuche, ¿alcanza a oír los murmullos de la historia? Son la herencia de las civilizaciones desaparecidas...

Bérenger olvidó a Julie, subyugado por el verbo de Boudet. La sirvienta se había eclipsado tras las primeras palabras de su amo. Boudet era un visionario. Su saber era inmenso. Podía traer de vuelta a la vida a los celtas, a los templarios, a los romanos y a los visigodos. Lo llevaba de la mano en pos de mundos ignotos. Le enseñó sus libros, sus piedras y sus talismanes. Su voz quejumbrosa ahogó el traqueteo de las carretas que pasaban hacia la estación. De vez en cuando, lanzaba una maldición contra Satán, pero al cabo de un momento bendecía el nombre de un santo. Volvía una y otra vez sobre aquellas tierras en las que ambos eran exiliados, donde los dioses habían hecho su morada y los hombres aún guardaban sus secretos.

Cuando concluyó la lección magistral, Bérenger estaba cautivado. Ya no veía con los mismos ojos aquellas tierras desheredadas.

—¿Me ayudará usted a conocer el pasado de nuestra bella región?

—Le ayudaré, Saunière. El estudio de la arqueología y los textos antiguos se convertirá para usted en una pasión, como lo ha sido para mí. Recuerde lo que le he dicho: su parroquia fue una vez el centro de una ciudad más grande que Carcassonne. Hágase historiador... Y ahora márchese. Vaya con Dios.

37

—Gracias por todas estas enseñanzas. Leeré las obras que me ha prestado y regresaré cuanto antes.

El abad lo detuvo cuando franqueaba el umbral:

—Tenga cuidado, Saunière. No se exponga demasiado a los golpes de los republicanos.

—Lo intentaré. —Bérenger soltó una risa—. Pero no le prometo nada.

—Aquí viene —dijo Jules al oído de Elías—. Está saliendo de la casa de Boudet. Míralo bien.

Elías apartó la cortina y siguió con la vista a Bérenger. El abad parecía un hombre dichoso. ¿Sería acaso el elegido? O quizá fuera la víctima. Dependía del punto de vista. Era un hombre apuesto, de rostro franco, paso atlético. Elías no encontró en su ser ningún rastro de maldad.

—Es puro y es frágil —murmuró.

—¿Qué más puedes ver?

—Veo que no es el hombre adecuado para la misión. Su fragilidad tiene su igual en su violencia, su pureza no es más que el reflejo de su alma… En su cuerpo se cuecen demasiados instintos salvajes.

—¡Pero Elías, amigo mío! ¡Si eso es justo lo que nos interesa! Un hombre al que pueda corromper la belleza de una mujer, que tenga conciencia de que el oro puede comprarla; ése es el hombre ideal. Compraremos su alma al precio de sus deseos. ¿No es acaso el mundo un gran mercado donde todo se vende al mejor postor? No debería ser yo quien se lo enseñe a un judío.

Elías se estremeció. Quizá nada fuera imposible para Jules. Estaba ya por encima de las leyes de los hombres y, por tanto, más allá del mal. Ansiaba ser el amo de las tinieblas, construir un mundo de sombra sobre los vestigios de otros mundos. Su mirada volvió a Bérenger, que ya se perdía al final de la calle. He ahí el hombre que habían elegido para que los condujera al corazón del secreto.

—¿Eres consciente del papel que tendrás que desempeñar?

—Sí —respondió Elías. Anticipaba el esfuerzo prodigioso que exigiría oponerse a los johannistas y a las ambiciones del Priorato.

—Hazte su amigo. Destierra de su espíritu toda noción de pecado y dale a conocer su destino de hombre. Sobre todo, asegúrate de disipar los rencores que alimenta contra los republicanos. El ministerio de Cultos podría relevarlo de sus funciones si se empeña en proclamar su lealtad a la monarquía y entonces perdería para nosotros toda utilidad. Debe quedarse para siempre en Rennes-le-Château...

—Seguiré el plan convenido.

—Lo conseguiremos, Elías, lo conseguiremos. Mañana volveremos a París para retomar la investigación sobre las genealogías de las familias de Austrasia. Luego usted volverá aquí y, con la ayuda de ya sabe quién, buscará la manera de entrar en confianza con Saunière.

IV

Rennes-le-Château, 10 de octubre de 1885

*E*l cura iba a decir el sermón. En la iglesia de Santa María Magdalena, los habitantes de la aldea guardaban silencio enfundados en sus abrigos húmedos, en medio de las sombras profundas de la nave. La lluvia caía a través de los agujeros relucientes del techo, salpicándoles la cabeza. Esperaban inquietos, mirando las losas del suelo. La semana anterior, en la primera vuelta de las elecciones, Bérenger había dado muestra de una violencia inusitada en su arenga contra los republicanos, que se presentaban divididos en dos listas. La primera era la de los moderados. La segunda era la radical, en la que figuraban los socialistas. Bérenger los había instado a votar por una tercera lista, la de los conservadores, y sus exhortaciones parecían haber tenido eco en toda la comarca. Los conservadores habían obtenido noventa y seis escaños, contra veintisiete de los republicanos.[3] Bérenger, sin embargo, desconfiaba de la «disciplina republicana», de los acuerdos sellados entre una vuelta y otra y del escándalo que había protagonizado el general Boulanger, el líder de los radicales. Tampoco confiaba del todo en sus campesinos. Durante toda la semana, las tropas del ayuntamiento habían hecho campaña por los campos y por los caminos, al pie de las cruces de los calvarios, hasta en el atrio de la iglesia. Bérenger había contraatacado al frente de las mujeres y los ancianos, predicando en las casas, los corrales y las fuentes. Los dos bandos se cruzaban delante del castillo y se lanzaban miradas de desprecio.

3. Los republicanos vencieron en la segunda vuelta con 383 escaños, contra 201 de los conservadores.

Ahora estaban todos allí, los buenos y los malos, reunidos antes de la batalla final en las urnas. «¿Los habrán persuadido las mujeres? —se preguntaba Bérenger—. Si pudieran votar, la victoria sería un hecho.» Todos agachaban la cabeza temiendo que los señalara como secuaces de la extrema izquierda y la emprendiera contra ellos. Tenían miedo de que el cura advirtiera un rubor, un tic, un gesto de tirantez que traicionara sus preferencias políticas.

Bérenger dejó el altar y avanzó hacia ellos, sopesándolos con los ojos encendidos. Con algunos no había que hacerse ilusiones: la mujer de éste lo había engañado con un monárquico, ése otro no había conseguido que tomaran a su hija como sirvienta en el castillo, aquél era un solterón enclenque que le tenía celos al propio Bérenger… Disfrutaba de ese momento antes del sermón, cuando los fieles temblorosos aún no eran conscientes del paso del tiempo y esperaban sus palabras con paciencia y humildad. Le emocionaba ver las manos desgranando los rosarios, acariciando los misales, arañando las petacas de cuero. Sabía que también retorcían los pies dentro de los zuecos, que se atragantaban y el corazón les latía más fuerte. Caminó sacando pecho por entre los bancos. Volvió la mirada sobre las nucas indefensas de los parroquianos.

Un relente de orina, efluvios de cebolla y ajo, el perfume del tomillo, el hedor de las bestias: a todos podía reconocerlos con los ojos cerrados, por los olores que impregnaban sus ropas. Sus ojos tropezaron con la mirada algo lunática del armero[4] rubicundo que era su sostén moral en la aldea. También era legitimista.

Los fieles parecían preparados para escuchar la palabra. Bérenger regresó al altar, subió los escalones, se dio la vuelta y habló con voz potente en occitano:

—Escuchad todos, y prestad atención. Nada de lo que entra de fuera en el hombre puede manchar su pureza, pero lo que sale del hombre, eso sí que puede hacerlo impuro. El que tenga oídos para entender, que entienda. La República ha salido del corazón de los hombres más malvados…

41

4. El armero de una aldea estaba a cargo de las relaciones con las almas de los muertos.

¡La República! Ahí estaba, había dicho la palabra. Todos se la esperaban, pero todos se estremecieron. El alcalde hizo un gesto de desagrado y el herrero soltó un gruñido. Aglaé y el armero sonreían. Bérenger volvió a la carga. Era la última vez que podría aleccionarlos para la segunda vuelta de las elecciones:

—Las elecciones del cuatro de octubre han arrojado magníficos resultados, pero la victoria aún no está completa. Ahora ha llegado el momento. Debemos emplear todas nuestras fuerzas contra nuestros adversarios. Es preciso votar y votar bien. Las mujeres de la parroquia deben ayudar a los votantes poco instruidos y convencerlos de que elijan a los defensores de la religión. Hemos de hacer de este dieciocho de octubre un día de liberación. Tenemos que barrer a los republicanos. No son más que paganos que han llevado a Francia al desastre…

Había ido demasiado lejos. El alcalde, el herrero y varios campesinos admiradores de Gambetta se levantaron y dejaron la iglesia. Bérenger los ignoró y levantó aún más la voz. Exhortó a los fieles a creer, fustigando a los ateos, a los materialistas y a los escépticos. La emprendió contra el ministro de Cultos, el Estado, la escuela pública y todos los funcionarios oficiales, que a sus ojos eran enemigos.

—Los funcionarios republicanos, ésos son los demonios que debemos derrotar para que se arrodillen delante de la religión de los bautizados. El signo victorioso de la cruz está con nosotros…

Fuera de la iglesia, el alcalde tomaba nota. Mañana mismo enviaría la denuncia al prefecto de Aude. El herrero soñaba con romperle los huesos al cura encima del yunque, cuatro o cinco exaltados juraban que le partirían la cara a la primera ocasión. La voz de Saunière emergía del templo, enloqueciéndolos de ira. ¿Es que no pensaba callarse nunca? Un hombre husmeó el aire y levantó la cabeza hacia los nubarrones amenazantes que se acercaban. Señaló con una sonrisa los relámpagos que iluminaban el horizonte. El alcalde se echó a reír. El diluvio no tardaría en caer dentro de la iglesia y los fieles saldrían espantados como de costumbre.

El campanario se estremeció con un trueno. Hacia el sur, por el rumbo de Saint-Just-et-le-Bézu, una cortina de agua se descolgó por entre las fisuras de las nubes. Los hombres se apretujaron unos contra otros. El herrero permaneció en su sitio, desafiando la ventisca con su frente ennegrecida por el fuego. La lluvia se extendió de este a oeste, aproximándose a la aldea. Cubrió el bosque de Lauzet, los pastizales, también los campos. La orla gris de la cortina iba labrando el suelo y borboteaba en los charcos, convertía el horizonte en una línea de espuma y barro.

Dentro de la iglesia, los fieles prestaban más atención a los truenos que al clamor tempestuoso del cura. Bérenger se apresuró a concluir ante los primeros signos de desbandada, inspirándose en el Evangelio de san Mateo: «Ningún siervo puede servir a dos amos: odiará al uno y amará al otro, o bien se atará al uno y despreciará al otro. ¡Elegid entre servir a Dios y servir a la República!».

La ceremonia acabó a empellones. Bérenger reprendió a los niños del coro y se apresuró a dar la comunión. Cuando le daba a Aglaé la última hostia, un relámpago trenzó una corona de fuego alrededor de la iglesia. El latigazo estremeció las estatuas y el altar mayor, y el estruendo hizo pestañear a los feligreses.

Los hombres se volvieron inquietos hacia san Roque, guardián de los rebaños. Las mujeres invocaron asustadas a santa Ágata, que aleja las tempestades. La misa llegó a su fin. Bérenger los bendijo y los despidió con un gesto. Al momento, todos se precipitaron hacia los establos, los campos, las tierras baldías.

Los niños del coro se marcharon. Bérenger se quedó solo, solo como siempre. Los relámpagos y la lluvia ya recorrían toda la nave. Imperturbable, puso a buen recaudo las hostias, los cálices y la patena. ¿Qué podía hacer contra los elementos? ¿Y si la voluntad de Dios fuera acabar con él?

Por encima de su cabeza las vigas gemían y chirriaban. El agua hinchaba los muros a su alrededor, los cimientos temblaban bajo sus pies. La iglesia sufría. Bérenger sufría con ella. Su boca se arrugó en una mueca de amargura. ¿Qué podía hacer contra la miseria que cargaba a cuestas? ¿Consolarse con las palabras de esperanza de Boudet? ¿Podía acaso alimentarse de parábolas y de enigmas? El abad de Rennes-les-Bains, a quien visitaba una vez por semana, repetía una y otra vez que la riqueza estaba a las puertas de todos. Bérenger le había preguntado cómo podía encontrarla y el enigmático hombrecillo ha-

43

bía dicho: «No sea usted impaciente. Siga el camino que le he mostrado. De momento conviene que cultive su alma. El día de mañana, cuando ya sepa sortear las trampas de la vida, podrá lanzarse en busca del oro».

Bérenger se persignó con los ojos bajos. ¿Cuánto tiempo podría resistir la tentación de procurarse oro por medios fraudulentos? Se alzó entonces de hombros: de nada servía rezar para aplacar sus ansias, que cada mañana eran más fuertes, y más fuertes que nunca tras sus conversaciones con Boudet. El abad había inoculado en su alma un veneno que su cuerpo no podía contrarrestar.

El último relámpago lo arrancó de sus ensueños. La lluvia empezaba a menguar. La tormenta ya agonizaba al norte de la aldea. Una luz glauca se colaba por la puerta que los fieles habían dejado abierta en la huida. No quedaba nada por hacer, aparte de apagar los seis cirios y volverse a su casa.

Extinguió el último pabilo, dobló la rodilla y se santiguó una vez más. Había cumplido con su deber, pero se sentía frustrado, lleno de resentimiento. No sólo oficiaba la misa en condiciones deplorables. Sus parroquianos no le ofrecían ningún consuelo. Eran todos malos cristianos. Una pequeña tempestad bastaba para que salieran corriendo todos.

Sin embargo, no todos se habían ido. Al darse la vuelta, adivinó una presencia a la sombra del confesionario.

—¿Quién anda ahí? —preguntó algo sorprendido.

—Marie —respondió una voz dulce.

Bérenger se quedó de piedra. ¡Marie Dénarnaud! El temor y la alegría se agolparon en su pecho. Allí estaba Marie, joven, fresca, bella. No había vuelto a aparecer después del primer encuentro. Bérenger había estado a punto de preguntarle por ella a Boudet, atormentado por su ausencia

Vaciló delante de la muchacha, sin saber cómo comportarse. ¿Debía llamarla Marie?, ¿hija? ¿Actuar como un cura?, ¿como un hombre? Marie tomó la iniciativa. Habló en un susurro, como si temiera cometer un sacrilegio:

—Qué alegría verlo.

—Yo también me alegro, Marie. —Bérenger se sonrojó.

Entonces se dio cuenta de que Marie estaba mojada de pies a cabeza.

—¡Estás empapada! —dijo inquieto—. Te vas a enfermar.

—La tormenta me pilló por el camino y no encontré dónde refugiarme.

—No puedes quedarte así. Ven conmigo. Encenderé el fuego e iré buscar algo de comer mientras se secan tus ropas.

¿Qué hora era ya? Bérenger no se atrevía a mirar su reloj. Alexandrine no tardaría en echarlo de su casa. La vieja arpía no acababa de entender por qué permanecía delante del hogar. No estaba acostumbrada a que Bérenger le diera charla. ¿Qué mosca lo habría picado? ¿Por qué se quedaba allí hablándole de la lluvia y del buen tiempo? ¡Que se marchara de una buena vez! Ya le había dado todo lo que había pedido: huevos, champiñones, frutos secos, dos litros de vino, una libra de queso y un pan redondo de seis kilos. Con toda esa comida, bien podía convidar a tres o cuatro personas. Se acercó a él, mirándolo con desconfianza:

—Si está demorándose para convencerme de que hable con el tío no pierda su tiempo. No piensa votar. ¿Sabe lo que el muy cerdo va a decirme si lo intento? «Tírate un pedo y no hables más».

—No era ésa mi intención —replicó Bérenger.

—Entonces ¿qué quiere?

—Una gallina…

Alexandrine lo miró cautivada. ¡Una gallina! Al cabo de más de media hora, el cura se daba vuelta como un conspirador para anunciarle que, en realidad, ¡quería una gallina! Las elecciones estaban sorbiéndole el seso.

—Qué, ¿quiere que se la mate y se la desplume?

—Sí.

—Le costará un franco más. Y me quedo con el hígado.

—Póngala en mi cuenta con lo demás.

—Voy a tardar un rato. Váyase a casa, yo se la llevaré.

—¡No! —exclamó Bérenger. Añadió con una sonrisa forzada—: Prefiero esperar en su compañía.

Alexandrine asintió y fue en busca de la gallina. Bérenger suspiró aliviado. Había ganado algo de tiempo. Confiaba en que Marie ya hubiera secado sus ropas y, a su regreso, estuviera vestida.

Al cabo de un rato, la gallina ya estaba desplumada, ahumada y limpia. Los víveres en la cesta, la puerta abierta. Bérenger se despidió de Alexandrine, que había adoptado una actitud francamente hostil. Echó a andar sin prisa, lanzando miradas a su alrededor. El silencio se había apoderado de la aldea solitaria. Los perros callejeros chapoteaban en el lodazal en forma de luna creciente frente al castillo de los Hautpol. Aflojó cada vez más el paso y fue complicando el itinerario a medida que se acercaba a la casa. Levantó los ojos al cielo, sin encontrar ningún consuelo en las nubes deshilvanadas.

Estaba ya delante de su casa. Recorrió los últimos metros que lo separaban del portal como un anciano exhausto. Respiró hondo. Abrió la puerta.

El caldero de agua hirviendo silbaba sobre el fuego. Avanzó con cautela en la penumbra, pues Marie había cerrado todas las cortinas. La muchacha tarareaba en la pieza vecina, donde Bérenger tenía su cama y su mesa de trabajo. Pensó en llamarla, pero el nombre se le atragantó en la garganta. Se detuvo en las ropas de mujer que colgaban de la cuerda delante del hogar.

Reculó luego hasta el umbral. Su cabeza era una fragua. Los pálpitos sordos de su corazón le martillaban en las sienes. Marie estaba allí mismo. Quizás estuviera desnuda. Bérenger intentó marcharse, pero había caído ya presa de una fuerza que no podía resistir. La voz cantarina de Marie le nublaba el pensamiento. Su mirada saltaba de las enaguas que colgaban en la cuerda a la puerta cerrada que escondía el objeto de su deseo.

«No puedo quedarme aquí… San Antonio, ayúdame, dame fuerzas para resistir la tentación…»

Pero su invocación ya no surtió efecto. Ni las palabras ni los santos tenían ya poder sobre su conciencia. Se quedó inmóvil, como una estatua. La puerta del cuarto se abrió. Allí estaba Marie.

—Ha tardado mucho rato. Pensé ya que no iba a volver. Le he arreglado la habitación. Cómo se nota que vive solo, todo estaba cabeza abajo.

Bérenger dejó caer la cesta al suelo, creyendo que veía visiones. Marie estaba envuelta en una sábana. Echó a reír al percatarse de su mirada.

—No encontré nada más para cubrirme. Me queda un poco grande.

Bérenger estaba espantado. Tendría que haberse sentido ofendido. Tendría que echarla de su casa, dando gritos. Asintió con la cabeza baja, sintiéndose zozobrar. La muchacha giró sobre sí misma y rió otra vez. Llevaba los pies descalzos. Descubrió sus piernas.

—¿Le gustó así? —le espetó.

Bérenger guardó silencio, con los ojos clavados en el escote de sus senos. Marie no había creído necesario cubrirse el cuello. Entre los pliegues de la sábana, su piel sonrosada parecía aún más frágil. Dejó de dar vueltas sobre sí misma, se acercó al fuego y se agachó acariciando su larga cabellera. Bérenger entrevió aún más de cerca la redondez de sus senos. Empezó a acercarse.

Marie seguía pasándose la mano por los cabellos, delante del fuego del hogar. El cura estaba ya a su lado. Lo miró confiada, segura de su encanto y su juventud. Comprendió que ansiaba verle los senos, las areolas erizadas de los pezones. Adelantó el torso y echó atrás los hombros, entreabriendo su túnica de diosa de la Fortuna. La luz fiera de las llamas se encendió en los pezones, delante de los ojos de Bérenger.

El cura dio un paso adelante, poseído por los demonios de la carne. Se rindió doblegado a su poder, aunque hubiera de quedar maldito hasta el fin de los tiempos.

«¡Que así sea!», se dijo.

Nadie podría impedir que contemplara la nuca frágil de Marie, su carne dorada y palpitante, su boca desdeñosa, entreabierta, esos labios gruesos, húmedos, que lo llamaban, los ojos salpicados de oro que lo miraban con inocencia.

Marie contuvo el aliento y dejó caer las manos a los costados. Ya estaba hecho. Sabía que obraba mal pero, ¡era un placer tan grande! No había cómo resistirse cuando cobraba la forma de un hombre tan guapo. El cura le besó los párpados con sus labios tibios y sensuales, empezó a bajar por su cuello. Marie sintió el corazón a punto de estallar. No aguantó más. Le besó el rostro, ansiando sentir su boca en la suya. Guió la mano de Bérenger hasta su pecho. Los dedos temblorosos recorrieron la curva de sus senos, le pellizcaron los pezones enhiestos.

Bérenger se sabía demasiado débil e inexperto para dominar sus propios gestos. ¿Qué pensaría Marie? ¿Qué podía sentir? ¿Era algo más que un cuerpo febril, abandonado a los reflejos del amor? Debía descubrirlo todo, aprenderlo todo, sin fiarse en absoluto de lo que había leído en los libros prohibidos que circulaban en el seminario. Besó sus labios con dulzura, casi con pudor. Ella le respondió con un beso apasionado. Sus dientes se entrechocaron y sus alientos se confundieron, sus cuerpos empezaron a buscarse. Se encaminaron hacia la pieza, hacia el lecho…

Marie descubrió sus senos con brusquedad. Empezó a desabotonarle la sotana, le abrió la camisa, le besó el torso. Sus manos se entretuvieron en su pecho cubierto de vellos. Sus uñas trazaron los contornos recios de los músculos, antes de hundirse en la carne de su vientre.

Bérenger se dejó caer sobre el lecho. La mano de Marie se posó sobre su miembro, lo aprisionó, empezó a doblegarlo con lentitud. Bérenger se hundió en un torbellino de pensamientos encontrados, pero ya nada podía apartarlo del placer. Su cuerpo ardiente buscaba los senos firmes de la muchacha. Sus manos torpes se aferraban a sus caderas, resbalaban por sus nalgas. ¿Qué debía hacer? No se atrevía…

Marie se deleitaba en su confusión. Estaba encantada de tener por una vez a un hombre a su merced.

—¿Nunca has tenido una muchacha desnuda entre tus brazos?

Bérenger no respondió. Marie lo miró victoriosa. Sentía ganas de hablarle como hablaban los hombres. Quería que se manchara y se ensuciara con ella. Quería entregarse con el cura a la lujuria y al desenfreno.

—Dime que quieres sentir mi lengua en tu boca… Dime que quieres tocarme las tetas… Dime que quieres mi culo… Dime que quieres mi coño…

—Quiero todo lo que tú quieras —tartamudeó sometido Bérenger.

Sintió entonces la mano de la muchacha. Los muslos que se apretaban contra los suyos y caían despacio sobre su miembro erguido, rodeándolo como un torno.

Marie se empaló en su carne de un empujón. Bérenger se

dejó arrastrar, sin remordimientos, sin penas. Su cuerpo estaba en llamas. Por fin era libre.

—No te dejaré ni respirar —le gritó ella, entregándose al goce de los dos.

Marie había vuelto a Espéraza. Se había marchado… Había jurado que volvería pronto. «Marie… Marie…», jadeaba Bérenger, en medio de la angustia y el desamparo. Seguía deseándola.¿Qué pasaría con ellos ahora? Querría tener el valor de ir a la iglesia, arrastrarse hasta la cruz, rasgarse el pecho para extirpar aquel pecado que le parecía la mayor felicidad que había en el mundo. Permaneció tendido en su lecho deshecho, como un preso reducido a la impotencia. Volvía a verla desnuda, por entre las lágrimas. Oía su voz. Sin embargo, no era ella quien le hablaba. Era una voz cautivadora que venía de lejos: «El placer es el mayor bien que existe… Tómalo al vuelo, sin pedir explicaciones ni ofrecer excusas. El placer se basta a sí mismo, justifica su propia búsqueda, se apodera de nosotros y nos consume. No es un pecado, acéptalo, pues estás hecho para conocer tus propios límites».

¡La tentación! Bérenger intentó ahuyentar aquella voz de mujer. Estrujó la paja entre los puños, saltó fuera del lecho y salió de su pieza, dejó atrás aquella casa de desenfreno, siguió corriendo hasta las afueras de la aldea. Corrió como un poseso bajo el sol que caía sobre el camino. Quería pensar en Cristo, en su bondad, en su sacrificio por los hombres.

—¿Por qué no siento el remordimiento, Señor? ¿Por qué no me castigas?

Trepó hasta lo alto de una roca y ofreció su pecho al cielo. Pero el cielo permaneció límpido, desesperadamente sereno. Unos pájaros pasaron aleteando bajo el azul, entre alegres trinos. Ninguna amenaza. Ningún ángel vengador, a punto de desgarrar sus miembros y arrojar su alma a los infiernos. El silencio reinaba en las alturas y Bérenger ignoraba sus designios.

Poco a poco recobró la calma. Bajó de la roca y se apartó del camino a través de los pastizales. El arroyo de Couleurs había crecido tras la tormenta. Buscaba un vado para cruzar cuando René apareció en la otra orilla. Era un hombre grueso, de rasgos

49

toscos y cabellos enmarañados, campesino, bebedor y amigo del alcalde.

—Qué tal, cura —dijo con voz gutural.

—Buenos días, René.

Los dos hombres se sostuvieron la mirada. René apartó los ojos y se sorbió los mocos. Se secó la nariz con los dedos y se limpió los dedos en el pantalón.

—Dicen que está en contra de la República.

—Así es… ¿Cómo te has enterado? Nunca vienes a la iglesia a oír el sermón.

—Vaya con el sermón. ¿Ese palabrerío podrido que las mujeres repiten por la ribera? Más le valdría recitar el Evangelio. Tiene la boca llena de mierda.

—Mide tus palabras, hijo.

—¡Antes muerto que hijo suyo!

René se agachó y le arrojó una piedra. Bérenger la esquivó por un pelo y cruzó el arroyo en cinco zancadas. El otro emprendió la huida.

—¡Venga, trate de atraparme! —le gritó—. ¡A ver si me alcanza antes de que orine en la cruz del calvario y la bendiga en nombre de la República!

Bérenger echó a correr poseído por el odio. Iba a romperle el cuello a ese cerdo republicano antes de que pudiera bajarse los calzoncillos. La sotana le hizo perder terreno. René tendría tiempo de cometer su acto sacrílego. Siguió corriendo sin esperanza, con una determinación salvaje, abriéndose paso por entre las zarzas y saltando de roca en roca. Pero René ya era un punto en la cima del humilladero.

—¡Ya verás! —rugió.

Cuando llegó al calvario, René había cumplido su promesa.

—Me las vas a pagar —gritó Bérenger, abalanzándose sobre él.

—Es usted el que las va a pagar —dijo René con voz burlona.

Bérenger sintió que lo agarraban por las axilas. Dos manos lo sujetaron y lo hicieron caer. Había caído en una trampa. Tres hombres lo tenían inmovilizado contra el suelo. Bérenger los reconoció. Habían salido de la iglesia con los otros mientras él pronunciaba el sermón. René se acercó.

—¿Ya estás más calmado, cura? Has tenido suerte. Con un

buen martillo a mano y unos clavos te crucificaríamos como a tu maestro judío.

—¡Maldito republicano!

El grito se ahogó en su garganta. René le había dado una patada en plena cara, con todas sus fuerzas.

—¡Ésa fue en nombre de la República…! ¡Y ésta de parte de Gambetta!

El pie de René se hundió en sus costillas. Bérenger lanzó un grito de dolor. Los golpes llovieron luego sobre él, pero había dejado de sentirlos. El furor ardía en sus ojos y multiplicaba sus fuerzas. Soltó el brazo derecho con un bramido y atrapó a uno de los hombres por el pelo. El hombre perdió el equilibrio y Bérenger aprovechó para darle un cabezazo brutal en la frente.

—¡Se escapa! ¡Agarradlo bien! —gritó René, lanzándose sobre Bérenger.

El cura le encajó una patada en el mentón, que lanzó a René volando bajo la cruz del calvario. El otro había quedado fuera de combate. El tercer hombre intentó retenerlo y le dio un golpe en el cráneo. El puño del sacerdote se estampó contra su nariz y le hizo crujir los huesos. El hombre se llevó las manos al rostro cubierto de sangre y cayó gritando sobre un costado.

Bérenger rodó sobre sí mismo por la pendiente para librarse de los asaltantes. Chocó contra una retama y se levantó con dificultad. Sentía la cabeza incendiada, el pecho en ascuas, también el vientre. La colina se desdibujaba ante sus ojos y los peñascos danzaban a su alrededor. Las piernas le temblaban. Era inútil echar a correr. Bajo el calvario, diez metros más arriba, los cuatro brutos se habían levantado.

Bérenger se preparó para el asalto.

—¡Ya no se tiene en pie, el desgraciado! —los animó René—. ¿Con que les gustas mucho a las mujeres? Ay, vamos a romperte la cara. Tú, Brasc, por la izquierda. Rey, por la derecha. Simón, tú ven conmigo. Vamos a hacerlo polvo entre todos.

Bérenger juntó fuerzas, esperando a que los hombres se lanzaran sobre él. Brasc corrió más rápido que los demás. Bérenger giró de repente y le dio un rodillazo en la entrepierna. Brasc soltó una maldición, se dobló en dos y atravesó la retama por el impulso de la carrera, rodando luego unos metros. Entre tanto, Bérenger le había asestado a Simón otro puñetazo en la nariz.

¡Dos fuera de combate! Tomó aliento y se apartó justo cuando René estaba por hundirle los dedos en los ojos. Sintió a Rey a su espalda, pero cuando se dio la vuelta ya era tarde: la piedra que Rey sostenía en alto se estrelló con violencia contra su cráneo.

Un velo negro cayó sobre sus ojos. Se desplomó sobre las rodillas. Fue entonces cuando lo entendió todo, como en el fogonazo de un sueño.

Un sabor acre en la boca. Una bebida muy fuerte que bajaba por su garganta. Sintió un desgarrón en todo el cuerpo. Beber ácido debía de ser así. Su cerebro iba a estallar, un torrente de lava corría por sus venas. La tortura pasó al momento, dando paso a un profundo bienestar. Pestañeó, abrió luego los ojos. Estaba lúcido, como si nunca se hubiera desmayado. Y lo más extraño era que todo el dolor había quedado atrás. Nunca se había sentido mejor.

Un hombre se inclinó por encima de él y lo miró con gesto contrito. Los surcos de su frente se disiparon, y las mejillas se distendieron. «Qué cabeza más curiosa —pensó Bérenger—. Parece un fantasma.»

—¿Se siente mejor? —preguntó el hombre, guardándose un frasco azul en el bolsillo del chaleco.

Bérenger se apoyó sobre un codo.

—Sí... ¿Qué me ha dado de beber?

—Es un elixir que yo mismo preparo. En unos minutos estará como nuevo.

Bérenger se inquietó de repente y miró alrededor buscando a René y a sus compadres.

—¿Dónde están?

—Han vuelto a sus madrigueras. El silbido de las balas bastó para espantarlos. Pero creo que llegué justo a tiempo, padre.

—Le estoy eternamente agradecido, señor...

—Elías, Elías Yesolot, para servirle.

—Pero ¿qué hacía usted por aquí?

—Estoy adelantando una investigación arqueológica bajo la dirección de un especialista local, el abad Boudet, de Rennes-les-Bains.

—¿Boudet? Es amigo mío...

—En ese caso me complace aún más haberlo librado de ese trance. Aquí entre nos, padre, ¿qué querían?

—¿Es usted de izquierdas?

—Ni de izquierdas ni de derechas, ni comunero ni monárquico. Me pertenezco a mí mismo. No me interesa la política. Encuentro solaz intelectual en otras cosas. Además no soy ciudadano francés.

—Dese por bien servido. Por lo menos está fuera de peligro. Esos hombres querían verme muerto porque hice campaña por los conservadores.

La respuesta le sacó una espina del corazón. También Elías sonrió. Había temido que aquellos hombres fueran esbirros de los templarios johannistas, que querían deshacerse de Saunière para truncar su proyecto de utilizar al cura. Sin embargo, el propio Saunière había puesto en peligro sus planes. No lo habían hecho nombrar en la parroquia para que fustigara al ministerio de Cultos. ¿Por qué no podía quedarse tranquilo en la iglesia, leyendo el Evangelio? ¿No le bastaba con que Marie viniera a apaciguar sus ardores para someterse?

—Un grave error de su parte —dijo Elías con aspereza—. El ministerio de Cultos no dejará de sancionarlo.

—Quizá… No me arrepiento.

—Usted sabrá. En todo caso, ándese con cuidado… Lo llevaré conmigo. Tengo un buen caballo, que nos llevará a ambos a donde pueda curarlo a cabalidad.

Bérenger pensó en rehusarse, pero Elías clavó sus ojos negros en los suyos como un águila a punto de abatir su presa. Asintió y tomó la mano que le tendía su salvador.

Bérenger le habló más tarde de sí mismo, de sus costumbres, de sus gustos, en voz baja y sentida, como si estuviera confesándose. Elías le inspiraba confianza. Su rostro grande e inteligente, extraordinariamente sereno, lo llenaba de paz. Le contó que estaba harto de sus penurias temporales, cansado de la hipocresía de sus fieles; le confió sus ambiciones, quizá porque Elías era un extranjero, un judío capaz de comprender sus ansias de cambio y sus fantasías. Declaró que su fe estaba en continua crisis, pero excluyó a Marie del vago lote de sus pecados. Cuando le confesó que habría querido matar a golpes a sus republicanos, Elías lo apaciguó con un gesto.

53

—Daría prueba de mejor juicio si se rehusara a caer en la trampa de tener una opinión, en contra o a favor. Pertenece usted a ese pequeño contingente de sacerdotes en manos de los conservadores, que repiten como papagayos los prejuicios de sus jefes...

—No pienso guardar las apariencias como esos curas que tiemblan delante del consejo municipal, que llevan impresos en la cara los créditos que les otorga el ayuntamiento. Mi deber es combatir a la República, ese híbrido de cien partidos diferentes, ese monstruo sin entrañas, sin corazón, sin fe, que no es más que frío cerebro, que en la ceguera glacial de sus pensamientos no puede controlar ni siquiera sus propios miembros.

—¿No le sugiere su propia metáfora una conclusión lógica?

—¿Cuál? ¿Que la República está ya condenada?

—Sin duda esta República, la tercera. Sus debilidades se deben principalmente a la incapacidad del poder ejecutivo, a la inestabilidad ministerial y a los poderes excesivos de los diputados. No hace falta que entre usted en la batalla. Presionados por los socialistas, los radicales y los centristas quieren aplicar al pie de la letra la sentencia de Jules Ferry: «Para que nuestra patria alcance los más altos destinos, hemos de suscribir todos esta fórmula: Francia necesita un gobierno débil». Se lo digo yo, amigo mío, creer que la fortaleza de un régimen político es consecuencia de la debilidad del ejecutivo es un sofisma. El Estado laico encierra el germen de su propia destrucción. Pero no perecerá de un día para el otro. Francia vive de las riquezas de sus colonias y, mientras que estas riquezas no se agoten, bastarán para garantizar la permanencia del orden político que tanto horror le causa.

—¿Qué pasará después?

—El pueblo se sentirá defraudado por este régimen del desorden, le retirará su confianza a los líderes de centro izquierda y se volverá hacia los partidos de derecha y de extrema izquierda, que serán los únicos capaces de manejar la catástrofe política y financiera.

—¿Qué ocurrirá con la Iglesia?

—La Iglesia recobrará su preeminencia, o desaparecerá, depende del hombre que llegue al poder, porque sin duda el poder estará en manos de un solo hombre. Sólo le queda confiar en que sea cristiano. Éstas son sólo especulaciones a las que he llegado por intuición, pero creo que son correctas. No predique en contra de los republicanos. El tiempo está de su parte.

—Trataré de recordar sus palabras. Casi me ha convencido. ¿Cómo es que un extranjero como usted domina los arcanos de la política de nuestro país?

—Si uno decide irse a vivir a Francia, si quiere hacer negocios en su territorio y si es judío, tiene el deber de conocer su historia, su política y la mentalidad de sus gentes para anticiparse a las persecuciones en su contra.

—¿Quién querría perseguir a los judíos en nuestro hermoso país?

—El antisemitismo es una de las claves maestras de la ideología nacional que está gestándose en su hermoso país.

—¡No me lo creo! El nacionalismo no existe. Los antisemitas son un puñado de imbéciles que justifican sus ideas racistas apoyándose en palabras altisonantes entresacadas del darwinismo y de la antropología.

—Un día esos imbéciles vendrán a colgarnos.

—Pues ese día yo le ofreceré asilo y protección —dijo bromista Bérenger—. Así estaremos a mano. La vida de un judío vale lo mismo que la de un cristiano y la amistad de un cristiano vale lo mismo que la de un judío. Venga esa mano, compadre.

Elías le tendió la mano. Bérenger la estrechó. Ambos dilataron ese instante, en que ni el uno era cristiano ni el otro era judío, en que el olvido de sí mismos era el único camino hacia la felicidad. Permanecieron inmóviles delante del vino que sellaba su amistad, apoyados sobre los codos, inclinados el uno hacia el otro, a la escucha de sus corazones. Sin embargo, Elías no se había olvidado de su misión. Escondía la traición en lo más hondo de su alma.

—Me ha conmovido usted, Saunière… Trataré de reunir fondos para que pueda reparar su iglesia y se los haré llegar a través de un conocido mío que viene a tomar los baños a Rennes-les-Bains.

—No puedo aceptar.

—Es apenas una donación, amigo mío. Se la traerá monsieur Guillaume.

—Monsieur Guillaume. No lo olvidaré.

V

Carcassonne, 10 de diciembre de 1885

*L*as lámparas titilaban bajo la luz sonrosada del crepúsculo, que entraba en la habitación a través de las persianas de los postigos. Bérenger aguardaba en paz, en medio del olor de los libros santos, imbuido de la paz espiritual de la biblioteca. Delante de él, los tres secretarios del obispo despachaban la vasta correspondencia que llegaba de Roma y de las parroquias al epicentro de la diócesis. Sus dedos furtivos abrían los sobres, buscaban los sellos y el cortaplumas, distribuían luego las cartas en un impenetrable monte de documentos. De vez en cuando uno de ellos estiraba la mano hacia las sombras del cielo raso para librarse de un calambre. El nombre de un santo silbaba en sus labios. Los ojos se le cerraban por la fatiga, no eran ya más que dos trazos por encima de las ojeras.

«Bienaventurados los que se sacrifican por la Santa Iglesia», pensó Bérenger.

No los envidiaba, aunque tuvieran asegurada su carrera. Eran jóvenes y ambiciosos, pero casi no parecían seres humanos. Tenían la piel pálida como un hongo siniestro, los labios fruncidos, las mejillas huecas. El calor de sus rostros no provenía de ellos mismos, sino de las dos estufas que crepitaban apaciblemente bajo el amparo de los retratos de Gregorio XVI y Pío IX.

Una campanilla retintineó de repente. Uno de los secretarios inclinó la cabeza y posó el portaplumas sobre el platillo de cobre en forma de pila bautismal. Se volvió hacia él:

—Tenga la bondad de acompañarme.

Bérenger sintió otra vez el estremecimiento de la víspera.

El mensaje urgente del obispo, llamándolo a su presencia, le había provocado escalofríos. Ahora mismo, le irritaba no haberles hecho ninguna pregunta a los escribas. ¿Qué querría el obispo de él?

Entró en una recámara más pequeña y aún más suntuosa. Monseñor Billard se levantó para recibirlo. Era un hombre flaco, de cuello grueso y gestos afectados, ojos glaucos, aterciopelados, que estaban en perpetuo movimiento.

Bérenger desconfió de él en cuanto le tendió la mano. Se obligó a adoptar una actitud humilde y reservada, por respeto a su riqueza y a su poder, mientras el obispo se embarcaba en un discurso sobre los deberes de la Iglesia y de sus siervos.

Bérenger lo escuchaba apenas, pensando otra vez en el oro que ansiaba poseer. La cámara del obispo lo hacía consciente de su miseria abyecta. Todo brillaba a su alrededor: el cristal de las lámparas, los títulos dorados de los libros piadosos, los bronces y los adornos sagrados. Con cada mirada, la envidia y la amargura se hacían más intensas. Los anillos de Billard encendían en su rostro rayos rojos y azulados, que recrudecían sus ansias y tormentos.

El obispo habló en un susurro del aumento del ateísmo en Europa, que en su opinión era consecuencia de la penetración de las ideas socialistas. Con aparente desenvoltura, le lanzó la carta que tenía en la mano a Bérenger:

—Está fuera de nuestras competencias enfrentarlos en la arena de la política —dijo de repente con tono amenazante.

La carta giró sobre sí misma delante de Bérenger, que no se atrevió a cogerla.

—Léala —le ordenó Billard.

El cura recorrió las líneas que sellaban su condena. Los republicanos se habían vengado de él.

—No puedo hacer nada por usted —dijo el obispo—. La República ha triunfado y su deber es obedecer la ley. Sin embargo, la Iglesia tiene depositadas sus esperanzas en usted. Cuando concluya la suspensión, retomará sus labores en Rennes-le-Château y se atendrá a la encíclica *Humanum genus*. Nuestros verdaderos enemigos son los masones y debemos combatirlos en secreto. Intuyo que es un hombre ambicioso, pero debe aprender a esperar.

¿A esperar qué? El obispo hablaba igual que Boudet. ¿Por cuánto tiempo más podría resistirse él mismo a sus deseos, en medio de los peñascos y los corderos de Razès? Ya estaba cansado de oír sabios consejos. Incluso Marie, en las últimas semanas, lo contradecía cada vez que él hablaba de la República.

—Comprendo —respondió Bérenger.

Bajó entonces la mirada, para releer la carta maldita.[5] En su corazón bullían el odio y la tristeza.

Señor obispo:

Las explicaciones que me ha hecho el honor de hacerme llegar a fin de justificar la conducta de los cuatro sacerdotes de su diócesis que se han visto comprometidos durante el período electoral no han conseguido modificar mi opinión acerca de los actos que se les imputan, actos que usted discute, pero cuya realidad material reconoce implícitamente.

Puesto que no manifiesta usted intención alguna de acogerse a mi deseo de reasignarlos para evitar las justas represalias, me veo hoy en el deber de castigarlos hasta donde me lo conceden mis prerrogativas disciplinarias.

Los titulares abajo mencionados se verán pues privados de los subsidios correspondientes a sus títulos a partir del primero de diciembre del presente año:

Señores Saunière, parroco de Rennes-le-Château
Tailhan, párroco de Roullens
Jean, párroco de Bourriège
Delmas, vicario de Alet.

Reiterándole mi más alta consideración,

Goblet
Ministro para la Instrucción Pública,
las Bellas Artes y los Cultos

—Entre tanto —dijo el obispo— tengo otros proyectos para usted.

Bérenger vio una luz de esperanza. El obispo dio la vuelta a su escritorio, tomó su portaplumas y firmó un papel.

—Irá usted a enseñar al seminario de Narbona. Aquí está

5. Carta del 2 de diciembre de 1885.

su carta de presentación y doscientos francos para que se mantenga durante un tiempo.

El obispo le tendió la carta junto con un sobre lleno de billetes nuevos. Bérenger vaciló.

—¡Tómelo! ¿Piensa que unas cuantas horas de clase a la semana bastarán para los gastos? Narbona es una ciudad, conocerá allí gente interesante, tendrá que salir y debutar en sociedad. Para todo eso debe estar presentable. No subestime el orgullo de la Iglesia y tome este dinero. Llegará el día en que lo devuelva al ciento por uno. No se trata de limosna, Saunière. Tómelo, como le digo. Nadie se enterará. Éste es un asunto entre usted, yo... y Dios que vela por nosotros.

Bérenger se levantó y tomó por fin el sobre.

—Pero ahora, ¿qué soy? —dijo como si hablara consigo mismo.

—Un sacerdote en la senda del arrepentimiento, Saunière, ni más ni menos... Márchese y rece, hijo mío. Que las legiones del señor lo protejan.

Bérenger besó el anillo del obispo. La gema le parecía aún tan remota como una estrella, pero por un momento sintió que le pertenecía. La Iglesia se preocupaba por su suerte. Confiaba en que él le fuera de provecho, en vez de traerle disgustos. Tanta protección debía esconder alguna cosa. Por primera vez, intuyó que estaba en una posición de ventaja. «De momento complaceremos sus deseos, luego ya veremos», pensó al despedirse de su superior. Una vez en la calle, volvió a dudar. Las preguntas y las conjeturas se multiplicaron hasta el infinito. Las extrañas palabras del obispo resonaban en su cabeza. Pronto, se confundieron con las palabras de Boudet. Echó a andar a paso redoblado, subió a las murallas, contempló sus antiguas piedras en busca de un presagio, golpeó con los puños las almenas. Necesitaba entrar en acción.

Boudet, Billard, Billard, Boudet... ¿Qué era lo que tenían en común? ¿La manera de hablar, la mirada? Debía descubrir a toda costa el motivo de sus cuidados paternales. Estaba cada vez más seguro de que no había sido nombrado por azar párroco de Rennes-le-Château. Pero ¿por qué él? ¿Porque era oriundo de la región? No parecía un motivo suficiente... ¿Por sus cualidades? Ridículo. Tenía menos virtudes que defectos.

¡Y qué defectos! Bérenger se sonrojó. La verdad le hacía daño. Él mismo no podía creérsela. Sin embargo, estaba allí, desnuda. Y tampoco explicaba por qué aquellos dos hombres se interesaban por su suerte.

Narbona, 29 de abril de 1886

La noche había caído. Todo era silencio. La noche lo arrastraba hacia el reino inmundo que había al pie de la colina. Bérenger sopló la vela. Sus gestos eran rápidos y precisos. Tomó el paquete que había sobre el lecho, se puso los zapatos bajo el brazo y dio vuelta al cuadro piadoso del muro, para sacar la moneda de oro que tenía allí escondida. Se agazapó en lo oscuro, auscultando los ruidos mínimos de las celdas vecinas. Todos los seminaristas estaban rezando o estudiando para sus cursos. Con cautela, descorrió el pestillo, entreabrió la puerta y prestó oído. Suspiros, voces melancólicas que rogaban al cielo, una gota de agua que repicaba en un barreño. Alguien puso una jarra encima de una mesa. Todo estaba tranquilo.

La llamada de la noche se hizo más intensa. Bérenger cerró la puerta de su celda y se dirigió hacia la escalera. En la portería, el guardián estaba dormido como otras veces. Bérenger pasó de puntillas, sin apartar los ojos del rostro ensombrecido bajo la veladora de porcelana. El hombre roncaba felizmente. Sus labios carnosos se estremecían, las mejillas le temblaban, las manos entrelazadas sobre la barriga descendían con lentitud. Nadie lo había oído.

Bérenger se alejó del lúgubre caserón. El viento fresco le acarició la cara. Fue hasta el rincón del jardín donde la maleza siempre estaba sin podar, se quitó la sotana y la atiborró dentro de un saco de tela oculto al pie de un árbol. Abrió el paquete que escondía bajo la cama y sacó la chaqueta y el pantalón. Se puso sus ropas de civil, se calzó los zapatos y enfiló hacia el muro que rodeaba el seminario. No tenía más remedio que trepar. Con un par de movimientos ágiles llegó a la cima y se dejó caer del otro lado. Atravesó el baldío y tomó el sendero que bajaba a la ciudad, hacia el reino de los hombres.

Al llegar a la plaza se coló como un fantasma por entre los plátanos, eludiendo las luces encendidas de las ventanas. La callejuela estaba allí, a mano izquierda. La tomó, se acercó a un umbral y llamó a la portezuela con la aldaba de bronce. Esperó diez segundos con la carne de gallina. Un par de ojos enrojecidos lo miraron de hito en hito a través de la mirilla que había encima de la aldaba. La mirilla se cerró con un golpe seco. Oyó girar los cerrojos. La puerta se abrió por fin. El calor, las luces, las risas, los perfumes acudieron a su encuentro.

—Buenas noches, señor —le dijo el gigante que guardaba la puerta.

—Buenas noches, Antoine.

—Sus amigos están allí —dijo el hombre, señalándole una mesa por entre el humo.

—Gracias, Antoine.

Una imponente pelirroja vestida de negro lo abrazó al cabo de unos pasos. Sus ojos estaban vacíos, demasiado cerca uno de otro, no parecían siquiera verlo. Sin embargo, su voz y sus manos eran cálidas, como si se concentrara en ellas la vida misma de la mujer

—Qué alegría volver a verlo, monsieur Jean —le dijo tomándole las manos, para apretarlas contra su pecho opulento—. Tenemos una pensionista nueva… Ha venido de París… Ya está allí con monsieur de Fignac. Es la rubia, la que está levantando la copa. Sí, la del corsé violeta. El banquero la tiene reservada para usted.

La vergüenza se apoderó de él. Luego, la excitación. La muchacha se parecía a Marie, salvo que era más frágil, tenía el cuello delicado, las muñecas y los tobillos finos. Sus senos pequeños asomaban dos pezones rosados por encima de las copas del sostén. Las perlas negras del collar resbalaban entre ellos con cada uno de sus movimientos.

—¡Jean! ¡Jean! —lo llamó un hombre—. Venga con nosotros.

Otras voces empezaron a llamarlo. Las mujeres se levantaron tendiéndole los brazos. Bérenger dejó a la pelirroja, que soltó una risita, y se unió al grupo de bulliciosos. Eran siete mujeres y cinco hombres y todos estaban bastante animados. Le estrecharon la mano, le besaron las mejillas. El que lo había llamado le hizo sitio entre dos mujeres, dándoles golpecitos con la fusta en los muslos desnudos. Era un militar de aspecto satisfecho, que siempre sonreía y nunca estaba ebrio. Sus grandes manos morenas reptaban sin descanso por el borde de las medias de las muchachas, en busca de sus pieles blancas y perfumadas. De vez en cuando, usaba la fusta para acariciarles el sexo.

—Empezábamos a inquietarnos —dijo el militar—. Hace una semana que no tenemos noticias suyas. Su protector estuvo a punto de publicar un aviso de búsqueda.

Bérenger se volvió hacia un hombre gordo e impasible que fingía beber champaña. Nunca lo había visto acabarse una copa, ni tampoco tocar a una de las muchachas. Como derrochaba el oro a manos llenas, nadie se atrevía a tomarle del pelo.

—¿Es eso cierto, monsieur De Fignac? —le preguntó Bérenger.

—Así es, querido amigo —contestó el otro con un fuerte acento del Midi. Cuando los demás perdieron interés, susurró en voz baja—: ¿Qué ha ocurrido?

—Creo que el director del seminario sospecha que salgo vestido de civil.

—Pues no corra ningún riesgo. Y aún menos ahora que le tengo una buena noticia: a partir del primero de julio podrá regresar a Rennes-le-Château. El exilio ha llegado a su fin. Ciertos amigos del ministro de Cultos se lo han confirmado a monsieur Yesolot.

Bérenger miró a su extraño acompañante sin saber si alegrarse. Hacía dos meses, Elías lo había abordado en el atrio de la catedral de Saint-Just, para presentárselo después de la misa de la mañana.

—Heme aquí, amigo mío —había dicho Elías—. Recibí su carta. ¿Qué puedo hacer por usted?

Bérenger le había confiado su deseo de abandonar el seminario. El judío prometió encargarse del asunto y lo llevó al fondo de la catedral, donde los aguardaba el banquero.

—Éste es monsieur De Fignac —dijo Elías—. Sostiene a las

comunidades judías de Burdeos y de Toulouse. Estará encantado de mostrarle Narbona, que es su ciudad. En cuanto a usted y a mí, nos encontraremos por el camino.

Habían desayunado los tres juntos. Elías relató su primer encuentro con el abad, habló luego de las numerosas visitas que le había hecho en Razès, de sus largos paseos, sus pequeños hallazgos arqueológicos, las veladas que habían pasado juntos con el armero que montaba guardia contra las almas de los muertos y contra Garramauda.[6] Luego se marchó y De Fignac se hizo cargo de Bérenger.

El abad se dejó tentar por el oro del banquero. Por primera vez desde su juventud, se puso ropas de civil para seguir a su guía hasta aquel establecimiento al que acudían discretamente los burgueses de la villa y los propietarios rurales que querían echar una cana al aire. Lo aguardaba la condenación eterna. Sin embargo, ni las noches en vela en la capilla ni los cabezazos que se daba contra el altar en el clímax de la desesperación lo habían apartado del pecado. Un poder irresistible lo arrastraba a aquel lugar de desenfreno donde era conocido como monsieur Jean, maestro carpintero de Lézignan.

El banquero tomó el mentón de la rubia entre el índice y el mentón. La hizo volver la cabeza.

—¿No es verdad que tiene un perfil hermoso, Jean? —le preguntó—. Acérquese… Más cerca… Un poco más. Déjela sentir su aliento.

Bérenger no pudo resistirse a las órdenes de su ángel del mal. Reconoció el perfume del cuerpo ofrecido de la muchacha. Era un olor como una caricia, tibio y penetrante, una fragancia caprichosa y embriagadora, que se confundía con el otro olor más espeso del humo a su alrededor. La muchacha permaneció inmóvil. Entreabrió los labios, como para decir algo, para besar el aire, quién sabe para qué. Bérenger ya no sabía nada. Su mente divagaba fuera de sí, en su cabeza no veía más que la imagen de la cópula entre los dos. Estaba tan cerca de ella que veía las venas palpitando bajo su piel blanca. Siguió con los ojos el rastro azulado, luego con el dedo, se perdió entre los bucles dorados de la cabellera, hasta la minúscula oreja de porce-

63

6. La bestia negra.

lana y el lóbulo adornado con una perla negra. Como en un sueño, retiró la pinza de plata que retenían los cabellos. Una cascada de oro escondió el rostro de su ángel.

—Ahora podrá mirarla sin estremecerse —dijo De Fignac, apartándose de los dos.

Los ojos de Bérenger titilaban de deseo. Su sonrisa tenía algo de bestial. Se metió la mano en el bolsillo en busca de la moneda de oro, pero De Fignac se le adelantó arrojando una moneda sobre la mesa.

—¡Por los dos!

De inmediato, una pezuña llena de anillos se abatió sobre la mesa. Nadie había visto acercarse a la gorda pelirroja. Tampoco nadie la vio marcharse a otra mesa, en pos de los soles de oro que albergaban los bolsillos de sus huéspedes.

La muchacha se puso de pie sin decir palabra. Acarició su rostro con dedos provocativos. La caricia le hizo arder la mejilla a Bérenger. La rubia se encaminó hacia la escalera. El abad la siguió haciendo esfuerzos por contenerse. La sangre afloró otra vez a su rostro al verla detenerse en un escalón, contoneándose, exhibiéndose. La mujer echó a andar con pasos felinos. Sus nalgas desnudas basculaban a la vista de todos, acariciando la seda violeta del corsé de encaje.

Bérenger pensó en el pecado. Por un instante furtivo y solitario, se vio cayendo en el abismo, pero el deseo eclipsó enseguida sus pensamientos. En el piso de arriba, el cuarto sería de color rosa, verde o rojo como la sangre, como esa sangre suya a la que se había sometido.

VI

Rennes-le-Château, 11 de noviembre de 1888

$\mathcal{M}$arie no hacía más que pensar en Bérenger. No existía ningún otro hombre en el mundo para ella. Sin embargo, no había ido a verlo desde que se había mudado a la sacristía, reconstruida de arriba abajo gracias a una donación de tres mil francos de la Casa Real de Francia.[7] «¡Bérenger!, ¡Bérenger!, mi amor…» En sus noches de soledad, lo abrazaba, lo estrechaba contra su cuerpo, lo cubría de besos, llamándolo con todo el ardor de su juventud. Una y otra vez, en sus sueños.

Ahora estaba allí, a diez pasos, con las manos recias y fuertes en la cintura, contemplando el tumulto que se aglomeraba ante el establo. A su lado, el armero parecía un hombrecillo enclenque. Marie avanzó un paso, dio luego otro, sintió que se le salía el corazón. «¿Querrá todavía algo conmigo?» Se soltó el chal de lana y se arremangó la manga izquierda de su viejo vestido, para asomar el brazo fuera de la camisa. Por debajo del codo llevaba la cinta roja, trenzada con los nudos del amor. La había comprado el primer viernes de luna nueva y había hecho el primer nudo recitando el Pater Noster hasta las palabras *in tentationem*. Luego había que reemplazar *sed libera nos a malo* por *lude-aludei-ludeo*. Había repetido la operación cada día, añadiendo un Pater y trenzando otro nudo, hasta completar los nueve. Ahora sólo tenía que tocar al sacerdote para que su amor se hiciera realidad

Bérenger hizo un gesto hacia el establo y René y Brasc se acercaron con los otros hombres que habían sido sus enemigos.

7. La donación del conde de Chambord.

A su alrededor, los niños corrían aplaudiendo y dando brincos.

—*Porto le cotel, René, que farem de sang* —gritaban.[8]

Los hombres traían consigo un cerdo que se debatía lanzando chillidos estremecedores. Marie se acercó hasta donde Bérenger estaba con el armero, se agachó a su espalda y tocó con el dedo meñique la mano del sacerdote. «¡Ya está hecho!» Bérenger no se había dado cuenta, pues estaba demasiado absorto en la matanza. Los hombres ya tenían al cerdo en el suelo, delante de una gran vasija de barro.

—¡Adelante, matarife! —ordenó Bérenger.

El matarife, que no era otro que René, se sacó del cinto un cuchillo afilado y lo hundió en la cabeza del animal. La multitud se estremeció. Los niños se quedaron tiesos en su sitio, mirando boquiabiertos a su alrededor, a la vez satisfechos e inquietos, curiosos y perversos. El cerdo chilló, pataleó, se sacudió tratando de zafarse de la docena de brazos que lo tenían prisionero. La sangre espesa cayó en el recipiente hasta que cesaron las convulsiones de la agonía. Los hombres relajaron los brazos y aflojaron poco a poco los dedos. Había llegado el fin. René hundió el puño en la sangre y se volvió hacia Bérenger. Marie sintió un escalofrío. René le resultaba antipático, la espantaban sus labios blancos, como cortados de un tajo en su cara de bestia.

—Sin rencores, cura —eructó René, trazando una cruz roja en la palma del sacerdote, justo donde Marie lo había tocado hacía unos minutos.

—Que la Magdalena te proteja y proteja a tu familia —respondió Bérenger. Abrazó luego al campesino.

Había seguido los consejos del obispo y de Boudet. Desde su regreso, había accedido a dialogar con los republicanos. Al cabo de unos días, bebió vino y ajenjo en casa del herrero y se ganó luego los corazones de todos pidiendo al cielo en nombre de los santos por sus rebaños y sus cosechas. Habían pasado los meses. Bérenger organizaba procesiones y decía misas. Le pidieron lluvias y tuvieron lluvias. Una noche, todos se reunieron para dar caza al fantasma de un hechicero muerto hacía treinta años, y Bérenger fue con ellos. Cuando empezaron

---

8. Trae el puñal, René, que haremos correr la sangre.

a decirle «padre», Bérenger les regaló hinojos de Narbona, consagrados nueve veces en el fuego de la catedral de San Juan. La hierba mágica apareció en todas las ventanas al día siguiente.

Ahora era su amigo. René llamó a los demás, para que vinieran a darle un apretón de manos. Brasc, Simón, Sarda, Delmas y Vidal acudieron uno tras otro. Perdón y olvido. El Estado había hecho las paces con la Iglesia. Los niños reían alegres y las mujeres cantaban al verter el agua hirviendo para despellejar al cerdo. Cocinarían los cortes de filete con las alubias a medio día. El padre bendeciría el pan antes de la comida.

Bérenger, satisfecho, le dio una palmadita en el hombro al armero.

—Me voy a arreglar la iglesia para la misa de esta noche —dijo sonriente.

Entonces, vio a Marie. Se sintió algo inquieto. Echó una mirada a sus feligreses. Estaban demasiado ocupados con el cerdo, ni siquiera se habían percatado de la presencia de una forastera.

—Hola… He venido de Rennes-les-Bains…

Bérenger pensó en Boudet. Era él quien se la enviaba. Le ofrecían aquella muchacha para que se abandonara al placer sin cálculo ni cautela. Un gesto bastaría para hacerla suya. ¡Suya! Llevaba diecisiete meses sin tocar a una mujer. Diecisiete meses en los que había recuperado la paciencia y la valentía. Diecisiete meses en los que había purificado su cuerpo. En diecisiete segundos podía comprometer su alma otra vez. Le sonrió a Marie.

—Ve a mi casa —murmuró al pasar a su lado.

Marie sintió las piernas flojas, el cuerpo reblandecido, como un arrebol arrastrado por el viento de otoño. «¡Lo logré! ¡Lo logré!… Todavía me desea.» Casi sin darse cuenta se encaminó hacia la sacristía, abrió la puerta, se desnudó delante de la chimenea y se tendió de una vez en el lecho. Cerró los ojos al oír la puerta. Oyó luego el taconeo de sus pasos, el roce de la sotana, un estremecimiento… Los pies se acercaron ya descalzos por el suelo. No oyó nada más, pero tampoco abrió los ojos. Sus pechos subían y bajaban bajo la sábana, tenía los pezones erizados, los muslos tensos, el calor se apoderaba de su vientre. Una mano rozó su cuerpo a través de la tela de la sábana. Subió por sus muslos hasta justo debajo del sexo. Sólo tenía que escurrirse imperceptiblemente, con un golpe de caderas, para alcanzar la punta de los dedos.

Bérenger guardó silencio. Se inclinó sobre ella y besó sus párpados. Besó luego su boca, posó los labios sobre uno de sus senos. Marie le lanzó los brazos. Ansiaba sentir su calor, su fuerza, su vida misma.

Ahora se sentía plena, feliz. Nadie le había hecho nunca el amor así. El propio Bérenger no parecía el mismo hombre. A lo largo de cuatro horas, la había arrastrado de goce en goce, de deleite en deleite. ¿Qué le habría pasado para que hubiera cambiado tanto? Marie aún recordaba las caricias inexpertas de sus manos, de esas mismas manos que hoy le habían abierto las puertas de la voluptuosidad. ¿Habría conocido otra mujer? Se volvió a mirarlo, buscando una respuesta en su rostro dormido, gallardo y sensual.

«Ay, mi amor —pensó—, ¿cuál será tu secreto? ¿Qué quieren de ti? Me amenazaron para que me hiciera tu amante… Pero yo ya no podré hacerte daño, aunque me hagan daño a mí. Es demasiado tarde. Te amo… te amo.»

Lo abrazó. Él se dejó abrazar. El ensueño duró hasta que tocaron a la puerta. Bérenger se puso lívido.

—¡Vengo enseguida! —gritó—. ¡Un momento!

Le susurró a Marie:

—No te muevas de aquí.

Sería un horror si llegaban a sorprenderlo. Se vistió a toda prisa, se pasó la mano por el pelo, cerró la puerta del cuarto y se precipitó hacia el recibidor.

—Ya estoy aquí —dijo abriendo la puerta.

Se quedó estupefacto. El hombre que tenía delante parecía salido de un cuento de hadas. Alto, delgado, blanco y rubio, ataviado con un elegante traje de caballero y calzado con botas de cuero crudo. Tenía los labios delicados, los ojos nostálgicos y soñadores. Todo en él era una estampa de nobleza.

—Buenos días, padre —dijo, con un acento peculiar—. ¿Es usted el abad Saunière?

—Soy yo.

Una sonrisa iluminó el rostro del visitante, que se quitó el sombrero e hizo una venia.

—Es un placer conocer a un partidario de los reyes.

—¿Quién es usted?

—Me llamo Guillaume. ¿Puedo pasar? Quisiera hablar con usted de un asunto importante.

—Pase usted —respondió Bérenger apartándose. Luego dio un grito—: ¡Ahora caigo! Es el amigo de monsieur Yesolot, me habló de usted la primera vez que nos encontramos.

—Es él quien me envía.

Bérenger sonrió, pero su corazón empezó a palpitar. Miró de reojo la escalera que llevaba a la alcoba. Las ropas de Marie aún yacían en desorden ante la chimenea. Sintió el rubor en el rostro y tomó al visitante por el brazo, lo condujo hasta una silla orientada hacia la ventana.

—Siéntese… ¿Un vaso de vino…?

—¡Con gusto! —respondió el otro, dejándose caer en la silla.

Bérenger se lanzó sobre las enaguas, las recogió al vuelo y las arrebujó con el vestido. Sin detenerse a reflexionar, tiró la ropa dentro de un cofre y giró sobre sí mismo, tomó la botella y los vasos, y regresó con el visitante. El extraño se desabotonó con parsimonia la chaqueta. Su frente altiva, sus ojos soñadores, todo su rostro transmitía majestad y gentileza. Una medalla centelleó sobre su camisa cuando se abrió las solapas para ponerse cómodo. El relámpago atrapó la mirada de Bérenger… No era una medalla. Era un pequeño redondel de oro, protegido por un vidrio y engastado en un círculo de cobre en el que había grabados varios signos. La letra griega Tau, la cruz esvástica, una luna creciente y una S.

—Es el AOR —dijo Guillaume, al advertir su mirada—. Vengo de Paray-le-Monial.[9]

El AOR era la primera palabra del Génesis. Paray-le-Monial, la capital del reino del Sagrado Corazón. Bérenger estaba perplejo. ¿Qué querría de él aquel hombre? ¿Le traería una donación como había dicho Elías?

—El AOR es el fuego esencial —dijo Guillaume— el ori-

9. Centro de esoterismo cristiano establecido por los seguidores del reverendo padre Drévon en 1875.

gen de la luz y de la destrucción universal. Pero aunque lo llevo conmigo no traigo malas intenciones. Pertenezco a Dios y a Jesucristo, vivo por la Eucaristía y para la Eucaristía.

Bérenger estaba a mil leguas de la Eucaristía. Los arañazos de Marie ardían en su cuerpo, los gritos de la muchacha resonaban en su cabeza. Sus pensamientos se confundían aún en la dulce molicie que nace del amor. Consiguió responder con aplomo:

—Sé que dice la verdad. Sé distinguir el bien del mal, es un don que Dios me ha concedido. Es usted un hombre de bien, y desde ahora le abro las puertas de mi casa y de mi corazón. Pero permítame que le pregunte de qué país viene. El nombre francés no logra disimular que es extranjero. No me sorprendería si me dijese que es alemán.

—Austriaco.

—¡Austriaco! ¿Y realmente se llama Guillaume?

—No… Perdóneme… no tengo derecho a seguir mintiéndole. Soy el archiduque Juan Esteban de Habsburgo, primo del emperador de Austria-Hungría y descendiente del gran Rodolfo.

Fue como si el cielo cayera sobre su cabeza, como si una ventisca lo arrojara al suelo. La imagen de María se borró de sus pensamientos. Se sentó, sintiéndose mareado. Bajo la luz gris, todo a su alrededor le parecía sucio y vetusto. En su miserable habitación estaba uno de los hombres más poderosos de la tierra.

El archiduque… El Habsburgo… Allí mismo, en su casa, en medio de aquel barrizal olvidado de Dios. Aún no podía creerlo. ¿Qué debía hacer? Y pensar que el príncipe había bebido su vino malo…

Bérenger habría querido despertar. Nunca había estado en semejante situación, salvo en sus sueños matutinos, por lo demás siempre interrumpidos. Pero quizás eso mismo los hacía soportables. Ahora el sueño era real. El príncipe era de carne y hueso, estaba al alcance de su mano, sonreía como un hombre cualquiera.

—Perdóneme por haberlo recibido así, su excelencia —balbuceó Bérenger.

—No hace falta que se disculpe… y, sobretodo, nada de etiqueta entre nosotros. Dígame Esteban. No olvide nunca que mi apellido es Guillaume, que mi padre es francés y mi madre es austriaca y que soy viajante de comercio.

—No sé si podré…

—Forma parte de su misión.

—¿Qué misión?

—Lo sabrá cuando llegue el momento… Tranquilícese… No soy yo quien debe decirle en qué consiste. Ha sido elegido para ella por el Priorato de Sión, del que soy miembro. Es todo cuanto puedo revelar.

—El nombre no me dice nada… ¿Dónde queda este priorato? ¿Depende de Roma? ¿Boudet y Billard se cuentan entre sus miembros? ¿Y Elías? ¿Está usted en el mismo bando que ellos? Dígamelo.

—Estoy en el bando de Dios. ¿Acepta usted está explicación?

—Yo…

—Sea razonable, Saunière. Nos encargaremos de que haga fortuna, pero debe darnos tiempo. Creo que encontrará con qué entretenerse.

¿Con qué entretenerse? ¿Qué insinuaba con eso? Bérenger lo comprendió al momento. El archiduque se levantó y fue hasta la escalera, acarició la baranda de madera con el dorso de la mano, escrutando el techo.

—No es suficiente, lo sé —murmuró con el oído pegado a la madera—. Tenga la bondad de aceptar también esto.

Se metió la mano en el bolsillo y le arrojó un pequeño saco. Bérenger lo atrapó en el aire. Se quedó estupefacto al vaciarlo sobre la mesa. Eran monedas de cien francos de oro.

—Hay mil francos —dijo a su lado Esteban—. Es un segundo anticipo, para que sobrelleve sus males con paciencia. Se enfrentó usted a la República, y pidió ayuda a los monárquicos. La condesa de Chambord ha atendido una vez más su súplica. Confío en que dé buen uso a este regalo que le ofrece la Casa de Francia… —Esteban le lanzó entonces una segunda bolsa—: Aquí hay mil francos más. De parte de la casa de Austria. Podrá reemplazar la piedra del altar mayor, que por lo visto se encuentra en muy mal estado.

Bérenger respondió:

—Tendré…. Tendré paciencia. Diga a sus amigos del Priorato de Sión que pueden contar conmigo.

—¡Magnífico! —exclamó Esteban—. Eso es hablar. Deme la mano, padre, y brindemos una vez más antes de que vuelva al camino. He de marcharme enseguida, otras tareas me aguardan.

Bérenger le estrechó la mano, brindó con él, lo acompañó a la puerta. El sueño había concluido pero el oro aún brillaba sobre la mesa. Por fin podría mandar restaurar la iglesia. Jugueteó con las monedas, haciéndolas rodar. La inscripción de los cantos rezaba «Dios guarde a Francia».

—Que Dios nos proteja —murmuró también una voz a su espalda.

Marie lo abrazó por los hombros, acariciándole los cabellos. Sus tiernas caricias lo apartaron de las monedas, se dio la vuelta, la abrazó contra su pecho. Empezó otra vez a besarle el cuello.

—Sé que te mandaron conmigo para hacerme sucumbir —le dijo, entre los besos—. Qué suave es tu piel... Sé que no me contarás nada. No importa... Lo único que cuenta es que la verdad brilla ahora en tus ojos. Mírame.

La muchacha tenía los ojos humedecidos. El amor estaba en su mirada. También estaba en ella la pasión. Justo cuando iba a decirle «te amo», Bérenger aplastó sus labios con un beso.

VII

Rennes-le-Château, 20 de junio de 1889

*L*os obreros paraban de vez en cuando a secarse el sudor. Bérenger estaba de espaldas, cuatro pasos más adelante, meditando delante de san Antonio. Las palabras de Boudet, a quien había visto la víspera, aún repiqueteaban en su cabeza: «Mañana, a la segunda hora de la tarde, retirará la losa de piedra del altar. De acuerdo con el binario, a esa hora los peces del Zodiaco ensalzarán a Dios, las serpientes de fuego se trenzarán en el caduceo y el relámpago conocerá la armonía».

No había comprendido ni una sílaba. Sin embargo, estaba atento a su reloj. Eran ya las dos. Había llegado el momento. Se dio la vuelta y fulminó con la mirada a los obreros, que yacían tumbados en las sillas con las herramientas entre las piernas. Rousset y Babou se inquietaron. Nunca habían visto tan enervado a Bérenger. ¡Era el mismo diablo, ese cura! Babou tornó primero a picar el suelo con el mazo y el buril.

—¡Detente! —tronó Bérenger.

—¿Qué pasa? —Babor tragó saliva.

—Retirad la piedra del altar mayor.

Los dos hombres quisieron obedecer, pero por más que empujaron no consiguieron desplazar la piedra más que unos centímetros. Babou se dejó caer exhausto. Rousset cayó enseguida, colorado por el esfuerzo. Ambos resoplaban desalentados, con las gargantas resecas, pensando en el ajenjo fresco que beberían esa noche.

—¿Qué pasa? —se sorprendió Bérenger.

—Es demasiado pesada. Si usted no nos ayuda, no podremos moverla.

—Os corre agua por las venas… Apartaos.

El sacerdote era conocido por su fuerza prodigiosa, pero no pudieron disimular las sonrisas. ¿Cómo se le ocurría que podría solo con la piedra? Iba a romperse el espinazo, como mínimo. Bérenger se apoyó en uno de los dos pilares visigóticos que sostenían la enorme losa, tensó los músculos y la empujó hacia arriba con los hombros. Poco a poco, se enderezó ante la mirada atónita de los obreros.

—¡Se le va a caer al suelo! —gritó Babou.

—Qué más da, mal cristiano —masculló Bérenger con una mueca—. Se trata de cambiarla por una nueva… Si no quieres que se rompa, sostenla por el otro lado.

Babou empezó a hacer esfuerzos desesperados para mantener la losa en equilibrio. Rousset se agachó bajo la losa para ayudarlo.

—Ahora giradla hacia un costado —ordenó Bérenger.

Los hombres se apartaron paso a paso del pilar, abrumados por el peso. La losa giró sobre los hombros del sacerdote, que permaneció en su sitio. Pero Bérenger, en vez de seguirlos, apoyó otra vez su carga sobre el otro pilar.

—¿Qué hace? —le gritó Rousset.

—Estoy tomándome un descanso.

Los dos compadres jadeaban bajo la mirada divertida del sacerdote. El peso de la losa los mantenía clavados en su sitio y no se atrevían a hacer ni el menor movimiento. Tampoco podían volver ya al punto de partida.

—A veces no sé si estamos hechos a imagen y semejanza de Dios.

—¡Padre! ¿Por qué dice eso?

—Es la verdad. No sois más que criaturas débiles.

—Por favor, padre, sáquenos de aquí.

—Primero me contaréis quién anda diciendo que me acuesto con Marie cada semana cuando me trae noticias del abad Boudet.

—Nosotros no, padre… Además es normal. Después de todo usted es un hombre.

—Quiero saberlo.

Babou ya no podía más. El cuerpo le dolía y las piernas le temblaban. No parecía que el cura fuera a ceder. Si soltaba la losa, corría el riesgo de que le aplastara una pierna. Prefirió hablar:

—Es Alexandrine Marro.

—Ya lo sospechaba. —Bérenger se echó a reír—. Esa vieja arpía me tiene rencor desde que llegué a la aldea… Porque no quise alojarme en su casa. Os liberaré de la carga puesto que no puedo libraros de vuestros pecados. Que por cierto no son pocos.

—¡Iremos a confesarnos! —gritaron los hombres.

Satisfecho, Bérenger rodeó el pilar con los brazos y levantó en vilo el extremo de la losa. La llevaron al momento hasta el fondo de la iglesia. De regreso en el altar, Babou se apoyó en uno de los pilares para secarse la frente.

—¡Caray! —dijo sorprendido—. ¡Es hueco!

—¿Cómo que es hueco? —Bérenger acudió a su lado.

—Sí, es hueco. Hasta tiene plantas dentro.

Bérenger apartó a Babou y hundió la mano en la abertura. Siguió hundiéndola. Sacó un manojo de helechos secos y tres cilindros de madera lacrados. El corazón le dio un vuelco. ¿Sería ése el secreto de Boudet?

75

Bérenger recibió al día siguiente la visita del alcalde, que había sido alertado por Babou y Rousset. Lo vio acercarse desde la ventana del segundo piso, donde había instalado su escritorio. El gordo alcalde se detuvo ante la iglesia como amodorrado. Sin embargo, era un hombre astuto. No había que fiarse de sus hombros caídos ni de sus pasos vacilantes, tampoco del aire sumiso con que miraba las grietas resecas por el sol. Había hecho demoler los muros de la aldea después que el gabinete de Goblet y el general Boulanger, su ministro de guerra, cayeran por obra de la derecha y de los moderados. Sin embargo, en su actitud había un ánimo de revancha calcado de los artículos de *La linterna* y *El intransigente*, que leía con regularidad. Era él quien había mandado a los jóvenes conscriptos de la aldea a gritar por las calles: «¡Que peleen los curas!».[10] Tenía el mismo

10. Desde julio de 1889, los sacerdotes franceses debían prestar también el servicio militar.

talón de Aquiles que todos los hombres de Razès: el dinero. El crujido de los billetes de banco y el retintineo de las monedas de oro lo habían sacado esa mañana de la cama. Habían encendido en sus ojos taimados dos candelas.

«Viene por los documentos —se dijo Bérenger—. Babou y Rousset se han ido de la lengua.» Enrolló los manuscritos y los metió dentro de los cilindros. Los había estudiado en vano toda la noche. Contenían tres genealogías misteriosas y diversos textos incomprensibles en latín, que mezclaban citas del Nuevo Testamento y letras del alfabeto en total desorden.

Confirmó sus sospechas tras echar un vistazo al atrio de la iglesia. Los dos obreros había salido a saludar al alcalde, que les respondió con un gesto de la mano y sonrió enseñando todos los dientes cariados.

Mantener la calma, por encima de todo. Eso era lo fundamental. Sólo así podría conservar su descubrimiento. Bérenger esperó a que el alcalde golpeara a la puerta por segunda vez y bajó a abrir con parsimonia.

Respiró hondo al llegar al recibidor. Se acercó con paso sigiloso y abrió de par en par la puerta. El alcalde lo miró sin pestañear. Por un instante, su mirada se cruzó con la del cura, luego volvió a mirar al suelo.

Bérenger advirtió una sonrisa bajo su tupido bigote pelirrojo. No era más que una falsa impresión, tan falsa como la mano húmeda que estrechó sin entusiasmo.

—Buenos días, padre —murmuró el alcalde.

—Buenos días, señor alcalde… ¿Viene a confesarse?

—Quería decirle… No, no tengo nada que confesar… Es que… Las obras que está haciendo… ¿Sabe de qué le hablo?… Lo del pilar.

—Los pergaminos. ¿Quiere echarles una mirada?

—Sí.

—Sígame.

Subieron al cuarto de arriba. Bérenger le tendió los cilindros y el alcalde los tomó con manos ávidas. Metió sus dedos callosos en las aberturas y sacó uno por uno los manuscritos. Sacudió luego los cilindros, los miró bajo la ventana para ver el fondo, volvió a agitarlos como si hubiera algo escondido dentro. Estaban irremediablemente vacíos.

—¿No había nada más? —preguntó despechado, señalando los manuscritos.

—No habrá creído que contenían piedras preciosas… No son más que estuches. Fueron lacrados para proteger estas actas de la degradación.

El alcalde desenrolló uno de los pergaminos con cara de disgusto. Reconoció enseguida el rastro de la Iglesia. ¿Cuánto podrían valer? A juzgar por la cara del cura, poca cosa.

—*Deus et homo, prin… ci… pium et… finis* —leyó penosamente, sin entender el significado, e interrogó con la mirada a Bérenger.

—Dios y Hombre, comienzo y fin —tradujo Bérenger con una sonrisa de superioridad.

El alcalde se sintió humillado. Cura asqueroso. ¿Quién se creía? «Me limpio el culo con tus latines.» Detestaba aquella lengua que mantenía a los profanos como él al margen de los asuntos del clero. Saunière no debía olvidar que ahora su iglesia pertenecía a la comuna.

—Tengo que llevármelos.

—¿Perdón?

—Es mi deber conservarlos en los archivos comunales.

Bérenger se esperaba aquella declaración. La comedia fue rápida y eficaz:

—Tal vez, pero habría que reflexionar a cabalidad. Son muy antiguos. En Toulouse o en París, algunos historiadores pagarían un buen precio por ellos. Valdría la pena venderlos. Déjemelos por un tiempo y encontraré un comprador. Desde luego, usted percibiría la mitad del producto de la venta. ¿Qué me dice?

—Es un trato —respondió animoso el alcalde, estrechando la mano de Bérenger.

Su figura era ahora la viva estampa de la satisfacción. Las cifras desfilaban ya por su cabeza: doscientos, trescientos, quinientos… ¿mil francos? Se quedó mirando al cura. Luego sonrió. Sus especulaciones habían llegado a la cima: ¿tres mil francos? ¿Y si Saunière lo estafaba?

—Quiero una copia de los manuscritos —dijo mirando otra vez al suelo.

—Me ocuparé de que tenga una transcripción. Cuando cerremos el negocio, le traeré el acta de la venta. ¿Se queda más tranquilo?

—Sí.

—Entonces brindemos.

Bérenger lo tomó del brazo, sin dejar de reflexionar. Sólo un hombre podría prestarle el dinero. En cuanto el alcalde se marchara, le escribiría a Elías Yesolot.

VIII

Rennes-le-Château, 18 de junio de 1891

*E*l caminante había partido antes del alba, para deleitarse en el momento en que la noche se disgregaba del incendio del día. Ahora, resoplaba y gemía por la cuesta. De vez en cuando hacía un alto, tomaba aliento y miraba hacia el este, regocijándose en las llamas errantes que crecían y se juntaban para dar vida al nuevo sol. Nahash, el tentador, había huido junto con las criaturas de las tinieblas.

Saludó al amanecer con una reverencia y siguió andando. El sol no tardaría en hacerlo sufrir. Un rebaño subía ya hacia los Pirineos, custodiado por los pastores. Escuchó los cencerros de los carneros, los cascabeles y las sonajas de los corderos y las ovejas. Cuando las bestias se amontonaron a su alrededor, descubrió que traían talismanes al cuello: piedras de la salud y medallitas. El viento susurraba secretos. Un pastor clamó entonces por entre las ráfagas:

—«Fui hasta la linde, vi tres eremitas, traían piedras malas, para destruir los campos. Niño Jesús, llévatelos de aquí.»

Se agazapó, escuchando. Los pastores tenían miedo. Siempre tendrían miedo. ¿Habría invocado el pastor a Jesús a causa de él? La voz había callado. A lo lejos, los corderos ya correteaban alegres hacia el valle. Estaba otra vez solo y empezaba a sentir la fatiga. Sentía el cuerpo pesado, reblandecido. Una coraza de grasa rodeaba su corazón. De vez en cuando, tropezaba con las piedras. No estaba hecho para escalar montañas. No debería haber subido a pie desde Couiza. ¿Cuánto trecho le quedaría aún por recorrer? Levantó la vista, sopesando la distancia que lo separaba de su destino. La cinta pálida del camino se enredaba y se retorcía por la pendiente de la colina, haciéndose cada vez más estrecha. En lo alto, el cielo era un ensueño de blanco y azul, donde campeaba temible el sol. Al cabo de media hora, avistó por fin la aldea. No había cambiado nada. Seguía siendo una aldea miserable, perdida en medio de la soledad.

Un roble lo acogió bajo su sombra. Recostó la espalda contra el tronco, dejándose resbalar. «Es el momento.» Se volvió hacia la aldea, cerrando los ojos para concentrarse. Percibió pensamientos confusos. Eran los de los campesinos. Al cabo de un momento, distinguió los pensamientos de Bérenger. El sacerdote estaba turbado y su espíritu batallaba contra un problema insoluble. Sin embargo, no corría ningún peligro. El hombre de negro se levantó más tranquilo. Podía entrar en la aldea. No había ningún enemigo en Rennes.

Bérenger se había dejado caer sobre la silla, mirando hacia el vacío. Tenía los labios entreabiertos y el rostro ensombrecido por la fatiga. Veintidós horas de trabajo. Veintidós, el Mat, el número del conocimiento reservado a la élite. Y sin embargo, podrían haber sido veintidós segundos, o veintidós años. Era increíble cómo se dilataba y se contraía el tiempo. La amargura se había apoderado de su alma y estaba a punto de renunciar. Las noches, los días, los meses se sucedían unos a otros, sin que los manuscritos le revelaran su secreto. Los mantenía desplegados en la mesa, con las esquinas sujetas por trozos de teja. Ansiaba entender los signos, conocer su origen, avanzar en la senda del conocimiento. Pero le hacían falta claves… ¿Pedírselas a Boudet? Una locura. El viejo zorro se los arrebataría de las manos para usarlos en su provecho. ¿Y si hablaba con Billard? Era demasiado pronto. El obispo, que era un negociante, le ofrecería enseguida un buen precio, y él mismo era capaz de decir que sí.

«¡El botín será mío!», se repitió mentalmente: el botín. ¿Por qué justo esa palabra? ¿Qué camino lo había llevado hasta allí?

Se detuvo un rato a reflexionar. Volvió al cuarto pergamino y releyó las frases del Nuevo Testamento, demorándose en las palabras pegadas unas a otras, en las misteriosas letras añadidas. Nada… No entendía nada. Su mente asociaba ideas incoherentes, las frases que reconstruía no componían ningún mensaje.

«Botín… Botín… Me estoy volviendo loco. Ni siquiera es una palabra latina, sino alemana. No hay una sola palabra parecida a botín, ni captura, ni restos, ni tesoro.»

El temor de la superstición agravaba su incomprensión. Levantó el puño para descargarlo sobre el manuscrito, cuando una silueta negra llamó su atención tras la ventana. No reconoció de inmediato al hombre gordo que se acercaba a la sacristía. El desconocido venía arrastrando los pies por el cansancio. Era Elías, el judío. Bérenger corrió a la ventana y gritó:

—¡Amigo mío! Por fin está aquí.

Elías parecía absorto en una ensoñación. Se detuvo cabeceando al ritmo de los latidos de su pecho. Levantó la cabeza, con los ojos nublados por un hormigueo negro, y vio a Saunière sonriendo desde lo alto.

—¡Ah, Saunière! Pensé que nunca llegaría hasta aquí… Ábrame, me muero de sed.

—¡Voy enseguida!

Bérenger bajó corriendo la escalera. El ruso ya había entrado en la casa. Sus ojos vivaces recorrían los rincones, tomando posesión de los objetos. Abrazó a Bérenger y se dejó caer sobre una silla. Estiró las piernas pesadas, el cuerpo dolorido. Maldijo por última vez aquel cuerpo grasiento, que era la contrapartida de su genialidad: toda esa grasa acabaría por llevarlo un día a la muerte.

—¿Por dónde ha venido? —preguntó Bérenger, sirviéndole un vaso de vino.

—Por el sendero… Caminando… ¿Existe algún otro camino? —Elías vació el vaso de vino—. Ahora deme agua.

—Por supuesto… Hay varias trochas de cabras, pero por su aspecto parece que hubiera subido escalando el precipicio. ¿Y su equipaje?

—Llegará a su debido tiempo, dependiendo de lo que tenga que contarme. No creo que me haya hecho hacer este largo viaje para nada… ¿Me equivoco?

Bérenger escrutó los ojos oscuros de Elías, que parecían capaces de vislumbrar los mundos del más allá. No encontró ninguna maldad en él. Por el contrario, en su mirada había algo inefable y sutil: era el amor. «Debo confiar en él.»

—He descubierto unos manuscritos en la iglesia... Pensé que usted podría ayudarme.

—Depende de su contenido y de lo que quiera que haga yo. No nos corre prisa... Tranquilícese.

—¡Estoy perfectamente tranquilo!

—Veo más allá de las apariencias. El sufrimiento lo consume.

Bérenger tragó saliva. Elías decía la verdad. Había visto su alma. No pudo resistir el deseo de revelarle sus angustias.

—Soy un hombre desgraciado... No piense que lo digo con narcisismo, no me jacto de mis desgracias. Pero me siento perseguido por la mala suerte y la contrariedad.

—¿Está hablándome de una intuición?

—¡No!

—Entonces es el resultado de un razonamiento. Explíquese, deme elementos de juicio.

Elías lo agarró por el brazo como para obligarlo a hablar. Su rostro se endureció. Una luz intensa brillaba ahora en sus ojos.

«¿Por qué ahora tengo miedo de este judío? —se preguntó Bérenger estremeciéndose—. ¿Cómo es que Dios lo había hecho tan genial? ¡No debo dejarme subyugar!»

—No intente dominarse —prosiguió Elías—. Es natural tener miedo cuando uno se siente amenazado. Debe aprender a mantener la calma. El secreto consiste en separar la realidad de las pesadillas, y yo no soy una pesadilla. No trate de adivinar quién soy. Lo averiguará cuando sepa reconocer la esencia de todas las cosas que lo rodean. Aún no está listo para ser iniciado. El egoísmo limita sus posibilidades... ¡Hable! Confíe en mí.

Bérenger dejó vagar la mirada por la pieza. Los objetos parecían rodeados de una bruma rojiza y luminosa. No llegaba a distinguir la posición de las agujas del reloj, pese a que estaba al alcance de su mano. El mundo se desmigajaba, poco a poco su conciencia se adormecía. Cerró los ojos y escuchó la voz del judío, por encima del ronroneo de su propia sangre: «... Yo soy su único amigo... Déjese llevar... Hable...».

Elías aflojó poco a poco los dedos hasta soltar el brazo de Bérenger. Luego, pasó la mano izquierda por delante de los ojos del sacerdote. Con sus dedos largos y finos, trazó en el aire un signo de poder que convergía en la frente de Bérenger.

El sacerdote dejó de debatirse. El frío invadió su cuerpo y, por un instante, se echó a temblar y creyó que había llegado su fin. Sintió luego la tibieza. El primer recuerdo acudió a su mente con diabólica precisión: era el olor de los cabellos de Marie. Recordó la forma de sus labios, las anchas caderas en las que ansiaba perderse.

—Todo empezó el día que ella llegó…

Mucho más tarde, a la hora de la siesta, mientras los perros callejeros se amodorraban bajo los robles, los dos hombres compartieron entonces el pan, el vino y el queso de cabra. Bérenger se hallaba aún bajo la influencia de Elías. Lo interrogó con una mirada suplicante, pero no consiguió desatar palabra y renunció a interrumpir sus meditaciones. «¿Qué piensa de mí? ¿Qué está pensando? ¿Qué quiere?»

Elías lo miró con una sonrisa paternal. Sus ojos negros lo envolvieron como las aguas oscuras y serenas de un lago nórdico.

—No siga imaginando persecuciones —le dijo—. Marie lo ama. Boudet quiere lo mejor para usted y monseñor Billard sólo busca protegerlo. No los rechace. Más allá del mal, está el conocimiento. Quisiera creer que ya es dueño de lo más deleznable de su imaginación, de esas tinieblas interiores que son las que lo hacen zozobrar… Sin embargo, un resto de culpa sigue revoloteando en un rincón de su espíritu… ¿Por qué se siente culpable? Cree usted en Dios, ¿no le basta con eso?

—¡Cuando uno es sacerdote no basta creer en Dios! La verdadera vida religiosa consiste en resistir los embates del deseo, del escepticismo, del materialismo…

—¡Palabras! No son más que palabras huecas, Bérenger. Ya no está en el seminario. Mire a su alrededor. Si un día quiere beber el vino de la sabiduría de Dios, también deberá entregarse a las bajezas de los hombres. Ame, sufra y su memoria entrará en unión con la divinidad…

Elías se detuvo.

Fuera, en la linde de la sombra, había aparecido la figura encorvada de Aglaé. La anciana echó a andar bajo la luz cruel del sol, sacudiendo los hombros por los sollozos. El polvo de la

83

ventisca caía como una mortaja sobre sus ropas negras. Lanzó una mirada hacia la iglesia. Una presencia invisible la llenaba de ansiedad. Su boca desdentada murmuró una maldición. Apretó el paso, hablando en voz alta, como para tranquilizarse y compartir sus temores con el viento.

Elías permaneció de espaldas a la ventana. No había visto a la mujer, pero se lanzó en pos de sus pensamientos. Aglaé se dejó atrapar. En las profundidades de su alma de campesina, los ecos del miedo resonaban tenues, pero persistentes, y por momentos se convertían en gritos desgarradores. Rezaba a la Virgen María para que la protegiera. En ocasiones, el nombre de la Virgen María se confundía en su mente con el de Jean Vie.

—¿Quién es Jean Vie? —preguntó Elías a Bérenger.

—Jean Vie... ¿Jean Vie el iluminado?... ¿El antiguo abad de Rennes-les-Baines?

—Quizá se trate de él... Déjeme reflexionar.

Elías volvió a enlazar sus pensamientos con los de la vieja. «Dios pondrá en la balanza el alma de los humildes», recitaba Aglaé. Su memoria estaba poblada de hombres y mujeres de caras cenicientas, que estaban todos muertos. La anciana pasaba a revista a sus rostros, antes de sepultarlos en la penumbra astillada de sus recuerdos, adonde arrojaba también el temor que brotaba de sus entrañas. Se quejaba, perjuraba, maldecía, mezclaba las oraciones con salmodias mágicas, invocaba de nuevo a la Virgen y a Jean Vie. Entre las imágenes que se desleían en su cabeza, Elías vio emerger un hombre melancólico de hábito negro. Estaba de pie delante de la iglesia de Rennes-les-Bains. No cabía duda. Era Jean Vie.

—Sí. Se trata del cura de Rennes-les-Bains —concluyó Elías.

—¡Era un sacerdote muy extraño! —dijo Bérenger—. Dicen que vivía angustiado, como si toda su vida fuera una pena. Otros dicen que estaba poseído. Hablaba todo el tiempo de la diosa Letho y de sus amantes, y de grutas en las que estaba escondido el oro de los dioses... Los dioses, imagínese... ¡Confundía el hiperbóreo con el paraíso! Una cosa sacrílega. Sin embargo, sus superiores nunca lo sancionaron. Nunca... En cambio, a mí, por unas simples elecciones...

—¿Solía decir misa aquí?

—¿Aquí?… Es muy posible. A veces decimos misa en una aldea vecina cuando el párroco está enfermo. No podría asegurárselo. Jean Vie se marchó de la comarca hacia 1870.

—¿Adónde se dirige esa mujer?

—¿Cómo sabe que una mujer acaba de pasar? Estaba usted de espaldas…

—Una sencilla deducción. Lo he visto seguir a alguien con la mirada.

—Pero ha dicho que era una mujer… ¡una mujer! Elías, es usted un hechicero.

—Lo he percibido así y no creo equivocarme. Hay que aprender a estar a la escucha del mundo y de los seres humanos que hay alrededor. ¿Me comprende?

—No. No me convence esa explicación.

—No comprenderá nada mientras siga creyendo que usted mismo es el centro del mundo. Pensaba que aquí en su aldea estaría a salvo del siglo, pero no es así. Despierte, Bérenger. Sírvase de todos los sentidos, abra su alma al universo. Conviértala en el receptáculo de la brisa y el aliento de las estrellas. Entonces comprenderá. Volveremos a hablar de todo esto más tarde. Ahora dígame adónde se dirige esa mujer.

—Al cementerio.

—¿A esta hora y con este sol? Eso sí es original.

—No quiere que la vean. Tiene miedo de que piensen que es una bruja.

—Prosiga, prosiga… Presiento que es vital que me hable de ella.

Elías entrecerró los ojos para ir en busca de la anciana vestida de luto. Aglaé avanzaba encorvada por entre las tumbas mutiladas, arrinconadas aquí y allá por los cardos y las ortigas.

—Cada día le lleva una rosa silvestre a la tumba de Marie de Nègre Darle, la Dama de Hautpol de Blanchefort, para espantar a los duendes. Eso dice, pero yo no lo creo. Los duendes no viven en las tumbas, sino en las casas. Son mentiras de Aglaé, porque además sólo es posible acabar con ellos a media noche. Y las rosas silvestres no sirven para nada.

—Vamos con ella al cementerio.

—¿No quiere ver los manuscritos?

—Más tarde… Rápido, el tiempo apremia.

Bérenger resopló despechado y siguió a Elías. El judío se paso la mano húmeda por la frente y reprimió todo pensamiento, para que la calma de la aldea invadiera sus sentidos. Por entre el bordonco dc las moscas, escuchó el retintineo de una campanilla.

—¿Escucha? —le preguntó a Bérenger.

El sacerdote no oyó más que el silbido del viento entre los árboles. Negó con la cabeza, pero Elías ya no lo miraba. Caminaba jadeando bajo el negro calor que se abatía sobre él.

—Venga por aquí —le dijo Bérenger.

El sacerdote se sentía imbuido de una vitalidad desbordante, casi juvenil. Al cabo de unas zancadas dio la vuelta a la iglesia y entró en el cementerio. Elías lo siguió arrastrando su vientre en forma de huevo, cargando las alforjas de las que nunca se separaba. A cada paso, sentía que el pellejo se le iba a rasgar por la mitad. «Por Malchuth —pensó—, ¿es que alguna vez he presumido de mis fuerzas?» En un destello de humor, pidió a los cielos que le concedieran la ligereza de los serafines. Pero los cielos no escucharon su petición. Ya casi iba arrastrándose por la tierra yerma. Se sentó en la primera tumba, a la sombra de una cruz de piedra.

—Buscad al que está en lo alto —murmuró, al sentir el roce de las ánimas en pena—, la puerta del Cielo no se ha cerrado para vosotros. —De repente, se estremeció. Una fuerza peligrosa, maléfica, había brotado de la tierra. Se hallaba apenas a diez pasos, en un rincón donde la maleza crecía con inusitado vigor. El sacerdote se encontraba allí mismo.

Bérenger le hizo una seña. Elías no tardó en darle alcance. La presencia vibraba ahora bajo sus pies. Un enemigo sutil estaba al acecho. Aglaé estaba rezando de rodillas delante de la lápida gastada de una sepultura. Parecía un tronco calcinado, con las raíces de las manos enlazadas entre sí. Los dos hombres se acercaron con cautela y se sorprendieron al ver centellear el sol en una placa de acero rectangular. Estaba clavada en la losa de piedra, por encima de dos letras en relieve: PS. Elías contempló intrigado la extraña disposición de los caracteres que conformaban las palabras REDDIS REGIS CELLIS ARCIS en latín y en griego. En la parte inferior de la lápida había además una figura de un pulpo, junto con las cifras LIXLIXL. Quiso leer el nombre inscrito en la lápida pero Aglaé no le dio tiempo. Se había puesto en pie, con un vigor inimaginable en una mujer de su edad.

—¿Qué habéis venido a hacer aquí? —les espetó con vehemencia.

—Visito a los muertos de mi parroquia —dijo Bérenger con naturalidad—. ¿Algún problema, hija?

—¿Y ése? —Aglaé señaló a Elías.

—Basta de preguntas, Aglaé —le dijo Bérenger—. Soy yo quien debería preguntarte que haces rezando en la tumba de alguien que no es de tu familia. ¿De dónde ha salido esta placa de metal?

—¡No la toque! —le gritó la vieja, al verlo acercarse.

—¡No, no la toque! —gritó a su vez Elías.

Dio un paso adelante y sacó de su alforja una cinta de tela violeta. La lanzó sobre la placa.

—¡Sucio judío asqueroso! —le escupió la vieja, mirándolo con desconfianza.

Por primera vez desde su llegada a Francia, Elías escuchó aquellas palabras cargadas de odio. Por lo visto la anciana había escuchado los venenosos discursos antisemitas de Edouard Drumont.[11] Elías creyó oír otra vez las arengas de aquel falso católico: «Los principales signos que permiten reconocer a un judío son la célebre nariz ganchuda, los ojos elusivos, los dientes afilados, las orejas puntiagudas, las uñas cuadradas en vez de redondeadas, el talle largo, los pies planos, las rodillas redondas, los tobillos protuberantes, las manos húmedas y sudorosas, características de los traidores y los hipócritas...». Una sombra temible cruzó su mirada cuando escrutó el rostro apergaminado de Aglaé. Sus ojos recobraron la dulzura, fueron otra vez testigos y vigías de la fuerza y el amor que había en su ser.

—«¡Vete! Tu fe te ha salvado» —le dijo a Aglaé, levantando ambas manos en señal de paz.

La anciana se inclinó transfigurada ante él y se marchó camino del pueblo. Bérenger estaba cautivado. Su amigo era ciertamente poderoso. Había hablado como el propio Jesús en

11. Edouard Drumont (1844-1917), diputado antijudío elegido por Argelia en 1898.

Cafarnaún. Bérenger refrendó su complicidad, citando otras palabras del Señor:

—«Os digo que muchos vendrán de levante y de poniente a tomar parte en el banquete con Abraham, Isaac y Jacob, en el Reino de los cielos.»

Elías sonrió, se agachó sobre la placa y la envolvió en la cinta violeta, cuidando de que no entrara en contacto con su piel.

—¿Qué es ese objeto? —le preguntó Bérenger.

—Un talismán maléfico que protege esta tumba.

En la lápida vertical había una inscripción. La distribución de las palabras y las cuatro letras más pequeñas era enigmática:

CT GIT NOBLE M
ARIE DE NEGRE
DARLES DAME
DHAUPOUL DE
BLANCHEFORT
AGEE DE SOIX
ANTE SEPT ANES
DECEDEE LE
XVII JANVIER
MDCLXXXI
REQUIES CATIN
PACE[12]

—Fue una dama elegante —dijo Bérenger—. En realidad se llamaba Marie de Nègre Dables, de los Dable que vivían en la meseta de Aula. Se casó con el último marques de Blanchefort.

«¡Aquí están! —pensó Elías—, ¡los Blanchefort! Los descendientes espirituales del Gran Maestre de los templarios: Bertrand de Blanchefort.»

Acarició una por una las letras del nombre del séptimo Maestro de la Orden, preguntándose por qué el barón Henri de Hautpol había adoptado el título de señor de Blanchefort en el siglo XVII. ¿Cuál era la verdad que escondían los caracteres? El

---

12. «AQUI YACE LA NOBLE M / ARIE DE NEGRE / DARLES DAME / DHAUPOUL DE / BLANCHEFORT / DE EDAD SES / ENTA Y SIEPTE AÑOS / FALLECIO EL / XVII DE ENERO / MDCLXXXI / REQUIES CATIN / PACE.»

abad Boudet no le había dicho suficiente. Había hablado con palabras sibilinas de la existencia de la tumba, de la protección que la amparaba: «En la tumba se encuentra la segunda clave que concierne a nuestra orden. Jean Vie, mi predecesor, la conocía, y me lo contó después de descifrarla. La Orden se ocupa de que la tumba sea inaccesible. Nadie puede acercarse a ella sin sentir repulsión y luego náuseas. El contacto prolongado conduce inevitablemente a la muerte. La única persona a salvo del peligro es una anciana preparada e inmunizada por Jules Bois: está a cargo de activar regularmente la energía maléfica de la tumba empleando el tinoramosa.»[13]

«¿He de dar crédito a estas fábulas?», pensó Elías.

Palpó su alforja. Allí estaba el tinoramosa. La cinta de tela violeta, consagrada y bendecida, neutralizaba su influjo nefasto. Quedaba la tumba. El viento de la noche debía ulular alrededor de la losa gris, por encima de las filtraciones sulfurosas de la fosa donde velaba el fantasma de la Dama… CATIN PACE.

Bérenger aguardaba sus conclusiones. Elías sintió una punzada de remordimiento, al ver su mirada juvenil, llena de miedo y de esperanza. El sacerdote tenía armas para combatir contra la materia, pero no para defenderse de las Fuerzas. «¿Qué derecho tenemos a destruirle? —se preguntó Elías—. A pesar de sus arrebatos, es un hombre bueno, que actúa según su naturaleza, un espíritu espontáneo e ingenuo en cada uno de sus actos. Cree de corazón, sus desvaríos son apenas fruto de su exceso de vitalidad. Ieve lo ha hecho así. Y yo debo protegerlo, en nombre de Ieve.»

Elías se concentró. Su único problema, ahora, era decidir cómo iniciar a Bérenger sin traicionar el secreto de la Orden. Posó el índice sobre las letras PS, grabadas en la losa:

—¡Es el monograma de la Orden! —exclamó.

—¿Qué monograma?… ¿Esas dos letras…?

—PS. El Priorato de Sión. Se trata de una orden paralela a la de los Templarios, que actuaba en la sombra a través de toda Europa. Era todopoderosa, y sigue siéndolo. Su meta es dominar todo el planeta, adueñándose de las instituciones sociales, políticas y económicas de cada país. Todo esto consta en sus

---

13. Talismán para invocar los espíritus belicosos de Sagitario.

protocolos.[14] Por fortuna, en su seno hay un puñado de hombres de buena voluntad.

—Pero ¿qué relación tiene con esta tumba? ¿Con esta aldea, con esta tierra sin interés? —Bérenger miró sorprendido a Elías. La intensidad de su mirada ponía en evidencia su preocupación, sus ansias de saber.

—En 1481, tras la muerte del noveno gran Maestre del Priorato de Sión, que no fue otro que René de Anjou, conde de Bar, de Provenza, del Piamonte y de Guise, la Orden contaba con veintisiete capítulos y un arca sagrada…

—¿Un arca sagrada?

—Un arca sagrada, llamada Beth-Ania, la casa de Ana, situada en Rennes-le-Château. El Priorato está buscándola.

—¿Un arca, aquí…? Es una historia imposible de creer. ¿Cómo es que sabe usted estas cosas…? ¿Acaso es un miembro de ese mismo Priorato? ¡Elías, no me mienta!

Bérenger lo sacudió por los hombros. Comprendió que su falta de control lo había arrojado en brazos de aquel hombre de inmensos poderes. Sin embargo, no sentía ningún rencor. Ansiaba conocer la verdad.

—En nombre de Cristo, Elías, ¡contésteme!

—El Priorato ha solicitado mis servicios… En otra época, fui bastante célebre en Rusia. Curaba por igual a los *moujiks* y a los príncipes. Acudía en secreto a sus casas, a las chozas y a los palacios, puesto que nadie quiere ver entrando en su casa a plena luz del día a un judío levita, astrólogo, filósofo e iniciado en las ciencias ocultas. Durante mis andanzas nocturnas, conocí a los agentes del Priorato. No pasó mucho tiempo antes de que me convencieran de venir con ellos a Francia: la gran duquesa Elisabeth se aprestaba a pedirle mi cabeza al zar y yo mismo quería descubrir el arca famosa, cuya existencia me fue demostrada con antiguos documentos.

—¿Es el Arca de la Biblia?

—Si es así, ¡que Dios nos ayude!

Elías y Bérenger recorrieron con la vista el cementerio. Un golpe de viento dobló las flores que se pudrían delante de las tumbas y levantó una polvareda delante sus ojos. El aire

14. Los protocolos de Sión entraron en circulación a partir de 1894.

rancio, cargado de olores orgánicos, sopló contra sus rostros, transportándolos al lugar desconocido donde resplandecía el Arca.

¡El Arca! El Arca misteriosa. El Arca que contenía el bastón florido de Aaron, la copa, el *gomor* que preservaba el maná, las tablas de la Ley. Estaba allí, delante de ellos, con las cuatro esfinges que guardaban la mesa de oro con sus alas. En su interior palpitaban Aziluth, Jezirah y Briah, los tres mundos de la Cábala. Era el poder absoluto, el misterio supremo de la magia. Quien se apoderara de ella sería el amo del universo.

—Basta de sueños —dijo Elías—. El arca que alberga este lugar es otra. Y tampoco estoy convencido de su potencia... salvo que esté en otra parte de Razès.

Bérenger se acurrucó junto a la tumba y leyó de corrido las cuatro palabras inscritas en la losa horizontal.

—REDDIS, REGIS, CELLIS, ARCIS... Los restos, del rey, en un lugar escondido, en un lugar seguro, encerrado... ¡PS! ¡Son las dos letras que encontré en uno de los manuscritos! ¡Dios santo!

La alucinación del Arca seguía atormentándolo. El poder, la riqueza... Por momentos creía tenerlos al alcance de la mano. Con extraordinaria nitidez, se veía a sí mismo rodeado de una multitud de cortesanos venidos de los cuatro rincones del orbe.

—¡Bérenger, venga aquí!

La voz restalló con violencia en su cabeza. Miró atolondrado a Elías, como si lo viera por primera vez. Al instante, sus ensueños se desvanecieron y comprendió que había denigrado su alma.

Se levantó, haciéndose la señal de la cruz.

—Volvamos a mi casa.

Elías dejó en su sitio el pergamino.

—¿Qué piensa? —le preguntó Bérenger.

—Es el más intrigante de los cuatro. Los textos latinos son extractos del Nuevo Testamento, pero ciertos fragmentos resultan incomprensibles porque las frases están deliberadamente truncadas y se han añadido letras y palabras que no guardan relación con el original.

—Soy de la misma opinión. Es un texto cifrado. Los hombres del Priorato han querido preservar el secreto. Mire, aquí está el monograma.

Señaló las letras PS en la parte inferior del manuscrito. S encontraban enmarcadas dentro de un bucle, igual que en la lápida.

—Y aquí está otra vez Sión —dijo, enseñándole otro documento firmado: NONAIS—. ¿Llega a descifrarlo?

Elías barajó la idea de traducir el código para adueñarse del secreto. Sin embargo, no estaba en su derecho y tampoco tenía el poder necesario. Era Saunière, sólo Saunière, el que debía acceder al conocimiento. Ésa era la decisión que había tomado el Priorato. Y él debía respetar el pacto.

—No, creo que no puedo hacerlo —dijo con despecho—. Otros hombres vendrán a ayudarlo. Lo guiarán cuando llegue el momento. La Orden no cesa de velar. Está en todas partes y no es la única organización que quiere adueñarse de lo que esconde el suelo de esta aldea. Otras hermandades secretas ansían hacerse con el poder de la inmortalidad. Todos los espíritus aspiran a ser eternos, pero mueren un poco cada día, se destruyen a sí mismos y por el camino destruyen al prójimo. Cuídese de los johannistas, no tardarán en estar aquí; desconfíe de los amigos aparentes; resístase a los príncipes de las Tinieblas. Ahora está solo. Sólo usted será el creador de su Cielo y de su Infierno.

—Pero... pero ¿entonces no me ayudará? Dijo que era mi amigo... Quiso iniciarme, me habló de la soledad... ¿Quién es usted?

—Soy un maestro que aguarda a que su discípulo haya sufrido y haya amado. Creí haber sido claro al respecto. En los comienzos del aprendizaje, no es conveniente hablar a los discípulos de misterios y secretos profundos. Ellos mismos deben ocuparse de corregir sus costumbres, de templar su disciplina y de conocer los elementos primeros de la vida religiosa y de la fe... Sobre todo porque esta disciplina no tiene nada que ver con la vida de los hombres.

—¿Por qué entonces me incita a la tentación? ¿Por qué?

—Porque la Revelación es mayor cuando uno ha pecado. Y no lo empujo: es su destino que ocurra así.

Bérenger lo miró conteniendo el aliento, a punto de rebelarse. Luego se encogió de hombros y negó con la cabeza, como diciendo: «¡Después de todo!».

—¿Qué debo hacer? —murmuró.

—Esperar. Ejerza su ministerio y haga reparar la iglesia. Recibirá diversas donaciones, con las que podrá emprender distintas obras. No descuide nunca su parroquia. El éxito de nuestra empresa depende de su generosidad para con sus feligreses… El camino indicado es esperar. Ahora, vamos a destruir el tinoramosa.

Sacó el talismán maléfico, envuelto aún en la tela violeta. Lo sostuvo por encima de su frente. La iniciación había comenzado. Bérenger empezó a rezar, entre el Cielo y el Infierno.

IX

Rennes-le-Château, 21 de junio de 1891

Los cánticos cesaron y la misa llegó a su fin. Bérenger abandonó el altar y se encaminó hacia el atrio con las manos juntas. Los veinticuatro niños dejaron las sillas de paja y se amontonaron a su alrededor antes de desfilar delante de las madres emocionadas y los padres orgullosos. Llevaban la cabeza baja, el cuerpo ardiendo de emoción bajo el alba inmaculada. La primera comunión no era una ocasión cualquiera. Desde los niños hasta los mayores, todos tenían fiebre.

El rey del cirio[15] era un muchachón cejijunto que aguardaba bajo la luz polvorienta del portal. Tenía unos veinte años e iba vestido con un traje brillante, raído en los codos y las rodillas, y un par de botas que su abuelo había heredado a su vez de un tío. Las botas confirmaban que era el jefe: los demás llevaban zuecos o alpargatas, caminaban con paso torpe, le debían obediencia. A la llegada de Bérenger, hizo un signo con la mano y cuatro mozos audaces levantaron los varales de las andas de la Virgen. Debían encabezar la procesión, precedidos por el abad Boudet y el abad Gélis, que habían traído de refuerzo a los niños de sus coros. Cuando levantó la vista hacia la Madre Santa, Bérenger advirtió que debajo de la estatua estaba la pequeña Marie.

La muchacha le sonrió con ternura. Al momento, el pecado se enroscó en su corazón como una planta venenosa... La fies-

---

15. El rey del cirio, o rey de los jóvenes, obtenía este título por un año tras donar a la iglesia un enorme cirio de cera de Alemania (hasta de cinco metros de alto) que se subastaba a comienzos del año.

ta, la misa, los comulgantes y los penitentes que pedían el favor de la Virgen se desdibujaron a su alrededor. En su piel estaban aún las caricias de Marie, el calor de sus besos, el perfume de rosa y de lavanda que perfumaba su cabellera. En sus manos, que sostenían el crucifijo, se ahuecaba el recuerdo de sus pechos frescos y firmes y, a su pesar, no pudo evitar verlos dibujados en el cuerpo juvenil. Habría querido gritar de desesperación, confesar allí mismo sus faltas, delante de los fieles. Habría querido olvidar la placidez de sus rostros tras el amor, mientras marchaba lentamente hacia el minúsculo atrio de tierra batida.

Un rugido sordo corrió por sus venas. Cuando volvió a abrir los ojos, la luz centelleó como un relámpago de plata por encima de los techos de las casas, alrededor de la estatua de la Virgen, que se balanceaba cadenciosa sobre los hombros de los porteadores.

—Basta —se dijo en voz baja—. Perdóname, Madre Santa... Perdón... Perdón... Mil veces perdón...

Si tan sólo encontrara la unidad en su ser, si pudiera fundirse con su fe. Sus carencias le impedían ser un verdadero sacerdote, y también sus excesos. Si se entregara a la Iglesia, si pudiera creer sin errar... No era fácil confesarle sus faltas a la Madre de Dios. ¿Se habría tornado despreciable a sus ojos, después de haber disfrutado de sus querencias? Toda su atención, todas sus esperanzas se concentraban en la estatua. Recordaba el catecismo que había recitado tantas veces en Antugnac y en Rennes: «Si, por desgracia, perdéis de vista los principios de vuestra infancia, las resoluciones de vuestra primera comunión; si por desgracia, arrastrados por vuestras pasiones, en medio de las tormentas de la vida, abandonáis la práctica de nuestra santa religión, los mandamientos de Dios y de la Iglesia; si llegáis a renegar de vuestra fe, de vuestro bautismo, de vuestra Madre Iglesia, os pido que respetéis a la Virgen, que la améis, que le recéis, que la honréis, de modo que Ella, cuyo nombre nunca ha de invocarse en vano, no consienta que os condenéis».

¿Pedir su protección? Era un acto de cobardía. Bérenger siguió caminando seguido por la multitud, sin saber ya cuál era su propósito. La procesión era un fin en sí misma. La gente re-

zaba en voz alta y hacía escándalo, eso era todo. «… Perdón…
Mil veces perdón…» Se sintió vacío, débil, desdibujado en una
bruma vagamente desagradable en la que apenas existía aquella estatua que oscilaba delante de sus ojos. Esa misma estatua
que habían de posar en el pilar visigodo en el que había encontrado los documentos. ¿Por qué había seguido el consejo de
Elías? ¿Por qué había mandado grabar sobre el pilar las palabras: «¡Penitencia! ¡Penitencia!»? Un nuevo Ave María reverberó a su espalda, devolviéndolo al desfile. La magia iluminó
otra vez la fiesta, el pueblo humilde y devoto de los santos y
los apóstoles, el rostro de Boudet, que se había dado vuelta para que cantaran los niños. Creyó ver un reproche en los ojos
intrigados del abad cuando sus miradas se cruzaron por un
momento.

—¿Qué le pasaba en la procesión…? Parecía que estaba a
mil leguas de distancia. ¿A tal punto le preocupan los famosos
manuscritos? —le preguntó Boudet.

Bérenger buscó una respuesta por entre el embrollo de sus
pensamientos. Respondió como un autómata:

—Tal vez sí.

—¿Por qué no me los enseña?

—Más tarde, Henri. Ahora debemos honrar a nuestros an-
fitriones.

La granja del alcalde resplandecía a su alrededor con el fuego de las antorchas. La gente bailaba, bebía, cruzaba apuestas y
desafíos. El alcalde había tenido a bien invitar a los tres abades
con motivo de la primera comunión de su hijo. Como no reparaba en minucias, había otros sesenta invitados entre amigos y
parientes. Armand, el rey de los jóvenes, estaba allí armando
jaleo con sus secuaces. Hacían muecas a las viejas, que los amenazaban cariñosamente con la mano, provocaban a los borrachos («¡Eres un cornudo!, ¡eres un cornudo…!»), buscaban
pareja para la danza de los gojats.[16]

—¿Qué tal, padres? ¿Se están divirtiendo?

El tono irónico del alcalde desconcertó a Bérenger, a Boudet

16. Baile parecido a la zarabanda.

y a Gélis. Por lo visto había venido a burlarse de ellos. Tenía el bigote pelirrojo reluciente de vino y sus manos peludas merodeaban por la mesa en busca del jarro. Lo tomó y se lo llevó a la boca diciendo:

—¡Viva la República!

Bérenger montó en cólera pero Boudet lo retuvo apretándole el brazo.

—Calma, Saunière —dijo en un susurro—. No sabe qué está diciendo. No tiene un solo pensamiento en la cabeza. Habrá sido adoctrinado por Víctor Hugo, o por Michelet, que nos tienen por antipatriotas y parásitos del género humano, que supuestamente vuelan hacia el progreso y la libertad. ¿Cree acaso que este hombre entiende las enseñanzas de la masonería? Ni siquiera podría distinguir una democracia radical de una república socialista.

Bérenger pidió en un susurro a Dios que lo protegiera. Luego, murmuró con aire avergonzado:

—Tiene usted razón. No sabe lo que dice.

—¿Qué estáis tramando, padres? —les espetó el alcalde, descargando violentamente la jarra sobre la mesa.

—Decíamos que está usted en lo cierto —respondió riendo Boudet—. La República es magnánima y generosa. ¡Viva la República!

—Eso es hablar, Abad... ¡Mujeres!, traedle vino a este clérigo.

Al momento, dos mujeres se levantaron del rincón y trajeron dos jarros. Las demás revoloteaban alrededor de la fogata en la que humeaban las grandes ollas. De vez en cuando, hundían dentro un pedazo de pan, se lo llevaban a la boca sin dejar de revolver con la otra mano y respondían con gesto circunspecto a los convidados que empezaban a impacientarse.

—Ya viene la cena, ya viene...

Dentro de las ollas asomaban ya los higadillos de pollo con ajo, el lomo de cerdo con champiñones, el guiso de legumbres, el fricasé de conejo que no podía comer Magdalena, la mujer del herrero, porque el bebé podía nacer con los dientes largos y los labios partidos. Las mujeres recibían los platos, los hundían dentro, sacaban los dedos escurriendo con los trozos de carne humeante. Los comensales saltaban de un manjar al otro, volvían al primero, recaían en el segundo chasqueando las mandíbulas y, finalmente, soltaban un eructo.

Bérenger dio testimonio de su apetito y engulló cuanto cayó en sus manos. Boudet y Gélis comieron un par de bocados alabando a las camareras, que servían los platos contoneando sus caderas esbeltas. Las muchachas buscaban las miradas discretas de los hombres. Sin embargo, se contagiaban todas del mismo rubor pudoroso cuando Armand y sus acólitos mascullaban propuestas soeces.

—¡Venga, guapas, mostradnos el culo!

—¿Qué tal, Jeanne?, dicen que a ti te gustan duras como piedras.

—Cuéntales a los padres que le pides a Santa Teresa una bien tiesa.

Todos se echaron a reír. Los hombres hacían gestos sugerentes, las mujeres cuchicheaban y ahogaban las risitas, turbadas por las imágenes que evocaban las palabras. Gélis se ruborizó y bajó los ojos, imaginando el pataleo de unos muslos blancos entre el heno. A su lado, Saunière sopesaba con la vista a las muchachas, poseído por el poderoso instinto que habitaba en su interior. Tanto ellas como sus madres le parecían cada vez más seductoras, a medida que iba emborrachándose. Sentía ganas de desembarazarse de la sotana y mandar a paseo el rosario, para bailar como los demás… ¡No!… No podía ser, salvo que algún suceso extraordinario pusiera fin a la monotonía de su vida y lo hiciera poderoso. No se contentaría entonces con mirar a las parejas que se tomaban y se soltaban del brazo levantando polvaredas. Estrecharía a su dama contra su cuerpo, la izaría en el aire, la llevaría en alto como un trofeo bajo el halo amarillento de las candilejas y los quinqués.

—¿Le apetece bailar, padre?

La invitación lo sacudió como un latigazo. Delante de él había una muchacha de ojos felinos, con el rostro y el cuello empapados de sudor, la piel dorada, encendida por mil luces. La muchacha se pasó la lengua por los labios, lamiéndose las gotitas que se acumulaban por encima de su boca. Bérenger se volvió estremecido por la fantasía de una felación. El vértigo del vicio lo arrastraba otra vez. No podía conjurar el trastorno que le producían aquellos labios. El corazón le retumbaba dentro del pecho, sin que hiciera nada por sustraerse a las oleadas de perfume venenoso del pecado. Suspiró varias veces y reconoció en su propio aliento un tufo animal. Rogó en vano a Dios. No era él el único dueño de su cuerpo, sino que lo compartía con los demonios, con Asmodeo y Ariton, con Astarot y Kolofe, en una comunión a la vez deseada e intolerable. Ésa era la estrecha senda que Elías le había señalado. ¿En qué acabaría convirtiéndose?

—¿Qué dice entonces, padre?

La muchacha se acercó rozándolo con el muslo. Bérenger respiró hondo e imaginó la cascada de las enaguas resbalando por sus piernas, otras imágenes terribles, que se desbordaban en su espíritu. El alcalde acudió en auxilio de la muchacha.

—Venga, Saunière, no se niegue. Marthe no quiere arrastrarlo al infierno. ¿Qué tiene que perder?

—Por perder ya no le queda nada —dijo una voz que Bérenger no reconoció.

Se sintió herido por la insinuación. ¿Estarían todos enterados de lo suyo con Marie? Un farfullo incomprensible brotó de su garganta:

—No, no puedo, por mi cargo tengo prohibido bailar.

Marthe lo miró con ojos incisivos. Sonrió con picardía, como si le hubiera leído sus pensamientos, y regresó con el tumulto de jóvenes pletóricos de vida, de esa vida que Bérenger tanto echaba en falta.

—La próxima vez le prestaré mi pantalón —dijo en broma el alcalde.

Bérenger se sonrojó de vergüenza y también de cólera: era lo que solían ofrecer los padres de familias numerosas a otros hombres para traspasarles su virilidad. El alcalde, que tenía ocho hijos, prestaba a menudo su pantalón a los maridos estériles de la aldea.

—Desde luego a este hombre no le falta sentido del humor —comentó Boudet.

Bérenger guardó silencio, pues las palabras que se le ocurrían no eran del agrado de Dios: «¡Un día le aplastaré la cabeza a esta rata!». Poco a poco recobró la calma con ayuda del vino. Se sirvió una escudilla entera de legumbres y se puso a masticar como un autómata, sin reparar en las miradas femeninas

99

que se posaban sobre él. La tentación que tanto le había costado desterrar resurgió cuando uno de los borrachos embrutecidos propuso que jugaran al juego de la zapatilla.

—Creo que no tardaremos en marcharnos —dijo Boudet a los otros dos sacerdotes.

René, uno de los campesinos que habían vapuleado a Saunière, fue elegido para responder a las preguntas. Marthe había trepado enseguida a la silla para ser la primera en jugar. En el centro de la granja, René cabeceaba acariciándose con una mano las dos verrugas que le afeaban aún más la narizota pálida. La otra mano ya estaba presta a deslizarse hacia el fruto prohibido.

—¿Quién quiere hacer la primera pregunta? —dijo el alcalde.

—Yo —dijo el armero.

Rene resopló. El guardián de los muertos nunca hacía preguntas fáciles. En realidad le daba igual, pues en el juego de la zapatilla lo que contaba era perder.

—¿Cómo se llama el espíritu maléfico que tiene todas las plumas del mismo color? —preguntó el armero señalándolo con el índice.

—El *coquel*[17] —respondió René sin vacilar.

—Muy bien. ¿El siguiente?

Catherine Estrabaude, la mujer del molinero, madrina de la primera comunión, saludó a la asamblea con la gracia de un pelícano que sale aleteando del agua.

—Yo haré callar a este zopenco —dijo sacudiendo el mentón lleno de migas—. Apuesto a que no puede completar este proverbio:

> Si llevas a tu hija a todas las ferias
> Si afilas tu cuchillo en todas piedras
> Si abrevas tu caballo en todos los ríos…

Calló a la espera de la respuesta. René frunció las cejas. Conocía el proverbio. Su abuelo… No, era su tío el que se lo había enseñado, conocía un montón de refranes y los recitaba to-

---

17. Bola de plumas empleada en la brujería.

das las noches. Trató de recordar, dándose golpecitos en la frente: «Hija… piedras… ríos… El que mucho abarca poco aprieta. No era ése, pero… ¡Ya lo tengo!».

—¡Acabarás con un jamelgo, una sierra y varios hijos! —exclamó.

—¡Bravo! —gritó el alcalde. Se volvió a hacia Marthe, que ya se impacientaba encima de la silla—: No tendrás que esperar mucho más, hija. Yo haré callar a este campeón. Veamos cómo está de geografía: ¿Cuál es la capital de México, René?

René se quedó mudo. La ciencia no era su fuerte. Por España, por Inglaterra y por Italia podía responder. No, no tenía ni idea. Ya trabajaba en el campo hacía años cuando habían hecho obligatoria la escuela.

—No sé —dijo avergonzado.

—¡México! —exclamó en triunfo el alcalde, que había hecho la pregunta recordando las historias de su padre acerca de la aventura mexicana de Napoleón III.

—¡La zapatilla! —empezaron a clamar los invitados, golpeando las mesas con los puños y las cucharas de madera.

—¡Que traigan la zapatilla! —gritó Armand—. ¿Quién la tiene?

—¡Yo!

Una feligresa se descalzó y le lanzó una zapatilla a Marthe. Bérenger contuvo la respiración. Como en un sueño, vio a la muchacha cogiendo al vuelo la zapatilla, mientras la granja entera se bamboleaba como un navío de diablos sacudido por la tempestad. Los jóvenes se empujaron unos a otros y montaron en hombros de los mayores, que ya estaban formados en círculo. El alcalde se abrió paso a codazos hasta el grupo de mujeres que se habían parapetado delante de la silla donde Marthe aguardaba en cuclillas. La muchacha se levantó la falda azul y las enaguas. Bérenger creyó ver el vello fino, el triángulo de sombra donde se juntaban los muslos tensos. Las dos columnas de carne se cerraron sobre la zapatilla que Marthe apretaba ahora contra su sexo. Entre tanto, todos habían rodeado a René, para impedir que se apoderara de ella. Boudet decidió que había llegado el momento de marcharse con los dos abades más jóvenes. La iglesia nunca había admitido esos juegos pecaminosos.

101

X

Rennes-les-Bains, 30 de octubre de 1891

*J*ulie iba y venía por la salita, quitando el polvo de los libros antiguos y las figurillas inglesas que le regalaban al abad Boudet los fieles que pasaban el verano entre las aguas medicinales de Rennes, la Bourboule, Vichy y Baden-Baden. La muchacha, con su cuerpo en flor, tan voluptuoso como los de los cuadros de Renoir, era un peligro para Bérenger. Sin ningún esfuerzo, la imaginaba entregada al desenfreno, desnuda como las bañistas que había visto entre las reproducciones confidenciales de un vendedor ambulante del mercado de Couiza. Tenía las mismas formas plenas, la misma piel apenas sonrosada, Bérenger aún recordaba la visión de su cuerpo frotándose contra el menhir. ¿Quién podría adivinar lo que se le pasaba por la mente, debajo del recatado moño que adornaba su cabeza?

—Ocúpate de la cocina en vez de andar revoloteando por aquí —le dijo Boudet en tono tajante.

Julie se marchó con un rumor de enaguas, dejando a Bérenger con sus fantasías. Al cabo de un instante, la oyó haciendo ruido con las cacerolas de cobre y los calderos.

—¿Sería posible que no pensara en las mujeres durante algunas horas, Saunière?

—Pero…

—No me venga con historias. No me hace falta oírlo en confesión para enterarme. Sus pecados son diabólicamente tiernos y sonrosados.

—¡No pienso permitirle…!

—¡Basta, Saunière! Me tienen sin cuidado sus juegos de amante romántico. Dios ha de juzgarlo… Pero, por caridad, no se quede mirando las redondeces fascinantes de mi sirvienta con esa especie de pesadumbre en los ojos. Trate de ser más natural, estamos entre hombres. Ahora, a trabajar.

Bérenger no supo qué decir. ¿Sería acaso una máscara la actitud irreprochable de Boudet? Tenía sus dudas. Las palabras mordaces del abad le resultaban poco convincentes. Tampoco le agradaba que Boudet, que era mayor que él, lo tratara como un igual, como un vulgar sinvergüenza que había olvidado los principios de la Santa Iglesia.

Boudet había inclinado la frente arrugada sobre los cuatro manuscritos. De vez en cuando garrapateaba furiosamente algunas notas, como arrastrado por la emoción. Bérenger lo ayudó a traducir los textos en latín. En realidad, no presentaban dificultades para dos hombres habituados a ese tipo de ejercicio. Tan sólo el cuarto pergamino era confuso.

—Está en clave —concluyó Boudet.

—Eso ya lo sé. ¿Conoce usted el código para descifrarlo?

—No. No poseo el saber necesario para resolver este enigma. Todo lo que puedo decirle versa sobre el origen de los documentos. El primero es una genealogía de los condes de Reda, descendientes de los reyes merovingios, que lleva el sello de Blanca de Castilla, la reina de Francia, y la firma de Raymond d'A. Niort, quien negoció la rendición de los cátaros de Montségur al reino de Francia. El segundo es el testamento de François-Pierre d'Hautpoul, señor de Rennes y de Bézu. El tercero es el testamento de Henri d'Hautpoul. En cuanto al cuarto, que es el que nos interesa, está firmado por Jean-Paul de Nègre de Fondargent.

—¿Y la palabra Sión? ¿Las letras PS? ¿No le dicen nada?

Boudet le lanzó una mirada inquisitiva. Las ideas que revoloteaban en su cabeza aguzaban su suspicacia: ¿habría dicho Saunière esas palabras al azar? ¿Eran el fruto de la traición de uno de los hermanos? ¿Jules Bois? ¿El archiduque Juan? ¿Elías? Sonrió, pero en su sonrisa no había ninguna alegría. Había corroborado la conclusión de sus reflexiones. Saunière conocía la existencia del Priorato de Sión. ¿Cómo hacérselo confesar? No lo conseguiría por la fuerza, ni tampoco con ruegos y súplicas, aún menos tratando de seducirlo. Sólo quedaba la sorpresa.

103

—Yo mismo pertenezco al Priorato de Sión —dijo de pronto.

Bérenger se quedó desconcertado. Durante un segundo, miró a Boudet a los ojos, como si el abad fuera un pecador que viniera de confesarle un pecado espantoso. Balbuceó:

—¿También usted? Pero ¿será posible?

—El priorato es la piedra sobre la que construiremos el mundo. Poseo el título de cruzado de San Juan y comendador de Rennes.[18] Es usted el primer no iniciado que conoce mi grado dentro de la orden.

—¿Cómo es que un hombre de la Iglesia ha traicionado sus votos?

—¡Le prohíbo que me hable en ese tono! ¡Usted! El galán que se revuelca con Marie… ¿Todavía lo idolatra la pequeña Dénarnaud? Sobre todo cuando le desabotona la sotana, sospecho…

Su voz se hizo más aguda, seca y precisa. Había en ella un dejo de ironía.

—Debe obedecerme, Saunière.

—¿Y si lo denuncio ante el obispo?

—No se lo aconsejo.

—¿Es una amenaza?

—No, sólo una advertencia.

—¿Qué quiere de mí?

—¡Gracias a Dios! Es usted un hombre razonable, Saunière. Será recompensado con generosidad si sigue mis órdenes y los consejos de nuestro amigo Elías Yesolot. Sólo tiene que esperar. Esperar, ¿cree que podrá soportarlo?

—¿Por qué hemos de esperar cuando ya tenemos los documentos?

—Porque nos faltan elementos para lanzarnos a la búsqueda y no debemos despertar la curiosidad de nuestros enemigos. Conténtese con reparar su iglesia. ¿Le habló Elías de las donaciones que recibirá?

---

18. En este período, el Priorato de Sión estaba dirigido por el «nautonier», los tres «príncipes noaquitas de Nuestra Señora» y los nueve «cruzados de San Juan». Contaba con 723 miembros más repartidos entre los cuatro grados restantes. En 1950 este número había ascendido a 1.093 miembros. En 1956 eran 9.841. En 1986 eran más de quince mil.

—Sí.

—Serán importantes, créame… Pero no representan nada, al lado de lo que recibirá más tarde. ¡Nada! ¡Lo entiende?

Bérenger apartó el rostro y guardó silencio largo rato. Ya vislumbraba la época en que sería rico. Estaba seguro de que el Priorato de Sión estaba utilizándolo para asentar su propio poder. Sin embargo, no era consciente de que lo hubieran manipulado para que descubriera los manuscritos. Él mismo había decidido cambiar el altar y había elegido los obreros. Había sido una simple casualidad. En cuanto a las donaciones que había recibido después de las obras, eran mínimas, aparte del dinero que había recibido de Billard y Guillaume y de un préstamo de mil cuatrocientos francos que le había otorgado el ayuntamiento. El abad Pons le había dejado seiscientos francos y una mujer generosa de Coursan le había dado setecientos. No llegaba a ver la sombra del Priorato en esas operaciones. Pero ¿cómo estar seguro? No tenía los poderes intuitivos ni deductivos de los detectives, era apenas el cura de una parroquia pobre, lejana del Papa, el peón solitario de las maquinaciones de un nautonier.

—¿Y Marie? —preguntó de pronto—. ¿Cuál es su papel en todo esto?

—Marie no es más que una pobre chica. Consérvela a su lado y le prestará enormes servicios. El año que viene, haga que sus padres vengan a vivir a la casa parroquial para acallar las malas lenguas.

—¡Pero eso sería imposible!

—No tenga miedo. No dirán nada. Hemos comprado su silencio y fingirán ignorar la relación entre usted y su hija.

Bérenger percibió entonces el poder del Priorato. La opresión creció a su alrededor, hasta hacerlo parpadear de angustia. Sus dedos buscaron el rosario, que estaba sepultado en el bolsillo de la sotana. Durante unos segundos, se sintió arrastrado por un abismo sin fondo, en medio de un sueño.

Boudet saboreaba complacido su triunfo. Sentía palpitar los músculos de sus mandíbulas. En el silencio, adivinaba los vuelcos del corazón de Saunière, la angustia repentina, el deseo de huir, la tentación de resistirse. Eran reacciones vanas, barreras que caerían al momento bajo el influjo del oro o de las muje-

105

res. El abad era ya su instrumento. Con gesto decidido, juntó los manuscritos y los escondió dentro de una enorme Biblia que había en su biblioteca.

—Déjemelos por unos días, quiero hacer copias. Vuelva a su parroquia, Saunière, y espere a que lo llame... ¡Saunière!

—¿Sí?

—Usted es ahora el único ser en el mundo delante del que puedo ser yo mismo. Hasta pronto, mi querido cómplice.

Ya en la calle, Bérenger sopesó las últimas palabras de Boudet. ¿Qué escondían? ¿Qué pensamientos monstruosos asomaban detrás de ellas? Boudet se comportaba como un genio que se dispone a cometer un crimen perfecto y se confiesa porque no soporta la idea de que nadie sea testigo de su genialidad. «He ahí su punto débil», se dijo Bérenger, y se sintió de pronto más espabilado, casi alegre. Ya sabía cómo oponerse a Boudet. En caso de peligro, debía aguijonear su orgullo, y ese orgullo enorme y ciego llevaría al abad a la derrota. Echó a andar sumido en sus pensamientos, sin percatarse de que tres jinetes lo seguían a cierta distancia.

El tumulto del verano había abandonado Rennes-les-Bains. Los balnearios se habían vaciado de hombres barrigones y mujeres de pechos ampulosos, que acudían a purificarse en las aguas sulfurosas y ferruginosas, a drenar sus humores y aplazar el último vencimiento de sus vidas, y partían cada año de vuelta a la ciudad para llenarse otra vez de veneno. Los tres jinetes lo siguieron a la sombra de los caserones y se adentraron en el bosque de Breiches. Bérenger contempló las hojas de los árboles, que parpadeaban como pepitas de oro entre el rojo y el amarillo. Los colores del otoño lo embriagaron una vez más de fantasías, a medida que su mirada se internaba en el follaje luminoso, y la ilusión de encontrar el tesoro alentaba su espíritu. Empezó a buscar con la vista las numerosas grutas que se hundían en la montaña. Por el rumbo de la sierra de Bec, donde se encontraba el castillo de los templarios, una bandada de cuervos pasó rasgando las brumas plateadas que se levantaban despacio sobre el horizonte. Dentro de poco, el sol sería un gran ojo rojo en el cielo. Bérenger apretó el paso, para llegar antes del atardecer. Caída la noche, sólo los ladrones, los aventureros y los cazadores furtivos recorrían los campos desolados. También hacía falta valor para enfrentarse a los espíritus de la montaña: Dahu, el salvaje, la hechicera Masca y el monstruo Sinagrio.

Trepó cuesta arriba hacia la Coume-Sourde, por el atajo que pasaba bajo la Roca Temblorosa. De repente, percibió un centelleo metálico en el muro de rocas escarpadas que tenía delante. La inquietud ensombreció su mirada. Empezó a subir saltando de piedra en piedra para ganar tiempo.

«Parezco un niño con miedo de Romeca»,[19] se dijo, tratando de mitigar el terror que merodeaba en sus entrañas. De repente, un crujido gigantesco retumbó en lo alto. Se quedó quieto, con aparente lentitud, una parte de la coraza gris del barranco se desprendió y se precipitó cuesta abajo, arrastrando a su paso árboles enteros y piedras enormes. La avalancha parecía imparable. Bérenger echó a correr y se rasgó las ropas con las zarzas y, a su espalda, el rugido se hizo más fuerte. Una mole de granito se despeñó a su lado. Dio un salto prodigioso para evitar el golpe e invocó a gritos a san Antonio, con las fuerzas decuplicadas por el espanto. Una punzada aguda le atravesó el cráneo a la altura de las sienes cuando se tiró a tierra boca abajo. La ola de tierra y rocas pasó rozándolo. El suelo se estremeció como si fuera a partirse en dos bajo su cuerpo. Durante un instante, la avalancha bramó dentro de su cabeza. Así como había comenzado, cesó de repente.

Cuando abrió los ojos, seguía aferrándose con los dedos al barro de un talud que se abría sobre el vacío. Tenía los brazos llenos de cortes, no por las zarzas, sino por las piedras de la avalancha. La sangre le escurría desde las muñecas hasta los jirones empapados de las mangas. Su rostro se contrajo en una mueca. No le gustaba hacerse daño. Se levantó con dificultad y miró al cielo, luego alrededor, hacia la cima de la montaña. Silencio. Ni siquiera el graznido de un cuervo. Una polvareda se levantaba sobre la tierra rota y descendía poco a poco hacia el fondo del valle, por encima de los arbustos temblorosos y los árboles que habían quedado en pie.

19. Hada malvada que atemoriza a los niños.

«No es natural —pensó Bérenger, reanudando la marcha por el flanco de la colina—. Iré hasta el Valdieu y me lavaré en la fuente, y pediré ayuda a la gente de la granja.» Se preguntó qué camino debía tomar y buscó un bastón. El suelo estaba cubierto de ramas y ramitas, pero ninguno le serviría en caso de necesidad. Más que una oración, necesitaba un arma. Y todavía estaba sangrando... Trató de sobreponerse a la fatiga que lo hacía tambalearse. Ya estaba llegando a la cima. Enfiló por el lecho seco del arroyo del Hombre Muerto, donde la maleza era más tupida. Se echó a tierra al oír el relincho de un caballo. Unas piedras resbalaron. Se arrastró por entre los pastos y cogió un canto redondo del arroyo. Sintió un aleteo de miedo en el estómago y, a su pesar, pidió a los santos que lo protegieran.

—¡Te encontraremos, cura! No vale la pena que te escondas.

La voz resonó a unos veinte pasos, adelante y a la derecha. Era una voz desconocida, áspera, con acento del norte.

—Te has salvado de la avalancha pero no te salvarás de nuestras armas.

Oyó el disparo pero, a pesar de sus temores, la bala no pasó silbando por encima de su cabeza. Todavía no sabían dónde estaba. Se arrastró hacia el lugar de donde había partido la bala, apretando su piedra entre los dedos.

Los tres jinetes estaban al pie de una roca, con los revólveres apuntando hacia el suelo. No, no lo había encontrado todavía. Conversaban en voz baja, los tres muy pálidos, con los rostros ajados por la fatiga de un largo viaje. El que parecía el jefe era alto y llevaba un fino bigote rubio. Señaló un árbol arrancado y uno de sus camaradas se dirigió enseguida hacia el árbol. Ordenó al otro que vigilara a los caballos. Saltó a tierra y se apostó a la orilla del riachuelo, donde empezaban los pastos en los que se había refugiado Bérenger.

El sacerdote apretujó su cuerpo contra el lecho del arroyo. ¿Cómo podía escapar de ese agujero? Una idea cobró forma en su cabeza. Soltó el canto de río y estiró la mano pegada al cuerpo en busca de una piedra más pequeña. La arrojó lo más lejos que pudo. El efecto fue inmediato. El rubio se incorporó, empuñó el arma y se adentró en los pastos.

Bérenger se soltó muy despacio el cordón de la sotana. «No matarás.» Tenía los ojos enrojecidos por la lucha que debía librar contra sí mismo, una especie de fiebre lo devoraba. El gesto asesino que acababa de hacer lo llenó de repulsión. Obligó a su alma a beber el vino de la cólera y del odio. Avistó la silueta vacilante de su adversario, por entre los pastos secos y las piedras jorobadas del arroyo reseco.

El rubio avanzaba con parsimonia, apartando los pastos con el arma. Sonrió al pensar en su presa: un sacerdote, un hombre de hábito, que se pasaba la vida sermoneando a ancianas. Veía ya al abad con las manos juntas, esperando el tiro de gracia en la nuca. Los johannistas eran buenos pagadores. Mañana, en Carcassone, se las arreglaría para sonsacarles una prima. Bastaría con un par de palabras bien dichas, cuando el cliente le diera la suma acordada: «Por tratarse de un sacerdote serán otros tres mil francos oro». Ésa sería su jubilación. Ya pensaba en todas las putas que podría costearse.

Bérenger se arrastró palmo a palmo sobre el costado hasta rodear al hombre. Tres metros, dos metros, un metro... ¡ahora! Se levantó de un salto, le pasó el cordón por el cuello y lo hizo caer tirando del cordón con todas sus fuerzas. El rubio dejó caer el arma. Su boca se abrió y se cerró varias veces, pero las palabras se ahogaron en su garganta. Sintió la falta del aire y trató de soltarse, pero el sacerdote lo mantuvo inmovilizado bajo el peso de su cuerpo. Sus músculos y sus nervios eran los de una fiera, contemplaba a su víctima con los ojos de un loco.

El rubio se quedó tieso después de soltar un último resuello. Su cabeza golpeó contra el suelo con los ojos muy abiertos, casi fuera de las órbitas, y un hilo de babas escurrió de su boca a tierra.

Bérenger se apartó del cadáver. Tenía el rostro cubierto de sudor, la locura todavía en la mirada. Sólo un pensamiento en la cabeza: eliminar a los otros dos.

—¿Pasa algo, Pierre? —gritó el hombre que se había quedado con los caballos—. ¿Dónde estás? ¡Pierre, contéstame!

Con reflejos felinos, Bérenger se acercó a largos trancos a la voz que empezaba a quebrarse por el miedo.

—¡Pierre!... ¡Di algo, por lo que más quieras! ¡Pierre! ¡Pierre!

Bérenger se agazapó entre los pastos con la sensación de que se había convertido en un animal. Recuperó su piedra de río, y su mano se transformó en una honda temible. El hombre vio la silueta negra que salía del cauce, corriendo en su dirección. El rostro implacable del sacerdote le cortó el aliento. No tuvo tiempo de apuntar. La piedra se estrelló contra su frente. Se tambaleó y cayó a los pies de los caballos, con un gruñido parecido al de un jabalí.

Faltaba el tercer asesino. Bérenger, posesionado de su papel, se apoderó del revólver del hombre que acababa de abatir. Sabía disparar un fusil y, de hecho, era un buen cazador. Levantó el brazo, pero no llegó a disparar. El otro ya había echado a correr a toda prisa, rumbo al peñasco del Clot.

Bérenger bajó el brazo. Se dejó caer luego de rodillas junto al guardián de los caballos. Le palpó la frente, al ver que respiraba todavía. La herida no había sido tan grave como había imaginado. Suspiró con alivio.

—Señor, gracias por haberlo salvado… Nunca fue mi intención…

El hombre abrió los ojos.

—¡Piedad! —murmuró, cubriéndose el rostro con la mano.

—No tengas miedo… Te ayudaré… Apóyate en mi brazo… ¿Llevas algo de agua en esas cantimploras que cuelgan de las monturas?

—Sí —contestó el hombre, todavía con miedo.

Bérenger lo ayudó a sentarse contra una roca, abrió la cantimplora y se la puso entre las manos. Ansiaba expiar su falta. Ya no había más que amor en su interior. Casi habría preferido morir bajo la avalancha. Las tinieblas que había en su ser le habían ocultado la luz de Dios, había matado a un hombre… ¡había matado!

—Perdóname —susurró.

El otro lo escuchó sin dar crédito a sus oídos. Entendió que ya no corría peligro. Sin embargo, las implicaciones de la disculpa eran desagradables. Permaneció sentado contra la roca, con la cantimplora contra el pecho, como un muerto que acabara de despertar. Contempló el rostro compasivo que se inclinaba sobre él y su corazón empezó a latir más fuerte, por la vergüenza que crecía en su pecho, luego también por la aprensión.

—¿Quién os ha enviado? —le preguntó Bérenger.

—No lo sé… Sólo Pierre lo sabía… Era nuestro jefe…

—Pierre ya no está en este mundo. Encontrarás su cuerpo en el arroyo. Que Dios bendiga su alma.

—Fue usted el que…

—Yo lo maté —contestó el sacerdote. Un relámpago de desesperación cruzó su mirada, como si su alma ardiera ya en la condenación del Juicio Final.

Los dos callaron. El hombre acabó de tranquilizarse, ante la bondad que parecía emanar del sacerdote. Reconoció en él el ímpetu de un espíritu generoso, volcado hacia el prójimo y hacia los hombres. Los instintos desbordados de Bérenger lo empujaban en efecto hasta el límite de la pasión, el amor, la fe y la violencia. «No es un sujeto corriente», pensó el hombre con respeto.

—Lo hizo en defensa propia, padre… Fue en defensa propia. Si eso es pecado a los ojos de la Iglesia, le quedará perdonado porque vino a ayudarme a mí.

—Quizá. Sólo Dios ha de juzgarme.

—Padre, Dios manda al infierno a hombres como Pierre o como yo. Nos dieron un puñado de oro para que viniéramos a matarlo. Íbamos a cobrar el resto cuando ya estuviera muerto.

—¿Dónde?

—En Carcassone, no sé dónde exactamente. El cliente no se dejaba ver más que por Pierre. Pierre nunca nos dijo nada acerca de él.

—¿Estás seguro? Reflexiona… Mi vida está en juego. Y ahora la tuya también.

—No… No sé nada… Aunque…

—¿Sí?

—Una noche estábamos en una casa, en una casa para hombres, ¿me entiende? Una de esas casas donde las mujeres venden sus encantos. Pierre estaba borracho, levantó la copa de champaña para brindar y dijo: «¡A la salud de Cabeza de Lobo, nuestro benefactor!». Me parece que lo estoy viendo.

—¿Cabeza de Lobo?

—Sí, Cabeza de Lobo… Tal vez era un emblema, o un blasón.

—No eres un mal hombre —dijo Bérenger—. Incluso pareces instruido. ¿Cómo es que has acabado en esto?

—Fracasé en los estudios de Medicina y me endeudé en el juego en París. París me destruyó en una sola estación. No se inquiete por mí, padre, ni por ese que yace allí abajo. Me lo llevaré y desapareceremos de aquí.

—¡Antes tienes que curarte!

—Déjeme… Es mi destino. Nací para las emociones y los sablazos.

El hombre se incorporó y arrastró los pies hacia el arroyo, seguido de Bérenger.

—Ahí está el cuerpo. —El sacerdote señaló el lugar donde el cadáver aplanaba los pastos—. No se lo lleve. Lo llevaremos juntos a una gruta que hay cerca de aquí. Adentro hay una sima…

Era ya tarde cuando Bérenger llegó a la granja del Valdieu. Alzó la vista bajo el cielo estrellado y, por un momento, sintió una especie de vértigo que no atinaba a comprender. ¿Sentía acaso la presencia de Dios, el peso de sus pecados? ¿Era más bien la sensación de que había reanudado su existencia insignificante? ¿El deseo doloroso de seguir viviendo, ahora que el horror se había disipado como una pesadilla? Los perros comenzaron a ladrar. Una lámpara de petróleo se encendió en la noche. Ahora tendría que mentir. Había tenido un accidente. Un accidente estúpido, cuando trepaba hacia el arroyo del Hombre Muerto.

XI

Carcassonne, 19 de enero de 1893

—¡Así que éstos son los famosos pergaminos!

—Sí —contestó Bérenger.

Monseñor Billard los examinó al momento. Los párpados entrecerrados disimulaban su alegría. ¡Los documentos! Por fin podrían explotarlos a cabalidad. La orden había tardado en llegar, pero sus superiores debían tener buenas razones para el aplazamiento. Confiárselos a Saunière había sido un acto de genio. El sacerdote no había intentado nada después de descubrirlos, ni siquiera después de que los johannistas hubiesen atentado contra su vida. El bueno de Saunière. La ambición lo devoraba, pero seguía siendo dócil.

—Su amigo el abad Boudet piensa que tendríamos que enviarlos a traducir a nuestros especialistas de San Sulpicio. No está en un error. Tal vez su contenido nos revele algún secreto... ¿No habrá pensado en deshacerse de ellos por un puñado de oro?

—No, monseñor.

—Bien hecho. Los secretos de la Iglesia no deben caer en manos de la República.

—¡Que Dios nos guarde!

El obispo se volvió con brusquedad. Bajo la luz de la ventana, su rostro se había transfigurado. La maldad brillaba en sus ojos atentos. La boca reblandecida se contrajo en un rictus cruel.

—¡Cuánto arrebato, hijo mío! Dios no tiene nada que ver con la República. Hablo de la Iglesia, de su poder temporal. Nuestro deber es preservar el edificio de Pedro... ¿Por qué se pone pálido? ¿A tal punto le doy miedo?

Bérenger se quedó callado. El espectro del Priorato mero-deaba por la biblioteca. La extraña expresión en el rostro del obispo lo hacía desconfiar. ¿Sería él también un miembro de Sión? «¡Desde luego! —se respondió—, ¡cómo he podido ser tan ingenuo! Dime cuál es tu rango, Billard. Sin modestias, ¿cruzado de San Juan? ¿Príncipe noaquita de Nuestra Señora? ¿O es que estás por debajo de Boudet?»

—Tiene razón, monseñor —acabó diciendo—. No debemos refugiarnos en lo eterno. Somos los obreros, los brazos de la Iglesia.

—Habla usted otra vez como un hombre razonable… Pero hablemos de su futuro, de su viaje a París.

—¿A París?

Bérenger se mordió los labios.

¡París! Su sueño más anhelado: los grandes bulevares, el perfume de las mujeres, los teatros, los museos… París, donde todas las ambiciones eran posibles.

—No existe ningún otro lugar donde puedan traducirse co-rrectamente estos manuscritos. No se espante, Saunière, ya lo tengo todo previsto. Le he escrito dos cartas de recomendación. La primera es para el abad Bieil, el rector de San Sulpicio. Con la se-gunda puede presentarse en casa del doctor Gérard Encausse, pero sólo en caso de que el abad Bieil no pueda ayudarlo. ¿Está claro?

—Sí, monseñor. Pero…

—Pero ¿qué?

—Es que no puedo costearme el viaje.

—¡Ja, ja! Saunière, ¿es que alguna vez lo he dejado en la in-digencia?

El obispo dio la vuelta a su escritorio y abrió un cajón. Sa-có de dentro un sobre.

—Aquí tiene quinientos francos en billetes. Úselos bien.

—¡Pero es demasiado, monseñor!

—Acéptelo como un regalo de su obispo…

—Hay algo más, monseñor.

—¿Y ahora de qué se trata?

—El alcalde me ha dado un anticipo de mil cuatrocientos francos sobre la venta de los documentos. Con esta suma he acogido a una familia pobre, los Dénarnaud, y he encargado un púlpito de roble tallado.

—Estamos al tanto de todo eso, Saunière. Giscard de Toulouse incluso le ha hecho un precio de amigo, novecientos quince francos, si no recuerdo mal: setecientos cincuenta por el púlpito y ciento cincuenta por un bajo relieve en el porche. Le perdono los quince francos para la compra de un par de apliques.

Bérenger se quedó atónito por la precisión de las cifras. ¿Cómo conocía el obispo el monto exacto de sus gastos?

—Nos interesamos por usted, hijo mío. No se preocupe por esos mil cuatrocientos francos. Asumiremos que representan el precio de venta de los manuscritos. En París recibirá un acta de venta en regla de una casa de edición. Ahora vuelva a Rennes, prepare su equipaje y rece por mí cuando esté en San Sulpicio.

El obispo le tendió el anillo. Bérenger se inclinó y posó los labios sobre la gema sombría. La voz de Billard llegó a sus oídos cuando salía de la biblioteca.

—¡Gracias por haber mandado grabar mis armas en el porche de su iglesia!

En el tren a París, Bérenger pensó en todo lo que le aguardaba en la capital, en ese mundo que había imaginado tantas veces en las calles elegantes de Narbona, de Carcassonne y de Toulouse. Tras la ventanilla, la nieve centelleaba ya como los cristales de las lámparas del hotel Terminus o el jardín de invierno del restaurante Champeaux. Al atardecer, el cielo adquirió un tono verdoso que viraba hasta el rosa: era el vestido de una mujer que se ofrecía a sus ojos, un vestido de baile. A su lado, sus vecinos se contaban vidas reales e imaginarias, pero Bérenger no escuchaba sus palabras. De cuando en cuando el tren aminoraba la marcha para doblar en una cantera de traviesas y los aserradores cantaban fuera: «¡Viene y va! ¡Viene y va! ¡Viene y va!». Pero Bérenger no veía a aquellos bribones que tenían los ojos enrojecidos por el serrín, ni a los viejos carboneros que escupían con cada aliento los pulmones. Nada existía ya para él, aparte de la fantasía que lo aguardaba en París... ¡en París!

Una sacudida lo despertó. El tumulto de los viajeros lo arrojó fuera del vagón de tercera clase al andén de la estación.

Unos mineros pasaron corriendo por entre los vapores multicolores que exhalaban las locomotoras. Se detuvo aturdido por los ruidos y las voces, por los gritos del bedel que anunciaba la llegada y la partida de los trenes. El bedel lo ayudó a desenganchar su bolsa de viaje de la portezuela y prosiguió hacia la cola del tren, voceando horarios y correspondencias, empujando a los pasajeros hacia la salida y encaminándolos con mil argucias hacia el restaurante de la estación. Bérenger no tuvo tiempo de darle las gracias. La ola lo arrastró por entre los monos azules de los lampareros y los oficiales con las gorras adornadas de hojas de roble. Sin darse cuenta, acabó a bordo de un ómnibus abarrotado del que tiraban cuatro caballos.

—¿Adónde va? —le preguntó el revisor.

—A San Sulpicio...

—Está en la línea equivocada, bájese en la parada siguiente y tome el que va de Austerlitz a los Inválidos, lo dejará en la plaza de Saint Germain de Prés.

Bérenger asintió y buscó la salida cuando el ómnibus se detuvo delante de una cola de parisinos que graznaban como gaviotas en un basurero. Lo insultaron, lo empujaron y lo sacudieron, y lo lanzaron por fin a la calle con un empujón brutal.

—¡Campesino! —gritó un hombre a su espalda.

«¡Menuda suerte!», se dijo Bérenger cuando el lastrado vehículo se perdió en la fría bruma de la mañana. Permaneció un momento allí, sin dar un paso, contemplando las carrozas y los coches que pasaban sin cesar, los abrigos de los paseantes, las muchachas maquilladas que corrían hacia los cafés, los vendedores de periódicos, los chiquillos ojerosos que mendigaban en los umbrales, los *clochards* irreductibles que le gritaban obscenidades a la gente.

—Tomemos un coche —dijo en voz alta; luego susurró—: No voy a quedarme en la bancarrota.

Al cabo de varios intentos, consiguió parar uno y pidió al cochero que lo llevara al seminario de San Sulpicio. Se repantigó en el asiento, se cubrió con la manta y empezó a amodorrarse, acunado por el suave balanceo del vehículo. Por fin podía disfrutar de la ciudad. En las aceras las tiendas abrían las puertas a un ejército de dependientes de cuello blanco y criadas de delantal, vendedoras provocativas que asomaban detrás de montañas de encajes, pilas de cintas, delicados sombreros, ligas bordadas, enaguas tan vaporosas como la neblina de verano. Allí estaban el Sena y Notre-Dame, reflejada en sus aguas como en un espejo: el río hacía palpitar su corazón, la iglesia conmovía su alma. Contempló más allá la mole húmeda del Louvre, como si pudiera penetrar en sus antiguos secretos, traer a los reyes de vuelta al mundo. Levantó la vista al cielo, preguntándose si algún día volverían al trono. La euforia del paseo se apoderó de él una vez más y apoyó la frente en el cristal al paso de unos obreros risueños. Pensó: «Qué hombres más afortunados».

Una sonrisa de despecho apareció en sus labios. A medida que veía pasar la ciudad, el hecho de ser sacerdote le parecía una lacra, un tumor clavado en el fondo de su ser. Presentía el hormigueo de la vida tras las fachadas grises de las casas. Las dudas oscurecían su fe, ¡una vez más! Delante de la reina de las ciudades, a lo largo de las callejuelas de sus barrios, su instinto animal volvía a despertar, exasperando sus sentidos, envolviéndolo en la marea de sus ambiciones y sus deseos.

Recobró la serenidad en el umbral del seminario. Un novicio acudió a la secretaría para conducirlo al despacho del director. La calma que reinaba en los corredores era como un bálsamo. Bérenger pensó en todos los seminaristas que estaban ahora allí mismo rezando al Señor. ¿Acaso no había sido él un día como ellos? ¿No se había entregado al estudio de las Escrituras, no había anhelado humildemente la vida de los santos? Sí, ese alumno aplicado, ejemplar, había sido él, sus superiores solían alabar su madurez y su ponderación. Tras los gruesos muros de San Sulpicio, estaba a salvo de la tentación. Cuando el novicio lo hizo entrar en el despacho, era otra vez el pastor que daba la vida por sus ovejas extraviadas.

—Buenos días, padre —le dijo al director—, soy el abad Saunière, el párroco de Rennes-le-Château.

—Bienvenido, Saunière —respondió el abad Bieil tendiéndole la mano con calidez—. Monseñor Billard me avisó de que vendría.

—Que Dios lo guarde muchos años —dijo Bérenger—. Me encomendó que le diera esta carta de recomendación, anticipando que me sería usted de gran ayuda durante mi estancia en la capital.

117

—Ha hecho bien en enviarlo conmigo —respondió Bieil. Tomó la carta, la abrió de un tajo y recorrió rápidamente las líneas. Bérenger sintió afecto enseguida por aquel sacerdote directo y franco. El rostro de Bieil era grande y abierto, sus ojos vivaces e inteligentes transmitían la misma sinceridad que su voz firme y generosa.

—Siéntese —dijo Bieil apartando la carta—, debe de estar cansado después de un viaje tan largo.

Bérenger se fijó entonces en la cicatriz que el abad tenía en el cuello, bajo el mentón prominente y voluntarioso.

—No se preocupe por esta vieja herida —dijo Bieil, advirtiendo su mirada—. Me la gané durante la Comuna. Uno de los rojos trató de decapitarme.

—¡De decapitarlo!

—Y no fue lo peor que me pasó entonces. Viví el fondo de las cosas. Descubrí mis limitaciones. ¿En qué piensa uno cuando va corriendo con la muerte en los talones? En Dios, en Dios, sólo en Dios… Pero cuando llega el momento, cuando siente el metal frío en la garganta, se pone a gritar: «¡Reniego de la Iglesia! ¡Quiero vivir…!».

—¿Cómo es posible?

—Todo es posible, Saunière. La vida se encarga de humillarnos. Un día descubrirá sus debilidades, y ese día, aunque su fe siga intacta, se cubrirá a sí mismo de insultos y aun así no encontrará remedio para su mal.

Bérenger bajó la mirada, profundamente turbado por las palabras del abad. Bieil se dio cuenta, pero no comprendió cuánto.

—Venga, no piense más en ello… Estoy seguro de que es usted un buen sacerdote. Aunque creo que lo he decepcionado.

—No, no es eso en absoluto.

—No trate de redimirse, Saunière. La confesión que he hecho lo ha turbado, lo he visto en su rostro. Ha vacilado entre despreciarme y compadecerse de mí, pero ha reaccionado siguiendo su instinto y su reacción ha sido la correcta. Padre, ya me cae usted bien. ¿Qué tal si sellamos nuestro encuentro con un vaso de vino? Si prefiere enaltecer su virtud le ofrezco un vaso de agua.

Bérenger casi sintió ganas de echarse a reír, al ver que la situación se tornaba a su favor. Era él el pecador, el que se merecía todas las penitencias. Y he aquí que Bieil le daba a escoger entre el agua y el vino.

—El vino es una de mis debilidades… —dijo sonriente.

—¡Maravilloso! —exclamó Bieil. Se levantó hacia una puerta oculta—. Caliéntese, padre, vuelvo en un momento.

En el centro de la habitación ardía una estufa enorme. Bérenger acercó las manos hacia el vientre barnizado de porcelana, dejó luego la capa en el respaldo de un sillón y estiró las piernas. El calor se propagó poco a poco por sus miembros. Se estiró y bendijo aquel fuego apacible que invitaba como una caricia a la voluptuosidad y al sueño.

Fuera soplaba el viento, había empezado a lloviznar. Era una alegría estar en aquella pieza de techos altos, poblada de libros antiguos, objetos piadosos, imágenes de santos. Sobre la mesa de roble, había dos candelabros sostenidos por dos hieráticos nubios de bronce. En lo alto, una gran lámpara de cobre esparcía su luz dorada a través de la pantalla de pálido marfil. Todo era allí calma, todo esplendor… Estaba muy lejos de la austeridad de su humilde sacristía. Se había olvidado ya de Bieil, que regresó con una botella y dos vasos.

119

—Disculpe que lo haya hecho esperar, pero tenía que mandarle preparar un cuarto. Dormirá aquí por esta noche y mañana le presentaré a mi sobrino, el editor Ané, que lo alojará en su casa.

—Gracias, padre…

—No me lo agradezca, no es frecuente recibir la visita de un sacerdote con quien se puede charlar, que además trae consigo documentos de máxima importancia.

Bérenger no pestañeó. Pero entró en alerta. A la sola mención de los manuscritos, se puso en guardia y abandonó la dulce languidez del fuego; sus músculos se contrajeron como si Bieil fuera a confesar que era un johannista contratado para matarlo. El rector prosiguió en tono jovial:

—Eso es lo que me escribe monseñor Billard. Por mi parte, prefiero que otros se encarguen de descifrarlos. Mi sobrino Ané sabrá darle consejo, tiene muchos amigos en los círculos eruditos de la capital y estará encantado de presentarle a los especialistas. Eso sí, ninguno de ellos me supera como enólogo. Veamos que nos dice esta botella.

Vertió el vino de color rubí en los dos vasos de cristal, antes de entregarse a la delicada ceremonia de la cata. Habló luego con gran seriedad:

—Tinto claro, afrutado, muy fino, con un gusto a bayas rojas, amable, amplio, rico, un buen vino, procedente de Saint-Émileion… Escuche bien, querido amigo: para los que abren su alma, no hay secretos. No sólo en el vino, sino en todo lo demás. Dígaselo cada mañana al levantarse y un día sus manuscritos le resultarán tan transparentes como los Evangelios.

XII

París, 29 de enero de 1893

En la pequeña casa de edición, los olores del cuero, la tinta y el papel se mezclaban con los efluvios tóxicos del pegamento para los lomos y la cola para las cubiertas. Los numerosos libros que los dependientes ponían en orden dentro de las cajas de correo hacían las delicias de Bérenger. En tres días enteros, no había llegado a hacer el inventario: aquí estaban las grandes Biblias de borde labrado, allí las vidas de los santos, más allá los tratados de retórica, los Evangelios, los misales, los fascículos... Todos contribuían a la historia victoriosa de la Iglesia, desde los más humildes, que costaban cuatro céntimos, hasta las obras de lujo reservadas a las élites de las catedrales.

Bérenger acarició las letras de oro impresas en el cuero negro de un soberbio volumen de Spinoza. Aquellas obras maravillosas eran el fruto del talento de su anfitrión, el editor Ané, que se había entregado en cuerpo y alma a las ediciones religiosas, con tal fe y prodigalidad que sus libros se vendían incluso en Asia y en América del Sur. Sin embargo, tras la llegada de la República y los anticlericales, sus ingresos habían disminuido casi hasta desaparecer. Se lo había contado todo a Bérenger, acusándose así mismo de haber especulado con el retorno de la religión.

—Dé usted un paseo por París, padre, y eche un vistazo a las iglesias. Las sillas están siempre vacías, los bancos cubiertos de polvo, los sacerdotes abandonados en los confesionarios. Los cristianos ya no ansían recogerse en la casa de Dios. Van a misa, desde luego, pero la mayoría de ellos acude con desdén, con el corazón vacío y la cabeza embotada de placeres. Yo confié en su fe, en el regreso de la moral religiosa, e invertí todo mi capital en toneladas de papel que ahora mismo se pudren en mis almacenes.

Bérenger no había llegado a visitar las diferentes iglesias de París. Sólo una vez había entrado a San Sulpicio. La visita lo había llenado de melancolía. En un primer momento, lo había impresionado la opulencia del templo, que se levantaba en medio del barrio religioso como un palacio o una fortaleza, un monumento sobrio y grave, construido para concentrar en su fachada todas las fuerzas del universo. La iglesia no estaba repleta de tumultos de feligreses, pero parecían darse cita allí todos los sacerdotes, novicios, oblatos, monjas y hermanas de la caridad que vivían en París. Desaparecían bajo las puertas majestuosas y volvían a salir imbuidos de humildad. De vez en cuando alguno cedía a la exasperación cuando las pandillas de jóvenes republicanos los tachaban a gritos de holgazanes.

Bérenger había entrado siguiendo a sus hermanos, se había hecho la señal de la cruz con el agua pura de la pila y había avanzado algunos pasos bajo la sombra gigantesca de la nave, iluminada apenas por los numerosos cirios. El camino hasta la cruz estaba flanqueado por centenares de candelas temblorosas. Todo eran veladoras, oraciones, ruegos. Las hermanas de la caridad rezaban aquí a san Pablo, contemplando la estatua con los rostros enternecidos por la beatitud. Más allá, un diácono se humillaba en las sandalias de Juan Bautista, pidiéndole que aliviara los sufrimientos del mundo. «Ten piedad de los pobres», «larga vida a nuestro amado papa, León XIII», «protege nuestra comunidad», «gloria al Sagrado Corazón», las peticiones llovían sobre los santos policromados, cuyas extáticas miradas contemplaban la luz de los cirios, o bien se hundían en las tinieblas de la bóveda.

Bérenger se dirigió hacia las estatuas de los ángeles, para recogerse ante ellos con la conciencia limpia, el corazón alegre, el alma en paz. Pero en cuanto posó la mirada en el rostro del arcángel san Gabriel, lo sobrecogieron el miedo y la vergüenza. Los ojos de piedra del ángel desnudaron sus crímenes, haciendo escarnio de su fe. Apartó el rostro, asediado por los pensamientos oscuros que revoloteaban en su cabeza. El cadáver de Pierre, el cuerpo de Marie, ¡no podía librarse de ellos! ¡Tenía que confesarse! Ya tendría que haber pedido perdón. Echó a andar por entre las columnas en busca de ayuda, sin atreverse a contemplar el gran Cristo pálido del altar. Veía una y otra vez el fantasma de su amante, exhibiendo ante él su cuerpo lúbrico. Ya no podía más. ¡Confesarse! ¿Cómo podía siquiera pensarlo? De nada valdría contarle a un extraño sus pecados carnales para marcharse en la más perfecta castidad. De nada serviría humillarse contra el suelo con los brazos en cruz, arrepintiéndose de esos pecados que sin duda volvería a cometer. Las exigencias de su cuerpo eran más poderosas que su fe. Quería beber del río de la vida, de todos sus arroyos, vaciarla hasta la última gota con la violencia de un demonio. Había dado la espalda al altar, renunciando a pedir consuelo, a sabiendas de que la Virgen no podría dárselo.

Se detuvo ante el *gnomon* astronómico de la iglesia. Las lágrimas corrieron por su rostro al leer las palabras que había allí impresas:

NADA HE DE BUSCAR EN EL CIELO, NADA HE DE DESEAR EN LA TIERRA APARTE DE TI, SEÑOR. ERES EL DIOS DE MI CORAZÓN, LA HERENCIA QUE ME AGUARDA EN LA ETERNIDAD.

Bérenger se vio huyendo otra vez. Sintió otra vez el frío abrazando su cuerpo, a la salida de San Sulpicio. No era ya un sacerdote, sino un hombre perturbado por la plenitud de sus sentidos. Un hombre disfrazado de sacerdote, un hombre sin alma, que había caído en la peregrina debilidad de consagrarse a Dios.

«Me he equivocado —se decía, desechando una vez más la idea de redimirse—. Dios ya no me da aliento, mi vocación es otra...»

—¡Está muy pensativo, padre! —exclamó Ané, que había venido a buscarlo al almacén de la casa editorial.

—Reflexiono sobre los pensamientos de Spinoza —mintió Bérenger, mostrándole el libro.

—No se fíe mucho de él —respondió riendo Ané—. *El tratado de la reforma del entendimiento* ha hecho perder la razón a más de uno.

Ciertamente, Ané era un hombre encantador. Su editorial estaba al borde de la ruina, los acreedores lo asediaban día y noche y estaba allí alegre y despreocupado, deleitándose en sus libros. La felicidad emanaba de su fino rostro ovalado y sus ojos vivaces, de su voz recia, temperada por la amabilidad:

—Ha honrado usted mi casa y mis libros, y no permitiré que deje de honrar también la capital. ¿Qué está haciendo aquí sentado cuando debería estar andando por la calle, conociendo el esplendor de los bulevares? París lo necesita, padre. Sospecho que se esconde en usted un misionero, que haría bien en pasearse entre los obreros del barrio de Saint Honoré. Su sola presencia en esta cantera de la República reforzaría la fe de nuestros pobres curas, que carecen de su prestancia y andan siempre por la sombra para que los rojos no los señalen con el dedo.

—Me otorga usted cualidades que no poseo.

—No diga una palabra más. No logrará convencerme de lo contrario: es usted la viva estampa de un misionero... Y ahora mismo saldrá a la calle, aunque sea por unas pocas horas. Por cierto, le tengo una buena noticia: mi sobrino Émilee Hoffet, que ha regresado a París, se ha puesto a su disposición para traducir los manuscritos. Lo invita a visitarlo en cualquier momento del día de hoy, en la habitación que alquila en la rue Feuillantines. No encontrará en toda Francia alguien mejor capacitado para la labor.

—¿Cómo es que no me había hablado antes de él?

—Émile es un muchacho excéntrico, que no revela enseguida su personalidad. Es... ¿cómo decirlo? Impenetrable. Quise asegurarme de que lo recibiría, antes de hablar. Ahora es un hecho. Ésta es su dirección exacta.

Ané le tendió un trozo de papel con la dirección: rue Feuillantines número 12, último piso, tercera puerta a la derecha. La «invitación» dejó perplejo a Bérenger. Sospechó que tras ella se agazapaba la sombra del Priorato. Decidió acudir enseguida, antes de que se cruzara en su camino una sola de las tentaciones que bullían en su interior.

La rue de Monsieur, la rue Vaugirard, la rue Médicis, los jardines de Luxemburgo, el bulevar Saint-Michel... Bérenger dejó atrás la frontera del barrio en medio de los paseantes abrigados hasta las orejas que caminaban por las aceras cubiertas de hielo. Parecían exploradores perdidos en la bruma, al cabo de un viaje tormentoso y agotador, que buscaban el rumbo a la luz de las lámparas de gas. Algunos se refugiaban en los cafés del bulevar Saint Michel, donde otros hombres y mujeres se preparaban ya las copas de ajenjo con cara de perezosa resignación. Los terrones de azúcar se encendían con la llama verdosa del alcohol, el incendio se les subía a la cabeza y, poco a poco, empezaban a despertar y a sonreír. Tras los cristales empañados, los hombres abatidos recobraban la seducción, se ponían de pie atusándose los bigotes y miraban con avidez a las muchachas de las otras mesas. Sonreían en redondo, hasta que sus ojos se tornaban de terciopelo; hacían una venia, se tocaban respetuosamente el sombrero bombín y se sentaban sin pedir permiso con las beldades que les habían parecido más sanas y apetitosas. Bajo los volantes de encaje, las blusas de cuello alto, las faldas de larga cola, la carne trémula desbordaba los corsés. Las muchachas bebían el ajenjo a sorbitos, a la espera de que los pretendientes hicieran crujir los grandes billetes de banco. Bérenger cerraba los ojos y proseguía su camino.

125

A pesar de los latigazos del frío, se resistió a la tentación de entrar en uno de esos lugares de perdición. Todavía no estaba lo bastante curtido en las pasiones urbanas. A duras penas conseguiría llegar a la puerta, temblando como un niño que se dispone a confesarle a su padre una grave falta. Con una mezcla de deleite y malestar, dejó atrás los ómnibus abarrotados que trepaban por el bulevar Saint Michel. En la rue del Abad de l'Éppé, un mendigo cubierto de harapos y sombreros se le acercó enseñándole la mano tullida.

—La caridad, padre.

—Toma, hijo —le dijo Bérenger, dándole una moneda de cinco céntimos.

—¡Que Dios lo bendiga!… Y que lo proteja de Cabeza de Lobo.

Bérenger se quedó de una pieza. El mendigo soltó la carcajada y se alejó corriendo hacia la rue Saint Jacques. Cuando el sacerdote se decidió a seguirlo, ya no había rastro de él. ¿Quién le enviaba aquella advertencia? Se palpó el abrigo a la altura del corazón. El sobre con los manuscritos aún estaba allí.

—¿Habéis visto a un hombre que iba corriendo? —preguntó a dos mujeres que empujaban una carreta de patatas.

—No hemos visto nada —gruñeron.

Doblaron las corvas y se alejaron del inoportuno, concentradas en su ardua tarea. Sus voces resonaron calle abajo, roncas y brutales, mucho más ásperas que las que Bérenger solía escuchar en el Languedoc. No podía contar con nadie. Los parisinos aborrecían a los curas, aún más que la gente de su comarca. Bérenger apretó los dientes y respiró hondo. «Soy demasiado vulnerable —se dijo—. ¿Cuándo acabará toda esta historia?» Dio un puñetazo al aire, como abatiendo un enemigo invisible.

En la distancia, el domo del Val-de-Grâce parecía una copa invertida de metal gris, desdibujada bajo el vientre azul del cielo. Ya estaba llegando a la rue Feuillantines. Dobló la esquina y siguió andando con desenvoltura, luego de echar un vistazo al inmueble con el número 12. No había notado nada en particular. Volvió sobre sus pasos para acudir a la cita.

«El Priorato ha urdido bien la trampa, pero no cuentan con que sea más listo que todos sus agentes... Ya estamos aquí.»

Cuando se disponía a entrar, oyó a su espalda un ruido de cascos, el grito de un cochero dando el alto a los caballos. Un hombre de rostro anguloso se asomó a la portezuela de un coche.

—Venga conmigo, monsieur Saunière.

—Tengo una cita, señor —replicó Bérenger—. Además no suelo aceptar invitaciones de desconocidos.

—Soy Émile Hoffet.

Bérenger creyó entender entonces el engaño. La dirección en la rue Feuillantines no era más que un señuelo. Bajó la cabeza y subió al coche.

—Muy bien —dijo— heme aquí. ¿Qué otro ardid me tenéis preparado?

Su interlocutor no contestó. Bérenger no había visto nunca a un hombre tan pálido. La cabeza parecía tallada en mármol blanco. Los ojos negros que se alargaban por encima de los pómulos salientes tenían la extraña fijeza de los ojos de los ciegos. Se detuvieron sobre él, como si quisieran devorarlo. Bérenger trató de resistirse a la mirada.

—Veo que no es muy conversador. ¿Está enterado su tío de que no vive en la rue Feuillantines?

—¿Qué le hace pensar que no vivo allí? —le preguntó Hoffet con voz monocorde.

—¡Tengo buenos motivos para pensarlo!

—Explíquese.

—¡Es usted el que debe explicarse! No nos habíamos citado en un coche de tiro, que yo sepa.

—Quizás hubiera preferido el frío de mi cuarto. Llegué ayer de Lorraine, donde se encuentra mi seminario, y no he tenido tiempo de entibiarlo.

—¿Adónde me lleva entonces?

—Al Soleil d'Or.[20] Como es sábado habrá bastante gente y podremos conversar sin que nadie se fije en nosotros.

¿El Soleil d'Or? Era un nombre extraño... ¿Sería un restaurante? ¿Un salón de té? ¿Una biblioteca? Al otro lado del cristal se deslizaba ya la cuesta del bulevar Saint Michel. Cuanto más se acercaban al Sena, más numerosos eran los paseantes. Al cabo de unos segundos, Bérenger había visto pasar todo París, los burgueses, los mendigos, los soldados, las lavanderas, las vendedoras de castañas, los condes, los ladrones y las prostitutas. Bombines, chisteras, bonetes, kepis, sombreros con plumas, con velos, con flores artificiales, todos revoloteaban como hojas muertas en un ciclón, por encima de la marea de gente que bañaba las orillas de los cafés. El coche se detuvo en la plaza de Saint Michel.

—¿Qué pasa? —preguntó Bérenger.

—Que hemos llegado.

—¿Cómo que hemos llegado?

—Mire —dijo Hoffet, señalando un cartel.

Bérenger leyó las letras amarillas iluminadas por las bombillas eléctricas: SOLEIL D'OR. Bajo la luz del atardecer, el café era un corral en plena efervescencia. El aire cargado de humo reverberaba con el ruido de los vasos, los gritos, las carcajadas, los golpes de los mozos que llevaban las bandejas por entre los obstáculos.

—¿No querrá que yo entre en este antro?

—¿Por qué no? Estamos en un país libre.

—Llevo hábito...

20. El Sol de Oro. (N. del T.)

—Lo lleva bajo el abrigo, así que no importa. Todo el mundo tiene entrada aquí: republicanos, monárquicos, bonapartistas, papistas, sindicalistas, francmasones, anarquistas, comunistas, guedistas, germanófilos y demás. Pero sólo reinan los poetas.

—Es usted un oblato muy particular, monsieur Hoffet.[21]

—Y usted un sacerdote muy particular, monsieur Saunière.

Los dos se echaron a reír. Bérenger se detuvo al recordar que debía dejar la cabina protectora del vehículo para adentrarse entre los paseantes. Contempló las puertas de vaivén que se cerraban y se abrían sin cesar, dejando escapar el estruendo de las conversaciones. No tuvo tiempo de reflexionar sobre las consecuencias de su aventura. Hoffet lo empujó por entre la humareda de tabaco. En el mostrador de zinc había acodada una mujer ataviada con un vestido de color rojo pecado. Su rostro abotargado, cubierto de maquillaje, parecía obra de un pintor impresionista.

—¡Salud, Émile! —dijo levantando alegremente una copa de coñac hacia ellos.

—Buenos días, Lili.

—¿Quién es este galán que traes contigo? —preguntó sonriéndole a Bérenger, que empezaba a sentirse incómodo.

—Un amigo de provincia, el abad Bérenger Saunière.

—¡Ah!… Me encantaría que cayera del púlpito a mi cama.

Le tendió entonces la mano grasienta a Bérenger. El sacerdote se la estrechó con torpeza, como si estuviera ante un bandido de Razès.

—Pero qué vigor, padre —susurró Lili inclinándose junto a su oído.

—Encantado —respondió confuso Bérenger, con un hilo de voz en el que apenas había rastro de su acento.

—Quédese aquí conmigo.

Lili se acercó aún más y lo agarró por el codo. Bérenger sintió su aliento espeso y caliente, la vaharada de alcohol y tabaco que salía de sus labios.

—Más tarde, Lili —dijo Hoffet llevándose a Bérenger, que no sabía qué cara poner—. Ahora queremos bajar a La Pluma.

21. Más tarde, Émile Hoffet se convirtió en uno de los portavoces del modernismo.

—Volved con un poema para mí —les gritó la obesa mujer, cuando descendían al sótano por la escalerilla escondida tras el mostrador.

Cuando estuvieron fuera de vista, Bérenger le murmuró a Hoffet:

—Gracias por haberme librado de ese trance.

—Vamos, Saunière, no venga a decirme que una mujer como Lili puede perturbarlo a estas alturas.

—No estoy acostumbrado… No debería de haberme traído aquí.

—Se acostumbrará enseguida. Henos aquí, en La Pluma.

Bérenger se detuvo a contemplar el salón que se alargaba ante sus ojos. De las paredes coloridas colgaban cuadros de mujeres, retratos y fotografías, había un escenario con un piano, una multitud de mesas semivacías. El pequeño teatro (Bérenger no supo qué otro nombre darle) estaba también invadido de humo. Los hombres y las mujeres de las mesas levantaban la voz aún más que los clientes del café.

—Venga, vamos a instalarnos en una mesa apartada —dijo Hoffet y pasó saludando a algunos de los presentes y palmeando la espalda a otros.

—¿Quiénes son estas personas? —pregunto Bérenger, sorprendido por las familiaridades de Hoffet. ¡Un oblato, tan joven, amigo de semejante canalla! No le cabía duda de que se trataba de prófugos de la justicia, chulos y estafadores, anarquistas entregados a conspirar.

—Son poetas, prosistas, cantantes, músicos, pintores, escultores; en fin, muertos de hambre que aguardan el final del siglo soñando con otros mundos —respondió Hoffet.

Bérenger no estaba convencido, pero se calló sus pensamientos sin dejar de lanzar miradas sarcásticas a sus vecinos. Eran tres jóvenes achispados, en mangas de camisa, con la corbata suelta.

—Vienen aquí el segundo y el cuarto sábado de cada mes para participar en la velada de la revista *La Pluma*. No habrá oído hablar de ella.

—Confieso mi ignorancia…

—León Deschamps la fundó hace cuatro años. Las veladas de la revista se organizan aquí, para que nuestros artistas se

129

den a conocer delante de un público sofisticado. Está prohibido hablar de política…

—Todo eso está muy bien, pero no entiendo qué hacemos aquí. Esta caverna estruendosa no me parece el lugar para estudiar los importantes documentos que quiero someter a su examen. Permítame que ponga en duda su buen juicio y sus capacidades, joven.

—Mi tío me ordenó que le mostrara París, y sigo sus órdenes al pie de la letra… En cuanto a sus documentos, los traduciré pase lo que pase. Enséñemelos.

Bérenger hundió la mano en el bolsillo interior de su abrigo y le tendió el sobre con los manuscritos. Los labios finos de Hoffet se estremecieron por un instante, cuando sus dedos se apoderaron del sobre. «Ya está enterado del asunto», se dijo Bérenger, escrutando el rostro del oblato.

Hoffet abrió el sobre sin prisas, sacó los manuscritos y examinó cada uno durante algunos segundos. Poco a poco, su mirada cobró vida. Sus mejillas se llenaron de sonrojos.

—Me parece que ha hecho usted un hallazgo importante —murmuró—. No puedo asegurarlo, claro está, pero sí puedo decirle que los autores de estos textos han incluido en ellos ciertos datos de vital importancia. A juzgar por la disposición de las letras, contienen un mensaje cifrado en otra lengua… ¡muy astutos! Están escritos en latín, la clave es de carácter matemático y el mensaje descifrado estará en italiano o en francés. Déjemelos durante seis días, para que pueda poner todo esto en limpio…

—¡Émile! ¿Dónde te habías metido, cucaracha? Desde que te fuiste vivo muerto de sed. ¡Me cago en Dios! ¡Estás aquí metido con otra cucaracha de tu especie! ¿De dónde has sacado a este monje?

Bérenger no podía creer a sus ojos ni a sus oídos. El personaje que se había acercado a insultarlos parecía recién salido de un asilo psiquiátrico. Era un grandullón de rostro porcino, lleno de granos, con una larga barba desgreñada. Llevaba puesta una levita negra pasada de moda, remendada con retazos de tela roja, y una chistera miserable. Para completar el cuadro, el hombre se rascaba sin cesar las pústulas sebáceas de la cara con los dedos amarillos por la nicotina.

130

—Por el culo del gran Sadi Carnot... No parece que estéis dichosos de verme.

—Estás borracho, Bibi —dijo Hoffet.

—¿Y qué?

—Ni siquiera las pulgas que llevas encima se tienen derechas.

—¡Pulgas! Ten cuidado con lo que dices, rata de convento. Yo me baño todas las mañanas en el urinario del café Bachette... Sí, señor, estoy más limpio que el cuello de un ministro.

—¿Dónde está el poeta?

—¿Verlaine? Qué sé yo... en Broussains, o en Bélgica, con su querida Eugénie, o si no en casa de Fasquelle mendigando unos francos. Qué poeta, qué maestro, qué genio, no sé qué más puedo decir de él. No está aquí para ofrecerme el vino de la amistad y cantar esos versos que tanto nos gustaban:

Ton corps dépravant
Sous tes habits courts
Rretroussés et lourds,
Tes seins en avant,
Tes mollets farauds,
Ton buste tentant,
Gai, come impudent,
Ton cul ferme et gros,
Nous boutent au sang
Un feu bête ct doux
Qui nous rend tout fous,
Creoupe, rein et flanc[22]

131

Los tres hombres de la mesa vecina recitaron en coro los versos. Se habían acercado para escuchar a Bibi.

—Gracias, amigos míos —les dijo el *clochard*—. No me esperaba menos de vosotros. No sois como ese par de tontos del culo que prefieren recitar los Evangelios. Venga, me siento con vosotros... ¿Tenéis cigarrillos?

22. Tu cuerpo pernicioso / Bajo el vestido corto / Arremangado y tosco / Tus senos enhiestos / Tus tobillos morbosos / Tu busto tentador / Alegre, sin pudor / Tu culo firme y grande / Nos meten en la sangre / Un fuego bestial y blando / Que a todos nos vuelve locos / La grupa, el lomo, el flanco. (De «À Mademoiselle», en *Parallèlement* de Verlaine.)

Bibi abandonó al abad y a Hoffet, se rellenó los bolsillos de cigarrillos y fue luego a importunar a dos parejas que descendían por la escalera: los poetas Adolphe Retté y Emmanuel Signoret y sus respectivas queridas.

—¿Quién es ese loco? —preguntó Bérenger.

—Bibi *el Puré*, según él mismo secretario de Verlaine. En realidad, se bebe los restos de sus copas, le lustra los zapatos y lleva los mensajes para sus amantes.

—¿Cómo sabe usted todo eso? Me deja anonadado, Hoffet.

—París no tiene secretos para mí. Tiene usted mucho que aprender de esta ciudad… ¡Mucho! Su aprendizaje no ha hecho más que comenzar. Mañana iremos a la Opera Cómica, he reservado dos butacas… ¿qué me dice?

—Le digo que no es usted un profesor, sino un tentador… Estaré encantado de ir.

Al subir de La Pluma pasaron junto a Lili, que en ese momento se vio asaltada por una jauría de galanes. La mujer rechazó con ardor complacido las manos que merodeaban bajo su falda y buscaban sus carnes para cerciorarse de su suavidad.

—¡Hasta pronto, monsieur Bérenger! —le dijo al pasar, a sabiendas de que el apuesto sacerdote no era indiferente a sus encantos, ni a los de las demás mujeres. De eso estaba segura. Su instinto nunca fallaba.

El abad y el oblato caminaron hasta el bulevar, donde ya había comenzado el gran desfile de la noche. El remordimiento se apoderó de Bérenger. ¿Qué estaba haciendo en medio de todos esos noctámbulos? Se sonrojó como si lo hubieran descubierto en un delito flagrante. Sintió que lo señalaban con el dedo, que lo miraban con ojos acusadores. Y sin embargo, los paseantes apenas se fijaban en él. Estaban demasiado atareados en la búsqueda del placer. «Pensar lo contrario sería pecar de orgullo —se dijo para tranquilizarse—. No existo para ellos… cómo podría existir, si no soy parte de este juego…» Habría querido conocer las reglas, los rodeos, los retrocesos, las trampas, los espejismos, los razonamientos inasibles, los espíritus incomprensibles, la indignidad, la bestialidad, las inteligencias artificiales que se entregaban al mal a su alrededor. No era más que un pánfilo, que nada podía comprender. Su experiencia de la vida se limitaba a la comarca de Razès. Y por cierto, era minúscula. Ese niño con la gorra que husmeaba en la hoguera donde se calentaban los cocheros sabía de la vida más que él.

«¡Qué remedio!… Que Dios me perdone, pero rehuso a encerrarme en mí mismo», se dijo, recordando las enseñanzas de Elías.

—¡Eh!, ¡cochero! —gritó Hoffet.

Uno de los cocheros se apartó de la hoguera poniéndose los guantes.

—Aquí voy, monseñor… Aquí voy…

El hombre aflojó a tientas el freno del coche y empuñó el látigo, antes de echarles un vistazo a sus dos clientes. Enderezó los caballos y se acercó arrastrando los pies, junto con el mal humor y la fatiga de una larga jornada de atascos.

—¿Adónde van?

—Yo prefiero volver a pie —anunció entonces Bérenger.

—Como usted quiera —le dijo Hoffet—. Nos veremos mañana en casa de mi tío. Pasaré por usted a las ocho.

—Hasta mañana —dijo Bérenger estrechándole la mano.

—A la Puerta de Orleáns —ordenó Hoffet, montando en el coche. Se volvió hacia Bérenger y le dijo con voz grave—: Tenga cuidado, Saunière, sea prudente. No me gustaría que acabara como sus predecesores.

Se dejó caer en el asiento y cerró de un golpe la portezuela. El sacerdote se quedó solo con sus angustias y sus incertidumbres.

El silencio reinaba en las calles desconocidas. Había acabado extraviándose por rehuir las tentaciones y el bullicio de las avenidas. En las fachadas de las casas burguesas, la luz pálida de las lámparas vacilaba como la llama de un cirio sobre el mármol negro de una tumba. Sin embargo, ya no le preocupaba que lo vieran. Había recobrado la confianza, después de darle vueltas largo rato a las últimas palabras inquietantes de Hoffet. En el fondo de su ser, despertaba poco a poco un hombre más sereno. Un hombre nuevo, lleno de fuerza, un espíritu que tomaba posesión de los horizontes infinitos de su cuerpo y su inteligencia. Era el elegido de otro mundo, del vasto mundo de las tinieblas.

Oyó pasos, roces entre las sombras. Echó un vistazo furtivo por encima del hombro: estaban siguiéndolo. Eran tres hombres fornidos, el más alto parecía cojear. Entró en un patio, recorrió varios pasajes y salió a otra calle vacía, aún más oscura.

Sus escoltas estaban aún a su espalda, encabezados por el cojo.

Echó a correr, estremecido por un escalofrío de terror. Sus ojos buscaron en vano una presencia amiga, una luz tras la ventana, una señal de vida… Tiró al suelo unas cajas apiladas delante de una reja para estorbar el paso a los perseguidores. Empezaban a quedarse atrás. El cojo ya se había rezagado y sólo uno de los otros dos corría aún a su espalda. El hombre fue perdiendo terreno, y el golpeteo de las suelas se hizo cada vez más tenue en los adoquines. Justo cuando el abad se creía salvado, una silueta surgió de lo oscuro, corrió a su encuentro y le hizo la zancadilla.

Bérenger perdió el equilibrio y salió volando por los aires. Rodó por el suelo y sintió enseguida un fardo sobre su cuerpo: el otro le había saltado encima, aplastándole la cara contra los adoquines. El segundo llegó antes de que pudiera zafarse del primero. Se tiró también sobre él, empuñando un cuchillo.

—¡No se mueva! —le advirtió pasándole el filo por la garganta.

Bérenger empezó a llorar de ira. Ansiaba estallar de violencia, sacudirse de encima a sus rivales, liberarse a patadas y puñetazos. En cuanto contrajo los músculos el frío acero del cuchillo le rasgó la piel.

—Otro movimiento y lo degüello como un pollo… Otto, regístralo.

Bérenger sintió la mano deslizándose por su espalda, sus caderas y sus piernas. Lo voltearon boca arriba agarrándolo por los cabellos. Una cara vulgar se inclinó sobre él. Sintió el aliento fétido y vio el pañuelo a cuadros, la boca entreabierta y los dientes cariados, los ojos apagados que eludían los suyos, la fiel estampa de la brutalidad y la estupidez. Otto, el hombre de la mano, era un conocedor de las rutinas de los bajos fondos: lo despojó de la billetera, de la carta lacrada para el doctor Gérard Encausse, de su rosario y de sus medallas de Notre Dame de Lourdes.

—¿Tiene los manuscritos?

Bérenger prestó atención. Una voz desconocida. Áspera, metálica. La voz de un hombre que no admitía que lo contradijeran.

—Esto es todo —dijo Otto—. No lleva nada más encima.

Bérenger entrevió la mano blanca que se apoderó de la carta. En el índice, llevaba una mano con una piedra oscura. «¿Quién puede ser?», se preguntó tratando de ver al desconocido, que permanecía a su espalda. La presión del cuchillo se acentuó contra su garganta.

—Trae una carta de recomendación para nuestro amado Papus. Ciertamente cuenta usted con amigos poderosos, monsieur Saunière.

—¿Quién es usted? —rezongó Saunière con dificultad.

—¡Un amigo que le desea lo mejor! ¿Qué duda le cabe? Como los otros, los miembros del Priorato, miro por nuestras privilegiadas relaciones. ¿Dónde están los manuscritos?

—En manos del Priorato —dijo astutamente Bérenger.

—Me parece lógico. Pero en ese caso le serán devueltos junto con las claves que abren las puertas sagradas. Somos pacientes. Esperaremos y volveremos por usted. ¿Lo ha entendido, Saunière?

El extraño acarició el rostro de Bérenger con su bastón. Le apoyó el puño de ébano contra la mandíbula, como intimándolo a responder.

—Veo que es usted duro de mollera —prosiguió la voz—. Muy bien, Saunière, cuando llegue el momento vendremos a ablandársela. Ahora se quedará tranquilo en el suelo mientras nos marchamos. Estaremos apuntándole con un revolver, de modo que no trate de hacerse el héroe. Rece un Padre Nuestro, padre. Le recordará sus obligaciones de sacerdote.

El bastón dejó de oprimirle el rostro. Bérenger alcanzó a contemplar el puño durante un instante: en el círculo de bronce había grabada una cabeza de lobo… ¡Cabeza de Lobo!

Cuando se levantó, los asaltantes se habían esfumado en la oscuridad. El aire silbó en sus fosas nasales cuando tomó aliento.

—¡Váyanse al diablo! —gritó tambaleándose y se apoyó contra una pared. Un pensamiento se abrió paso en su espíritu aletargado por el frío y por la fatiga: «Éste es el precio por traicionar al Señor. ¿Qué será de ti, ahora que has elegido los tormentos de la vida terrestre?».

—¡No he elegido nada! —gritó, como si otro hubiera pensado por él.

La amargura y la cólera se confundían en su mente con el desespero. Se sentía demasiado vacío y aturdido para confron-

135

tar sus propias contradicciones. El temor de Dios, el temor a los hombres. El amor a Dios, el amor de los hombres. La obediencia y la revuelta. El perdón y la venganza. La castidad y la concupiscencia. Su alma rehusaba a cambiar de vida, pese a que su cuerpo se deslizaba ya hacia los peligrosos espejismos del gran Tentador.

Echó a andar una vez más. ¿Dónde estaba? A la oscuridad, se había añadido una niebla espesa que arrastraba un cortejo de fantasmas. Miró a su alrededor, oyendo el eco moribundo de sus pasos. Entrevió una cabeza con una especie de turbante.

—¡Oiga! —llamó, al ver que la aparición reculaba hacia la noche.

La figura se detuvo mirándolo con desconfianza. Los ojillos tenaces se suavizaron al reconocer la sotana por entre las migajas de la bruma.

—Qué susto me ha dado, padre.

La mujer que miraba a Bérenger iba cubierta con una vieja manta que le llegaba hasta los pies y se arrastraba por el suelo. Llevaba al hombro un saco de tela. Bérenger vio sus manos grises escarbando en un montón de basuras, entresacando aquí y allá una cáscara y un hueso, los despojos de un caldo petrificado por el frío.

—¡Hay que comer, padre! —dijo la vieja metiendo en su saco algo que parecía un trozo de patata.

La compasión invadió el corazón de Bérenger. Todas sus inquietudes desaparecieron delante de aquella criatura miserable.

—Ya sé lo que está pensando, cura… ¡nada de lástimas por favor! En casa hemos comido así desde la época del Imperio… Mejor siga por su camino.

—Estoy perdido.

—¿Adónde iba?

—A San Sulpicio.

—Esa calle de allá es Cherche Midi. Tiene que doblar a la izquierda después de unos mil pasos, digamos mil quinientos. Llegará a la rue Vieux Colombier, desde ahí ya no está lejos.

—Gracias, muchas gracias… Rezaré por usted.

—Yo ya no sé lo que son las oraciones —dijo la vieja, como si la tuvieran sin cuidado los sentimientos de Bérenger y su condición de sacerdote—. Váyase.

Bérenger se alejó con la cabeza baja, sintiéndose derrotado en la fe por la que había hecho tantos sacrificios. Su alma basculaba de nuevo hacia el otro lado de la vida, alejándose de sus votos de sacerdote, hacia el tumultuoso mundo de los hombres que lo acogería en su seno.

«Aún no he tomado una decisión», se dijo, pero sintió que se le encogía el corazón. No serviría para nada mentirse a sí mismo.

XIII

Al día siguiente

—¡*L*e sienta de maravilla! Camine con más soltura, menos tieso...

Al cabo de dos minutos de engorros e incomodidades, Bérenger tenía la sensación de estar metido dentro de un caparazón. Se pasó la lengua por los labios resecos y un extraño sonido brotó del fondo de su garganta. Comprendió que era una carcajada. ¡Era él el que veía en el espejo! Sus manos acariciaron el traje de etiqueta que Ané había alquilado para él. La risa nerviosa lo sacudió otra vez de pies a cabeza.

—Le gusta su apariencia, ¿no es verdad?

Ané reía también, asombrado por la feliz transformación. ¿Quién reconocería al abad disfrazado así? La levita ajustada resaltaba sus hombros vigorosos, el talle redondeado le adelgazaba la silueta.

—Es usted el hombre más elegante de París.

—¿Lo dice en serio? ¿No me encuentra ridículo?

—¿Cuándo le he parecido un exagerado? Este traje le afina la figura, acentuando las admirables proporciones de su cuerpo.

Bérenger no estaba convencido. Se metió la mano derecha en el bolsillo del pantalón, buscando un gesto aplomado. La imagen lo intimidaba a pesar de la alegría que corría por su ser. Era el reflejo de un extraño en cuyos ojos ardían dos tizones inextinguibles. Había algo diabólico en su actitud. ¿Habría cambiado a tal punto en el lapso de veinticuatro horas? Sus cabellos y sus ojos le parecían más oscuros, la nariz más convexa, los labios más sensuales, la tez más morena, los miembros más largos y más finos. Se miró de perfil, de espaldas, de frente. Se compuso el nudo de la corbata de seda y el cuello levantado de la camisa blanca, se pasó la mano por el rostro y por el pelo. Sus dedos buscaban en vano al antiguo cura debajo de la nueva piel. La máscara era tan impenetrable que tuvo que asentir:

—Tiene razón. Creo que acabaré gustándome.

—¿Por qué no tendría derecho a cautivar al público con su persona? Durante el día el hábito, pero al caer la noche la levita… De otro modo acabará sintiéndose frustrado, y yo no creo en los beneficios de la frustración. Y, por caridad, deje ya de creer que está traicionando a la Iglesia. Un simple traje no mudará su condición. Es usted consciente de que es un sacerdote, un hombre de Dios, y eso bastará para absolverlo del pecado venial que se dispone a cometer.

—¿Qué pecado es ése?

—Irá usted a ver *Carmen*.

—¿Tan licenciosa es la obra?

—Eso dicen.

—El arte nunca es licencioso —dijo una voz, y ambos la reconocieron enseguida.

—¡Émile! —gritó Ané—. ¿Estabas aquí escondido?

—No, pero he llegado a tiempo para desarmar vuestro conformismo. Cierta música está destinada a perdurar, como nuestra propia fe perdura a pesar de todas las revoluciones, por la profundidad de su sentimiento… Es el caso de *Carmen*. Bizet exalta en ella el amor y lo eleva a la eternidad. ¿No es éste acaso el mensaje de Jesucristo?

—¡Émile! Te ruego que midas tus palabras.

—Discúlpame, tío, pero es mi deber defender a todo el que conciba una obra de la belleza de *Carmen*.

—Te disculpo. Pero no mezcles nunca el nombre del Señor con el de una obra que no lleva mi aval. Agravarás mis disgustos y mis penas. Corramos un velo sobre el asunto. Felicita a nuestro amigo por su elegancia.

—Felicidades, Saunière —dijo Émile en tono glacial—; ahora es usted digno de visitar el salón de los Rothschild.

Bérenger le dedicó una sonrisa enigmática, como diciéndole: «Ya no me impresiona usted, Hoffet». Los dos hombres se sostuvieron la mirada, el uno consciente de sus nuevas posibilidades, el otro poseído por el perverso deseo de ver caer al sacerdote disfrazado en la perdición.

—Es un cambio notable —dijo Hoffet con voz más amable—. No habría imaginado que tuviese lugar tan pronto.

—Es una cualidad del espíritu —dijo Bérenger—. Comprendo rápido y me adapto rápido. El mimetismo es un ejercicio indispensable para quien ha de hacerse mentor del gusto de sus pares. Y esta noche mis pares han resuelto mostrarme como un parisino a los parisinos.

—Está usted inspirado, Saunière. Confío en que no se trate de una chispa aislada de su cerebro, pues de otro modo sus pares quedarán bastante decepcionados.

—No perdáis tiempo en diálogos sibilinos —tercio Ané—. Si no partís de inmediato, os perderéis el comienzo del primer acto.

—Ya vamos, tío, ya vamos. Quería saber si nuestro amigo era aún presa del sentimentalismo y los prejuicios provincianos.

Bérenger acusó esta vez la afrenta pero comprendió que Hoffet sólo quería aturdirlo hasta que estuviera ciego, como el torero aturde al toro antes de darle muerte.

Atravesaron en silencio la ciudad. Bérenger hizo un esfuerzo por ignorar el mutismo de Hoffet. No entendía por qué el oblato le demostraba de repente tanta animadversión. Por momentos, lamentaba encaminarse con él hacia lo desconocido. En medio de la confusión de sus pensamientos, olvidó mencionar el encuentro con Cabeza de Lobo.

Cuando llegaron a la Ópera Cómica, se sintió ansioso, como un niño con miedo de la oscuridad. Frente a las puertas de par en par, los coches se aglomeraban a pesar de los gritos de un agente que trataba de desviarlos hacia las calles vecinas. Los cocheros transidos de frío prestaban oídos sordos a sus lamentaciones.

Bajo las lámparas eléctricas del vestíbulo, todo era agitación. Los espectadores iban a las taquillas, se apresuraban hacia el guardarropa, buscaban a las acomodadoras vestidas de negro que vendían el programa por cinco céntimos. Las chisteras, los abrigos, las capas y las capelinas cambiaban de manos. De un momento a otro las mujeres aparecían de vestido largo, con los brazos enfundados en mangas gaseosas, bordadas de perlas y pétalos de rosa. Bérenger se adentró con torpeza por entre las sedas, los satines y los terciopelos. Hoffet caminaba adelante, saludando aquí y allá a algún conocido, tratando de abrirse paso por delante del tumulto de las *toilettes*. Los dos se vieron pronto arrastrados por un corro de esbeltas flores, que los acorralaron entre sus corolas titilantes. Bérenger trató de no pisar los borbollones de los vestidos, que se precipitaban de la cintura de las damas hacia la alfombra roja de la platea. Sus ojos tropezaban con los cuellos bordados de rizos rubios, negros y pelirrojos, se perdían entre los moños ornados de coronas y finas plumas, resbalaban por las lisas espaldas, más abajo, más abajo aún, hasta detenerse discretamente en el abrupto quiebre del talle, allí donde los avatares de la moda y los modistos geniales habían resuelto atraer todas las miradas, hacia esas grupas que se cotizaban por encima de toda mercancía.

—Estamos hacia la mitad de la segunda fila —le explicó Hoffet—. Son dos plazas escogidas, que nos permitirán disfrutar a plenitud del espectáculo.

—Eso espero —respondió sin pensar Bérenger.

Se encontraba distraído por otro espectáculo. A unos pasos, había una joven de cabellos de color cobre y pechos blancos y opulentos. Dos hoyuelos preciosos se hundían en su rostro voluntarioso cuando sonreía a sus admiradores. Se soltó del brazo de un cancerbero escuálido y echó a andar hacia el escenario, y los hombres se inclinaron respetuosos, sus negras levitas de loro se estremecieron todas a la vez. Bérenger advirtió los suspiros que escapaban de sus labios, las miradas ávidas y bestiales, ajenas por un instante a toda dignidad.

—Es la divina Emma Calvé —susurró Hoffet, que parecía él mismo hechizado—. Esta noche será Carmen para nosotros.

—¿El hombre que la acompaña es su esposo?

—Es Ludovic Halévy, su libretista. Mademoiselle Calvé no está casada. Hasta donde sé, sus amantes actuales son el pintor Henri Cain y el escritor ocultista Jules Bois.[23]

---

23. Entre las obras de Henri Cain se encuentran los retratos del duque de Orleáns y los cuadros *Viatique, Dans les champú* y *Laure triomphante,* entre otros. Jules Bois publicó en su día cerca de cuarenta volúmenes sobre el ocultismo.

—Sus nombres no me dicen nada.

—El primero es un artista fecundo enamorado de los parisinos y sus sofisticaciones, conferenciante notable, libretista de talento, poeta refinado y aficionado a las rosas, que se ha convertido al judaísmo. El segundo es un marsellés que escribe obras metafísicas, ensayos, novelas, obras de teatro y artículos en el *Temps*, devoto de la demonología y el pensamiento hindú, entre otras cosas. ¿Satisfecho?

—Más bien desconcertado. Veamos... cómo decirlo...

—¡No tenga miedo de las palabras!

—Una mujer tan bella, tan risueña, con esa mirada franca y juvenil... No habría pensado que tuviese gustos tan extraños.

—Cómo se nota que no la conoce... Deje de ser ingenuo, Saunière. No me agradaría pensar que es incapaz de apreciarla y penetrar en su ser. No es ésa la idea que me he hecho de su intuición. Desde luego, Emma Calvé posee la belleza con que Dios la ha creado, pero es mucho más que una bella imagen sin significado. Es la encarnación magnificada de Eva, la primera mujer de la humanidad, la tentadora que todos guardamos celosamente en nuestros corazones de hombres.

Bérenger guardó silencio, rumiando sordamente la respuesta que no llegó a sus labios: «¡La defiende usted como si fuera su amante!». En realidad, no creía que lo fuera. Ni siquiera que Hoffet hubiera dormido alguna vez con una mujer, a pesar de su suficiencia y su aparente conocimiento de las cosas de la vida. Eso no lo hacía ajeno al deseo, aunque fuera en forma latente, aunque sus ansias permanecieran asfixiadas por el rigor y la contención de un espíritu elevado que se ocupaba de asuntos elevados... «La fuga intelectual es la vía más segura para escapar a las trampas del amor», concluyó Bérenger y se arrellanó en su butaca, absorto en sus reflexiones. No se dio cuenta de que, tres filas más atrás, un hombre alto y corpulento lo miraba con insistencia.

Entre tanto, la sala seguía llenándose. Los murmullos de mil conversaciones reverberaban a su alrededor. En el sonoro zumbido se entreveraba la voz repentina de un violín, los acordes agudos de un clarinete, las notas graves e inasibles de los violonchelos. La orquesta calló en el foso, tras una mirada reconcentrada del director. Las lámparas se extinguieron una por una, las voces fueron callándose en la penumbra hasta que sonaron los tres timbres.

Bérenger contuvo el aliento. Los primeros compases del preludio desnudaron su alma, estremeciéndolo. El telón se alzó por encima de una plaza donde la gente iba y venía y unos soldados (creyó reconocer el uniforme de los dragones) se lamentaban de sus desengaños. Bérenger se sintió embargado por la dicha cuando una sutil armonía musical anunció la entrada vacilante de Micaela. Entró entonces también él en la fantasía. Estaba allí, en el coro de los mozos, en el coro de las cigarreras. El regocijo desbordaba sus sentidos. De repente, se quedó petrificado por la mirada fulgurante de Carmen... Emma Calvé había aparecido en escena. Iba vestida con una falda color cereza y una camisa amarilla, una peineta roja recogía sus cabellos. Caminó por entre los solícitos pretendientes. Bérenger no tenía ojos más que para ella. Y era para él que Emma cantaba la habanera: «El amor es un pájaro rebelde...». La voz cautivadora lo arrastró consigo hacia las alturas, en pos de su patético y triste destino... «Ten cuidado», repitió el coro, pero Bérenger tampoco oyó la advertencia: sólo escuchaba a Carmen. ¡Carmen! ¡Carmen! Su corazón palpitaba con su presencia, ahora embriagado, ahora colmado de esperanzas. Cuando la muchacha arrojó la flor fatal, no fue Don José quien la cogió al vuelo, sino él, Bérenger, el párroco humilde de Rennes-le-Château.

El final del primer acto lo dejó anhelante en su butaca. No entendió ni una sola palabra de las explicaciones de Hoffet. El segundo acto... el tercero... el cuarto... Carmen lo llevaba cada vez más lejos, convirtiéndolo en su amante, en el torero Escamillo, en Don José que, en el colmo de la desesperación, le hundía el puñal en el pecho. «¡No!», estuvo a punto de gritar ante el desenlace fatídico.

El telón cayó de repente, desatando los aplausos. El público coreaba el nombre de Calvé, zapateando contra el parqué. También Bérenger reclamó su presencia con la voz henchida de emoción, dio manotazos en la silla de delante, se levantó enardecido y miró receloso a su vecino, que gritaba el nombre de la diva.

De repente se quedó quieto: el telón se había levantado. Allí estaba ella, dando las gracias a su público. Soplaba besos a sus admiradores, se acercaba risueña hasta el borde del foso, se agachaba para recoger los ramos de flores que llovían sobre las tablas. Bérenger la devoraba con la mirada, sin aliento.

—Vamos —dijo Hoffet, tirándolo por el brazo.

—Espere... Sólo un minuto más.

—Yo le advertí de que no era una mujer como las demás. ¡Venga!

—Déjeme rendirle homenaje —respondió Bérenger, aplaudiendo con todas sus fuerzas—. ¡Bravo! ¡Bravo!

—Tendrá ocasión de hacerlo. Vamos a casa de Debussy. Emma también está invitada y se la presentarán.

—¿Qué es esta nueva locura? ¿Cómo es que no me había dicho nada?

—Es una locura muy parisina. Quise reservarme la sorpresa. ¿No es eso acaso lo que desea en secreto?

En la plaza Boïeldieu, un tumulto de mendigos asediaba la caravana de coches. Los cocheros repartían insultos, enfatizándolos con sendos latigazos. Los mendigos golpeaban en las ventanillas de las damas, asediaban a los burgueses embutidos en sus gruesos abrigos, se peleaban por las monedas de cobre que los pasajeros les lanzaban con aire de aburrimiento y volvían luego a sus nidos de andrajos y hojas de diario, retazos y basuras. Bérenger se llevó la mano al bolsillo al ver la primera cara azulada por el frío. Los mendigos acudieron en tropel y siguió dándoles a todos con su habitual bondad, como si su suerte dependiera de la prodigalidad que brotaba de su pecho. Se quedó sin un céntimo.

—A este ritmo acabará como ellos —dijo con ironía Hoffet, que se había mantenido al margen.

—¿Qué clase de oblato es usted? —preguntó enfadado Bérenger.

—Un oblato realista, querido amigo, un realista que no tiene crisis de mala conciencia... No me costaría nada redimirme de mis pecados como hace usted.

—¿Qué insinúa?

—Que ése no es el mejor camino al reino de Dios...

—En nuestra religión, la caridad es compasión, no ilusión. Es una forma del amor.

—¡Ah!, el amor... ¡De modo que ésa es la fuente de su fe!

—¡No se indigne, Hoffet! El amor es como un rayo de luz, que se propaga y se ramifica y cobra la forma de todas las relaciones humanas en las que está presente. Es un torrente de cascadas que tiende a llenarlo y a inundarlo todo. Éste es el camino que nos muestra Jesús. Y es el camino que yo me empeño en seguir. Es también el que tiene que seguir esta pobre gente.

—Es usted buen predicador, Saunière. Pero no logrará hacerme creer que ese camino suyo es tan puro como lo pinta... Mírese bien a sí mismo... ¡Deje a un lado la vergüenza!

—¿Qué pretende? ¿Qué es lo que quiere de mí?

—Nada... Nada de momento... Discúlpeme. ¡Cochero! ¡Cochero!

—¿Adónde van, señores?

—Al 24 de la rue Londres.

—Bien, suban.

El coche tardó una eternidad en atravesar el bulevar de los italianos. En la esquina de la rue Chaussé d'Antin, había una cantante callejera trepada en lo alto de una silla, en medio de una muchedumbre de mirones. Cantaba al amor, a ese amor que Bérenger no podía sacarse de la cabeza, ese amor que habría deseado poder justificar, que tan a menudo cobraba en un instante la forma del pecado.

145

El número 42 de la rue Londres. «¿Quién sería ese tal Debussy?», se preguntó Bérenger, mientas ascendía los escalones hacia el apartamento de su misterioso anfitrión. La escalera polvorienta estaba mal iluminada. Unas pocas molduras engañaban a los visitantes en las primeras tres plantas, pero más arriba la pintura verdosa estaba desconchada y llena de burbujas. El edificio perdía la pátina de hogar burgués y los olores a fritanga se confundían con un relente mohoso, que Bérenger atribuía a la alfombra roída por los años y la miseria.

Por un instante, lo asaltaron toda clase de malos presentimientos. Aquella invitación de último momento le disgustaba cada vez más. La actitud grosera de Hoffet comenzaba a incordiarlo seriamente.

«¡Soy un imbécil! ¿Por qué no he tenido la presencia de ánimo de abandonar esta situación absurda? ¡Aquí voy detrás!

Adonde me digan que vayamos, ¡amén! Soy el perfecto provinciano recién llegado a la capital. ¿Por qué no le tuerzo el cuello a este supuesto oblato hasta hacerlo confesar? ¡Déjeme en paz, Hoffet! Quédese con los manuscritos, no quiero convertirme en un juguete del Priorato, no quiero acabar siendo un melancólico, un maldito, aunque llegue a ser rico.»

Y sin embargo, allí estaba, subiendo por la escalera, pisándole los talones a Hoffet. Una campanilla estridente resonó en el silencio como un estruendo de vidrios rotos, espabilándolo de sus reflexiones. La puerta desconchada se abrió. Bérenger olvidó al instante todos sus resentimientos, cautivado por la hermosa criatura de ojos verdes que había aparecido delante de ellos.

—¡Émile! Qué alegría volverte a ver... —dijo la muchacha, estampándole dos sonoros besos en las mejillas.

Hoffet olvidó entonces las buenas maneras, subyugado por el ímpetu del afecto. Abrazó por el hombro a Bérenger:

—Mi amigo y sacerdote, Bérenger Saunière... Bérenger, ésta es Gabrielle Dupont, la musa de nuestro gran compositor.

—Llámeme Gaby! —dijo riendo la muchacha, cuando él le estrechó la mano—. ¡Entrad, entrad! Aquí en el rellano hace demasiado frío... ¡Claude! ¡Claude! Ha llegado Émile.

Gaby los hizo pasar a una especie de salón donde había tres hombres y una mujer. Estaban sentados en semicírculo, en sillones de otra época, con los rostros vueltos hacia las llamas que danzaban en la chimenea. Uno de los hombres se levantó para recibirlos. Era un moreno alto, de bigote y perilla, con ojos ensoñados que se hundían en las cuencas. Bérenger se quedó sorprendido por la intensidad de su mirada.

—Claude Debussy —le dijo el hombre, tendiéndole la mano.

—Bérenger Saunière.

Las presentaciones prosiguieron. El joven de rostro fino y nariz grande se llamaba Pierre Louÿs. Más allá estaban Henri Gauthier-Villars, a quien le decían Willy, Ernest Chausson, que tenía la barba negra como un trozo de carbón, y por último Camille Claudel, una joven de belleza estremecedora, frágil y triste.

El coñac y el ron regaban la conversación. Bérenger se enteró de que Pierre era poeta y Camille escultora. Los hermosos ojos azules de la muchacha vagaban por el papel de colgadura horripilante, en el que Sadi Carnot aparecía rodeado de petirrojos y molinos.

—¿Qué tienes, Camille? —le preguntó Debussy tomándole las manos—. ¿A tal punto te atormenta ese horrible Clotho?

—Tú conoces muy bien la causa de mis tormentos.

Bérenger creyó estar asistiendo a un drama griego. Ignoraba que el músico y la escultura se habían amado en otra época, que quizá se amaban todavía. Los oía hablar sin comprender. Camille se había puesto pálida. Estaba allí por casualidad. Willy la había arrastrado contra su voluntad, apartándola de su taller y sus bosquejos, del espectro de escayola que de momento era Clotho. No había vuelto a ver a Claude después de su separación. ¡Cuánto tiempo había pasado! ¡Cuántas tormentas! Pero allí estaba Claude, delante de ella, igual de tímido que siempre. Sin embargo, la sombra de Rodin aún tendía un velo sombrío entre los dos. Rodin había sido su gran amor. No le quedaban más que sus manos frágiles para dar vida a las pasiones desgarradas de su alma. *El vals, Clotho*, en ellos estaba toda su tragedia, que al cabo de poco tiempo había de conducirla a la locura.

—¡Ah, los genios! —dijo Willy—. Mañana, el mundo entero se rendirá ante sus obras y aquí ellos están llorando por sus amores, como una lavandera y un carpintero.

—¡El mundo, dices! —exclamó Debussy—. Al mundo no le interesa nuestra genialidad. Prefieren a Wagner y a Rodin. Lo cual no es un mal menor, puesto que son auténticos creadores. Wagner se muere de entusiasmo con las bobadas líricas de *Werther*[24] y le dispensa sus favores a Gustave Charpentier, ese músico de taberna que atiborra nuestros oídos de pacotilla democrática. El mundo nos pasará por encima a causa de su conformismo. ¿Aplastarán a Camille, sólo porque es mujer?

—No exageres, Claude —dijo con calma Pierre Louÿs—. La verdad es más sencilla. Los hombres no siempre reconocen la belleza bajo todas sus formas, pero un día aparece uno solo entre ellos que exclama: ¡qué maravilla! Todo cambia entonces, puesto que la belleza siempre está desvelándose y perpetuándose. Hoy en día, el mundo es múltiple, obsceno, bajo. Pero el

147

24. El *Werther* de Massenet.

día de mañana será uno solo a través del arte. Los poetas, los escritores, los músicos, los pintores y los escultores tenemos el difícil privilegio de preparar ese día de mañana. No hay términos medios, ni compromisos, ni ninguna neutralidad posible…. El mundo no ama a los débiles. ¿Qué opina usted al respecto, monsieur?

La pregunta pilló desprevenido a Bérenger. Sin embargo, su mente estaba entrenada en la retórica. Encontró una salida.

—El mundo no ama a los débiles, y Dios se aparta de los fuertes… El mañana pertenece a los que aman, eso es lo que diría yo. Después de todo, ¿cuál es realmente la diferencia entre ser fuerte o ser débil? ¿No tienen todos los hombres los mismos problemas y las mismas emociones? ¿No nace todo el arte de la emoción? Somos todos creadores en potencia, pero para algunos crear es tirar una piedra al agua, contemplar los círculos concéntricos del estanque, el balanceo de una hoja muerta en las olas diminutas Para otros el arte son las sinfonías, los cuadros, el teatro, la novela. El arte hace parte de la naturaleza más profunda del ser humano. Y el compromiso no existe en este terreno, porque cada uno actúa de acuerdo con su sensibilidad. En este sentido tiene usted razón. Pero sólo en este sentido.

—Habla usted con la verdad —dijo Debussy poniéndose en pie—. Émile me había hablado de usted y veo que sus elogios son más que merecidos… Venga conmigo, y tú también, Émile. Creo que os interesará descubrir la música que le puesto al *Pelleas y Melisenda* de Maurice Metterlinck.

Debussy los condujo a su gabinete de trabajo, una pieza diminuta donde apenas había conseguido meter el piano de cola que había traído de su cuarto de la rue Berlín. Sus padres prácticamente lo habían echado, teniéndolo por un vago, a pesar de que su amigo el príncipe Poniatowski había logrado colar sus obras en los grandes conciertos sinfónicos americanos de Antón Seidl y Walter Damrosch, los célebres directores que trabajaban en Nueva York.

Echó un vistazo al pasillo, cerró la puerta con precaución y les señaló un canapé cojo poblado de partituras. Se instaló en su taburete de espaldas al piano. Encima del piano, la lámpara filtraba una luz anaranjada a través de la pantalla de satén.

148

—Es una habitación sencilla, pero de momento no puedo ofrecer nada más —dijo—. Monsieur Saunière, tome el libreto que hay delante de usted en la mesita y finja que está leyendo.

—¿Perdón? —se sorprendió Bérenger.

—Haga lo que se le dice —le advirtió Hoffet.

«Es mejor pasar por tonto que por listo —se dijo Bérenger tomando el libreto—. Veamos adónde quieren llegar.»

—El *Pelleas y Melisenda* que tiene en las manos no es más que una excusa. Deseaba entrevistarme con usted fuera del alcance de testigos indiscretos.

—Lo escucho —gruñó Bérenger.

—No se exalte, amigo mío. No somos tan malvados como los que lo atacaron ayer por la noche, pero podemos esforzarnos.

—¿Está usted de parte del Priorato de Sión?

—¡No pronuncie ese nombre!

—¿Lo está?

—En cierto modo.

—Respóndame con claridad.

—Sí.

—¿Cómo sabe que me agredieron anoche?

—Tenemos un topo entre nuestros enemigos.

—¿Y qué habría pasado si me hubieran eliminado?

—Tomaría cierto tiempo, pero acabaríamos por sustituirlo por alguien adepto a nuestra causa al frente de la parroquia de Rennes-le-Château.

—¿El obispo está conjurado con ustedes?

—Tenemos muchos amigos en la romana Iglesia católica.

—¿Qué significa «nuestra causa»?

—Para usted, significa oro y poder, ¿no es suficiente? Hoffet y otros lo han estado observando, estudiando sus reacciones. Lo hemos provocado metiéndolo en situaciones escabrosas, después de su llegada a Rennes-le-Château. Lo conocemos bien, Saunière, mucho mejor de lo que puede imaginar. A partir de ahora tiene que ayudarnos.

—¿A partir de ahora?

—Jure sobre esta Biblia que no traicionará nunca nuestro pacto.

Debussy hurgó en una pila de libros misceláneos y puso una Biblia delante de Bérenger. Era una edición antigua, con

149

las esquinas raídas, la cruz y las letras doradas desvanecidas por la pátina de los años. Se detuvo pensativo en el *alpha* y el *omega*, el comienzo y el fin. Miró a Hoffet y luego a Debussy, advirtió la determinación voraz en sus rostros endurecidos.

Era la última tentación. Bérenger miró otra vez el libro sagrado. En el fondo de su alma Dios seguía llamándolo, la voz era débil pero incesante. Estaba a punto de violar la Ley. Podía fundar su propia herejía, someterla al imperio de su vanidad. El poder... pero ¿qué era el poder? Se vio a sí mismo en la aldea, en su iglesia miserable, vio los estragos de la miseria que se alargaría estación tras estación, año tras año. Viejo, cansado, menesteroso hasta el último día de su vida, sin más posesiones que sus votos de obediencia, pobreza y castidad.

—Juro que respetaré nuestro pacto.

—No se arrepentirá —dijo Debussy—. En cuanto Hoffet le dé la llave de la puerta, póngase en acción.

—¿De qué puerta se trata?

—Es usted quien debe encontrarla. Lo único que sabemos es que está en Razès y que se encuentra protegida. Los cátaros conocían su secreto. En su interior se encuentra el tesoro de los visigodos, junto con algo aún más extraordinario cuya naturaleza ignoramos.

Bérenger sintió un escalofrío. Los visigodos, después de saquear Roma, habían llevado a Toulouse el tesoro de guerra del Imperio. Era un tesoro inmenso, que había permanecido guardado hasta entonces en los templos de la ciudad eterna. Contenía todo el oro de los galos, los anglos, los partos, los egipcios, los nubios, los judíos y todos los demás pueblos conquistados por los romanos, junto con sus talismanes mágicos y sus reliquias sagradas. Bérenger pensó en el arca Beth-Ania, cuya existencia le había sido revelada por Elías.

—El abad Boudet le ayudará.

La entrevista llegó a su fin con esas palabras. Gaby había abierto la puerta del gabinete.

—¿Qué estáis haciendo? ¿Todavía con *Peleas y Melisenda*? Venid al salón, nuestros amigos acaban de llegar.

—Vamos enseguida. Monsieur Saunière ha leído ya el primer acto. Piensa que el texto está lleno de símbolos y de humanidad.

—Entonces monsieur Saunière merece formar parte de nuestro círculo —dijo riendo la hermosa Gabrielle. Le hizo una reverencia a Bérenger.

El salón estaba repleto. El vino corría por las copas, el aire era todo humo de cigarrillos y alegre confusión. Los invitados se pasaban de mano en mano una bandeja de plata con un molde de foie-gras atiborrado de trufas negras como el ébano, flanqueado de cuadraditos de pan tostado.

—¿Quién ha tenido la feliz idea de traer este manjar? —exclamó Debussy.

—Yo —dijo una voz agradable.

Bérenger se olvidó de sus preocupaciones.

Allí, entre Camille y un hombre desconocido, ataviada con un sencillo vestido negro y el mismo chal verde que llevaba en el escenario, estaba Emma Calvé. ¿Era acaso una ilusión? ¿Era realmente Carmen? Bérenger sintió que se le doblaban las rodillas. Se apartó de los otros y buscó refugio en un taburete escondido bajo las hojas de una planta crasa. A su alrededor, los invitados comían y bebían risueños, olvidados de toda preocupación. Algunos conversaban y bromeaban con la diva. Bérenger los envidiaba a todos, hasta el último. No podía apartar la mirada de ella por un instante. Y sin embargo, Emma estaba lejos. Había un muro invisible entre los dos. La diva se sacudió el chal de los hombros, radiante y soberana, y su hermoso rostro se iluminó cuando le sonrió al desconocido que lo había atrapado al vuelo. Se acercó entonces a la chimenea y la luz fiera de las llamas palpitó en sus manos abiertas, en su tersa piel blanca.

Emma se estremeció con un escalofrío. Cerró los ojos un instante y se desperezó con voluptuosidad. Bérenger trató de resistirse, pero la diva lo tenía sometido a su poder. La fascinación embotaba sus sentidos. Los celos lo consumían. El desconocido seguía allí, con los ojos clavados en la nuca de aquella mujer que se ofrendaba al fuego.

—¿Qué hace aquí, lejos de todos?

La voz resonó desde el fondo de un túnel. Émile estaba delante de él con dos copas de champaña.

151

—Tenga, beba —dijo el oblato— le dará un poco de valor...
¿No quería conocer el porqué del hechizo de Carmen?, ¿la promesa que encierra su diabólica belleza? La respuesta está delante de sus ojos. Venga conmigo y se la presentaré.

Bérenger lo miró con desconfianza. Se sentía contrariado y avergonzado, como un novicio al que el padre superior descubre mirando a una mujer en la iglesia. No quería exponerse a sus ironías.

—Bebo a nuestra salud —dijo aceptando la copa—. Nunca he tratado de resistirme a lo inevitable... Ése es el secreto de todo triunfo duradero. Presénteme, puesto que parecer ser usted la mano del destino.

Tenía que hacer de tripas corazón, para ser ingenioso en semejante momento. Pero no quería someterse también a Émile. Lo miró a los ojos, lleno de convicción. El brillo burlón se extinguió en la mirada del otro, dando paso a un respeto inusitado. El oblato se vio arrastrado por un torrente de pensamientos. ¿Se habrían equivocado con Bérenger? ¿Era un hombre vulnerable en realidad? ¿No estarían forjando una espada que había de volverse contra ellos? ¿Y si fuera un agente johannista? Sacudió la cabeza y tomó del brazo al abad.

Emma había dejado el fuego escoltada por el desconocido y se había sentado en el canapé entre Willy y un hombre elegante al que llamaba «querido Jean». Cuando Hoffet y Bérenger se unieron al grupo, le tendió una mano vacilante al sacerdote. Sus miradas se encontraron. Por un instante, brilló en ellas la esencia de sus vidas. A los ojos de Bérenger afloraron las pasiones insatisfechas, los errores, los deslices y las fuerzas bestiales que a menudo se ríen de los deseos de su alma. Una pasión sin nombre palpitaba en los ojos de Emma, insondables como las aguas de un estanque en el crepúsculo. Bérenger se inclinó y le besó la mano.

—Bérenger Saunière, para servirla.

—Emma Calvé...

—La vi cantar esta noche en la Ópera Cómica. Estuvo usted maravillosa.

—¡Ah!, ¡otro admirador! —exclamó «querido Jean»—. No se empeñe usted en elogiarla, monsieur, no conseguirá que tenga mejor opinión de sí misma.

—Eres tú el que debe descubrir una fórmula para que crea en mi talento, querido Jean. ¿Qué fue aquello que me escribiste? «Querida amiga, has estado llena de gracia, inquietante y sensual. La naturaleza te ha bendecido. Tienes todos los dones: la belleza, la voz, el movimiento de la vida. Y sin embargo, has sabido oscurecer esas luces para cantar en escena como pintaba Goya»[25]… Ahora dime algo más.

—Eres insaciable, querida. Cedo la pluma a otro… A Jules, por ejemplo.

Todas las miradas se volvieron hacia el hombre que acababa de señalar. Era Jules Bois, el desconocido del que Bérenger estaba celoso.

—En este fin de siglo que nos trajina con aventuras, temores y enemigos, Emma nos muestra el camino con su ternura y su audacia. Hemos de buscar en ella el entusiasmo que da vida a la escritura, a la pintura y al amor. Perderíamos toda esperanza si dejara de cantar.

—Te prohíbo que predigas ese día fatal —lo encareció Debussy.

Bérenger los escuchó prodigarse en declaraciones, lamentando el soso cumplido que le había dicho a Emma: «Estuvo usted maravillosa». Dijera lo que dijese, no conocería nunca el código secreto mediante el que todas aquellas personas se seducían sin palabras las unas a las otras. Emma parecía eludir sus miradas ardientes. Bérenger no se atrevía siquiera a sonreír, por miedo a obtener en respuesta la frialdad de los buenos modales.

El silencio cayó sobre el salón a medida que la apatía se apoderaba de los espíritus agotados. Los rostros enmudecían, las miradas se extraviaban en una copa vacía, en el fuego casi extinguido, iban de la pantalla de la lámpara al cuadro simbolista de Hodler que colgaba del muro. Camille se abrió paso hasta la puerta y salió huyendo, tras consumir toda su vitalidad mirando a Debussy. Willy, Louÿs y algunos otros saldaron el ritual de los adioses con invitaciones futuras. Bérenger los oyó descender unos tras otros por la escalera, y los pasos y

153

25. Extracto de una carta del célebre crítico Jean Lorrain, fechada en noviembre de 1892.

las voces se apagaron luego por la calle. Todavía estaba sentado frente a Emma, que se había quedado sola en el canapé. Jules estaba con Debussy en el gabinete de trabajo y Gabrielle le hacía confidencias a una mujer mayor bajo las hojas de la planta crasa. Tres hombres de aspecto distinguido, aunque algo afectado, se embarcaron en una animada conversación sobre el caso Panamá, la corrupción de los parlamentarios y la inminente condena del ex ministro de Obras Públicas, monsieur Baïhaut.

—¡Dense ustedes cuenta! —exclamó uno—. Ha confesado que recibió un talón por trescientos setenta y cinco mil francos.

—No es el único que ha sacado partido del «talonario»... Aunque sea para complacer a los periodistas, han anunciado que no aparecen doce millones de los veintidós que había destinados a publicitar las obras de Panamá.

Se ocuparon acaloradamente de la dimisión del ministro Robot, la traición de Freycinet y de Loubet, la revancha de los boulangistas y el ascenso inquietante del movimiento obrero. Puestos a hablar de dinero, empezaron a calcular las fortunas de los barones de la industria...

—¿Está interesado en los negocios, monsieur? —le preguntó bruscamente Emma.

—Sólo me interesan los asuntos de la Iglesia —contestó Bérenger.

—¿Es funcionario del ministerio de Cultos, tal vez? ¿Responsable financiero del partido de Roma?

—Ni una cosa ni la otra, me temo... No soy más que un simple sacerdote de la región de Aude.

—¡Sacerdote!... ¡Y de Aude! Qué alegría, entonces mi sueño no estaba equivocado.

—¿Qué sueño?

—Anoche soñé con un ruiseñor que me anunció que conocería a un hombre. *Que faria la gracia de nostre Senhér, la gracia de mon cor e de mon ama.*[26]

—¡Habla usted la lengua de la región! —balbuceó sorprendido Bérenger al oír sus palabras.

—Nací en una aldea de Averyron llamada Decazeville...

---

26. «Que alegraría a nuestro Señor, a mi corazón y a mi alma.»

Emma le describió entonces la tierra que ambos llevaban en el corazón. Bérenger la vio en el *oustal* de su familia, entre los lirios y la hierbaluisa y las plantas de albahaca, en compañía de Blas, el pastor, entre los peñascos que solía vestir de oropeles, imaginando historias fantásticas. Emma le hablaba como si fuera un viejo amigo, mezclando el francés con el dialecto, con el candor confiado y alegre de quien no se reserva ningún secreto. Bérenger contemplaba embelesado su boca, el movimiento de sus labios cuando formaban las palabras, los gestos exquisitos con los que sus manos acompañaban las imágenes.

—... Pero cuando era más pequeña vivimos en España, donde mi padre, que era empresario, administraba unas minas. Tal vez de allí me viene el entusiasmo por el canto. Mi madre me cuenta a menudo que una vez pasaron unos gitanos y yo los seguí hasta su campamento y, cuando me encontraron, después de buscarme por todas partes, estaba cantando y bailando con ellos. Al final de la historia siempre dice lo mismo: «Ya entonces estabas ensayando para *Carmen*».

Emma permaneció un momento absorta en ese venturoso sueño de infancia que le había revelado la exuberancia del mundo. La felicidad floreció otra vez en su rostro y volvió a hablar, Bérenger sentía crecer la pasión con cada una de sus palabras. La sangre afluía sus mejillas. Ya no sabía qué decir. Podía cantar las alabanzas de Razès, pero ¿llegaría siquiera a recordarlas? El cielo plateado y azul de Rennes reculaba vertiginosamente, eclipsado por la luz de Emma.

No existía nada aparte de Emma. Emma lo transportaba a miles de leguas de distancia. La conversación arcana de los tres hombres se alejaba a toda prisa a su espalda, sus voces eran ya zumbidos de insectos. No se percató de que Debussy y Bois volvían al salón.

—Veo que has encontrado un confidente —dijo Jules con voz cavernosa.

Emma se quedó muda.

Bérenger escrutó el rostro afeminado y taciturno de Bois. Bois lo miró con sus ojos achinados, desafiantes, poblados de sombras. Puso una mano en el hombro de Emma con gesto de autoridad.

—Debemos irnos, querida. Este señor querrá irse a dormir temprano, como en el campo.

—¡No te permito que lo insultes, Jules!

—¿Este pobre muchacho es su protector? —preguntó Bérenger en tono irónico, deliberadamente indelicado.

Emma se quedó boquiabierta, Jules estupefacto. Debussy intervino con la clarividencia de aquellos que se mantienen al margen de todo debate.

—La buena educación es un ejercicio harto difícil cuando Emma se interpone entre dos hombres —dijo con voz serena—. Es necesario que ambos cultiven la amistad. Caminad por esta vía y daros un apretón de manos. Francamente no puedo auguraros un gran futuro mientras no hagáis las paces.

Puesto que ni Bérenger ni Bois parecían comprenderlo, añadió:

—Es una orden.

Jules cedió primero y tendió la mano a Bérenger. El sacerdote aprovechó la ocasión para estrujarle los dedos. Su rival se volvió luego hacia Emma y le lanzó una mirada furibunda. Pero Emma consiguió no apartar los ojos. Dijo con voz clara:

—Pues bien, monsieur Saunière, todo ha acabado a las mil maravillas. Estoy segura de que Jules querrá invitarlo a nuestra sesión de mañana por la noche. ¿No es así, Jules?

—Desde luego —masculló Bois—. Será un placer tenerlo mañana entre nosotros. Venga usted a mi casa sobre las nueve. Monsieur Hoffet le mostrará el camino. ¿Acepta mi invitación?

—Encantado —dijo Bérenger, inclinándose para besar la mano de Emma—. Hasta mañana, divina.

—Hasta mañana, querido «Brau».

Tan sólo Bérenger entendió sus palabras. Se puso dichoso al oír que lo comparaba con Brau, el gigante del Languedoc que había derrotado a Bacou, el otro gigante que mandaba sobre las bestias feroces. No vacilaría en rescatar a Emma de los brazos de Bacou, si Bacou era Jules.

Debussy y Gabrielle acompañaron a Emma y a su mentor hasta la puerta. Bérenger buscó a Émile, que había desaparecido. Los tres hombres elegantes, ya bastante ebrios, discutían entre sí. Uno quería destruir la torre Eiffel, otro preservarla intacta y el tercero aseguraba que había que reconstruirla en acero, empleando el método de Thomas y Gilchrist. En el rincón, la mujer mayor reía por lo bajo leyendo un libro titulado *Mademoiselle Fifi*,[27] del que Bérenger no había oído hablar.

—¿Se ha divertido un poco?

Era la voz de Hoffet. Había regresado al salón con Debussy y Gaby. Traía el abrigo puesto y el sombrero en la mano. Su pálido rostro estaba colorado, como si hubiera venido corriendo.

—¿Dónde se había metido? —le preguntó Bérenger.

—Salí a buscar un coche… Después de la medianoche las calles de París no son seguras y tengo la intención de devolverlo sano y salvo a casa de mi tío. Acabo de enterarme de que estamos invitados a casa de monsieur Bois mañana por la noche. Será mejor que nos vayamos a descansar, porque puede ser toda una prueba.

—¿Cómo, toda una prueba?

—Ya lo verá mañana, prefiero no adelantarle nada… Ahora despidámonos de nuestros amigos.

157

Bajo las ventanas cubiertas de escarcha, unos pocos paseantes se apresuraban por las calles resplandecientes por el hielo, rumbo al calor de sus hogares. El coche atravesó varias plazas blancas, manchadas por las sombras de los vagabundos que arrastraban sus trapos hacia los puentes y las cocheras. Bérenger y Émile viajaban en silencio, ajenos a aquellas generaciones de miserables que no conocían el recuerdo de la felicidad. En la negrura de la cabina, ambos se abandonaban a sus pensamientos, sin reparar en el miedo y la ignominia que campeaban a su alrededor. Bérenger le daba vueltas a una única pregunta: «¿He de empeñarme en conquistar a Emma?». El espíritu inquieto de Émile barajaba hipótesis tras hipótesis, remontaba obstáculos, pasaba revista a los menores fallos y avances, sin llegar nunca a una conclusión. «¿Qué será de nosotros si Saunière no reacciona como esperamos?» Tan sólo esa respuesta le permitiría resolver la ecuación. De momento, Emma tenía en sus manos el futuro del Priorato de Sión.

27. De Maupassant.

XIV

*E*l frío se le metió en el cuerpo en cuanto cruzó el umbral del apartamento de Jules Bois. Lo sintió aún con más intensidad delante del globo verde de luz que reposaba sobre la serpiente de bronce. La mujer estaba allí. Bérenger se acercó a ella fascinado. Los ficus, las sansevierias y las bromelias tendían entre los dos una noche de verde, colmada del olor de la humedad. Del otro lado, los ojos de la muchacha tenebrosa resplandecían en el fondo de las órbitas sombrías. La mirada atravesaba su cuerpo, como si ansiara apoderarse de su alma. Una víbora se deslizaba por entre la tiara de fósforo que brillaba en su frente abombada. Los senos hinchados, los pezones erguidos, el vientre cargado, los vértices de sombra que escondían en el misterio nuevos placeres prohibidos, todas sus formas, forzadas y excesivas, eran una invitación a la lujuria.

—Es un dibujo hecho por Jean Delville, un amigo de monsieur Bois —dijo Émile, que examinaba a su lado la impúdica criatura—. Representa a *La diosa de la perversidad.*

—Parece la serpiente de la tentación —susurró Bérenger.

—Su nombre es Nahash —prosiguió Émile—. Es la serpiente de las encarnaciones y las materializaciones, el ímpetu interno que conduce a la caída y el agente externo que brinda los medios para este fin. También puede llamarla Lilith, la diablesa. Mírela bien. ¿No lo incita acaso a zambullirse en el infierno del mundo físico para adquirir el conocimiento del Bien y del Mal?

Bérenger no contestó. Pese al yugo humillante del deseo, sabía bien que el conocimiento era en sí mismo la caída. Dio la espalda al dibujo y le entregó el sombrero al criado que los había hecho entrar.

—Hay obras simbolistas por toda la casa —dijo Émile—. En este fin de siglo los hombres se aferran a los símbolos para paliar su desamparo. Los creadores de estos cuadros no comulgan con el realismo reinante.

Bérenger siguió a Hoffet por un largo pasillo. En la sala oscurecida había una veintena de hombres y mujeres. Se quedó estupefacto ante el número de cuadros que colgaban de los muros. La mayoría de ellos lo hacía sentir incómodo. Ahí estaban *Las doncellas y la muerte*, de Puvis de Chavannes, *El ídolo* de Rops, *La isla de los muertos* de Böcklin, *Edipo y la Esfinge* de Moreau, muchos otros más, habitados por quimeras, dioses, cabezas cortadas, cuerpos obscenos, flores y cruces, estrellas y triángulos. Debajo de un cuadro donde una joven desnuda dormía en un paisaje rojo, verde y azul, un individuo cariacontecido recitaba un poema de Maeterlinck:

> Cuando el esposo le dio muerte,
> ella lanzó tres gritos de espanto.
> Con el primero, nombró a su hermano:
> despertó y vio pasar tres palomas
> que tenían las alas rotas.
> Con el segundo, nombró a su padre:
> al instante se abrió una ventana,
> volaron tres cisnes ensangrentados.
> Con el último grito,
> llamó por fin a su amante:
> la puerta del castillo se abrió,
> vio pasar tres cuervos en la distancia.

Un silencio siguió al poema. Luego, un coro de voces disonantes manifestaron su aprobación. Bérenger distinguió la voz de Emma y fue en su búsqueda. La encontró en un gran sofá rojo que realzaba la blancura de sus brazos, lánguida como una ninfa de la Antigüedad. A su lado había una mesita alta con un candelabro y las llamas esbeltas de siete velas parpadeaban en su rostro. Emma lo vio y su boca esbozó una palabra muda y luego una sonrisa. Frunció los ojos en dirección a Jules.

Jules Blois se acercó a ellos con aire taciturno. Se dirigió a Émile, como si Bérenger no estuviera allí.

—Por fin habéis llegado. Os esperábamos para empezar.

Se volvió luego hacia el círculo de invitados y pidió silencio para presentar a Bérenger.

—Esta noche tenemos la suerte de contar entre nosotros con un sacerdote, el abad Bérenger Saunière. Que sepa que al convidarlo a ir más allá del Bien y del Mal no lo invitamos a un festín donde la libertad se confunde con el libertinaje y la salvación del espíritu con el disfrute desenfrenado de las cosas del mundo. Ahora, todos a sus puestos.

Los invitados se juntaron en grupos. Emma se levantó y vino a su encuentro, le dio la bienvenida y lo invitó a seguirla fuera de la sala. Cinco hombres marchaban delante por un pasillo que se adentraba en la inmensidad del caserón. Bérenger se sintió envuelto en una dulce tibieza cuando ella lo cogió del brazo y le susurró al oído:

—Pase lo que pase, no se deje llevar por el miedo ni por los prejuicios.

Bérenger reconoció a Elías entre los cinco hombres que iban delante. El judío lo interrogó con la mirada, disimulando apenas la inquietud. Bérenger se dispuso a abrazarlo, entre encantado y sorprendido, pero escuchó en su interior la voz de la sabiduría, indicándole que, en caso de hacerlo, caerían sobre los dos grandes penas. Los ojos vivaces de su amigo se llenaron de gratitud. Sus almas vibraron al unísono y sus espíritus hicieron frente común contra el mal sin nombre que Bérenger presentía a su alrededor.

Sintió otra vez la mano de Emma en su brazo y el leve roce lo hizo estremecerse. Ella le señaló el puesto vecino al suyo en una mesa redonda con siete sillas dispuestas a intervalos regulares. La habitación en donde estaban no tenía ventanas. En un extremo del parqué había un agujero rectangular lleno de arena. No estaba seguro de que fuera arena, pues la habitación estaba en penumbras igual que el resto del caserón. Los grandes cirios de los candeleros esparcían una luz moribunda que transformaba los seres y las cosas. Entre dos lienzos de color púrpura centelleaba una placa de metal en la que había grabadas veintiocho letras hebreas, acompañadas de la H, alrededor de un cuadrado con las palabras sagradas IEVE, ADNI, IAI, AEHIEH. Bérenger creyó reconocer en los símbolos «la clavícula saturnina» reservada a las ceremonias secretas, una de las claves cabalísticas que le había enseñado Boudet. Comprendió entonces el peligro de la aventura: su alma estaba al borde de la condenación. Cuando se presentaron los demás hombres de la mesa, pensó aterrado que estaba cometiendo un pecado capital. Allí estaban Stanislas de Gaïta, el fundador de la orden cabalística de los Rosacruces; Mathers, el jefe de la sociedad secreta Golden Dawn; el doctor Gérard Encause, más conocido como Papus; Barlet, el maestro de espiritismo, y su fiel amigo Elías. Recordó el último consejo que le había dado el judío hacía algunos meses: «No importa lo que le ordenen hacer, conserve su dignidad y sea amable con todo el mundo. No se deje absorber nunca por las relaciones sociales, apártese de los círculos en los que no pueda tomar la iniciativa».

Con amargura, Bérenger constató que hasta el momento no había tomado en absoluto la iniciativa y se había dejado absorber por la ambición, por las trampas de las mujeres. ¿No era acaso la ambición una escalera infinita que cada día prometía en vano una cumbre más alta? En cuanto a las mujeres, ¿llegaría a saciarse de ellas algún día? Antes estaría harto, pues ninguna podía satisfacerlo en realidad, darle a su alma ni una sola hora de reposo... Sin embargo, seguía subiendo como un ingenuo cada vez que le enseñaban los escalones. No conseguía resistirse a las mujeres que le abrían su corazón. ¿Qué estaba haciendo allí? ¿Qué entendía él del esoterismo, del movimiento simbolista? ¿De los hombres a su alrededor, de Elías, de la propia Emma? Vivían en un tiempo distinto del suyo. Él ansiaba poseerlo todo, de inmediato.

161

—El error es la suerte inevitable de los hombres egoístas que se rebelan contra las potencias superiores. La muerte por agua aguarda a quienes se consideran superhombres. El golpe del rayo aguarda a quienes se empeñan en construir la torre de Babel. No lo olvidemos.

Bérenger le sostuvo la mirada a Stanislas Gaïta, pues las palabras parecían estar dirigidas a él. Era un hombre imponente, más alto que el propio Bérenger, con las fosas nasales dilatadas y la boca carnosa y delicada. Los ojos eran dos triángulos metálicos, apretujados contra la prominente nariz. Gaïta tamborileó varias veces sobre la mesa. Sus dedos parecían las garras de un ave de presa rebotando en la superficie de un lago helado.

—Ahora invocaremos a los espíritus para entrar en conversación con ellos. Con su ayuda trataremos de ver en las tinieblas, aunque los misterios de las tinieblas son siempre impenetrables. Escuchemos sus voces de advertencia. Elevémonos hasta ellas en espíritu, desprendiéndonos de la materia. De nada nos servirá entrar en contacto con esas heces de la espiritualidad que los ocultistas llaman «larvas» o «elementales». Entremos en el sueño… entremos en el sueño… entremos en el sueño…

Repitió la frase sin cesar, en tanto que Elías trazaba el número cuarenta, la cifra sagrada compuesta del círculo, imagen del infinito, y del cuatro, que reúne el ternario en la unidad. Un perfume de azufre, alcanfor y savia de laurel invadió la pieza, asperjado por una mano invisible.

La voz de Gaïta había ido adquiriendo modulaciones más tersas. Una fuerza sutil vibraba en el aire, además del perfume purificador. Bérenger se sintió poseído poco a poco por las vibraciones. Trató en vano de rezar y pidió al cielo que lo sacara de aquel lugar. Pero no podía moverse ni un palmo. Sus manos parecían soldadas con las manos de Emma y Papus.

Las palabras del mago paralizaron los centros nerviosos de la conciencia. La cadencia palpitaba ya en su cuerpo, a través de todos sus nervios. Se dejó llevar.

—¡Que vengan los espíritus!

¿Quién había gritado? ¿Gaïta? ¿Elías? Bérenger no llegó a mirar sus rostros. Un fenómeno extraño se había adueñado ya de sus sentidos adormecidos: en el extremo de la pieza había aparecido una luz, una flor espectral, que parecía fluir desde el techo hasta el rectángulo de arena. La miró de hito en hito, sorprendido por su propia sangre fría, por su lúcida serenidad. La luz se hizo más intensa y una voz brotó de su interior. El mensaje le estaba destinado:

—Mi tarea ha concluido ya, pero la tuya aún te aguarda, a ti, que en lugar de la sapiencia posees la fuerza. Amas el poder y detentarás en este mundo el poder de un príncipe. Desde siempre has ansiado la riqueza, y la riqueza te aguarda en Rennes. En verdad, no tendrás de qué quejarte. Tus malas oraciones serán escuchadas y todos tus vicios y ambiciones se harán realidad. Renegarás del Cristo y te convertirás en esclavo de Asmodeo, para que se cumpla lo que está escrito y puedas reemplazarme y expiar tus pecados entre las ánimas en pena.

—¿Quién eres?

—Un hombre que ya no ve la luz.

—¿De dónde vienes?

—De un mundo inferior.

Bérenger hacía una pregunta tras otra, ansioso de escuchar siquiera una palabra de consuelo. Ahora que era consciente de su futuro, y se le ofrecían todos los placeres de una nueva vida, no podía aceptar la sentencia.

—¡No renegaré de Cristo!

—Has renegado ya de los Evangelios.

—Creo en Dios Todopoderoso.

—Y adorarás a Satán.

—¡No es cierto!

—Tendrás toda la eternidad para proclamarlo.

La sentencia retumbó en su mente como un dolor profundo e incurable. La dicha que apenas empezaba a entrever era ya amarga. De un solo golpe, le habían arrebatado su futuro como hombre.

Gaïta clavó los ojos en los suyos.

—¿Qué ha ocurrido? —preguntó.

—He tenido una alucinación —respondió Bérenger y trató de levantarse.

—¡Quédese sentado! —le advirtió Papus—. Romperá el vínculo que nos une con el otro mundo.

La luz había desaparecido. Por entre la penumbra, Bérenger advirtió la mirada suplicante y aterrorizada de Elías. El judío se revolvía sobre sí mismo, como luchando por contener una fuerza formidable que lo mantenía sembrado en su sitio. Los dedos de Emma apretaron su mano con delicadeza. Empezó a calmarse.

—No ha visto ninguna alucinación —dijo Gaïta—. El espíritu estaba aquí. Cada uno de nosotros recibió un mensaje. ¿Qué vio usted? ¿Qué escuchó?

—¡No puedo decirlo!

—Se equivoca, ayúdenos… ¿Se materializó ante sus ojos? En el espiritismo las materializaciones son rarísimas. Ni siquiera los hombres más preparados han conseguido describir un fenómeno completo.

163

—Ahora podrán describirlo en parte —dijo entonces Elías.
Se volvieron todos hacia el judío, que señalaba el fondo de
la pieza con el brazo extendido. Había un mensaje escrito en la
arena: «Cerca de la fuente del círculo se encuentra una de las
puertas».

—¡Por Samaël! —exclamó Mathers—. ¿Qué significa?

—No tengo la menor idea —murmuró Gaïta—. ¿Qué piensa usted, Encausse?

—La fuente, el círculo y las puertas, la conjunción de estos
tres símbolos puede tener mil significados. Durante la sesión tuve la impresión de que sobrevolaba un círculo de piedras… Tal
vez ése sea el círculo. En el universo de los celtas, el círculo tiene
una función y un valor mágicos. Simboliza una frontera infranqueable: quien franquea esta frontera mágica, debe afrontar un
combate singular… El espíritu le ha indicado un lugar a uno de
nosotros. Este lugar está relacionado con una puerta. ¿Qué misterio se esconde detrás de esa puerta? Lo ignoro.

Bérenger se sintió sofocado de repente por la angustia. Era
él quien sabía dónde estaba la fuente del círculo. Recordó las
palabras que había escuchado: las palabras del futuro, de la sentencia. Pero todavía no quería creer que fueran ciertas. Tenían
que haberlo drogado. Se habían aprovechado de que estaba inconsciente para trazar aquellas palabras en la arena. Sin embargo, ¿quién podía conocer tan bien Razès? Tan sólo Elías, que
había venido a menudo a visitarlo, podía haber oído hablar de
la fuente… No concebía que su amigo lo hubiera traicionado
así. ¿Cuál era la verdad? De repente, un escalofrío le heló la
sangre. El miedo se apoderó de todo su ser, un miedo atroz, que
no le permitía hablar, ni siquiera respirar.

—Creo que monsieur Saunière está fatigado —dijo Emma.

—No, no es nada —respondió Bérenger—. Estoy profundamente turbado por vuestra sesión… No olvidéis que soy sacerdote.

Emma le susurró con un hilo de voz:

—Yo no lo he olvidado. Mi alma necesita de sus cuidados.

Ambos se quedaron callados. Bérenger se percató de la falta de respeto que entrañaba aquella coqueta invitación. Las inquietudes volvieron a atormentarlo. Una vez más, fue consciente de su condición de cura miserable. Se vio a sí mismo en

Razès, sentado en una roca, bendiciendo el ganado que traían los pastores polvorientos. Se vio en medio de los chiquillos mocosos de la aldea, asediado por enjambres de moscas, hablando de la verdadera beatitud, del signo de Jonás, del endemoniado geraseno, del primer anuncio de la Pasión, de tantas historias de los Evangelios que se confundían en sus mentes con las leyendas de la tierra de Oc. Se vio en los cuartos lóbregos donde los agonizantes le confesaban sus pecados con aliento a aguardiente, bendiciendo sus cabezas en medio de la nieve de las sábanas, bendiciendo la cola siniestra de los parientes, el ataúd, la tierra, las flores, los jarrones, los perros que husmeaban entre las tumbas, la sopa de coles que le reservaban para después de la ceremonia... Vio su sotana negra recortada contra todas esas imágenes penosas, su estola blanca, su casulla roja. ¿Dónde estaba el oro en esas visiones? ¿Dónde estaba el oro que le permitiría zambullirse loco de deseo en la vida de verdad, ese oro que ansiaba ofrendar a los pies de Carmen... de Emma? Carecía de todos los dones a los que podía aspirar una mujer como ella. Estaba perdido, condenado a sus pobres ilusiones de hombre común, al hábito de las caricias reconfortantes de Marie.

En la oscuridad de la pieza, su rostro se ensombreció ante aquella imagen de sus verdaderos sentimientos, plena de avidez, de ira y de pasión. Todo se confundía a sus ojos en un tormento, pero, en lugar de refugiarse en la oración, Bérenger se aferró a ese tormento y halló en él nuevas fuerzas, como una fiera que lucha por su vida y se sobrepone con el último aliento a los cazadores.

—Estoy a su disposición —se oyó decir a sí mismo—. Cuando llegue el momento, me encargaré de aliviar las cargas de su alma.

—El momento ha llegado ya —le dijo Emma, creyéndolo en medio de crueles angustias—. Nos despediremos enseguida de nuestros amigos.

Bérenger asintió sin discutir. ¿Cómo resistirse a aquella tentación tan imperiosa, tan dolorosa? Se sentía embotado por la dicha de su cuerpo, por la pena lacerante de su alma. El dolor de la dicha le sacudió el vientre como una descarga eléctrica, tan intensa que no pudo decir nada.

De repente, los doctos hombres que se atareaban alrededor del mensaje escrito en la arena guardaron silencio. En el fondo del caserón, habían sonado las doce campanadas de la media noche. Emma calló enseguida también. Gaïta se volvió hacia el poniente y pronunció estas palabras misteriosas:

—¡Divino Hator! Guarda tu sustento para los hijos del espíritu. Hemos de renacer en el candor de la primera edad para entrar en el reino de la luz.

—Volveremos a vernos muy pronto —le dijo Elías a Bérenger, cuando los demás se habían reunido ya en el salón principal, donde un tal Oscar Wilde exponía el balance de los trabajos adelantados por su grupo en la Gran Obra.

—¿Cuándo?

—En cuanto esté en posesión de las claves de los pergaminos, venga al número 76 de la rue Faubourg Saint Antoine.

—¿Qué puerta?

—Lo sabrá una vez que llegue allí.

—Elías… ¿Qué quieren de mí? Tengo la impresión de que camino a tientas, como un ciego guiado por una mano invisible. He perdido a Dios… ¡A Dios! ¿Me comprende? Me dejo llevar por mis peores sentimientos, con malevolencia, a propósito. Temo que los remordimientos que no siento ahora mismo vendrán más tarde a atormentarme y a roerme el alma.

—Dios sigue con usted. Ya volverá a encontrarlo. Ahora mismo está usted conociendo un renacimiento, en todo el sentido de la palabra. Se halla débil e impotente como un recién nacido, da palos de ciego por el camino de la vida, buscando el absoluto, y piensa que lo encontrará a través de la riqueza. Ansía conocer lo que ignora. Ha dado el primer paso hacia la enseñanza de Ramakrishna.

—No le entiendo…

—Es un ejemplo, Bérenger, un ejemplo nada más. La verdad nos enseña a ir más allá de la ignorancia y también del conocimiento. Si tiene una espina clavada en el pie, ha de buscar otra espina para sacarla, pero luego ha de tirarlas ambas. La espina del conocimiento le ayudará a librarse de la espina de la ignorancia. Después, se despojará de ambas para unirse con el absoluto, porque el absoluto está más allá de la ignorancia y del conocimiento, del pecado y de la virtud, de las buenas obras y de las malas, de la pureza y de la suciedad, tal como pueden comprenderlas las limitadas facultades del hombre. Es usted un hombre, Bérenger, y va camino del absoluto. Los hermanos de Sión lo tienen por un ingenuo al que pueden manipular, incapaz de encontrar la espina del conocimiento. Sin embargo, están en un error. Llegará un día en que escapará a sus manos invisibles.

—El espíritu que se me apareció pronunció una sentencia del cielo. Me condenaré por ser el hombre que soy.

—No confíe demasiado en los espíritus. A menudo no son más que emanaciones de nuestros pensamientos.

—¡No pienso renegar de Cristo!

—El apóstol Pedro renegó de él tres veces, antes de usted.

Bérenger sonrió entonces para sus adentros. ¿Qué podía responder? La réplica de Elías le procuraba una satisfacción, un inconmensurable sentimiento de bienestar. No necesitaba estímulos para proseguir su búsqueda a través del pecado, pero, como a la mayoría de los hombres que se ven zozobrar en la mala conciencia y la angustia de sus faltas, agradecía saberse igual a otros, sobre todo si esos otros eran san Pedro, san Antonio y santa María Magdalena. Se sintió bastante mejor. Incluso los cuadros simbolistas a su alrededor le parecieron menos extraños. En la voz de Oscar Wilde ya no resonaba el eco del anatema. Los ocultistas no eran ya seres pálidos, entregados a la muerte. La negrura de las cenizas había desaparecido de sus miradas.

En cuanto a Emma, se había tornado aún más hermosa y deseable. Una arruga se dibujaba en su frente blanca mientras escuchaba con aire atento al orador. De vez en cuando, se pasaba la mano por los cabellos perfumados y ponía en su sitio un mechón, un bucle rebelde que había caído sobre su oreja, enredándose en el diamante que llevaba en el lóbulo.

La perorata de Oscar Wilde duró una media hora. La de Mallarmé duró otro tanto. Sin embargo, Bérenger apenas sentía pasar el tiempo, entregado a la contemplación de Emma. Cuando Jules Bois se puso en pie para clausurar la reunión, apartó los ojos a regañadientes y se volvió hacia él. El odio es-

167

pabiló sus sentidos alelados cuando el satanista lo escrutó con la mirada y exhortó luego a sus pares a desprenderse de sí mismos, a sublimar sus pensamientos para elevarse a las alturas, libres de lo que los mantenía atados a la tierra. Bérenger se revolvió asqueado al oír las últimas palabras: «Veamos el mundo desde lo alto, a través del ojo de Dios mismo».

Luego, vinieron los agradecimientos y los apretones de manos. Una sonrisa fugitiva cruzó como un rayo el rostro de Bois, cuando le deseó las buenas noches en tono sardónico:

—Buenas noches, monsieur, lo encomiendo a sus oraciones. Ya debe estar necesitándolas, ¿no?

Bérenger quería aplastarle el rostro de un puñetazo. Sin embargo, el odio que germinaba en su corazón aún no estaba maduro para el estallido de la violencia. Las palabras que le quemaban la lengua estaban cargadas de consecuencias. Su vanidad encontró en ellas satisfacción.

—Es mademoiselle Calvé quien tiene necesidad de mis oraciones. Me dispongo a liberarla de sus pecados, puesto que Dios y la Iglesia me han conferido este poder providencial… Buenas noches, monsieur.

Bérenger dio entonces la espalda, dejando a Bois en un estado de ansiosa expectación. El satanista le lanzó una mirada de celos a la cantante, asediada en ese momento por Hoffet y Mallarmé.

Emma se dirigió al encuentro de Bérenger y lo tomó del brazo, como si hubiera estado anhelando su llegada. Pasó por delante de Bois y respondió con dignidad a las venias de los hombres que se inclinaban a su paso. El satanista la siguió enfurecido con la mirada. Lanzó un suspiro de desamparo cuando Emma y Bérenger desaparecieron en el vestíbulo.

Bérenger se detuvo en el umbral, sintiendo retumbar su corazón. Pero, esta vez, la causa no era la mano de Emma en su brazo, ni su perfume voluptuoso. Entre los ficus de la entrada había un bastón con una cabeza de lobo. Los ojos del animal parecían escrutarlo por entre la sombra de las hojas, con un brillo siniestro y amenazador.

«El enviado de los johannistas está aquí», se dijo mientras el criado le ofrecía el abrigo. Otros invitados se acercaron al umbral. Cambiaron algunas palabras y se quejaron del mal tiempo pero ninguno recogió el bastón. Bérenger no les quitó los ojos de encima hasta que se alejaron.

—¿Pasa algo, amigo mío? —le dijo Emma, enfundada en su abrigo de invierno. Sus largas manos blancas jugueteaban con la capita de piel de marta.

—Me entra algún remordimiento... —mintió Bérenger para ganar tiempo—. ¿Realmente debemos marcharnos juntos? ¿Es razonable?

—*Ah, vos defendi d'anar plus lenc*[28] No quiero volver sola a casa... No quiero estar sola. Estar sola me da miedo.

—Pero supongo que tendrás una criada.

—Está de viaje con mi madre, en el Midi. La sustituta no llegará antes de las diez de la mañana.

Desde luego, no deseaba escapar de Emma. La cantante lo miraba con los ojos entrecerrados, como amodorrada ya por el placer. El propio Bérenger ansiaba abandonarse a las delicias de la noche.

Nadie acudió en busca del bastón. La cabeza oxidada del lobo permaneció allí, con las fauces de par en par, prestas a morder a los advenedizos. Bérenger buscó en vano algún otro pretexto para retrasar la partida. Pero ¿qué podía hacer? ¿Volver sobre sus pasos para avisar a Hoffet? ¿Alcanzar a Elías, que se había marchado hacía un momento con los otros? Emma lo cogió de la mano, clavándole las uñas. Lo arrastró a toda prisa escaleras abajo. Su risa cristalina retintineó por todo el edificio. Las alfombras amortiguaron el eco de la carrera hasta que sus tacones repicaron en el parqué.

Por uno de esos procesos mentales cuyo secreto reposaba en su inconsciente, Bérenger acabó por decirse que en París debía haber un sinnúmero de bastones con cabeza de lobo y también de perro. Se dejó embriagar por la carrera. La risa de Emma traía a su mente viejos recuerdos de juventud, de la época en que perseguía a las muchachas de Razès. Por entre los techos acanalados caía en sus rostros la lluvia helada que se escurría del cielo negro. El aire frío que henchía sus pulmones era el aire de los peñascos azotados por el viento. En la esquina, un coche que pasaba a toda prisa arrojó a Emma en sus brazos. Se

169

---

28. «Te prohíbo que sigas adelante.» *(N. del T.)*

estrecharon el uno contra el otro. Emma lo miró con ojos apasionados y le rodeó el cuello con los brazos, dejando caer la capita en un charco. El primer beso unió sus labios.

¿Hacía cuánto tiempo que yacían tendidos el uno junto al otro? El fuego de la chimenea estaba apagado. Las brasas habían palpitado hasta extinguirse, como se extinguirían las estrellas al cabo de la eternidad. ¿Acaso eran ya dioses? ¿Acaso esos recuerdos del pasado que se confiaban eran algo más que reminiscencias de su corta vida en la tierra, como hombre y como mujer? Bérenger esbozó en pocas líneas su mundo de cura rural, pues prefería escuchar a Emma. Emma le contó su historia en un torrente de palabras. En Millau, en Tournemire, en Saint Affrique había sido una estudiante ejemplar que cantaba en las fiestas religiosas. Luego vino la angustia del debut en Niza, en el concierto de Cruvelli. Después el teatro de la Monnaie, en Bruselas, y el Teatro de los Italianos en París… *Fausto, Fígaro, Herodías, Robert el Diablo*.

—Y ahora has venido tú —dijo besándolo en el hombre.

Sus manos se buscaron, se entrelazaron, se entretuvieron bajo las sábanas revueltas. Con la punta de los dedos, Emma dibujó un círculo en el pecho de su amante. Bérenger pasó una mano por sus caderas. De sus cuerpos saciados brotaba un sentimiento parecido a la pureza. Bérenger pensó que estaba loco de amor, pero no lo dijo en voz alta. Todo estaba aún en el aire. Ningún futuro podía construirse en los paréntesis. Ni siquiera la felicidad del momento era completa, pues no había dejado atrás la angustia ni la culpa del pecado, aunque ambas se hubieran retirado a las márgenes de su conciencia, arrinconadas por la esperanza de que Emma también lo amara.

«¿Cómo no he de desconfiar? —se decía—. El sentimiento de ser amado, de ser los dos uno solo, la pretensión de que somos los dueños de nuestra felicidad y podemos dar forma a nuestros deseos… Qué irrisorio parece todo. Yo te amo, Emma, te amo porque soy imprudente, inconsecuente, irresponsable. Te amo como el fuego ama al bosque que se apresta a devastar… ¿O más bien serás tú el fuego?»

Los ojos se le perdían tras el velo ligero que pendía en lo alto de la barra de bronce, a lo largo de los pliegues que caían a su alrededor, envolviendo como una corola diáfana el lecho.

Se habían amado allí, bajo esa flor entreabierta en medio de las flores. Toda la habitación estaba llena de flores: tulipanes, gladiolos, rosas, ramos y jarrones que se erguían sobre las mesitas de maderas, las repisas de mármol y las cómodas, alrededor del tocador donde imaginaba a Emma contemplándose durante horas enteras, maquillándose los ojos, cepillándose los cabellos, ensayando quizá los gestos de Carmen, Ofelia o Salomé.

Emma era todas aquellas mujeres. Y era aún más que ellas. Bérenger cubrió de besos su terso rostro de marfil, despojado del camuflaje absurdo de las cremas y los maquillajes. Emma cerró los ojos y dejó caer la cabeza, ofreciéndole el arco terso de su cuello. Volvió a besarla con pasión, bajó luego hasta sus senos, despertando el deseo adormecido.

Bérenger… el sacerdote… El pecado que ambos cometían redoblaba el placer de Emma. Su cuerpo se arqueó ofreciéndose al abrazo ardiente. Lo tomó por la cabeza y se entregó con furor, para disfrutar en cuerpo y alma del goce.

171

El día se abría paso calle a calle, desde la Puerta de Orleáns hasta la Puerta de Clignancourt. Los campesinos empujaban sus carretas hacia el mercado, adentrándose con estrépito en la ciudad amontonada entre la catedral del Sacré Coeur y la iglesia de Saint Geneviève, donde tan sólo los carboneros estaban ya en pie, calentándose en las hogueras antes de empezar la ronda. Un murmullo aún vago de toses, maldiciones y cajas caídas al suelo reverberaba desde el fondo de los patios hasta las buhardillas, sacando del lecho a los durmientes, que recibían el día quejándose del frío. Luego vinieron las voces perezosas, los orines arrojados a las alcantarillas, el ladrido de los perros, el golpeteo del bastón de un anciano que medía cauteloso los adoquines. El rumor crecía a lo largo de los bulevares, desalojando a las últimas prostitutas que se ofrecían bajo el cielo descolorido. La ciudad salía del sopor, adentrándose en la habitación de Emma.

Un vidriero lanzó un grito. Luego un obrero empezó a cantar mientras martilleaba en un tejado. El vapor ligero del té se deslizó por entre los perfumes revueltos de las flores y acabó de espabilar a Bérenger. Se volvió a solas en el lecho, sintiéndose en una isla perdida en medio del océano. Dos estatuas femeninas enmarcaban la enorme ventana, con los perfiles recortados a contraluz. Del otro lado, lo acechaban toda clase de peligros. ¿Dónde estarían ahora mismo sus enemigos? Prestó oído al golpeteo de zuecos en los adoquines, las ruedas de los coches, los insultos de los cocheros, las conversaciones animadas de la gente. ¿Estaría esperándolo allí fuera Cabeza de Lobo? Se incorporó, cubriéndose el cuerpo desnudo con las sábanas. ¿Dónde estaba Emma?

No había acabado de preguntárselo, cuando unos compases cargados de patetismo atravesaron el tabique de madera, embargándolo de felicidad. ¡Allí estaba! Contuvo el aliento, hasta escuchar el sollozo final del romance de Santuzza. El canto lo transportó luego al universo de *Robert el Diablo:* «Márchate, hijo mío», entonó Emma. Su voz, transformada luego en la de Alicia, salpicando de de alegría y ligereza su corazón, espantando todas las amarguras. Escuchó el murmullo de aquella fuente que era la voz de Emma. Y deseó que no callase jamás. Sobreviviría a cualquier prueba, por dura que fuese, si estaba con él aquella voz plena de bendiciones, de fuerza, de amor por el absoluto.

Emma apareció de pronto en el umbral, cubierta con una bata transparente bordada de plumas. Era ahora Salomé. Contempló a Bérenger con ojos apasionados y se llenó el pecho de aire, acercándose paso a paso, para entonar una nueva melopeya. Bérenger se sumió poco a poco en la beatitud, acunado por las lúbricas imágenes que evocaba el *cantabile.*

De un momento a otro, fue Juan Bautista, fue también Herodes, persiguió a la bella princesa judía por las colosales cámaras del palacio de Jerusalén. La acorraló en las tinieblas, en el fondo del calabozo donde sus sombras habían de extinguirse… Emma dejó escurrir la bata, revelando sus hombros finos y luego sus brazos, y las plumas revolotearon alrededor de las redondeces de su cuerpo. Sus ojos se clavaron en los suyos con tal fijeza e intensidad que Bérenger tiró a un lado las sábanas y saltó del lecho a su encuentro. Emma lo contuvo con el mismo gesto magistral que hacía recular a sus galanes en la Ópera. Lo empujó hasta el lecho, obligándolo a tenderse otra vez, y los cabellos sueltos le cayeron sobre el rostro, acariciando el torso de su amante. Su carne se adueñó de la carne de Bérenger, de su sangre, de su corazón y de su alma, de ese pecado que penetraba su cuerpo como el fuego del infierno.

Bérenger lanzó un grito. También ella gritó. Sus cuerpos siguieron palpitando como uno solo en el silencio, durante un lapso de tiempo que parecía no acabar nunca. Ya habían hablado en vano demasiado... Bérenger le besó las sienes sudorosas, pensando en las pocas palabras indispensables que se habían dicho. Un objeto brillante acaparó luego su atención: era una cruz rusa, que colgaba en una cadena de plata en la cabecera de la cama. Emma retuvo su mano cuando quiso tocarla.

—No la toques... Es un recuerdo sagrado para mí.

Había hablado en tono severo, pero las últimas palabras eran soñadoras. Bérenger percibió que no quería decir más.

¿De dónde habría salido esa cruz? ¿A quién había pertenecido? Sintió una punzada de celos. Se apartó de su amante, reprochándole que no compartiera con él aquel secreto que tendía un velo entre los dos, un obstáculo.

—¿Qué tienes? —le preguntó Emma, acurrucándose contra él.

—Nada...

—Piensa lo que quieras, pero no dudes de lo que siento por ti... Te amo, Bérenger, te he amado desde el primer momento en que te vi.

Lo obligó a mirarla con una caricia, delicada pero firme. Bérenger pensó que su corazón iba a estallar de felicidad y, sin embargo, volvió a preguntarse si debía creerlo: ¡había sido un romance tan rápido! La audacia de Emma no dejaba de asombrarlo. Ella había dado el primer paso, ella lo había seducido, ahora era ella quien le decía que lo amaba. ¿Se lo diría a todos los hombres que le caían en gracia? ¿O le habrían dicho que se lo dijera a él? Hundió los ojos en los suyos, sin encontrar rastro alguno de engaño.

—He tenido una corazonada y las corazonadas no se equivocan —le dijo—. Estabas enamorada del hombre que te dio esta cruz. Y sigues amándolo.

—¿Estás celoso?

—Sí.

—Me halagas. Pero detesto a los celosos.

—Perdóname, Emma —dijo Bérenger, acariciándole el pelo—, perdóname. Todo esto es muy nuevo y extraño para mí. Desde que dejé la aldea vivo como en un sueño, de asombro en asombro, y ahora no quiero que este sueño termine nunca. Eres distinta de todas las demás mujeres que he conocido... En Razès vivimos en otra época. Aquí los tiempos han cambiado. Y las mujeres también. Trata de comprenderme y enséñame a respetar las reglas de tu mundo.

—Las reglas nunca han cambiado —dijo ella sonriendo—. Las mujeres han escogido siempre a sus elegidos, acomodando sus deseos a las épocas. Sucede que no vivo en Argelia encerrada tras las celosías de un harén, sino aquí en París, donde las mujeres somos reinas y libres... Libres para amar, y también para sufrir. Y para tener una cruz rusa en la cabecera de la cama. Para guardar recuerdos queridos... Esta cruz me la regaló el hombre con el que habría querido compartir mi vida.

—¿Qué ocurrió?

—Éramos diferentes.

—¿Discutíais?

—No, éramos diferentes. Henri es judío y no podíamos formalizar nuestra unión. Soy la *goye*[29] más famosa de mi tiempo, pero no me permitirían casarme con un judío, aunque fuera el más miserable de su raza.

—¿Qué fue de este Henri?

—Henri Cain es una de las estrellas de París. Compone, pinta y se da la gran vida en su casa de la rue Blanche, pero ya no nos vemos más. Es así. Las parejas se unen y se separan. Sólo quedan los recuerdos. Ése es el secreto de esta cruz.

La voz se le quebró. Durante un instante peregrino, el amor de otro tiempo y la felicidad de antaño se entremezclaron con el presente. Las lágrimas que corrían por su hermoso rostro eran de tristeza pero también de dicha. Sus labios buscaron los labios de Bérenger:

—Abrázame... Prométeme que tú nunca me dejarás... Júramelo... Vendré a verte después de cada gira, vendré a Rennes... ¡Júramelo!

29. Para los judíos, una mujer que no es judía. *(N. del T.)*

XV

$\mathcal{F}$inalmente, Émile Hoffet mandó a un anciano a buscarlo a casa de Emma, donde Bérenger había fijado su domicilio. La cantante se había empeñado en que se quedara a su lado durante el resto de su estadía en París. Con la complicidad de Hoffet, Bérenger había dejado la casa de Ané. El editor había lamentado su partida, pero comprendía que tuviera que visitar el seminario de Issy les Molineaux con su sobrino, durante unos cinco o seis días.

El anciano, enfundado en una raída levita roja, echó a andar diez pasos adelante. Durante más de dos horas, estuvieron dando vueltas por París, recorrieron pasajes, atravesaron patios, se adentraron en edificios públicos que su guía parecía conocer al derecho y al revés. Llevaba consigo un gran manojo de llaves. A cada tanto, abría una puerta oculta que daba a una callejuela o enfilaba por una escalera tortuosa hasta el interior de una iglesia. Una voz decía entonces entre sombras:

—Podéis pasar.

«Quieren despistar al enemigo», se dijo Bérenger, pensando en el hombre del bastón. Estaba seguro de que los johannistas seguían sus huellas.

De repente, su guía hizo un alto, se dio la vuelta y señaló con el dedo una enorme puerta. Bérenger se encaminó al lugar indicado. Era un siniestro edificio de piedra tallada, con los postigos condenados, el techo hundido en una neblina blancuzca que anegaba la luz del sol. Por entre la bruma, unos cuervos batieron sus alas cenicientas y se precipitaron sobre unas migas de pan que un amante de los pájaros había dejado en los adoquines. Cuando Bérenger pasó remontaron el vuelo. Reinó otra vez el silencio.

Empezó a sentirse inquieto. La calle estaba vacía. Su guía había desaparecido. ¿Qué había sido de él? Miró a su alrededor, antes de poner el pie en la escalinata. Ni un alma. En la madera oscurecida de la puerta, un aldabón de cobre en forma de puño dibujaba una mancha de verdín. Tocó una vez... Dos veces. La puerta se abrió delante de él.

En el primer momento sólo vio dos guantes inmaculadamente blancos que le tomaron el sombrero. Cuando sus ojos se habituaron a la penumbra, se fijo en el rostro y dio un paso atrás: el dueño de los guantes no era un criado sino un monstruo. Tenía la cara hinchada y llena de pústulas, la boca sin labios, rodeada de sinuosas líneas color violeta. Los dientes protuberantes asomaban por entre las llagas y la piel se le caía a pedazos, sobre todo en la nariz, que no era más que un apéndice roído hasta los cartílagos. Tenía un ojo sin párpado, blanco y apagado. El otro ojo, que estaba sano, era de color verde esmeralda. La mirada era horripilante.

Bérenger sintió un escalofrío... ¿Tendría la lepra? El tuerto lo miró de arriba abajo, como si fuera el bedel del palacio imperial de Austria.

—Tenga la bondad de venir conmigo.

Bérenger lo siguió pisándole los talones. Se adentraron en las profundidades de la mansión. Las puertas gemían a su paso por los aposentos desiertos, que parecían abandonados hacía años al polvo y la humedad. Las paredes estaban despintadas, no había muebles, ni tampoco fuego. Sin embargo, todos los cuartos estaban iluminados con electricidad. Las bombillas colgaban desnudas de los cables, irradiando un resplandor amarillento y pálido. El tuerto avanzaba muy tieso por entre los umbrales en tinieblas, caminando casi en las puntas de los zapatos de charol. Bérenger lo seguía al acecho, listo a saltar hacia las ventanas que entreveía en la oscuridad.

El miedo le revolvió el vientre. Miró una vez más el enorme esqueleto del insólito servidor. Cada vez tenía menos dudas: había caído en una trampa que le habían tendido los johannistas. Por un instante pensó en huir, pero ya era demasiado tarde. El gigante se había apartado para hacerlo pasar.

La puerta estaba enclavada en un arco. Sobre la hoja había grabado un símbolo parecido a un pulpo. Bérenger tomó aliento y entró en una sala redonda. Imaginó al menos que era redonda, pues no distinguía más que la curva de la pared a la luz de las bombillas que coronaban los candelabros.

Soltó un suspiro de alivio. En el centro de la larga mesa estaba sentado Émile. Había otros hombres sentados a sus costados. Todos tenían los ojos puestos en él, las cejas fruncidas, los labios arrugados en un rictus severo e imperioso.

«Heme aquí delante del tribunal», pensó Bérenger.

Se quedó de pie delante de Émile, pero el oblato no hizo el menor gesto de amistad.

—Bienvenido entre los hermanos de Sión —dijo—. Siéntese, monsieur Saunière, y escuche lo que tenemos que decirle.

El hermano que estaba a la derecha de Hoffet tomó la palabra.

—Los documentos que nos ha traído son copias de manuscritos más antiguos. Hemos encontrado en ellos las claves de un enigma que se remonta a la noche de los tiempos. Sin embargo, la tarea de resolverlo le corresponde a usted.

—¿Por qué a mí?

—Porque fue en Rennes-le-Château donde comenzó todo. Y es usted a quien hemos elegido. No podemos fiarnos de los republicanos que viven en su parroquia.

—¿Entonces se trata de un asunto político?

—En cierto sentido. Pero eso no es de su incumbencia.

—¿Creéis que voy a actuar por una causa sin nombre? ¿Por un ideal sin rostro?

—Estamos convencidos.

—Muy bien. Buenas noches, señores conspiradores.

Bérenger se levantó, pero no llegó a la puerta. El tuerto surgió de la penumbra y lo retuvo por los hombros.

—No hemos terminado, monsieur Saunière.

—¿Qué quieren de mí?

—Queremos una parte de lo que se dispone a descubrir... Debe usted ayudarnos a controlar el planeta, las instituciones sociales, políticas y económicas del mundo occidental.[30]

—Ja ja ja... Estáis delirando... Me habláis de controlar el planeta cuando yo apenas controlo mi parroquia.

30. Ver los protocolos de los Sabios de Sión, Berstein (H.), *The Truth about "The Protocols"*, Nueva York, 1935.

—¿Contribuiría a la tarea un anticipo de cien mil francos?

El hombre abrió una pequeña maleta y vació el contenido sobre la mesa. Bérenger permaneció extático delante de la cascada de billetes. No podía creer que existiera tanto dinero.

—Si los quiere, son suyos.

Bérenger entró en alerta al comprender que un nuevo elemento había entrado en el juego. Lo necesitaban. Harían lo que hiciera falta con tal de conquistarlo. Miró el dinero al alcance sus manos. Pensó en Emma. Con semejante fortuna, ¡podría conquistarla para siempre! Los hermanos de Sión aguardaban impacientes, con las miradas endurecidas, arrugando los pañuelos entre los dedos. Entendió que su silencio empezaba a resultarles insoportable.

—Que Dios me perdone por ceder a la tentación —gruñó con deliberado laconismo.

Juntó los billetes y los metió a puñados en la maleta.

—Me alegra que haya aceptado —dijo Hoffet una vez que hubo cerrado la maleta y le tendió la mano estrujándole los dedos. La gravedad del gesto inquietó una vez más a Bérenger. «Tenemos ahora un contrato con usted, monsieur Saunière —parecía decir Émile—, procure respetar las cláusulas.»

—Sea prudente, Saunière —murmuró el oblato— mida sus gastos. La suerte puede volverse contra usted. Hemos abierto dos cuentas de banco en su nombre, una en Toulouse y otra en Zurich, y dos más a nombre de su alias.

—¡Pero no tengo ningún alias!

—De ahora en adelante lo tiene —dijo el hombre que había hablado antes—. Se llama Pierre Moreau y tiene abierta una cuenta bancaria en Bruselas y otra en Nueva York. Hemos enviado los papeles en regla al abad Boudet, quien le será de gran utilidad. Le recomendamos que compre cuanto antes los siguientes cuadros: el retrato anónimo del papa Celestino V, el *San Antonio* de David Teniers y *Los pastores de la Arcadia* de Nicolás Poussin. Encontrará las reproducciones en el Louvre.

—¿Por qué he de comprar esos cuadros?

—Porque forman parte de las claves que he descifrado en los manuscritos —replicó Hoffet.

Bérenger contuvo el aliento. Finalmente conocería el secreto de los manuscritos. Émile le hizo un gesto a uno de los hermanos, que le entregó los documentos y una hoja de papel repleta de anotaciones y grafías. El oblato le entregó el papel a Bérenger.

—Las tres claves están marcadas en rojo.

Bérenger leyó y releyó las palabras sin entender. ¿Habría recorrido un camino tan largo para encontrarse con un nuevo enigma? Repasó una vez más las tres frases extrañas, pasándose la mano por la frente.

BERGÈRE PAS DE TENTATION QUE POUSSIN TENIERS GARDENT LA CLEF PAX DCLXXXI PAR LA CROIX ET CE CHEVAL DE DIEU J'ACHÈVE CE DAEMON DE GARDIEN A MIDI POMMES BLEUES.

A DAGOBERT II, ROI ET A SION EST CE TRÉSOR ET IL EST LA MORT.

XXXV BERGER NE TENTE PAS LA REINE DE LA CRÈTE SANS LE SEL ET LA CROIX, LE DÉMON DU BAL Y A TENDU L'ARC.[31]

Levantó otra vez la vista estupefacto e interrogó con los ojos a Émile.

—Más que claves o llaves parecen cerrojos —murmuró como para sí mismo.

—Estamos seguro de que descubrirá su significado, Saunière. Sobra decir que, como es ahora un aliado oficial de la Orden, estará además bajo la eficaz protección de nuestros hermanos soldados... No podemos permitirnos el lujo de que nuestros adversarios lo rapten o lo maten.

—Me alegra mucho que lo diga. Sus amigos johannistas ya han intentado intimidarme, por decir lo menos.

—Estamos al tanto de ello, Saunière —dijo Hoffet—. Y hemos tomado algunas medidas de precaución. Venga con nosotros.

Salieron de la sala y desanduvieron el camino hasta el ves-

---

31. PASTORA NADA DE TENTACIÓN POUSSIN TENIERS GUARDAN LA LLAVE PAX DCLXXXI POR LA CRUZ Y ESTE CABALLO DE DIOS DOY MUERTE ESTE DEMONIO DE GUARDIAN A MEDIODÍA MANZANAS AZULES.

DEL REY DAGOBERTO II Y DE SIÓN ES ESTE TESORO Y ES LA MUERTE.

XXXV PASTOR NO TIENTES LA REINA DE LA CRESTA SIN LA SAL Y LA CRUZ EL DEMONIO DEL BAILE TENSÓ ALLÍ EL ARCO. *(N. del T.)*

tíbulo. En vez de seguir hacia la puerta, abrieron una trampilla a ras del suelo que disimulaba una escalera de caracol. Comenzaron a descender. Bérenger vaciló de nuevo en la negrura. Vislumbró por encima del hombro una sombra difusa que debía de ser el tuerto. La sola idea de tenerlo a su espalda en medio de las tinieblas lo llenó de pavor. Distinguió por fin una lamparilla en lo alto de una barra oxidada. La escalera terminaba bajo esa luz pálida, en medio de un sótano de tierra batida repleto de muebles desvencijados. Tenían que pasar por encima de ellos para hacer pie.

Hoffet se volvió y le indicó que lo siguiera.

—Esta parte del edificio data de la Edad Media. Comunica con los subterráneos que corren por debajo de la capital. Es aquí donde encerramos a nuestros prisioneros. ¡Mire!

Alumbró con la lamparilla una reja cerrada con candado. Bérenger escrutó el foso que se hundía bajo la reja. Distinguió las siluetas de cuatro hombres amontonados entre los muros, con los pies hundidos en el lodo de sus propios excrementos.

—¿Quién anda ahí? —gruñó una voz.

—Pobres desdichados —murmuró Bérenger.

—Quizá lo sean —replicó Hoffet— pero prefiero tenerlos aquí bajo mis pies. Tres de ellos trataron de matarlo a usted, y el cuarto fue el que torturó a José.

—¿Quién es José?

—El criado con el rostro desfigurado por el ácido, por cortesía de monsieur Langlade, apodado el rey Arturo por el hampa... ¿Me estás escuchando, Langlade?

—¡Muérete!

Bérenger exclamó al reconocer a sus atacantes.

—¡Es él!

—¿Cuál él?

—Uno de los que me tendieron la emboscada en Razès. Yo mismo le dejé irse... Tú, sí, tú, ¿te acuerdas de mí? Soy el abad Saunière, de Rennes-le-Château, al que le contaste todo.

El hombre levantó el rostro parpadeando. Estaba destruido, idiotizado, demasiado aturdido para responder. Dejó caer la mandíbula y las babas corrieron por su boca. De repente, empezó a lanzar miradas ansiosas hacia la luz. Divisó tras la reja las caras de Hoffet y de Saunière. El abad, allí estaba... Más le valdría haberlo matado. ¡Venía ahora a burlarse de él! Levantó al puño hacia los visitantes y se escamoteó entre sus compañeros al recordar las humillaciones y los horrores a los que lo había sometido el tuerto José, el verdugo del Priorato. No quería volver a ver a aquel sádico que se vengaba de su desgracia marcando a los prisioneros en lo más profundo de su carne… Se sintió otra vez perdido, desorientado, y reculó aguardando el momento en que lo harían salir. Pero no fue eso lo que ocurrió. El hombre que había hablado en la sala con Bérenger se acercó al foso. Hizo una mueca de disgusto y llamó a José.

—Venga —le dijo Hoffet a Bérenger—. No debemos quedarnos aquí.

—¿Qué les van a hacer? ¡Respóndame!

—Es usted testarudo, padre…

Bérenger percibió el enfado del oblato. Hoffet lo miró parpadeando, con un temblor en las aletas de la nariz. José se acercó a su espalda con un enorme bidón. Bérenger se quedó mirándolo cuando el criado lo vació dentro del foso.

—¿Qué está haciendo?

José se encogió de hombros. Con el corazón palpitando, Bérenger lo tomó por el brazo y lo obligó a darse la vuelta. Se encontró frente a frente con el rostro terrorífico. ¿Cómo comunicarse con un hombre que parecía ajeno a toda emoción?

No intervenga —le dijo uno de los hermanos.

Dentro de la fosa, los prisioneros empezaban a lamentarse. Bérenger se aferró a la reja y trató de romper el candado, pero sólo logró cortarse los dedos con el óxido.

—¡No! —gritó, cuando José encendió la cerilla y la arrojó dentro.

El grito se ahogó entre los alaridos de los hombres devorados por las llamas. El fuego se hizo más alto y más intenso. Al poco rato ya no se oía más que el rugido del incendio. Como espectros, los hermanos se deslizaron hasta los primeros peldaños de la escalera y se volvieron a mirar a Bérenger, que se había arrodillado a rezar al borde de la hoguera.

El recuerdo seguía atormentándolo dos días más tarde, de camino hacia la rue Faubourg Saint Antoine. Empezó a amodorrarse en el coche y, de repente, contempló otra vez la visión terrible del foso iluminado por las cuatro antorchas humanas.

181

El estremecimiento le heló la médula espinal. Ahora era cómplice de los hermanos de Sión. Había tomado su dinero para comprarle un anillo a Emma, había ido también al Louvre para adquirir las tres reproducciones. Sus reacciones y sus actos iban contra su fe, pero eran parte de una serie de acontecimientos lógicos. El odio le iluminaba el rostro al constatar el efecto imprevisto que el dinero tenía sobre su espíritu. El dinero. Y también el poder. Su cuerpo mismo dependía ya de él, como un enfermo depende de una droga para aliviar el dolor. ¿Cómo podía combatirlo? Por momentos, se sentía tentado a rezar y a hacer penitencia para liberarse del yugo del poder. Pero ya no creía siquiera en eso. En el lapso de dos días se había convertido en un cínico.

Un jinete que iba cabalgando por la otra orilla del Sena lo distrajo de sus reflexiones. ¿Dónde había visto ese mismo caballo blanco con manchas negras? En la Madeleine, en el Bois de Boulogne, en San Sulpicio, en Montparnasse… Las imágenes se aglomeraron en su cabeza. ¡Sí, era el mismo! El jinete misterioso lo había acompañado adonde quiera que había ido… ¿Sería Cabeza de Lobo? Iba envuelto hasta las orejas en una especie de abrigo de pieles, como los que usaban los dignatarios rusos en las cacerías del zar. Bérenger estaba demasiado lejos para distinguir sus rasgos.

Los rayos de sol del amanecer caían sobre el muro del Louvre, proyectando las sombras oblicuas del jinete y su montura. El desconocido se detuvo un momento, como si estuviera observándolo. Cuando el coche enfiló por el Pont Neuf para dejar la orilla izquierda, fustigó su caballo y desapareció por la rue del Árbol Seco.

En la rue Faoubourg Saint Antoine, miles de tablas yacían arruinadas en pilas simétricas delante de los talleres de ebanistería, aguardando a que los artistas les dieran forma. Bérenger descendió del coche y sintió como un ramalazo el olor a madera, los efluvios de las colas y los barnices. A su alrededor, los aprendices descargaban troncos de haya, roble y nogal, recién salidos de los aserraderos. Otros cargaban en las carretas los muebles nuevos cubiertos de telas.

El número 76 era un galpón inmenso, abarrotado de mobiliario. Un vistazo bastaba para recorrer cuatro siglos de ebanistas geniales, a través de las copias de los modelos. Desde el sofá real en madera de ébano con apliques de marfil hasta el recargado aparador estilo Napoleón III, todas las piezas habían sido elaboradas por los maestros artesanos para complacer a una clientela que buscaba muebles duraderos, que le aportaran algo de seguridad.

Era el lugar indicado para adquirir un dormitorio neogótico o un salón Luis XVI, señoriales y tranquilizadores, si uno no reparaba en su autenticidad.

Bérenger recorrió una docena de gabinetes estilo Sheraton, admirando el satinado de la marquetería. De repente, un niño brincó por encima de una cuna y se acercó a él.

—Lo están esperando, monsieur —dijo con su frágil vocecita.

Bérenger miró sorprendido a aquel mensajero de rostro angelical. No debía de tener más de cuatro años.

—¿Estás seguro de que me buscas a mí? —le preguntó.

El niño le sonrió entre orgulloso y confundido. Asintió con la cabeza. Su manita buscó la de Bérenger y se aferró a un par de dedos con determinación.

Bérenger lo dejó hacer. Detrás de la cuna había una brecha abierta en la pared, que comunicaba el depósito con uno de los talleres. Los ebanistas se atareaban allí en medio de las nubes de serrín, que tendían sobre los hombres y las cosas su impalpable manto, más ligero que la nieve. Los cepillos, las sierras, los serruchos, las barrenas y las garlopas daban forma a la madera, recreando extravagantes bosques de mesas, cómodas, veladores, tocadores, biombos y escritorios.

Bérenger y el niño atravesaron el suelo cubierto de virutas. Los ebanistas ignoraron su presencia, absortos en las rectas y las curvas que salían de sus manos. Un artesano de espíritu romántico cincelaba aquí una silla catedralicia. Más allá, un nostálgico del primer Imperio esculpía un animal mítico.

—¿Dónde está monsieur Yesolot? —preguntó Bérenger.

El niño se llevó un dedo a la boca.

—Chisss…

Salieron del taller por una puerta escondida que daba a una galería de sillones de segunda, trozos de armarios y otros des-

183

pieces venerables. Sortearon luego dos pasillos llenos de reco-
vecos, tres escaleras y una pasarela, hasta detenerse delante de
una puerta minúscula.

El niño golpeó varias veces, empleando un código que Bérenger no llegó a descifrar. Una anciana abrió la puerta y se
apartó para dejarlos pasar. Bérenger se quedó helado. No se
atrevía a dar un paso más. Dentro había más de una docena de
personas, entre hombres, mujeres y niños. Se agolparon en el
rincón, mirándolo con inquietud. «Quiénes son éstos?» Parecían mendigos, a juzgar por las prendas usadas y remendadas
con que iban vestidos. Sin embargo, la ropa estaba limpia. Bérenger reconoció en ellos la dignidad de la gente que está acostumbrada a vivir de su trabajo.

—¡Amigo mío! ¡Finalmente ha llegado!

Bérenger levantó la vista. Elías se acercó a abrazarlo. A su
alrededor, los presentes retomaron la conversación entre murmullos. Los ancianos regresaron a la estufa, que estaba al rojo
vivo, y los niños siguieron lamiendo las escudillas. Los adultos
volvieron a cortar y a coser las telas remendadas.

—¿Quiénes son estos desdichados? —le preguntó Bérenger a Elías.

—Son compatriotas míos… judíos rusos, que vienen huyendo de la represión de la policía imperial. Venga conmigo.

En el fondo de la pieza, una cortina disimulaba una cocina
exigua, que hacía las veces de despacho y de lavabo. Se senta-
ron en los peldaños de una escalerilla. Elías sirvió dos copas.

—Son inmigrantes clandestinos —prosiguió—. Los haremos entrar poco a poco en la sociedad francesa. Tal vez un día
podrán andar con la frente alta por las calles, riendo… Que
Dios nos guarde del racismo.

—¿Cómo que Dios nos guarde? Francia es la más respeta-
ble de las naciones. No corren ningún peligro aquí.

—Cuánto me gustaría creerlo, Bérenger… ¿sabe lo que les
hacemos leer cuando ya hablan el francés?

—No…

—Esto. Para recordarles que no están seguros en ninguna
parte.

Elías señaló con el dedo un cartel electoral que había pegado al muro. Se puso pálido de la vergüenza.

ELECCIONES LEGISLATIVAS
DEL 22 DE SEPTIEMBRE DE 1889

¡En marcha, hijos de Francia!
¡A la carga, soldados de la patria!

WILLETTE CANDIDATO ANTISEMITA
IX distrito, 2.ª circunscripción

ELECTORES:

¡Los judíos sólo parecen poderosos porque nos hemos puesto de rodillas!

LEVANTÉMONOS

No son más de cincuenta mil y se benefician del trabajo duro de treinta millones de franceses sin esperanzas, que se han convertido en sus esclavos temerosos. No es una cuestión de religión. Los judíos son una raza distinta y enemiga de la nuestra.

¡EL JUDÍO ES EL ENEMIGO!

Me presento como candidato para daros la oportunidad de protestar contra la tiranía judía. ¡Hacedlo, aunque sea por nuestro honor!

Gillette, director de Pierrot

—¿Entiende ahora por qué tenemos miedo?

—Lo entiendo. —Bérenger lanzó un suspiro—. No había querido creerlo. No pensaba que tuviera tanta importancia. En los Razès llevamos una vida amable y grata, de gente cálida y trabajadora. Los judíos han estado asentados allí desde hace una eternidad.

—Lo sé. Las tribus de mi pueblo desembarcaron hace siglos en las costas del Mediterráneo, como quizá lo hagan un día en las playas de Israel… Los primeros salieron de Palestina en el año 70 de nuestra era, después de que las legiones de Tito saquearan Jerusalén. Los romanos se lo llevaron todo, incluso los objetos sagrados del templo: las trompetas de plata, el Arca de la Alianza, la Tabla de oro del pan y la Menorah, que es nuestro candelabro sagrado de siete brazos. Varias toneladas de oro y piedras preciosas fueron a parar a los templos de la Ciudad Eterna, donde permanecieron cuatro siglos. Durante este período, los judíos exilados en Toulouse, Carcassone y Narbona supieron ganarse la confianza de los magistrados y los cónsules al frente de estas ciudades. Luego se aliaron con los visigodos que invadieron su territorio desde el norte. Uno de esos exilados, el rabino Halevy, llegó incluso a ser consejero del rey Alarico. Participó con él en el saqueo de Roma en el año 410 y recuperó el tesoro de Israel. Este tesoro fue conducido a Carcassonne, pero Halevy persuadió a Alarico de que escondiera buena parte de él ante la amenaza de nuevas invasiones desde el norte. Alarico le hizo caso. En el joven reino visigodo había una tierra bendecida, famosa porque albergaba un gran número de grutas que los celtas solían usar como escondites y que más tarde usarían también los cátaros y los templarios. Esta tierra no es otra que la suya, Bérenger, Razès. El centro estratégico de la comarca era una colina que dominaba la encrucijada de dos grandes vías romanas y fue allí donde, en el año 412, Halevy y los lugartenientes de Alarico edificaron Reda y escondieron el tesoro. Halevy tenía sus órdenes, y todos los que conocían el secreto fueron ejecutados. Las llaves de una fortuna inmensa quedaron en sus manos y en las de Alarico. El escondite se hallaba protegido y un gran número de maleficios y barreras naturales vedaban el acceso a los intrusos. Dicen que Halevy confió el Arca, las tablas y la Menorah al temible Asmodeo, el demonio cojo que fue sirviente de Salomón. Para llegar hasta el tesoro había que ser bastante valiente y poseer ciertos talismanes. Pero ni Halevy ni Alarico volvieron a verlo nunca, pues la muerte se los llevó por sorpresa. Tan sólo alcanzaron a transmitir el secreto de Reda. Y este secreto siguió transmitiéndose durante generaciones. En el año 601, tras la muerte del Recaredo, pasó a conocimiento de la Iglesia, pues Recaredo se había convertido al cristianismo. Con el paso del tiempo, el enigma se hizo más y más impenetrable. Con la invasión de los árabes en el año 711, se convirtió en una leyenda, que los iniciados seguían transmitiendo de generación en generación. Reda se convirtió en una poderosa fortaleza, amparada por dos ciudadelas y protegida por dos cintos de muralla. Luego fue hecha condado, puesto que era la antigua capital de la Septimania. El rey de Aragón la sitió y arrasó parte de las fortificaciones en 1170. Contaba entonces con treinta y cinco mil habitantes. Cuando Simón de Monfort se apoderó de ella en 1212, no quedaban más de cinco mil. Eran tres mil en 1360, de acuerdo con los viajeros. En 1361 la peste dejó a su paso un millar y, en 1362, ya no quedaba ni uno solo: el conde de Trastámara mandó demoler cuanto quedaba en pie. En su lugar, nació luego una aldea miserable llamada Rennes-le-Château. No sé cómo siguió transmitiéndose luego el secreto. Pero, en 1781, estaba en manos de la Dama d'Hautpoul de Blanchefort.

—¡La tumba! —gritó Bérenger, embebido hasta entonces en las palabras de Elías y los horizontes que proyectaban ante sus ojos.

—Sí, la tumba protegida. Su nombramiento como párroco de Rennes, el hallazgo de los documentos, el Priorato de Sión... Ya conoce el resto de la historia. Todos ansían el poder. Con el tesoro en sus manos, los hermanos del Priorato dominarán el mundo.

—¿Y usted, Elías? ¿Qué es lo que usted busca?

—El Arca, las tablas y la Menorah. He sido elegido por mi pueblo para recuperarlos y llevarlos a un lugar seguro.

—Las tendrá si llego a descubrir el escondite. ¡Es un juramento!

—Que Dios lo escuche y lo proteja, Bérenger. Halevy era un gran cabalista. Una parte del secreto ha llegado hasta mí de rabino en rabino y sé bien a lo que se expone.

—No tengo nada que perder, aparte de mi propia vida.

—Está también su alma.

—La he perdido al hacerme cómplice de los crímenes del Priorato.

—Sólo ha perdido la fuente de la gracia que ilumina y revela el camino. Se encuentra sometido al Priorato, sumergido en un torrente espiritual maléfico y poderoso, pero este torrente no tendrá más que una existencia efímera, cuya duración depende del fanatismo de sus creadores. Conseguirá librarse de ellos... El verdadero peligro está en usted mismo.

Elías golpeó con la mano el pecho de Bérenger:

187

—¿Qué ocurrirá el día en que se arrodille ante Asmodeo? ¿Qué piensa que puede ocurrir?

Elías cerró los ojos. Las enseñanzas de los maestros de la Cábala permanecían frescas en su memoria. El miedo ensombreció su rostro. Asmodeo era el más pérfido de todos los demonios. Existía desde el comienzo y existiría después del fin. Raner, Ethan, Abutés, los otros cincuenta demonios poseían poderes prodigiosos, pero no eran más que pálidos reflejos de Asmodeo... Asmodeo... Elías nunca podría olvidarlo. A menudo, en medio de la noche, veía en sueños los rayos verdosos que brotaban del «Diablo cojo», como lo llamaban los maestros.

Con mano torpe, tomó un paquete cuidadosamente atado y se lo dio a Bérenger.

—Esto es para usted. Son unos talismanes. Si en el curso de la búsqueda advierte la presencia de una luz verde, dispóngalos a su alrededor en el suelo... Lo protegerán del peligro. Pero no baje la guardia delante de Asmodeo. Cuídese de las tablas, del Arca y del candelabro, cuídese de las trampas.

—Tendré presentes sus consejos, Elías. Le escribiré en cuanto descubra algo.

—Vaya con Dios... Rafael lo acompañará hasta la calle.

Se abrazaron. El niño ya estaba allí. Se quedó mirando a Bérenger. Bérenger tuvo la impresión de que le confiaba todas sus esperanzas, a él, a un extraño. Era un hijo de la gracia, un niño.

Bérenger sonrió y le dio la mano. En adelante, pensaría en ese niño, en ese hijo de Israel.

XVI

Rennes-le-Château

Qué alegría estar de vuelta en su tierra, correr de torrente en torrente, de árbol en árbol, escuchar la risa del viento en los barrancos, dar la bendición a las mujeres vestidas de negro que se dirigían a Couiza por los senderos que serpenteaban entre las rocas desnudas, suspendidas como trofeos por encima de la tierra bermeja y árida.

Qué felicidad poder prosternarse delante de su altar y elevar una oración ferviente, apasionada, con los fieles arrodillados a su espalda, darse golpes de pecho para expiar sus culpas, invocar a los santos que resplandecían en sus nichos.

Qué placer encontrarse con Marie por entre las sábanas limpias y ásperas, perfumadas de lavanda, contener el aliento en cada beso, apagar el candil antes del amor.

Y sin embargo, al paso de los días, la alegría, la dicha y el placer se consumían en la angustia de las pesquisas, en el temor de estar ejerciendo su ministerio en pecado mortal, en el recuerdo de Emma. Bérenger se tomó la cabeza entre las manos. «¿Qué he de hacer?» Sus ojos saltaban de *Los pastores de la Arcadia* a *La tentación de san Antonio,* al retrato del papa Celestino V. Había colgado las tres reproducciones en la sacristía, justo delante de su mesa de trabajo.

«De bien poco me han servido... Ni siquiera sé cómo podrían serme útiles... ¡Dios mío! ¿Por qué acepté?»

—Parece usted preocupado.

Bérenger se volvió sobresaltado. ¡Boudet...! El abad de Rennes-les-Baines había entrado sin tocar a la puerta. Se pasó la mano por los cabellos con gesto nervioso y fue a saludarlo.

—No esperaba su visita…

—Me han ordenado que viniera.

—¿Quiénes?

—¿Lo hace a propósito?

—No estoy preparado para recibirlo. Necesito tiempo para resolver ciertos enigmas… Además, ¡no tengo por qué justificarme ante usted! ¿O es que no puedo hacerlo esperar un poco?

Boudet le dio la espalda y examinó atentamente las reproducciones. Volvió a mirarlo con una sonrisa divertida. Había un brillo sardónico en sus ojos empequeñecidos por las arrugas.

—París no le ha sentado bien —dijo—. Cien mil francos han bastado para convertirlo en un insolente. ¿O quizá lo ha conseguido una cantante conocida?

—¡No le permito que hable así! —gritó Bérenger, agarrándolo por el cuello.

—Venga, Saunière, suélteme… Somos dos sacerdotes, no dos luchadores de feria.

—¡Ya quisiera matarlo!

—Deje que se ocupen de ello los johannistas. Cinco de ellos llegaron ayer a Limoux.

—¿Qué dice?

—Me ha escuchado bien. Cinco johannistas.

Bérenger lo soltó. Una arruga de inquietud surcó su frente.

—¿Qué vamos a hacer? —preguntó.

—Todo a su tiempo. Procedamos en orden. Para empezar, las cuentas.

—¿Qué cuentas?

—Tengo los papeles en regla de las cuentas a su nombre y a nombre de Pierre Moreau. Depositaremos los ochenta y cinco mil setecientos treinta francos que le quedan en sus cuentas bancarias de Nueva York y de Bruselas Ésa es la cifra, ¿no?, ¿ochenta y cinco mil setecientos treinta francos? Veamos… Trece mil quinientos francos del anillo que le regaló a Emma Calvé, cuatrocientos veinte de la cadena de oro y la medalla para Marie Dénarnaud, y trescientos cincuenta francos más correspondientes a las tres reproducciones, dos camisas, cinco libros de historia y un copón. En total, catorce mil doscientos setenta francos, que hay que descontar de los cien mil… Sí, ochenta y cinco mil setecientos treinta.

Bérenger lo miró atónito. ¿Cómo podía saberlo con tal grado de detalle?

—Sabemos en qué ha empleado cada momento de su estancia en la capital —prosiguió Boudet—. Si me permite que se lo diga… Es usted bastante liberal. Vamos a acortar un poco las riendas.

—¿Y si no quiero?

—¿Preferiría que el obispo empiece hacer averiguaciones? ¿O que dejemos que los cinco johannistas lleguen hasta aquí? No, claro que no… ¿Dónde estábamos? Ah, sí. De esos ochenta y cinco mil setecientos treinta francos, depositaremos ochenta mil a nombre de Pierre Moreau, su alias. No lo habrá olvidado, ¿no?

—Nunca olvido nada —masculló Bérenger.

—Destinaremos dos mil francos a la alcaldía…

—¿Por qué?

—Para cerrarle el pico al consejo municipal. Dígale al alcalde que la suma corresponde a la venta de los manuscritos. En cuanto a los tres mil setecientos treinta francos restantes, los empleará en la restauración de la iglesia. Le daremos la lista de artesanos y contratistas que deben hacer el trabajo. Ya conoce al carpintero, Mathieu Mestre; puede conservarlo, es de los nuestros. Empleará también al decorador Georges Castex, al ebanista Oscar Vila y al contratista Elías Bot. El monto de las facturas será notablemente inferior al dinero que deberá pagarles.

—¿Qué obtendré yo de esta estafa?

—Cierta seguridad. A su alrededor, todos empezarán a preguntarse por el origen de su fortuna. No faltará quien lo acuse de prevaricación, robo, tráfico de misas y quién sabe qué más. La Iglesia, que está siempre vigilante, no tardará en abrirle un proceso. Cuando tenga que justificar sus ingresos, el monto de las facturas no debe superar la suma de sus ingresos personales, los salarios de los miembros de la familia Dénarnaud y las donaciones que le iremos haciendo llegar.[32]

32. En 1892, la familia Dénarnaud se instaló en las nuevas dependencias de la casa parroquial. La madre trabajaba en la iglesia y el padre y el hermano de Marie como obreros en Espéreza. Hacían caja común de sus salarios con el dinero de Bérenger.

—¿De qué fortuna me habla? ¿De esos tres mil ochocientos francos?

—Le hablo de varios millones, Saunière. Los descubrimientos que llevará a cabo son de un valor inestimable. El Priorato, con mi intermediación, se ocupará de convertirlos en dinero en metálico, y usted percibirá un porcentaje que le permitirá vivir como un maharajá. ¿Está todo claro?

—Sí… Todo salvo las claves de los manuscritos y las reproducciones de los cuadros.

Bérenger se dirigió a los anaqueles de la biblioteca. Extrajo la hoja de papel escondida entre las páginas iluminadas de la Biblia y la sostuvo en alto ante los ojos de Boudet. Las arrugas del rostro envejecido se hicieron aún más hondas. El abad entrecerró los ojos, hasta que las pupilas fueron dos cabezas de alfiler. Leyó una y otra vez las tres frases cifradas que Hoffet le había entregado a Bérenger. Tampoco él entendía qué tenían que ver con las reproducciones. ¿Cuál era el vínculo entre las palabras y los pastores de la Arcadia, san Antonio y el papa Celestino V? «Del rey Dagoberto II y de Sión es este tesoro y es la muerte», murmuró.

—Claramente es una advertencia —dijo Bérenger.

—Las otras dos frases son herméticas… A mediodía manzanas azules… El demonio del baile tensó allí el arco… Poussin, Teniers, qué asociación más extraña de pintores… Pastora y pastor por *Los pastores de la Arcadia*, tentación y tentado por san Antonio… La clave está en estos dos cuadros.

Boudet se volvió hacia las reproducciones. En el cuadro de los pastores, cuatro personajes examinaban una tumba en la que había una inscripción: «*Et in Arcadia ego*», también en Arcadia estoy. No tenía nada de excepcional, puesto que para los pastores griegos de la Antigüedad la muerte estaba presente incluso en el paraíso de la Arcadia. Boudet inclinó la cabeza. En la otra imagen, san Antonio se encontraba dentro de una gruta, leyendo absorto un libro en tanto que los demonios a su alrededor trataban de distraerlo… ¿Sería entonces ésa la gruta? Se inclinó sobre el retrato de Celestino V, el papa que había reinado tan sólo cinco meses antes de acabar sus días como ermitaño… en otra gruta.

—Le confeccionaré una lista de todas las cavernas y grutas

de la región —concluyó, algo irritado por no tener nada más que sugerir.

—Hasta un niño habría llegado a esa conclusión —dijo burlón Bérenger—. Harían falta veinte años para explorar sólo las conocidas. Avíseme cuando descifre algo más, Boudet... ¡Hasta la vista!

Bérenger escondió la hoja de papel dentro de la Biblia y la repuso en la biblioteca. Dejó solo a Boudet, que examinaba aún *Los pastores de la Arcadia*. El paisaje ya le era familiar... El tesoro debía estar en alguna parte. Pero, ¿dónde? ¿Escondido en un túnel subterráneo? ¿Y si los guardianes habían sido presa del pánico y lo habían dispersado por aquí y por allí? ¿Estaría allí mismo en los alrededores de la aldea? ¿Debajo del presbiterio? De repente, Boudet tuvo una iluminación. La tumba, los pastores, el paisaje... Tendría que verificarlo, aunque pareciera increíble. Le sonrió a Bérenger.

—No tardaremos en sugerirle algo, monsieur Saunière —masculló con la voz ronca, llena de malevolencia.

Cuando volvió a su carreta, estaba empezando a nevar. Una fina película blanca cubría la piel de su viejo jumento.

193

—Dentro de poco estarás jubilado —dijo palmeándole la grupa.

Bérenger había salido a dar una vuelta por la aldea. Se detuvo un momento en casa del agorero, que le expuso sus inmorales teorías sobre las mujeres. Volvió luego en busca de Marie. La muchacha estaba atareada en la cocina. Rebulló la sopa, abrió el vino, empezó a vaciar una gallina con la punta del cuchillo.

—Lo he oído todo —murmuró de repente bajando los ojos.

—¿Ahora escuchas detrás de las puertas? —se sorprendió Bérenger.

—Sólo cuando él viene... Ese hombre quiere hacerte daño. ¡Yo sólo quiero protegerte!

—¿No crees que estás invirtiendo los papeles?

—Lo comprenderías si me amaras como te amo yo.

—Pero si te amo...

—¿Igual que a la otra?

—¿Cuál otra?

—¡A la que le regalaste el anillo de trece mil quinientos francos!

Marie se llevó la mano al cuello como para arrancarse la medalla que Bérenger le había traído de París, aquella miserable prueba de amor, que había costado apenas cuatrocientos veinte francos. Se desmoronó bajo la mirada ardiente de su amante.

—No soy imbécil, ¿sabes? —dijo con un último aliento—. Siempre he sido buena para los números, sobre todo para la división, y ya sé que valgo treinta y dos veces menos que esa parisina.

Las lágrimas resbalaron luego por sus mejillas. Se echó a llorar ante la dureza de la prueba. Había comprendido que algo podía llegar a separarlos, otra mujer, que probablemente era bella y rica. ¿Qué podía hacer ante una rival semejante, con sus zuecos, sus enaguas de lana, sus vestidos remendados, sus manos cuarteadas de campesina, su falta de cultura? Se retorció los dedos y trató de esconderlos bajo el basto mantel-delantal cubierto de manchas. Bérenger tomó sus manos y se las llevó a los labios.

194

—Tú eres mi igual, Marie —le dijo—. Eres la primera mujer que amé. Serás siempre la primera en esta casa. Eres mi heredera... Antes de volver de París registré mi última voluntad con un notario para que todo pase a tus manos tras mi muerte.

—¿De verdad? —exclamó Marie—. ¿De verdad, es cierto?

—Los papeles están dentro de un libro de Platón, que se llama *Parménides*. ¿Quieres que te los traiga?

Bérenger le besó el dorso de las manos, las muñecas, el delta de venas que se perdía bajo el monte de Venus y el monte de la Luna.

Sin decir nada, Marie hundió la mejilla en sus cabellos, tratando desesperadamente de ahogar su frágil alegría en las sensaciones de su cuerpo. El diálogo había despertado en su ser una pregunta insoportable: «Sí, me ama... pero ¿me amará igual que a la otra?».

—¿No me dices nada? —le preguntó Bérenger.

—*Se cal levar*,[33] mi madre no tardará en venir. No quiero que nos vea así...

---

33. «Tenemos que levantarnos.»

—Tú sabes que…

—No digas nada.

—Tienes razón acerca de Boudet. Pero no es el más peligroso. Quizá vengan aquí otros hombres. Hombres que traerán la muerte con ellos.

—Han venido ya.

—¿Qué dices?

—Durante tu ausencia, unos forasteros aparecieron por la aldea y estuvieron en la tumba que me encargaste que vigilara.

—¿La de la dama de Blanchefort?

—Sí.

—¿Por qué no me lo habías contado?

—No quería seguir oyendo locuras, como las de Boudet y las de tu amigo judío. Pensaba que tu viaje a París acabaría en un fracaso y que con el tiempo todo volvería a ser normal. Por eso te he ocultado la verdad… Tengo miedo, Bérenger.

—Iré a la tumba esta noche.

—¡Yo iré contigo!

—Ni lo pienses.

—El día que mis labios besaron tus labios juré que iría contigo a todas partes… hasta al infierno.

195

Marie se santiguó. Bérenger le indicó con un gesto que esperara y echó a andar entre las siluetas blancas de las tumbas. Sin embargo, la muchacha no quería quedarse sola. Como en un mal sueño, la niebla trepaba poco a poco por los flancos de la colina, menguando las casas, las ruinas del castillo y la iglesia. El cementerio se borraba a su alrededor. Un puñado de cruces y un ángel de alas rotas flotaban a unos pasos delante de ella.

Se deslizó por entre las tumbas apretando los dientes. El corazón le palpitaba y el pálpito no quería desaparecer. Había escuchado tantas historias sobre los muertos, desde que era niña… Había estado en tantos velorios, rezando las nueve noches… Tenía la sensación de que los difuntos escuchaban sus pasos en la nieve, que se aprestaban a salir en procesión hacia la aldea, porque ella los había despertado. No debía verlos si no quería morir antes de que terminara el año.

—No vengo a haceros ningún mal —murmuraba por lo bajo—. Soy Marie, Marie Dénarnaud… Siempre me he portado bien con vosotros. Os he dejado las castañas hervidas debajo de la manta todas las vísperas de vuestra fiesta. Por favor, ¡no os aparezcáis!

Cuando llegó al lado de Bérenger, seguía asustada. Empezaron a castañetearle los dientes, ante la idea de que su amante fuera a profanar la sepultura de la Dama de Hautpoul de Blanchefort. El alma de la muerta se vengaría sin duda del ultraje a su memoria.

—¿Qué haces aquí? —preguntó Bérenger—. Te dije que me esperaras a la entrada del cementerio.

—Perdóname, no quería quedarme sola…

—Has hecho bien —dijo Bérenger con voz más dulce—. Me ayudarás teniendo la lámpara.

Encendió una cerilla y luego la mecha de la lámpara de petróleo que se había empeñado en traer, a pesar de las reticencias de la muchacha. Marie la levantó con la mano temblorosa, alumbrando el saco donde Bérenger había metido sus herramientas.

—Estás temblando —constató Bérenger—. También yo… Ahora sabes lo que es sentir miedo. Pero luego querrás sentir más. Cuanto más miedo tengas, más miedo querrás sentir, siempre más…

—Cállate, te lo suplico. Vámonos ya.

Bérenger calló y hundió el filo del buril en la línea de mortero que unía la lápida al catafalco. Al golpe del martillo, una nota aguda retintineó en la niebla. Marie cerró los ojos. «¡Los muertos…! ¡Va a despertar a los muertos!»

—¡La lámpara! —gruñó Bérenger, después de cuatro golpes—. Ya no veo nada.

Marie levantó de nuevo la lámpara por encima de la lápida. En medio del pavor, se había escondido detrás de Bérenger. El sacerdote reanudó su trabajo. Los trozos de mortero saltaban por los aires bajo los golpes. Al cabo de un momento, la lápida estuvo suelta. Bérenger empujó uno de los ángulos de la piedra y escuchó una especie de chasquido. Sonrió entonces, empeñado en proseguir. Contrajo todos sus músculos hasta vencer la inercia de la piedra.

El estruendo espantó a Marie, que rezaba el padrenuestro.

La muchacha miró despavorida el hueco que se había abierto a sus pies.

—¡La lámpara!

Levantó de nuevo la lámpara, para alumbrar el ataúd que yacía en el fondo. La luz de la lámpara centelleó en la gran cruz de metal engastada en la tapa. Marie se cubrió la nariz con un extremo del chal, por miedo a que la envenenasen los espesos efluvios que ascendían del agujero. Contempló con estupor a Bérenger, que se dejó caer dentro apoyándose en el borde de la fosa.

Bérenger sintió que le faltaba el aliento en cuanto hizo pie en el ataúd. «Has de caer hasta el fondo de tu abominación», se dijo con rabia. Se acurrucó y palpó a su alrededor, en busca de una inscripción. El zócalo de mampostería sobre el que descansaba el ataúd era también liso, como las cuatro paredes de la fosa. La descendiente de los templarios guardaba celosamente el secreto. No tendría más remedio que abrir el ataúd.

—Pásame el martillo y el buril.

Marie obedeció renegando con la cabeza. Comprendió que Bérenger no se detendría hasta lograr su cometido.

—Nos perderás —murmuró al alcanzarle las herramientas.

—¡Calla! No haces más que empeorarlo todo.

Marie se calló a regañadientes, esperando a cada momento que el alma de la muerta viniera a castigarlos. Bérenger encajó el buril en la ranura de la tapa y descargó el martillo una y otra vez. Cuando los clavos estaban a punto de ceder se le hizo un nudo en el estómago y los pensamientos se arremolinaron en su mente. No se atrevía a dar el último golpe. Tan sólo el recuerdo de Elías y de Rafael, el niño, le dio aliento para continuar. Se aferró a su imagen, convenciéndose de que sobreviviría a la cruel experiencia sin dejarse en ella el alma. Tomó aliento e introdujo los dedos bajo la tapa, que se había levantado ya algunos centímetros. Tiró con todas sus fuerzas. Escuchó el violento crujido.

La muerta lo miró con sus grandes ojos vacíos. El tiempo había limado la carne de su rostro, dejando los huesos desnudos sobre la larga cabellera blanca. El esqueleto asomaba por entre un saco roído por la podredumbre, que había sido en otra época el vestido de la marquesa, teñido de rojo y oro. El rosario

197

se entreveraba entre los huesos de los dedos, la alianza de boda colgaba de una juntura nacarada y, entre las costillas, había un collar. Bérenger lo liberó con delicadeza de su prisión. Observó que apenas colgaba de él un viejo medallón de cobre. La intuición le decía que ese medallón era lo que había venido a buscar. Arrancó el collar, cerró el ataúd y volvió a subir hasta donde estaba Marie.

—No hay tiempo que perder —susurró, tras reponer la lápida en su lugar.

Tomó entonces el buril y destruyó con unos cuantos golpes todas las inscripciones de la tumba.

—¿Por qué has hecho eso? —le preguntó Marie.

—Esta tumba atrae a demasiados curiosos. Ahora será anónima.

Se secó la frente tras concluir la labor. No sentía el menor remordimiento. ¿De qué tendría que arrepentirse, avergonzarse? Todo había ido de maravilla. No se había precipitado en un abismo sin fondo, ni había recaído sobre él ninguna maldición. Tampoco había tropezado con ningún fantasma. Estaba en poder de una nueva clave. O al menos eso creía.

—Volvamos a casa —le dijo a Marie, que seguía temblando de frío y de pavor.

Enfilaron hacia la salida por entre la espesura de la niebla. Fue entonces cuando oyeron el retintineo. Estaba unos pasos más adelante. Bérenger se detuvo y agarró a Marie por el brazo.

—¿Lo has oído?

—Sí.

Marie se había quedado petrificada, mordiéndose los labios para no gritar. El terror que la invadía era tanto que ya ni siquiera tenía miedo de que los muertos salieran de sus tumbas.

—¿Crees que podrás correr cuando te lo diga?

—Sí… Creo que sí.

—Vamos a bordear el muro hasta la salida.

Se acercaron al muro y avanzaron con precaución. Al cabo de unos metros, Bérenger tropezó con la hilera de jarrones vacíos y escrutó hacia donde creía que estaba el portal. Advirtió un movimiento por entre el lienzo de la niebla y se echó atrás. Se volvió para alertar a Marie, pero la muchacha ya estaba a su lado, con dos palas en la mano.

—Tal vez nos vengan bien.

—Tienes razón. —Bérenger cogió una de las palas—. Hay alguien delante del portal. No sé quién es ni qué está haciendo ahí, pero es mejor ir armados. ¿Preparada?

Marie le lanzó una mirada turbada y bajó los ojos. Empuñó el mango de la pala con determinación. Así era como debían sentirse los soldados, justo antes de la batalla. Sin embargo, no tenía ni la menor idea de qué podía pasar. Bérenger dio una zancada y ella lo siguió como impulsada por un resorte. Echaron a correr.

Una sombra apareció delante, extendiendo los brazos bajo el portal.

—¡Alto ahí! —gritó.

La pala de Bérenger la abatió de un golpe. Otra sombra tomó enseguida su lugar, pero se encontró con el filo de la pala de Marie, que había descargado por reflejo el golpe.

Corrieron rumbo a la iglesia, fustigados por el pánico. Se precipitaron contra la puerta de la sacristía. Un retumbo violento los hizo franquear de un salto la escalinata y cayeron tendidos junto al barreño de cobre del cedazo.

Bérenger se levantó de un salto y cerró la puerta, que había quedado abierta. Corrió enseguida los cerrojos. Sintió que las piernas le temblaban. Todas sus fuerzas lo habían abandonado. Marie se incorporó con esfuerzo, apoyándose en la manivela del cedazo. Sus ojos almendrados saltaron de aquí para allá y se detuvieron en los cristales de la ventanita. El postigo estaba abierto.

—Ningún hombre cabría por ahí —murmuró Bérenger y se arrastró hacia la muchacha, tomándola en sus brazos.

Contemplaron ambos el paisaje melancólico de la niebla, que avanzaba y volvía a recular, hundiéndose en la negrura del valle.

El fulgor de la luna creciente se detuvo sobre la nieve. Entonces, vieron al hombre. Escucharon el retintineo glacial de las espuelas, a través de los gruesos cristales.

—Dios santo, sálvanos —dijo Marie apartando el rostro.

—Aquí estamos a salvo —replicó Bérenger.

Pero, al cabo de un instante, levantó la mano derecha y se santiguó al ver el hombre que se acercaba, sin abrigo ni som-

199

brero. Traía en la mano un bastón coronado por una cabeza. No habría podido jurar si era o no una cabeza de lobo.

El hombre miró hacia la ventana, agitó el bastón y se alejó con parsimonia hacia la esquina de la iglesia. Bérenger permaneció inmóvil, con el corazón dando tumbos. Una tormenta rabiaba en su interior, aunque siguiera tieso en su sitio, con el cuerpo de Marie encima del suyo.

—Se ha ido —balbuceó la muchacha.

—Sí. No creo que vuelva.

Escucharon el golpeteo de unos cascos, que parecían confirmar sus palabras. Dos caballos se alejaban hacia el castillo de los Blanchefort, por el camino que descendía hacia Couiza.

—Todo ha terminado.

Bérenger besó con furor a Marie. Sintió el peso de sus caderas sobre el vientre, las uñas de la muchacha en su espalda. Marie se echó hacia atrás y le dijo con una voz irreconocible:

—Ven, ¡tómame!

XVII

*B*érenger llevaba largo rato acodado delante del tazón de leche caliente. Tras el velo tembloroso del vapor, Marie parecía una médium a punto de pronunciar una revelación. Tenía las manos cruzadas sobre la mesa, la mirada fija, el rostro extraviado. Esperaba a que él le contara toda la verdad. Creía oír ya en la puerta los golpes de los muertos, de aquellos hombres malvados, de los gendarmes de la policía.

—¿Quiénes eran esos hombres?

La angustia de su voz llenó de desaliento a Bérenger. ¿Cómo podía responderle, si él mismo no lo sabía del todo? Decirle que eran los johannistas suponía demasiadas explicaciones.

—Son unos enemigos de Boudet —dijo por fin.

—¡Maldito sea! Iré yo misma a su casa a ponerle los puntos sobre las íes.

—Calla, no sabes lo que dices. Deja que los brujos se ocupen de sus hechizos y tú ocúpate de tu alma.

Marie soltó un suspiro y se levantó para retirar los platos y los cubiertos que sus padres habían dejado en la mesa con el pan. No acababa de entender por qué no habían oído nada. Sobre todo su madre, que se pasaba la noche recitando el rosario, en una meditación silenciosa que apenas interrumpían los Ave y los amén pronunciados en voz alta. Estaban al final del pasillo, en las piezas que habían habilitado junto al jardín de la casa parroquial. Pero, a pesar del ruido, no habían hecho acto de presencia. Marie desaprobaba su laxa pasividad. Seguramente habrían pensado que ella y Bérenger estaban discutiendo. Con un gesto iracundo, arrojó al fuego las migas del desayuno. Tomó luego el escobillón largo para destruir las telarañas que flotaban en los huecos entre las vigas.

Cuando tocaron a la puerta, sintió cada golpe como una puñalada en el estómago. Se quedó de piedra, con un pie encima de la silla de paja y el escobillón extendido hacia un rincón ceniciento.

El alcalde apareció en el umbral, con la barba llena de escarcha y los ojos lagrimosos.

—Buenos días —farfulló.

—Buenos días —respondió Bérenger—. ¿A qué debo el honor de esta visita tan temprano?

—Son cosas del demonio, señor cura...

—¿Cómo dice? —Bérenger se puso de pie.

—Los fantasmas que vinieron anoche por la aldea.

—Los fantasmas... ¿dónde estaban?

—En el cementerio. La vieja Alexandrine se despertó por el ruido y los vio cuando se marchaban en dos caballos de ojos rojos.

—Habrá tenido una pesadilla.

—¡No, se lo digo yo! —dijo el alcalde, aferrándose a la sotana de Bérenger—. Destruyeron la inscripción de la tumba de la dama de Hautpoul de Blanchefort. ¡Es así! ¡Babor la vio con sus propios ojos! No dejaron nada. Seguro que la abrieron para su sabbat. Se lo juro, vaya usted mismo a ver...

—Tranquilícese.

—¡Esos fantasmas hijos de puta tienen embrujada la aldea!

—¡Cálmese! Haré un exorcismo en la tumba a mediodía y luego rezaremos una misa por la memoria de la difunta. No vale la pena exaltarse sólo porque unos mozos de Couiza han resuelto divertirse a nuestra costa.

—¡Unos mozos! ¿Y han venido hasta aquí, en pleno invierno? ¿Es que ha perdido la chaveta?

—Es usted el que acabará por perderla, con todas esas historias horrendas que cuenta cada noche junto al fuego. Los fantasmas, los duendes, Dragas y Sarramauca no existen más que en su imaginación.

—¡Y yo le digo que esos fantasmas cabrones van a volver si usted no hace algo!

—Hoy mismo estará hecho todo. No volverán.

—Está bien. Iré a decirle eso mismo a mis gobernados.

El alcalde se embutió en su abrigo forrado de piel de cordero, hizo un gesto de despedida y se encaminó de vuelta al frío.

Al cruzar el umbral, miró furtivamente a su alrededor en busca de algún mal presagio, escrito en la nieve o en el cielo. El paisaje melancólico no dio pábulo a sus supercherías. Se encogió de hombros y se dirigió a casa del agorero, seguro de que encontraría en él a un buen aliado para su campaña.

—La República tiembla —bromeó Bérenger.

—Deberías estar rezando en vez de burlarte —le dijo Marie.

—Discúlpame. Tienes razón. No debería estar hablando así, sino cumpliendo con mi misión…

Calló de repente. ¿Su misión? ¿Cuál misión? ¿La misión de la Iglesia? ¿La que debía cumplir para el Priorato? ¿Cómo podía conciliar las dos? El Priorato sólo ansiaba que dejara atrás su pasado lamentable de sacerdote para convertirse en una criatura bajo sus órdenes. La Iglesia le ordenaba que volviera a la pureza. Miró a Marie, que nada podía hacer por él. Por un instante, ansió tener a su lado a un tutor que lo llevara por el buen camino. Pensó en Elías. Pero Elías estaba muy lejos. Se le ocurrió que el tesoro bien podía no existir.

—Son todos unos mitómanos… ¿Lo entiendes, Marie? No, desde luego, cómo podrías entenderlo. Los prejuicios y las ideas preconcebidas de los hombres los hacen creer que pueden descubrir cosas extraordinarias. Yo mismo soy igual a ellos. Un ingenuo, obsesionado con una supuesta reina y unas manzanas azules… ¿Qué más puedo hacer? ¡Sólo deseo vivir, vivir!

—No te atormentes más —dijo Marie.

Se acercó y le acarició la frente. Lo sintió ardiendo de fiebre. ¿Por qué su amante se complicaba tanto la vida? Ella estaba allí, para atenderlo, para amarlo… Todo sería sencillo si renunciara a sus locuras. Ella no deseaba más que sentarse junto a él a comer, dormir a su lado, rezar por el amor de los dos.

—Tienes fiebre. Eso es lo que sacas por salir de noche sin abrigarte. Te has enfermado por meterte en esa tumba. Y todo para nada.

—¿Cómo, para nada? ¡No! Espera, dónde la puse…

Bérenger rebuscó en los bolsillos de la sotana. Su cara se oscureció.

—¿Dónde la puse? —empezó a inquietarse.

—¿Qué estás buscando? —dijo Marie, sacándose del corsé el collar con el medallón.

—Eso... ¿dónde la has encontrado?

—Estaba en el cedazo cuando barrí esta mañana.

Bérenger cogió el collar. Sacó el medallón. El collar no le interesaba en absoluto. Por contraste, el medallón era notable. Databa de la época romana. En una cara había un personaje con una corona de laureles, rodeado de la leyenda: IOVIUS MAXIMININUS NOBCAES.[34] Dio vuelta al medallón, esperando hallar un símbolo antiguo o un dios, y encontró en su lugar un triángulo rectángulo. Cada ángulo estaba coronado por una inscripción. Raspó el óxido, para leer la del primer ángulo agudo: ARCADIA. En el ángulo recto estaba escrito AD LAPIDEM CUREBAT OLIM REGINA (hacia la piedra corría antaño la reina). En el otro ángulo agudo había una cruz, un signo astrológico del sol y el símbolo del *samech*, la decimoquinta letra del alfabeto hebreo.

¡La Arcadia, el cuadro de Poussin! Una exaltación desconocida se apoderó de Bérenger. Un entusiasmo loco, que invadía su corazón como la pasión, que lo elevaba en su furor más allá de sí mismo. Marie contempló la dicha que iluminaba su rostro y se sentó sobre sus rodillas.

—Dame un beso —le dijo Bérenger.

—¿Qué pasa? —dijo ella con una risita.

—Dame un beso, uno nada más. Sólo para saber que no estoy soñando.

—Que quede claro, ¡uno solo! —Marie le estampó un sonoro beso en los labios.

—Qué espectáculo más conmovedor —exclamó a su espalda una voz cínica.

Los dos se volvieron sobresaltados. Desde el umbral, Boudet los observaba con una sonrisa sardónica, encantado de haberlos pillado por sorpresa.

—¡Otra vez usted por aquí! —tronó Bérenger separándose de Marie, que se escapó confusa hacia la cocina.

—Sí, otra vez yo. ¿Por qué le sorprende?

—Tratándose de usted no me sorprendería nada. ¿Qué viene a decirme ahora?

—Que hemos capturado a los dos hombres que hirió anoche.

---

34. Medallón de bronce de Maximinus II, emperador romano de 305-308 d.C.

—¿Usted estaba allí?

—¿Yo? No, desde luego que no.

—¿Los hermanos del Priorato, entonces?

—Digamos que sí.

—¿Por qué no intervinieron en el cementerio?

—Lo protegeremos cuando usted nos dé pruebas de su buena voluntad. Los hermanos, por así llamarlos, estaban esperando en Sarrat de la Roque a quienes lo atacaron. Los cogieron, pero el jefe escapó.

—¡Era a él a quien debían coger!

—Tarde o temprano caerá en nuestras manos. Sus cómplices han hablado. Sabemos adónde ha ido… No tiene importancia. De momento, me parece más interesante enterarme de lo que descubrió en la tumba de la Dama.

—¿Cómo sabe que bajé a la tumba?

—Ya se lo dije. Los prisioneros han hablado.

Los ojos de Bérenger se deslizaron hacia el medallón. Boudet advirtió la mirada y lanzó un manotazo hacia el objeto. Bérenger le atrapó la mano al vuelo, antes de que el abad pudiera cerrarla. Era una mano correosa, endurecida como la garra de un buitre. Sin embargo, los dedos de Bérenger la mantenían inmovilizada sobre la mesa. Había llegado la hora de ponerle fin a la prepotencia del viejo abad.

—Quiero esta medalla —masculló Boudet.

—¡Cállese! Anoche dejé a dos hombres malheridos y hoy puede pasarle lo mismo a usted… Los hombres como usted aspiran a que los demás nos apresuremos a darles todo lo que piden cuando dicen «quiero esto». Pero los hombres como yo no podemos dar nada por orden de nadie. Estamos en el mismo barco, Boudet, pero no hay ningún capitán. De hecho, no hay ni un alma en toda la nave, ni en la popa ni en la proa. Estamos solos, absolutamente solos. Si aspiramos a llegar a la isla que asoma en el horizonte, tendremos que maniobrar juntos, de igual a igual. Quería decírselo hace tiempo, mi estimado colaborador. ¿Quiere que le suelte de una vez la mano? Pues debe ser que empezamos a entendernos. Cuando yo decida soltársela, será la señal de que ya nos entendemos a la perfección. Aunque me temo que ese momento no ha llegado, a juzgar por sus muecas.

205

—Habla usted sin decir nada, Saunière.

—En este caso será necesario que precise mis pensamientos. De ello depende que el vínculo entre los dos sea duradero en el futuro. Usted y yo tenemos muchos puntos en común, pese a que usted se sienta infinitamente superior a mí, inmensamente diferente. Yo tengo a Marie. Usted tiene a Julie. A mí me apasiona el hebreo y a usted el celta. Usted anhela el oro y yo tengo veleidades de orfebre. ¡Y ambos estamos condenados! Boudet, Saunière, dos variaciones sobre el mismo tema, dos sacerdotes que han partido de extremos opuestos para llegar al mismo lugar…

—Está bien, Saunière. Usted gana. Colaboraré estrechamente con usted.

Bérenger lo miró sin simpatía. Una congoja maligna oscurecía sus rasgos. Boudet se alarmó ante la amenaza que escondía su mirada.

—Estoy dispuesto… a aceptar sus condiciones —tartamudeó.

—Ya nos hemos entendido. —Bérenger le soltó la mano—. De igual a igual, eso es todo lo que le pido. No entrará nunca más aquí como si entrara en un establo, tratará con respeto a Marie y le dirá a los hermanos que se vuelvan a sus casas.

—¿Quiere quedarse sin protección?

—¡No necesito que nadie me proteja! De ahora en adelante, no regentará usted mi tren de vida, ni me dará ninguna orden. Puede examinar el medallón y hacerme partícipe de sus conclusiones.

La mano de Boudet, aún vacilante, se apoderó de la moneda. Cerró la mano sin premuras, pero su espíritu ardía en curiosidad. No tardó en sostenerla en alto, delante de su nariz.

—¡Ah! —exclamó al descubrir el triángulo.

—¿Qué ha encontrado? —preguntó Bérenger, sin disimular su interés en la expresión de sorpresa del abad.

—La Dama, con este diagrama, nos ha proporcionado los medios para descubrir una de las puertas. AD LAPIDEM CUREBAT OLIM REGINA. Conozco esta piedra hacia la que corría la reina. Esta misma frase en latín está grabada en uno de sus flancos.

—¿Cómo que conoce esta piedra?

—¿Tiene usted un mapa?

—Sí, un mapa militar. Voy a buscarlo.

Cuando Bérenger regresó, Boudet extendió un papel arrugado en la mesa y se puso a hacer cálculos. Rompió varias veces la punta del lápiz, en medio de la febril ansiedad. Dibujó otra vez el triángulo rectángulo y garrapateó unas cifras debajo de los ángulos.

—Podríamos verificar las cifras usando un transportador. Pero los otros dos ángulos miden 35 y 55 grados. Recuerde la tercera clave de Hoffet, Saunière, ¡recuérdela!

—XXXV PASTOR NO TIENTES LA REINA DE LA CRESTA.

—¡Treinta y cinco pastor! ¡Ése es el ángulo! —gritó excitado Boudet, señalando con el dedo la punta del triángulo sobre la cual estaba inscrita la palabra ARCADIA. Si encontramos esta Arcadia, podremos determinar dónde se encuentra la puerta que lleva al tesoro.

—¿Cómo?

—¡Páseme el mapa!

Boudet se apoderó con avidez del mapa y lo desplegó sobre la mesa. Sus ojos se deslizaron desde Rennes-le-Château hasta la Fuente de la Magdalena. Por encima de la fuente, se extendía el río Serbaïraou.

—La piedra está por aquí —dijo—. Es un dolmen. Es hacia esa piedra que corría la reina. En el medallón está representada por un ángulo de 90 grados, mientras que la Arcadia está representada por uno de 35. El tesoro sólo puede estar escondido aquí, bajo el tercer ángulo, marcado con la cruz sagrada, el sol de oro y la letra de la serpiente, que es *samech*. Si encontramos la Arcadia en este mapa, puesto que ya sabemos dónde está la piedra, bastará con trazar una línea para encontrar uno de los lados del triángulo. Puesto que conocemos el ángulo de base de este lado, será un juego de niños reproducir toda la figura.

—Pero aún no sabemos dónde está la Arcadia —dijo Bérenger decepcionado.

—¡Yo he estado allí!

Los dos hombres se volvieron desconcertados. Marie había regresado a la cocina a cocinar unas patatas y, en medio de la ofuscación, no se habían percatado de su llegada. ¿Había estado en la Arcadia? ¿Ella? ¿Aquella humilde muchacha que ahora mismo estaba acurrucada junto al hogar, escogiendo las patatas? Marie se apoyó en el barreño lleno de agua y tendió las patatas a sus pies. Escogió las mejores para la sopa, con los movimientos precisos de la rutina. Sin embargo, sus manos alcanzaban a delatar un temblor. Sentía a su espalda la mirada de los dos hombres, el peso de la emoción.

—Explícate —dijo Bérenger con trémula, pues intuía que la muchacha decía la verdad.

—Sería mejor tender un velo sobre esta fabulación —dijo Boudet.

Hubo un silencio. Marie lo miró con ojos ensañados, tratando de descifrar la verdadera naturaleza del abad. No, aquel hombre no le gustaba. La falsedad asomaba a su rostro. No acababa de creer que fuera un sacerdote, un portavoz de la palabra de Dios.

—Bien, ¡habla! —dijo Boudet—. ¡Acabemos de una vez!

Marie seguía absorta en el ensueño. Sintió algo parecido al miedo en su sensible corazón.

—Le prohíbo que le hable a Marie en ese tono —gruño Bérenger—. Discúlpese.

Quizá Boudet no lo hubiera oído, pues volvió a mirar a Marie de arriba abajo. Bérenger le asestó un puñetazo en el pecho. Boudet se dio por vencido entonces:

—Discúlpeme, mademoiselle Marie. No era mi intención ser grosero. ¿Dónde se encuentra la arcadia?

Ahora parecía humillado. Sin embargo, Marie sabía que se trataba de una apariencia. Sabía que el abad le diría algo bien diferente si se la encontraba a solas mañana, cuando Bérenger no estuviera allí, pero le daba igual. Verlo así la hacía feliz.

Marie se apretó las sienes, a la espera de que el recuerdo acabara de aflorar en su cabeza. Se vio a sí misma de la mano de su padre, con diez años, once quizá. Caminaban por un sendero, su madre iba adelante con su hermano y otras personas acompañadas de niños pequeños. La luz cálida del final del otoño brillaba en el cielo color ocre, por encima de las hojas rojas de los árboles, y en el río ardían destellos de fuego. Había que saltar de piedra en piedra para llegar a la otra orilla, donde las raíces de los matorrales se podrían en el fango…

—Una vez al mes, íbamos a comer a orillas del Rialsesse, a la salida de Serres, la aldea donde vivía mi tía… Pero, un día, después de la comida, la tía decidió llevarnos de excursión. Fue entonces cuando vi la tumba de Arcadia. Es la misma tumba que pintó monsieur Poussin.

—¡Por Jesucristo! —exclamó Boudet—. ¡Es cierto! ¿Cómo no se me había ocurrido antes? A un kilómetro al este de Serres hay un paraje solitario que se conoce como Pontils. Hay una tumba que fue erigida hace poco…

—¿Hace poco? —se sorprendió Bérenger—. ¿Cómo pudo entonces pintarla Poussin a comienzos del siglo XVII?

—Fue edificada en 1881 por la familia Galibert, encima de otra mucho más antigua que fue destruida en 1870. De hecho, es una réplica de la vieja y, por lo tanto, de la tumba de *Los pastores de la Arcadia* de Poussin… ¡Una réplica perfecta! Yo mismo la vi hace tres años, en una de mis largas caminatas. ¡Rápido, el mapa!

Se inclinaron una vez más sobre el mapa. Boudet dibujó un círculo alrededor de la piedra a orillas del Serbaïrou y otro alrededor de la tumba de Pontils. Unió los dos puntos con una línea, trazó luego la perpendicular y abrió un ángulo de unos 35 grados. El triángulo se había materializado sobre el mapa.

—¡La puerta está aquí! —gritó en tono triunfal.

De un solo trazo, dibujó un círculo alrededor de la cumbre de la Pique.

Marie permaneció aturdida, con los ojos clavados en el área donde las estribaciones de la Pique hundían un cuerno en el arroyo de Coume Sourde. Bérenger sonreía burlón, como menospreciando el descubrimiento de Boudet. La superficie que encerraba el círculo abarcaba al menos treinta hectáreas.

—No parece muy convencido —corroboró Boudet.

Su rostro era otra vez misterioso y calculador. Los ojillos vivaces desafiaban a Bérenger, buscando mojones invisibles en su rostro, ejercitados como todos sus sentidos en la búsqueda de la verdad. Sus oídos registraban la ironía de sus suspiros.

—El tamaño del territorio por explorar es la causa de su sarcasmo… ¿me equivoco, Saunière?

—Es usted bastante perspicaz. Pero su agudeza no nos bastará para encontrar el escondite entre los matorrales y las zarzas que cubren los robles verdes del bosque de Lauzet. Alrededor de la Pique, la maleza trepa por los peñascos como la hiedra por una pared. Los animales heridos se esconden allí para morir y los cazadores que intentan seguirlos tienen que batirse paso a paso contra las espinas, porque no hay manera de volver atrás. Es un lugar donde el tiempo parece estirarse hasta el infinito.

—Nuestros ancestros lo escogieron para esconder el tesoro por esa misma razón. ¡Haga el intento, Saunière…! Piense en su fortuna.

—Lo intentaré.

XVIII

*B*érenger lanzaba de vez en cuando una mirada a su alrededor. ¡No! ¡Nadie lo seguía! En el arroyo de Boudou, los clavos de sus zapatos retintinearon en las piedras. Pero nadie escucharía el retintineo aparte de los cuervos encaramados en los flancos desnudos del monte Soula, en medio de los peñascos grises, como minúsculas letras negras sobre el frontispicio de un templo. Sacó de sus alforjas el mapa y la brújula.

Había pasado cuatro días escudriñando el flanco sudeste de la Pique, y eludiendo a los campesinos de la Valdieu. Durante cuatro días, había apartado matorral tras matorral, se había roto las uñas moviendo piedras de más de doscientas libras, se había descolgado por desfiladeros, había descubierto temblando madrigueras abandonadas. Había llegado a hacer una marca cada tres metros, incluso cada metro, para no pasar nada por alto en su búsqueda.

El arroyo congelado conducía al este, justo hacia donde el sol asomaba por entre la bruma y los matorrales se encogían de frío. Decidió cambiar de rumbo. Aún tenía por delante un largo camino. Adelante, la cresta del monte mordía el cielo, por encima de los árboles encaramados al borde del abismo. Las rocas estaban tapizadas de espesos matorrales entre los huecos siniestros de las grutas.

Regresó al camino que bordeaba el bosque y trazó una cruz en el tronco de un roble. Pensó otra vez en la cruz, en el sol, en la letra de la serpiente que había grabados en el medallón. ¿Hasta cuándo había de buscarlas? Había meditado largo rato acerca del significado de la serpiente Samech, a la que los hebreos aún llamaban Nahash. Sabía que éste era también un nombre para el cobre, que ardía con una llama verde al contacto del oxígeno. Recordó las palabras de Elías: «Esto es para usted. Son unos talismanes. Si en el curso de la búsqueda advierte la presencia de una luz verde dispóngalos a su alrededor en el suelo».

Eran cuatro placas de metal, decoradas con cruces hechas de lunas y secuencias de las letras *iod* y *lamed*.[35] Como dudaba de su eficacia, Bérenger había echado también en la alforja un crucifijo, una ampolla de agua bendita y una navaja. Interrogó con la mirada el bosque oscuro y silencioso. Luego, apuró el paso. Llegó al poco rato a la cima de la Pique, que dominaba el horizonte. En La Maurine, en Jendous, en Coume Sourde y a orillas del Vadieu, los aldeanos salían ya de sus casas cubiertos de pieles y abrigos de lana y se dirigían al establo a repetir los rituales de otras épocas. Evocó por un momento el gusto del vino caliente que las mujeres solían beber en sus copas de hierro blanco, el caldero de sopa humeando en el atrio, los bebés que berreaban en las cunas colgadas del muro, los ancianos que les cantaban las nanas. Pensó en todos los hombres de aquella tierra bendecida, que no cesaba de insuflarle fuerzas. Sacudió la cabeza y reanudó la marcha. Ese día quería explorar el flanco nordeste de la Pique. Echó a correr cuesta abajo, a pesar de la arena y los tajos en las rocas, con la intención de llegar cuanto antes a la base de la montaña. Tropezó con el filo de una piedra y cayó rodando entre los guijarros, hasta aterrizar de cabeza en un peñasco plano que brillaba ante sus ojos. Luego, perdió el conocimiento.

«¿Dónde estoy?», se preguntó al abrir los ojos. Se incorporó despacio sobre la losa blanca de la roca, acariciándose la frente manchada de sangre seca. Recordó entonces el traspié. Clavó los ojos en la cresta de la roca. El corazón empezó a palpitarle, quizás a causa de la altura, o más bien a causa de lo que sus ojos habían visto bajo la luz cruda del sol. Por debajo del camino, a unos diez metros, había cinco rocas redondas que le recordaban algo más. Eran azules. ¡Azules! ¡Azules y redondas!... A MEDIODÍA MANZANAS AZULES. Por un momento creyó que estaba en un sueño. Bebió un trago de vino de la bota.

---

35. En la Cábala, estas letras hebreas simbolizan la fortuna y la muerte violenta.

Se levantó y comenzó a trepar, y recogió las alforjas que habían quedado engarzadas en un arbusto muerto. Pero, cuanto más se acercaba, más le parecía que las rocas perdían su color. Quizá se tratara de un efecto de la luz. Volvió a bajar unos pasos. Y las vio otra vez azules. Su reloj marcaba las doce y doce minutos. Se detuvo en el color, pensando en la veracidad y la maléfica belleza del mensaje de Hoffet.

—¡Ahí están! ¡No son el fruto de una alucinación!

Subió hasta las rocas y las examinó desde todos los ángulos. Se agarró a unas raíces para no caer, y su mirada se desvió entonces hacia una cavidad bordeada de maleza. Se arrastró por el suelo hasta asomar dentro la cabeza. Tomó un guijarro del suelo, lo tiró a lo lejos, lo oyó rebotar varias veces en la negrura. Lanzó otro más y volvió a escuchar extasiado el golpeteo. Un deseo infinito de encontrar el oro se apoderó de él, junto con el ansia de vengarse de la vida, de ser por fin un hombre poderoso. Extrajo de la alforja la lámpara de petróleo. «¡Ahora!», se dijo, pero su felicidad no llegó a hacerse realidad; la lámpara se había roto. «Volveré esta noche con Marie», pensó. Estaba seguro de que la muchacha no se negaría a acompañarlo. La empresa prometía una recompensa sin medida, a pesar de que los riesgos eran enormes. Y sin embargo, pensó Bérenger, arrodillándose en el suelo, Marie no deseaba hacerse rica. En ese mismo instante debía estar rezando por él. El oro del tesoro había hecho de él un ser inhumano. «No valgo más que los hombres del Priorato», murmuró. Trató de pensar de nuevo en Marie, en sus tiernas caricias, en sus nobles sentimientos, en aferrarse al amor entre los dos. No lo consiguió. La respuesta a sus ansias estaba allí mismo, en algún lugar bajo la tierra. Se puso de rodillas y recitó el acto de contrición, pero las palabras le parecieron vacuas y no llegó a decirlas todas. Su fe se derrumbó ante la tentación tumultuosa que invadía su espíritu. El oro, el oro de Salomón, acabó de dar al traste con sus prejuicios. Cuando se puso de pie, ya había tomado la decisión de enfrentarse a Asmodeo esa misma noche.

Empezó a contar los minutos que lo separaban del atardecer. Cada uno le pareció tan largo como la eternidad. Emprendió de mala gana el camino hacia Rennes, como si alguien pudiera robarle el tesoro o cambiar de sitio la gruta. Se sorprendió a sí

213

mismo oteando las coordenadas de aquel rincón que había permanecido imperturbable durante siglos.

—¡Esta noche el mundo será mío! —exclamó, volviéndose por última vez en dirección a la Pique.

—¡Aquí estamos! —le dijo a Marie, al reconocer el tenue ~~~ de los peñascos bajo las estrellas.

Marie estaba asustada. Envidiaba la temeridad de Bérenger, que ya se había agachado delante de ella y aseguraba una cuerda en el suelo desmigajado. Había sido siempre igual. La misma precisión, la misma desenvoltura en los movimientos, los actos y los pensamientos. Echó una mirada en busca de las ruinas de Capia, donde habían emprendido la marcha, y no vio más que los árboles, los peñascos confundidos entre las sombras. El peligro al que empezaba a resignarse le nublaba la vista y le ofuscaba los pensamientos. Con esfuerzo, avanzó hasta donde estaba su amante y se quedó de pie al lado del agujero. Encendió la lámpara cuando Bérenger dio la orden. Las manos se le despellejaron cuando lo ayudó a ensanchar el pasadizo. Su amante sonrió entonces satisfecho. Pero ella se echó a llorar, postrada una vez más por el desaliento. Bérenger jamás renunciaría a sus ambiciones para que ambos tuvieran una vida sencilla y feliz.

—¡No es el momento de lloriquear! —dijo él, con la voz ronca por la emoción—. Ahora voy a descender. Pásame la lámpara cuando te avise.

Se deslizó entonces dentro del agujero, con las piernas por delante. La pendiente del otro lado era empinada, pero la cuerda no le hacía falta. Por precaución, siguió aferrándose a ella.

—Dame la lámpara.

Marie le pasó la lámpara a través de la cavidad. Bérenger la tomó y enfocó delante de él. La galería parecía ensancharse más allá del óvalo de luz anaranjada.

—Allá voy.

—Ten cuidado, mi amor…

Marie no supo qué más decirle. Su sensibilidad estaba a flor de piel, sus sentimientos eran sencillos y directos. Pero Bérenger no oyó sus palabras. No quiso oírlas. Desapareció ante sus ojos por la pendiente. Los reflejos cobrizos de la linterna vacilaron por unos segundos en las salientes de la bóveda, luego todo fue tinieblas. Marie se tapó la mano con la boca. «Que Dios te proteja.»

Cuando llegó al cabo de la cuerda, debía de haber recorrido unos treinta metros. La soltó y se enderezó. El declive se había hecho menos pronunciado. Se incorporó, avanzó unos pasos y se detuvo al sentir bajo sus pies el suelo llano del pasadizo, que se había hecho cuatro veces más grande. El claror de la lámpara rozaba apenas las bóvedas talladas en el techo. Bérenger se agachó y tomó un puñado de tierra, para compararla con la del suelo de la pendiente. La diferencia era demasiado notable para ser obra de la naturaleza: la mano del hombre había excavado aquella cueva. Distinguió adelante un arroyuelo de agua límpida, que corría como un murmullo entre los guijarros blancos. Lo siguió con el corazón dando tumbos, mordiéndose los labios, con el crucifijo entre los dedos, hasta llegar a una cámara más reducida. ¡Había encontrado la puerta! O, al menos, creía haberla encontrado, en medio del miedo, la fiebre y la excitación. A menos de cinco pasos, varios esqueletos yacían con los huesos hundidos en el fango del arroyo. A su alrededor había jirones de telas descoloridas, que debían de ser los restos de sus vestimentas. Reconoció luego un casco, una espada, un puñal, una antorcha. Se quedó mirándolos enmudecido, sin dar un paso más. Estrujó la cruz entre los dedos y tomó aliento, siguió adelante con el cuerpo crispado, preparado para el combate. El aire silbó en sus fosas nasales cuando se internó en una caverna donde había apilados unos veinte cadáveres. Las ropas estaban mejor conservadas. Por la forma de las armas y los emblemas bárbaros que decoraban el bronce, aquéllos debían de ser visigodos. ¿Quién podía haberles dado muerte? A su alrededor cobraron forma criaturas feroces e innombrables, fuerzas mágicas, todo un universo de pesadilla. El pánico era tanto que estuvo a punto de volver sobre sus pasos. Clavó los ojos en la cruz, en busca de aliento. Se volvió luego hacia el extremo de la caverna, donde otro agujero anunciaba un nuevo pasadizo, y un deseo imperioso lo empujó hasta la boca negra. Al cru-

215

zar al otro lado empezó a temblar y creyó que iba a estallarle el corazón. El fuego de la lámpara titiló en los lingotes de oro que había a sus pies. Se inclinó sobre el más pequeño: debía pesar cuando menos cuatro quilos. Calculó que había cerca de cien: los más grandes debían de pesar cuarenta kilos por lo menos. Cuando acabó de cargar la mochila, su cerebro estaba anonadado por aquella bruma luminosa. Se la echó al hombro y lanzó un vistazo hacia el extremo de la galería, donde había un recodo. No iría más lejos por hoy. Subió enseguida a la superficie, para compartir su felicidad con Marie.

Cuando le enseñó el tesoro a la muchacha, Marie cayó llorando entre sus brazos. No sabía si lloraba de alegría o de tristeza.

Al día siguiente, cerraron la puerta con llave después que los padres de Marie se marcharon a trabajar a Espéraza. Esperaban a Boudet, a quien Bérenger le había enviado una carta con un pastor vecino.

El abad de Rennes-les-Bains tocó a la puerta tres horas más tarde. Marie se asomó a abrir.

—¿Dónde está? —preguntó el abad, crispado por la ansiedad.

—Esperándole en su despacho.

Boudet se dirigió al despacho sin quitarse el abrigo, envuelto en el aliento glacial del exterior. Hizo girar varias veces el picaporte, pero la puerta del despacho permaneció cerrada.

—Aquí tengo la llave —dijo Marie.

—¿Entonces es así de importante?

Marie no le respondió. Introdujo la llave e hizo girar el picaporte. El abad empujó la hoja y la puerta se abrió con un chirrido.

Bérenger estaba de pie, con las palmas apoyadas sobre la mesa. En el espacio entre sus manos, reposaba el oro. Cuatro lingotes de oro puro, que no brillaban con la luz fría de las estrellas invernales, sino con el cálido fulgor del astro rey.

Boudet enmudeció, con las palabras atragantadas por la emoción. Tenía ante sus ojos el espejismo que el Priorato había perseguido durante siglos.

—¡Dieciséis kilos, Boudet! —dijo Bérenger como para atontarlo aún más—. Y debajo de la Pique hay cien veces esta cantidad.

Boudet contempló el oro con avidez. Habría preferido fingir repugnancia, pero las manos se le iban tras el metal. Era vano resistirse.

—Tómelos —le dijo Bérenger—. Lo he llamado para que se los lleve y deposite la parte que me corresponde en mis cuentas. Es lo que acordamos, ¿no?

El tono de superioridad irritó a Boudet. El resentimiento deshizo el hechizo de los lingotes. Miró con desprecio a Marie, antes de enfrentarse a la mirada turbia de Saunière.

—¿Cómo piensa rescatar el resto? —preguntó hostil.

—Tengo un plan. Desde luego, no puedo almacenarlo aquí.

—¿Qué piensa hacer entonces?

—¿Conoce las ruinas de Capia?

—Sí.

—El arroyo de Fagoustre corre unos metros más abajo. Junto a la orilla hay una piedra hueca en forma de corazón. Dejaré allí una parte del tesoro cada día a las tres de la tarde. Usted se encargará de que lo recojan los hermanos.

—De acuerdo, Saunière. Lo haremos como dice. Sin embargo, hay algo que me sorprende...

—¿Qué cosa?

—Que no haya encontrado más que lingotes de oro.

—De momento no he ido más allá de la primera galería.

—¿Y qué espera para seguir adelante?

—Lo haré cuando haya sacado todo el oro.

—No le cuesta nada asomarse y decirnos qué hay dentro.

—Puede costarme la vida, aunque a usted lo tenga sin cuidado... ¿Quién nos asegura que el pasadizo no esconde alguna trampa?

—¡Déjese de supercherías!

—Recuerde la inscripción, Boudet: DEL REY DABGOBERTO II Y DE SIÓN ES ESTE TESORO Y ES LA MUERTE. ¿Por qué no entra usted mismo en la galería?

—Soy demasiado viejo.

—Mande entonces a los hermanos.

—Sólo una persona debe saber dónde está el tesoro. Sólo confiamos en esa persona y esa persona es usted.

217

—¿Y Marie?

—Marie no se irá de la lengua. Lo ama demasiado para correr el riesgo de perderlo.

—Usted me repugna, Boudet. Coja su oro y lárguese.

—Volveremos a vernos cuando haya vaciado la galería —masculló Boudet.

Empujó los lingotes hacia un saco que Marie había puesto sobre la mesa. Su rostro se había petrificado en un friso de arrugas, pliegues, surcos retorcidos. Jugueteó nerviosamente con el cierre del saco, tirando del cordón de cuero con movimientos espasmódicos. Los segundos se hicieron opresivos. Por fin, se echó el saco al hombro y salió de la sacristía sin decir nada más.

El silencio cayó sobre la casa, interrumpido apenas por los crujidos de los leños de la chimenea. Marie recogió pensativa el trapo y la escoba. Bérenger se encaminó meditabundo hacia la iglesia.

Sentían los dos la misma angustia. Las conciencias de ambos erraban en el oscuro, en un desierto que los apartaba de sus almas.

¿Qué habría debajo de la montaña, además del oro?

XIX

Bérenger y Marie se abrazaron en la entrada del subterráneo y se miraron luego en silencio. Esa tarde él tendría que adentrarse más allá del recodo. Ya no había más oro en la galería. La víspera, habían depositado el último lingote, el más pesado, en la piedra hueca a la orilla del arroyo de Fagoustre.

Los aldeanos de Rennes habían empezado a hacerse preguntas al verlos salir al campo todas las tardes. ¿Adónde iba el cura con ese zurrón? ¿Qué llevaba Marie dentro de la cesta? La vieja Alexandrine les había revelado la respuesta:

—Van a buscar piedras blancas, para decorar el jardín y los alrededores de la iglesia. Venid conmigo, os enseñaré dónde descargan el zurrón.

Habían ido todos a ver el montón de piedras blancas que el cura depositaba detrás del gallinero. Unos se burlaban del capricho, pero otros estaban inquietos. Los ancianos murmuraban entre dientes, rascándose la cabeza: «Ay Bérenger, con este invierno se te ocurre irte a andar por el campo a decir misa encima del culo de Marie».

En lo alto de la montaña, Bérenger y Marie eran ajenos a sus maledicencias. Se soltaron del abrazo, atormentados todavía por la angustia. Al entrar por la boca de la cueva, Bérenger sintió que se adentraba en una pesadilla. Descendió por la pendiente, dejó atrás el arroyuelo, luego los muertos, la galería. Todo era silencio a su alrededor. Y sin embargo, creía oír un murmullo en lo profundo, como si el mundo mineral que lo rodeaba estuviera despertando a la vida. ¿Sería el fruto de su imaginación?

Dobló el primer recodo con precaución. Se detuvo en el siguiente delante de la clavícula hexagonal grabada en el muro de roca. Las letras hebreas inscritas alrededor confirmaban que era un emblema esotérico. Eran ciento ocho, exactamente. ¿Tendría esa cifra alguna relación con el 108 de la tétractys en la que estaba basada la cosmogonía de Platón? Repasó otra vez todas las letras. Faltaba la decimoquinta, *samech*. El artista del grabado no había empleado la letra de la serpiente. ¿Por qué no lo había hecho?

La trampa no debía de estar lejos. Era lógico suponerlo. ¿Por qué no la habían puesto en la propia galería de los lingotes? Era una cuestión de psicología. Un ardid, para que los ladrones potenciales siguieran adelante sin tomar precauciones, envalentonados por la impunidad del primer sacrilegio.

Enfiló por el siguiente recodo. Se detuvo sobrecogido por el miedo. El aire corría fresco por el túnel, pero la camisa sudada le pesaba sobre los hombros. ¿Cuál sería la naturaleza del peligro? ¿Una trampa mecánica? Los visigodos no habían sido constructores ni matemáticos, pero podían haber recibido ayuda de judíos o de los romanos… ¿Una trampa mágica? No creía demasiado en la magia. Sin embargo, había traído consigo los cuatro talismanes de Elías, junto con la parafernalia de la misa. Se secó la frente y tomó aliento, encomendándose a su propia valentía.

Dejó el recodo atrás. Tenía ahora delante una escalera de veintidós peldaños. ¡Veintidós! Era una cifra que tenía un significado. Bérenger examinó de cerca los tres primeros, hasta descubrir las inscripciones en la vertical de cada peldaño: *aleph, beth* y *ghimel.* Eran las primeras tres letras del alfabeto hebreo. Veintidós escalones, veintidós letras… ¡Ahí estaba la trampa! ¡No debía pisar el decimoquinto! Sin embargo, parecía demasiado fácil. Hizo un esfuerzo de memoria, buscando las correspondencias entre las letras y sus significados dentro de la Cábala. Había visto las letras en un libro que le había enseñado Elías. Su amigo le había revelado una parte de sus secretos. Una imagen se formó en su mente. Fue haciéndose más clara. No la había visto en un libro, sino en un manuscrito de un ancestro de Yesolot. Elías le había traducido las palabras al francés. Bérenger las pronunció en voz alta, para no pasar por alto ningún detalle.

—UNO, *aleph*. Me llaman Ehieh, la sagrada, yo soy la VOLUNTAD.

Apoyó el pie sobre la VOLUNTAD.

—DOS, *beth*. Me llaman Bachour, la elegida, yo soy la CIENCIA.

—TRES, *ghimel*. Me llaman GADOL, la grande, yo soy la ACCIÓN.

—CUATRO, *daleth*. Me llaman DAGOUL, la notable, yo soy la REALIZACIÓN.

—CINCO, *hé*. Me llaman HADOM, la magnífica, yo soy la INSPIRACIÓN.

—SEIS, *vau*. Me llaman Vesio, la espléndida. Yo soy la PRUEBA...

Bérenger se saltó el peldaño y puso el pie en el siguiente, que no era otro que el de la VICTORIA. Siguió adelante con los músculos rígidos, saltándose el noveno, el duodécimo, el decimoquinto, el decimosexto, el decimonoveno y el vigésimo primero, que representaban la PRUDENCIA, la MUERTE VIOLENTA, la FATALIDAD, la RUINA, la DECEPCIÓN y la EXPIACIÓN. Se detuvo por fin en el último:

—VEINTIDÓS, *tau*. Me llaman Techinah, la favorable, yo soy la RECOMPENSA.

¿Cuál podía ser la RECOMPENSA? No le había pasado nada. Ignoraba si aquella precaución tenía algún sentido, pero subiría así todas las veces los peldaños. Se fijó entonces en la estatua. Quedó paralizado por el terror. Era tan parecida a la imagen popular del diablo que se protegió levantando la cruz. Allí estaba el demonio. Allí estaba Asmodeo,[36] como salido de una pesadilla, con su parte de monstruo y su parte de hombre, tallado en un mármol negro. Bajo la luz vacilante de la lámpara de Bérenger, la efigie adquirió una temible vitalidad. Los ojos lo escrutaron desorbitados, las manos se estremecieron con las uñas deformes. Sus piernas desmesuradas parecían dos troncos llenos de nudos. Una era más corta que la otra, y el pie de la más corta se fundía con un cubo. El secreto consistía en tocarla sin miedo: ésa era la única manera de vencer el horror. Bérenger se guardó la cruz y acarició con mano torpe el brazo del demonio. No era más que una estatua vulgar, esculpida hacía quién sabe cuándo. Y sin embargo, de esa estatua vulgar, inofen-

36. Saunière mandó esculpir una reproducción bastante vívida de la imagen, que aún puede contemplarse hoy en la iglesia de Rennes-le-Château.

siva, emanaba una presencia difusa, inquietante, que le producía innegable malestar. Bérenger pasó de largo, deslizándose en las tinieblas con su lámpara.

Estaba dentro de una caverna inmensa. No alcanzaba a ver el fondo, ni los muros, ni la bóveda. Avanzó con prudencia, encorvándose sobre el suelo agrietado. Los destellos de cobre de la lámpara corrieron delante de sus pasos, hasta iluminar un cofre de asas color escarlata.

Bérenger reprimió en vano un temblor. A medida que se adentraba en la caverna, otros cofres emergían de la larga noche en la que habían estado sepultados.

¡Había encontrado el resto del tesoro!… De repente, se detuvo en seco. Un candelabro enorme apareció ante sus ojos, justo en la linde del halo de la lámpara. Pensó enseguida en Elías. Había encontrado la Menorah. El objeto sagrado reposaba sobre un largo soporte de patas labradas.

«¿Y el Arca? ¿Y las tablas?», se preguntó Bérenger, pero no se atrevió a acercarse más. Se apartó del candelabro, huyendo de las leyendas y las supersticiones. Buscó el cerrojo del cofre más cercano. Lo hizo saltar sin esfuerzo con la navaja. Levantó la tapa, asombrado por las joyas, los collares, las fíbulas, los anillos, los brazaletes, las argollas, los pendientes… Hundió las manos en el resplandor y las sacó cargadas de oro, plata y gemas preciosas.

—Éste es para ti.

Bérenger le enseñó a Marie el anillo engastado con la magnífica esmeralda. Quiso ponérselo en el anular, pero la muchacha retiró enseguida la mano.

—¡No lo quiero! Nos traerá desgracias.

Marie devolvió el anillo a la mochila, siguiendo su instinto de campesina. ¿Cómo podría llevar un anillo robado? Su rostro se ensombreció, pues su conciencia seguía atormentándola.

—Te equivocas —le dijo Bérenger—. Esta piedra es superior a las que se venden hoy en día en las grandes ciudades.

—¡Dásela a la otra! ¿Qué voy a hacer yo con algo así? No soy una princesa sino una aldeana de Razès. Los vecinos se preguntarán dónde la he robado. Mira mis manos, Bérenger, míralas bien. Son manos para arar la tierra, para arrancar raíces, para cortar leña, están cuarteadas por el fuego y por las heladas… Ni siquiera me alcanzan para secarme las lágrimas. Tengo miedo de perderte, Bérenger.

Las lágrimas corrían ya por su rostro, traicionando su desamparo. Bérenger la dejó llorar. No podía expresar lo que acontecía en lo profundo de su ser. No allí, a la sombra de la Pique, debajo de ese cielo ominoso que remontaban los cuervos, aleteando hacia la línea gris de las montañas. Echó a andar con paso vacilante, buscó las piedras blancas para cubrir las joyas dentro del zurrón. Marie se quedó llorando en un rincón. Ya no veía ni escuchaba nada. Tenía la cabeza ardiendo, el corazón mortificado.

¿Nunca se acabaría aquella historia?

Día tras día, regresaron a la gruta. Día tras día se marcharon con el zurrón lleno hasta los bordes. Bérenger había decidido no aventurarse más allá en la inmensa caverna. El candelabro se había convertido en un lindero infranqueable. Le había escrito a Elías, pero aún no recibía respuesta. ¿Qué debía hacer con la Menorah?

—Hoy voy a explorar detrás del candelabro —le dijo a Marie, delante de la boca del túnel.

—Me juraste que no lo harías —dijo ella con tono de desesperación—, que no volveríamos después de vaciar los cofres.

—No puedo refrenarme… Quiero averiguar qué hay detrás.

—¡Nosotros también!

Marie lanzó un grito. Dos hombres habían aparecido delante de ellos, empuñando dos revólveres. Iban vestidos como cazadores.

—¡Cierra la boca, puta! —ordenó el más gordo de los dos, apoyándole el cañón contra la sien.

Marie palideció. El hombre era lampiño y calvo y tenía la cara en forma de triángulo. Parecía más que dispuesto a usar el arma.

Bérenger trató de intervenir, pero el otro lo retuvo por el hombro.

223

—Yo no lo haría si fuera usted, padre —dijo con un ligero acento alemán—. Llévenos adonde está el tesoro si no quiere que le pase nada a su feligresa.

—¿De parte de quién vienen?

El hombre era muy alto, muy rubio, de tez muy rosada. El sacerdote lo desafió con una mirada de desdén, negra y furibunda.

—¡Muévase!

—Johannistas…

—Muévase, si no quiere que nuestro amigo Thomas le rompa la nariz a su putita.

Bérenger se deslizó dentro del túnel, seguido de cerca por el rubio. Cuando bajaban por el túnel, Marie apareció a su espalda, apretando los dientes por el dolor. Thomas la traía a empellones, retorciéndole el pelo de la nuca.

—¡Ve adelante con el cura! —le dijo, arriándole un golpe en los riñones.

Marie abrazó sollozando a Bérenger. El abad aguardó hasta que los hombres se distrajeron para decirle al oído:

—Echaremos a correr al llegar a la escalera. Sube poniendo los pies exactamente en los escalones donde yo los ponga.

—Está bien —suspiró Marie, algo reconfortada por la firmeza de su amante.

—Venga, tortolitos, ¿dónde está el tesoro?

—Un poco más lejos.

Bérenger tomó la lámpara, encabezando el cortejo. Tal como esperaba, los hombres se detuvieron ante los primeros dos cadáveres.

—Éstos no merecen ningún interés —les dijo—. Hay otros adelante, que todavía tienen puestas las joyas.

Entraron en la galería donde se amontonaban los visigodos. Los dos hombres se inclinaron sobre los restos. Bérenger aprovechó para alejarse paso a paso con Marie, hasta el muro donde estaba grabada la clavícula.

—¡Ven! —le susurró entonces.

Echaron a correr. El rubio les ordenó que se detuvieran. Siguieron corriendo hasta la escalera.

—¡Cuidado con los escalones! —gritó Bérenger, al pisar el peldaño de la VOLUNTAD. Marie lo siguió como enajenada, pisando cada una de sus huellas en la carrera. Llegaron a salvo arriba. A su espalda, los dos hombres empezaban a subir. Bérenger pensó en ponerse bajo la protección del candelabro, pero le pareció una idea estúpida. De repente, oyó un grito ahogado, luego una maldición, otro alarido. Cuando se dio vuelta, los dos hombres yacían aplastados bajo una enorme losa que se había desencajado de uno de los muros laterales. La losa volvió lentamente a su lugar. Los cuerpos resbalaron hasta el pie de la escalera.

—El peligro ha pasado —dijo abrazando a Marie contra su pecho.

Entonces, percibió algo extraño. La luz había cambiado. Se quedó mirando la lámpara, que aún arrojaba los mismos rayos amarillentos. La otra luz siguió propagándose, hasta que los destellos cobrizos cobraron un tono verdoso. Se volvió con una mueca de espanto, adivinando el origen del resplandor. Era la estatua de Asmodeo. Un halo verde parecía emanar de su interior. Los talismanes de Elías habían quedado fuera del túnel. Con turbación, pensó que aquel rayo de luz pondría fin a su vida entre los hombres. Todo sería sencillo ahora. Y sin embargo, allí estaba Marie. Marie, a quien él había arrastrado aquella loca aventura. No podía permitir que muriera por su culpa. Se incorporó, alzándola en brazos. Sorteó las trampas de la escalera y corrió como un loco, mientras las galerías se derrumbaban a su espalda unas tras otras, sellando la sala del candelabro, sepultando los cadáveres y el arroyo.

Bérenger y Marie se abrazaron en medio del frío y el silencio. Eran dos fugitivos que habían encontrado la fuerza para salvaguardar su amor.

—Te amo —le dijo a ella.

Bérenger le sonrió sin decir palabra. Vio en su mirada el deseo de alejarse de la Pique, y la llevó del brazo por el camino. Ahora eran ricos, iban a vivir de verdad.

XX

Toulouse, enero de 1894

*H*abían pasado seis meses. El tesoro estaba a buen recaudo. Todo había acontecido de acuerdo con los planes del Priorato. Sin embargo, Bérenger ya no era el mismo hombre. Algo se había quebrado dentro de su ser. Marie se había dado cuenta.

—El dinero se te ha subido a la cabeza —le reprochaba a menudo—. Renuncia a tu parte, no escuches los consejos de Boudet.

Y hacía apenas unos días:

—No vayas a Toulouse. Te volverás igual a ellos, quédate conmigo si todavía te queda algo de amor por ti.

Bérenger siguió andando, empujado por el viento. Cada tres o cuatro pasos hacía un alto e inclinaba la cabeza, auscultando el viento que silbaba a lo largo de las piedras de los muros. Habría dado cualquier cosa por librarse la angustia que lo tenía agarrotado desde por la mañana. El oro del demonio lo hacía dudar de Dios y la duda lo estaba volviendo loco. Tan sólo podía aferrarse a sus deseos de hombre, a ese mismo oro que había encontrado, para que iluminara su espíritu.

«Soy rico. Podría construir el Templo de Jerusalén con el dinero que me transferirá dentro de poco el Priorato. Pronto estaremos juntos, Emma.»

La soprano Emma Calvé, su amante, estaba de viaje en América. Regresaría al final de abril después de interpretar *Carmen* en Chicago, Boston, Albany y Brooklyn, según le había escrito.

Las campanas de una iglesia dieron las cuatro. El recuerdo de Emma se disipó en su mente, pero no hizo ningún esfuerzo por retenerlo. Los golpes nítidos de las campanadas parecían caer del cielo, no de la aguja de la iglesia.

—¡Saunière!

Bérenger se dio la vuelta. Un remolino de pensamientos e imágenes incoherentes se apoderó de su mente. Al cabo de un instante, sintió el miedo. El hombre que lo llamaba estaba apoyado en un bastón coronado por una cabeza de lobo. No lo había oído acercarse. ¿De dónde había salido? Pensó que un ataque diestro e inmediato pondría fin al menos a una parte de sus penas.

El desconocido permaneció impertérrito. Alto, fuerte, de edad imprecisable, seguro de sí mismo. Quizá demasiado seguro. Sus gélidos ojos grises lo miraron de hito en hito. Bérenger sintió menguar por momentos por su determinación.

—¡Usted! —le dijo, sin demasiado convencimiento—. ¿Qué quiere ahora de mí?

Echó un vistazo a su alrededor, pero no encontró a nadie que pudiera venir en su auxilio. Dos mendigos tiritaban en el atrio, delante de sus platillos vacíos. Una anciana pasó apoyándose en dos bastones nudosos para no resbalar en la acera congelada. Toulouse se deslizaba hacia la modorra, ajena a los pequeños dramas que fatigaban sus calles al atardecer. Todos estaban ya en sus casas, esperando a que acabara de soplar el cierzo.

—En efecto —corroboró Cabeza de Lobo— no hay ni un alma. A la gente de Toulouse no le hace gracia este viento. Prefieren encerrarse en sus casas y oír gemir las rejas. No tenga miedo, Saunière. No le haré ningún daño.

—No le tengo miedo. Ya debería saberlo.

—Por supuesto.

—¿Quién es usted? ¿Qué quiere? ¿El oro? Ya no lo tengo conmigo. Está en poder de los Hermanos.

—Salvo por el que tiene escondido en su casa. Pero no haremos caso de esos pocos kilos. Es usted muy rico, padre. Sé que esta misma mañana abrió una cuenta de banco que el Priorato se encargará de abastecer, como ha hecho con las cuentas de París, Perpignan, Budapest y Nueva York. ¡Que viva América! Claro está que ahora mismo cuenta allí usted con una embajadora irresistible, mademoiselle Calvé. Y con un banquero de primera categoría, el señor Elías Yesolot. Su amiga cantará para la Asociación Prurim, que dona sus fondos a los judíos pobres, y el rabino hará fructificar entre tanto el oro del rey Salomón. Sin embargo, ésa no es más que una porción ínfima del tesoro. Es por eso que estoy aquí.

Elías. Su amigo. ¡Entonces no había muerto! El desconocido estaba sumamente bien informado. Bérenger se recordó que se había prometido romperle el cuello.¿Y si firmara ahora mismo su propia sentencia de muerte? ¿No sería todo más fácil entonces? El abad cerró los ojos un momento. Todo eso no eran más que especulaciones, dramas artificiales como los de los cuentos. La realidad era bastante sencilla. Aquel hombre era su doble. Estaba a las órdenes del otro bando y postergaría el duelo final hasta siempre, o al menos hasta que él hubiera desvelado el gran secreto de Rennes. Permaneció inmóvil en medio de la calle, tieso como una estaca, como un peñasco de Razès. Miró la cabeza de lobo y evocó su lucha de los últimos años, que era también la lucha del Priorato contra la Iglesia de Juan, de los Habsburgo contra León XIII.

Bérenger había tenido tiempo de considerar lo que estaba en juego. Había decidido combatir a ese Papa que prefería la República a la Monarquía, con tal de salvaguardar el Concordato y el presupuesto destinado al culto de las amenazas de los radicales. León XIII ansiaba el poder. Había dividido a los cristianos, al declararse enemigo del reino de Italia, de la Alemania protestante y de Austria-Hungría. Bérenger no seguiría jamás la encíclica *De rerum novarum*, ni defendería el catolicismo social que preconizaba el Papa. Tampoco pensaba ceder ante las presiones del desconocido.

—¡No verá usted nada de ese tesoro!

—No pienso dejarle en paz, Saunière. ¡Nunca! La Iglesia guía mi brazo. Es más poderosa que los Habsburgo, a quienes usted ha resuelto servir, padre.

Bérenger dio un paso adelante, venciendo la barrera que lo mantenía paralizado. El desconocido anticipó sus designios al ver el profundo surco que había aparecido sobre su frente.

—¡No dé ni un paso más!

Bérenger tomó impulso para saltar. El hombre tiró de la cabeza de lobo y desenvainó una larga hoja que la puso contra el cuello.

228

—Es usted un estúpido, padre. No vivirá mucho tiempo.

—¿Qué espera para matarme?

—¿Y perder la gallina de los huevos de oro? No me subestime. Reconozco que mis palabras no han sido muy afortunadas. Discúlpeme esa inútil descortesía. Los sacerdotes conservadores nos merecen la más alta consideración y somos tolerantes con las ideas ajenas, puesto que la tolerancia es la mayor de las virtudes... ¿Tampoco le agrada esta fórmula? Es una pena. Hasta la vista, padre. Traeré mis parlamentos mejor preparados para nuestro próximo encuentro.

El hombre retrocedió unos pasos. Un coche con dos pasajeros apareció en la esquina. Las ruedas chirriaron. Dos briosos caballos negros arrastraron sin esfuerzo el vehículo por la calzada mal empedrada. Nada más apropiado para Cabeza de Lobo que aquellas dos bestias indómitas que se encabritaban al silbido del látigo. El desconocido subió a bordo y se echó a reír a carcajadas en cuanto el cochero dio el siguiente latigazo. El vehículo pasó rozando a Bérenger.

El sacerdote se encaminó hacia la iglesia de San Sernin, con la sensación de que llevaba el mundo entero a sus espaldas. Necesitaba rezar. Entró en la iglesia y los párpados se le cerraron en cuanto empezó a recitar el padrenuestro. Al cabo de un rato, sus ensueños cobraron nueva intensidad. El oro. El dinero. Era ya rico. Inmensamente rico. Nadie podría despojarlo de sus bienes. Pero ya no le bastaba con la riqueza. Anhelaba poseer otra clase de poder, el poder que permanecía escondido bajo el cerro de la Pique.

«Lo conseguiré.»

Al salir de la iglesia se sentía casi alegre, y sorprendido por la prontitud con que sus oraciones habían disipado sus angustias. Regresaría al día siguiente a Rennes-le-Château y reanudaría su vida al lado de Marie. Pero de ahora en adelante su vida sería otra.

Los peñascos lo arroparon bajo su sombra Llegó luego al bosque, a los Estous. En la linde del bosque sintió una especie de vértigo. Un sol ardiente brillaba sobre Razès. La nieve ahogaba el paisaje.

Empezó a sufrir por la cuesta. Paró a tomar aliento y repasó con la vista las montañas: la Pique, la sierra Calmette, el Bézu, la roca del Diente, el Casteillas, allí mismo, titilando con sus reflejos cristalinos. ¿Adónde debía enderezar sus pasos, cuando emprendiera de nuevo sus pesquisas? ¿Dónde estaría la gruta profunda, el arroyuelo sumergido? Unos cuervos le respondieron con sus graznidos sombríos, alejándose hacia la Pique. No. Ya no podría adentrarse en la Pique por el rumbo de los Jendous. Las galerías se habían venido abajo. Por ese flanco, la Menorah se había tornado inaccesible. Sin embargo, Boudet le había dicho que había otras once «puertas» que conducían al secreto. Quizá fuera cierto. Durante los últimos cuatro años, había trabajado cada día en los pergaminos del pilar visigodo, buscando inspiración en las pinturas que Bérenger había traído del Louvre.

Sus pies se hundieron más hondo en la nieve a medida que remontaba la cuesta. Empezó a sudar y a maldecir, se recompuso, maldijo otra vez al divisar por encima del pueblo la espuma de las nubes que anunciaban la tormenta. La sonrisa volvió a sus labios cuando contempló el cielo de Rennes, aquel paisaje agreste de Razès, que era la prueba más contundente de la voluntad de Dios. No dejaba de sorprenderse cuando la gente de ciudad le hablaban de sus peregrinaciones a Roma, a Lourdes, a Santiago, donde admiraban embelesados las ricas iglesias, las estatuas de los santos, el oro de las vírgenes. Si buscaban en la belleza la prueba de la existencia de Dios, el sentido de su fe, harían mejor viniendo a Rennes a remontar el arroyo de Couleurs y trepar hasta la cima del Bézu. Era allí donde debían hincarse de rodillas para comprender. Como el hombre que, ahora mismo, estaba arrodillado tras los matorrales.

—Buenos días —dijo Bérenger.

—Ah, ¡hola! —El hombre se puso en pie de un brinco.

Era un campesino viejo y bigotudo, con la boina calada hasta los ojos. Se llamaba Gavignaud y formaba parte del nuevo consejo municipal. A pesar del frío, no llevaba encima más que una camisa de tela gruesa, que le caía hasta la rodilla por encima del pantalón de terciopelo.

—Qué pasa, Gavignaud, ¿ya no reconoces al cura de tu aldea?

—Qué susto me ha dado, padre... ¿qué hace usted por aquí?

—Vengo de Toulouse. ¿Estabas rezando?

Bérenger lo dijo con ironía, mirándole la mochila. El viejo tenía algo escondido tras la espalda.

—No, no...

—Qué pena.

—Estaba cazando tordos —confesó Gavignaud, sacando la mano de detrás de la espalda. En la trampa había un pájaro con la cabeza cogida en el cepo.

—Dios santo. ¿Cómo es que pones las trampas al borde del camino?

—Caen bastantes. Pero no se lo diga a nadie, ¿eh? ¿Quiere llevarse dos parejas? Llevo un día muy bueno y será todavía mejor si me dejan trabajar. Desde esta madrugada no ha hecho más que pasar gente por aquí. *¡Barba de Dius!*, palabra de Dios, como si no hubiera otros caminos más cortos para ir a Couiza.

—¿Qué me dices?

—Que hay más gente merodeando aquí por Razès que por el mercado de Limoux. Primero pasó el *pelharot* de Couiza, ese que anda cargado de trapos y grita «*Pelharot, pel de lebre, pel de lapin*».[37] Seguro que también estaba cazando sin permiso... es un taimado, el gitano ese.

—Dijiste que había pasado mucha gente. ¿Quién más pasó?

—Ah, los otros... ¿Cómo los voy a conocer? Eran unos sinvergüenzas de la ciudad. Gente con mala cara. Vaya a saber qué se les ha perdido en la aldea... Desde que usted llegó a Rennes, padre, no se ven por aquí más que forasteros.

Gavignaud lo miró entonces con malicia. Le encajó los cuatro tordos contra el pecho.

—Tenga, padre.

Bérenger tomó impertérrito los pájaros. Ya había reanudado la marcha, cuando el hombre gritó a su espalda:

—Cuando llega san Vicente, o cae la nieve o ya no se siente, el invierno vuelve o se rompe los dientes. Récele para que le saque el invierno del corazón, padre. Récele a san Vicente.

Bérenger cortó a través del campo. Echó a correr hacia la aldea. Los forasteros habían venido a la aldea mientras estaba en

37. «Peletero, pieles de liebre, pieles de conejo».

Toulouse. Marie estaba en peligro. El consejo de Gavignaud lo había sacado de sus casillas. Trepó sin esfuerzo por entre la nieve, devorado por la impaciencia. Se encontró con Alexandrine Marro, que estaba juntando leña seca. La anciana le hizo señas de que lo esperara. Bérenger frunció los labios con una mueca de exasperación.

—¡Más tarde! —gritó.

Pero Alexandrine le dio alcance.

—Cuánta prisa, padre. ¿Es que hay algún moribundo?

—No.

—Ah, entonces es el amor.

—¡Cállate, bruja!

—Tan impetuoso como siempre, ¿no, padre?

—Y tú siempre la misma lengüilarga… ¿Qué ha pasado mientras estuve fuera?

—Se lo digo si me compra dos pollos.

—Sí, sí… Habla ya.

—Marie se ha peleado con su madre. El herrero se encontró un *coquel* [38] de plumas en la fragua y cree que su mujer lo quiere embrujar. Y subió la harina.

—¿Nada más?

—Nada.

—¿No ha venido ningún forastero por la aldea?

—¿Quién vendría a meterse en este pedregal? Estamos en pleno invierno.

—Gracias, Alexandrine. Mandaré a Marie por los pollos.

—Deme la bendición, padre.

Bérenger le dio la bendición y la vieja volvió a su atado de leña. Ya estaba más sereno. Nada podía haber pasado sin que se hubiera enterado Alexandrine. Entró en la aldea. Contempló las casitas apretujadas alrededor del castillo y de la iglesia, asaltado por un deseo ferviente, por una nostalgia repentina. Sus ojos saltaron de tejado en tejado, desde las torres del castillo hasta el campanario de su iglesia. En aquel rincón del mundo había un lugar sagrado del que era el guardián. Una sensación avasalladora de triunfo embargó todo su ser, un sentimiento de poderío, temible como el de los elementos.

38. Ver nota 17.

Marie había hecho sopa con tocino. El vino estaba junto al fuego. El pan dorado aguardaba en la mesa puesta, con los dos platos y los dos vasos. También ella había estado a la espera. Cada media hora suspiraba con alivio, pues sabía que él ya no estaba lejos. Había hecho todo lo que se le había pasado por la cabeza para matar el tiempo. Se sentó a coser, raspó las cenizas para la colada, atizó el fuego, echó una mirada a la enorme olla de hierro fundido, le quitó el polvo al incensario y a los candelabros, volvió a planchar la sobrepelliz, la sotana, la estola y la casulla. Cuando se abrió la puerta, se lanzó en brazos de Bérenger.

—Por fin estás aquí…

Lo besó en la mejilla. Enseguida se volvió y alzó el cántaro para servirle un vaso de vino.

—Toma, bebe. Estás helado… Qué alegría que hayas vuelto tan pronto.

Sonrió juntando las manos. Bérenger se rindió una vez más ante el encanto que emanaba del más tenue de sus gestos. Dejó el vaso, la levantó en brazos y la hizo dar vueltas en el aire por toda la habitación.

—Sí, aquí estoy, pajarita. Y por ahora no pienso volver a irme. Tengo los documentos del banco. Pronto tendremos dinero y podremos hacer todo lo que quieras. Te comprarás vestidos y joyas, nos construiremos una casa…

—No quiero ese dinero… ¡No lo quiero! ¿Me oyes?

Marie reculó y se agachó junto al hogar. Bérenger inclinó la cabeza con aire divertido. Desde luego, estaba algo enfadada, pero la rebelión parecía bastante inofensiva. No era la primera vez que le hacía esa clase de escena. En cuanto tuviera en la mano un puñado de billetes de cien francos cambiaría de opinión.

—Han vuelto —dijo Marie, mirándolo a los ojos.

—¿Quiénes?

Bérenger se agachó y la tomó por los hombros.

—¿Quiénes, Marie? Habla, te lo ruego.

—No lo sé. Estuvieron revolviendo el cementerio antes del amanecer. Oí ladrar a los perros y me asomé. Me dio miedo que los intrusos entraran en la casita.

Bérenger se puso pálido. Había habilitado la casita a la entrada del cementerio para guardar allí sus libros y la mesa minúscula que le servía de escritorio. Bajo el suelo, en la cisterna del agua, había escondido veinte kilos de oro y unas cuantas joyas del tiempo de los bárbaros.

Se incorporó y salió a toda prisa, seguido de Marie. Dieron la vuelta a la iglesia, hasta la entrada del cementerio. La puerta de la casita estaba cerrada. Bérenger tiró del picaporte y lo sacudió para probar la cerradura.

—Todo en orden —dijo. Sacó la llave que llevaba siempre consigo.

Las diez docenas de libros estaban en su lugar en los anaqueles de madera. Sobre la mesa había un papel de carta, un lápiz, una factura de Dalbiès a su nombre y el ejemplar de *El Heptamerón* que le había prestado Boudet. Todo estaba en orden.

Bérenger lanzó un suspiro. Era allí en la casita donde pasaba la mayor parte del tiempo para no tropezar con su familia huésped, como llamaba a la familia de Marie. Evitaba sobre todo a la madre, que veía con malos ojos que su hija tuviera enredos con un sacerdote.

—Aquí no han entrado.

Las palabras del desconocido de Toulouse volvieron entonces a su memoria. Se acurrucó en el suelo y levantó la losa que disimulaba el hueco de la cisterna. Había escondido bajo el agua oscura el oro y las joyas que había sustraído del tesoro. Una pequeña fortuna, que conservaba por si los hermanos del Priorato incumplían lo acordado. Tiró con suavidad de la anilla del cordel con el que había atado el saco. El peso era el mismo. El botín todavía estaba allí. Por lo demás, tampoco era eso lo que buscaban los johannistas, sino otra cosa: no cabía duda. Colocó la losa en su sitio y secó los rastros de agua en el suelo. «Volverán. Debo buscar otro escondite, nunca se sabe.» ¿Hasta cuándo tendría que seguir luchando con aquellos fantasmas? Ni siquiera podía imaginar una respuesta

Marie estaba muy pálida y se mordía los nudillos. Ese oro maldito le provocaba escalofríos. Había dado la historia por terminada. Ahora, aquellos seres malignos amenazaban de nuevo su felicidad. Los últimos meses con Bérenger habían sido maravillosos, a pesar de los reproches de su madre. Ella se había dedicado a hacer sombreros, mientras él se ocupaba de la parroquia. Lo había ayudado a embellecer la iglesia y habían hecho juntos algunas amistades en la aldea. También habían arreglado la gruta artificial que Bérenger había excavado bajo el calvario, con ayuda del padre y el hermano de Marie. Una vida sencilla, fácil.

—Dios sabe lo que he tenido que esperar para ser feliz —empezó titubeando—. Hace meses que rezo para que vuelvas a ser el que eras antes. Fui hasta Lourdes. Me paso horas de rodillas aquí en nuestra iglesia. Y no lo hago por gusto. Pero tú ni siquiera te das cuenta, o finges que no te das cuenta, porque eres un orgulloso. Yo te amo, Bérenger; daría la vida por ti. Dios es testigo, puesto que peco contigo. ¡Marchémonos! Pídele al obispo que te mande a otra parroquia.

—Calla —le dijo Bérenger casi con rabia—. No sabes lo que dices. No estaremos a salvo en ningún lugar del mundo.

Marie bajó los ojos con tristeza, pues no deseaba perderlo. La sola compañía de Bérenger seguía haciéndola feliz, era aún una luz temblorosa entre las sombras, una última esperanza. Su amante se había convertido en una especie de aventurero que ella no podía comprender, y no tardaría en recaer en sus obsesiones. Cuando se ponía así, no parecía pensar en ella ni un solo instante. La poseía con la mirada ausente, como perdida en un sueño, o en una pesadilla, con una expresión extraña en el rostro, empecinada y salvaje. Desde luego, también estaba aquella mujer que le escribía desde América, la cantante parisina que le había envenenado el corazón. Marie había llegado a requerir los servicios del *brèish* y el viejo ratero le había sonsacado dos francos. Ella misma había tenido que emplear luego todo su ingenio para cortarle las uñas y los cabellos a Bérenger, para recoger las gotas de saliva y las gotas de sangre. Lo había juntado todo con pequeños despojos de su propio cuerpo y había metido el atado de tela roja dentro del cuerpo de un gorrión. Todo para nada. «Tendremos que hacerle un maleficio a la cantante», había dicho el *brèish*. Pero Marie se había negado. Nadie podía ganarse el corazón de otra persona obrando mal. No sabía ya qué hacer, ni qué pensar. Esa noche, se abrazaría a su cuerpo para hacerle el amor durante horas, pero, ¿qué rostro vería él mientras la acariciaba? ¿El rostro de Emma, quizás? Ella trataba de consolarse imaginando que podía convertirse para él en Emma. Pero se sentía falsa. Una lágrima resbaló por su mejilla. No, no había ningún remedio para sus

235

penas. Toda clase de peligros pendían sobre su cabeza, como aves rapaces prestas a caer sobre su víctima.

—No te preocupes —dijo Bérenger—. Boudet y sus amigos se encargarán de librarnos de estos intrusos. Pobrecita, ven, dame un beso. He sido demasiado malo contigo.

Bérenger rió, pero Marie se percató de que no era más que una apariencia. Se acercó deseando penetrar en las esquinas sombrías de su mente, allí donde su amante escondía su verdadero ser. Las palabras que le decía ahora a ella en voz alta no eran las que le diría en confianza a Boudet. Y aún éstas eran diferentes de las que, en el fondo de conciencia y de su alma, el propio Bérenger tenía por ciertas

—Te amo —murmuró Marie.

Bérenger se palpó la sotana y extrajo una joya con un gesto de prestidigitador. Era una esmeralda engastada en oro, que se adueñaba de la luz y la encerraba en su interior.

—Es para ti, Marie.

—¿Para mí?

—Tómala. Es la piedra de Venus y de Rafael. Te traerá suerte.

—Ojalá nos la traiga a los dos —dijo Marie antes de darle un beso.

XXI

Caras largas, gestos ansiosos, no había visto nada más en toda la misa. El tumulto lo esperaba a la salida, como siempre que el invierno asolaba la tierra: los campesinos de su grey se habían plantado en el atrio para pedirle que interviniera por ellos ante los santos del cielo.

—Queremos hacer una fiesta en honor de san Roque y san Blas, padre.

—Saquemos en andas a la Virgen.

—Vamos de procesión por la comarca.

Lo miraban con ojos suplicantes, se santiguaban, lo empujaban, lo agarraban por las mangas. Bérenger les aconsejaba que se confesaran. Les decía que eso sería lo mejor. Pero no era eso lo que ellos esperaban. Las arrugas se endurecían en sus rostros como los surcos de los campos. Sus ojos graves mendigaban los dones del cielo.

—¿Creéis que con Dios se puede regatear? —les preguntó Bérenger.

—Es lo que hemos hecho siempre, padre —contestó una mujer.

—Iremos a buscar al cura de Couiza si hace falta —masculló un hombre.

—Calma, hijos, calma. Tenéis los graneros llenos. Vuestros rebaños están a salvo. No os falta nada. El Señor os colmará de bendiciones, si os las merecéis. Me he enterado de que el agorero y el *brèish* os han prometido una primavera estupenda. ¿Qué más pedís?

—Está bien, padre, confiésenos —dijo la mujer.

—Sí, confiésenos a todos —repitieron los otros a su alrededor.

Las elecciones de 1885 eran cosa del pasado. Bérenger había

sido admitido por toda aquella chusma republicana. Cada día le tenían más respeto, e incluso se había granjeado su complicidad, situación de la que confiaba sacar todo el partido cuando recibiera el dinero del Priorato de Sión. Para su asombro, los consejeros municipales habían empezado a ir a misa y escuchaban sus prédicas con evidente atención. Tras esta fachada de fervor, estaban en marcha los engranajes de una refutación lógica y política. León XIII era un papa hecho a su medida, un buen papa, en su opinión. Sin embargo, desconfiaban de sus lugartenientes, que insistían en poner el emblema del Sagrado Corazón en la franja blanca de la bandera tricolor. Hacía apenas unos meses, el propio Bérenger había vuelto a las andadas en un artículo publicado en *La Croix* (un periodicucho, a ojos de los republicanos), clamando a voz en cuello: «Hagamos frente a estas leyes infames, unamos todos nuestros esfuerzos, católicos, monárquicos, bonapartistas y republicanos, para construir cabalmente una república cristiana en Francia». No habían querido denunciarlo; a pesar de todo, estaban contentos con su cura, que sabía pelear, seducir a las mujeres, cazar y embellecer la aldea.

238

El alcalde le estrechó la mano. Bérenger fijó para el dos de febrero la misa especial, con motivo de la purificación de la Virgen y la presentación de Jesús en el Templo. Todos debían hacerse presentes: rezarían juntos por sus almas y para que regresara el buen tiempo. Los feligreses, más tranquilos, enfilaban en grupitos hacia sus casas, cuando la carreta de Boudet apareció delante del castillo de los Hautpoul. Bérenger caminó a su encuentro. El viejo abad se había echado encima dos abrigos y su rostro pálido apenas asomaba entre la bufanda y el sombrero de fieltro. Castañeteaba de frío y las riendas se le escurrían por entre los guantes de lana.

—No es usted un hombre razonable —dijo Bérenger ayudándolo a bajar.

—Nunca lo he sido. Llevo años trasegando estos campos, llueve, truene o relampaguee, para adelantar mis investigaciones. No pienso cambiar ahora, mucho menos hoy que usted me ha mandado llamar. ¡No perdamos tiempo! Lléveme a su casa y deme una copa de vino con miel, con esas hierbas deliciosas que le pone Marie.

Boudet echó andar trastabillando, casi tambaleándose. Bérenger pensó con inquietud que estaba a punto de desmayarse. No era más que un enfermo que seguía aferrándose a la vida.

—No me mire como me mira mi médico, Saunière. Todavía tengo arrestos para un buen rato. Este aire de Rennes es una bendición para los pulmones. Venga, no sea terco, ¡andando!

Bérenger obedeció. El viejo abad de Rennes-les-Bains nunca dejaría de sorprenderlo. Lo había creído en otro tiempo un libertino, pero se había equivocado. Ningún pecado carnal mediaba entre él y su sirvienta, que, por su parte, se hacía atar por algunos clientes del balneario que buscaban placeres exóticos. Boudet la había descubierto y la había echado. Su hermana se ocupaba ahora de la casa parroquial. El abad era un hombre casto, pero no por voluntad sin por instinto. No le hacía falta reprimir el deseo. Su sensualidad se deleitaba en las piedras vetustas, los pergaminos, la historia, las lenguas antiguas, los misterios. El goce de la vida consistía para él en participar en la obra del Priorato, en la búsqueda del poder espiritual. Disfrutaba siguiendo esa vía plagada de obstáculos.

El abad se calentó el cuerpo con el vino. La sangre llenó de color su rostro surcado de arrugas. Con el segundo vaso, sus ojos volvieron a brillar. Marie salió de la cocina después de servirle un tercero.

—*Encora milhor*[39] —dijo Boudet al brindar con Bérenger.

—Entonces, ¿qué sabe usted de esos hombres que estuvieron por aquí?

Boudet lo miró bajo el efecto de una leve embriaguez. Se fijó en las manos tendidas de Bérenger, en las líneas cortas y profundas que presagiaban un destino excepcional. Se acodó sobre la mesa y dijo en voz baja:

—Sé que estuvieron en Rennes-les-Bains, y también en Bézu. Ahora se encuentran en Carcassonne, en casa de un tal Ferrant, médico de profesión.

—Me prometió apoyo y protección, Boudet... ¿Qué harán sus amigos de París?

—Están tratando de poner fuera de combate al individuo que los trajo a territorio francés.

39. «Todavía mejor.»

—¡Estaba en Toulouse! Y ustedes ni siquiera se enteraron. Me amenazó mientras mis protectores se paseaban por los salones de la capital.

—El hombre al que usted llama Cabeza de Lobo no es más que un ejecutor. El que dirige a los johannistas es un personaje de otra catadura. Es un enviado de León XIII.

—¡Maldito sea el Papa! —dijo Bérenger, dejándose caer en el sillón.

El frío se apoderó de la habitación, pese al fuego que crepitaba en el hogar. El silencio, la penumbra, el peso del secreto, las amenazas de la Santa Sede acercaron a los dos hombres. De repente, eran dos sacerdotes extraviados, sin fuerzas para seguir adelante con aquella aventura. Ni siquiera podían ya con sus almas y no encontraban reposo ni en las iglesias, ni en las cruces de los calvarios.

—Esos hombres buscan lo mismo que nosotros, Saunière... Es complicado. Se lo resumiré. Los documentos que encontró legitiman la autoridad de los Habsburgo a la cabeza de Europa y de la Cristiandad. Este desvarío, lamentablemente, cuenta con mi adhesión. Imagínese un Sacro Imperio Europeo constitucional que anulara por derecho la soberanía del Papa. ¿Puede concebir siquiera su poder? Desde luego, hay que desconfiar de las leyendas. Por ejemplo, ¿por qué los Habsburgo y no los Borbones? No podría decírselo con certeza, al menos hasta que no tenga la prueba de que el emperador Rodolfo, elegido en 1273, es descendiente de Dagoberto II y de la princesa Matilde de Saxe. Pero recuerde que la divisa de los Habsburgo es AEIOU: *Austria est imperare orbi Universo* («Austria ha de gobernar el Universo»). La historia se complica aún más porque todas estas personas quieren apoderarse de un tesoro simbólico que se esconde bajo estas montañas. Contiene objetos sagrados que confieren a sus dueños poderes sobrenaturales.

—Esto último lo entiendo. En el subterráneo sentí una fuerza inmensa. La siento todavía, como si hubiera entrado dentro de mí. Algunas noches, tengo la sensación de que me precipito hacia otro universo. Veo la luz verde... Ojalá hubiese bajado conmigo, para que supiera de lo que hablo. ¿Ha averiguado algo más después de nuestra última sesión de trabajo?

—He retomado mis investigaciones etimológicas, históricas y arqueológicas. Pero tropiezo una y otra vez con un muro. Quienes escondieron el tesoro sabían lo que hacían. Querían que sólo los iniciados pudieran encontrarlo. Preciso de la asesoría de monsieur Hoffet y monsieur Yesolot. Debemos encontrar el Arca o lo que sea que se esconde allí antes que los enviados del Papa. Borre todas las pistas, Saunière. Destruya todos los indicios que hay aquí en Rennes-le-Château. Cambie de lugar las tumbas del cementerio. Sobre todo, no haga ningún gasto en este año que comienza.

—Las tumbas… No me atrevo.

—Debe hacerlo.

—Está pidiéndome que cometa sacrilegio, por segunda vez.

—Cámbielas de lugar. Se lo suplico.

—¡Que me lleve el Diablo si lo hago!

—Por el Diablo, le digo que ha de hacerlo… Dios mío, ¿ve lo que me ha hecho decir? ¿A tal punto estamos condenados?

Boudet hundió la cabeza entre las manos, bajo la mirada de Bérenger. El abad de Rennes-les-Baines se había hecho viejo. Tan sólo un año antes, no habría tenido esa reacción. ¿Aspiraba a salvar su alma? ¿Necesitaba del consuelo que tenía el poder de prodigar a otros? Una pregunta afloró a la conciencia de Bérenger: «¿He de acudir en su ayuda? Apenas ayer creía detestarlo, por el mal que le ha hecho a Marie».

Trató de restar dramatismo a la situación:

—Vamos, Boudet, tranquilícese. El Diablo es la encarnación de un sueño infantil. El Mal que buscamos a tientas en el Universo para aprender a combatirlo a menudo no es sino el fruto de nuestra imaginación.

—No disimule conmigo, Saunière —dijo Boudet con voz sorda—. Es usted buen orador, pero tiene tanto miedo como yo… No me cabe duda. Si no fuera así, ¿por qué habría de negarse a mover las tumbas?

—¡Yo no tengo miedo!

—Entonces rece por su alma. Porque quien lo conduce al desierto no es el Espíritu, sino el gran Tentador. ¿Quién se ha creído, Jesús?

Las palabras sonaban extrañas en boca de Boudet. Sin embargo, Bérenger comprendió la alusión al pasaje de los Evangelios: «El Demonio lo llevó a una montaña muy alta, donde le

241

mostró la gloria de todos los reinos de la tierra, y le dijo: "Todo esto te lo daré, si te arrodillas y me adoras"».

¿Y si Boudet estuviera tendiéndole una trampa? ¿Y si él mismo fuera el Tentador? Lo miró, pero no vio más que un anciano tembloroso. Boudet lo miró de hito en hito, con un reproche incierto en los ojos.

Bérenger empezó a sentirse incómodo. El viejo abad había adivinado que él no vacilaría en postrarse delante de quien le ofreciera todos los reinos de la tierra.

—Que Dios me perdone —murmuró—. Sí, tengo miedo. Pero me ha faltado humildad para confesarlo.

—Esa falta de humildad es una de las razones por las que lo hemos elegido —dijo Boudet—. Sólo usted podría llevar a buen puerto nuestra empresa. Ya quisiera yo ser igual de inconsciente, a la hora de embestir contra el peligro. Es usted una fuerza de la naturaleza, Saunière. Ponga esa fuerza al servicio del Priorato y nos ocuparemos de que sea un hombre envidiado por todos.

El tono de Boudet se había endurecido. En cuestión de segundos se había convertido otra vez en un jefe temible, en la voz del Priorato. Bérenger comprendió que había sido manipulado una vez más. El viejo abad se puso de pie, se echó encima sus abrigos y le tendió la mano con aire cómplice.

—Si necesita un consejo, o precisa confesarse, sabe dónde encontrarme. A veces hace bien desahogarse y hablar con el corazón en la mano. Además, dudo que quiera confiarle ciertas cosas al abad Gélis o al abad Rivière. Hasta pronto, Saunière. Que Dios lo guarde.

—Hasta la vista, padre.

Bérenger lo acompañó hasta la carreta. Entró luego en la Iglesia. Se arrodilló delante de santa María Magdalena, sintiendo un nudo en la garganta. Al cabo de un momento, estaba prosternado delante del altar. Los ojos se le cerraron y rezó con las manos juntas sobre el sagrario. Ni siquiera sabía qué estaba pidiendo. Sólo anhelaba un poco de consuelo, algún alivio, la ayuda de Dios y de los santos. Oró en voz baja, estrujándose las manos hasta hacer crujir las falanges. Pero ¿cómo podía ayudarlo nadie? Estaba solo. Su alma era una puerta cerrada. El mundo de Dios lo dejaba indiferente. Quería ser un hombre superior, el rey de toda la tierra, aunque fuera a cambio de adorar al dios del mundo de la Serpiente.

«Perdóname… Perdóname… Perdóname…»

Golpeó tres veces con la frente el mármol del altar. Y las tres veces renunció a ser tan sólo un buen pastor. Cuando salió de la iglesia, había cambiado de planes. Esa misma noche cambiaría de sitio la tumba de la Dama de Hautpoul.

Una vez más. En medio de los muertos. Marie estaba asustada. Noche tras noche, lo seguía hasta el cementerio con la cabeza baja, parloteando aquellos latines que no entendía pero que le daban fuerzas para seguir adelante: *Agnus Dei, christus immolatus pro salute mundi, miserere corporis et animae meae. Agnus Deu per quem salvantur cuncti fideles…*[40] Los muertos acechaban sus pasos cuando pasaba furtivamente por entre las tumbas con las cruces que Bérenger iba retirando de las sepulturas. Tropezaba, se quedaba sin fuerzas, pero apretaba los dientes y reanudaba la marcha, volvía a sus oraciones. El corazón le palpitaba aún más fuerte a medianoche, que era la hora en que los muertos salían de sus ataúdes. Los sentía pasar a su lado cuando se deslizaban a lo largo de los senderos. Habían estado enterrados durante siglos, olvidados en la tierra, cubiertos por sus losas de mármol. Pero allí estaban otra vez todos, en muda procesión. Sus ojos extinguidos buscaban los rostros de los profanadores.

—Bérenger…

¿Qué pasa ahora?

—Creo que he visto una luz.

—No será nada.

—No sigas. Ya hemos revolcado casi todas las tumbas alrededor de la de la Dama.

Marie apartó el rostro. Bérenger acaba de extraer un cráneo de la tierra para arrojarlo a la pila de huesos desordenados de la carretilla. Cuando ya no cupieran más, iría a vaciarla al nuevo osario. Se santiguó y hurgó la tierra de la parcela que acababa

243

---

40. Cordero de Dios, Cristo inmolado por la salvación del mundo, apiádate de mi cuerpo y de mi alma. Cordero de Dios, que a todos tus fieles salvas…

de excavar, pero no encontró nada interesante. Prosiguió su trabajo en otra tumba.

—Tenemos que borrar todos los rastros del pasado —dijo, levantando el buril por encima de la inscripción grabada en la vieja lápida.

Ni una sola pista, ni un solo indicio debían delatar el secreto a los intrusos. Se detuvo justo antes de empezar a martillar. Observó otra vez la disposición de las letras inscritas en aquella tumba anónima, que otras veces le había llamado la atención. El nombre del difunto se había borrado con los años. Había luego una fecha, 1666 o 1668, que indicaba el año de muerte del desconocido. El año de nacimiento ya estaba casi borrado. Por contraste, la frase que había a continuación resistía al tiempo. Las letras eran más profundas, como si hubieran sido trazadas para resistir:

UBERIBUS FECONDUS AQUIS UBI CONDITUS ANTRO MARTIUS
ANGVIS ERAT CRISTIS PRAEE+SIGNIS ET AURO

«Abundante en aguas fecundas, allí, escondida en la gruta, estaba la serpiente de Marte, conocida por el oro excelso de sus penachos», tradujo Bérenger, antes de descargar el hierro sobre la C de FECONDUS.

Pasaron los meses. Las visitas al cementerio se hicieron esporádicas. Los aldeanos, alertados por los sepultureros, habían empezado a inquietarse a causa de los ires y venires de Bérenger y Marie. Algunos habían amenazado con pedirle al alcalde que interviniera ante el prefecto de Aude. El terreno del cementerio no pertenecía a la parroquia sino a la comuna. Bérenger se justificó diciendo que había demasiadas tumbas abandonadas y había que desescombrar el camposanto para enterrar a los muertos nuevos.

En realidad, tenía otras preocupaciones. Emma Calvé había vuelto a París, después de consagrarse como la máxima diva del momento en sus giras por América e Inglaterra. No conocía más que triunfos. Bérenger temía que lo hubiera olvidado. No había sacado aún dinero de sus cuentas de banco, siguiendo la orden de

Boudet. Cada mes, una nueva suma engrosaba los miles de francos que le depositaban los banqueros del Priorato.

¡Era tanto dinero! Tenía ya más que suficiente para llevar una vida espléndida. En el fondo, soñaba con volver a París. Allí en Rennes no era nadie. Por las noches, oía ecos dispersos, como olas, a veces más fuertes, a veces más lejanas. Era Emma, que estaba llamándolo en la distancia

Bérenger bebió en silencio el café. No estaba callado por casualidad, ni reposaba al cabo de la fatiga: se trataba de un silencio premeditado, deliberadamente silencioso. Marie lo miraba de reojo. Sabía que iba a decirle algo grave; intuía las palabras que él rumiaba en su interior, el peso que oprimía su corazón hacía tres días. La última carta de la cantante lo había dejado enervado, irascible. Le sirvió otra taza de café, cortó una tajada de pan y le ofreció la mermelada de fresas que ella misma había hecho en la primavera. A Bérenger le encantaban las mermeladas y la colmaba de alabanzas cada vez que abrían un frasco nuevo. Sin embargo, bebió el café y se comió el pan sin decir ni una sílaba. Marie siguió esperando alguna muestra de cariño, una palabra amable, una mirada tierna. ¿Qué más podía hacer? ¿Qué se suponía que debía pensar? Pasaron varios minutos. Empezó a retorcerse las manos sobre el mantel. Bérenger la miró con ojos extraños y dijo de repente:

—Estaré ausente algún tiempo.

Fue como una bofetada. Marie se dejó caer en la silla más próxima, golpeada, con el rostro descompuesto. «Si quieres irte, vete», pensó. Se mordió los labios con desdén y sintió en su propia saliva el regusto amargo de los celos y la vergüenza: su amante iba a reunirse con la otra. Empezó a mecerse en la silla, repitiéndose una y otra vez las mismas palabras, como una anciana que repasa en silencio sus oraciones: «Quisiera estar muerta, quisiera estar muerta». Bérenger, estaba segura, la creía ya sumergida en el hastío del día a día. No podía imaginar la intensidad de sus sentimientos. La idea de morir seguía revoloteando en su cabeza. Dejó de mecerse y buscó en qué ocupar las manos. Recogió con dedos temblorosos las migas del pan, empezó a juguetear torpemente con una cucharilla.

245

La vida misma se había convertido en un horror que se propagaba a su alrededor a través de sus ojos, tornando imposible toda comunicación. Sin embargo, sentía ganas de hablar, de gritar, de desahogarse. Quería romper aquella tenaza de una vez. ¿Por qué él no decía nada más? ¿Se sentía tan culpable que se había comido la lengua?

Se sostuvieron la mirada. Por un momento, estuvieron juntos otra vez, sin cambiar ni una sola palabra ni hacer ni un solo signo. Marie cogió el frasco de mermelada y lo arrojó contra la pared.

—¡Marie! —gritó Bérenger.

—¡Nada de Marie! No soy más que una pobre mula que llevas del cabestro.

—No hay motivos para montar un drama. Me marcho a París para asegurarme de que estaremos protegidos.

—Ahórrame las mentiras. Ya tengo bastante con la pena.

—Te estoy diciendo la verdad.

—Vas a reunirte con esa puta de la ópera. Ésa es la verdad. La última carta que mandó traía un sello francés. Ya no está en el extranjero. Y ahora tú quieres ir a revolcarte con ella porque eres un animal.

—¡Basta! Te prohíbo que hables así. ¿Es que no recuerdas que soy sacerdote!

—Ja, ja. Menudo sacerdote. La gente haría mejor en no confiarte tu alma, eres un cerdo.

—Límpiame los zapatos para ir a la ciudad.

—*Qué badinas?*[41]

—Hasta nueva orden, sigues siendo mi sirvienta. Así que obedece.

—¿Tu sirvienta…? *Qu'es pro per èstre damnada.*[42]

—Los zapatos, Marie. Es la última vez que te lo digo.

—¡Ahora te vas a enterar!

Marie se levantó de un salto, subió a la habitación y regresó con los zapatos.

—¡Ahora verás lo que hago con tus botines de seductor!

—¡Ven aquí!

41. «¿Estás bromeando?»
42. «Con eso basta para que esté condenada.»

Bérenger le lanzó el primer golpe cuando ya Marie había destapado el barreño de la colada. Con estupor, vio desaparecer los costosos botines entre los borbotones blanquecinos.

—¡Me las pagarás!

Se abalanzaron uno sobre el otro. El argot de las callejuelas de Toulouse acudió a los labios de Marie aunque nunca había estado allí. Lo insultó y le dio un mordisco. Bérenger la golpeó y ella le devolvió el golpe. Él le arrancó la camisa, soltó los senos, le levantó la falda y las enaguas, le metió los dedos en el sexo. Marie lanzó un grito y cayó de espaldas debajo de él. Bérenger la penetró y la poseyó así largo rato, arrancándole quejas que ya no eran de desconsuelo.

XXII

París, 4 de octubre de 1894

Jules abrió la puerta, asomó la cabeza, preguntó con el tono habitual:

—¿Estás sola?

—Sí —contestó Emma.

La pregunta escondía detestables sobreentendidos. Jules sabía muy bien que a esa hora ella practicaba sus vocalizaciones. ¿Por qué habría de cambiar de rutina? Su amante se dejó caer en un cojín con gesto preocupado. Por lo visto, no había venido temprano a echarle piropos. No estaría tan ansioso si fuera así. Emma se quedó mirándolo mientras bebía a pequeños sorbos su vaso de agua mineral. La cólera que había estado reprimiendo los últimos días se encendió en sus ojos. ¿Por qué andaba celándola? ¿No tenía ella derecho a vivir como le diera la gana? ¿Acaso estaban casados? Y si se hubieran casado, ¿qué?

—No quiero que vuelvas a ver a ese cura —dijo por fin Jules.

Se incorporó de golpe y se acercó con gesto amenazante.

—Lo necesitamos. Tú lo sabes.

—Convinimos en que pondrías fin a esta aventura en cuanto cumpliera el contrato con el Priorato.

—Tú mismo oíste las palabras de Claude:[43] sólo ha cumplido el contrato en parte. Mantendré mi amistad con él, te guste o no.

—Ten cuidado, Emma —dijo Jules levantando la mano.

—¿Me estás amenazando, querido?

43. Claude Debussy (cf., *id., Les tentations de l'abbé Saunière;* 1986).

—Eres una zorra.

—Nadie es mejor de lo que es, querido. Ahora, ten la bondad de marcharte a tu zoológico de espiritistas. Bérenger no tardará en llegar y no quiero que te encuentre aquí.

Jules consiguió dominarse, aunque estaba enfurecido por la afrenta. Hizo una venia delante de Emma, le besó la mano y abandonó la habitación recobrando el aliento. Emma era una perra. En cuanto al cura, ¿cuál sería el demonio que lo empujaba a pecar? Los dos le daban asco, pero no podía destruirlos. A menudo soñaba con matar a Saunière, que ascendía transfigurado hacia las nubes. El sacerdote lo tenía fascinado. A pesar suyo, era un embajador de otro mundo.

«Algún día me las pagarás, cura del Demonio.»

Bérenger estaba a pocas calles de allí. Sin embargo, no era el Diablo que imaginaba Jules. Pese a su atuendo refinado, a los guantes y al bastón, no era en absoluto un perverso, ni un calavera, ni un mujeriego sifilítico, ni un depravado en busca de aventuras fáciles. Caminaba embelesado por los trinos sosegados de los últimos pájaros, la amabilidad de los paseantes, las risas de los niños. Todo era armonía a su alrededor. El corazón le palpitaba en el pecho y se sentía feliz. ¡Ah, Emma! El amor que compartía con ella lo había convertido en un hombre más apuesto y más audaz. No había vacilado un segundo, al momento de desembarazarse de la sotana en casa de su amigo el editor Ané. París estaba a sus pies. No tenía miedo de nadie. Ni siquiera del enviado del Papa y su banda de johannistas. Tampoco de la cólera divina. Se detuvo delante del inmueble donde vivía su amante y entró anticipando las cálidas sombras de la habitación, las fragancias exuberantes. Tocó a la puerta. Ella misma salió a abrir.

—Por fin has llegado —dijo Emma estrechándolo entre sus brazos.

—¡Emma!

—No digas nada. Bésame.

Bérenger la llevó en brazos a través de las habitaciones, que todavía estaban llenas de maletas sin abrir. La miraba de hito en hito, con fervor, con una pasión sin límites. Emma se estremecía por momentos, embargada por un ansia infinita de placer. Buscaba en vano los gestos tímidos, la afectada deferencia del sacerdote que había conocido hacía unos meses. Entonces, nada más delataba sus modos de cura campesino, el conflicto secreto de sus anhelos. Hoy tenía delante a un hombre fuerte, sonriente, acostumbrado a mandar.

—No sé cómo he podido esperar tanto tiempo —balbuceó, agachando la cabeza contra su hombro.

Recordó con una sonrisa a Jules, que quería hacerla renunciar a esa pasión que ella quería llevar hasta el final, sin importar cuál fuera el precio.

Bérenger la tendió sobre el lecho. Se dejó caer sobre ella, con todo el peso de su cuerpo. No había dejado de mirarla ni un instante y sus ojos se detuvieron en su boca entreabierta. Emma cerró los ojos. Sintió la embestida, el vértigo del deseo. ¿Qué esperaba para besarla, para desvestirla? Abrió la boca un poco más, pasándose la lengua por los dientes. Los labios de su amante aplastaron los suyos, adueñándose de su boca.

Emma lanzó un gemido. La víspera, en el escenario de la *Navarraise*, había matado a un hombre porque amaba a otro. Realmente podría llegar a matar por Bérenger. Su amante le dio la vuelta y desnudó sus hombros, le arrugó con los dedos el borde del vestido. Emma se sintió zozobrar poco a poco, aunque todavía se resistía a abandonarse, a someterse, pero luego se dejó ir. Empezó a balancearse, a contonear las caderas. El vestido resbaló por su piel. Se mordió los labios, mientras las manos de Bérenger la despojaban de las enaguas y del corsé. Estaba desnuda.

Se tendió sobre el vientre y apretó los muslos. Adivinó que su amante retrocedía para verla mejor: una estatua radiante, de carnes blanquecinas. Se dio la vuelta con lentitud. Bérenger le susurró unas palabras en occitano, mirándola a los ojos, pero ella no apartó la mirada. Deseaba ahora mismo que él la viera así, ofrecida, impúdica, entregándose sin rubores al placer. Abrió sus largas piernas y empezó a acariciarse, desafiándolo.

Bérenger contuvo el aliento. La ilusión podía quebrarse como un cristal, en cualquier momento. Se unió a ella cuando Emma arqueó el cuerpo y cerró los muslos. Por una sola vez, quería ser el primero.

ϒ

La función de la *Navarraise* acababa de concluir. Emma había hecho el papel de Anita, la joven enamorada que asesinaba al jefe carlista para hacerse con la recompensa que le permitiría tener una dote y, una vez que fuera rica, casarse con el hombre de sus amores. Sin embargo, éste último caía herido y moría maldiciéndola, pues creía que Anita lo había engañado. La historia había conmovido a Bérenger. Era como una advertencia del cielo: el oro en el que Anita cifraba su felicidad la había precipitado hacia la locura.

Desde el camerino de Emma, escuchó los gritos del público llamándola de vuelta al escenario. Había hecho bien en dejar la sala después de caer la cortina. No quería levantarse con todos los demás espectadores y arrojarle extasiado un ramo de flores. Su amante apenas se habría inclinado para recogerlo, quizá le habría mandado un beso, como hacía cada noche con otros hombres.

Lo torturaban los celos.

En el cenicero, había un cigarro apagado, a medio fumar. Un admirador lo había olvidado allí, hipnotizado por la belleza de Emma. Bérenger lo cogió y lo aplastó entre los dedos, cada vez más enervado. Aguzó el oído y escuchó una vez más los vivas obsesivos. El público seguía llamando a Emma, una y otra vez. ¿Cuándo pensaban dejarla ir? Se detuvo a leer los billetes que habían quedado la víspera en el espejo:

«Es la una de la madrugada… No se me ocurre más que una palabra para expresar mis pensamientos, querida amiga: ha estado usted magnífica. Los miembros de la orquesta también le envían todos sus cumplidos. Suyo devoto y afecto, J. Danbé».

«¡Cuánta pasión y cuánto encanto! ¡Cuánto vigor! En una sola palabra, ¡cuánto arte! No le hablo ya como autor, sino como un espectador que la aplaude rendido. Y con mis aplausos más calurosos, le envío aquí, querida amiga, mi más devoto reconocimiento. J Claretie.»

«Este triunfo es nuestro, Emma. Si has de dejarme, clávame un cuchillo en el corazón. Tendré al menos una muerte digna del amor que te profeso. Con toda el alma, J. Bois.»

Se le hizo un nudo en la garganta al leer el último billete. Empezaba a pensar que, en todos esos meses en Razès, no había existido en su alma más que un solo sentimiento: el miedo a perderla. Sobre la palangana de porcelana, estaba la toalla de tela que había usado Emma. Bérenger la tomó y hundió en ella en rostro. Fuera todavía se oían los gritos.

El ejército de admiradores había ocupado ambos costados del escenario. Emma saboreaba el triunfo y se entregaba poco a poco a las sonrisas, a los abrazos, a los saludos. Todos la felicitaban, se apretujaban a su alrededor. Los hombres inclinaban la cabeza y las mujeres que venían con ellos sonreían conmovidas y henchían sus pechos opulentos tratando en vano de rivalizar con la cantante. Algunos no se atrevían a acercarse, apenas murmuraban entre dientes. «Es usted la más grande, la más bella, la más seductora…» Emma asentía mientras la ensalzaban hasta las nubes. Tan sólo faltaban unos pasos para que pudiera refugiarse en el camerino.

—¡Eres la reina de todas nuestras noches, Emma! —gritó un hombre.

Bérenger se recompuso y puso en su sitio la toalla de tela. La puerta se abrió. La diva dejó fuera a sus cortesanos y cerró enseguida. Sin embargo, aún querían verla, volvieron una y otra vez a la carga y entraron en el camerino por la fuerza. Aquello no tenía fin.

—Más tarde… más tarde… Gracias… Allí estaré… Cuántas flores… Estoy encantada… Gracias…

Finalmente, consiguió contener la ola y se quedó de espaldas a la puerta. Esperó con los ojos cerrados hasta que las voces se alejaron por el pasillo. La calma retornó poco a poco. Emma tomó aliento, pasándose la mano por la frente. La tendió luego hacia Bérenger.

—Ven a darme un beso —le dijo, al verlo tieso e inmóvil, como si no quisiera arrugarse el traje de etiqueta.

Bérenger se acercó y la estrechó entre sus brazos pero percibió un velo, un obstáculo entre los dos. De repente pensó que no sabía qué estaba haciendo allí. Había viajado a París a causa de Emma, dejándose llevar por los sentimientos, por el miedo que tenía de esos sentimientos. No podía concebir que la vida lo hubiera predestinado para nada distinto. Su camino y el de Emma estaban hechos para fundirse en uno solo, no para cruzarse apenas un momento. Y sin embargo, entre los dos había una fuerza impalpable...

Emma se desperezó con un gesto felino. El hastío había comenzado a apoderarse de ella después del beso de su amante. Había tenido un día largo. Se despojó sin prisa del disfraz de Anita.

—Quisiera estar lejos de aquí —dijo mirando a Bérenger a través del espejo—. Lejos... en algún lugar donde no puedan llegar los hombres, ¿me entiendes? ¿Crees que existe un lugar así?

Bérenger sintió de pronto un deseo de tomar su mano y llevársela de la ciudad, rumbo al sur, hacia el monte embrujado, hasta donde estaba Asmodeo.

—Quizás exista —respondió, reprimiendo un escalofrío.

—Yo lo he visto ya —dijo Emma—. Es un castillo.

—Creo que entonces no hablamos del mismo lugar.

—¿De qué lugar? —dijo ella sorprendida, y paró por un instante de peinarse los cabellos.

—No tiene importancia. Tengo demasiada imaginación. Háblame de ese castillo que has visto.

—Es un castillo del siglo XI que parece un nido de águilas, encaramado en un monte a unos kilómetros de Millau. Una maravilla. Me enamoré de él desde que lo vi. Está en un estado deplorable, pero podría ser uno de los tesoros de Occitania si yo ganara suficiente dinero con mis contratos.

La larga mirada de Bérenger expresaba la gravedad de sus pensamientos. No renunciaría ya por nada del mundo a hacer realidad aquel sueño de su amante. Se acercó a ella, posando las manos sobre sus hombros desnudos.

—Si sólo depende de eso, puedo ayudarte.

Emma lo miró circunspecta. Dejó a un lado el cepillo y buscó la mano de Bérenger. La apretó entre sus dedos. Los segundos transcurrieron con lentitud. Bérenger pensaba en el oro de la cisterna, ese oro que había escondido por si el Priorato de Sión no cumplía el pacto.

—Tengo suficiente oro.

—¿Oro? Pero...

—No digas nada. Sé que eres parte del Priorato. Os lo he escamoteado. Es una especie de anticipo sobre los fondos que deben depositarme los hermanos tesoreros.

Emma se estremeció. El rubor urdió una trama de hilillos de sangre en sus mejillas. Su silencio era toda una confesión. No sabía qué responder.

—Lo he hecho por ti —añadió Bérenger.

Entonces, ella montó en cólera. ¡Se había enamorado de un loco! Por fortuna, ella estaba allí para salvarlo:

—Te has puesto en un grave peligro. Si se enteran, no te lo perdonarán. ¿Qué falta te hacía guardar ese oro? ¿No sabes que pertenece a una dinastía?

Su rostro se ensombreció. El error de Bérenger realmente la hacía sufrir. Habló con voz trémula, endurecida.

—Fuiste elegido por tu honestidad para acercarte más que ningún otro iniciado a nuestro guía. No estoy hablando de Claude, sino de alguien más... Ahora, lo has puesto todo en duda. Tienes que desembarazarte de ese oro y no veo más que una solución: dáselo a Elías.

—¿A Elías... Yesolot?

—Sí.

—¿Dónde está? ¿Por qué no volvió nunca a Rennes?

—Ha hecho largos viajes. Estuvo conmigo en América. Tienes que ir con él enseguida.

—¿Está en el arrabal del Faubourg Saint Antoine?

—No. Está en la casa mayor del Priorato, con Barlet, el maestro espiritista. Se encuentra en la carretera de l'Havre, a pocas leguas de Villequier.

XXIII

Rouen, Caudebec, Villequier. Primero el tren, luego la diligencia, ahora a pie. Bérenger empezaba a habituarse a ver pasar el paisaje en jirones, como en un sueño fugitivo. Enfiló a paso ligero por el largo camino de barro, rumbo al horizonte que se perdía entre la bruma. No había sol. No había sombra. Todos los puntos de referencia habían desaparecido. El Sena debía estar en alguna parte a su izquierda. A su espalda, una lluvia fina, inaudible, desdibujaba Villequier. Pasó por delante de la granja abandonada, dejó luego la ruta y encontró la reja al final del camino de piedra flanqueado por dos hileras de árboles. Aquélla debía de ser la casa del Priorato. No veía más que una torre de tejas negras, asomada por encima de un olmo. Un perro ladró. Alguien lo llamó: ¿había dicho «Kalos»?, ¿«Talos», tal vez? Al cabo de un silencio, unos pasos pesados se escucharon en la gravilla del sendero. Tras la reja apareció un hombre gordo, vestido con un viejo sombrero plano y el traje típico de los campesinos de la región. Se acercó sin prisa, apoyándose en su largo bastón. Se detuvo a cuatro pasos de la reja y le lanzó una mirada desdeñosa.

—¿Qué quiere?

—Vengo a visitar a monsieur Yesolot.

—Aquí no vive nadie con ese nombre.

—¿Está monsieur Barlet?

—Sí…

—Soy amigo suyo.

—Eso está por verse.

El hombre se rascó la nariz, reflexionando. No le hacía gracia aquel fanfarrón con acento del Midi. Debía de ser un ladrón de mujeres. ¡Seguro!

—Dígale a monsieur Barlet que Bérenger Saunière ha venido de París con un mensaje de mademoiselle Emma Calvé.

La expresión del hombre se transformó. Sonrió de oreja a oreja.

—¿Mademoiselle Calvé...? ¿Viene de parte de ella?

Bérenger asintió.

—¡Haberlo dicho antes, por Dios!

La reja se abrió como por arte de magia. El guardián taciturno, que por lo visto era también admirador de Emma, lo condujo hasta la casona. Bérenger observó la extraña construcción de varios pisos. ¿Cuántas cosas escondería dentro? Casi podía vislumbrar los pasadizos escondidos, las cámaras secretas, los gabinetes de magia. Después de tantos meses de tribulaciones y tinieblas, después de haberse enfrentado a Asmodeo, encontraría por fin a su amigo Elías. Todo había comenzado con él y Bérenger presentía que todo comenzaría con él otra vez: un nuevo viaje a través de la oscuridad. «Elías», pensó concentrándose, justo al momento de franquear el umbral. La puerta era estrecha, baja y sombría, casi una poterna. El hombre se apartó y lo invitó a proseguir por su cuenta.

Bérenger siguió adelante sin vacilar. Reconocía la disposición de la casona, como si hubiera estado allí antes, o como si la hubiera visto en sueños. Subió una docena de peldaños empinados, recorrió un pasillo y se detuvo ante una doble puerta de roble. Empujó una de las batientes, que estaba entreabierta, y lo invadió enseguida el desasosiego. Estaba en una sala inmensa, muy oscura. Los postigos estaban cerrados, si era que había ventanas tras los largos cortinajes de terciopelo que cubrían todo el muro. La luz temblorosa de unos cirios sustituía la luz del día.

Avanzó con prudencia hasta una enorme mesa labrada, sostenida por cuatro cabezas de animales. Una amenaza se escondía en la oscuridad, tras las llamas que parpadeaban a su alrededor. La angustia se apoderó de su corazón cuando sus ojos se acostumbraron a la sombra.

Tras las llamas temblorosas de los cirios, había un batallón de caballeros silenciosos. Las figuras de cera, vestidas de acero, cuero y plomo, permanecían inanes bajo las bóvedas. Un péndulo cargado de blasones oscilaba más allá, vigilado por un gigante de armadura. Bérenger se acercó, todavía inquieto. Por entre las ranuras del casco de hierro, advirtió un tenue resplandor en el rostro pálido del maniquí y la barbita puntiaguda. Sobre el torso de metal había grabada una cruz esvástica. El espadón descansaba plantado entre las botas. El gigante sostenía con las dos manos la doble empuñadura que coronaba la larga hoja.

Bérenger tuvo la impresión de que los ojos de vidrio empezaban a brillar. Golpeó la coraza con el puño para disipar el sortilegio. Reculó luego hasta la mesa. El caballero permaneció inmóvil, mirando a sus compañeros, ensoñado en batallas de otros tiempos. Todos aquellos yelmos, celadas, sayos, cotas de malla, insignias, adargas, hachas, lanzas y mazos debían recordarle guerras que nunca habían terminado.

No eran más que muñecos de cera. Sin embargo, Bérenger se sentía cada vez más incómodo. ¿Dónde estaban Elías y Barlet? Aquellos guerreros confinados en la sombra, plasmados para la eternidad, parecían a punto de cobrar vida para perseguirlo. Se apoyó a tientas en la mesa y vio entonces las cartas del tarot desplegadas en el extremo. Cinco estaban vueltas boca arriba: el Equilibrista, el Diablo, la Emperatriz, el Emperador y la Torre partida por el rayo.

De repente, se vio transportado fuera del mundo, angustiosamente lejos de la realidad. Sin embargo, las cartas estaban allí mismo. Las tocó. Sintió los dedos calientes, como si las cartas estuvieran vivas.

A pesar del miedo, ya no consiguió apartar los ojos de las figuras. ¿Por qué acudían a su cabeza aquellas imágenes incomprensibles, en cuanto se quedaba mirándolas? No tuvo tiempo de comprender su significado, pues una voz rompió el sortilegio que ejercían sobre él.

—Permítame que le dé la bienvenida a esta casa, padre.

Barlet avanzaba en su dirección, desde el fondo de la sala. Sus ojos febriles, algo lunáticos, se posaron sobre las cartas. Con gesto veloz, volteó boca abajo el Diablo y la Torre.

—No vale la pena dejar que estos dos anden propagando sus ondas maléficas —dijo tendiéndole la mano a Bérenger.

—Mis respetos, monsieur Barlet.

La mano de Barlet estaba helada, como si el espiritista acabara de salir de una sesión.

—¿Le agrada este lugar? ¿No se siente como si estuviera a las puertas de otro mundo? Estos caballeros le gustaban mucho a Víctor Hugo, nuestro difunto y venerado maestro. Espero que también sean de su gusto. ¡Ah!, Hugo... Escuche, Saunière, óigalo hablar con su propia voz de estos soldados:

Pour en voir de pareils dans l'ombre, il faut qu'on dorme ;
Ils sont comme engloutis sous la housse difforme ;
Les cavaliers sont froids, calmes, graves, armés,
Effroyables; les poings lugubrement fermés ;
Si l'enfer tout à coup ouvrait ces mains fantômes,
On verrait quelque lettre affreuse dans leurs paumes.[44]

—*La leyenda de los siglos* —añadió Bérenger—. *Eviradnus.*

—¡Bravo! —exclamó Barlet.

Lo tomó entonces del brazo, para conducirlo por la casona.

—Le esperábamos.

—¿Me esperaban?

—Mademoiselle Calvé tenía órdenes relativas a su visita.

Bérenger se ruborizó: Emma lo había engañado. Por un momento, sintió el deseo abandonar de inmediato aquella casa, emprender la huida y recuperar la libertad. Quería correr hasta que le faltaran las piernas, a través de la lluvia y de la bruma, seguir corriendo durante días rumbo al sur, saltando por encima de los arroyos, reventando los setos, hasta caer extendido al pie de su colina. No... Tarde o temprano acabarían por encontrarlo. Y él mismo deseaba que lo encontraran. Ya no podría volver a ser apenas un sacerdote que meditaba sobre los destinos de los campesinos de Razès, destinado a repartir eternamente sus horas entre las oraciones reglamentarias y las caricias de Marie.

44. Para ver sus iguales en la sombra hay que soñar; / Bajo el sayo deforme parecen sepultados; / Son caballeros fríos, calmos, serenos, pertrechados, / Espantos; de lúgubres puños cerrados; / Si el infierno entreabriese sus manos fantasmales, / Veríamos en sus palmas alguna letra atroz.

—He venido a ver a monsieur Yesolot —dijo por fin.

—No se encuentra solo. Un viejo conocido ha regresado con él de América.

—¿Un viejo conocido?

—Alguien que lo tiene a usted en gran estima.

Bérenger se preguntó de quién podía tratarse. Barlet lo había guiado entre tanto hasta el ala oeste de la casa. Entraron en una habitación redonda, atiborrada de libros y manuscritos. Elías estaba sentado detrás de un pupitre, escribiendo una carta. A su lado había un desconocido de barba larga y negra. Elías levantó la vista al oír la puerta y una sonrisa iluminó enseguida su rostro. No había envejecido ni un solo día. Seguía siendo el mismo de siempre, robusto, con esos ojos negros que calaban hasta el alma. Agitó las manos regordetas en señal de alegría. Una gota de tinta cayó sobre la carta y otra salpicó el traje del desconocido, pero Elías se puso de pie sin arredrarse, dio un empujón a su acompañante, tiró al suelo un taburete, derribó tres pilas de libros y abrazó por fin a Bérenger.

—¡Amigo mío!

—Elías, por fin…

—Qué alegría tenerlo aquí —dijo Elías, y lo condujo luego a donde estaba el otro hombre—. Creo que ustedes se conocen.

El hombre le tendió la mano a Bérenger sin abandonar la postura estática, casi militar. Esa voz, ese acento, esos ojos… Bérenger lo reconoció, a pesar de la delgadez del rostro que disimulaba la espesa barba. Era Juan de Habsburgo.

—¡Señor archiduque!

—No, no… Hoy en día, tiene usted delante a Fred Otten, explorador de profesión —respondió el otro con evidente tristeza.

—Fred Otten… pero… ¿y sus títulos?

—He renunciado a ellos. Se esfumaron el día de la tragedia de Mayerling. Ya no soy nada a los ojos de la nobleza austriaca. Aun más, todo el mundo cree que desaparecí en el cabo de Hornos a bordo de mi velero, el *Santa Margherita*. En realidad, la nave naufragó a unos cuantos cables del cabo Buen Tiempo, no muy lejos del Estrecho de Magallanes, y logré llegar a tierra en un bote, auxiliado por tres de mis marineros. Me establecí en san Isidro, desde donde confío en emprender la ex-

259

ploración de Tierra del Fuego. Sólo tengo contacto con dos miembros de mi familia, aparte de los hermanos del Priorato. Estará preguntándose qué hago aquí entonces, cuál es mi papel en esta historia.

—Nunca supe que tuviera usted papel alguno —replicó Bérenger.

El Habsburgo interrogó a Elías con la mirada. El rabino parpadeó en señal de asentimiento.

—Puede usted hablar, Juan. Saunière cuenta con toda nuestra confianza y ha demostrado que se la merece. Ha prestado un gran servicio a la dinastía y volverá a sacrificarse por su causa cuando se lo pidamos.

—Bien —dijo el otro, aclarándose la voz—. Para empezar, le pido que me disculpe por haberle mentido cuando fui a visitarlo a Rennes.

—¿Que lo disculpe?

—No soy Juan Esteban de Habsburgo. Me hice pasar por él, como él mismo me aconsejó. En ese momento no tenía otra manera de salir de Austria. Mis relaciones con el emperador eran más bien tormentosas.

—Lo disculpo, sea usted quién sea —dijo Bérenger, intrigado por la identidad del inquietante personaje.

—Mi verdadero nombre es Juan Nepomuceno Salvador de Habsburgo. Soy el hijo de Leopoldo II y de Margarita de Dos Sicilias. Mi padre perteneció al Priorato de Sión. Durante toda su vida, trabajó en secreto para que un Habsburgo estuviera un día a la cabeza de Europa, y yo he intentado seguir adelante con su empresa. He luchado contra la corte, contra la etiqueta, contra las leyes, contra el emperador, contra el Papa y contra Prusia. Fui desterrado a Linz por orden de Francisco José. ¡Habsburgo! Éste es el nombre que debería brillar en letras de oro en los portales de las iglesias. A su sola mención, el Papa tendría que hincar la rodilla en tierra. Y sin embargo, es un nombre cargado de dramas que hoy se extingue en la monotonía gris de Viena, donde los prusianos ya han fijado residencia. Quise mudar el destino del imperio apoderándome del trono de Bulgaria. Desde este país habría podido contener a Bismarck, y aun hoy en día a Guillermo II y a los rusos. El emperador Francisco José desbarató mis planes y me destituyó del mando. Ésa fue mi recompensa por tratar de unir a los europeos en torno al nombre sagrado de los Habsburgo. Me retiré al castillo de Orth y seguí trabajando para el Priorato y para Rodolfo hasta el día en que lo asesinaron en Mayerling. Fue entonces cuando renuncié asqueado a mis títulos y tomé el nombre de Jean Orth. Después, en América del Sur, me convertí en Fred Otten. Lo demás ya se lo he contado. Estoy aquí a petición de los hermanos del Priorato con el fin de preservar lo que ha sobrevivido de la dinastía de los Habsburgo. Debemos consolidar y extender el poder del futuro emperador, nuestro pequeño Carlos. No será nada fácil, porque es demasiado joven y no está preparado para un destino tan elevado. Su primo Rodolfo está muerto y su tío Francisco Ferdinando ha contraído un matrimonio morganático, que ha apartado a sus hijos de la vocación hereditaria, de modo que Carlos se ha convertido en el sucesor de la triple corona. Recemos para que Francisco José viva muchos años y este niño se convierta en hombre sin rendirse ante Alemania ni ante la Iglesia. El Priorato debe proteger a Carlos y asentar los cimientos de un nuevo orden social en Europa. El oro que usted nos ha procurado se encuentra en un lugar seguro y servirá a nuestra causa. Los documentos que ha descifrado prueban que los Merovingios dejaron descendencia; resta demostrar que sus descendientes somos los Habsburgo, para legitimar nuestra autoridad sobre todas las naciones con el apoyo de los católicos. Si lo somos, estaremos sin duda por encima del Papa. Siga buscando, Saunière. Vaya hasta el corazón mismo del secreto, hasta el Arca de la Alianza. Cuando la encuentre el mundo ya no será el mismo. En cuanto a mí, pienso regresar a Suramérica. Juan Esteban me reemplazará. Tiene cualidades que yo ya no tengo. Esto es todo lo que tenía que decirle, Saunière.

Juan Salvador juntó los talones e inclinó la cabeza con un gesto protocolario. A pesar del paso del tiempo, no había conseguido erradicar de su vida sus comportamientos y hábitos de archiduque. Cuando cerraba los ojos, volvía a verse con su uniforme de general, con las solapas cruzadas sobre el pecho, abarrotadas de medallas que no se merecía pero que hacían parte de la estampa que adornaba al nombre de los Habsburgo.

—Venga conmigo —le dijo Elías a Bérenger—. Lo llevaré a su habitación.

Salieron de la pieza, dejando a solas a la pareja extraña y patética del archiduque destronado y el maestro de los espíritus.

La habitación estaba desnuda salvo por algunos dibujos de brujas hechos a pluma por Aubrey Beardsley. Sentado sobre el lecho, Bérenger escuchaba a Elías. Su amigo le contó las peripecias de sus viajes y lo hizo partícipe del pacto al que había llegado con la poderosa fundación judía de caridad conocida como la Prurim Association.

—Todo el pueblo de Israel está con usted —le dijo—. Su búsqueda es también la nuestra. Encuentre los objetos sagrados del templo y compartirá el poder con nosotros y con los Habsburgo.

Le confió luego sus temores con respecto a Alemania, a Guillermo II y a los colaboradores a los que el emperador quería imponer su voluntad: Von Caprivi, Bülow y Von Tirpitz. Habló finalmente de los peligros que acechaban a los hermanos de Sión. El obispo de Montpellier, monseñor De Cabrières, estaba investigando sus andanzas por mandato del papa León XIII.

—De acuerdo con la información que nos ha suministrado monseñor Billard, monseñor De Cabrières es un monárquico sumamente apegado a las tradiciones. Sin embargo, esto no es más que una fachada. En realidad, su misión es sellar una alianza con los republicanos para reforzar la autoridad del Papa en Francia. Creemos que es el cabecilla de los johannistas y que, como tal, hará todo cuanto esté en sus manos por recuperar el oro de Rennes.

Una vaharada de desamparo envolvió a Bérenger. Recordó el oro que tenía escondido en la cisterna y sacudió la cabeza para apartarlo de su mente. Elías le puso una mano afectuosa en el hombro.

—¡Qué locura! —murmuró.

—¿Perdón?

—Haber guardado ese oro.

—¿Ya lo sabía?

—Lo supe en cuanto lo vi. Me ha sido dado el don de leer en el corazón de la gente. El oro lo tiene fascinado. Comporta para usted cualidades… ¿cómo decirlo?… Sí. Cualidades carnales. Poseerlo ocupa un lugar cada vez más elevado en su corazón y lo llena de una exaltación implacable, que llega a reemplazar incluso a Dios y a sus sentimientos por sus seres queridos. Era inevitable que se quedara con una parte.

—No... ¡no! No tengo el alma tan negra como imagina. Es cierto, no soy el hombre que era antes del hallazgo. Son ustedes, los hombres del Priorato, los que han destruido una parte de mi ser al empujarme hacia ese subterráneo. A veces tengo la impresión de que mi alma quedó sepultada bajo la tierra, prisionera del demonio de piedra que guarda el tesoro. Sin embargo, sigo creyendo que un hombre debe ser fuerte, orgulloso, puro, sabio, valiente. Un hombre de verdad es un caballero y es como caballero que participo en esta aventura. La exaltación de la que habla me absuelve de todos mis pecados y me permite buscar la verdad, realizar mis más altos anhelos, llevar la frente en alto, liberarme de la vergüenza. Tal vez esté ciego y por esta ceguera me esté condenando... Pero no me arrepiento de nada. Sustraje ese oro. Y ansío poseer mucho más. Quiero pedirle que me ayude a trasladarlo, para regalárselo a mademoiselle Calvé.

—Cuente con ello —dijo Elías—. El secreto quedará entre nosotros tres. Ese regalo le será de gran utilidad en este momento a nuestra amiga. En cuanto a nosotros, iremos a rescatar su alma de las garras de Asmodeo. Ahora descanse. Mañana partiremos al alba para Rennes-le-Château.

XXIV

Rennes-les-Bains, 14 de julio de 1895

Elías se arriesgó a alzar la cabeza para otear al enemigo. La brisa tibia apartó en ese instante los matorrales. Tres hombres trataban de despejar la entrada de una gruta.

—¡Escóndase! —le advirtió Bérenger.

Elías se dejó caer a su lado entre las plantas de tomillo. Estaba agotado. Las piernas le temblaban por la fatiga. Saunière y Boudet lo habían hecho subir hasta la roca de Clots, doscientos metros por encima de Rennes-les-Bains. Lo empujaron, lo arrastraron, Saunière le daba ánimos pero Boudet no hacía más que echar pestes. ¿Por qué tenían que seguir a aquellos cuatro aventureros que se hacían pasar por clientes del balneario? No descubrirían nada allí, de eso estaba seguro. Del agujero que se empeñaban en destapar no emanaba ninguna vibración.

—¿Qué hacen? —le preguntó Bérenger, pasándole la cantimplora.

—Están jugando a los buscadores de oro. Sienten palpitar en las venas la sangre de sus ancestros, pero sus ancestros no eran mineros. Son marselleses.

—¿Cómo lo sabe?

—Repartí unas cuantas monedas entre los cocheros que aguardan delante del hotel de las aguas termales. Se pasan el día sentados en sus coches, pero averiguan bastantes cosas más que nosotros que estamos aquí arrastrándonos al borde de un precipicio. Si no se hubiera empeñado en arrastrarme detrás de estos hombres, habría alcanzado a contárselo. Llevo viviendo tres meses en el hotel. Y hace más de nueve que recorro la región. Me ha dado tiempo de reclutar algunos informantes.

—¿De qué más se ha enterado?

—Uno de ellos ha desayunado dos veces en un albergue que queda en el camino de Couiza, con un individuo que probablemente sea un eclesiástico, aunque iba vestido de civil.

—¿Qué le hace pensar eso?

—Dicho individuo tiene la molesta manía de andar diciéndole a todos los criados de los albergues donde se hospeda «gracias hijo, ve en paz» y «rezaré por ti». Por lo demás, tiene las puertas abiertas en casa del obispo de Carcassonne. ¿Me cree ahora?

—Sí...

Boudet se acercó arrastrándose y se llevó el dedo a los labios. Más abajo, los cuatro hombres habían abandonado sus pesquisas y maldecían a voz en cuello. ¿Qué más podían hacer ante el fracaso de las excavaciones?

—¡Hijo de mala madre! Nos ha mandado a comer tierra para nada.

—¡No te pongas a llorar! Estas aguas saladas de por aquí deben haber emborrachado a mi informante. A mí me han hecho más efecto que el vino... Volvamos al hotel.

Bérenger observó que uno de los hombres llevaba un revólver. Escrutó la silueta esbelta, la ropa elegante, el rostro afilado, casi femenino. Estaba seguro de haberlo visto ya en París. Un segundo hombre apareció con una piedra en la mano. La arrojó con rabia contra un peñasco. Las esquirlas volaron a diestra y siniestra, por encima del escondite donde aguardaba con Elías y Boudet.

—¡Maldita tierra! —gritó, y le dio un golpecito amigable a su compañero. Se agachó a recoger otra piedra.

El proyectil rebotó hasta caer junto al escondite. Bérenger se pegó al suelo por instinto.

—Tendríamos que hacer hablar a uno de ellos —le murmuró a Boudet—. Al más joven lo he visto.

—No serviría de nada —contestó el abad—. No es más que un sicario a sueldo de los johannistas. No tardarán en venir otros, mandados por Cabeza de Lobo y por monseñor De Cabrières. La hora de los buitres se acerca. Vendrán de todas partes de Europa. Me temo que no daremos la talla para resistir por mucho tiempo. Si por casualidad descubren algo no sé si saldremos con vida.

—Asegúrense de dejarle pistas a sus sucesores —dijo Elías.

—¿Grabadas en nuestras tumbas? —masculló Bérenger.

—Yo ya he pensado en algo —dijo Boudet.

—Verdaderamente está usted en todo —dijo Bérenger con ironía.

—No es mala idea que uno de los dos piense… Pondremos las pistas en su iglesia, cuando la mande restaurar. Las repartiremos entre los muros, las estatuas y los cuadros.

—Para eso tendría que poder disponer del dinero que el Priorato ha depositado en mis cuentas.

—Así será. Pero con prudencia. Porque tendrá que justificar después los gastos.

—¡Cuidado! —alertó Elías.

Los cuatro hombres pasaron cerca del escondite, maldiciendo todavía al informante, blasfemando contra el calor, contra las mujeres de la comarca, contra el tropel de pequeños funcionarios deshonestos y viejos rentistas que se zambullían en las piscinas de aguas termales. Jadeos, ahora resoplidos, una parada a mitad de la cuesta resbaladiza. Otra vez echaban a andar. Los mercenarios del obispo de Montpellier empezaban a alejarse, haciendo rodar las piedras bajo sus pies. Una campana se escuchó al cabo de un momento. Era un repique rápido y rítmico, una llamada de auxilio para todos los que llegaran a escucharla.

—¿Ha escuchado? —dijo Boudet perplejo.

—¡Es la campana de mi iglesia! —exclamó Bérenger.

—Está avisando de un incendio —añadió Elías y señaló más allá de la colina.

Una humareda ennegrecía el cielo azul. En efecto, había un fuego rumbo a la aldea de Rennes-le-Château.

—¡Por todos los santos! —gritó Bérenger—. Tengo que ir.

Salió de un salto del escondite y corrió hacia la Pique.

La aldea aún era un vendaval de pánico. Bérenger se abrió paso por entre los rostros atemorizados y suspiró con alivio al ver que la iglesia en pie. Luego se encogió luego de hombros, al contemplar los escombros humeantes. El incendio había reducido a cenizas la granja de un republicano, justo en el día de la fiesta nacional. Era un buen motivo para estar contento.

Rosalie Pichou lo vio y vino hacia él, apartándose del torbellino de faldas de las mujeres. Se santiguó, esperó a que él le diera la bendición y dijo en tono de reproche:

—Se ha tomado su tiempo en venir, padre... ¿Dónde estaba? Los rojos andaban diciendo que... No, no me atrevo a repetírselo. Bueno, aunque si no se ofende...

—Habla.

—Decían que usted prefería apagar otros fuegos...

—¿Qué fuegos?

—El fuego... que las mujeres tienen en... No, padre, no se lo puedo decir.

—Está bien, ya lo he entendido —dijo Bérenger apretando los puños—. ¿Qué fue lo que pasó?

—El incendió empezó cerca de la iglesia, pero luego saltó a la granja. Tratamos de apagarlo entre todos con los bomberos de Couiza. Yo me quedé al pie de la iglesia con Anne, Rose, Catherine y Claudine. Estuvimos vigilando para que no se acercaran las llamas.

—Gracias —dijo Bérenger y se dio la vuelta.

—Padre... No corra. Ahora ya pasó todo.

Había pasado todo. Pero la calma aún no había vuelto. Los perros ladraban enseñando los colmillos, los viejos iban de aquí para allá repartiendo consejos y bastonazos por entre la humareda, riñendo a los niños que se amontonaban alrededor de la carreta de los bomberos. Las mujeres aún no habían abandonado la cadena y seguían pasándose los cubos llenos de agua. Marie estaba allí. La reconoció enseguida. Las firmes curvas de su silueta se dibujaban bajo el vestido cada vez que giraba sobre sí misma con el cubo, acentuando el esfuerzo de las piernas y los hombros.

—¡Marie! —la llamó.

La muchacha se volvió con una sonrisa crispada y señaló discretamente hacia el final de la cadena. A Bérenger se le fue el alma a los pies.

—¡Dios mío! —suspiró.

Estaban sacando el agua de la cisterna de su biblioteca. El oro ya no estaba allí, pero había dejado dentro el saco con las joyas de los visigodos y los romanos. Echó a correr hacia el cementerio, apartando a empellones a las mujeres, y llegó hasta la casita. Habían arrancado la puerta de los goznes. El escritorio estaba arrinconado contra la chimenea, los libros por el suelo, varios de ellos flotaban en un charco enorme alrededor del hueco de la cisterna. Sarda y Vidal estaban sentados en el borde, con un cubo vacío entre las piernas. Le lanzaron una mirada maliciosa.

—¿Qué estáis haciendo? —gritó Bérenger.

—Nada, cura. Ya se acabó el agua.

—¿Entonces por qué seguís aquí?

—Estamos descansando. Ya no podemos más.

—¡Fuera de aquí!

—Dichoso imbécil… Si no hubiéramos apagado el incendio ya no quedaría ni rastro de la aldea y la iglesia sería un montón de cenizas. Pero la zorra de Marie no quería darnos la llave… Aquí es donde se encierra con ella, ¿no?

Bérenger palideció de ira. Estaba cada vez más enfurecido, pero aún no sabía cómo vengarse. «Las joyas —pensó—, aún no las han encontrado.» Dio un paso hacia Sarda y lo agarró por el cuello de la camisa, lo levantó en vilo, y estampó a Vidal de una patada contra el muro.

—No permito que nadie me insulte —le dijo a Sarda

—Suéltame —balbuceó Sarda, tratando de librarse del puño de hierro.

Bérenger lo arrojó hacia la puerta, fuera de la biblioteca.

—Muy bien, cura —dijo Sarda masajeándose el cuello—. Esto lo arreglaremos en la sesión del consejo municipal…[45] Ven Vidal, no te quedes ahí con ese loco.

Los dos hombres salieron a reunirse con los demás. Al cabo de unos minutos, los bomberos se marcharon y Rennes recobró la calma veraniega. Tan sólo los perros seguían ladrando, cada vez que respiraban las cenizas. Tras cerciorarse de que nadie vendría a importunarlo, Bérenger se arrodilló encima de la cisterna y buscó la anilla que había atado al saco de las joyas. Encendió una lámpara de petróleo y se asomó al hueco para iluminar el interior. Nada. Se lo habían llevado todo.

—Está debajo de tu cama.

45. El 20 de julio de 1895, el consejo municipal se pronunció contra el abad Saunière y le ordenó restituir la casa parroquial a la alcaldía, con el fin de liberar la cisterna. En adelante, el local fue empleado por los visitantes del cementerio.

Bérenger se volvió sobresaltado. Marie estaba en el umbral, con el pelo enmarañado por los hombros, la cara enrojecida a causa del esfuerzo que había hecho bajo el sol. Hizo una mueca de cansancio y le lanzó esa mirada cargada de reproches que Bérenger conocía tan bien.

—Cuando empezó el incendio, vine enseguida a sacar tus joyas. Te dije que ese oro nos traería desgracias.

Siempre la misma cantinela. Bérenger ya no soportaba que le diera esa clase de sermones.

—Cállate. No nos ha pasado nada. Y las joyas son tuyas, te lo he dicho, no son ni mágicas ni sagradas. Los hermanos del Priorato ya deben haber vendido todas las que les entregamos. Los compradores las habrán fundido para volver a fabricarlas de acuerdo con los gustos de hoy. Quién sabe cuántas mujeres llevan encima ese oro ahora mismo, sin preguntarse de dónde viene ni tener miedo de ninguna desgracia. Ojalá pudieras entenderlo de una vez por todas: las desgracias sólo existen en la cabeza.

Marie calló un momento. Habló luego con el tono que solía emplear para provocarlo:

—Vete a rezar. Te está haciendo falta.

Bérenger se quedó tieso. ¿Qué le había dicho? ¿A rezar? ¿Qué derecho tenía ella de llamarlo al orden? Todavía incrédulo, recogió los libros y los extendió sobre el escritorio. Se volvió a mirarla antes de salir de la casita. Marie frunció los labios, pero sus ojos estaban llenos de lágrimas. Bérenger estaba seguro de que iba a estallar en sollozos. Sin embargo, ella se contuvo y echó a andar a su lado.

Entraron en silencio en la casa parroquial. Bérenger se sentó junto a la ventana de la cocina y Marie atizó las brasas para hacer la sopa. Vino luego a su lado, arrimó una silla de paja y un cojín y se sentó humildemente a su lado, a coser una camisa vieja. Su mirada había recobrado toda la dulzura. Quería despertar en él alguna compasión, al menos ternura, otra vez el amor, recuperar a aquel hombre que se alejaba de ella extraviado en un ensueño. ¿Comprendería alguna vez que la felicidad estaba al alcance de su mano? ¿Que ella podía darle esa felicidad? Amaba a Bérenger. Y ese amor no correspondido la hacía penar hora tras hora, minuto tras minuto.

269

—Voy a la iglesia —dijo de pronto Bérenger, y se marchó con un mohín.

Sin embargo, no fue a la iglesia. Caminó durante horas, encandilado, tratando de olvidar el hambre de su alma, hasta que el ocaso tendió sobre los peñascos su abanico de colores casi siniestros.

Cuando regresó a Rennes, la noche había caído. Entró en la iglesia, sintiendo que una voz lo llamaba desde dentro. La estrecha nave estaba a oscuras, pero había varias mujeres merodeando por el altar como fantasmas silenciosos, arrodillándose delante del cirio del sagrario. Se santiguó y sintió un escalofrío. Empezó a rezar. Una fuerza misteriosa lo arrastró hacia la llamita temblorosa donde las mujeres velaban orando en voz baja. Su voz se confundió entre los murmullos y el repiqueteo de las cuentas de los rosarios.

Marie tenía razón. Necesitaba rezar, rezar, seguir rezando. Y sin embargo, cada vez que empezaba a decir una oración, una barrera inexplicable se alzaba en su interior. Cuando se puso en pie, creyó ver entre las esculturas el rostro espantoso de Asmodeo, traspasándolo con la mirada, con esa mirada que era a la vez la de un protector y la de un demonio.

En la casita del padre Gélis, en Coustaussa, el sol entraba en oleadas por la ventana. Una mesa, una cómoda, dos sillas de paja, el olor grato de la cera que flotaba en la habitación. Gélis tenía una cara amable, enmarcada por el pelo lacio que le llegaba a los hombros. Sin embargo, sus ojos lo miraban con gravedad. Había hablado largo rato con Bérenger, exhortándolo a confesarse para aliviar su alma.

Pero Bérenger no podía. No quería hacerlo:

—Confesarse es demasiado penoso, sobre todo con un amigo. No insistas, Gélis. Dios me castigará por mis pecados… No tengo perdón.

—Entonces ¿para qué has venido? Mírate. Cualquiera diría que vienes huyendo de la justicia.

—No lo sé. Necesitaba hablar con alguien ajeno al mundo en el que vivo.

Trató de decir algo más, pero no encontró las palabras. No

conseguía siquiera descifrar lo que ocurría en su interior. Se contentaba con estar allí, al lado de un sacerdote que aún tenía fe. ¿Qué podía esperar de Boudet, de Emma, de Elías, de los iniciados de Sión? Quizá ninguno de ellos pudiera concebir la condenación eterna que traía consigo mirar por un solo instante a Asmodeo, ni tuviera la imaginación necesaria para romper el sortilegio. Salvo Elías, quizá. Pero Bérenger sospechaba que Elías no acudiría en su auxilio más que en el último momento, cuando ya hubiera logrado adentrarse en el corazón de la colina. Gélis guardó silencio durante un minuto. Habló con la voz llena de compasión:

—Si un hombre tiene cien ovejas y una de ellas se pierde, ¿no ha de dejar en la montaña a las otras noventa y nueve para ir a buscar a la que se ha perdido? No tengas miedo, Bérenger. No importa cuál sea tu falta. La misericordia de Dios no tiene límites. Y Él seguirá apiadándose de ti después que tu cuerpo se separe de tu alma. Creo en la justicia de Dios, pero antes creo en su amor.

—Eres demasiado bueno. Ni siquiera puedes hacerte una idea de la gravedad de mis faltas… Y perdóname por el daño que estoy a punto de hacerte, amigo mío: no me arrepiento de esas faltas. Por el contrario.

—¡Bérenger!

—¡Cielo santo! ¿Qué me está pasando? Siento ganas de reír y de llorar a la vez, quiero amar y odiar, adorar a Dios y a Satán.

—Cálmate.

Gélis le pasó un brazo por los hombros. Bérenger se mordió los labios conteniendo la emoción. Era la primera vez que su viejo camarada tenía con él un gesto de ternura y amistad. Se quedaron así largo rato, sin decirse nada, contemplando los tejados rojos y marrones de Coustassa, oyendo el trino de los pájaros, el canto de una muchacha que soñaba con el día de su boda:

Cinta la nòvia, cintator
Cinta-la, serà ton aunor.[46]

Era el canto del honor. Ese honor grave, que moraba en el corazón de las mujeres y los hombres de la comarca. Siempre el ho-

271

---

46. «Ciñe a la novia, ceñidor /cíñela, te harás un honor.»

nor. Recordó las palabras de su padre: «Pase lo que pase, conserva tu honor». Él le había vendido su honor al Priorato de Sión.

De repente, comenzó a hablar. Le contó a Gélis su temible y formidable aventura.

Bérenger había callado. Gélis se sostenía la cabeza entre las manos. Las revelaciones que acababa de escuchar se aglomeraban en su mente. Todos aquellos pecados le oprimían el corazón. La indolencia aparente de su amigo lo había dejado sin aliento. «Dios mío, Dios mío, sálvalo», pensó, levantando los ojos al cielo. Ni siquiera todos los malos cristianos que vivían en su parroquia tenían juntos el alma tan negra como el cura de Rennes-le-Château.

—¿Aún tienes fe? —le preguntó con voz cascada.

—Sí.

—Entonces deja la aldea. Cambia de vida, de país, hazte misionero. También Abraham tuvo fe y obedeció la llamada cuando se marchó en busca de la tierra que había de heredar sin saber adónde se encaminaba.

—No soy Abraham. Y mi herencia es la iglesia de Santa María Magdalena.

—Huye de ese lugar, Bérenger. Trata de ver y de pensar con claridad. No puedes servir al mismo tiempo a dos amos, sobre todo cuando uno de esos amos pertenece al reino de las Tinieblas.

—No puedo marcharme.

—¡Sí que puedes, hazlo por Jesucristo!

—¡No!

La respuesta le había salido de las entrañas. Se incorporó con brusquedad, dando un puñetazo en la mesa. No le hacían falta la lástima de un cura cualquiera, ni sus exhortaciones. Se quedó mirando a Gélis y tuvo la extraña sensación de que el abad no se encontraba en la misma pieza que él, que no pertenecía al mismo universo, que no podía recitar las mismas oraciones ni venerar a los mismos santos, al mismo Cristo. Pensó que había cometido un error.

—Vine a pedir ayuda a un amigo, no a recibir consejos. Necesito contarle mi secreto a alguien que pueda desenredar la madeja pero que no pertenezca al Priorato.

—Pero, ¿qué puedo hacer yo? —gritó Gélis—. No soy un detective. Mi misión es salvar el alma de los hombres y tú te rehusas a liberar tu alma de un pecado mortal.

—¿De qué sirve querer salvarse cuando uno sabe que volverá a condenarse antes de veinticuatro horas?

Gélis bajó la cabeza, juntó las manos.

—Perdónalo, Señor —murmuró—. Y perdóname a mí por no saber mostrarle el camino hacia tu Luz. Perdóname también por ofenderte, porque pienso ayudarle.

—Gracias.

—No me agradezcas nada. Tengo la esperanza de traerte de vuelta a Dios. Sólo por eso pienso auxiliarte en esta tarea infame. ¿Qué quieres de mí?

—Quiero que seas el depositario de mi secreto. Te haré copias de los documentos que encontré y te mantendré al tanto de todas mis pesquisas para que puedas tomar mi lugar cuando llegue el momento. El día que me maten.

XXV

Toulouse, septiembre de 1896,

$\mathcal{E}$lías Bot, masón de oficio, era un hombre taciturno, reservado y práctico. Éstos eran los motivos por los que el abad de Rennes-le-Château lo había elegido. Regordete, no muy alto, con los pómulos pronunciados, los bigotes caídos a lado y lado de la boca; parecía un tártaro recién salido de las estepas. No musitaba palabra, no creía en nada, no era supersticioso y hacía tiempo que había dejado de soñar, como si una parte de su imaginación hubiera muerto sin que él mismo se diera cuenta, sin causarle sufrimientos. Ni una sola quimera revoloteaba en el mundo que quería construir de nuevo con ayuda de su llana, su plomada y su nivel. Le fascinaban los grandes edificios construidos con base en el número áureo y el triángulo de Pitágoras. Si hubiera nacido bajo otra estrella, en otra época, habría podido edificar el Partenón o la pirámide de Keops. ¿Sería que el abad Saunière iba a encargarle algo grande? Ojalá que sí. Había un firmado con él un contrato que los mantendría ligados por varios años. Juntos harían un buen equipo. Para satisfacción de Bérenger, Elías Bot pensaba que un edificio era como un ser humano, que debía revelar su propia esencia y obedecer sus propias normas, además de cumplir con su propósito. «Entre los dos le daremos vida nueva a esta aldea»,[47] le había dicho a Bérenger al estrecharle la mano.

Bot acabó de comerse su manzana, cerró la navaja y se levantó del banco. Las palomas de la plaza volvieron las cabezas

---

47. Elías Bot desempeñó diversos oficios en Luc sur Aude. Bérenger lo alojó en su casa durante muchos años.

cuando recorrió con paso parsimonioso la fachada del Capitole. Era el último día que pasaría en Toulouse, en compañía de Saunière, Yesolot y el arquitecto Caminade. Ya le habían enseñado todos los mapas y los croquis. Saunière lo había llevado consigo a la fábrica de Giscard, padre e hijos, para encargar las estatuas. Cuando el abad había dicho que quería un diablo debajo de la pila de agua bendita, Giscard lo había mirado con asombro y se había quitado los quevedos de oro. Pero el abad no estaba bromeando. Se sacó un cuaderno de la sotana y les mostró un boceto terrorífico, una especie de monstruo de ojos desorbitados.

—Es una reproducción de lo que quiero —dijo con firmeza.

—¿Una reproducción? —se sorprendió Giscard—. Pero ¿de qué?

—Del demonio Asmodeo. No ponga trabas. Quiero que forme parte del encargo, con san Roque y santa Germania. Le pagaré bien.

—Los precios son los precios. Todo el conjunto va a costarle aproximadamente tres mil francos.

—Me parece razonable. ¿Cuándo lo tendrá todo listo?

—A finales del invierno.

Bot se encogió de hombros. El cura tenía gustos peculiares pero eso no era de su incumbencia. Enfiló por las calles, admirando la ciudad. Francamente, a Toulouse no le faltaba nada. Y en este mundo era raro tropezar con la perfección. Las ciudades que conocía, que no eran muchas, estaban hechas a menudo de monumentos y edificios que no encajaban unos con otros. Pero ése no era el caso de Toulouse.

Yesolot había alquilado una casa en la Dalbade, a orillas del Garonne, para alojarlos durante su estadía. Esa mañana Bot había salido de la casa a las siete de la mañana, para deleitarse por última vez con la belleza de la ciudad. Se había puesto el traje negro que había comprado la víspera con el anticipo de Saunière. Caminaba, orondo y macizo, encantado con su traje nuevo, cuidando de no ensuciarse los zapatos recién lustrados. Un reloj dio las diez. Bot comprobó la hora en su reloj de plata y se dirigió hacia el río por las calles desiertas.

«Ya es hora de volver», se dijo, apretando el paso. Ese mismo día, tomarían el tren de las trece y ocho minutos a Limoux.

Se adentró en una barriada humilde. Los pocos transeúntes que se cruzaba por el camino se quedaban observándolo como animales desconfiados. Un hombre cubierto de andrajos lo abordó. Tenía los ojos surcados de arrugas, el pelo revuelto, caído por encima de la frente. Más que pelo parecía una crin.

—Por el amor de Dios…

Bot levantó el brazo para apartarlo. Se encontró tanteando en el vacío. El mendigo saltó a un costado y dio un silbido. El albañil apretó aún más el paso. Una mano lo agarró por la espalda.

—¡No tan rápido!

—Qué…

La mano le estrujó el hombro y lo hizo volverse sobre sí mismo. Apenas tuvo tiempo de ver el puño que se estrelló contra su cara. A lo lejos, el abad Saunière corría gritando en su dirección. Todo ocurrió en un momento. El mendigo salió al encuentro de Saunière. Bot sintió un golpe seco en la nuca y no vio nada más que la negrura.

276

La negrura. Tal vez ya fuera de noche. Bot hizo un esfuerzo por aclararse las ideas. Hizo luego una mueca. No era fácil. El dolor en el rostro le recordó el puñetazo… Había visto el puño. Había visto más lejos a Saunière.

Probó a mover un brazo y luego el otro. Hizo lo mismo con las piernas. ¿Dónde estaba? ¿Sería realmente de noche? No entendía nada. No podía pensar. Era como si le hubieran extirpado el cerebro. Apenas era consciente del vacío que se había instalado después del golpe en su cabeza.

Esperó. Los minutos transcurrían unos tras otros, en absoluto silencio. Poco a poco, fue cobrando fuerzas. Se preguntó quién lo habría llevado allí. El sacerdote se lo había advertido: «Le pagaré bien, pero quizá corra peligro por el hecho de trabajar para mí. ¿Acepta?» Bot había aceptado. Había dado su palabra. Tendría que haberle preguntado qué clase de peligros iba a correr.

«¿Dónde estoy?», se repitió, tanteando el suelo.

Consiguió ponerse en cuatro patas. Empezó a avanzar a tientas, sintiendo palpitar su corazón. Al cabo de dos o tres metros, tropezó con un muro y lo siguió hasta encontrar una puerta. Era una puerta clásica de madera, con el picaporte labrado. La pintura se desportilló bajo sus dedos. Forcejeó con el picaporte, pero la puerta estaba cerrada por fuera. Atisbó por el agujero de la llave. Estaba tapado por el otro extremo.

La navaja… En el bolsillo del pantalón. Allí estaba todavía, no se la habían quitado. El hecho le infundió nuevo valor. Desdobló la hoja metálica y se puso manos a la obra. Pasaron varios minutos más. La punta de la hoja se hundió poco a poco en la madera tierna. De repente, pasó al otro lado con un crujido. La puerta se abrió con violencia y alguien lo agarró por los hombros después de quitarle el arma.

El hombre lo levantó en vilo. Lo llevó hasta el otro extremo de la pieza y lo arrojó en medio de un montón de muebles.

—¿Qué está pasando aquí? —dijo una voz, mientras Bot trataba de incorporarse apoyándose en los cajones de una cómoda desfondada.

—Quería dárselas de listo —respondió el primer hombre, con un fuerte acento marsellés.

Bot se volvió a mirarlo. Alto, corpulento, con un par de ojillos porcinos en los que relampagueaba la hoja de la navaja. Otro hombre de aspecto frágil entró en la pieza. En su mano había un revólver.

—¿Qué quieren de mí? —preguntó Bot—. ¿Por qué estoy aquí encerrado?

—No estamos aquí para contestar a sus preguntas —dijo el más joven—. Venga conmigo y no intente huir, o me obligará a usar el arma.

Bot obedeció con un suspiro. Salió de la pieza sin ventanas flanqueado por los dos hombres y descendió por unos escalones de roble desvencijados que crujieron bajo sus pasos. El aire olía a moho. El olor fue haciéndose más penetrante, a medida que descendían. Al llegar al fondo se encontró en una especie de castillo abandonado, construido por completo en madera, y pensó que quizá fuera un antiguo galpón que había sido dividido en varios cuartos. Atravesaron una serie de piezas repletas de muebles viejos y candelabros retorcidos, cubiertos de telarañas y manchas de humedad. El mobiliario yacía amontonado contra los muros, pero alguien lo había distribuido por épocas y estilos, siguiendo quién sabe qué reglas.

Adelante se oyeron voces. Tenían el mismo acento del sudeste. Bot distinguió una voz diferente, neutra y acerada, que destacaba entre las demás. El muchacho de aspecto frágil lo empujó hacia el rectángulo de luz del umbral.

Estaba en una terraza, a la orilla del Garonne. Bot avanzó trastabillando y contó cuatro hombres a su alrededor. En otra época se habría abierto paso entre ellos y se habría arrojado al agua. Pero esa época había pasado. Un individuo extraño, vestido con elegancia, golpeó el suelo con un bastón que remataba en una cabeza de lobo. Todos callaron.

—Bienvenido, monsieur Bot.

¿Bienvenido? ¿Era una broma? Bot lo miró encolerizado, pero el hombre siguió mirándolo con simpatía. Su rostro era una máscara de modestia y amabilidad.

—¿Quién es usted?

—Mi nombre no tiene importancia.

—¿Qué quiere de mí? —gritó Bot, y se abalanzó sobre él.

El extraño lo eludió con una finta y sacó una espada del bastón. Le apoyó la punta contra el cuello. «He cometido un error —pensó Bot—, habría podido salvarme.» Pero ya no había remedio. La mirada del hombre se había vuelto sombría, helada.

—Lamento haberlo traído aquí por la fuerza. Pero era necesario. Cálmese, sé que no es nervioso por naturaleza. He estado observándolo durante varias semanas. Es discreto, valiente. Por estos motivos, otras personas, Saunière y Boudet, han llegado a un acuerdo con usted. Tienen bastante dinero, ¿no es así? Lo cual a usted no puede disgustarle. No es un hombre que rechace un buen encargo. Y me dicen que es un excelente constructor. ¿Qué le han propuesto? ¿Qué es lo que quieren que construya?

—No es de su incumbencia.

—Venga, amigo mío. Haga un esfuerzo.

El hombre le rasguñó el cuello con la espada. Le acercó la punta a un ojo, a menos de un palmo. Bot se estremeció y dio un paso atrás.

—Le ofrezco el doble de lo que le hayan dado.

—He dado mi palabra. —Bot tragó saliva y se apoyó contra el parapeto de la terraza.

El hombre corpulento reaccionó y le dio un manotazo en el cuello.

—Déjamelo a mí. Yo lo haré hablar... Voy a romperle los dedos uno por uno.

De repente, se oyeron gritos y carreras. El gigante salió volando por los aires y el joven del revólver cayó al suelo. Cabeza de Lobo había recibido un golpe en la nuca.

—¡Padre Saunière! —gritó Bot.

—¿Sabe nadar?

—Sí.

—¡Salte, entonces!

Bérenger derribó a otro sicario que intentaba retener al albañil. Otro más se plantó como un luchador, agarrándose el puño de una mano con la otra. También Cabeza de Lobo se había puesto en pie y venía a la carga seguido por el gigante. Bérenger no dudó más. Vio a Bot ya en el agua y se zambulló tras él.

—¡No podréis escapar! —oyeron gritar a su espalda.

Poco después, llegaron al lugar donde los esperaba Elías.

—¡Bravo! —dijo el judío, ayudándolos a salir del agua.

Bot estaba furioso.

—¿Qué significa todo esto? —preguntó mirando a su alrededor.

Estaban en las afueras de Toulouse, en un bosquecillo que bordeaba una viña. En la otra orilla, subiendo por el río, una vieja casona asomaba por entre los árboles. Era de allí de donde acababan de escapar.

—Sabíamos que intentarían hacernos algún mal —dijo Elías.

—¿Quiénes son? —preguntó Bot.

—Unos hombres malintencionados que quieren perjudicarnos. No nos han quitado los ojos de encima desde que llegamos a Toulouse. Lo siguieron cuando salió solo de paseo.

—Entonces ¿ustedes me usaron como anzuelo?

—Teníamos que poner a prueba su lealtad.

—¡Maldita sea! Que el diablo los lleve a ambos...

—¿No se comprometió a trabajar para nosotros?

—Sí, pero no a arriesgar el pellejo.

—Ya es tarde para echarse atrás. Ahora nuestros enemigos son también los suyos. No lo lamentará.

Bot aún tenía sus dudas. Los miró con aprehensión, primero al uno y luego al otro. Acabó por asentir, como quien no puede evitar rascarse una llaga que pica.

—Perfecto —dijo Elías—. Vamos, hay un coche esperándonos del otro lado de la viña. Cuidado con pillar un resfriado. Sería de lo más molesto que el río pudiera con ustedes después que han derrotado a los johannistas.

Unos meses más tarde, en Rennes-le-Château

La iglesia de Santa Magdalena estaba rodeada de andamios, carretas y carretones, montes de arena, pilas de ladrillos y piedras. El ruido de los martillos, los cinceles y las limas reverberaba dentro de la nave. Bérenger tropezaba a cada paso, en medio de aquella cantera que colmaba de dicha su corazón. No veía ni por dónde caminaba, al estar pendiente en todo instante del progreso de las obras.

Los obreros de Castex canturreaban, hablaban a gritos, se burlaban del aprendiz que arrastraba los pies de escalera en escalera para alcanzarles los ladrillos, la escayola y la cantimplora. Bérenger le sonrió con simpatía. Contempló ensoñado el trabajo hecho hasta entonces: los cinco huecos de las ventanas estaban abiertos, los arcos de las bóvedas se habían elevado y el doble tabique de ladrillo casi estaba terminado. Los viejos pilares mugrientos relucían bajo la nueva capa de escayola. Poco a poco, la iglesia recobraba el esplendor de épocas pasadas. Sintió un escalofrío al recordar el precio que había pagado por hacer realidad su sueño, pero al cabo de un instante se reconfortó diciéndose que había reconstruido la iglesia para honrar a Dios. Si moría en pecado, Dios lo acogería en su seno y daría consuelo a su alma, en virtud de lo que él mismo había sufrido en la cruz. Era Gélis quien le había inculcado esos pensamientos. Se veían con regularidad, aunque Bérenger todavía rehusaba a confesarse.

Marie apareció por entre los rayos de sol que asomaban al umbral de la iglesia. Su presencia alegraba a Bérenger. Lo llenaba de confianza y serenidad. La muchacha le hizo una señal con la mano y desapareció en medio de un revuelo de faldas. Bot entró después. Sacó la cartera de los planos con gesto de importancia.

—Castex está haciendo un buen trabajo —dijo al abordar a Bérenger.

—¿Ha hablado con el abad Boudet?

—Vengo de visitarlo.

—¿Qué le ha dicho?

—Éstos son los últimos cambios que quiere hacer en la ornamentación.

Bot abrió la cartera, sacó un fajo de papeles y sostuvo uno delante del abad. Era un bosquejo del fresco grande: *Venid a mí...* Varios personajes rodeaban a Cristo. Eran los enfermos y los afligidos, que se habían aglomerado ante el monte sagrado para que los curara Jesús.

—¿De dónde ha salido esta montaña de la izquierda? —se sorprendió Bérenger—. ¿No se suponía que debía ser la Pique?

—La ha reemplazado por el paisaje de los peñascos de Roulers. Dice que a la derecha del dibujo tiene que haber algo parecido a la roca de Serbäirou, la que tiene forma de dado. Ahora el saco del penitente está más abajo, al pie de la montaña.

En el tosco dibujo, el saco asomaba debajo de un arbusto florecido. Era bastante más grande que al comienzo. Bérenger repasó los otros cambios que había hecho el abad de Rennes-les-Baines. No acertaba a entender ya el mensaje. Boudet debía de tener una idea en la cabeza, pero ¿cuál?

—Está bien —dijo Bérenger—. Le escribiré a Giscard para que proceda a hacer las modificaciones.

Bot se sentó en un banco a observar a los obreros. Bérenger regresó a sus ensueños. Por entre las brumas de la tarde, el sol caía sobre el altar mayor, envolviéndolo en una luz tierna y anaranjada. El polvo se arremolinaba con las corrientes de aire y los golpes de los buriles. La iglesia se transformaba, de instante en instante. Dentro del cuerpo de la nueva construcción, crecía momento a momento el alma del Priorato de Sión.

—El mensaje quedará grabado en la iglesia —dijo Bérenger, extendiendo los croquis—. Aquí están las estatuas y los altorrelieves del camino de la cruz, el fresco grande… Boudet ha hecho tantos cambios que es imposible determinar dónde hice mi descubrimiento.

Gélis se inclinó hacia delante con los brazos cruzados, como un alumno estudioso que no quiere perderse ni una palabra de su maestro. Bérenger trató de explicarle los designios del cura de Rennes-les-Baines, le mostró los detalles, volvió atrás para comparar los personajes de las estatuas. Sin embargo, no consiguió encontrar un hilo conductor. Boudet no le había dado ninguna explicación. Una de las entradas al subterráneo se hallaba ahora bajo los peñascos de Roulers. ¿Y si fuera así?

Habían estado juntos varias horas. La lámpara de vidrio que pendía de la cuerda trenzada osciló con el viento de la noche. La madera encerada de la mesa se pobló de reflejos fugitivos, angustiosos. Gélis volvió a sacar los manuscritos que Saunière había encontrado dentro del pilar visigodo. Desde que los tenía bajo su custodia no había vuelto a dormir. Pasaba noches enteras traduciéndolos y luego días enteros especulando, como Bérenger había hecho en otra época. Pero a diferencia de su amigo Gélis no pensaba en el oro.

—Creo haber encontrado algo en el manuscrito pequeño —dijo con voz grave—, el de la parábola de las espigas de trigo y el sabbath.

—Pero si ya hemos descifrado el secreto.

—Creo que hay otro secreto. Y pienso que Boudet lo conoce.

Posó el índice encima del curioso ideograma compuesto de tres signos:

Luego, tradujo el texto en latín, en el que aparecían aquí y allá algunas letras griegas:

Sucedió que, en el día del sabbath que llamaban segundo primero, Jesús atravesó unos sembrados de trigo. Sus discípulos arrancaban y comían las espigas, desgranándolas con las manos. Algunos de los fariseos dijeron: «¿Por qué hacéis esto que no está permitido en el sabbath?». Y Jesús les respondió: «¿No habéis leído lo que hizo David cuando tuvieron hambre él y los que le acompañaban; cómo entró en la Casa de Dios, tomó los panes de la ofrenda, los comió y los dio a los que estaban con él, pese a que sólo estaba permitido comerlos a los Sacrificadores?». Y les dijo: «El Hijo del hombre es señor incluso del sabbath».

Bérenger había escuchado centenares de veces aquel texto, que contenía las claves para encontrar una de las puertas del tesoro. Cuando Gélis acabó de leer, extendió las palmas abiertas en señal de incomprensión.

—¿Y? ¿Qué puede decirnos de nuevo esto?

—Mira.

Gélis dio vuelta al manuscrito.

—Mira con atención el ideograma.

—Sí, ya lo sé. Por este lado, los dos signos se convierten en el alfa y el omega.

—Lo cual sugiere que hay que leer el texto a la inversa.

—Lo intenté. No llegué a ninguna parte.

—Porque no te fijaste en estas dos palabras que están mal trazadas. Mira aquí, al final del texto, y aquí al comienzo de la línea. Leídas a la inversa, se convierten en las palabras griegas *olène* y *théké*, que significan «antebrazo» y «cofre». [48]

—En efecto —corroboró Bérenger.

—Fíjate en estos puntos extraños que acompañan a ciertas letras. Me pregunté si podían ser manchas de tinta, o si más bien formaban parte de un código distinto. Hay otros puntos y también pequeñas cruces diseminadas por todas partes. Se me

---

48. Las palabras aparecen reproducidas en posición normal, tal como figuran en el pergamino pequeño.

ocurrió conectarlos unos con otros, y alargar los lados del triángulo del ideograma. Éste fue el resultado.

Gélis desenrolló un gran pliego transparente, que hasta ese instante había mantenido celosamente oculto. La compleja figura se desplegó ante los ojos de Bérenger. El ideograma se encontraba a la izquierda, en la parte superior. Justo encima había escrita una letra R.

—¿Qué significa esta R?

—La he añadido yo. Es la primera letra de Rennes-le-Château. El ideograma representa nada más ni nada menos que tu aldea. Mira.

Gélis desenrolló entonces un mapa del estado mayor. Colocó encima la hoja transparente. Bérenger se quedó pasmado. Los puntos donde se cruzaban las líneas correspondían a lugares bastante precisos en el mapa: la Fuente de Quatre-Ritous, el castillo de los templarios de Bézu, la cima de la Pique, el arroyo de la Valdieu, el dado de Serbäirou, los peñascos de Roulers, las ruinas de Gavignauds y el monte rojo de Sarta.

—Es increíble —dijo Bérenger con la voz hueca.

—No sé qué podemos concluir de aquí, pero, te lo repito, estoy seguro de que a Boudet se le ocurrió la misma idea.

Bérenger levantó la cabeza con brusquedad.

—¿Has oído?

—¿Qué cosa?

—Hay alguien aquí.

—Vivo solo, lo sabes.

Bérenger se levantó y caminó hasta la puerta de puntillas. La abrió de un tirón, atravesó la pequeña cocina, abrió la puerta de la entrada y aguzó el oído. Alguien se alejaba a toda prisa por la calle.

—No ha sido una alucinación—dijo de mal humor al volver junto a su amigo.

—No te inquietes, los muchachos están preparando una mascarada. Todas las noches se escurren de casa en casa para ir a reunirse en una granja al otro extremo del pueblo.

—No estoy seguro. No te fíes, Gélis. Esconde los documentos. No le abras la puerta a nadie después del anochecer. Pon la tranca en la puerta. La muerte anda rondándome y quizás ahora también te ronde a ti.

Gélis sonrió. Conocía bien la muerte. No le tenía ningún respeto. Era la compañera más fiel de su vida de sacerdote: las campanas tocaban a muerto cada vez que alguno de los muchachos se marchaba del pueblo. La muerte siempre vendría demasiado pronto. Sólo esperaba que le diera tiempo de contemplar el resplandor de la mañana sobre Razès.

—No tengo miedo de morir —dijo—. Mi alma es ligera. No puedo decir lo mismo de ti, que eres un mal cristiano.

—No, Gélis. No serás tú quien escuche mi confesión.

Bérenger lo abrazó para despedirse.

—Cuídate.

—Tú también.

Bérenger salió de la casa y se adentró en la noche. Las constelaciones asomaban de las hogueras que los pastores encendían en las colinas. El viento fresco le recordó que llegaba el final del invierno y comenzaba de nuevo la vida. Dejó que sus ojos se perdieran en el espacio y echó a andar hacia el oriente, hacia Rennes, donde una estrella brillaba en lo alto.

285

XXVI

¿*Q*ué hora era? Había perdido la noción del tiempo, pero sabía que el alba estaba por llegar. El fuego de la mañana no tardaría en incendiar los caminos.

La iglesia ya casi estaba terminada. Se encaminó allí para esperar la llegada del fresco grande, en compañía de Gélis y Boudet. Los dos abades habían pasado la noche en Rennes. Entre una oración y la siguiente, reanudaban el tenso debate en el que se habían enzarzado la víspera, acerca del Diablo, de la serpiente del Génesis y del móvil interior que nos empuja a la caída. Gélis estaba preocupado por el Diablo. Por ese Diablo que estaba en la iglesia, sosteniendo la pila de agua bendita y los cuatro ángeles. Era Asmodeo. Cada vez que sus ojos se posaban sobre él, tenía la impresión de que la estatua iba a dar un salto hasta la nave central para venir a arrancarle el corazón. Desde el momento en que había entrado en la iglesia, lo había sobrecogido el temor a caer en las trampas de aquella fuerza superior. ¡Qué alivio iba a ser salir de allí! Se excusó aprovechando un silencio inopinado de Boudet. Salió al atrio.

La luna aún flotaba blanca en el horizonte. Una claridad ilusoria, misteriosa, descendía sobre la aldea, a la vez iluminándola y hundiéndola en sombras. Gélis alzó la vista a sabiendas del poder hipnótico que la luna ejercía sobre los hombres. No tenía poder alguno sobre él.

—Albokan, Allothaim, los peces de Horus, Sartin, el vientre del cordero… Es una luna buena, padre.

Gélis se aferró sobresaltado al crucifijo que llevaba al cuello.

—Vamos, padre, ¿no me reconoce?

—Ah, es usted, monsieur Yesolot. ¿Por qué no ha entrado en la iglesia?

—Con todo respeto, prefiero aprender mis lecciones de los astros.

—¿Y qué dicen hoy los astros?

—No dicen nada bueno, en lo que a usted concierne… Nada bueno. No podrá invertir el curso de su destino.

—No le creo ni una palabra. Es usted como Saunière: ingenuo y supersticioso. Déjeme solo. No tengo nada de qué hablar con usted.

—Como guste, pero conste que está advertido. Adiós, padre.

Elías se alejó con paso cansino hacia la sacristía. Pronto no fue más que una sombra entre las sombras. Gélis suspiró aliviado. Enseguida, se arrepintió de haberlo echado así. Era todo culpa de ese maldito Diablo. ¿Se volvería también él un ingenuo, un supersticioso?

—No, eres un imbécil —se dijo con una sonrisa.

Al poco rato volvió con sus compañeros, que ahora estaban de rodillas ante el altar. Contempló el tenue fulgor de las nuevas estatuas tratando de olvidarse de Asmodeo y las figuras le devolvieron la serenidad. Las había visto todas en otras iglesias de la región, que se las habían encargado también a Giscard: la Virgen de mirada dulce, san Roque, san José, san Antonio de Padua, santa María Magdalena, santa Germania y san Antonio el Eremita.

Poco a poco, todas las efigies se llenaron de colores vivos. El rojo, el azul, el verde y el amarillo despuntaron bajo el fulgor del alba. Eran esas imágenes las que debían poblar los sueños espirituales de los fieles.

Sobre las nueve de la mañana, los santos ya brillaban radiantes ante los tres sacerdotes que oraban a sus pies, traspasándolos con la mirada como la luz atraviesa el cristal. Un rayo de sol recorrió el muro al que estaba adosado el púlpito, las escenas de terracota del vía crucis.

Un niño de unos siete u ocho años entró a toda prisa, hincó la rodilla en tierra y se santiguó eludiendo la pila, sin invocar al Hijo ni al Espíritu Santo. Se acercó a los sacerdotes rascándose la cabeza, sin saber si debía interrumpir. Bérenger se dio la vuelta. Los otros dos seguían adormecidos, con el mentón clavado entre el índice y el pulgar.

—¿Señor cura?

287

Bérenger apartó los ojos de la imagen de Cristo crucificado y se detuvo en la cara enrojecida del niño.

—¿Qué quieres, Félix?

—Viene una carreta por el camino.

—¿Trae una caja grande encima?

—Sí.

—Amigos, ha llegado el fresco —dijo Bérenger.

Los dos abades levantaron la cabeza y desdoblaron las rodillas magulladas por el listón de madera del reclinatorio. Comprendieron por fin el motivo de la alegría de Bérenger.

—El fresco... Ah, sí, vamos —dijo Boudet, aceptando la mano del niño, que lo ayudó a levantarse.

Al cabo de diez minutos, los sacerdotes llegaron a la entrada de la aldea, donde unas cincuenta personas se habían reunido alertadas por los niños. Por la pendiente, los bueyes trepaban arrastrando la carreta. Los chiquillos contemplaban boquiabiertos el gran cajón de madera sujeto con las cuerdas. El conductor fustigaba a los animales y su ayudante vigilaba la carga, que oscilaba peligrosamente cuando las ruedas embocaban los huecos del camino. Félix soltó la mano de Boudet y corrió hacia el vehículo, seguido por una pandilla de niños. Todos rodearon admirados al conductor, al ayudante y a los bueyes y volvieron con los tres sacerdotes haciendo gestos reverentes.

—¿Qué traen ahí, padre? —preguntó un mocetón de unos once años, que parecía ser el jefe de la pandilla.

—Es un secreto.

—¡Ah! —exclamaron todos.

La carreta ya iba llegando a la entrada de la aldea. De repente Bérenger frunció las cejas. El conductor iba por mal camino. Estaba a punto de chocar con el antiguo pórtico de los visigodos.[49]

—¡Cuidado! —le gritó al hombre, que seguía golpeando a las bestias sudorosas.

Los aldeanos contuvieron el aliento. Los niños se mordieron los labios. La carreta topó contra el pórtico y el conductor soltó una maldición y maniobró con desespero para que retrocedieran los bueyes, pero una de las ruedas ya se había monta-

---

49. Hoy desaparecido.

do sobre el arcén. La carga se inclinó hacia un costado y sobrevino la catástrofe. El carromato, los bueyes y el cajón se columpiaron en el vacío. El cochero soltó una sarta de obscenidades y se llevó las manos a la cabeza. Los bueyes resbalaron por la pendiente en medio de los gritos de la gente. Una avalancha de piedras y maderas rotas ahogó los mugidos. El cajón se había hecho trizas.

Bérenger vaciló desesperado.

—¡El fresco está arruinado!

Una cólera incendiaria, devastadora, bullía en su interior. Fulminó al cochero con la mirada y echó a andar hacia la carreta, que había quedado atrapada contra una roca. Boudet se le adelantó a pesar de sus achaques. Sacudió la cabeza al ver el estado en que habían quedado los bueyes:

—Habrá que sacrificarlos.

Echó un vistazo al montón de paja que había escupido el cajón.

—¡Alabado sea Dios! ¡El fresco está intacto!

—¿Intacto? —preguntó Bérenger acercándose a su espalda.

—Compruébalo tú mismo.

Bérenger arrancó las planchas de madera y apartó la paja para ver de cerca el fresco. No tenía siquiera un rasguño. ¿Habría sido realmente obra de Dios? ¿O de quién más? ¿Quién había desviado la mano de la desgracia que, sin embargo, había golpeado a los bueyes? Bérenger miró compadecido a los bueyes. Gélis se había arrodillado junto a ellos. Los pobres animales agonizaban entre espasmos, sacudiendo las patas rotas, y las moscas ya habían empezado a cebarse en sus flancos ensangrentados.

—Están sufriendo mucho —dijo Gélis, buscando ayuda con la mirada.

—Yo me haré cargo —respondió Zacarías, uno de los feligreses de Bérenger—. Que alguien me traiga el mazo del herrero.

—¿Qué piensa hacer?

—Darles un buen golpe en la cabeza, para que no sufran más… ¿No es eso lo que quiere?

—Sí, pero…

—No hay más remedio —lo cortó Zacarías.

—¿Y a mí quién me va a indemnizar? —se lamentó el conductor, que deambulaba con un ayudante entre los restos del carromato.

—Yo.

Bérenger se desabotonó la sotana hasta el pecho y se metió una mano en el bolsillo. Sacó entonces un librito. No. No era un librito... Los aldeanos ya no apartaron los ojos de su mano, después de reconocer el fajo de billetes. Eran billetes grandes, como los que habían visto alguna vez en la feria de Carcassone.

Bérenger contó unos cuantos. El conductor no acababa de creérselo.

—Esto es demasiado, padre.

—Esos bueyes eran buenas bestias.

—Gracias, padre. Que Dios lo bendiga.

—En marcha, vosotros —gritó Bérenger a sus fieles—. No os quedéis mirándome con esa cara. ¿Es que nunca habéis visto un billete de banco?[50]

Pero los aldeanos no estaban interesados en los bueyes. Se quedaron quietos en sus sitios, aunque habían escuchado la orden. ¿Habían visto pasar quinientos francos? ¿Mil? ¿De dónde podía haber sacado el cura todo ese dinero? ¿De sus ahorros? Imposible. Ni siquiera con los sueldos de los Dénarnaud podía juntar una suma semejante. Y la alcaldía no le había prestado nada. Todo era bastante sospechoso. Todas esas obras, ¡por Dios! ¿Mil francos? ¿Dos mil? El cura acababa de gastarse más de dos años de su salario.

Los aldeanos hicieron cuentas enseguida. Y pronunciaron la sentencia aún más pronto. El cura se había hecho rico porque estaba en tratos con el Diablo. Y no había nada más que hablar. Todos habían visto en la pila del agua bendita aquella figura horrenda de la que solían hablar en voz baja por las noches.

—Es el mismo Diablo —le susurró una mujer a su vecina.

—Yo no pude volver a dormir desde que lo trajeron a la iglesia. Lo miras a los ojos y parece que te va a chupar la sangre mientras te está dando la bendición.

50. Probablemente, este episodio dio comienzo a los rumores sobre la misteriosa fortuna del abad Saunière.

—Calla, por Dios, se me pone la piel de gallina. ¡Ah!, ahí viene Jean con el mazo. Zacarías va a sacrificar a los bueyes.

—Por lo menos los pobres sí que irán al Paraíso...

Zacarías empuñó el mazo, lo sostuvo en alto y lo descargó sobre la fuente de los bueyes. Los cráneos crujieron ante la mirada grave de los espectadores. Tan sólo los niños, que miraban a su alrededor alelados, ansiaban que siguieran pasando cosas, como siempre que éstas se apartaban del cauce normal; observaban de reojo a Bérenger, que ahora discutía con los hombres. El abad estaba empeñado en subir el fresco hasta la iglesia para que los obreros se encargaran de encaramarlo luego encima del confesionario. Seis voluntarios se ofrecieron para la labor, junto con Gélis y el propio Bérenger. Al cabo de media hora, el fresco estaba ya en la iglesia al pie del zócalo. «Venid todos a mí, los dolientes y los desconsolados, pues yo os daré consuelo.»

—Una vez que esté en su sitio invitaremos a monseñor Billard a visitarnos —dijo Bérenger secándose la frente.

—¿Cuándo piensas decirle que venga? —preguntó Boudet.

—Para Pentecostés.

—Pues de aquí a entonces reza para que la iglesia le guste y no descubra el mensaje que hemos dejado en los muros.

—Aún queda tiempo para hacer otras mejoras.

—¡No! Ya es suficiente. Oficialmente, no tienes dinero. Y ahora todos los aldeanos saben que sí que lo tienes. ¿Quién creerá que has recibido centenares de pequeñas donaciones de toda Europa?

—Tengo más de dos mil cartas. Yesolot propuso que publicáramos un anuncio en otros diarios pidiendo ayuda para nuestra pequeña parroquia a cambio de algunas misas.

—Otros curas han hecho lo mismo y los han acusado de traficar con las misas.

—Lo sé. Pero no existe ninguna otra manera de justificar que tenga todo este dinero.

—Oye mi consejo. No gastes más. Espera hasta que las aguas vuelvan a su cauce. ¿Ves a esos hombres allá abajo? Estoy seguro de que están hablando de tus billetes. Ten cuidado, Bérenger. No estás cumpliendo con el acuerdo. Sería muy enojoso que el Priorato te reemplazara por otro sacerdote.

Boudet sonrió a medias, enseñando sus dientes cariados, pues Gélis se acercaba en su dirección.

—No sé cuánto dinero habrás reunido con esas misas —dijo entonces Boudet— pero no debe de ser poco. Lo cual prueba una vez más que los extranjeros son más generosos que nuestros parroquianos. ¿Y tú, Gélis? ¿Cuándo dirás también misa para los austriacos, los alemanes y los belgas?

—Nunca. Mi única ambición es velar por las almas de Coustaussa.

—Bueno, al menos lo tienes claro. A cada cual sus ambiciones.

Bérenger y Gélis intercambiaron una mirada cómplice. Fueron a rezar una vez más delante de la cruz, lejos de los ojos perspicaces de Boudet. También lejos de la estatua de Asmodeo, el demonio que moraba en el subterráneo de la colina.

Domingo de Pentecostés, 1897

Bérenger se sentía realizado. Los habitantes de Razès habían acudido a la iglesia en pleno. Muchos venían de lejos, de las granjas perdidas en los linderos de la comuna. Algunos no asistían nunca a la misa del domingo, pese a que nunca faltaban a las fiestas: la meditación era ajena a su naturaleza, pero los oficios más coloridos excitaban su curiosidad.

Bérenger los veía trepar por la cuesta hacia la aldea mientras aguardaba al obispo bajo el pórtico de los visigodos. Las familias avanzaban en orden, endomingadas para la ocasión: los mayores adelante, los jóvenes atrás y los niños por los flancos. Unos llevaban las medallas de san Benito que el agorero recomendaba contra las maldiciones, porque había corrido el rumor de que en la iglesia estaba el Diablo. Otros recitaban la «palabra de Dios» que habían aprendido de sus ancestros; Bérenger alcanzaba a seguir los movimientos furtivos de sus labios. Nunca conseguiría desterrar de sus hábitos aquella oración de protección, así como no había conseguido desterrar ni al *brèish* ni al agorero. Y después de todo, quizás hicieran bien en decirla:

> Allá abajo, allá abajo
> hay dos senderos.
> El uno es ancho y el otro es estrecho.
> Pasarán los elegidos,
> pero los condenados no pasarán.

Unos tras otros, todos pasaban bajo el pórtico. En la aldea se encontraban con tíos, tías, primos y primas y abreviaban los saludos afectuosos para entrar a la iglesia a quitarse de encima el peso de la duda. Pero los parientes de la aldea no habían mentido. El Diablo estaba allí mismo. Y bastaba con verlo para asustarse. El padrenuestro se les atoraba en la garganta cuando mojaban los dedos en el agua bendita y veían revolotear a su alrededor imágenes temibles: cuernos, colmillos, zarpas, pinchos y tridentes. El mundo tenebroso de los demonios se abría bajo sus pies y sus pobres almas se precipitaban para arder entre las llamas.

—¡Virgen santísima! —exclamó una anciana, al ver la pila por primera vez.

Los feligreses que entraban a la iglesia se volvieron para mirar. Marie estaba entre ellos. La anciana se arrodilló a su lado y empezó a rezar la «palabra de Dios» con tal espanto, que Marie misma cayó de rodillas y se santiguó media docena de veces. Su corazón empezó a palpitar y las lágrimas asomaron a sus ojos mientras repetía con fervor los últimos versos de la oración:

> El que conozca la palabra de Dios
> ha de decirla cada día tres veces.
> El que la sepa y no la enseñe,
> el que la escuche y no se la aprenda,
> será castigado con el tormento
> en el día del Juicio Final.
> Dios mío, concédeme Tu gracia,
> dame una vida buena
> y una buena muerte.

Se sintió más serena y se dejó acunar por los cuchicheos de la gente. La anciana seguía a su lado, inmóvil, hipnotizada por los bronces del altar, que había abrillantado devotamente la propia madre de Marie. También los niños del coro permanecían a la espera, alelados por el bailoteo de las llamas de los cirios. A su izquierda, santa Germania sonreía con aire plácido. Habría sido una mujer guapa, si la sonrisa fuera de carne y hueso.

Marie aguzó el oído. Fuera, un niño había anunciado a voces que se acercaba monseñor Billard. Los cuchicheos y los susurros cesaron. La anciana salió del letargo y ladeó el cuello hacia la entrada. Los niños del coro se espabilaron inquietos. Los fieles se acercaron curiosos a la puerta, para juntarse al tumulto que había preferido esperar en el atrio.

Bérenger se encontró frente a frente con Billard. Se miraron en silencio, con auténtica alegría, satisfechos de hallarse aún sanos y salvos al cabo de tantos años de aventuras azarosas.

—Venceremos —susurró el obispo, apretando con sus dedos rígidos el brazo de Bérenger. Abrió la boca para decir algo más, pero se percató de que su secretario estaba demasiado cerca. Bérenger creyó advertir un relámpago de temor en sus ojos, siempre lúcidos e inquietantes.

En el pequeño atrio, el tumulto se aglomeraba impaciente alrededor del obispo. Monseñor venía a apaciguar sus miedos, a hacer realidad sus esperanzas.

—Ya veremos qué cara pone delante del Diablo —dijo Sarda, en medio del escuadrón de republicanos apretujados contra el muro del fondo, entre la pila de agua bendita y la fuente del bautismo.

El obispo franqueó el umbral de la iglesia al compás del *Gloria* de bienvenida. Se detuvo un momento delante de la pila. Tardó un momento más. Sus gestos vacilaron. No estaba mirando los cuatro ángeles, sino a Asmodeo, el guardián del Templo. ¡Por Jesucristo! De nada le había servido la vaga descripción de su secretario, que había venido a Rennes-le-Château para preparar la visita. El rostro monstruoso irradiaba tal ferocidad que pensó en pedirle a Saunière que lo destruyera en el acto. Los niños del coro acudieron entonces a alejarlo de la pila de agua bendita. Se deslizó hacia el altar tras la estela de sus túnicas blancas, en medio de los murmullos de admiración de los feligreses. Toda la congregación soltó un suspiro de alivio cuando les dio la bendición y se sentó en el sillón para la ceremonia.

Una extraña embriaguez se apoderó entonces de Marie. Su voz se elevó con las demás, entonando el cántico que estremecía las bóvedas de la nave y crecía como un incendio. Recordó el techo roto de la iglesia, el suelo desfondado, las ratas grasientas que se escurrían por entre las viejas estatuas. Habían pasado doce años desde que Bérenger había llegado a Rennes. Lo había conseguido. Había triunfado.

Ahora mismo, decía la misa con toda la pompa del caso. Ordenaba a los fieles que se pusieran de rodillas, de pie, de rodillas, una vez más de pie. En el rincón, monseñor Billard, con los ojos humedecidos y la mitra calada sobre los cabellos blancos, rezaba fervorosamente en comunión con su protegido. Bérenger se santiguó, hizo la genuflexión, aspiró luego el incienso hasta el fondo de los pulmones. Volvió a levantarse extático y se inclinó sobre la Biblia, citó a Lucas, repasó con la mirada los santos, el vía crucis, el fresco grande, pronunció las palabras de costumbre ante las cabezas inclinadas de los fieles, sin exagerar, apenas con el grado de solemnidad necesaria para paladear su poder. Cuando subió al púlpito, su voz se tornó más tajante:

—Para el pastor de una parroquia, para el rebaño confiado a sus cuidados, no hay ninguna ocasión tan emocionante como la visita de su obispo…

Los feligreses asintieron despacio. Se volvieron hacia el obispo, que sonrió, y miraron otra vez a Bérenger. El abad ensalzó enardecido a monseñor, antes de señalar con el dedo hacia el grupo de los republicanos:

—Algunos pobres desdichados, guiados por pérfidos consejos, han escarnecido las obras que emprendimos para embellecer el templo y honrar a Dios. En su ceguera, no se han detenido ante nada, ni siquiera ante la violencia. Por fortuna, el cielo ha velado por nosotros y la providencia ha desbaratado sus funestos planes…

Sarda hizo un gesto hostil con la mano, pero vaciló cuando Bérenger lo miró. Sintió que los ojos del sacerdote le perforaban el cráneo.

—Maldito cura —masculló—, tú no crees en la providencia sino en el Diablo.

—Cállate —le dijo Zacarías, que estaba sentado en la última fila, y se volvió hacia Sarda con el puño en alto.

Sarda se escurrió detrás de Vidal. Se recostó contra el confesionario, tratando de no oír el discurso de su enemigo, que ahora se tornaba conciliador.

—Yo los perdono desde el fondo del corazón... el camino verdadero... la confianza... la paz... la fuente del consuelo...

Vino luego la descripción de las transformaciones de la iglesia, el elogio de los parroquianos. Y después una arremetida contra los padres desconsiderados que enviaban a sus hijos a las fábricas, «auténticos focos de inmoralidad e irreligión, donde no tardan en zozobrar, donde dejan enseguida su buen corazón y el dulce amor que había depositado en ellos su pastor...». Los camaradas de Sardá sonrieron, volviendo los ojos hacia Marie. Ése era el dulce amor de Bérenger.

Bérenger concluyó por fin, cerró la última frase con un gesto triunfal, después de lanzarle también una mirada a Marie, como para preguntarle: ¿cómo he estado?

Marie se sonrojó de orgullo. Faltó poco para que se levantara y fuera a estamparle un beso en la mejilla. Su vecina, una vieja arrugada como una bruja, se volvió hacia ella con ojos maliciosos.

—Qué suerte tienes, hija.

—No entiendo, señora...

—No te sonrojes, tonta. Yo sé que estás loca por el cura. Más de una quisiera estar en tu lugar.

La misa había terminado. Bérenger recibía las felicitaciones de unos, las miradas de ocio y celos de los otros. Se quedó al pie del atrio, con los brazos cruzados y el pecho en alto. Los cánticos bordoneaban todavía en sus oídos, junto con la respuesta de monseñor Billard a su sermón. Se aferraba todavía a los ecos, para que la fiesta nunca terminara.

El obispo acabó de librarse de los niños que le besaban la sotana y los fieles que se acercaban a presentarle sus respetos. Miró de hito en hito a Bérenger, antes de examinar de nuevo la estatua de Asmodeo. ¿Le habría vendido Saunière el alma al demonio, después de vendérsela al Priorato?

—Os habéis llenado de confianza después de nuestro último encuentro. Lo cual nos complace.

—Monseñor es demasiado bueno.

—Y su abad demasiado ambicioso.

—No he emprendido estas obras más que para honrar a Cristo.

—¿Y esto? —dijo Billard, señalando la pila.

—Es el mal vencido por el bien. La inscripción se refiere al bien: «Éste es el signo de tu victoria». Los cuatro ángeles se disponen a aplastar al demonio.

—Y las zarpas que se aferran al zócalo son los guardianes del tesoro, ¿no es así? ¿Igual que el propio Asmodeo?

—No.

—Me pareció que quería usted indicar con toda claridad la existencia de un tesoro a los curiosos potenciales.

—Monseñor se equivoca. El abad Boudet y monsieur Yesolot, que se reunirán con nosotros, pueden confirmarle lo contrario. ¿Confía monseñor en ellos?

—Desde luego, tienen órdenes directas del Gran Maestre… Silencio. Aquí viene mi nuevo secretario. No confío en él. Sospecho que es un espía de monseñor De Cabrières, nuestro enemigo mortal.

Allí estaba una vez más monseñor De Cabrières. Bérenger pensó en Cabeza de Lobo, en los johannistas, en el Papa, en todos los perros rabiosos que no tardarían en aparecer. Triunfaría sobre todos, aun si para ello tenía que hermanarse con el Diablo que había debajo de la colina.

297

XXVII

Coustassa, 1 de noviembre de 1897

*E*l hombre debía de tener unos cincuenta años. Era de baja estatura, pelo blanco, cara rubicunda, congestionada por el aguardiente que bebía de cuando en cuando de la cantimplora. No había apartado los ojos en toda la tarde de la iglesia de la aldea. Y todavía no habían venido a relevarlo. Soltó una maldición, se echó un trago, se pasó la lengua por los labios y tomó de nuevo los prismáticos.

Mujeres, nada más que mujeres. Altas, gordas, flacas, jóvenes, un montón de viejas; aparte del sacerdote no había más que mujeres en el villorrio. Iban y venían por las calles, de la iglesia al cementerio, con las manos llenas de ramos y macetas.

Oyó llegar a sus compañeros, que regresaban del Castillo Negro. Esperó, pero tampoco ellos vinieron a reemplazarlo. Levantó los prismáticos y se entregó otra vez a observar plácidamente a las mujeres. Era una pena ver tantas doncellas de luto deambulando por entre las tumbas. El abad Gélis apareció en la puerta de la iglesia y dio la bendición a un par de viejas de pañoleta y zuecos. Parecían dos vides secas, olvidadas después de la vendimia en medio del campo.

—Eso es —dijo con sorna—, tú dales la bendición. Ya se ve que echan la baba por ti, el par de putas meapilas.

—¿Qué está pasando aquí? —preguntó una voz a su espalda.

—Nada, nada… —tartamudeó el hombre. Bajó los gemelos al sentir la puntera del bastón en su hombro derecho. Apenas había entrevisto la cabeza de lobo pero la sangre se le había helado en las venas.

—No me agrada escuchar ese tipo de reflexiones —prosiguió Cabeza de Lobo.

—Era… en broma.

—No se hacen bromas con los asuntos de la Iglesia. Agradece a Dios que sigas con vida. Él es magnánimo, pero yo no lo soy. La próxima vez haré que te corten la lengua, ¿entendido?

—Sí, señor.

En la aldea, Gélis había entrado a la iglesia. La fiesta de Todos los Santos siempre lo dejaba extenuado. Se sentó en una silla de paja y se pasó la mano por la frente. El malestar no lo dejaba un momento. Noche tras noche lo atormentaba la misma pesadilla. ¿Cómo explicar aquellas imágenes que a cada tanto invadían sus sueños? Llevaba más de tres semanas con la obsesión: en cuanto cerraba los ojos, entraba temblando en un mundo de violencia y de muerte. No reconocía los escenarios ni a los protagonistas, pero estos últimos querían hacerle daño, lo amenazaban y lo perseguían.

Quizás habría tenido que contárselo a Yesolot, cuando se habían encontrado en Arques. Permaneció más de una hora tumbado en la silla. Los documentos, he ahí la fuente de su malestar. Echó una mirada a la nave oscurecida, tratando de apaciguar su espíritu. Las estatuas de los santos se escamotearon unas detrás de las otras, más allá de la claridad de las veladoras que les ponían los fieles. Lo invadió el desaliento. Pronto cumpliría setenta y un años. Se había pasado más de cuarenta pastoreando a los habitantes de su querida aldea por el buen camino.

—¿No piensa irse hoy a casa, padre? —le preguntó una mujer.

—Sí, claro…

—Le llevaré una sopa caliente.

—Gracias, Madeleine.

—Enseguida se la llevo, padre.

El sacerdote no escuchó las últimas palabras. Volvió a desconfiar. Desde fines del verano, a fuerza de escuchar las recomendaciones de Bérenger, veía por todas partes espías, hombres que tenían vigilada la aldea, johannistas que se deslizaban en medio de la noche hasta la iglesia. Se levantó de la silla, despejó el altar para la noche, dijo una oración y se marchó.

Υ

La sopa estaba caliente sobre la mesa, el pan cortado, el vino ya servido. Volvió a rezar y dio gracias al Señor. Fuera, caía la noche y los aldeanos corrían ya a toda prisa hacia sus casas, buscando un rincón junto al hogar. Cuando llegara la medianoche, igual que todos los años, los muertos saldrían de sus tumbas para recorrer el pueblo en procesión.

Las lucecitas se encendieron una a una en la negrura de Coustaussa. El hombre de los prismáticos abandonó su mirador después de beberse todo el aguardiente de la cantimplora. La colgó de un arbusto, se pasó la mano por la boca seca y echó a andar con un gruñido. Sus botas negras abrieron paso a paso un camino por entre las malezas. El peñasco donde sus cómplices lo aguardaban se alzaba en medio de la bruma. Todo era silencio. Sintió un escalofrío, cuando Cabeza de Lobo apareció delante de él. Su jefe le preguntó con aire ausente si todo estaba en calma. Contestó que sí. El cura ya estaba en casa y no había ningún perro en los alrededores. Esperaron cerca de una hora. Cabeza de Lobo dio luego la orden:

—Ha llegado el momento. Síganme.

Los cinco hombres se deslizaron hasta las primeras casas, apretujándose los unos contra los otros. En el silencio se escuchaban ecos de sonidos familiares: un niño lloraba, una mujer acunaba a un bebé, un gato maullaba, había risas y peleas. Entraron por la callejuela sin salida.

Bajo la sombra imponente de la iglesia, Cabeza de Lobo le hizo una señal al más alto de sus sicarios. El gigante clavó en la iglesia sus ojos minúsculos, anormalmente separados por la nariz. Se sacó el cuchillo del cinturón y lo blandió en el aire, como desafiando a un adversario invisible. Marchó luego a paso ligero hacia el campanario.

Gélis erraba por la cocina, con la sensación de que algo había sucedido o estaba por suceder. ¿Se habría saltado alguna cosa importante en la iglesia? Repasó los gestos rituales que había hecho delante del sagrario. No... ¿Qué le ocurría entonces? El cuarto estaba helado. La humedad del otoño se colaba dentro porque había olvidado cerrar la ventana. Ya estaba acercándose el invierno. Se retiraría entonces y se iría a vivir a Carcassone, o a Narbona, o regresaría a Villeseque, su pueblo natal, donde había sido feliz de niño. No sería fácil dejar Razès. Había demasiadas cosas pendientes. La comarca encerraba las claves del misterio que ansiaba descifrar. «Esta noche no», se dijo resuelto al recordar los documentos, que lo mantenían despierto hasta las horas más inopinadas, le secaban el seso y preparaban la pesadilla habitual.

Los otros cuatro hombres alcanzaron al explorador. El gigante seguía blandiendo el cuchillo a la altura de su cara, listo para lidiar con cualquier engorro.

—¿Qué hay? —preguntó Cabeza de Lobo.

—Está en casa.

—Vamos.

Los otros vacilaron un momento. No los seducía demasiado la idea de entrar a registrar la casa del cura.

—Tenéis miedo —dijo el jefe, dándole un manotazo a la cabeza de lobo de su bastón.

—No —respondieron dos subalternos.

Sin embargo, sus ojos eran aún más esquivos que de costumbre. Estaban mintiendo. ¡Valientes compañeros había reclutado! Y sin embargo, cada uno tenía un pasado a sus espaldas. Eran capaces de lo peor. Los miró con una sonrisa de desdén, se puso a la cabeza del grupo y se adentró en el patio de la casa.

Gélis se sentía cada vez más mortificado. Las preguntas seguían rondándolo. Trató de refugiarse en la oración. Pensó en Cristo. Pensó en Bérenger, a quien nunca debería haber escuchado, en sus faltas, en su gran pecado, en esa ansiedad por descubrir un secreto que, llegaba a presentirlo, acabaría precipitándolo en el infierno. En cuanto a él mismo, ¿cómo podría hacer retroceder el tiempo y borrar los recuerdos de todas sus conversaciones con Saunière? ¿Cómo fingir que nada había pasado, cuando había pasado todo aquello? Por el amor de Dios, así había de ser… Comenzaría por quemar todos los papeles que le había confiado el abad de Rennes-le-Château. Y luego se marcharía unos días a los

Pirineos. Un amigo pastor le daría posada en su cabaña, perdida al final de un valle deshabitado, y él rehusaría a ver a nadie que trajera el pecado escrito en el rostro. Allí encontraría fuerzas para olvidar aquella historia y abrazar otra vez la fe. Un ruido interrumpió sus pensamientos. Un ruido curioso, como un arañazo. Se acercó a la ventana y atisbó por entre los cristales. Varias sombras enfilaron por la calle. Gélis se echó hacia atrás aterrado. Por un instante, sintió que se le contraían las tripas.

—Los documentos —dijo en voz alta, precipitándose hacia la otra pieza.

La bolsa de viaje. También debía llevarse la llave, que estaba en el cajón de la cómoda. Ya no había tiempo de arrojarlos al fuego. La puerta del fondo se abrió y un hombre entró en la casa. Gélis reculó al verlo. Se alejó de la bolsa y permaneció con la espalda contra la pared, pálido como un muerto.

El desconocido empuñaba un extraño bastón, con una cabeza de lobo tallada en el puño. Los ojos del animal centelleaban con una luz rojiza como si tuvieran vida propia. Gélis reconoció el bastón. Bérenger se lo había descrito alguna vez, cuando le pedía que tomara precauciones.

El hombre era Cabeza de lobo. El sacerdote permaneció fulminado por el rayo, sin aliento, sin voz, abrumado por sus propios pensamientos. A duras penas oyó las palabras del intruso.

—Buenas noches, padre. Esperaba usted nuestra visita, si no me equivoco... ¿No responde nada? Su silencio es ya una confesión. De modo que no perdamos el tiempo. Deme los documentos que su buen amigo Saunière tuvo la feliz idea de confiarle. ¿Qué pasa, señor cura?, ¿le han cortado la lengua? Dígame dónde están.

Gélis siguió paralizado. Los otros hombres entraron en la casa, mirando a su alrededor con cara patibularia. Parecían todos animales. El primero era el más feo de los cuatro. Tenía la cabeza hundida entre los hombros, la nariz rota, un cuchillo delante de la cara. Gruñó asqueado tras olfatear los restos de la sopa que había en la mesa.

—¿Qué hacemos con él? —preguntó apuntando a Gélis con el cuchillo.

—Nada de momento. Le concederemos treinta segundos para reflexionar.

Si hubiera saltado por la ventana en el instante en que los había visto por la calle, habría alcanzado a huir. Habría echado a correr y se habría atrincherado en casa de su vecino, que poseía varios fusiles de caza. Sin embargo, no lo había hecho. Se obligó a confrontar los ojos mortecinos de Cabeza de Lobo. Se le había ocurrido una solución.

—Tengo dinero. Setecientos francos, en oro y en billetes. Tomadlos y dejadme en paz.

—¿Habéis oído todos? —dijo el jefe con ironía—. El señor cura nos ofrece setecientos francos en oro y en billetes. Nuestros esfuerzos se verán recompensados.

Los otros rieron. El que jugueteaba con el cuchillo dio un paso adelante y apretó la hoja contra el cuello del sacerdote.

—No hemos venido a quitarte la hucha, abuelo. Sólo queremos unos papeles, nada más… Unos papeles que nos lleven a un lugar donde hay un tesoro. ¿Lo entiende?

—No.

—Este cristiano es terco como una mula.

—Ya pasaron los treinta segundos —intervino el jefe, apartando con el bastón al del cuchillo—. Registrad la casa.

—Yo voy a empezar por este saco —dijo el bajito que se había pasado el día espiando con los gemelos.

Gélis se interpuso para proteger el saco que había dejado en la mesita.

—Qué suerte —dijo Cabeza de Lobo—, hemos encontrado enseguida lo que buscábamos. Ábrelo.

—Está cerrado con llave —dijo el hombre bajo.

Gélis trató de apartarlo en un arranque de valor. Lo agarró por las solapas y lo levantó en vilo jadeando por el esfuerzo. Fue en vano. Lo tiraron al suelo sin miramientos. El hombre bajo se incorporó y lo llevó con los otros a la cocina. Gélis no se resistió, pues estaba ya vencido.

«Estamos perdidos… Perdóname, Bérenger… Nos han traicionado…»

Una cara acudió a su mente. Era la cara de su sobrino,[51] que siempre andaba en busca de dinero. Él debía de ser el miserable

___

51. El sobrino fue declarado inocente. Esa noche, en efecto, se encontraba en Luc-sur-Aude.

que los había vendido. No tuvo tiempo para pensar nada más. El hombre del cuchillo lo retuvo por el brazo. Otro sicario más joven, de rastros afeminados, tomó uno de los ladrillos sueltos de la chimenea y lo golpeó con violencia en la frente.

El grito se ahogó en su garganta. La muerte fue instantánea. El abad cayó en brazos del hombre del cuchillo.

—Cuidado con la sangre.

—Está muerto, no le late el corazón.

—Aquí están los documentos.

—Vámonos.

—Un momento —dijo Cabeza de Lobo, encendiendo un cigarrillo— aún no he terminado.

Dio unas cuantas caladas y tiró la colilla en la chimenea. Luego sacó del bolsillo un cuadernillo de papel de liar marca Tzar y un lápiz. Garrapateó en una de las hojas «Viva Angelina» y la depositó junto al cadáver.

—Es una pista para nuestro amigo Saunière.

—Vámonos ya —se inquietó uno de los hombres.

—Una cosa más. Ponedlo en el centro de la habitación.

Dos sicarios se precipitaron sobre el cadáver, lo levantaron con delicadeza y lo pusieron en el centro del cuarto. Cabeza de lobo pronunció una oración y juntó las manos del abad sobre su pecho, justo encima del corazón. Sus brutales acompañantes no entendieron el significado del rito.

—Ahora podemos irnos —dijo Cabeza de Lobo.

Salieron de la sacristía y se deslizaron sin ruido hacia la noche. El jefe iba adelante con el bastón, estrechando los documentos contra su pecho. Ahora nada podría detenerlo. Se entregaría en cuerpo y alma a la misión crucial que le habían encomendado, pues de ella no sólo dependían su vida y su futuro, sino también los de la Iglesia, el Papa y la humanidad entera: encontrar el Arca de la Alianza.

Bérenger echó un vistazo a los espectadores venidos de todos los rincones de la comarca. Eran todos unos hipócritas, que habían acudido a regodearse en el escándalo de Coustaussa. No se apartaban ni por un momento del juez de instrucción, Raymond Jean, ni de los periodistas del *Midi libre* y los diarios de

París. Habían entrado en tropel al cementerio, con la esperanza de pescar alguna primicia sobre la muerte del abad Gélis.

El vicario general, monseñor Cantegril, se inclinó sobre el ataúd de madera blanca murmurando entre dientes «los pobres de espíritu», «el pecado», «el perdón». Comparó luego al padre Gélis con Simón Pedro, que había lanzado sus redes en las profundas aguas del lago de Genesareth.

Los niños lloraban. Las mujeres lloraban. Lloraban los miembros del consejo municipal. Todos se santiguaron con singular fervor cuando el vicario general bendijo el ataúd. Bérenger lo bendijo luego, encabezando la negra hilera de sacerdotes que habían acudido a acompañar a su amigo: el abad Boudet, el padre Tisseyre, que venía de Arques, Calvet y Gabelle, que estaban en Couiza y en Luc-sur-Aude. Los sepultureros aguardaban indiferentes la señal. El vicario general inclinó la cabeza. Bajaron el ataúd hasta el fondo de la fosa y sacaron solas las cuerdas. La multitud se agolpó contra el borde de la fosa, hablando en susurros:

—Pobre cura.

—Bah, ya estaba viejo, ya le había llegado su hora.

—Pero morir asesinado a su edad, siendo sacerdote... Figúrense.

—Es un sacrilegio espantoso.

—Dicen que el juez ya hizo arrestar al sobrino.

—¡Que el diablo lo lleve! No me extraña, seguro que fue él.

—Habrá venido a robar a su propio tío, porque estaba lleno de deudas.

—Ojalá le corten la cabeza.

—Dicen que al padre le abrieron el cráneo de un golpe.

—Sí, fue un horror... Había sangre por todas partes.

—El fantasma va a volver. Dicen que siempre vuelven, para vengarse de los vivos.

Dicen. Decían. Esto, lo otro, aquello, el rumor ya había empezado a crecer. Al abad Gélis lo habían torturado con el atizador, le habían arrancado los ojos... Las frases llegaban en jirones hasta los oídos de Bérenger. Habría querido estar en otra parte, lejos de aquella turba ávida de sordidez. No estaría de más arrojar unos cuantos a la fosa con Gélis. Permaneció quieto como un mármol, pensando en el cadáver de su amigo, que pronto no sería más que podredumbre, disolución, polvo.

305

—Perdóname, Gélis —murmuró.

Él era el responsable. Un hombre había muerto en su lugar, por su culpa. Quería gritarle a Dios que él seguía allí, vivo, a los pies de la montaña, desafiarlo para que lo fulminara, para que destruyera a todos los hombres embrujados por la colina.

«¿Por qué yo sigo vivo?»

Los hombres y las mujeres empezaron a desfilar delante del ataúd. Algunos conocían a Bérenger y se animaban a decirle un par de palabras. Él respondía con cortesía, meditabundo, sin apartar los ojos de las laderas azuladas de la colina maldita de Rennes-le-Château.

El juez de instrucción se plantó entonces delante de la fosa. Sopesó el ataúd con ojos sombríos, antes de escrutar uno por uno a los curiosos. Un pastor reculó incómodo. El aguatero también parecía inquieto. El molinero parpadeó, el carpintero frunció los labios, varios cabreros agacharon la cabeza... Todos se quedaban paralizados, como si fueran a arrestarlos por el asesinato. Con los jueces nunca se sabía. Desconfiaban de todo el mundo.

El juez dio media vuelta y se acercó a los sacerdotes con un gesto vagamente untuoso en su cara regordeta. Sopesó con ojo clínico la fisonomía de cada abad. Se detuvo delante de Boudet.

—¡Qué gente ésta! —dijo con repentina exaltación—. Padre, no se imagina lo difíciles que son estos campesinos. Desconfían hasta de su sombra, y encima son agresivos, podría encerrar a la cuarta parte de ellos por insulto a la autoridad... La investigación ya era difícil, pero ahora va a complicarse.

—Ya tiene usted al sobrino.

—Sí, tengo al sobrino. Pero preferiría tener en mis manos a los verdaderos asesinos y averiguar el móvil del crimen.

—Cómo, ¿no hay móvil?

—No se llevaron el dinero. Sólo abrieron a la fuerza un saco de viaje. Me pregunto qué podía haber dentro.

El juez guardó silencio, absorto en la fosa. Echó otro vistazo a los dolientes, miró a Boudet, luego a Saunière. Una arruga apareció en su frente. En las sienes le palpitaban venas azules.

—Entiendo que era usted amigo del difunto —le dijo de repente a Bérenger.

—Todos éramos sus amigos. Era el hombre más bueno del

mundo. Servicial, siempre alegre, consagrado a su misión de pastor. Venía a visitarme a menudo. Me aconsejaba y me iluminaba con su experiencia.

—¿El padre Gélis era su confesor?

—No...

—Su confesor soy yo —intervino Boudet.

—Ah, ya veo. Prosiga, por favor.

—No tengo mucho más que decir... Todos vivíamos en perfecta armonía con él. Cuando digo todos, digo todos los sacerdotes del decanato de Couiza. Su muerte me ha arrebatado un ser querido, un auténtico amigo, que me ayudó a perseverar en la fe en estas tierras de malos cristianos.

Bérenger se santiguó y el juez volvió el rostro. Los sepultureros se escupieron las manos, recogieron las palas y empezaron a cubrir de tierra el cajón. El juez parpadeó y se encogió de hombros. Levantó una mano con gesto de impotencia.

—Ya no podrá revelarnos su secreto... Sólo una cosa más: ¿tiene usted alguna idea de lo que pueden significar las palabras «Viva Angelina»?

—Ninguna.

—Tal como pensé. No es una frase muy cristiana, más bien suena a algo revolucionario. Hasta la vista, padre.

—Hasta la vista, señor juez. Vaya usted con Dios.

Boudet aguzó la mirada, siguiendo los pasos del juez.

—Sospecha algo...

—¡Voy a vengar a Gélis! —masculló Saunière.

—¿Estás loco? Deja que el Priorato envíe a sus hombres.

—Lo vengaré yo —repitió Bérenger con voz sorda.

307

XXVIII

*L*os días eran grises, húmedos, fríos, cada vez se hacían más opresivos. Se sucedían unos a otros, tan sombríos como las noches que los separaban, tan tristes como el día del entierro en Coustassa. Bérenger decía misa, iba a visitar a Boudet o a Yesolot, se paseaba en compañía de Bot, salía a cazar, y a todas horas sentía un nudo en el estómago. La inercia del Priorato y la prudencia de los johannistas, que se habían hecho invisibles, exasperaba hasta el límite sus deseos de venganza. No se habría detenido ante nada a la menor aparición de los unos o los otros. Entre tanto, sólo podía pisar el freno y buscar algún magro consuelo en los brazos de Marie, en la lectura de las cartas de Emma. La cantante había estado en Londres y en Alemania. Ahora mismo estaba triunfando en París con *Safo*. Bérenger leía sus cartas sin descanso, hasta entrada la noche, pero, en el fondo, no encontraba ninguna paz en aquella letra inclinada y generosa. Las palabras lo alejaban aún más de Emma, lo aislaban entre las colinas nevadas de Razès.

Sólo quedaba esperar. Pero ¿qué? ¿A quién? Sabía que una sola oración podía hacer maravillas, devolverle las esperanzas, infundirle nuevo valor para seguir creyendo en medio de la tormenta… Pero hacía tiempo que no podía rezar a cabalidad. Estaba demasiado turbado para pronunciar con amor sus oraciones.

Un nuevo día comenzaba. Pero él ya no tenía nada que hacer. Marie y su madre estaban trenzando la paja, el fuego ya ardía en el hogar, los guisantes y las judías estaban en sus sacos, las conservas apiladas en los anaqueles, las patatas en los cestos, también el bacalao estaba en su sitio y el maíz, el jamón, las botellas de vino y de petróleo, las bombonas de aceite, los troncos, los haces de leña. Todo estaba dispuesto para resistir el largo asedio del invierno. Las provisiones se amontonaban en el *oustal*. Nadie volvería a salir nunca de allí

—Estoy harto —dijo de repente.

Las mujeres lo miraron inquietas y sorprendidas. Marie susurró algo que no se atrevía a decir en voz alta delante de su mare. Bérenger se volvió atento a sus labios, aguardando las palabras amargas, el primer anuncio de la pelea. Pero no llegó a entender el murmullo. Ni siquiera podrían discutir.

—Estoy harto de vivir enjaulado —volvió a decir, arrancando el trapo que taponaba el agujero junto a la puerta de la entrada.

La madre de Marie abandonó enseguida sus labores, recogió el trapo y lo repuso en su lugar.

—*Col barrar les troues al lop-garon* —gruñó.[52]

—¡Otra vez con el lobo Garou! ¿Cuándo dejaréis de creer en esas tonterías? En las brujas, los vampiros, los fantasmas, en el espanto Garramauda.

—Cuando usted saque ese Diablo de la iglesia. Es él quien ha atraído a la aldea todas estas criaturas malvadas.

—¿Las ha visto alguna vez?

—Sí.

—¿Dónde?

—Eso no le importa.

—Vieja loca.

—¡Bérenger! —gritó Marie, alarmada por las palabras de su amante.

El desconcierto crispó su rostro hermoso. Corrió junto a su madre, la besó en la frente y la estrechó entre sus brazos.

—No le hagas caso, mamá. No lo ha dicho en serio… No llores, sabes que no ha vuelto a ser el mismo desde que murió el padre Gélis… Ven, siéntate conmigo.

Bérenger salió dando un portazo, embargado por la vergüenza y la amargura. Sintió como un picotazo el frío en el rostro y el aire helado le ardió en la garganta. El cielo despejado parecía lleno de cristales resplandecientes. ¿Adónde podía ir? Se dio una vuelta por las granjas y los establos donde los hombres ta-

309

52. Hay que tapar los huecos para que no entre el lobo Garou.

llaban los mangos de las horquillas, cosían cañas de pescar, reparaban los rastrillos y afilaban las hoces, bebían y conversaban. Acabó por aceptar el vaso de aguardiente que le ofrecieron en casa de Zacarías. Sin embargo, su corazón estaba en otra parte. Necesitaba moverse, buscar nuevos horizontes, entrar en acción, correr riesgos.

—¿Qué es lo que tiene, padre? —le preguntó Zacarías, escrutándolo como si quisiera leer sus pensamientos.

—¿Qué tengo?

—Sí… Está muy cambiado desde hace algún tiempo.

—Estoy perfectamente —respondió Bérenger con sequedad.

Zacarías bajó la cabeza y volvió a su trabajo. Repasó con los dedos callosos la suela del zapato que estaba arreglando. Arrancó los *guinhassons*[53] oxidados y los puso dentro de una caja.

—Beba para que Dios le traiga alegrías, padre —dijo sirviéndole otro vaso de aguardiente a Bérenger.

—No me las traerá Dios, sino este aguardiente tuyo.

—Es lo mismo, padre —dijo sonriente Zacarías, y colocó entre los dos la botella de aguardiente.

Cuando salió de la aldea, sentía la cara acalorada y las piernas flojas. Adelante, el camino cabeceaba peligrosamente al borde del barranco, en medio de los peñascos, los árboles y los arbustos. A Zacarías se le había ido la mano. ¿Cuántos vasos le había servido? ¿Diez? ¿Más? Bérenger trastabilló, se agarró a una rama y empezó a balbucear en dialecto una súplica al cielo que solía parecerle estúpida:

—«… Que Dios nos traiga alegrías, y no nos mande ninguna desdicha. Que las mujeres tengan hijos, y las cabras cabritos, las ovejas corderos, y las vacas terneras, que las asnas tengan asnos, las gatas gatos, las ratas ratones, y que Dios les traiga alegrías, no desdichas».

Siguió recitando la retahíla mientras enfilaba sin darse cuenta hacia Rennes-les-Bains. No sentía ya el frío que le agarrotaba las manos y los pies.

53. Clavos.

Y

—¿Qué es lo que dice?

—Eh... Creo que dice: que las vacas tengas ratones, y las ratas terneras...

—¿Está seguro?

Boudet acercó el oído a los labios de Bérenger.

—Sí. Y que las mujeres tengan cabritos y las cabras hijos.

—¡Bérenger, amigo mío!

Elías se inclinó sobre el abad de Rennes-le-Château, que yacía divagando en el lecho de Boudet. Dos cazadores lo habían encontrado tirado en la nieve, debajo de la roca de Barou, y lo habían llevado allí.

Boudet se mordía los labios. Lo intimidaba enfrentarse solo al embrujo de la colina. No, no tendría fuerzas para seguir adelante sin Saunière. La ansiedad había cubierto su rostro de una fina película de sudor.

—¿Cree que se salvará?

—Desde luego —sonrió Elías—. Es un hombre fuerte.

—De todos modos llamaré a un médico.

—No hace falta. Yo me ocuparé de él.

Elías apaciguó las ansias de Boudet con un gesto, se apartó de la cabecera de la cama, salió del cuarto y regresó con un maletín de cuero.

—Con esto volverá en sí —dijo, sacando una pequeña ampolla de su botiquín. Boudet alcanzó a entrever dentro toda clase de frascos y objetos extraños.

—Bebe —le dijo Elías con dulzura a Bérenger, acercándole el pico de la ampolla a los labios.

—Estoy bebiendo, Zacarías... ¡Bebamos! ¡Por todos los animales!

Elías vació la ampolla dentro de su boca. Al cabo de unos minutos, el cuerpo del abad se distendió bajo sus dedos. La fiebre cesó con inusitada rapidez. Boudet tocó la frente de Saunière, se alegró, volvió luego a inquietarse:

—Qué maravilla... pero ¿qué es lo que le ha hecho beber?

—Un remedio que suelo preparar.

—Ya veo. Pero ¿qué es?

—Para confeccionarlo hay que hermanar las virtudes del sa-

311

bio con las del justo. Me temo que no esté usted listo para entender la fórmula.

Boudet había escuchado la misma frase pronunciada en hebreo en una reunión de iniciados del Priorato. Hablaban de las manipulaciones del Yetsirah dentro de la Cábala: había que unir las virtudes del sabio, Kho'kham, con las de Tsaddiq, el justo. El judío nunca dejaba de sorprenderlo. No le tenía ningún aprecio, pero vivía fascinado por su poder, por su evidente supremacía sobre los hombres y sobre el mundo.

El silencio cayó sobre la pieza. Cada uno se recogió en sus pensamientos. Sin embargo, Elías seguía igual de turbado que cuando habían traído a Bérenger. En su interior revoloteaban los sentimientos más adversos, el odio y los celos se entremezclaban con la ternura y la compasión, Dios y el Diablo libraban en su alma una guerra sin cuartel. Para curar a su amigo, había dejado que su espíritu se uniera al espíritu de Bérenger.

312

Una luz pálida se abrió paso poco a poco en la habitación. Bérenger distinguió entonces la palangana y la jarra en el velador que había a los pies del lecho. Los miró de hito en hito, para asegurarse de que había vuelto a la realidad. Enseguida, reconoció el cuarto austero de Boudet, abarrotado de libros hasta el techo. Sintió un escalofrío al pensar en su insensata caminata a través de la nieve. A la salida de la aldea había trastabillado pero no tenía conciencia de nada más. ¿Cómo habría llegado hasta allí? Se enderezó con dificultad, apoyándose en un codo, y trató de levantarse. Volvió a caer en el lecho, abatido por el esfuerzo. Cuando volvió a abrir los ojos, Elías estaba a su lado, sosteniéndole una mano entre las suyas.

—No se trata de nada serio, amigo mío.

—¿Qué me pasó?

—Te encontraron inconsciente en la montaña. Estabas borracho perdido y congestionado por el frío. Bebe esto y te sentirás con más fuerzas.

Elías le tendió una botellita de forma irregular, llena de un líquido verde y espeso. Bérenger se la llevó a los labios sin vacilar. Sintió en la boca un sabor horrendo, a fresas podridas y frutos de mar, pero se tragó el elixir con una mueca. El calor se encendió enseguida en su pecho, se propagó por su cuerpo a través de las extremidades, hasta las puntas de los dedos. El milagro había tenido lugar. Se puso de pie y escuchó no lejos de allí un ronroneo familiar, el tumulto reunido de muchas voces que rezaban al mismo tiempo. Alguien estaba diciendo misa.

—¿Qué hora es?

—Es la hora de la misa del domingo. Has dormido treinta horas.

—¿Qué?

—No te inquietes. Le hemos mandado un mensaje a Marie. Oficialmente, has venido a visitar tres días al abad Boudet.

—Maldito sea el alcohol...

—No habrías bebido si no hubieras tenido motivos. Querías estar en otra parte, lo sé. No has cambiado nada: estuve sondeando tu espíritu mientras divagabas. La misma fuerza, el mismo deseo de vencer, la misma voluntad de triunfar, la misma ansia de medirte con seres superiores a ti.

Bérenger tomó a Elías por el brazo y apretó con fuerza.

—Si lo has visto todo, entonces sabes lo que espero de ti.

—Sí.

La respuesta implicaba una adhesión inmediata. Elías había asentido con toda el alma, aprovechando la ocasión que le ofrecía Saunière: emprendería con él una guerra sin cuartel, hasta que descubrieran el Arca, una guerra contra los enviados del Papa, y también contra los hermanos del Priorato.

Unas horas más tarde, mientras Boudet atendía a un moribundo, ambos se instalaron en el gabinete abarrotado de piedras antiguas y manuscritos. Se disponían a descargar el primer golpe.

—¿Por quién hemos de comenzar? —preguntó Elías en voz baja, aunque ya conocía la respuesta.

—Por Cabeza de Lobo.

Elías se llevó entonces la mano al pecho. Con un gesto de prestidigitador, extrajo una piedra roja hexagonal, con varias letras hebreas talladas sobre dos caras. La piedra parecía capturar en su interior la luz del día y cautivó también enseguida la mirada de Bérenger. Era una gema cargada de electricidad. Bajo los reflejos de fuego, en lo más hondo de su interior, había una estrella, un sol de oro. Bérenger pensó en el símbolo del infinito,

313

en la energía primera, en el reino, en la gloria, en el conocimiento. Los rayos del minúsculo astro se difundieron por la pieza hasta condensarse en una sucesión de imágenes: una ciudad, el mar, un hombre de rostro endurecido, de ojos fríos.

—¡Es él! —gritó Bérenger.

—La piedra de Hevea lo ha encontrado… Se encuentra en Marsella. Ahora podremos vengar la muerte de Gélis.

—¿Cuándo partiremos?

—Necesito algo de tiempo para contactar con la gente de mi pueblo que vive allí. Nos harán falta aliados. Partiremos cuando todo esté listo.

XXIX

Marsella, 4 de agosto de 1898

*F*uera, el mercado bullía bajo el sol. Bérenger se acodó un momento en la ventana de su cuarto, en lo alto de la casa de los Cauwenbergh Soussan, donde Elías y él habían encontrado posada. Los gritos de los vendedores desbordaron la calle como un torrente. ¿Por qué gritaban tan fuerte? Parecía que quisieran levantar en armas a toda la población desde Accoules hasta Saint Laurent.

Elías vino a buscarlo, con su inestimable maleta terciada en bandolera. Bajaron a la calle y se dejaron llevar por el gentío. El barrio estaba repleto de mesas y puestos coloridos, carretas, lonas que repartían la calle entre sombras cortantes y encandilados rectángulos de luz. Era la hora de los insultos callejeros, de las maldiciones, del cachondeo, del anisete helado, del ajenjo verde como el agua de las calas, de las muchachas cobrizas que pasaban con un cesto de mimbre bajo el brazo y una cinta en el pelo.

Gracias a los informes de sus amigos, Elías había ubicado ciertos lugares que frecuentaban los johannistas. Por algún motivo, la piedra de Hevea no les había sido de utilidad después de llegar a Marsella. Bérenger y Elías acudían cada día a la abadía de San Víctor, a la plaza de Lenche y al puerto, seguros de que sus enemigos acabarían por reaccionar.

—¿Adónde vamos? —preguntó Bérenger.

—Al puerto.

—¿Cree que finalmente tendremos suerte?

—He tenido una visión. Del día de hoy dependerá todo. Pero seamos prudentes.

—No hay prudencia que dure para siempre —respondió Bérenger de mal humor.

Se sentía impotente. Era dolorosamente consciente de que no podía discernir lo que su amigo veía con toda claridad. Elías merodeaba ya por el futuro que tenían delante. Rehusaba a conocer el desenlace preciso, pero su saber los encaminaba paso a paso hacia el enemigo. Ya no estaban cazando sombras: la espera había terminado. Alguien estaba vigilándolos, buscaba algún medio para hacerlos caer en una trampa. ¿Quizá estuviera urdiéndola aquel hombre que parecía seguirlos desde hacía varios minutos? Bérenger interrogó a Elías con la mirada, pero éste permaneció impertérrito. Hacía calor. Estaba fatigado. El sol le encandilaba los ojos y Elías avanzaba a pasos lentos, decidido, consciente de cuanto ocurría a su alrededor. Escuchaba la cacofonía de los espíritus de la ciudad, el combate de cada uno por su espacio vital, la lucha por la vida, sempiterna y feroz. Aquello era la ciudad, en todo su horror y toda su magnificencia, carnívora y generosa, abierta y secreta, llena de pícaros, artistas, putas, soldados, mendigos y notables, de miles de almas que repicaban en una ronda frenética alrededor de la catedral de la Bonne Mère. Las casas a su alrededor albergaban demasiados sentimientos contradictorios para que pudiera distinguir a los amigos de los enemigos.

Se adentraron por callejas sucias y estrechas, donde las mujeres semidesnudas les guiñaban el ojo y les susurraban halagos, ofreciéndoles el simple goce del amor. Los insultaron a gritos cuando ellos se alejaron sin siquiera volver los ojos.

Llegaron al puerto. Como cada día, Bérenger volvió a descubrir con asombro las aguas llanas y aceitosas, pobladas de docenas de barcas multicolores, de naves grandes y pequeñas, de restos de naufragios, el alboroto de los muelles donde los pescadores reparaban sus redes y los niños piojosos celaban los parasoles de las damas, el olor del pescado, más allá el hedor de las alcantarillas, que le revolvía el estómago y le daba ganas de vomitar. Elías encabezó la marcha hacia el puerto mercante. El tumulto fue disipándose poco a poco. Al cabo de un rato ya no hubo ningún paseante. Los niños abandonaban aquella tierra incógnita a los marineros y a las gaviotas.

De repente, Elías paró en seco.

—Cuidado.

—¿Qué pasa?

—Están observándonos.

—¿Quién? ¿Dónde?

Bérenger miró a su alrededor. Dio la vuelta a una barca encallada y se volvió hacia su amigo con incredulidad. Los ojos de Elías parecían dos pozos de fuego negro en su rostro pálido y abotargado.

—Contéstame, Elías, ¿dónde están?

—Allá —murmuró el judío, enseñándole una barraca de madera flanqueada por un montón de toneles que estaba a unos doscientos pasos.

Bérenger escrutó en vano la barraca. No vio a nadie. A medida que se acercaban creyó distinguir una sombra tras el cristal grasiento de la única ventana. Entrecerró los ojos.

—Ya lo veo —gritó, y echó a correr.

—Bérenger, ven aquí…

Pero Bérenger ya no escuchaba a Elías. Corría con el rostro crispado, calculando el tiempo y la distancia. Quería llegar a la barraca antes de que su ocupante se percatara del peligro. Quizá pudiera sorprenderlo. Tenía que hacer el intento.

En el frente de la casucha había un letrero pintado en grandes letras negras: DEPÓSITO N.º 3. Saltó por encima de un tonel y dio la vuelta hasta el umbral. La puerta estaba abierta. Dentro, un anciano sentado en una caja pelaba una cebolla con manos temblorosas. Había puesto en remojo cuatro tomates en una cacerola abollada con agua hasta los bordes. Remos, timones, anclas, amarres, cuerdas; no había nadie más alrededor.

—Se ha marchado —dijo el anciano, mordisqueando un trozo de cebolla—. Me dijo que te diera un mensaje: «Viva Angelina».

—¿Quién? —Bérenger sacudió al anciano. Su piel estaba tan surcada de arrugas como la tierra yerma.

—¡Virgen santa! ¡Para! ¿Cómo quieres que sepa quién era? Vino aquí, me dio diez francos y volvió a marcharse. Yo vivo aquí, cuido de las cosas, pesco y duermo y punto, nada más.

Bérenger lo soltó. Aquel viejo acabado no debía de saber nada. ¿Qué hacer ahora? Giró sobre sí mismo buscando alguna

317

pista. Fue luego hasta el ventanuco donde se había apostado el espía. El viejo se levantó sin ruido en ese mismo instante. Una sonrisa cruel apareció en su boca desdentada. Se despojó de la máscara de anciano bonachón del Midi y sacó de entre sus andrajos una barra de metal sujeta a una cadena corta. La cadena retintineó cuando dio un paso.

—¿Cómo era? —preguntó Bérenger, buscando aún a Elías a lo largo del muelle.

—Un poco estrafalario, como los jóvenes de ahora. Llevaba anillos en los dedos —añadió el viejo, levantando la barra con la cadena.

¿Qué había sido ese chasquido? Bérenger intuyó de repente el peligro y todo su cuerpo se contrajo para dar el salto. Se arrojó a un costado en el momento en que el viejo descargó el golpe. La barra hizo trizas el cristal del ventanuco.

—Te voy a arrancar la cabeza, cura.

—¿De dónde me conoces, viejo del demonio?

—Sabemos quién eres, por más que vayas de civil.

Bérenger eludió el nuevo golpe, se apoderó de un remo y saltó al centro del cuartucho. Escuchó entonces una voz atronadora, irreal, que parecía brotar de la nada.

«Aq-Mebassin.» Eso fue lo que oyó Bérenger, o al menos eso creyó oír. El viejo se llevó una mano al corazón y se desplomó.

—Todo ha terminado.

—Elías… Esa voz… ¿Has sido tú?

—He sido yo y no he sido yo. —Elías escondió un objeto rectangular dentro de su maleta.

—Marchémonos. No estaba solo. El otro no debe andar muy lejos, tenemos que encontrarlo.

Salieron del depósito y cerraron la puerta. Fuera, todo estaba en calma. Nadie había oído nada.

—Por allá.

Elías señaló unas quillas, unas sobre otras contra el horizonte. El lugar parecía una cantera o una especie de cementerio. Se colaron por entre las quillas y los estraves. Barcas, balsas, botes, veleros, unos rotos y carcomidos, los otros remendados, aguardando la muerte o el retorno al mar. Ni un solo rastro de su hombre. Elías hizo una señal negativa con la cabeza. Siguieron adelante y se detuvieron delante de un gran casco de navío semihundido en una enorme alberca llena de carena. Los calafateadores estaban preparando la estopa y el alquitrán. Bérenger y Elías permanecieron varios minutos observándolos.

—Está aquí mismo —murmuró de repente Elías.

—¿Cómo lo sabes? Yo no veo nada.

—Percibo su espíritu…. No puedo explicarte cómo. Es un don que todos tenemos, pero hace falta desarrollarlo, lo cual suele tomar tiempo… Sí. Está aquí.

Siguieron a la espera. Un silbato anunció el mediodía. Al cabo de unos segundos, los calafateadores se marcharon rumbo a otra parte del astillero.

—Vamos —dijo Elías.

Enfilaron por una pasarela de tablones hasta el navío. Era un barco de vapor, que tenía el puente agujereado en varios sitios. En cada agujero se hundía una escalera de cuerda, en medio de amarras, cabos y poleas.

—Más abajo… Está más abajo —susurró Elías, y tocó con la mano a Bérenger.

Bérenger sintió la mano helada.

—Espérame aquí —dijo.

Se dirigió a una de las escaleras y se deslizó hacia las profundidades del navío. Por un momento, sintió que se ahogaba en medio de las sombras tibias, cargadas de miasmas penetrantes. Pero prefería las sombras al sol que empezaba a quemarle la piel. Elías bajó tras él.

—Eres un terco —suspiró Bérenger.

—No pienso dejar que te maten en una sentina llena de ratas. Solo, lo único que puedes hacer es defenderte a puñetazos. Cada uno tiene sus armas. Él lleva un revólver, tú tienes tus puños y yo la maestría de la magia.

Pero Bérenger otra vez no lo escuchaba. Los abismos de la nave ocupaban toda su atención. Durante uno o dos minutos no pudo ver nada, pero luego sus ojos se habituaron a las tinieblas. Estaban en la sala de máquinas. Por entre las tuberías de las calderas, distinguió los ojillos brillantes de las ratas.

—Yo me haré cargo —dijo Elías.

Su voz era extraña.

—Ni se te ocurra…

—Calla, no te muevas —dijo Elías, poniéndole las manos sobre la frente y sobre las sienes.

Bérenger se sintió extraño. Un picor le recorrió todo el rostro. Algo se había transformado en su interior… pero no sabía qué, ni cómo. Estaba viviendo una experiencia extraordinaria: veía, oía, sentía cosas que nunca había visto, ni oído, ni sentido. Las percepciones habituales de sus sentidos cobraban proporciones desmesuradas.

—¿Qué tal? —preguntó Elías.

—Me has dado poderes fabulosos…

—Por desgracia los perderás en cuanto deje de imponerte las manos. De hecho, sólo percibes lo que yo percibo y sientes lo que yo siento. ¿Lo ves?

—Sí. Está detrás de la caldera, a unos treinta metros de aquí.

—Exactamente. Y eso significa que podemos actuar desde aquí.

Apartó las manos del cráneo de Bérenger y buscó algo en su maletín. Era el objeto cuadrado que había empleado en la barraca.

La impotencia se apoderó de Bérenger, que se había quedado clavado en su sitio. A su alrededor, era otra vez noche cerrada. Apenas alcanzaba a ver el objeto que Elías sostenía delante de sus ojos.

—No, Elías, lo necesito vivo…

—Lo tendrás vivo. Ten cuidado.

Bérenger oyó entonces el ruido. Elías lo había percibido antes con sus poderes, incluso lo había anticipado, se había refugiado detrás de una viga. Un disparo retumbó en lo oscuro. La bala pasó silbando por entre los dos y se perdió en las entrañas de la nave. Bérenger buscó a tientas algún arma. Elías le hizo entender con la mirada que era inútil. Al cabo de un momento, un gruñido lejano, apenas audible, se elevó hacia donde el sicario había disparado su revolver.

—¿Qué está pasando? —se inquietó Bérenger.

Elías se mantuvo callado, absorto en un estado de concentración excepcional. Bérenger sintió que se le ponían los pelos de punta. La «cosa» acababa de aparecer delante de una caldera. El temor le heló las venas, aunque no sabía qué era, sólo que era la misma presencia que había gruñido un momento antes.

Unos cascos repicaron en el suelo de metal levantando chispas. La bestia ocupó la sala de máquinas, negra, enorme, membranosa. Escrutó a su alrededor con sus ojos rojos y desorbitados hasta encontrar al hombre acurrucado en un rincón, con el revólver inservible a punto de caer de su mano.

El hombre lanzó un grito…

¿Qué había pasado? La bestia desapareció súbitamente en la oscuridad. Se oyó un retumbo metálico. Bérenger aún no se atrevía a dar un paso.

—¿Qué era eso? —balbuceó.

—Una de las muchas apariencias de Dalep, el Servidor de Amaymon.[54] Ven, ya no hay nada que temer.

Bérenger lo siguió con esfuerzo, con el gruñido bordoneando en sus oídos. A unos pasos, el sicario se arrastraba por el suelo, cubriéndose la cabeza con las manos. Se dejó levantar por Bérenger sin una queja, atontado todavía.

—¿Qué le pasa? —preguntó Bérenger a Elías.

—Es el miedo…

Elías cerró los ojos un instante. En la época en que era novicio, había recibido no pocos sermones y advertencias acerca de las apariciones de Dalep. Los cabalistas daban por hecho que el alma débil de un hombre no podía enfrentarse mucho tiempo a ese horror sin caer en la locura. Elías había visto zozobrar por esta vía a más de un valiente.

—Sobrevivirá —añadió—. Dalep no ha estado más que un momento en nuestro mundo.

El hombre pareció percatarse entonces de su presencia. Abrió la boca:

—Sálvenme —tartamudeó—, sálvenme…

Bérenger lo reconoció. Era el joven afeminado de Toulouse, uno de los que habían encerrado a Bot.

—Te salvaremos si nos conduces a tu jefe.

—Sálvenme… sálvenme antes de que regrese…

—Saquémoslo de aquí.

Υ

---

54. Divinidad infernal, ministro de Belial.

Dos horas más tarde dejaron Marsella a bordo de un coche. Habían llevado con ellos al joven. El desgraciado aún no había recobrado del todo la razón. Elías le había administrado una de sus pociones milagrosas para que les indicara dócilmente la guarida de la banda, el número de sicarios, los hábitos de cada uno de ellos y las costumbres de su jefe. La casa de Corvetti, como la llamaba, se hallaba a la orilla del mar, en Madrague de Montredon.

—Sálvenme… —dijo de pronto al muchacho—. Viene por mí… Yo no quería matar al cura.

—¿Qué dices? —rugió Bérenger agarrándolo por las solapas.

—Yo no fui… Sálvenme…

—¿A qué cura? ¿Al padre Gélis de Coustassa?

—Sí… Yo no quería… Fue Corvetti… Sálvenme…

Elías advirtió el terror en los ojos del prisionero. Sintió también la cólera que se apoderaba de Bérenger. El joven dejó caer la mandíbula antes de que pudiera intervenir. El puño de Bérenger había salido disparado como un resorte.

—¿De qué sirve golpearlo? —dijo Elías, reteniendo a Bérenger.

—No puedo evitarlo…¡Señor, ayúdame!

Tenía los ojos inyectados de sangre. El puño se le cerraba solo otra vez, el fuego le ardía en el pecho, su corazón estaba enloquecido, toda la violencia de su ser se conjugaba con la cólera y el dolor de la muerte de Gélis, que había sido asesinado por aquellos perros. El deseo de venganza crecía en su interior, segundo tras segundo.

—Es aquí —balbuceó el joven.

El coche se detuvo. Bajaron todos. La casa se hallaba en lo alto de un viñedo, delante del mar. Estaba a cierta distancia, cerca de una aldea que asomaba entre los peñascos.

—Yo los cubriré —dijo el cochero, que era un hombre de confianza de los Cauwenbergh Soussan. Sacó entonces un fusil de debajo del asiento.

—No será necesario —dijo Elías.

Echó a andar a paso lento por el camino mal empedrado. Bérenger empujó al muchacho:

—Tú, ve adelante.

El muchacho obedeció. Ni siquiera hacía falta atarlo. Avanzaba como un autómata, repitiendo sin cesar: «Sálvenme, sálvenme». Sólo se detenía para responder a las preguntas.

—¿Podemos entrar sin que nos descubran?

—Sí… Las ventanas… dan al sur, al este y al oeste… En la cara norte… hay una puerta pequeña que da a la cocina… nadie la usa nunca.

Elías tomó entonces la delantera. Cuando se acercaban a la casa, dejó el camino y se adentró por entre las retamas que bordeaban el viñedo. Las cigarras callaron a su paso. Bérenger se detuvo conteniendo el aliento. El silencio podía resultar peligroso si se prolongaba demasiado. Un extraño temor se apoderó de él, mientras esperaban a que los insectos volvieran a gemir. Un macho emitió por fin un crujido, lanzó luego un silbido estridente. La colonia entera lo siguió. Elías le hizo una señal a Bérenger. Siguieron adelante, dejando la casa a su izquierda.

En la parte de atrás había una sola puertita gris, tal como había dicho el prisionero. El sol se colaba por entre los pesados nubarrones, extendiendo su manto fulgurante sobre la casa, que parecía adormecida, abandonada. Bérenger empezó a inquietarse. ¿Qué harían con el prisionero? Era bastante peligroso acercarse a la guarida de Cabeza de Lobo en compañía de aquel iluminado de reacciones imprevisibles.

—¡Al suelo! —ordenó Elías.

Habían creído que nadie usaba nunca la puerta olvidada. Sin embargo, la puerta acababa de abrirse. Un hombre no muy alto, de pelo blanco, se asomó y se llevó la mano a la frente para mirar a lo lejos. Evidentemente era un vigía.

—Jean —balbuceó el muchacho, saliendo del escondite—. ¡Jean! ¡Jean! Sálvame… Va a volver por mí.

El hombre que se llamaba Jean reculó al ver a su cómplice. Desapareció dentro de la casa cuando Bérenger trató de retener al fugitivo. Jean era el miembro más timorato de la banda. Sin embargo, sabía disparar un fusil, e incluso era bueno cazando jabalíes. Volvió a asomarse acompañado de cuatro camaradas y disparó enseguida contra el muchacho.

—¡Toma, por traidor! —le gritó.

Volvió a disparar. La segunda carga de perdigones hirió al muchacho en el vientre, pues en la primera había apuntado al corazón.

323

—Los otros no deben de estar lejos —gritó Jean a sus compañeros luego de recargar el arma—. Reconocí al cura de Rennes-le-Château. El judío gordo está con él.

—El cura es para mí —dijo el sicario más alto, pues Saunière lo había vapuleado en Toulouse.

—Tráelo aquí enseguida. Yo me encargo del judío —dijo otro sacando el cuchillo—. Vosotros quedaros aquí.

Se echó hacia atrás la gorra de marinero y avanzó despacio por entre las retamas, con la hoja del cuchillo centelleando en su mano. Elías lo dejó acercarse escondido detrás de un arbusto. Empezó a murmurar entre dientes y levantó los ojos al cielo. Sus dedos trazaron complicadas figuras en el aire. Sonrió luego con tristeza, al oír los insultos del hombre del cuchillo:

—Sal de ahí, judío. No creas que vas a salvarte como ese cerdo de Dreyfuss. ¡Venga, sabandija! Sal del agujero que te voy a circuncidar.

Elías volvió a mirar al cielo. Unas sombras aparecieron entonces tras una nube, describieron un círculo en silencio, extendieron sus largas alas y se precipitaron rumbo a tierra. ¿Eran gaviotas gigantes? El hombre del cuchillo las vio apuntar hacia él los picos puntiagudos, convertidas en proyectiles de carne y plumas. Ni siquiera intentó levantar el cuchillo. Sus gritos retumbaron de peñasco en peñasco.

Uno de los pájaros le clavó el pico por encima del ombligo. El hombre se lo arrancó y volvió a gritar cuando los otros se ensañaron con sus ojos. Los picotazos cayeron una y otra vez, hasta teñirle de sangre el torso, cada palmo de su cuerpo.

El sicario cayó al suelo y perdió el conocimiento pero los pájaros no estaban satisfechos. Picoteaban los músculos, los nervios de su víctima. No dejaban de otear a Elías ni por un instante, como si Elías fuera a disputarles cada bocado.

La calma retornó al cabo de unos minutos. Los pájaros se alejaron planeando hacia el mar. Elías fue entonces en busca de Bérenger. El abad había abatido al otro sicario. La lucha había concluido en lo alto de una cresta de rocas blancas, que se alzaba contra el viento como una ola. Habían caído entrelazados, cada uno con las manos en el cuello del otro. Bérenger le había asestado por fin un rodillazo en el pecho al gigante.

—Está muerto —dijo Bérenger.

Elías contempló el cadáver reventado quince metros más abajo contra las rocas.

—¿Es para esto que me eligieron? —dijo Bérenger apesadumbrado.

—No te atormentes. Fue una pelea justa. Y el mal está de su lado. Debemos combatir hasta el último aliento, Bérenger. Hemos de dispersar a todos aquellos que llevan el orgullo en el corazón. Es nuestro deber, puesto que ésta es la ley eterna de la torre de Babel.

—No sé si lo conseguiremos —dijo Bérenger.

—¿Por qué?

—Porque todo está ocurriendo demasiado rápido. Y eso no me complace en absoluto. Ya estamos en su territorio y es demasiado tarde para retroceder… Pienso que hemos llegado hasta aquí porque ése es el deseo de nuestro adversario. Contéstame, Elías: ¿puedes percibirlo como a los demás? ¿Puedes verlo con el bastón? ¿Está en la casa?

—No…. No percibo su presencia.

Bérenger no supo qué más decir ni qué hacer. Sin embargo, Elías no parecía alterado. Echó a andar hacia la casa.

—Está bien —musitó Bérenger—. Te sigo.

Su inquietud se hizo aún más intensa cuando la puerta de la mansión se abrió por sí sola. Elías se encaminó hacia allí. Bérenger trató de mantener la calma. Con cada paso, se acercaban al peligro… pero ¿de qué peligro se trataba? En el vestíbulo no parecía haber nadie.

Bérenger respiró hondo y entró por delante de su amigo. Se preguntó por qué los otros hombres no habían caído aún sobre ellos con las armas en la mano. «¿No vi acaso a otros tres? ¿O ha sido un sueño? ¿Dónde están ahora?»

—Ya no hay nadie —dijo Elías con decepción—. No lo entiendo…. Sin embargo…

—Sin embargó ¿qué?

—Es difícil de explicar. Es como si hubiera una bruma, una opacidad que paraliza mis poderes.

Había sentido aquella fuerza pasiva al franquear él mismo el umbral. Era como un muro que se empeñaba en cerrarle el paso. Concentró su espíritu durante tres o cuatro segundos. Entonces, el obstáculo desapareció.

—No des un paso más, Bérenger —advirtió Elías.

Bérenger obedeció. El pasillo estaba en sombras. Los muros lisos eran de color rojo. Había grandes macetas sembradas con plantas amarillas y moribundas. La tierra se había convertido en una costra inmunda, de la que emanaba el relente de la descomposición. Sin embargo, también había algo más. Alcanzaba a adivinarlo, a percibirlo.

«Sé que no es fácil para ti. Has sido criado en la fe y en la tradición. Como tus semejantes, crees en Dios y en el Diablo, pero rechazas las manifestaciones irracionales. Aún no ha terminado tu aprendizaje. Recuerda lo que te dije alguna vez: si reduces el mundo a tu imagen y semejanza, no te quedará nada entre las manos. La razón coarta la expresión. Renuncia a ellos, o acabarás siendo la víctima. El mundo se extiende más allá de los límites visibles que se han fijado los hombres. Y el peligro procede de ese más allá.»

¿Era la voz de Elías?

—No me atraparán tan fácilmente —gritó Bérenger en tono desafiante.

Avanzar, seguir adelante, adentrarse en aquella casa que bien podía convertirse en su tumba… ¡No! ¿Quién se atrevería a enfrentarse a Elías? ¿Quién lo había hecho sin morir en el intento? Los hombres que había allí escondidos estaban todos condenados. Eran súbditos de una iglesia secreta, que se habían convertido en demonios para acatar la Ley eterna.

Recorrió varios aposentos seguido de Elías. Eran habitaciones suntuosas, amuebladas con curiosas antigüedades de Egipto y de la China. Un sudor frío le escurrió por el cuello, por la espalda, por el pecho.

Empezaron a subir haciendo un alto en cada peldaño. Elías ya no percibía nada. Quizás el lugar estuviera protegido por un poderoso talismán. Cuando llegaron a la tercera planta, que era la última, empezó a apoderarse de ambos un malestar espeso, pegajoso, acuciante. Los cuartos que atravesaban parecían abandonados hacía tiempo. Paso a paso, recorrieron toda la planta. No había por qué apresurarse. No corría ninguna prisa. Todo era un sueño.

—Se han escapado —dijo Bérenger.

—No, no lo creo… No lo sé.

—¿Qué te ocurre? ¡Usa tus poderes! ¡Saca alguno de los prodigios que traes en el maletín!

—No puedo... No servirían de nada. Algo me tiene maniatado.

Elías sentía palpitar la maleta contra su costado. El poder de los objetos mágicos se propagaba como una ola de tibieza por su cuerpo. Aun así, no podía enfrentarse a las fuerzas de la casa.

Al fondo del pasillo había una última puerta. Bérenger la empujó. Lo primero que vio fue un espejo inmenso, que cubría toda la pared. Sobre el cristal, en gruesas letras de molde, estaban escritas las enigmáticas palabras: VIVA ANGELINA. Se detuvo con la sensación de que estaba flotando, presto a correr.

—Es un mensaje para nosotros —murmuró.

A su lado, Elías aún trataba de determinar de dónde provendría el ataque. La puerta se cerró entonces detrás de ellos.

—¡Por Jesucristo! —exclamó Bérenger.

Se abalanzó contra la puerta y trató de abrirla de un empellón. Reculó, tomó otra vez impulso, se estrelló contra la hoja de madera.

—¡Las ventanas! —gritó Elías.

Los postigos de las dos ventanas se abrían hacia el interior. Elías abrió una de un tirón y empezó a maldecir. Se volvió descorazonado, después de correr hacia la otra. No habría modo de escapar a través de los gruesos barrotes.

—Hemos caído en una trampa —constató Bérenger, después de apoyar los pies contra el marco para tirar de un barrote con todas sus fuerzas.

Elías arrojó al suelo una columna de mármol coronada por una cabeza de faraón.

—Tratemos de forzar la puerta con esto.

Levantaron la columna y aporrearon la puerta apretando los dientes, sin decir palabra. Tres, cuatro, hasta diez veces. La madera crujió pero la puerta siguió en pie. Volvieron a empezar, después de darse un respiro. La columna comenzó a astillarse contra las barras de hierro entrelazadas en la madera. Elías se rindió primero y se dejó caer sobre un sillón. Estaba sin aliento. Tenía los labios crispados en una mueca, que casi parecía una sonrisa patética. Bérenger se dio también por vencido y se volvió hacia él. El judío inclinó entonces la cabeza, señalándole el parqué. Bérenger aún no había comprendido.

—¿Qué pasa? —preguntó, dándole un golpecito en el hombro. Pero Elías permaneció sumido en la apatía. La luz había abandonado sus pupilas. Sus ojos eran dos espejos empañados y marchitos, en los que el abad vislumbraba su propia imagen diminuta.

Elías volvió a señalar hacia el suelo.

Bérenger comprendió cuando el humo empezó a filtrarse a través de las junturas del parqué.

—Un incendio… ¡No!

El grito de desesperación resonó en toda la casa, atravesó los viñedos, se perdió luego entre el canto de las cigarras. Saltó como una fiera hasta la columna, la levantó y trató de derribar uno de los muros.

El fuego ardía ya justo debajo de ellos. Las llamas crepitaban, crujían y gemían como las almas condenadas del infierno y sus lúgubres voces se ahogaban en el clamor del incendio. El humo se hacía cada vez más denso. Bérenger redobló sus esfuerzos con lágrimas en los ojos. El yeso saltó en pedazos. Debajo apareció una superficie rojiza, cubierta de una serie de fisuras.

¡Los ladrillos!

Bérenger soltó un rugido de triunfo. Hundió otra vez la columna en la pared, con el hombro dolorido por las embestidas. Había empezado a abrir un hueco. «¡Ja!», exclamó, tras agrandarlo con el ariete improvisado.

—Nos salvaremos.

—¡Sí!

Elías había salido del letargo. Desencajaba en cuatro patas los ladrillos. Rara vez se había visto sometido a una prueba física semejante. Sentía todos los miembros magullados y su corazón latía como un gong metálico, minando las pocas fuerzas que aún retenía su viejo caparazón.

—¡El incendio ya está del otro lado! —gimió.

La mirada de Bérenger se enturbió por un momento. Era la mirada de una bestia enfurecida. Se agachó, metió la cabeza por el agujero y se asomó al otro lado. El fuego no se había apoderado aún de todo el cuarto. Se sintió más confiado y empezó a apartar los ladrillos a puñetazos.

—Ya podemos pasar.

Se introdujo por el agujero, pasó a la otra pieza y ayudó a Elías a pasar. Las llamas habían prendido en el muro contrario, incendiando una cama y dos sillas.

—No perdamos tiempo —dijo, conduciendo a Elías fuera del cuarto.

El largo pasillo era una boca de llamaradas. Bérenger fue arrojando a su paso muebles con los brazos abrasados, cuadros y paneles consumidos, un delicado biombo de la dinastía Tang en el que varios demonios se retorcían chamuscados. Del otro lado de la brecha, distinguió la escalera semidestruida. Se asomó por entre las lenguas de fuego que danzaban entre sus pies. Varias chispas le estallaron en el rostro por encima del infierno de fogonazos y ascuas fosforescentes.

Un remolino iracundo se elevó desde los escalones al rojo vivo. Los agujeros que había en el techo atizaban el incendio, levantando una tempestad que amenazaba con arrastrarlos consigo.

—Por aquí —le gritó a Elías, arrojándose dentro de un cuarto que aún no había alcanzado el fuego.

Ambos corrieron hacia la ventana. Elías la abrió. No tenía barrotes. Estaban junto a la copa de una higuera. Las ramas del árbol se extendían hasta la fachada, pero las más gruesas estaban más abajo, a más de tres metros del muro.

—Saltaremos hasta la higuera —dijo Bérenger, trepando al alféizar.

—No llegaré —dijo angustiado Elías.

—Sí que llegarás. Haz lo mismo que yo y todo saldrá bien.

Bérenger saltó hacia el árbol. Las primeras ramas se quebraron, pero consiguió aferrarse a una más gruesa que se dobló pero no llegó a romperse. Descendió unos pocos metros y se sentó en una horquilla del tronco, que bien podía soportar el peso de tres hombres.

—¡Ahora tú!

—No puedo.

—Yo te he seguido hasta otros mundos, Elías. Sígueme tú ahora… ¡Ánimo!

—Pero…

—¡Salta ahora mismo!, ¡el fuego te está cercando!

—Yo…

—¡Salta de una vez! Recuerda tú mismo lo que me enseñaste: eres Beth, estás por encima de todos los miedos y todas las aflicciones; eres Hé, ni la sorpresa ni la desgracia pueden tocarte, no pueden destruirte los desastres ni pueden vencerte tus enemigos…

Elías cerró los ojos, escuchando aún sus palabras. Vaciló un instante, luego se dejó caer precipitándose por entre el follaje, sin tratar de agarrarse a las ramas. Bérenger estiró los brazos y hundió entre las hojas sus manos grandes y fuertes, sus dedos resistentes como el acero. Elías sintió las dos tenazas que le agarraban el brazo derecho. Por un instante, temió que el brazo se le desprendiera del cuerpo. Un dolor agudo le traspasó el pecho desde la axila y pensó que estaba al borde de un síncope. Al cabo del dolor, llegó el alivio: estaba suspendido por encima del suelo. Le crujió la cabeza. Abrió los ojos, atónito, y suspiró luego agradecido.

—¿Te encuentras bien? —dijo desde arriba Bérenger.

—No podría estar mejor.

—No podré sostenerte por mucho tiempo.

—Suéltame, ya estoy a metro y medio del suelo.

—¡Gracias a Dios! —exclamó Bérenger abriendo las manos.

Elías volvió a cerrar los ojos, y se desplomó en tierra. Bérenger se dejó caer a su lado.

—No ha ido tan mal, ¿no?

—No —gimió Elías.

Se incorporó con dificultad, palpándose el cuerpo, y comprobó que no tenía nada roto. El calor del incendio le recordó que acababa de salvarse de una muerte horrenda. Bérenger lo tomó del brazo para que se alejaran de la enorme hoguera. Las cenizas revoloteaban enloquecidas en el aire. El plomo fundido corría en finos riachuelos, adhiriéndose a las piedras. En los flancos de las piedras había tallados diversos signos que empezaban a deformarse pero aún eran visibles: el número místico y el número lunar, el símbolo del dragón, las inscripciones en griego y en arameo. Elías comprendió por qué no había podido usar sus poderes. El lugar estaba protegido.

—Me has salvado la vida —murmuró.

—Nos hemos salvado ambos. Y ahora es más fuerte nuestra amistad. Si te hubiera pasado algo, nunca habría podido perdonármelo. Fui yo quien te trajo aquí.

—No es cierto. También yo quería acabar con los johannistas, con ese lobo que el Papa ha mandado tras nosotros. Llegó a tenernos en su poder... Es un hombre fuerte, Bérenger. Muy fuerte. Sabía que me reduciría a la impotencia si conseguía arrastrarme hasta aquí. Debí haber desconfiado cuando fallaron todas mis percepciones. He sido un presuntuoso y un ingenuo.

—Y ahora, ¿qué hemos de hacer?

—Mis poderes han vuelto a mí. El tal Corvetti y su banda ya están muy lejos. No correremos ningún riesgo si... ¡Cuidado! El incendio ya ha empezado a atraer a la gente.

Varios aldeanos se acercaban a toda prisa a través del viñedo. Los dos amigos se escondieron entre la retama y enfilaron de vuelta al coche, que estaba oculto en una pineda, por el mismo camino por el que habían venido.

—¡Dios santo! —suspiró Bérenger santiguándose.

El cochero yacía entre las patas de los caballos con un puñal clavado en el corazón. En la ventanilla del coche, había unas palabras escritas con su sangre: «Viva Angelina».

XXX

En el castillo de Cabrières, cerca de Millau,
tres días más tarde

La miraba. Ella lo miraba a él. Caminaban de la mano por el barranco que se alzaba como un acantilado en la ribera del Causse, a lo largo del lecho del arroyo seco, por entre los rayos de sol que brotaban por entre el follaje; corrían por campos baldíos donde los altos pastos parecían bañados en oro y cientos de insectos saltaban a su paso.

Emma enfiló hacia delante y Bérenger se dejó llevar. El viento del sur soplaba a su espalda arrastrando nubes de encaje, llevándose la voz de su amante hacia las colinas. Escucharon los balidos de un rebaño.

—Mira, Bérenger, ésas son mis ovejas. Son más de doscientas.

Las ovejas empezaron a dispersarse. Los perros volvieron a reunirlas. El pastor dio un silbido y acometieron la cuesta en medio del retintineo de las campanas, que no paraban de sonar. El aire reverberaba con su manso lamento.

—Siento que he vivido aquí desde siempre.

Emma apoyó la cabeza en el hombro de Bérenger.

—Eres occitana. Llevas esta tierra en la sangre.

—Y mi sangre es tu sangre… Esta tierra es de los dos. Quédate conmigo. Seremos felices aquí.

—¿Cómo sabes que lo seremos? Apenas me conoces.

—En nuestro caso no se cumple el proverbio.

—¿Qué proverbio?

—Si dos comen juntos un saco de sal, esos dos se conocen de verdad.

—Por el cielo, he ahí un proverbio que debería hacer reflexionar a dos locos como nosotros.

—Pero…

—¿No te das cuenta? Una cantante y un cura. Nos convertiríamos en dos parias. Quizá sea posible en París, pero no aquí en la provincia.

Emma manoteó el aire, como apartando sus reticencias. Habló luego largo rato. Quería un hijo. Un hijo que fuera alto y moreno, que se llamaría Bérenger. Quería tener un hijo hombre, para desafiar las leyes de los hombres y de la Iglesia, para desquitarse de los médicos que habían dicho que era estéril.

—Será un hombre libre, que sabrá amar, será nuestra esperanza, nuestra pasión, nuestro futuro… ¡Bérenger!, ¡hazme el amor aquí!

Después, permaneció inmóvil como una estatua de tierra, con los ojos en el cielo, alegres y ensoñados. Bérenger estiró la mano y empezó a peinar muy despacio sus cabellos.

Vivir juntos. Era una idea remota, irrealizable. Dentro de poco empezarían a llegar los admiradores de la corte de Emma. Vendrían esa misma noche, para su primera fiesta en el castillo de Cabrières, y desde esa misma noche Emma se olvidaría de él. La besó en la frente y se incorporó, mirando el horizonte.

La oscuridad se adueñaba del valle. Contempló las nubes de color púrpura por encima de los picos y, por un instante, se olvidó de los besos, de las promesas, de la felicidad. Oyó aullar un perro desde el fondo de los barrancos y sintió otra vez la llamada embrujada de la colina. Era allí donde estaba su vida. Estaba enamorado de Emma, pero su amor era menos fuerte que la fascinación del secreto y el ansia de poder absoluto que le carcomía el corazón. Se sintió turbado, casi asustado, extraviado entre el revoloteo de sus negros pensamientos.

—¡Ah! Estáis aquí.

Era Bois, su rival. En sus ojos negros brillaba como siempre la ironía. Bérenger le devolvió la mirada. Los pensamientos sombríos que se aglomeraban en su cabeza se esfumaron. Habría estado encantado de romperle un par de costillas. Ya no sentía más que celos.

333

—Francamente tiene usted el don de aparecer cuando menos se lo desea.

—Por Dios, padre, discúlpeme. ¿Tal vez no había acabado de confesar a nuestra amiga?

—¡Esto es demasiado!

Bérenger lo agarró por un hombro, hundiéndole los dedos en la carne. Lo hizo girar sobre sí mismo. Con la otra mano, empezó a retorcerle el brazo. Bois lanzó un grito.

—Ya basta, los dos.

Emma los separó.

—¿Es así cómo se comportan mis amigos? ¡Peleándose delante de mí, como dos peones vulgares! Es culpa tuya, Jules. Tendrías que haberte quedado en París. Aquí necesito un hombre, ¡un hombre de verdad! ¿Lo comprendes?

Jules la miró atontado, humillado como un niño al que su madre le ha dado una palmada en público. Reculó despacio, con la cabeza baja, tropezando con los guijarros de la cuesta. Finalmente, se dio la vuelta y se alejó a toda prisa hacia el castillo.

—Yo mismo no habría podido ser tan duro con él —murmuró Bérenger.

—¿Dura? ¿Con Jules? Cómo se ve que desconoces la pasión que siente por mí. Está totalmente sometido. Se quitaría la vida si yo se lo pidiera.

Bérenger tomó su mano, inquieto, un poco molesto. Había calibrado de repente que era inútil jugar con ella al galán perdonavidas. Era una mujer astuta, llena de ardides. Una voluntad inquebrantable se escondía bajo los gestos dulces e infantiles. Ningún hombre sería capaz de resistirse a sus trampas.

—Regresemos —dijo de pronto Emma—. Mis invitados no tardarán en llegar. No quiero que salga a recibirlos el llorón de Jules.

Los Cadetes de Gascoña[55] avanzaban en fila india tras su presidente Georges Leygues, extraviados todavía bajo los flancos negros de la colina. Contemplaron extasiados los numerosos farolillos que iluminaban las dos torres lejanas del castillo.

55. Asociación de artistas, periodistas y políticos de la época.

A pesar de la fatiga (habían pasado el día explorando las orillas del Tarn y las grutas de Dargilan), venían cantando y riendo, anticipando los deleites que les aguardaban en aquel nido de águilas. Unos pocos centenares de metros, y verían coronados sus esfuerzos.

Eran las diez de la noche. En lo alto del castillo, Emma estaba inquieta. ¿Qué les habría ocurrido? Los campesinos que había mandado a explorar habían vuelto con las manos vacías. Se inclinó sobre el murete de la terraza, escrutando en vano las tinieblas. Resopló impaciente, volvió a la mesa atiborrada de víveres, que había mandado preparar al aire libre, tomó por el brazo a Bérenger y a Elías y los llevó hasta el murete para compartir con ellos su ansiedad.

—Les ha ocurrido algo. Tal vez un accidente.

—No —respondió Elías—. De hecho, ya están cerca de aquí.

—Eso quisiera creer….

Emma lanzó una mirada hacia donde debía estar el valle del Lumensonnesque, el pequeño arroyo donde le encantaba bañarse. Volvió a inclinarse sobre el murete, justo cuando sonaron las campanas. Era la señal que había estado esperando tanto rato. Ya estaban allí. Corrió hacia el puente levadizo, donde los criados habían encendido las luces de Bengala.

—¡Dadme una luz! —pidió.

—Es peligroso, mademoiselle.

—*Dona-me una o te fiqui un pic sul nic* —dijo ella riendo.

El hombre obedeció. No era cuestión de discutir cuando el ama hablaba así. «Dame una o te doy un golpe en la nariz.»

—Tiene razón —dijo Bérenger, que había salido con otros invitados a recibir a los visitantes—, es peligroso.

Emma rió con más ganas, envuelta en la luz roja. Echó a correr al encuentro de los Cadetes. Los Cadetes se detuvieron estupefactos al verla aparecer. Era su reina. La reina de la noche, rodeada de una aureola roja, que venía volando hacia ellos como una estrella fugaz. Emma se inclinó con una venia delante de Georges Leygues. Lanzó un grito.

—¡Se ha quemado la mano! —exclamó Leygues.

—No, no es nada —dijo Emma recobrando la compostura.

Pero se había quemado. Tenía la mano negra. Se esforzaba por sonreír.

335

—Rápido, un médico —gritó una mujer.

—No es nada —reiteró Emma, valiente y tenaz—; ahora debemos ocuparnos de nuestros pobres amigos.[56]

Varios hombres querían llevarla en brazos. Emma rehusó a recibir ayuda, cruzó sola el puente levadizo y cayó en brazos de Bérenger.

—Emma... ¡Emma, tu mano! ¡Elías!

Elías se acercó. Se tranquilizó después de echarle un vistazo. No era nada grave. La hizo llevar a su cuarto, le puso un ungüento en la herida y la vendó.

—En unos minutos ya no sentirá el dolor.

—No me importa el dolor...

—No son quemaduras profundas. La piel se regenerará y tendrá usted su delicada mano otra vez.

—No me entiende, no estoy preocupada por mi mano... ¿Aún puedo considerarlo mi amigo, Elías?

—Sí, Emma.

—Proteja a Bérenger. Protéjalo, temo por él.

—He ligado mi vida a la suya. ¿Comprende usted el sentido de estas palabras?

—Sí.

—Entonces olvídese de sus temores y baje a reunirse con sus amigos. Esta noche todos ensalzaremos su belleza y beberemos en honor de los Cadetes. Es su noche, Emma, nadie vendrá a estropearla.

Bebieron champaña. Cantaron. Mounet Sully recitó el saludo de los Cadetes, escrito por el poeta François Fabié:

> *... Jadis, de ces plateaux nus où le vautour plane,*
> *De ces rocs, gardiens menaçants et jaloux,*
> *Quelque pâtre sauvage à votre caravane,*
> *Eût sans doute lancé des cris et des cailloux.*
> *Aujourd'hui, le chanteur des pâtres et des bêtes,*
> *Le Cadet rouergat prisonnier loin de vous,*

56. Las palabras de Emma fueron anotadas por el periodista Henry Lapauze, presente en esa ocasión.

Vous offre dans ces vers un écho de vos fêtes,
Et met sur vos lauriers, une branche de houx.[57]

En el extremo de la mesa, Bérenger se sentía tan ajeno a la fiesta como los criados que se deslizaban por entre los invitados. A su alrededor los rostros brillaban de júbilo, los discursos destilaban ingenio, su vecina era una poetisa cuyas miradas traicionaban una sensualidad desenfrenada. Sin embargo, no conseguía participar, fundirse en el grupo. Jugueteó con la copa de champaña. Empezó a darle vueltas al tenedor en el plato vacío.

—¿No tienes hambre?

Emma se acercó y miró el plato, pero regresó despreocupada con sus amigos. Bérenger se sintió abandonado al verla reír en compañía de Leygues y también de Jules Bois. Nunca había estado tan deseoso de volver a Rennes-le-Château.

—Nos iremos mañana —le dijo a Elías cuando se lo encontró.

—No, pasado mañana a primera hora.

—¿Por qué?

—Porque he alquilado un coche. Regresaremos por el camino.

—Pero tardaremos al menos tres días en llegar a la aldea… Ni pensarlo. Tomaremos el tren en Rodez.

—No, hemos de ir por el camino. Nos seguirán.

—¿Quiénes?

—Los mismos que nos han seguido todos estos años.

El corazón se le encogió al ver a Emma.

Quería postergar ese encuentro que había buscado él mismo, ese momento que haría sufrir a la mujer de la que estaba enamorado. Ella había vuelto a pedirle que se quedara, que vivieran juntos. Bérenger iba a decirle que se iba.

---

57. Antaño en estas estepas que sobrevuela el buitre / bajo estos peñascos guardianes, celosos y amenazantes, / Algún pastor salvaje, al ver vuestra caravana, / Os lanzó acaso un grito o un guijarro. / Hoy, este cantor de los pastores y las bestias, / Este Cadete irredento, cautivo lejos de vos, / Os ofrece en el verso un eco de vuestras fiestas, / Y sobre vuestros laureles posa una rama de acebo.

La vio acercarse sonriendo bajo el parapeto del castillo. Cuando pasaba bajo las almenas, la aparición se hizo aún más esplendida por el contraste entre la sombra y la luz radiante del sol. Emma le acarició el rostro. Tenía la cara colorada a causa de la escalera. Apoyó una mejilla en la mano de Bérenger.

—Qué feliz soy... ¡Tú y yo, aquí en Cabrières! Sé que seremos felices aquí. Ya ni siquiera recuerdo todas esas ciudades titilantes, llenas de luces y de emociones, ni la agitación del público cuando se alza el telón, ni los violines y el piano que acompañaban mi voz...

—Entonces ¿ya no querrás ser Carmen para mí?

—Para ti, sí... Sólo para ti.

—No, Emma... Tú nunca podrás renunciar al público, ni a los triunfos, ni a la gloria, ni a que los reyes y los príncipes te traten de igual a igual.

—Renunciaré. Nada de eso importa ahora que estoy aquí. Cuando estaba de viaje, en todas partes, hasta en el cañón del Colorado, sentía una nostalgia tremenda de esta tierra. Ningún triunfo me ha hecho olvidar el lugar de donde salí hace años, cuando era pobre y desconocida, sin saber cuál sería mi destino. Mi corazón está aquí en Aveyron, y de todo Aveyron lo que más amo es Cabrières: ¡mira a tu alrededor! No importa a dónde vuelvas los ojos, no hay más que montañas solas donde no vive nadie aparte de mí. No cambiaría ningún escenario, ningún paisaje, ningún palacio por estos riscos áridos y desolados donde mis corderos tienen que estirar la lengua en pos de unas pocas hierbas quemadas que brotan entre las piedras.[58]

—No soportarías pasarte la vida encaramada en estas torres interpretando los augurios de los pájaros. Los cuervos remontarán el vuelo para trazar sus círculos en otros cielos y tú te irás como ellos. No, Emma, no quiero ver ese día... Prefiero regresar a mi aldea. Razès también tiene sus encantos.

—¿De modo que quieres seguir buscando el maldito tesoro?

Bérenger se sorprendió ante la amargura de su voz. La miró a los ojos. Emma se había tornado distante. Pero la pena asomaba a sus ojos soñadores.

58. Palabras textuales de Emma. Ver Henry Lapauze, en *Emma Calvé* de Claude Girard.

—Entiéndeme, Emma. No estamos destinados a esa felicidad que tú imaginas. Aunque nos fuéramos al fin del mundo, el Priorato y la Iglesia vendrían a buscarnos. Tengo que llegar al final de esta empresa... Tal vez después...

—¿Después? ¡Pero si no habrá ningún después! Te matarán como mataron a Gélis.

—Pero...

—Tampoco hay pero que valga... Vete, puesto que eso es lo que deseas. Vete a buscar ese oro del Diablo.

—Emma...

—¡Vete, rápido! Te quiero demasiado... Vete antes de que me ponga a llorar. No quiero que te lleves un recuerdo triste de mí.

Emma salió corriendo hacia una de las dos torres del castillo y lo dejó solo en el parapeto. Un pájaro negro echó a volar más abajo en una arquería. Bérenger lo siguió con la vista hasta que no fue más que un punto minúsculo bajo los picos de las colinas. En lo alto de los destiladeros, los grandes peñascos desnudos se alzaban al cielo como dientes podridos.

339

Millau, Saint Affrique, Belmont, después Lacaune. La ruta discurría sin final, entre los montes, los puentes, los abismos. Elías permanecía a la espera, como si algún acontecimiento extraordinario fuera a interrumpir la monotonía del viaje. El propio Bérenger había empezado a esperarlo en cualquier momento. En cada recodo del camino, cuando los caballos aflojaban el paso, asomaba la cabeza por la ventana en busca de la sorpresa temible que albergaban en su seno las profundidades del bosque.

En el cerro de Sié el coche pasó bamboleándose junto a dos hombres a caballo. Los jinetes se quedaron perfectamente inmóviles, en medio del estrépito de las ruedas. Bérenger no les quitó los ojos de encima. Advirtió la amenaza en las miradas insolentes, en las caras cosidas de cicatrices. «No irás muy lejos —parecían decirle—, nadie vendrá a salvarte en medio de estos montes.»

—Creo que pronto tendremos una visita —le dijo a Elías.

—Éstos son sólo los mastines. El batallón está más adelante.

—¿El batallón?

—Sí. Son muchos.

—¿Sabes que vamos hacia una emboscada y no has hecho nada para impedirlo?

—No hay ningún peligro. El hombre que los acompaña no correrá el riesgo de verse comprometido en un asesinato. No es más que una demostración de fuerza destinada a impresionarnos.

Una nube de polvo se levantó de repente sobre el camino. Bérenger pensó en huir a toda prisa ante la llegada inminente de la mesnada.

—Ha llegado la horda —bromeó Elías.

—Cabeza de Lobo está con ellos —dijo Bérenger, metiendo la cabeza en el coche.

—Calma, no intentará nada. Es justo lo que vi: el obispo está con él.

En medio del batallón comandado por Cabeza de Lobo, ahora también conocido como Corvetti, había una elegante carroza tirada por cuatro caballos grises. Los jinetes enfilaron por la cuesta hasta el coche de Elías y Bérenger.

—¡Alto! —gritó una voz.

—Deténgase —dijo Elías al cochero.

—Como usted diga, señor.

Corvetti se acercó en silencio a la ventanilla. En una mano llevaba las riendas y en la otra el bastón. Su mirada era tan despiadada que casi daba miedo. Bérenger tascó el freno para no saltar. Allí estaban, perdidos en medio de las montañas, a merced de aquel monstruo y sus quince caballeros.

—Es usted bastante osado, Saunière —dijo Corvetti con voz ronca.

Un sacerdote joven se asomó a la otra ventanilla.

—Tengan la bondad de seguirme, señores.

Hizo un amplio gesto con el brazo, invitándolos a descender. En su rostro de muchacha apareció una sonrisa contrita, destinada a darles ánimos.

—Monseñor quiere hablarles de un tema muy importante.

Fueron con él hasta la carroza. Bérenger trató de comportarse con naturalidad cuando el joven abrió la portezuela y le indicó el banco vacío. Dentro había un hombre de baja estatura, seco y enjuto como una rama muerta. En sus ojos negros asomó la sombra de una sonrisa.

Bérenger se resistió a cumplir con las formalidades acostumbradas. Si monseñor esperaba que le besara el anillo, tendría que esperar bastante tiempo. Era consciente de la afrenta que infligía a su superior, pero el obispo no pareció ofenderse. Para su perplejidad, sonrió con más franqueza. Monseñor De Cabrières, el obispo de Montpellier, no se ajustaba en absoluto a la idea que se había hecho de él.

—Bienvenidos, señores, siéntense… Deben de estar cansados, después de todas esas fiestas en el castillo de mademoiselle Calvé. Y de las aventuras que han corrido en Marsella. Esas cosas suelen dejarlo a uno afectado… Tengo entendido que habéis estado a punto de perecer en un incidente lamentable. Un incendio, si no me equivoco. La estación se presta a este tipo de incidentes.

—En realidad, fue un lamentable intento de asesinato —lo corrigió Bérenger con tono irónico.

—Pero cómo, monsieur Saunière —el obispo contestó en el mismo tono—, ¿un intento de asesinato? ¿Es que alguien ha querido hacerle daño? ¿Nuestro querido Corvetti, tal vez? De cuando en cuando le entran arrebatos contra los amigos de los Habsburgo… Por cierto, son justificados. No logro entender cómo dos hombres como ustedes se han atado a la Casa de Austria, habiendo tantas otras Casas en el mundo. Venga, Corvetti, venga con nosotros.

Cabeza de Lobo dejó su caballo al pie de la carroza y se sentó junto al obispo. Bérenger apretó las mandíbulas tratando de dominar los impulsos de su corazón. Aquel hombre detestable era el asesino de Gélis. Estaba allí, sentado tranquilamente delante de él, seguro de la inmunidad que le confería la compañía de uno de los jerarcas de la Santa Iglesia.

Bérenger trató de disimular su aversión. Debía librar ahora mismo otro combate, mucho más sutil y peligroso que todos los anteriores. Por primera vez, era plenamente consciente de que Roma amparaba a sus enemigos.

—Nuestros amigos tienen ciertas minucias que reprocharle, Corvetti —prosiguió el obispo—; pero yo he preferido no escucharlos. Estamos entre caballeros, ¿no es así? ¿Y dónde estaba? Ah sí, cómo olvidarlo. Hablaba de esos pobres degenerados de los Habsburgo. Si hiciera falta destruir toda Europa, bastaría

341

con confiar la guerra a esos bastardos idiotas. Seguro que serían aún más eficaces que las grandes pestes de otras épocas.

—Los Habsburgo serán los garantes de la libertad en una Europa unida —replicó Bérenger.

—Son unos mediocres que sólo piensan en seguir poniéndose sus bellos uniformes para bailar el vals. Los pueblos no existen para ellos, salvo si son demasiado numerosos, como los alemanes, sus vecinos, y los rusos. Bajo su imperio, el hombre estará perdido. Sus reinados han llegado a su fin… Y ustedes, ustedes, se han asociado a estos príncipes absurdos, llenos de padecimientos, que sólo saben quejarse y suicidarse. ¿Qué aspiran a conseguir bajo la protección de esos enfermos? ¿Eh? Díganmelo… Se convertirán en bestias estúpidas, humilladas, muertas de hambre, que baten la cola ante el amo o agachan la cabeza cuando les dan latigazos. Se merecerían algo mejor.

—¿Como unirnos a su causa, por ejemplo? —intervino Bérenger.

—Es usted perspicaz, Saunière. El Priorato ha demostrado gran olfato al escogerlo. Sin embargo, me temo que los hermanos no han sabido evaluar su ambición, ni la de monsieur Yesolot… —El obispo se volvió hacia Elías—. Está usted muy callado, hijo mío… ¿No es verdad que tengo razón? ¿No anhela usted adueñarse de algo que no es humano? ¿No sueñan ambos con desentrañar los designios del Ser Supremo, que fue concebido en el seno de la eternidad inmutable? No son más que un par de míseros mortales, que enseguida dejarán de existir. Pero anhelan hacerse iguales a Dios.

—Deseamos ser libres para actuar como mejor nos parezca —respondió Elías con toda calma—. Y usted mismo es igual de libre: tiene ya los documentos, puede ir y venir a su solaz por Razès. Ahora, déjenos ir. No estamos interesados en su espíritu de concordia, ni en su simpatía ni en su conmiseración, que se encargará de echarnos en cara nuestros males en cuanto sus intereses estén en juego… El mejor de entre nosotros será el dueño del secreto. Adiós, monseñor.

—No dejaré de prestarle a esta carrera en pos del tesoro toda la atención que sea menester. Cuando llegue el momento, volveremos a encontrarnos. Habrá un solo vencedor.

Elías asintió. Levantó las manos y las dejó caer sobre las rodillas, como desolado por la respuesta del obispo.

—No, monseñor. No habrá ningún vencedor. Por experiencia sé que el desenlace cobrará la forma de un desastre que escapa a su comprensión. Soy diferente de usted, monseñor, diferente por naturaleza y por creencia. Como Job, nunca dejo de importunar a Dios, vivo exigiéndole que se explique… Soy judío. Y usted es cristiano. Usted es un héroe trágico, yo soy un guardián. Ninguno de los dos está destinado a vencer.

—¿Qué hay de nuestro amigo? —masculló el obispo, señalando con el dedo a Bérenger.

—Nuestro amigo tiene su propio destino.

La conversación era extraña. También fue extraña la conclusión. Elías parecía contrariado después de hablar de Dios, como si hubiera querido evocar en vano un recuerdo, un pasado inmemorial, una vida anterior que no había sabido vivir. Corvetti se había puesto más pálido que nunca. Abrió la portezuela con gesto ominoso. Había terminado la entrevista.

Los jinetes aguardaban fuera, envueltos en el polvo del camino, desdibujados por la luz demasiado blanca de la tarde de agosto. Se incorporaron para oír las órdenes que su jefe gritó en inglés y en francés.

«"Nuestro amigo tiene su propio destino." ¿Y qué destino sería ése?», pensó Bérenger al sentarse en el banco del coche. Sabía que Elías no se lo diría. Estaba condenado a darle vueltas solo a ese futuro vacío. Las palabras revoloteaban sin significado en su cabeza, como guijarros revolcados por la resaca. Ni héroe, ni guardián. No había ningún nombre para su destino.

Alguien tocó a la portezuela. La cabeza del lobo apareció tras el vidrio. Corvetti le lanzó una mirada desafiante, antes de susurrar:

—Nos veremos debajo de la colina.

343

XXXI

Rennes-le-Château, 2 de junio de 1903

Cuando Marie salía al pozo, miraba primero a Bérenger. También cuando iba a la iglesia. Siempre estaba mirándolo, al acecho de los cambios que se sucedían en su alma. La ambición estaba convirtiéndolo en un gran señor y Marie se aferraba al recuerdo del Bérenger que había conocido, buscando la manera de hacerlo revivir. Celebraba el aniversario de su primer encuentro y el del día que se había mudado a la casa parroquial. Él parecía encantado, pero, ¿hasta cuándo?

Veía su silueta recortada contra el sol, con las manos en las caderas, la frente en alto. Su amante permanecía así durante horas, contemplando el progreso de las obras: «Ha hecho construir esta propiedad para dejar testimonio de su victoria —pensaba Marie al verlo—, para ver cada día este peñasco de aldea, donde ha acabado por mandar...». *Qu'es pro per èstre damnada...* Sí, estaba condenada. Aquella casa era una casa de ricos, levantada con el oro del Maligno.

Y sin embargo, era ella la propietaria. A lo largo de esos años Bérenger había comprado en su nombre todas las parcelas alrededor de la casa parroquial. Ella misma había escrito con su mala letra las órdenes de compra que él le iba dictando. Ella misma había firmado las actas.

Era la propietaria. Pero nunca había querido poseer sus bienes. Los trabajos habían comenzado en mayo de 1901. Un escuadrón de obreros se había alojado en la aldea por cuenta de Bérenger. La obra estaba a cargo de Elías Bot y Tiburce Caminade, el arquitecto de Limoux. Villa Betania ya estaba terminada, pero aún faltaba arreglarla por dentro. Su hermosa fachada blanca coronaba la colina para indignación de Boudet, que veía en ella una provocación al Priorato de Sión.

—No has respetado nuestros acuerdos —le espetó, al enterarse tardíamente de que los trabajos estaban en marcha.

—Tengo dinero y quiero gastarlo —replicó Bérenger.

—¿Qué piensas decirle al arzobispo cuando te llame a rendir cuentas?

—Ése es mi problema.

—Tienes una tarea por cumplir. Debes reanudar las pesquisas.

—Lo haré cuando yo lo decida. El clan de monseñor Cabrières anda buscando en Bugarach, en Campagne y en Quillan: basta con que hables con él... Seamos serios, Boudet. Corvetti vigila cada uno de mis pasos. ¿Qué quieres?, ¿que lo conduzca al escondite para que luego me mate? Por lo demás, tendría que conocer yo mismo el escondite. ¿Y tú? ¿Has hecho tu parte? ¿Has avanzado en tus investigaciones?

—Desde luego que he avanzado.

—Bien, cuando estés listo hazme una señal. Entre tanto, yo acabaré mis obras con la bendición de monseñor Billard y bajo la protección de Elías Yesolot.

La protección de Elías estaba garantizada. Su amigo se había instalado en una casa solitaria a la orilla del Aude. Desde allí, mantenía a raya a Corvetti y a los johannistas, en nombre del Priorato y de los Habsburgo. Sus propios enemigos se habían tornado curiosamente discretos, tras el encuentro en el camino que llevaba de Milay a Carcassone. En cuanto a la bendición de monseñor Billard, Bérenger la daba por perdida. El año anterior, el valeroso y solícito Billard había sido remplazado por monseñor de Beauséjour. «Es una amenaza para nuestros planes», había dicho Elías. En efecto, el nuevo obispo era un enemigo declarado del Priorato. Estaba aliado con De Cabrières, que era su mentor y trabajaba a las órdenes de León XIII, que vigilaba de cerca el ascenso del cura de Rennes-le-Château, aguardando el momento indicado para intervenir en persona.

A Bérenger lo tenía sin cuidado. Estaba más preocupado por los imprevistos que encontraban los masones, los picapedreros, los porteadores, los carpinteros y los peones. Había ensanchado el camino hasta la aldea, pero tenía que estar reparándolo todo el tiempo a causa de las numerosas carretas que iban y venían entre la aldea, la estación de Couiza y la cantera.

Ahora mismo, una carreta acababa de llegar. Estaban descargando las cajas. Bérenger examinó el contenido: eran las puertas y los azulejos. Dentro de poco podría mudarse a la casa. Emprendió el recorrido de la obra frotándose las manos. En el futuro jardín exótico, Bot y Caminade sostenían una enconada discusión a la sombra de un toldo. Bérenger se sentó delante de maqueta que había hecho el arquitecto.

Allí estaba la torre de Magdala. La examinó por centésima vez, pasando los dedos por las almenas minúsculas, el baluarte, las ventanitas góticas. Era tal como la había soñado. Magdala, Magdal, el pez de Genesareth, la soberbia atalaya desde donde había de contemplar la colina hechizada. Elías había trabajado noches enteras en el proyecto. Era una construcción áurea, como el templo de Salomón y la iglesia de San Sulpicio de París. Caminade y Bot habían quedado maravillados tras estudiar los planos. El primero había pronunciado algunas palabras certeras acerca de los iluminados que se iniciaban a través del bello estilo de los griegos y los egipcios.

Bérenger dejó la maqueta. Preguntó a los dos hombres cuándo estaría terminada la obra.

—Es cuestión de unos meses —contestó Bot.

—Tenemos una buena cuadrilla —prosiguió Caminade, señalando a los albañiles que acomodaban las piedras de la torre en construcción.

—Con las primas que les ha pagado, trabajarán con toda el alma —le encareció Bot.

—Será una torre hermosa —dijo Bérenger con aire soñador.

—¿Nos dirá ahora por qué quiere que se haga así? —preguntó Caminade.

—No.

El arquitecto soltó un suspiro. Tornaron a hablar de villa Betania. Bot extendió los planos de la casa sobre la enorme mesa de trabajo. Los tres se inclinaron sobre ellos para estudiar las modificaciones que deseaba Bérenger. Caminade entró en explicaciones y expuso sus ideas, siguiendo con la punta del lápiz las finas líneas de los diseños geométricos. No mencionó el número áureo. Tan sólo dio su opinión acerca de los roperos, las escaleras, las puertas y las chimeneas. Le preguntó varias veces a Bérenger si estaba satisfecho con los aposentos.

—Es justo lo que deseo.

—¿Y el doble tabique, aquí?

—Sí... ¿Qué opina usted, monsieur Bot?

Sin dejar su vaso de vino, Bot dio su opinión, tomando de vez en cuando el lápiz. Trazó un círculo sobre el lápiz, citó ejemplos, describió las casas burguesas y los castillos de los alrededores. Su temperamento, sus modales, incluso su desconfianza, hacían de él un compañero de fatigas ideal.

Al caer la noche, la serenidad de la arrebolada se extendía en el horizonte. Los obreros cansados abandonaban sus herramientas y los aldeanos que volvían del campo contemplaban extasiados la villa Betania y la torre de Magdala.

No les preocupaba en esos momentos que el cura de la aldea hubiera mandado inscribir en las piedras una especie de clave, la solución de un enigma sombrío, cuyo sentido no llegaban a comprender. ¿Que lo construía con dinero de Dios?, ¿con dinero del Diablo? Era dinero, bueno para todos. A decir verdad, todos rezaban al Señor para que les diera tanto como al abad Saunière. Y de paso le rezaban al propio abad, que había conquistado la estima de todas las familias de Rennes.

No, no cesaban de bendecirlo. Había ensanchado el camino con fondos de su bolsillo y ahora planeaba construir una inmensa cisterna, que beneficiaría a toda la comunidad.

¿Acaso no ayudaba también a los pobres? Sí, sí, lo habían visto entrar en casa de Untel, cargado de cestos llenos de comida y ropa nueva para los niños. No había un hombre más bondadoso en toda la región. El consejo municipal, encabezado por Sarda, elogiaba la generosidad del cura, que finalmente se había despreocupado de la política. Nunca había vuelto a lanzar anatemas desde el púlpito, ni siquiera cuando los cuatro mil francmasones habían desfilado delante del monumento de Dalou, [59] ni cuando el convenio de 1901 había aprobado la constitución de comités republicanos que se encargaran de hacer propaganda a los candidatos ministeriales para las elecciones de 1902. Los laicos proclamaban que el cristia-

347

59. El triunfo de la República.

nismo era enemigo del progreso y de la vida, organizaban manifestaciones contra la cruz en los cementerios, comían carne el viernes santo para manifestar su libertad de conciencia y cabeza de becerro en el aniversario de la muerte de Luis XVI, pero habían dejado de ser las bestias negras de los sermones de Bérenger. Algunos se lo achacaban a la influencia del extranjero que venía a menudo a visitarlo. Según decían, era un judío.

Esa misma noche

Elías descendió con precaución hasta el peñasco enclavado bajo la pendiente para refugiarse allí por un rato. Sintió la misma repugnancia que Bérenger había sentido tiempo atrás, ante la proximidad del guardián de la colina.

Solo. Estaba solo. Su amigo Saunière, absorto en sus proyectos materiales, no se hallaba en condiciones de lanzarse a la aventura y por eso no le había dicho nada. El Poder Eterno le había abierto los ojos para enseñarle el camino del santuario. Él debía ser el primero en entrar.

Quería entrar. Por su pueblo. Por Israel. Él sería el Elegido.

La luna nueva pendía por encima del Bordos, centelleando en la hierba plateada. Más abajo, en un claro de luz, se amontonaban las piedras blancas de las ruinas. Elías dejó el peñasco, descendió un centenar de pasos y llegó hasta el llano. Se detuvo a examinar el cielo.

Su espíritu se adentró a su vez bajo la tierra. Percibió cuatro entradas taponadas, separadas entre sí por unos cincuenta metros; sin embargo, las ondas que percibía eran nefandas. Un mago cristiano habría elevado la ofrenda del Sagrado Corazón y un alquimista habría recurrido a los símbolos de la «piedra sanguínea» y el «azafrán magistral», que estaban asociados al número 4. Un hechicero habría invocado a Primost para que ejecutara su voluntad y se sometiera a sus órdenes sin dañar su cuerpo ni su alma. El antiguo maestro Elías Levitia[60] habría convocado a una Ardiente[61] para enfrentarse al guardián. Pero todos habrían perecido. No era tan sencillo vencer a Asmodeo. Elías pronunció las palabras sagradas. El suelo se movió bajo sus pies. Empezó a toser por la polvareda, perdió el equilibrio y rodó sobre sí mismo, extendiendo los brazos y las piernas para acrecentar el poder de su invocación. La grieta se abrió en la tierra y una lengua de lodo cubrió las rocas. Desesperado, Elías se sacó una varilla brillante de la cintura y la clavó en el suelo. La varilla aguantó clavada. Elías se aferró a ella gritando extrañas palabras en hebreo que habían de abrir las puertas de otros mundos.

Las entrañas de la colina borboteaban bajo el diluvio de tierra y de piedras. La varilla ardía ya en su mano, pero siguió aferrándose con firmeza. Al cabo de unos segundos, el fenómeno cesó. El polvo se disipó y la luna brilló de nuevo sobre el Bordos. Elías levantó la cabeza y miró delante de él.

Estaba en una de las entradas. Lo había conseguido. Se incorporó con las piernas temblorosas. La boca negra del subterráneo no dejaba de intimidarlo. Sin embargo, se sentía fuerte, confiado, en plena posesión de sus facultades. Había esperado aquel momento largo tiempo.

Echó a andar. Se adentró en el aire espeso y viciado de las tinieblas. Ningún hombre corriente habría tenido el oído tan aguzado para escuchar los engranajes de las máquinas enormes que empezaban a girar en las profundidades. Elías sí.

—Yahvé... Yahvé. Tu luz me mostrará la luz. Ayúdame.

Elías percibió una vez más la fuerza maligna que brotaba del túnel. Se refugió en la recitación de sus mantras, en los salmos de David, en los proverbios de Salomón. Sus pasos se hicieron vacilantes. El descenso no parecía fácil. Sus facultades se disiparon poco a poco, también sus recuerdos, su identidad, y ya ni siquiera pudo volver atrás. Una mano poderosa lo empujaba hacia delante.

—No soy el Elegido —balbuceó—. Bérenger... Eres tú a quién Él ha escogido... Yo...

60. Gramático y cabalista, 1489-1549.
61 Serpiente destructora enviada por Yahvé.

Ya en pleno extravío, se vio rodeado de formas negras, provistas de zarpas, y creyó distinguir entre ellas al Diablo cojo. Quizá fuera un espejismo.

—Me estoy volviendo loco.

Las formas danzaban y reían a su alrededor. Elías rió con ellas, arrastrado por Asmodeo.

—¡Bérenger! —gritó entonces—. ¡Ayúdame!

—¡Ah! —gritó Bérenger, manoteando en su cama.

El alarido, la pesadilla… Despertó bañado en sudor. Lo había visto todo. Los había visto.

—¡Elías! ¡Elías! ¡Dios mío!

Volvió la vista hacia la ventana sobrecogido por la ansiedad, por una premura irrefrenable que lo hacía olvidarse hasta de sí mismo.

—¿Qué te pasa? ¿Estás enfermo?

La cabeza de Marie emergió por el hueco de la escalera. La muchacha se detuvo sin acabar de subir, con la lámpara de aceite a la altura del rostro, la otra mano en la sábana que cubría su cuerpo, mirándolo con inquietud. Al cabo de un momento, Bérenger salió del lecho y fue con ella.

—No te quedes ahí en la escalera —le dijo, tendiéndole la mano.

—¿Qué tienes?

—Algo le ha pasado a Elías.

—¿A Elías Bot?

—No, a Yesolot.

—Ah, ése… ¿Cuándo? ¿Dónde?

—Ahora mismo. En la montaña.

—Debes de tener fiebre… —Marie le tocó la frente—. Estás ardiendo.

—¡Déjame en paz! —gritó él reculando—. Lo he visto… cerca del Bordos.

—Voy a prepararte una infusión.

—Prepara la lámpara, la grande. Voy a ir a buscarlo.

—Qué locura. No estás en tu sano juicio… Todo es culpa de esa casa y de esa torre. Te pasas el día entero al sol mirando a los obreros.

—¡Haz lo que te digo!

—Como quieras. Pero no cuentes con que te cuide si vuelves con pulmonía.

No valía la pena discutir. Dijera lo que dijese, haría su voluntad. Marie bajó de vuelta a la cocina.

«Las obras le han hecho perder la razón. Nunca iré a vivir a esa casa.»

Bérenger bajó ya vestido. Marie le dio la lámpara de petróleo grande.

—Volveré antes del alba —dijo él, dándole un beso en la frente.

Marie lo vio perderse en la noche. Por un momento, pensó en darle alcance, pero se dejó caer luego contra el muro, con el corazón roto y el alma atormentada, increpando a las estrellas, a esas luces del cielo que estaban tan cerca de la tierra que parecían a punto de tragarse su alma.

Bérenger repasó la orilla del Bordos. Escudriñó las ruinas, le gritó al viento, escuchó los ecos. No hubo ningún movimiento, ninguna respuesta. ¿Dónde estaba Elías? ¿Por qué ya no oía la voz de su amigo en su interior? Estaba seguro de que estaba allí debajo, en alguna parte. De repente, el suelo cedió bajo uno de sus pies. La tierra estaba blanda, como si un arado acabara de pasar. Lo invadió cierto desasosiego. Con precaución, encendió la lámpara y examinó el terreno. La tierra estaba revuelta a unos cien metros a la redonda, como si un gigante hubiera pasado la azada y el rastrillo.

Ni rastro de Elías.

—¡Elías! —gritó.

El grito retumbó en las colinas y se perdió con el eco. Bérenger tuvo la vaga sensación de que había llegado el fin del mundo y estaba solo en un planeta destruido. Recordó la fuerza portentosa de su amigo y, por un momento, vio cernirse sobre Razès las nubes sombrías del averno. ¿Cómo podría seguir adelante sin Elías? Se acurrucó y hundió una mano en la tierra tibia, húmeda, cargada de olor a muerte y podredumbre.

Pasó una media hora. Bérenger extinguió la lámpara, a la espera de un milagro.

«Elías, sé que estás ahí… ¿Por qué viniste solo? ¿Por qué no me dijiste nada?»

Una piedra resbaló. Otra se precipitó entre las ruinas. Bérenger se estremeció al oír unos pasos que venían del bosque. Quizá fuera un perro. O una cabra perdida… Estaba mintiéndose. Era algo más grande. ¿Un hombre, dos? ¿Algún otro ser que venía a destruirlo? Escuchó de nuevo, aguzando el oído en lo oscuro.

Se arrastró hasta los arbustos, sin perder un segundo más. Ya a cubierto, se quedó con la cara contra el suelo, empuñando una piedra afilada que había encontrado providencialmente a unos centímetros de su rostro. Escuchó un resuello, justo a su lado, y llegó oír el susurro de una voz colérica: «Se ha ido, clavemos la tienda aquí».

Lo habían seguido. Aún lo vigilaban sin tregua. Esperó un momento y salió de su escondite, para volver al lugar donde Elías había desaparecido. Buscó alguna señal, arañó otra vez la tierra con la mano. Nada. La angustia del silencio. Nada, hasta que percibió la onda. Durante un instante, vio el halo de luz verdosa y sintió el poderío de la presencia, el olor del almizcle. El corazón le dio un vuelco cuando vio aproximarse la silueta deforme. Era Asmodeo.

—¡Nooooo!

Nada. Ya no había nada. Un puñado de tierra en su mano, un rayo de luna y el viento de la noche en la colina.

Marie se acercó al anaquel, abrió el libro grueso y sacó el sobre. Suspiró. Ahí estaba el testamento. Una sola hoja de papel, ya amarillenta. Le dio vueltas con las manos temblorosas. Ella, la sirvienta del cura, sería un día la mujer más rica del pueblo. Tenía delante la evidencia, aunque no acabara de admitirlo: ella era la verdadera propietaria de villa Betania, la torre Magdala y un buen número de obras más. Pero no quería reflexionar al respecto. Pensarlo implicaba perder a Bérenger.

«Voy a destruir el testamento. Al menos allá arriba, en el cielo, sabrán que no quiero quedarme con el oro del Demonio.»

Sentía un respeto inmenso por lo que pudieran pensar «en el cielo, allá arriba». Ahora mismo, imaginaba a Dios, a la Virgen, a los ángeles y a los santos reunidos en un palacio de piedras preciosas, mirándola, en medio de luces espléndidas que goteaban por encima de las almas arrepentidas. Quería estar entre esas almas blancas. Por desgracia, no se lo merecía. Las tentaciones de la carne eran demasiado fuertes. Se santiguó. Desplegó el testamento y lo leyó palabra por palabra. Bérenger le había enseñado a leer y a escribir. También le había explicado las palabras difíciles que había en el documento:

> El suscrito, Bérenger Saunière, cura de la parroquia de Rennes-le-Château, dispone su testamento en los siguientes términos:
> Considerando los devotos cuidados que me ha prodigado durante años mi criada, mademoiselle Marie Dénarnaud; considerando la poca confianza que me merecen mis parientes; considerando el escaso crédito que mis superiores han concedido al trabajo que he llevado a cabo en dicha localidad,
> Nombro mi legataria universal y general a la antedicha mademoiselle Marie Dénarnaud, afincada en Rennes-le-Château, con el propósito manifiesto de que todos mis bienes pasen a sus manos.

Firmado en Rennes-le-Château el 16 de marzo de 1892.[62]

—Vuelve pronto, Bérenger —dijo Marie en voz alta.

Tenía miedo. Habría tenido que ir con él. Aguzó el oído, atenta a los rumores de la noche. ¿Eran ya sus pasos? Se quedó en vilo, oyéndolos aproximarse.

—¡Bérenger! —dijo sonriente al abrir la puerta.

Lo sintió enseguida tenso, angustiado, al acecho, como cuando volvía en otra época de la Pique con la mochila repleta a la espalda.

—¿Qué pasó?

—Nada… Estaban ahí.

—¿Quiénes?

—Los mismos que nunca han dejado de seguirnos.

—¿Los hombres del Lobo?

—Sí.

—¡Qué Dios nos proteja! —gritó Marie juntando las manos.

62. Bérenger Saunière redactó otros testamentos en 1906, 1907 y 1909.

Bérenger se dejó caer en una silla y se llevó a los labios la botella de tinto que Marie había abierto mientras lo esperaba. Cuando la puso de vuelta en la mesa, el sobre del testamento atrajo su mirada.

—¿Pensaste que no volvería?

—¿Por qué dices eso?

—Seguro que cada vez que lees mi testamento te ves comprando un montón de cosas bonitas, ¿no? No te vendría mal mi muerte, ¿eh?

—¿Por qué eres tan malo conmigo? ¿Entonces no soy más que una sirvienta aprovechada, según tú? Quería destruir tu asqueroso testamento, eso quería hacer. Tómalo, sólo tenerlo en las manos me hace daño.

—Calla, necia —dijo él, cogiéndole la mano para que soltara el sobre.

Marie estaba enfadada. Bérenger apretó entonces su mano tibia, temblorosa, como un pájaro cautivo ansioso por escapar. La muchacha levantó la vista tratando de dominarse. Sus ojos se cruzaron con los de su amante y se perdieron en ellos; el corazón empezó a palpitarle sin piedad. Bérenger le sonrió con tristeza. En el fondo de sus pupilas, estaba aún el miedo, ese miedo que había traído de vuelta de la colina.

«Me necesita», se dijo Marie.

Y todas sus resoluciones se desvanecieron en el aire. La determinación que había estado acumulando la abandonó.

—Está bien —le dijo— seré tu heredera.

—Te amo, Marie.

Las palabras, tan infrecuentes en su boca, la hicieron derretirse de felicidad. Cerró los ojos y apoyó la cabeza contra su pecho. Los rumores de la noche quedaron muy lejos.

XXXII

Rennes-le-Château, 14 de marzo de 1908

Boudet entró discretamente en la aldea. Atravesó el nuevo jardín del abad Saunière y subió la escalera hasta el parapeto.

«Está loco, loco», se dijo echando un vistazo a las obras, que estaban por concluir. Divisó a María junto al estanque.

—¿Dónde está?

Marie lo miró sorprendida, preguntándose cómo habría llegado hasta allí sin que ella advirtiera su presencia.

—¿Te has quedado muda? ¿Dónde está?

—En la torre.

—Voy para allá. Y tú, quédate aquí. Lo que tengo que decirle no es de tu incumbencia.

Boudet se dirigió a toda prisa a la torre Magdala, que era ahora la biblioteca de Bérenger. Abrió la puerta de un tirón, cerró de un portazo y se plantó delante de su colega con las manos en la cintura.

—Buenos días, padre —dijo inocentemente Bérenger, que se esperaba verlo llegar justo en ese estado.

—¡Menudo lío en el que nos has metido!

Bérenger tampoco se inquietó.

—¿He de concluir que monseñor Cantegril ha ido a visitarlo?

—Ahórrate tus ironías conmigo —replicó Boudet, blandiendo el índice en la cara de Bérenger—. Cantegril está tratando de acorralarnos. Presiento que monseñor de Beauséjour está detrás del asunto y detrás de ambos está De Cabrières, el todopoderoso obispo de los desamparados.[63]

355

63. De Cabrières, obispo de Montpellier, fue hecho cardenal en 1911. Se

El vicario general Cantegril había aparecido por Razès en tres ocasiones: dos en Rennes-le-Château y la última en Rennes-les-Bains. «Estoy adelantando la investigación a título personal», había dicho, para responder a las preguntas de los dos abades. Pero ambos sabían que, en Roma, la maquinaria oficial estaba en marcha.

—El vicario general me escuchó con suma atención —dijo tranquilamente Bérenger—. Le rendí cuentas de mis gastos y bebimos juntos un ron excelente que mandé traer de Martinica.

—¡Has mandado traer varios toneles de ese ron excelente! Todo el mundo lo sabe. Aparte de las cajas de champaña, el tinto de primera, el coñac y todos los libros... ¿Cuánto has gastado sólo aquí? ¿Tres mil, cuatro mil, diez mil francos? ¿Y qué me dices del jardín, de ese invernadero enorme, de los naranjos, las palmeras, los gansos y los pájaros exóticos? ¿Cuándo piensas parar? Qué quieres, ¿igualar a Luis XIV?

—Desde la muerte de Gélis, no he querido preguntarme cuándo pienso parar.

—¿No has querido preguntártelo?

—No.

—¿Quieres decir que ni siquiera sabes si podrás parar de gastar?

—¿Por qué me lo preguntas con tanto interés?

—Porque podemos presionar a los bancos en los que abrimos tus cuentas. Los Habsburgo pueden dejar de efectuar los pagos por orden del Priorato.

—Ya me las arreglaré, puedo...

—¡El Priorato te prohíbe que sigas gastando! —lo interrumpió Boudet, temblando por la agitación.

Empezó a pasearse por la habitación, cada vez más exaltado y exasperado:

—Nos has traicionado como un infame. Eres un canalla, un miserable, a veces me gustaría que hubieras huido como huyó el cobarde de Yesolot, en cuanto los johannistas tendieron el cerco a Razès.

---

le conocía como el obispo de los desamparados porque ordenó abrir las puertas de las iglesias a miles de viticultores desposeídos en 1907.

—¡Elías no era ningún cobarde! Desapareció en los subterráneos.

—¡Según tú! ¿Cuáles subterráneos? Los de la Pique están enterrados debajo de cientos de metros de tierra. Y en Bordos no hay ninguna entrada. He estado allí varias veces después de tu sueño insensato.

—No me cabe duda de lo que vi.

—Te dejo entonces con tus elucubraciones. Regresaré cuanto te hayas vuelto más razonable.

Boudet se marchó dando otro portazo.

Bérenger sintió un enorme alivio tras librarse de su fastidiosa presencia. La calma se asentó otra vez en su cuerpo y cerró con llave para evitar nuevas interrupciones. Sacó el maletín de Elías de uno de los armarios bajo la biblioteca. Era una de las pocas pertenencias de su amigo que había logrado rescatar. Tras su desaparición, los dos criados que vivían con él se habían llevado de la casa todo lo demás.

A veces Bérenger contemplaba la idea de medirse por su cuenta con las fuerzas que albergaba el maletín. Pero el miedo lo hacía desistir. Aún no se sentía preparado. Además, todavía no había acabado de disfrutar de sus nuevos poderes. Quería seguir viviendo en la gloria terrenal. No creía en el Espíritu Santo, que decía que los poderosos conocerían el tormento de su propio poder. Devolvió a su sitio la maleta.

«La usaré cuando llegue el momento.» Cerró los ojos apretando los párpados, para no revivir la pesadilla que había padecido bajo la Pique. Fue a la ventana y apoyó la frente en el cristal. Ahí estaba Razès, su tierra querida. Aún había bastante luz, pero era la luz del invierno, espectral y adormecida, que brillaba en los arroyos helados y por encima de los peñascos. Una luz que escurría a la tierra desde el cielo, ahuecando el horizonte, poblándolo de arcos fantasmales.

Tocaron a la puerta. No se movió. Volvieron a tocar.

—Bérenger, la cena está lista.

Era Marie. Siempre era Marie. Bérenger lanzó un suspiro exasperado y quitó de un golpe la falleba. Marie entró. Sonrió, le tomó la mano para obligarlo a salir de la torre de Magdala.

Bérenger la miró. ¿La amaba en realidad? Su presencia le agradaba mientras duraba la cópula, pero enseguida le resultaba una carga que a menudo era insoportable, a causa de sus miedos, sus obsesiones y sus supersticiones de campesina. Sin embargo, no podía vivir sin ella. Sin ella, tendría que contentarse con espiar a las segadoras durante la cosecha del trigo. Sin ella, sería sólo un cura viejo y angustiado. Ya tenía cincuenta y cinco años. Marie atizaba en su cuerpo el fuego postrero de la juventud.

—Marie…

La tiró hacia él y le acarició la mejilla. El rostro había engordado, pero la salud resplandecía bajo la piel oscura. Los hondos ojos negros se encendieron hasta parecer casi febriles y pusieron en alerta sus cinco sentidos, además de poner a prueba su decencia. La tocó, la olfateó, palpó a través del vestido sus muslos y sus senos. El solo contacto le provocó de inmediato el deseo.

—Marie…

Marie se frotó contra él. Entreabrió los labios. Quizás un día el pecado que cometían llegara a ser tan grande como el temor que le inspiraba el Diablo, ese temor tonto e inexplicable que no dejaba de crecer en su interior. De momento, qué importaba. ¡Era tan dulce el pecado! Se abandonó a las manos que se habían posado sobre sus caderas. Sintió sobre ella el cuerpo pesado, endurecido de su amante. Pesado. Cada vez más pesado.

—¿Bérenger?

—Oh…

El sufrimiento se dibujó en el rostro de su amante. Bérenger se llevó la mano al pecho, hizo una mueca, se tambaleó.

—Bérenger, contéstame… Te lo suplico.

—Ya estoy mejor —dijo él al cabo de unos segundos.

Recobró las fuerzas poco a poco. Había sentido un calor en el pecho, un dolor: una punzada al rojo vivo. Fue la primera vez que sufrió el ataque. No entendía qué había ocurrido y Marie tampoco lo entendía.

—¿Qué ha pasado?

—No lo sé… Tal vez he comido demasiado a mediodía. Sentí un dolor terrible en el pecho, como si estuvieran atravesándome el corazón con un cuchillo.

—Pasas demasiado tiempo en esta torre helada… Habrás pillado un resfriado. ¿Quieres que mande llamar al médico o al curandero?

—No vale la pena, ya estoy bien. Vamos a casa.

358

Y

Al cabo de tres semanas, la brisa de primavera trajo a la aldea el perfume de las flores y las hojas. Bérenger había recobrado ya todo su vigor. ¿Lo había curado la llegada de su estación preferida? ¿La alegría de ofrecer una fiesta en villa Betania? ¿La compañía de Emma, que había llegado la víspera? Comía, bebía, cantaba otra vez. El dolor había quedado atrás. Había olvidado la punzada en el corazón. La desgracia no formaba parte de su vida. La había expulsado de sus recuerdos.

Marie pasaba las noches en vela, sola, mordiéndose las uñas. Atormentada, fue a visitar al curandero y al *brèish* para describirles los padecimientos de su amante.

«El mal de corazón es mal de muerte», explicaron ambos. Uno le vendió tintura de pasiflora, para que Bérenger la bebiera con agua. El otro recomendó que en vez de vino bebiera anís verde. Marie le llevaba ahora una taza, intimidada por toda aquella gente elegante que había reunida en villa Betania. ¿Aceptaría su amante esa medicina delante de sus invitados?

Un conde, un juez, dos diputados, un subprefecto, un coronel, otros tantos que quién sabe qué títulos tendrían se aglomeraban en el bufet instalado en el jardín. En el salón había incluso algunos extranjeros. Uno de ellos se hacía llamar monsieur Guillaume. Marie lo había oído nombrar alguna vez. Desde hacía tres días, pasaba largos ratos en compañía de Bérenger, en la torre Magdala, o de paseo por el campo. En presencia de Guillaume, su amante parecía cohibido. Se dirigía a él con la máxima deferencia. Marie no estaba del todo segura, pero en dos ocasiones lo había oído llamarle alteza.

Guillaume estaba dentro de la casa. Alto, elegante, pálido, con esa mirada que parecía no ver las cosas, dejarlas a un lado para adentrarse en el más allá. ¿Quién sería? Parecía un hombre bueno, honesto. Marie le tenía simpatía. Ojalá él pudiera aplacar la locura que se había apoderado de todos esos hombres a los pies de la colina. Ojalá pusiera fin a aquella guerra secreta. Ojalá fuera el jefe de todos, como Marie imaginaba, para pedirle que dejara en libertad a Bérenger, porque ella presentía que estaba en peligro. Eran demasiados «ojalá», y Marie ni siquiera se atrevía a hablar con él. Se conformaba con espiarlo de reojo.

359

Con Guillaume, estaba Boudet. También él seguía siendo un enigma. Siempre en busca de lo oculto, hablando con palabras que Marie apenas podía entender.

—Quizás algo más grande que el dolor esté a punto de nacer aquí en Razès. O quizá no. Sin embargo, estamos aquí para medir sus efectos y debemos utilizar esta potencia para darle forma a un saber que, hasta la fecha, los hombres no han sabido dominar. Con el tiempo, nuestros espíritus comprenderán solos lo que se nos revela, puesto que ellos mismos se han iniciado de la vida universal, en el misterio que se esconde bajo la colina.

Marie se encogió de hombros, antes de seguir buscando a Bérenger. ¿Qué podía ser más grande que el dolor?, se preguntó al pasar a la pieza siguiente. En un suspiro, compuso un sueño violento, poblado de monstruos feroces que la hacían pedazos con sus garras. El ensueño no la dejó satisfecha. Todavía se parecía demasiado a la idea que se hacía del dolor.

Se acercó a un grupo de mujeres vestidas a la moda, con plumas y perlas, y sintió que la miraban desde la cabeza hasta los pies. Las extrañas la juzgaron y la condenaron en un abrir y cerrar de ojos. Una vieja huesuda, de piel biliosa, mitad asno y mitad arpía, fue la primera en atacar:

—Es curioso, a todos los curas de por aquí parecen gustarles las chicas jóvenes y un poco burras.

—Les gusta que sean hurañas y arrogantes —dijo su vecina.

—Y también temperamentales —cloqueó la vieja huesuda, enseñando los dientes cariados—. No sé si entiendes lo que quiero decir.

Sus risas de mujeres decentes la hicieron sonrojarse. Sin embargo, no se dejó arredrar. Permaneció en su sitio, con la frente alta, mostrándoles su belleza, el vestido nuevo que había comprado en Limoux, las joyas que le había regalado Bérenger. Era mucho mejor que aquellas zorras, que nunca conocerían el placer centuplicado que procuraba el pecado. El placer de recurrir a todas las artes del amor, para que un sacerdote quedara perfectamente satisfecho.

«Mírenme bien —pensó, desafiándolas con los ojos—. Todos ellos quisieran acariciarme y poseerme. Valgo más que todas ustedes reunidas, más que las grandes cortesanas de otras épocas, soy más hábil que la mejor de las amantes y más caprichosa que las putas de la ciudad. Ninguna de vosotras le da a su hombre lo que yo le doy al mío.»

—No es fea, pero es una ingenua —le susurró una mujer a otra, lo bastante fuerte para que Marie pudiera oír—. Desde luego, una campesina no es una diva de la ópera.

La diva. Su única rival. Marie fulminó con la mirada a las comadres y sintió en su boca la saliva espesa como la arena. Si hubieran estado en medio del campo, le habría dado a esas puercas una bofetada, las habría arrastrado del moño por entre los surcos... Abandonó el salón a toda prisa. Ya en el segundo piso, lejos de los invitados, se recostó bañada en sudor contra la pared, escuchando el retumbo colérico de su corazón. La sola mención de Emma Calvé había estado a punto de hacerla tirar la taza con la medicina.

«¿Dónde estás, Bérenger?»

La duda la asaltó de repente. Sus ojos se deslizaron hasta una puerta. Se acercó, tanteó el picaporte plateado, retrocedió y luego volvió sobre sus pasos. El tiempo se detuvo por encima de aquel umbral infranqueable. Una espada se le clavó en el corazón. No sabía si debía quedarse o marcharse de una vez.

«Todavía está con ella...»

Estaba inmóvil. Paralizada. ¿Qué hacer? No podía quedarse allí para siempre, pensando en cosas patéticas, resignada, empequeñecida. La emoción estremeció su cuerpo antes de que hiciera gesto alguno. Era una emoción que rayaba en la tristeza.

«¡Soy una idiota!»

Su corazón seguía retumbando como si se le fuera a salir del pecho. Abrió la puerta de par en par. Enarcó las cejas y se llevó la mano a la boca con los dedos crispados, tratando de acallar el grito.

—¡Marie! ¿Qué haces aquí? —preguntó severo Bérenger.

Lo encontró besando el pecho desnudo de Emma. La miraba ahora a ella, con la frente surcada por una arruga.

—Está bien, hija —dijo Emma tendiéndose en el lecho desordenado—. Deja aquí esa taza y vete.

—Es la medicina —balbuceó Marie.

—¡La medicina! —exclamó Emma—. Lo que queremos es beber champaña. Ve a traérnoslo.

Marie cayó en la cuenta de que Emma estaba desnuda.

361

Contempló con envidia su belleza. Se quedó en la puerta, ruborizada, con los ojos humedecidos, sin aliento, clavada en el umbral por la vergüenza.

Bérenger la miró entonces compadecido. Marie recordó dos versos tontos que se había aprendido en otro tiempo con las chicas del pueblo.

> Dime por qué he de quererte
> si tu mirada me trae la muerte.

Se mordió los labios. ¿Por qué tenía que comportarse como si ella tuviera la culpa? La intrusa era la otra, la cantante… Miró a Emma a los ojos, armándose de valor:

—*Onte i a de femna i a lo diable!*

—¿Qué dices? —preguntó Emma, aunque había entendido—. ¿Qué quiere decir con eso? Donde hay una mujer ahí está el Diablo… Ah, soy yo, el Diablo. ¿O eres tú el Diablo, Bérenger? ¿Quién es esta criada para hablarme así? ¿Tu concubina? Claro, qué tonta soy. Ya sospechaba que un hombre como tú debía necesitar una mujer en casa. Así que es ella… ¡Bravo!, no está nada mal. Al fin y al cabo, no se puede pedir más por aquí.

Marie quería matarla, matarla… Derrotarla por una vez, verla desaparecer. No quería seguir torturándose cada día, vivir para siempre en medio de la pena. Trató de reaccionar, pero la taza cayó de sus manos y se hizo trizas. Salió huyendo.

—¡Marie!

Bérenger volvió a llamarla. Pero le hacía daño oír su voz. Bajó corriendo las escaleras, empujó a las mujeres y tropezó con dos magistrados. Siguió corriendo en la oscuridad, aunque corría el riesgo de romperse las piernas contra los tablones y las piedras desperdigadas alrededor de la villa. Corrió fuera de sí, rumbo a la Pique, asaltada por un deseo imperioso de escapar, de no volver a ver a nadie y dejar la aldea. Cuando llegó a al descampado, se dejó caer en el suelo y se hirió la cara a propósito contra las piedras. Había temido que un día todo acabaría así. Ya no valía la pena hacerse ilusiones ni aferrarse a falsas esperanzas. Después de ese escándalo, Bérenger nunca la perdonaría.

Y

Monsieur Guillaume había prolongado su estadía en Rennes-le-Château. En compañía de Bérenger y Boudet, bajó al Labadous, visitó la fuente de Quatre-Ritous, merendó en los desfiladeros de Gavinauds y de Bézu. Ese día, se encaminaban hacia la Roca Temblorosa. Los abades iban abriendo el camino. Un hombre los seguía desde lejos, pero quizá no fuera más que un pastor intrigado por su presencia. Los aldeanos no acababan de entender por qué los dos curas iban a todas partes con aquel extranjero, que parecía tenerlos fascinados.

El Habsburgo escuchaba ahora a Boudet. El abad le describió el terreno, advirtiéndole de sus peligros. Bérenger guardó silencio, pues los conocía demasiado bien. La tierra que pisaban sus botas, esa tierra a donde, sin estrépito, venía a morir el viento del sur albergaba un horror que no podía compartir con ellos. Empezó a soñar despierto mientras seguía a sus compañeros. La exclamación de Boudet lo trajo de vuelta a la realidad.

—¡Aquí es! —dijo Boudet dando un pisotón—. Debe de estar a unos doscientos cincuenta metros bajo tierra.

—¿Existe entonces un túnel? —preguntó Juan de Habsburgo.

—Varios túneles. El primero desembocaba a los pies de la Pique. El segundo pasa por aquí, pero no he podido establecer dónde está la entrada. Aparte hay otros diez, que convergen todos en el arroyo de Boudous. Es como una gran estrella. Del centro brota la sangre del Arca, que corre por los doce ramales. ¿No es así, Saunière?

—No lo sé… Ya no estoy seguro. ¿Cómo podemos hablar de sangre, de vida, cuando la muerte y el tormento nos aguardan en estos túneles? He conocido el miedo debajo de esta tierra. Y todavía lo siento.

—Sin embargo, ya tendría que volver usted allí. —El príncipe le puso una mano paternal sobre el hombro.

—Lo sé… Ya lo haré. Ese día, estaré bastante más triste que de costumbre. Y mi alma se volverá aún más pesada y más negra. Iré en busca de Elías, para que mis esperanzas ardan en esa Arca que tanto deseáis y os la traeré de regreso. Tengo que hacerlo… Sí, es mi deber.

—Es usted hijo de esta tierra: cuando lo miro, veo en el fondo de sus ojos el espanto, el terror ancestral que se abatió sobre su alma la vez anterior. Pero todavía no tiene por qué inquietarse, Saunière. El padre Boudet aún no he encontrado la vía para penetrar bajo la colina. Pronto le enviaremos unos geólogos y algunos discípulos de monsieur Yesolot que viven en Viena. Nuestro amigo Émile Hoffet también vendrá a echarles una mano. Hasta entonces, disfrute de la vida. Vivir de la renta es una ventaja, una especie de superioridad, como se habrá dado cuenta. El siglo que viene será el siglo de los rentistas. Tómeselo con calma. No tiene que ganarse la vida. Le hemos proporcionado dinero para que cultive su espíritu, para que trabe amistad con los grandes del mundo y embellezca su parroquia. Y también para que disfrute del privilegio de llevar a cabo sin estrecheces la obra de Sión.

La obra de Sión: unificar Europa, bajo la autoridad de los Habsburgo y el Priorato. Bérenger había reflexionado bastante al respecto, pero cada vez era más escéptico. Ya le parecía imposible plasmar la unidad de Francia. La derecha, los socialistas, últimamente los radicales: todos zozobraban en medio de crisis ideológicas. No podía ser de otro modo, puesto que todos buscaban el apoyo de las heterogéneas clases medias, que no podían sostener por mucho tiempo el orden establecido por la República sin una ideología común. La gente estaba hastiada y los ministros se sucedían los unos a los otros: Briand, Manis, Caillaux, Poincaré, luego Briand... Cómo podían suscribir los franceses divididos una República imperial europea cuando se desentendían de su propio imperio colonial, que abarcaba cerca de once millones de kilómetros cuadrados y no recibía más que el 8,8 por ciento de sus inversiones.

«Es demasiado pronto —se decía Bérenger—. Queremos adelantarnos a la historia, construir una nación europea, cuando la conciencia colectiva aún busca una vía entre Dunkerque y Bastia, entre el neonacionalismo y el socialismo.»

—¿No basta con el oro que os entregué?

—El oro de Salomón es una cosa, pero la herencia espiritual del Templo es otra. Queremos esta segunda, para asentar sobre ella nuestro poder.

—¿Qué me dice del pueblo judío? ¿No son ellos sus legítimos herederos?

—¿Y quién le dice a usted que los Habsburgo no pertenecemos a este pueblo y a todos los demás? Nos ha sido concedido un derecho divino. Por nuestras venas corre sangre divina. Para que los pueblos nos reconozcan, sólo hace falta algo más. Los hombres deben tener una prueba para creer de corazón que somos seres superiores y bondadosos. Cuando el objeto sagrado esté en nuestras manos, conservaremos la humildad... Al menos eso espero. Porque seremos los amos de los cuatro elementos. Pase lo que pase, precisamos de usted, Saunière. Usted es el único que puede burlar la vigilancia de las autoridades en su parroquia.

El discurso del príncipe lo dejó perplejo. Había entendido muy bien lo que quería decirle Juan de Habsburgo. No sólo era un príncipe que hablaba en nombre de su familia, sino un hombre que le pedía ayuda de todo corazón. Austria estaba hundiéndose. El mundo estaba hundiéndose, a pesar del Priorato. El príncipe, con todas sus debilidades de hombre, reclamaba una herencia inmensa, una herencia que deseaba custodiar junto con el dominio de los cuatro elementos.

«No existe ningún hombre así», se dijo Bérenger, recordando las enseñanzas de Elías.

Miró al príncipe a los ojos, escrutó su alma buscando en lo más hondo a un hombre que ya hubiera vencido todas las pruebas, que pudiera mantener a raya las cuatro tentaciones. Le pareció oír la voz de Elías:

«El hombre que llegue hasta el corazón del secreto será el amo de los cuatro elementos. Dominará el fuego, el aire, el agua y la tierra. En su corazón estarán el calor, la liberalidad, la ternura y la fidelidad. Encarnará las cuatro virtudes de la Iglesia: la prudencia, la templanza, la fuerza y la justicia; las cuatro virtudes de Platón: la sabiduría, la valentía, la continencia y la probidad; y los cuatro atributos de Sankaracharya: el discernimiento, la serenidad, las seis joyas de la rectitud y el ansia de libertad. Siempre obrará, en fin, en nombre de las cuatro letras sagradas de IEVE.»

No era ése el hombre que tenía delante. De eso estaba seguro. Pensó en decirle que no era más que un príncipe de carne y hueso, como los imbéciles que se habían consagrado a su causa.

—¡Nunca reinarás! —gritó entonces una voz.

Los tres hombres alzaron la cabeza desconcertados. Busca-

365

ron incrédulos al dueño de la voz que había pronunciado aquella sentencia.

—¡Nunca conseguirás el poder, Habsburgo!

Esta vez, lograron ubicarlo.

—¡Allá está! —gritó Boudet, señalando una hilera de árboles escuálidos.

—¡Es él!

—Corvetti —murmuró Juan de Habsburgo.

—Esta vez no escapará —dijo Bérenger lanzándose cuesta arriba hacia los árboles.

La pendiente era escarpada y cuando llegó sin aliento a la cima, Cabeza de Lobo había desaparecido. Bérenger escarbó entre los arbustos y poco a poco fue ampliando la búsqueda. Encontró un lugar donde la hierba estaba aplastada. Luego otro punto donde había una rama rota. Su enemigo había tomado el rumbo de la Pique. Echó a correr otra vez, se detuvo y se llevó la mano al corazón. Las montañas revolotearon delante de sus ojos. Sintió la garganta reseca y las manos temblorosas, un incendio en la cabeza. Trastabilló bajo el sol, viendo toda la tierra a su alrededor a través de un velo de fiebre.

«He presumido de mis fuerzas… No debería haberme separado de los otros.»

Se sobresaltó al percatarse de que por unos segundos había perdido la conciencia. Esperó con los nervios tensos, percibiendo la cercanía del peligro. Una piedra resbaló a pocos pasos. Se volvió hacia donde había caído, con los ojos entrecerrados, el oído alerta al menor movimiento entre los arbustos.

«El corazón… Qué dolor…»

Un segundo chasquido, aún más cerca. Luego una sombra, un golpe de viento, un silbido. Bajó la cabeza por instinto y se tiró a un costado. Tropezó con sus propios pies y cayó de espaldas.

—Por lo que veo sigue usted vivo, padre,.

Bérenger vio la espada desenfundada del bastón. Era el silbido de la hoja lo que había escuchado. Volvió a escucharlo ahora. El hombre apoyó la punta brillante a dos dedos de su cuello. Bérenger tomó aliento sin levantarse. La punzada había cesado. El corazón le había dado un respiro.

—¿Cuándo comprenderá que he tenido su vida en mis manos docenas de veces? —prosiguió Cabeza de Lobo—. ¿Supone que debo darle una nueva prórroga después de cada uno de nuestros encuentros?

—Máteme, Corvetti. En su lugar yo no vacilaría.

—No tengo intención de eliminarlo.

—¿Y en Marsella?

—Ése fue un error… Los tiempos han cambiado.

—¡No me diga! Pío X no es León XIII. El nuevo papa no os apoya tan abiertamente. Os habéis aprovechado de la Iglesia de Juan, haciéndoles el juego a los republicanos europeos para consolidar el poder de la Iglesia de Pedro. Pero ese juego ha llegado a su fin. Pío X no os acompañará por ese camino. ¿No ha condenado acaso como un «alejamiento que ofende a Dios el principio de que la República no reconoce ningún culto», en la encíclica *Vehementer nos*? ¿No es incluso posible que se desentienda de Francia, para unirse a los Habsburgo?

—¡Ja, ja! Es usted muy hábil para tergiversar la historia, Saunière. Pero se nota que no conoce a los hombres.

Bérenger abrió mucho los ojos. El otro se inclinó a su lado y le habló al oído, como si estuviera confiándole un secreto peligroso.

—Monseñor de Cabriéres ya ha convencido a Pío X. Pío X, como su antecesor León XIII, teme perder su trono a manos de los austriacos. Tiembla ante la sola idea de que un Habsburgo se corone papa y emperador para reinar sobre el mundo.

Corvetti se enderezó sin levantar la rodilla del suelo. Se miraron de hito en hito. Bérenger se sentía de nuevo en plena posesión de sus facultades y sus fuerzas. Cabeza de Lobo seguía hablando, presto a descargar la espada sobre él. El odio entre los dos era mayor que nunca. Sin embargo, el secreto de la colina los mantenía unidos. Pero ¿unidos a qué?

—Venga con nosotros, Saunière. Estamos dispuestos a acogerlo. ¿Cómo puedo persuadirlo? Luchamos por una causa justa. Usted desea el bien de la humanidad, pero buscarlo en el bando de los Habsburgo es cargarla de cadenas…

Corvetti siguió exponiendo sus ideas, buscando las palabras, acechando a Saunière. ¿Qué era lo que esperaba? Ya era tarde para volver atrás, para sellar nuevas alianzas. Era demasiado tarde para el perdón. Bérenger no podría unirse jamás al clan de asesinos que había matado a Gélis.

—¡Basta, Corvetti!

Cabeza de Lobo se quedó rígido. Bérenger le dio un puñetazo en la nariz, lo empujó, lo desarmó y se abalanzó sobre él. Empezó a estrujarle el cuello. Apretó todavía más. Un velo rojo cubrió los ojos de Corvetti. Su sangre maldita palpitaba bajo los dedos de Bérenger.

—¡Piense en Dios! —le dijo Bérenger.

Corvetti se revolcó en el suelo. Empezó a reptar hacia el precipicio.

—Morirás… conmigo —rezongó.

Bajo sus cabezas estaba ya el barranco. La pendiente caía en picado cubierta de malezas escuálidas, castigadas por los elementos, como las de todos los barrancos de Razès.

—No —musitó Bérenger.

Dejó de estrangular a su contrincante. Lo levantó por las solapas y lo cargó en vilo unos veinte pasos, luego se tambaleó, cayó al suelo con su carga. El cielo y los peñascos se arremolinaron a su alrededor. Contuvo las náuseas, agotado, oyendo el bramido de su propia sangre entre los estertores de Corvetti. Cabeza de Lobo tosía y tragaba aire sin dar señas de querer huir, exhausto por la pelea.

En el corazón, una leve punzada. Bérenger sintió un escalofrío. «No, no ahora…» Al cabo de un momento el dolor cesó. Suspiró y volvió a estrangular a su adversario, que había recobrado el aliento y trataba de levantarse. Corvetti era mayor que él, y también más débil. Nunca podría derrotarlo.

—Acabe conmigo —susurró—. Cargará con este pecado por toda la eternidad.

—¿Qué pecado? ¡Canalla! ¡Soy la mano vengadora del Señor! Tú te condenaste a ti mismo al matar a Gélis. ¿Qué dices en tu defensa? ¡Dame un solo motivo para no mandarte al infierno de una vez! ¡Rápido!

—No… vale la pena… Mi tiempo se ha acabado.

—¿Quién eres? ¿Quién es esa tal Angelina, con cuyo nombre has firmado tus crímenes?

—Máteme, cura… Máteme.

—¿Quién es? Dímelo.

—Angelina…

—Habla.

—Angelina era el nombre de mi hija y de mi mujer.

—¿Qué pasó con ellas?

—Unos soldados austriacos las violaron y les sacaron las tripas a sablazos… Fue en Venecia, en nuestra casa… Ya hace cuarenta años… Mi hijita tenía cinco años… Máteme.

Un relámpago de espanto iluminó la mirada oscurecida de Bérenger. Soltó el cuello de aquel hombre. Se levantó y miró el cielo, apretando los puños.

«Fue por eso que se lanzó a la lucha contra los Habsburgo…»

—Lárgate —le dijo—. No vuelvas a cruzarte jamás en mi camino. La próxima vez no te dejaré ir.

—Seré yo quien lo mate entonces —respondió Corvetti con voz sorda, antes de desaparecer.

Había pasado algún tiempo. Pero, para Bérenger, el tiempo se había detenido. Se alejó del barranco, asqueado, descorazonado. Ni siquiera recordaba dónde estaba. Le daba igual ir al norte o al sur. Al pasar junto a un charco vio su reflejo y tardó un momento en reconocerse. Un hombre de rasgos tirantes, envejecido prematuramente: en eso se había convertido. ¿Qué diría Marie cuándo lo viera llegar así, con la sotana rota y embarrada y esas ojeras debajo de los ojos?

Le diría que había tenido un ataque. Sí.

Por casualidad, pasó junto a la Roca Temblorosa. Boudet y Juan de Habsburgo habían desaparecido. Pero no podía quejarse. Tampoco había contado con encontrarlos todavía allí. Habrían partido en su búsqueda… o quizá lo habían abandonado a su suerte. A su pesar, no conseguía sentirse afectado. La situación le resultaba irresistiblemente cómica, por algún motivo que escapaba a sus fuerzas. Pensó en su futura «vida de rentista». En esa vida sin estrecheces que le había descrito Juan de Habsburgo.

«Pero ¿qué vida podré llevar de ahora en adelante?»

No se veía a sí mismo divirtiéndose hasta el último día, soltando carcajadas libertinas, rodeado de mujeres elegantes que en un momento de extravío enseñaban el escote, los tobillos, las rodillas. Era el primero de los Saunière que había salido de la pobreza, que había saltado esa muralla negra contra la que se

369

habían hecho trizas todos sus antepasados. ¿Y de qué le servía eso? ¿Podía disfrutar de sus bienes a conciencia, con alegría, cuando lo acechaban mil enemigos y su corazón amenazaba con detenerse en cualquier momento? Incluso su amor por Emma se había ido apagando, después de la despedida en Millau. En enero de 1903 la cantante se había casado con el detestable Jules Bois, aunque en abril del mismo año se habían separado después de una violenta disputa. Emma se había ido después con Higgins, el millonario, un aventurero supuestamente ciego del que Bérenger no sabía nada. Tampoco estaba enterado de los viajes que Emma había hecho a Oriente, donde se había hecho amante de un sabio indio, el *nwami* Vinekawanda, de la casta guerrera de los *kshatrias*. El sabio había muerto, pero Emma había seguido invocándolo para pedirle protección. Allí mismo, en Betania, lo había invocado para que acudiera en ayuda de Bérenger.

«Emma… Emma…»

De sus encuentros, no conservaba más que el recuerdo de un cuerpo plácido entre sus brazos. Emma era ya un borrón que se desdibujaba al final del día, como las sombras de las colinas. Era ya esa hora hermosa en que la noche estaba por caer. La imagen de Marie acudió a sus pensamientos. Ya debía estar esperándolo delante de la casa y, en cuanto lo viera, su rostro se cubriría de sonrojos, porque no sabía disimular nada. Bérenger, por reflejo, sentiría una alegría casi infantil. Marie era su última esperanza, su último puerto, esa última paz que no se merecía.

XXXIII

Rennes-le-Château, enero de 1909

Arnaud era un conocedor de la enfermedad. Había sido su fiel compañera a lo largo de toda su vida como curandero. Había curado toda clase de dolencias, colaborando en más de una ocasión con algún hechicero, pero jamás con ningún médico. Viajaba bastante, sobre todo el invierno, y la gente que lo mandaba llamar lo recibía como si fuera Jesús. Había herrado los caminos con los clavos de sus zapatos, desde Couiza hasta Antugna, desde Puivert hasta Revel, de Arques a Misègre. Ahora estaba en Rennes-le-Château. Había visitado a los Rougé, a los Maury, a los Mérie y a los Péchou. En el umbral de la casa de los Blanc, tropezó con su peor enemigo, el médico de Couiza.

—Buenos días, doctor, ¿ha venido a matarme a los clientes?

—Ah, usted todavía por aquí… ¡Voy a denunciarlo a la policía!

—No, no lo hará. Todas sus medicinas no le servirán de nada contra mis maldiciones.

—¡Váyase al Diablo!

—Quede usted con él —dijo Arnaud.

Entró en la casa. El padre de los Blanc sufría de gota. Arnaud le envolvió el pie en una cataplasma de miel tibia y le hizo tragar una pócima hecha con raíces. Blanc hijo estaba con fiebre. Lo indicado en su caso era una infusión de manzanilla, salvia y borrachero, luego un masaje en el cuello y en el pecho con la pomada para entibiar la piel. La familia le pagó y le dio las gracias. Arnaud echó las monedas en su saco de tela, en medio de las cremas y los bálsamos, las cajitas repletas de raíces, hojas, cortezas y cáscaras. Se marchó envuelto en los gratos perfumes que emanaban del saco, a romero, a hinojo, a lavanda. Las mujeres lo acompañaron a la puerta, buscando algún signo de esperanza en su rostro de gárgola, narigudo y regordete:

—Se curarán. El médico ha venido y también yo. Ahora sólo falta que pidáis al que está en el cielo.

—Sí, sí, nos pondremos a rezar —respondió la mujer más anciana.

Al cabo de poco rato, salieron en fila camino de la iglesia: la madre, la cuñada, la abuela y las tres niñas. La primera iba a la cabeza, la segunda traía de la mano a las niñas y la tercera se encorvaba sobre el bastón, arrastrando los zuecos. Sus vestidos se estremecieron como corolas negras con el viento del otoño. Todas se ajustaron los chales, hundiendo los dedos en las rebecas de lana gruesa.

—He olvidado el rosario —tartamudeó la abuela.

—No importa, vamos —contestó la madre.

—¿Tenemos que mojar los dedos en el Diablo? —preguntó la mayor de las niñas.

—Sí. Cállate —replicó la cuñada—. Si piensas en Jesús, el Diablo se quedará tranquilo.

La aldea estaba desierta. A lo lejos, se oía el gemido de un perro, el golpeteo del martillo del herrero. A medida que se acercaban a la iglesia, las tres mujeres empezaron a discutir acerca de qué debían pedirle al Señor. Tampoco era una tarea tan difícil. Con un poco de paciencia, puesto que estaban limpias de pecado, Dios bendeciría a la familia, también las cosechas, a la vaca que estaba por parir, al primo que había prometido enviar dinero... La puerta de la iglesia estaba de par en par. Se colaron dentro y tomaron por asalto la pila de agua bendita, sin levantar los ojos hacia Asmodeo. Sin embargo, el Diablo estaba a la altura de las dos niñas más pequeñas. El rostro monstruoso las hizo llorar.

—Ya basta, las dos —refunfuñó la madre, tirándolas del pelo—. Mal empezamos... Tendremos que pedir perdón a Jesús.

De camino hacia el altar, fueron haciendo cortas paradas para santiguarse bajo las túnicas de colores de los santos y las santas. Finalmente, se arrodillaron en la primera fila.

Yo rezaré por los hombres —dijo la madre— vosotras rezad por lo demás.

Tras repartirse el trabajo, las tres se dispusieron a rezar. Aún no habían empezado el padrenuestro, cuando la abuela interrumpió a las otras dos:

—¿Habéis oído?

—No... ¿Qué?

—¿Y vosotras, niñas?

—No...

La anciana aguzó el oído. Andaba mal de la vista, pero el oído no la engañaba. Algo se había movido hacia el fondo de la iglesia, cerca de la puerta, por donde estaba el Diablo. La abuela se levantó con esfuerzo, como si tuviera las rodillas pegadas al tablón. Dejó su sitio.

—¿Adónde vas ahora?

—*Aval, aval.*[64]

—Vuelve aquí.

—Un perro se ha colado en la iglesia. Hay que echarlo.

—No, es el viento...

—No puedo rezar con esa puerta abierta. Ya la cierro.

—Vuelve aquí, te digo.

La abuela ignoró a su hija. El ruido se repitió. El animal estaba rasguñando el suelo o tal vez la pila.

—Bicho inmundo —masculló la anciana, amenazando las sombras con su bastón.

Una criatura horrenda se abalanzó sobre ella, tirándola por el suelo. La vieja lanzó un grito. El monstruo respondió con un chillido estridente y se encaramó de un salto en el confesionario.

La abuela se había quedado tendida, con los dientes castañeteando. Las otras dos mujeres y las niñas se quedaron paralizadas. La bestia vestida de rojo dio varias cabriolas, abrazó a unos cuantos santos y derribó otros tantos cirios, antes de escurrirse por la puerta principal. La abuela ya había recobrado el aliento:

—*Le Diable es arribat! Le Diable es arribat!*

Las otras se precipitaron sobre ella y la sacaron de la iglesia

373

64. «Allí, allí.»

arrastrándola por las axilas. Sus voces se habían unido ya a los gritos.

—¡El Diablo ha llegado! ¡El Diablo ha llegado!

Entre tanto, el Diablo entró en el jardín de la casa parroquial. Trepó a una de las palmeras que Saunière acababa de sembrar y se tendió al pie de la entrada de villa Betania. Lanzó un chillido más, antes de ponerse a aporrear la puerta con sus manos peludas.

—¡Ah! Aquí estás… —dijo Marie al abrir la puerta.

La bestia se deslizó por el corredor, saltó hasta la escalera, se detuvo y se colgó de la lámpara, se balanceó por el pasillo y aterrizó en el umbral después de hacer una graciosa pirueta.

—*Mela*, ¡ven aquí! —gritó Marie persiguiéndola—. Esta mona es lo único que nos faltaba.

La mona era la nueva adquisición de Bérenger. Había comprado también un perro al que le había puesto *Pomponnet*. Eran nombres extraños para aquellos dos animales. Un homenaje a Pomponius Mela, que había hecho un mapa de los tesoros del Pirineo al sur de Carcassone. *Mela* se encontró con *Pomponnet*. Ambos se encaminaron hacia el cuarto del abad, con la mona tirando de la cola del perro. La visita intempestiva dejó impasible a Arnaud, que sonreía compadecido por encima de Bérenger. Examinó el rostro del abad, le palpó el codo y el pecho.

—Tiene el cuerpo gastado por dentro —dijo.

—Pues todavía lo necesito por una temporada.

—Eso habrá que verlo. Depende más de usted que de mí.

Bérenger sabía ya que tendría que abandonar sus arrebatos para convertirse en un sobrio asceta, si quería sobrevivir. Era lo mismo que le prescribían los dos médicos que solían visitarlo. Sin embargo, no estaba dispuesto a darles gusto. Menos que nunca ahora, cuando se había enterado de que el abad Marty había sido nombrado en su lugar párroco de Rennes. El obispo de Carcassone, monseñor de Beauséjour, había tomado la decisión en enero.

—Tendrá que aplacarse —dijo Arnaud.

—¿Aplacarme?

—Conservar la calma, no pensar, en nada, no enervarse.

—Imposible. Tengo los nervios al rojo vivo… ¡Me han nombrado cura de Coustouge! Quieren echarme de aquí, vaya usted a saber por qué. No he podido volver a dormir.

—Mucha gente le tiene echado el ojo a sus bienes. Le apuesto a que, si se va a Coustouge, el obispo mandará a sus tesoreros a inventariarlos.

—Ésa es otra historia... ¡No tengo ninguna intención de irme!

—Cálmese, voy a prepararle un remedio.

—¿Quieren guerra? ¡Pues eso tendrán! Yo soy el dueño de todo esto...

Bérenger se levantó del lecho empujando a Arnaud y se puso a caminar de un extremo al otro de la pieza. *Mela* saltó en sus brazos y *Pomponnet* empezó a seguirlo olfateando el suelo. Su amo apartó de una patada una bacinilla que estorbaba en su camino. En realidad, tendría que librarse a patadas de muchas otras cosas: incluso el apacible fuego de la chimenea lo ponía nervioso. Destrozar el colchón, el cielo raso, el tejado de villa Betania, también el cielo y el firmamento, acabar con el obispo de Carcassonne y con el de Montpellier.

Arnaud observaba risueño al cura. Admiraba también su torso desnudo, las pronunciadas líneas de los pectorales, los brazos largos y musculosos, duros como troncos, los hombros grandes y poderosos. A pesar de su edad, tenía todavía un cuerpo de atleta. No había cambiado demasiado, en esos veinticinco años, desde la época en que era un gladiador temido en toda la región... Pero estaba el asunto del corazón, la máquina de la vida.

—Aguantará unos diez años —concluyó Arnaud.

—Diez años... Es más de lo que necesito para terminar lo que he empezado.

De repente, soltó una carcajada. Pensó en la cara que debía de haber puesto el obispo al enterarse de que Marie Dénarnaud era la dueña de todas sus propiedades.

Un sacerdote que se oponía a la Iglesia pecaba de orgullo, cometía un crimen y emprendía una batalla inútil. Bérenger estaba satisfecho de ser un sacerdote así. Encontraría el Arca y los derrotaría a todos. Todos tendrían que hacerle reverencias, aunque vinieran de la misma Roma, aunque descendieran del Meroveo o de los profetas. Sólo Dios estaría por encima de él. Sería un héroe.

375

Υ

Bérenger organizó su defensa. El 29 de enero de 1909, monseñor Beauséjour encontró en su escritorio una carta informándole de que, a su pesar, el abad Saunière había resuelto no obedecer las órdenes del obispo. La frase no admitía ningún equívoco:

«Se lo digo, monseñor, con toda la firmeza de un hijo respetuoso: no me marcharé jamás...»

El abad renunció oficialmente el primero de febrero de 1909, después de poner de su parte al consejo municipal y a toda la comuna de Rennes-le-Château. En adelante, libraría la batalla al frente de los habitantes de su aldea. Puesto que había alquilado la casa parroquial por cinco años a partir del primero de enero de 1907, su sucesor no podría instalarse en Rennes.

376

Ahora se paseaba por la secretaría del obispado, meditando un preámbulo apropiado para las circunstancias. Iba, venía, salía de vez en cuando al pasillo sin percatarse de la riada de clérigos y curas que se asomaban por allí, algunos por aburrimiento, otros por odio, otros por solidaridad, la mayoría por la curiosidad de echarle un vistazo a ese colega suyo que había hecho leyenda en el escándalo. Lo miraban incluso con cierto temor. El párroco de Rennes no cesaba de ir de aquí para allá, pero en el fondo parecía tranquilo. Conservaba la serenidad de un hombre que se sabe más fuerte que los demás.

La espera empezaba a prolongarse. Bérenger se preguntó si no habría cometido un error personándose allí, tan sólo porque monseñor de Beauséjour lo había mandado llamar.[65] Echó una mirada furtiva a su reloj. Mediodía. El sol ya estaría en lo alto del cielo. Las campanadas del obispado empezaron a sonar, seguidas por las de las iglesias, y los tañidos retumbaron en la salita, como si todas las campanas estuvieran allí mismo, colgando del cielo raso en lugar de la lámpara de cobre. El estrépito de las campanadas lo transportó a su aldea, hasta su iglesia, que ahora permanecía abandonada.

65. Marzo de 1909.

En las últimas semanas, se había preparado como un general se prepara para la batalla. Nunca se había sentido tan cerca de Dios. Dos sacerdotes interinos oficiaban las misas, pero él seguía rezando con la misma dedicación, con la misma conciencia profesional, repitiendo de todo corazón los gestos del ritual en la pequeña capilla que había habilitado en el invernadero de villa Betania. Había renunciado, sí, pero quería jugar el juego hasta el final y no pensaba descuidar en absoluto sus deberes como párroco. Había abandonado su mansión para vivir de nuevo en la sacristía. Recibía allí a los notables de la región, a los curas de las otras aldeas y a todos aquellos que venían a manifestarle su apoyo y simpatía, que no eran pocos.

Tan sólo Boudet no había vuelto. En su última entrevista le había anunciado que, dadas las circunstancias, el Priorato se veía obligado a reducir significativamente el monto de los depósitos que ingresaba en sus cuentas bancarias.

—¿Lo entiendes ahora? —le había preguntado—. ¿Entiendes de qué queríamos librarte cuando obstaculizábamos algunos de tus sueños? Has hecho ostentación de tus riquezas. Los obispos están contra ti. No te dejarán en paz si te empeñas en enfrentarte a ellos. Nosotros aún te necesitamos, Saunière. Pero sólo nos serás útil cuando estés libre de preocupaciones.

Bérenger se sentó con impaciencia, tamborileando con las uñas en la mesa de uno de los secretarios. El chupatintas del obispo le lanzó una mirada torva y reanudó su trabajo. Dejó gotear la pluma en una mayúscula para que quedara espesa y gótica. A lo lejos, una voz leía los salmos. Bérenger trató de captar las palabras, pero se distrajo enseguida. Sus ojos saltaban del secretario a la gruesa puerta labrada que lo separaba de monseñor Beauséjour.

La campanilla retintineó pasadas las doce y media. El chupatintas se levantó, se deslizó sin ruido por el parqué y se asomó al despacho del obispo agachando el espinazo.

«Debe de ser mi turno», se dijo Bérenger y echó una mirada inquieta a un crucifijo. Le pareció que Cristo se inclinaba sobre él con un gesto de compasión.

—Tenga la bondad de seguirme, padre —dijo muy pálido el secretario.

En otra época, monseñor Billard lo recibía en ese mismo despacho con calidez. Monseñor de Beauséjour lo observó acercarse con una mirada gélida. Tenía la cabeza grande, los morros igual de grandes, la nariz adiposa, el rostro más bien cetrino. Las bolsas de los ojos parecían arrastrar su mirada hacia el suelo.

Bérenger comprendió que estaba ante un enemigo duro e implacable, que no aceptaría nunca un compromiso. El obispo de Carcassonne era un digno servidor del obispo de Montpellier y, como él, parecía tenerlo todo bajo control. No había ningún fardo en el mundo que no pudiera cargar sobre sus espaldas.

—Siéntese.

—Gracias, monseñor.

—He aquí el hijo respetuoso que no quiere obedecer —dijo señalando la carta que Bérenger le había enviado en enero.

—Que quiere seguir sirviendo a Dios —añadió Bérenger.

—Hmmm… Le ha prestado usted un curioso servicio.

—Lo he servido siguiendo mi naturaleza.

Beauséjour no pudo contener una carcajada maligna.

—¡Qué hombre más digno y más piadoso por fuera! Pero qué vicioso e inmoral es por dentro. Realmente, empiezo a creerme lo que me han contado a su respecto.

—¿Qué le han contado, monseñor?

—Que es usted un maestro interpretando el papel de víctima inocente. Está bien. Siga así. Nadie debe enterarse de la verdad.

—No lo comprendo, monseñor. No ha respondido usted a mi pregunta.

—¡Como usted quiera! Me han contado que es la niña de los ojos de las damas y que nunca le hace ascos a la bebida.

—Confieso a bastantes mujeres en la iglesia. Eso es cierto. Y mi vino de misa es de excelente calidad.

—¡Basta ya, Saunière! Lleva usted una vida escandalosa. Y sus escándalos salpican a su obispo. Es usted un descarriado, un impúdico, una vergüenza para la Iglesia. No debería haber hecho jamás los votos.

—Supongo que por este motivo quiere recompensarme mandándome a Coustouge. Es un pueblo más grande que Rennes-le-Château. Muchos sacerdotes aspirarían al nombramiento. En fin, me imagino que si transformara villa Betania en un convento de clausura, tendría buenas posibilidades de enganchar una parroquia en Couiza o hasta en Limoux.

—¿Quién le ha enseñado a ser tan insolente?

—Los enemigos de Cristo, monseñor. Me volví insolente después de la muerte de Gélis, después que sus amigos y Corvetti cayeron sobre Razès como buitres.

—¡Cállese!

—¿Quiere que me calle, monseñor? Lamentablemente, tendrá que romperme el cráneo con un candelabro... Llame a su secretario, es bastante enclenque pero tal vez pueda conmigo.

—Hable más bajo si no quiere ofenderlo.

—Muy bien. No me pida que me vaya de mi aldea.

—Sabe que no puedo echarme atrás, Saunière. Lo que le pasó al abad Gélis fue horrible. ¡Infame! Pero no entiendo, no puedo entender por qué se obstina en quedarse, ahora que lo han abandonado sus amigos del Priorato. Como hombre, tiene todo el derecho de quedarse. Pero, puesto que aún es un sacerdote, le haremos pagar muy cara su actitud.

—Inténtelo.

—Salga de aquí en el acto, Saunière. Y prepare bien su defensa. A partir de este instante el Vicario General lo procesará oficialmente en nombre de la Santísima Trinidad. Adiós.

—Adiós monseñor.

Los días pasaron, pasaron luego los meses, escurriéndose unos tras otros en la espera y el hastío. En lo alto de su fortaleza Bérenger se preguntaba una y otra vez cómo podría pagar las últimas obras y costear el mantenimiento de sus propiedades en los años venideros. Quizá podía vender algunos muebles. O convertir villa Betania en un hotel. La fuente secreta de sus ingresos estaba agotada. El Priorato lo había echado en el olvido. Los Habsburgo lo habían echado en el olvido. También lo había olvidado Boudet. A veces, en su cima solitaria de la colina, imaginaba que su alma desamparada ascendía al cielo y se esfumaba entre las nubes que posaba allí la mano de Dios.

Las cartas habían empezado a llegar del obispado, pero las había ignorado y no había contestado. Los requerimientos y los citaciones para que compareciera ante el oficial de la diócesis se amontonaban en su escritorio de la torre Magdala. Para defenderse, se había limitado a responder por escrito que sus ingresos procedían fundamentalmente de donantes anónimos cuya identidad no podía revelar. Cuando la presión se hizo más fuerte, se inventó de cabo a rabo el balance de sus finanzas y lo envió al tribunal.[66]

1. Ahorros de treinta años de ministerio 15.000
2. Contribución de una familia huésped
   (los Dénarnaud) durante veinte años
   a 300 francos por mes 52.000
3. Madame de X, a través de su hermano 25.000
4. Dos familias de la parroquia de Coursan 1.500
5. Madame Lieusère 400
6. Los padres cartujos 400
7. Monseñor Billard 200
8. La condesa de Chambord 3.000
9. Madame Labatut 500
10. Colectas en la parroquia 300
11. Beneficios de la fábrica 500
12. Legado de mi padre 800
13. Patrimonio 1.800
14. M. de C. 20.000
15. Tronc, 100 francos mensuales durante
    quince años 18.000
16. Lotería de la parroquia 1.000
17. Del intermediario de un hermano 30.000
18. Envíos postales (60 francos al mes por cinco años) 3.600
19. Sellos antiguos 3.000
20. Bandos y trascripción de cartas 1.000
21. Venta de vinos, 1908 y 1909 . . . . 1.600
22. Muebles antiguos, porcelanas, cortinas 3.000
23. Fondo de jubilación 800
24. Dos feligreses anónimos 1.000
25. Trabajo personal durante cinco años,
    a 3 francos diarios 3.750
26. Acarreos voluntarios y gratuitos 4.000

192.150[67]

66. Ver Pierre Jarnac, *Histoire du trésor de Rennes-le-Château*.

67. Alrededor de 5.300.000 francos de 1987, o un millón de euros actuales. *(N. del T.)*

Por supuesto, había establecido también la cuenta de sus gastos:

Señor Vicario General,
Puesto que deseo responder con la mayor precisión a sus preguntas, me he tomado unos días para hacer la cuenta de las sumas destinadas a las distintas obras que he llevado a cabo.

1. Compra de los terrenos (me siento en el deber de recordarle que no los compré en mi nombre) 1.500
2. Reformas de la iglesia 16.200
   renovación del calvario 11.200
3. Construcción de villa Betania 90.000
   De torre Magdala 40.000
   De la terraza y los jardines 19.050
   Obras dentro de la casa 5.000
   Mobiliario 10.000

192.950

A menudo volvía a hacer las cuentas en la cabeza, comparándolas con lo que realmente había gastado en los últimos años: por lo menos 80.000 francos oro, es decir, cuatro veces las sumas que tenía que justificar. El corazón se le encogía en cada ocasión. Pero ¿qué más podía hacer? No había ninguna otra solución, aparte de encerrarse en la torre y fingir que estaba enfermo para no comparecer en Carcassonne. El doctor Roché, de Couiza, partidario de su causa, le había firmado a tal efecto varios certificados de cortesía.

Todo lo cual había llevado al tribunal a acusarlo, el 27 de mayo de 1910, de tráfico de misas, gastos exagerados e injustificados y desobediencia al obispo.

El acta de acusación había conducido a la sentencia del 5 de diciembre de 1911.

Fue la última carta, la más dura, la única que no esperaba recibir pese al pesimismo de sus abogados. La leyó y la releyó, con las hojas temblando entre las manos. Informó de la sentencia a Marie:

Considerando que el sacerdote Bérenger Saunière ha tenido la pretensión de rendir cuentas y que la comisión nombrada por el obispo ha podido constatar que no justifica más que 36.000 francos de gastos, de cerca de 200.000 que dice haber percibido; que si bien pudo emplear parte de estos fondos para renovar la iglesia y el calvario, gastó el resto en construcciones suntuosas, sin ninguna utilidad ni relación con su propósito declarado;

Considerando que, según las declaraciones del sacerdote Bérenger Saunière y el proceso verbal adelantado por la comisión, las construcciones a las que fueron destinados estos fondos no son de su propiedad, puesto que fueron edificadas en un terreno del que dice no ser el dueño;

Considerando que al obrar así comprometió irremediablemente las sumas que requirió y percibió;

Y considerando que, a raíz de todo lo anterior, el sacerdote Bérenger Saunière es culpable de dilapidar y secuestrar fondos de los que era depositario;

Los miembros del tribunal de la Oficialidad

En el santo nombre de Dios,

Condenamos al sacerdote Bérenger Saunière a una suspensión *a divinis* de tres meses de duración a partir de la fecha de notificación de la presente sentencia, la cual suspensión, por otra parte, se prolongará mientras no restituya los bienes secuestrados a quienes procede de acuerdo con el derecho y las formas canónicas.

Sentencia inapelable, dictada en rebeldía, juzgada y promulgada en la sede de la Oficialidad de Carcassonne el 5 de diciembre de 1911.

La suspensión de sus funciones sacerdotales podía prolongarse bastante tiempo, incluso por el resto de sus días. Bérenger era consciente de ello y reprimía la tristeza. El proceso lo había afectado mucho más de lo que había previsto en un comienzo. Alzó los ojos al cielo y se dejó escurrir en el sofá, absorto en la alquimia de angustias acumuladas que le hacían hervir la sangre. El ardor lo desgastaba y lo consumía por dentro.

—Ya no puedes hacer nada más. Ahora quédate tranquilo —le dijo Marie.

—Todavía no, existe la posibilidad de elevar una apelación. A Roma. Y tenemos que resolver nuestros problemas de dinero.

—Dijiste que podríamos tomar una hipoteca sobre la propiedad. Hagamos los papeles.

—Esperemos un poco más.[68] Voy a reanudar la búsqueda.

—¡No! Cualquier cosa menos eso.

—Tengo que aprovechar esta oportunidad… Además, es la razón de mi existencia. Tal vez pierda mi alma en el intento, pero también puedo salvarme.

—La razón de tu existencia, si es que hay alguna, deberíamos ser nosotros dos.

—Marie… Marie. ¿Por qué te empeñas en poner nuestro pequeño romance por encima de todo lo demás? ¿Qué futuro tendríamos tú y yo? Ahora soy un descastado. Mi reputación no es precisamente la mejor. Te he traicionado docenas de veces y nunca he pensado más que en mí. Eres demasiado leal y demasiado honesta. No te merezco. Me comportaría como el peor de los cobardes quedándome a tu lado ahora que corro el riesgo de volverme impotente.

—Cállate… cállate…

—Podrías buscarte un marido. Tal vez tener hijos. Con cuarenta años no es demasiado tarde.

—¡Pero qué dices! Estoy enamorada de ti y pienso seguir amándote hasta el último suspiro. Pongo a Dios por testigo, aunque sé que me castigará por haberte seducido y haberte retenido tanto tiempo conmigo. Sí, prefiero condenarme que renunciar a ti… Acuérdate de eso que me recitabas en otra época, esos versos del Cantar de los Cantares.

—Sí, lo recuerdo:

> Llévame como un sello en tu corazón,
> como una pulsera en tu brazo,
> pues el amor es fuerte como la muerte…
> Sus dardos son dardos de fuego,
> llamas eternas.

—¡Sí! ¡Sigue!

Bérenger siguió recitando. El amor que le profesaba Marie le devolvía el sosiego y le daba nuevas fuerzas. Calló por fin, cerró los ojos y respiró hondo durante varios minutos. Su cuerpo

383

68. El acta fue registrada el 14 de febrero de 1913. Saunière recibió un crédito hipotecario de 6.000 francos que no tardó en gastar.

se distendió y las angustias desaparecieron. Un lánguido estupor colmó de paz su ser.

Ahora su alma estaba vacía. Besó a Marie en la frente y salió de la torre Magdala. Aflojó el paso al cruzar el parapeto y recorrió con la mirada los huecos de sombra que se hundían solitarios en el paisaje.

Se detuvo a la escucha.

«¿Me concederás el don de encontrar el Arca, Señor —pensó. Y volvió a preguntarse—: ¿Seré yo tu elegido, señor?»

Por encima de su cabeza, el cielo parecía más cercano y tangible que nunca. Puro, denso, como una realización del paraíso de la Biblia. Los matices de azul se fundían con los colores de las montañas en una visión tan hermosa que pensó que jamás se cansaría de contemplarla. Siguió viéndolo, aun después de cerrar los ojos.

Permaneció en lo alto del muro, apretando los párpados para no dejar escapar aquel ensueño dichoso e interminable. En su corazón se abrían paso nuevas sensaciones. Se zambulló dentro de sí mismo, en un estado de profundo bienestar. Alrededor, la niebla se poblaba de siluetas vaporosas. Estaba en un lugar extraño. Oía también extrañas voces. Sus ojos reptaron por entre las sombras y las brumas, y de repente, todo se hizo más claro. Estaba al final de un túnel flanqueado de antiguas estatuas veteadas de verdín. En el otro extremo, bajo un halo de luz, resplandecía el Arca.

«Dios mío», se dijo.

El Arca parecía llamarlo. Lo atraía sin remedio. No sentía ya ningún temor. Como si la conociera de memoria, reconoció enseguida las esfinges que volvían la cara en los cuatro soportales, la corona que cerraban sus alas por encima del tabernáculo dorado. Era lo que más deseaba en el mundo. Tendió sus manos hacia ella. Ante sus ojos, aparecieron dos figuras trenzadas en una lucha tremenda, la una enorme y repugnante, y la otra un ser humano. El hombre cayó de rodillas tratando de protegerse la cabeza. El gigante se abalanzó sobre él arañándolo con sus zarpas una y otra vez. Bérenger entrevió el rostro descompuesto y ensangrentado de la víctima. Era Elías. Elías, que le tendía los brazos, pidiendo ayuda…

El gemido se le atragantó en la garganta. El gigante se ha-

384

bía dado vuelta, lanzando miradas a su alrededor. Era el demonio cojo, el guardián del arca. Era Asmodeo.

Bérenger trató de despertar pero a pesar de sus esfuerzos no podía abrir los ojos. Intentó volver la cabeza, alzar el brazo, desprender los dedos del borde del parapeto, que curiosamente permanecía aún bajo sus manos. La pesadilla era demasiado real. Necesitaba ponerse en movimiento, salir de algún modo de allí. Sin embargo, en el fondo de su ser, una voz lo conminaba a someterse para contemplar la visión hasta el final:

«No te muevas. No rompas el hechizo. Escucha, mira, recuerda... Un día tu vida dependerá de este día. En la novena hora, Dios impone su Ley al hombre.»

¿Había sido ésa la voz de Elías? El demonio desapareció de repente junto con el Arca. Bérenger abrió los ojos, reflexionó un instante y vio otra vez las fauces de Asmodeo con los dientes puntiagudos, el jeroglífico sobre su frente abombada, los dos cuernos en su frente. Detrás había estado el Arca, rodeada de objetos dorados. A sus pies, el cuerpo agonizante de Elías...

—Hace un día precioso.

Marie lo sobresaltó al abrazarlo por la cintura.

—¿Hace cuánto estás aquí?

—Pero qué dices —dijo ella riendo—. Salí de la torre detrás de ti, sólo he dejado un par de cosas en la biblioteca. ¿Estás bien? ¿Qué tienes?

Bérenger se apartó de ella mirándola con perplejidad. Marie se apoyó en el muro del parapeto con las manos a la espalda, sonriente, un poco inquieta. Bérenger se deleitó una vez más en su belleza. Era otra vez la Marie de aquella época, afectuosa y llena de gracia, cuya espontaneidad desconocía milagrosamente los rodeos. Era ella quien lo había salvado de la pesadilla de la visión. Su amor siempre estaría allí para salvarlo.

—No sabes cuánto te debo —murmuró Bérenger.

—¿De qué me hablas?

—Cuanto amor —añadió Bérenger, llevándose a los labios una de las manos de Marie.

Marie se sintió aturdida por la alegría. Y sin embargo, incluso en esa alegría embriagadora había una sombra de desazón, que rondaba sus pasos como el viento de otoño después del buen

385

tiempo. No podía dejar de pensar en los años venideros, en los que Bérenger tendría que enfrentarse quién sabe cuántas veces a las fuerzas de la colina, hundiéndose cada vez más hondo en la locura.

Siguió la mirada de su amante, que había vuelto a observar el horizonte. Una vez más, se preguntó qué era lo que lo empujaba hacia aquel tesoro maldito. ¿El afán de poseer el oro? ¿Era sólo eso, en realidad? ¿O querría derrotar al demonio mismo? ¿Hacer un acto de fe? Había llegado al umbral de la vejez, al umbral de la parálisis, la suerte ya estaba echada y la última carta había caído sobre la mesa con la condena de la Oficialidad. ¿Qué más le quedaba por demostrar?

Bérenger hizo un esfuerzo por recomponer el rostro que se hurtaba a sus ojos entre las brumas, convertido en un vapor blanquecino, sin rasgos, prisionero de un mundo desconocido.

—¡Elías! ¡Elías! ¡Elías! —gritó tres veces al viento que soplaba desde el este.

En los últimos meses había tenido varias veces la pesadilla. Una y otra vez había escuchado la voz de su amigo. ¿Habría sido ése el final de Elías bajo la colina? Era bastante probable. El corazón le decía que sí.

Estación tras estación, había seguido buscando, indagando, internándose en el bosque. En medio del barro, en medio de la nieve, se sentaba y respiraba el aire de Razès, húmedo o helado, siempre cargado de misterios. Registraba una por una las estrellas que aparecían en el cielo oscurecido, esperando un signo, un dedo de fuego que le señalara un punto sobre la tierra. En una sola ocasión, había visto una bola de luz girando alrededor de las constelaciones del águila, el dragón y los gemelos. La bola se había precipitado de golpe sobre el cerro de Bordos. Bérenger había ido allí corriendo, pero no había encontrado nada.

Desde entonces, venía a Bordos cada tres o cuatro días.

—¡Elías! ¡Elías! ¡Elías! —gritó otra vez.

La espera. Luego el fenómeno, que se repetía siempre idéntico, a la novena hora de la noche. Durante unos segundos, sentía las piernas de lana y trastabillaba presa del vértigo, como si el suelo estuviera cabeceando bajo sus pies. Escuchaba el crujido subterráneo de la tierra y respiraba con dificultad, jadeando, mientras la sangre martilleaba en sus sienes. La cosa (¿cómo más llamarla?) se acercaba entonces. La escuchaba también. La percibía. Apretaba los dientes, esperando el golpe... Entonces todo cesaba de repente. Bérenger aguzaba el oído y miraba desesperado a su alrededor. Sólo escuchaba el murmullo de las hojas que se estremecían en los árboles negros. La cosa se había ido.

«Un fracaso más —se dijo al caer de rodillas—. Aún no estoy listo... pero ¿cuánto tiempo he de esperar?»

Siguió de rodillas en la tierra helada, tiritando por el cierzo. Hacía apenas dos años no hacía más que vociferar. Y allí estaba ahora, solo, enmudecido. Emprendió el regreso arrastrando a cuestas el peso de sus fracasos. Al cabo de una hora se encontró delante de villa Betania. La fachada gris encubría un caserón desierto, oscuro y lúgubre. El zoológico había caído en el abandono tras la muerte de los animales y la tierra de los senderos se había transformado en melaza por obra de la llovizna. No quedaba rastro del jardín. Las convulsiones del subsuelo habían liberado en su lugar una fauna rampante y abyecta, espinosa y pegajosa: en pocos meses, se había convertido en una cloaca. Pero lo peor seguía siendo la lluvia, siempre fina y pertinaz. De lo alto del parapeto caían ahora mismo arroyos de agua sucia, que encharcaban las raíces de los arbustos muertos.

387

Bérenger ahogó un sollozo, con todo el dolor de su corazón. Dio un puñetazo al tronco de la palmera bajo la que estaban enterrados *Mela* y *Pomponnet*. Por encima de su cabeza, las hojas destruidas y resecas parecían grandes alas negras.

«Lo he perdido todo», pensó mientras reculaba hasta la cusa parroquial, que yacía enterrada bajo el musgo al fondo del jardín. Una imagen lo traspuso de vuelta en el pasado: se vio a sí mismo llegando a la aldea, en 1885, encolerizado delante de la casa en ruinas, buscando posada en casa de Alexandrine. Con sesenta años cumplidos, una vez más lo tenía todo por hacer.

XXXIV

Millau, 10 o 11 de octubre de 1913

Emma contempló ensoñada las montañas. Las nubes se amontonaban hacia el ocaso, por el rumbo de Saint Beauzely, enlazando sus raudas volutas sombrías contra el sol que empezaba a hundirse en el horizonte. Más cerca, los pájaros saltaban de arbusto en arbusto, de árbol en árbol, huyendo de la tormenta que se cernía en las alturas. Un hombre embozado en una capa avanzaba por el camino de Millau. También él parecía tener prisa, a causa de la tempestad inminente. Había encaminado sus pasos hacia el castillo.

Emma lo siguió distraída, tratando de ponerle un nombre y un apellido. ¿Quién podía ser? ¿Un automovilista al que se le había estropeado el coche en la ruta principal? ¿Un aldeano de Aguessac? ¿Traería un mensaje a Cabrières? ¿Y si fuera Gaspari? Ojalá que no. La boca de Emma se dobló en una arruga amarga. Observó con atención. No, no era él: cuando estaba a solas, Gaspari iba siempre encorvado, agachaba la cabeza como un perro tras el rastro de una hembra en calor. El desconocido, en cambio, marchaba con la cabeza alta, como un soldado durante el desfile del 14 de julio. Emma suspiró. ¿Por qué había acabado casándose?[69] Eugenio Galileo Gaspari era sin duda el hombre más apuesto de la tierra y quizá fuera el mejor tenor del mundo, además tenía quince años menos que ella. Sin embargo, ¡cuánto lo había lamentado! Su marido la había engañado con docenas de mujeres y se había llenado de deudas, había llegado a robarle sus joyas para pagar a los acreedores. ¿Quién se acercaba entonces por el

69. Emma contrajo matrimonio el 4 de febrero de 1911.

camino? Cuando el desconocido estaba a doscientos pasos del puente levadizo, lo reconoció y soltó un grito de sorpresa:

—¡Bérenger!

De repente sintió un escalofrío. Se ajustó con ambas manos el cuello del albornoz. Su antiguo amante parecía un ánima en pena, errando en la noche de tormenta. Un relámpago se hundió a lo lejos en la ladera de la montaña. ¿Sería un presagio? Dejó su atalaya presa del pánico, bajó a saltos los escalones y buscó un espejo para retocarse la cabellera.

Abajo, Bérenger se había detenido en medio del patio, acuciado por la aparición de una veintena de hermosas muchachas con acento anglosajón:

—Buenos días, monsieur.

—¿Viene de París?

—¿Es de la Ópera?

—¿Es usted el señor que espera la maestra para ensayar *Gemma*?[70]

—Vamos, señoritas, vamos, un poco de compostura…

—No molestéis al señor.

Miss Edna Haseltine y Wilametta Boyers pusieron fin a los gorjeos de las muchachas. Eran ambas artistas y cantantes y estaban a cargo de la disciplina de la compañía. También ayudaban a Emma durante el curso. La diva había convertido el castillo de Cabrières en «una escuela de canto y declamación lírica», exclusivamente para alumnas norteamericanas. Ella misma las había seleccionado durante una de sus estancias en el nuevo continente.

Emma apareció en la puerta interior del castillo. Sus largos cabellos sueltos caían como una cascada hasta sus caderas. Una de las muchachas se acercó a ella ruborizándose y torciendo la nariz, para recibirla con el poema de Édouard Noël:

> Apareciste una noche, según mi recuerdo;
> todo París contempló conmigo la visión.
> Eras un astro arrancado del firmamento
> cuyo brillo acallaba la admiración.

70. Emma Calvé cantaría *Gemma* en Niza en noviembre de 1913.

—Mademoiselle Higgins —intervino una de las asistentes de Emma— es usted incorregible. ¿Qué pensará ahora este señor de nuestra escuela?

La muchacha volvió a ruborizarse, le hizo a Emma una reverencia y otra a Bérenger y regresó con sus compañeras.

—¿Qué pensaré? —dijo Bérenger—. ¡Sólo lo mejor!

Retomó entonces los versos que había declamado con tanto acierto la voz grave de la muchacha:

> ¡Ah! ¡Calvé! ¡Cuánta belleza! Eras desconocida.
> Venías del sueño donde duerme la ficción.
> Eras soberbia y en tu alma conmovida
> arrojé palabras de amor y adoración.
>
> Entonces tan sólo eras bella... Pero en tu alma
> ardía ya el fuego de la llama divina,
> vibraban acentos que un día verían la luz.
>
> Uniste luego el Genio a la Belleza
> y te convertiste, ardiente de armonía,
> en el hada que cantaba la ternura y el amor.

—¡Bravo! ¡Bravo!

Las muchachas empezaron a aplaudir y luego se dispersaron perseguidas por las dos señoritas.

—¿Quieres que yo te aplauda también? —dijo Emma irritada, cuando todas desaparecieron en el interior del castillo.

—Vamos, Emma... ¿qué tiene de malo que ensalce tu belleza?

—Sigues siendo el mismo —dijo ella, tomándolo por el brazo.

—¡Pues claro!

—No, lo digo por... El mismo fuego sigue ardiendo en tu mirada.

—Es el fuego de unas fiebres malignas que contraje hace años a mi paso por la tierra. No malinterpretes mi mirada... He venido como amigo.

—Entonces, amigo mío —sonrió Emma—, le diré a nuestras chicas americanas que eres un primo mío que cayó del cielo. Desde luego, se darán cuenta de que no digo la verdad. No son sólo talentosas, bellas e inteligentes, tienen también la sensibilidad que las convertirá más tarde en artistas... Ven, te mostraré el castillo. He hecho bastantes cambios desde tu última visita... ¿Hace cuánto ya?

—No lo sé. Diez años... ¿más?

¿Tanto? Emma sonrió a su pesar al mirar en su interior, por entre las penumbras de ese pasado casi borrado por el olvido. Una imagen se abrió paso a través de sus recuerdos. Se vio a sí misma sosteniendo una luz de Bengala.

—Es verdad —suspiró— cuánto tiempo ha pasado. Pero no importa. Estás de nuevo aquí. Ven.

Recorrieron el gran comedor abovedado, con el mobiliario estilo Luis XIII y la extraña efigie de san Francisco de Asís encima de un cofre. Emma le mostró luego la cámara Enrique IV, la galería, el salón pequeño, los cuartos que había bautizado «Jazmín», «Colibrí» y «Cucú», la galería del salón grande y de nuevo un ala de cuartos: «Ruiseñor», «Lilas», «Cigalas» y «Águilas».

—Son las habitaciones de mis estudiantes.

Bérenger se secó la frente con la mano sin hacer ningún comentario. Estaba aturdido por el lujo: con los muebles y las obras de arte que había allí no sólo podría volver a comprar villa Betania sino vivir hasta el fin de sus días. Miró a Emma, deleitándose en su rostro. La miró también con deseo. Había renunciado hacía una eternidad a tomarla de la mano más que el tiempo estrictamente necesario. Sin embargo, tenía su mano en la suya hacía cinco minutos largos. Cuando regresaban al comedor, las voces de las muchachas retumbaron en el hueco de la escalera. Luego las risas, las órdenes y las reprimendas de las señoritas.

—Cuidado, ya vienen —dijo Emma—. Subamos.

Lo llevó consigo por otra escalera, hacia una de las torres sombrías del castillo. La oscuridad difuminó los límites de su cuerpo, también los contornos de su rostro, el color de sus cabellos. Bérenger aspiró un perfume de flores blancas.

—¿Adónde me llevas?

—Al cielo —respondió ella abriendo una puerta—. Ya hemos llegado.

En lo alto de la torre había una pieza minúscula con una cama individual, una silla de mimbre y una mesita. Emma lo empujó hacia el lecho sin vacilar. Le desabotonó luego la camisa, botón por botón, y metió dentro una mano audaz. Sus dedos recorrieron los vellos del pecho de Bérenger. Se detuvieron en la línea de los pectorales, lo arañaron, tratando de despertar el escalofrío.

—No lo hagas, te lo ruego —dijo él—. No he venido por eso... Ya no quiero revivir nuestras pasiones. Estoy enfermo.

Emma reculó frustrada:

—¡Ah, magnífico! —dijo con despecho.

Lo miró entonces con aire indiferente. Sin embargo, el temblor de sus labios no podía engañar a Bérenger.

—Perdóname, Emma.... Tienes que entenderlo. Mírame: soy un viejo. Ya no tengo edad para jugar al amor por el gusto de comer el fruto prohibido. No resistiría la comparación con tu joven esposo.

—No lo metas a él en esto. Entiendo tus reticencias mejor de lo que crees. No mientas: tengo más de cincuenta años y ya no te intereso: ¿lo confiesas? Tenías el recuerdo de una mujer hermosa y ahora tienes delante a una vieja.

—No, Emma... Tú sigues tan bella como siempre.

—¡Bah! Hablas como Eugenio. Todos me dicen lo mismo por respeto a la gran cantante.

Lanzó un suspiro y se echó a llorar, con sollozos y espasmos desconsolados. El llanto cesó de repente, como si un viento ardiente hubiera secado sus lágrimas.

—¿Por qué has venido entonces? —preguntó, con sorprendente serenidad.

—Estoy arruinado. En peligro. Quiero pedirte que intercedas por mí ante el Gran Maestre del Priorato.

—¿El Priorato? Amigo mío... Ahora mismo, al Priorato sólo le preocupa salvarse a sí mismo. Ya no eres una pieza en el tablero, Bérenger. Ya no representas nada, ¿lo entiendes?

Bérenger se puso colorado. No estaba preparado para admitir que su mundo llegaba a su fin, y todavía menos para creer que no había remedio. El Priorato ya no quería saber nada de él. Era una verdad difícil de digerir, cuando se habían pasado años persuadiéndolo de que lo aguardaban los más altos destinos.

—¡Pero eso es imposible! Ahora soy libre, puedo ir y venir por el territorio de Rennes, no tengo ninguna responsabilidad. Puedo servir al Priorato mejor que antes.

392

—¿Te das cuenta de lo que dices? Sí, eres libre, pero ¿por cuánto tiempo? ¿Tienes idea de lo que ha pasado en los últimos tiempos a tu alrededor? ¿No te has enterado de qué sucede en el mundo? Las naciones se preparan para la guerra, ¡sí, para la guerra! Tengo suficientes amigos bien colocados en distintos gobiernos para darlo por hecho. En Francia no se habla más que de Alsacia y Lorena. Todo está concebido para atizar el sentimiento antialemán. La guerra que acaba de terminar en los Balcanes no es más que un ensayo de la Gran Guerra que se abatirá sobre la Tierra. El proyecto del Priorato de unificar Europa ha volado por los aires. ¡Por Jesucristo! Abre los ojos, Bérenger. Los Habsburgo pierden cada día más poder. No tienen tiempo para preocuparse de un curita perdido en algún lugar del sur de Francia.

Bérenger se dejó caer en el lecho con la cabeza entre las manos. De repente, comprendió que Emma estaba diciendo la verdad. Europa estaba sentada en un volcán. Todas las noticias que había leído al azar en los últimos meses regresaron a su mente. La Triple Alianza. Las negociaciones entre el emperador Guillermo III, su jefe del Estado Mayor, el conde Georg Waldersee, el jefe del Estado Mayor austriaco, el conde Franz Conrad von Hotsendorf y el general italiano Alberto Pallio inquietaban a los franceses, a los ingleses y los rusos. Gran Bretaña y Rusia, de un día para el otro, habían pactado bloquear la flota alemana del Báltico en caso de hostilidades. Francia acababa de ampliar a tres años la duración del servicio militar. En Inglaterra, Churchill patrocinaba la fabricación de carros blindados. También los alemanes estaban fabricándolos bajo las órdenes del almirante Von Tirpitz. Austria-Hungría había adquirido más cañones. Rusia tenía el propósito de cuadruplicar los efectivos de su ejército de tierra. Todos los jefes de Estado estaban dedicados a elevar las apuestas. En Viena, Francisco José de Habsburgo, el más viejo de los monarcas europeos, esperaba con indiferencia el fin del mundo pues no pertenecía ya a su época. No salía jamás de su gabinete de trabajo, salvo para ir por enésima vez a su recámara a peinarse y atusarse los bigotes plateados. Juan de Habsburgo se lo había contado todo a Bérenger, conteniendo la rabia y la emoción, cuando lo había visitado por última vez en 1910. Él y sus primos habían aguardado tanto tiempo el fallecimiento de su pariente que empezaban a creer los rumores que corrían por el palacio: «Francisco José ha muerto ya, pero hay una escuela secreta en Viena donde ciertos hombres se entrenan para representar su papel en las ceremonias públicas».

—Tienes razón —dijo Bérenger y miró a Emma con tristeza—. Bajo esa luz la búsqueda del tesoro del rey Salomón es una aventura insignificante que no le interesa a nadie. Los grandes del mundo están más interesados en la guerra, en la masacre y en la miseria. Es una cuestión de perspectiva y de relatividad. No saben dónde pisan. Como los insectos, tienen sentido del oído pero no pueden percibir el ruido del trueno. Nunca podrán comprender la inmensidad del universo, porque están hecho para arrastrarse por el fango.

—Siempre igual de orgulloso. En eso sí que te reconozco... Vamos abajo. Puesto que el cielo ya no existe para dos viejos como nosotros.

Más tarde, cenaron todos juntos: las pupilas, las señoritas, Emma y Bérenger. Al final de la cena, las muchachas pusieron a prueba sus voces, tratando llegar al *sol* agudo y aún más allá, hasta el *la*, bajo la mirada entretenida y maternal de la diva. Algunas levantaban los brazos para dar más potencia al canto, otras henchían al máximo sus pechos aún modestos y fruncían las cejas mientras sus voces trepaban por las escalas. Cuando la última se quedó sin aliento en *O noche de amor*, el aria de Lalla-Rouck, Emma le dio un suave golpecito en las manos.

—¡Uf! ¡Cuánto trabajo! Pero me parece que esta noche habéis comido demasiado. Ahora tengo la cabeza como una jaula llena de pájaros que no obedecen al pajarero. Veamos si yo misma puedo hacerlo un poco mejor.

Se levantó de su silla. Caminó con paso majestuoso hasta el centro de la habitación y se entregó a una interpretación libre, para recorrer el rango prodigioso de su voz.

Bérenger se quedó sin aliento. La voz de Emma era celestial, irreal, la voz de una soprano nata, afinada en la más pura onda cristalina. Dejó atrás el *sol*, luego el *la*. Parecía algo increíble, sobrenatural, casi humanamente imposible: las notas perfectas e impolutas no parecían brotar de su boca, apenas entreabierta. Su rostro permanecía sereno, ni siquiera arqueaba las cejas, que parecían dibujadas con un pincel. Ningún esfuerzo asomaba a sus ojos brillantes e inmensos.

Emma se apoderó de sus corazones hasta convertirlos en fuegos fatuos. En la noche de Cabriéres, Bérenger y a sus pupilas se dejaron arrastrar hacia el país de los sueños. La voz disipaba toda sombra de sus almas, hasta el punto de que distinguían el color de la tierra y de las piedras, los raudales de los torrentes, la espuma de las olas, todos los pájaros de la negrura, todas las hadas del azul. Al cabo del viaje, la señoritas se retorcían los dedos y varias muchachas lloraban de emoción. Bérenger había cerrado los ojos, para prologar el trance celestial.

El canto llegó a su fin. Nadie se movió. No se oía ni un solo ruido, ni un aplauso, ningún grito de admiración, ni siquiera un suspiro al cabo de las lágrimas. Todos permanecían atrapados en el hechizo.

Emma se estremeció de placer. Sintió que las miradas arrobadas la elevaban hasta las nubes. ¿Qué más podía redimirla en este mundo, sino el reconocimiento a su talento? La admiración en los ojos de los presentes era tanta que no podía dejar de sentir que le habían entregado una parte de sí mismos: lo mejor.

—Vamos, vamos —exclamó— volved aquí a Cabrières... Que nos traigan champaña. Será una excepción, mademoiselles. Guardad el sabor en la memoria, porque no os daré permiso de beberlo a menudo.

—¿Por qué, si es delicioso? —preguntó una de ellas.

—Debe ser parte de la dieta —especuló otra.

—Usted siempre nos ha dicho que es la bebida de las fiestas, madame.

—Abusad desde ahora de las fiestas, niñas —dijo Emma sonriente— y nunca llegaréis a entonar siquiera un *fa* natural. En cuanto a ti, querido primo, te autorizo a beber coñac.

El primo Saunière bebió con melancolía. Cuando las pupilas se marcharon a sus cuartos, siguió bebiendo copa tras copa, triste y solo, aunque Emma estaba a su lado y no dejaba de hablar. Habría querido que ella cantara para él por última vez, que fuera para él Carmen, que le dedicara «El amor es un pájaro rebelde», pero no se atrevía a pedírselo. Llenaba el vaso, lo vaciaba y volvía a llenarlo, ajeno al mundo a su alrededor. No podía hacer nada más, puesto que sus propios recuerdos eran inalcanzables.

—Mi pobre Bérenger... —dijo Emma al cabo de un momento—. Ni siquiera me escuchas. ¿Quieres que te ayude? ¿Necesitas dinero?

—No, ya no necesito nada. He llegado al final del viaje. No volveremos a vernos, Emma, por mucho que me pese. Mañana por la mañana regresaré a Rennes y me sentaré a esperar el final. Aprenderé a menospreciar los palacios que un día quise poseer. Sí, eso haré, me sentaré delante de la ventana, en mi torre, sin hacer nada, hasta que me reviente el corazón.

—Hmm... No sé, algo me dice que cambiarás de opinión. No te sentarás a esperar la muerte como un viejo. Un fuego temible arde dentro de ti. Todavía lo percibo. Te devora aunque trates de contenerlo. Elías no se equivocó al aliarse contigo: sabía que la pasión del Carnero todo lo abate y todo lo derriba, que seguirías luchando hasta el final, aunque fuera sin el Priorato, sin Debussy, sin Hoffet, sin Boudet y sin los Habsburgo.

Pensaron ambos en Elías. Ambos habían llorado su pérdida. Recordaron los dos sus ojos vacilantes, sus ojos siempre atentos, su extraordinaria voz, que sabía abrir las puertas de otros mundos. Volverían a encontrarse con él un día. Sería el primer encuentro de la vida nueva.

XXXV

1914

Emma había estado en lo cierto. Las proclamas habían empezado desde los primeros días del año. «Francia cumplirá con todas sus obligaciones», había dicho el ministro Viviani, presagiando la guerra. Guillermo II había escrito: «Tenemos que acabar con los serbios, es ahora o nunca». Poincaré, Von Bethmann-Hollweg, Nicolás II, Churchill, muchos otros habían hecho sus pronunciamientos. Las declaraciones cayeron en boca de los mariscales y los generales que sacaban brillo a sus botas desde el comienzo del siglo, a la espera de la gran confrontación: Maunory, French, Franchet, Foch, Langle, Sarrail, Von Kluck, Von Bullow, Von Vausen, Von Kronprinz... Finalmente, el 28 de junio, un colegial de diecinueve años, Gavrilo Princip, había asesinado de un tiro en la sien al archiduque Francisco Ferdinando, heredero del trono austrohúngaro. A partir de ese momento, ya no fueron suficientes los discursos. Poco después tomaban la palabra los morteros de 420 milímetros y los cañones de 75.

Pero la guerra estaba en el norte, lejos. Bajo el sol de finales de verano, en los campos del Midi, resultaba tan inimaginable que nadie pensaba en la muerte al mirar hacia donde estaba el frente. Ni siquiera Bérenger. Sus pensamientos apenas llegaban hasta la marmita que había en el fuego, la leña de reserva, las provisiones de la alacena, los estantes, los toneles. ¿Cómo llenar su estómago? ¿Y cómo llenar primero su bolsa? Un franco por aquí, diez céntimos por allá, un kilo de pasas, una libra de tomates, un puñado de zanahorias. Visitaba a los campesinos y regateaba con ellos, luego volvía a hacer las cuentas con la eficaz ayuda de Marie. Otras veces, vagaba ocioso y pusilánime por su propiedad, acosado por los recuerdos, oyendo ruidos a cada paso, con miedo de los extranjeros, de las nubes, del viento, incluso de su propia sombra. Tras la declaración de guerra, el 3 de agosto de 1914, la aldea se había sumido en el sueño. Casi todas las familias habían visto a marcharse a sus hombres. Las mujeres, los ancianos, los niños los echaban en falta a cada momento, guardaban silencio cuando tropezaban por todas partes con sus ausencias. A medida que pasaban los meses, también empezaban a preguntarse si habían de volver o si acabarían sepultados en las trincheras. El horror se había apoderado de sus presagios. Y el verdor había vuelto a sus oraciones. Bérenger guardaba silencio al pasar bajo sus ventanas. Los oía llamándolo con todo el poder de sus pensamientos.

«Venga con nosotros, padre… Salve a nuestros maridos, salve a nuestros hijos.»

Él proseguía su camino, triste e impotente. Alcanzaba a ver a las mujeres tras los postigos, con los rosarios y las medallitas, las efigies de los santos, las cruces. Sin embargo, no podía entrar en sus casas. ¿Cómo ayudarles a pedir el favor del Señor si ni siquiera era ya su párroco? No pasaba un solo día sin que varias de ellas se le acercaran respetuosamente con la esperanza de que les diera la bendición. Pero prefería no pensar en eso. Buscaba amparo en la noche, aunque ya nunca fuera para él la noche feliz del Cántico del Alma: «En esta noche dichosa, me refugié en el secreto, nadie me vio y no vi a nadie, cuando seguí la luz que ardía en mi corazón». Cada noche era ahora una prueba, una fatalidad que no podía combatir.

Fue un día, ese final de verano, cuando se encontró con Zacarías. El aldeano venía de cortar leña y traía el hacha ya ociosa entre las manos. El sudor encendía surcos más claros en su cara mugrienta.

—Buenos días, padre. ¿Vendrá entonces para la cosecha de las patatas?

—Sí, Zacarías.

—¿Nos bendecirá los campos? —preguntó Zacarías, con una nota de súplica en la voz.

Conocía la respuesta. Y la respuesta le daba escalofríos.

—¿Cuántas veces tengo que decírtelo? Mis bendiciones ya

no sirven para apartar la mano del Diablo de las cosechas. Ya no tengo ningún poder.

—¡No, no es cierto! Por aquí todo el mundo lo comenta: el obispo le prohibió decir misa, pero no le prohibió ayudar a los pobres. Pase lo que pase, queremos que siga siendo el cura de la aldea.

—Un cura que dice misa no vale nada.

—Venga a decirla en el campo. Y bendíganos como antes.

—Si serás testarudo, Zacarías... ¡Bendícelos tú mismo! Mira, aquí está mi cruz de plata, yo ya no la necesito —dijo Bérenger y le tendió irritado la cruz, como quien estampa una apuesta en una mesa de juego. Sus dedos se abrieron y la cruz cayó sobre un tronco del atado de leña.

—¡Cójala, guárdela! —dijo asustado Zacarías—... La necesita para protegerse. Yo tengo mi hacha, mi fusil y mi cuchillo. Y mis oraciones.

—¿Para protegerme de qué?

—De los que lo atormentan, padre. De esos hechiceros que rondan de noche por la aldea.

—Por la aldea no ronda nadie, Zacarías. Y yo soy el único responsable de mis tormentos.

—Sí que rondan, por todas partes. Y no son gente de aquí, padre, créame. Cuando salgo a cazar de noche, a escondidas, me pongo malo sólo con verles el morro debajo de la luna. Nada más ayer había uno en el bosque de Lauzet. Era un demonio, padre... Sí, un demonio, venía todo vestido de negro y los ojos le brillaban en la oscuridad. Me dio un susto de muerte. Hasta quise tirarle el cuchillo para ver si era una criatura de este mundo pero me tembló la mano. Me escondí debajo de unas zarzas, sin respirar, padre. Estoy seguro de que él me vio, aunque estaba oscuro y había muchas ramas. Estoy seguro. Cuando pasó junto a mí sacó de pronto una especie de espada y me tiró un mandoble. ¡Se lo juro, padre, es la pura verdad! La punta quedó silbando en un tronco al lado mismo de mi cara. En el puño había una cabeza de perro. Eso fue lo último que vi antes de salir corriendo. Mientras corría oía su risa persiguiéndome, padre.

«¡Corvetti! —pensó Bérenger—. ¡Ha regresado!»

Se llevó una mano al pecho, sintiendo los latidos de su co-

399

razón. Con la otra mano recogió la cruz. Durante unos segundos, Zacarías se desvaneció delante de sus ojos. Volvió a ver en su lugar el rostro de su enemigo, de todos sus enemigos. Ellos no habían renunciado al poder de los dioses. Las guerras de los hombres los tenían sin cuidado, estaban envueltos en una batalla que había comenzado millones de años antes, en el alba de los tiempos.

«No podré enfrentarme a ellos sin Elías.»

Recobró primero el aliento. Luego la compostura. Levantó los ojos hacia Zacarías, que seguía delante de él con su haz de leña y el hacha entre las manos. El aldeano sonrió divertido.

—Tenemos que librarnos de ellos, ¿no, padre? Con la cruz, el agua bendita y todo lo demás.

—Tal vez —contestó Bérenger apartando el rostro.

—¡Ja! Entonces ¿sí vendrá a bendecirnos las patatas?

—Vendré.

—Le tenemos reservados cien kilos, padre.

—Gracias.

Bérenger echó a andar hacia la torre Magdala, donde ahora pasaba la mayor parte del tiempo. Tenía sólo una opción. Una sola. Un arma que no sabía utilizar, o por lo menos eso creía. Entró en la biblioteca y apartó los libros polvorientos de uno de los anaqueles. Buscó la llave a tientas con los dedos. Había desaparecido. Quizás él mismo la hubiera extraviado a propósito. Empujó las portezuelas pero no pudo abrirlas. Recurrió a la fuerza. El puñetazo astilló la madera, desencajó las batientes e hizo saltar la cerradura.

«¡Bendito sea Dios! —se dijo, cerrando las portezuelas rotas—. Todavía está aquí.»

Ahí estaba la maleta de Elías. No la había tocado desde hacía años. La tomó con delicadeza, la puso sobre el escritorio y esperó unos segundos antes de abrirla para examinar el contenido.

Nunca antes se había atrevido a echar una mirada al legado de Elías. Encontró unas cuantas placas de metal que no eran placas corrientes: sobre la superficie reluciente del metal había grabados nombres y emblemas, que parpadeaban con la luz del atardecer. Reconoció las clavículas, las claves cabalísticas, las setenta y dos fuerzas cósmicas, el pentáculo de Marte que protegía de los ataques, el de Saturno, que sometía a los espíritus guardianes de los tesoros. Poco a poco, fue descubriendo otros objetos en medio del desorden: figuras misteriosas, joyas mágicas, manuscritos, botellas. Había también diversas cruces, griegas, latinas, gamadas, ovaladas, dobles, con bucles, con lunas, que debían ayudar al iniciado a abrirse paso a través de los laberintos.

A medida que hundía las manos en la maleta, lo asaltaron sensaciones contradictorias. Las fuerzas se insinuaban en los objetos, abriéndose paso sin concierto. Creyó oír murmullos de voces, retazos de historias inacabadas, fragmentos de rituales, recuerdos, anatemas.

Bérenger perdió la sangre fría por la falta de costumbre. Cerró de un golpe la maleta y retrocedió de un salto.

«Dios mío, ¿tanta es mi debilidad?»

Recordó entonces las palabras de Elías. Fue como si una voz interior estuviese mostrándole el camino:

«Si quieres dominar a la naturaleza, debes hacerte superior a la naturaleza resistiéndote a tus impulsos. Cuando tu espíritu esté perfectamente libre de perjuicios, supersticiones e incredulidad, dominarás los espíritus. No obedezcas a las fuerzas fatales, para que las fuerzas fatales te obedezcan a ti. Sé sabio como Salomón, para hacer las obras de Salomón. Para atreverse es necesario saber. Es necesario atreverse, para querer. Es necesario querer, para hacerse con el Poder. Y para reinar por encima de todo es necesario callar.»

—Pobre Elías —se dijo en voz alta Bérenger—. No sé cómo pudiste confiar en mí. Ya no soy nada, no valgo nada, ni siquiera reino sobre mi espíritu. No soy más que un animal enfermo... Tendré que armarme de valor para volver a ser un hombre. Y también encontrar un trabajo para resolver mis necesidades de hombre.

—¡Hazlo entonces!

—¿Quién está ahí? —Bérenger se volvió bruscamente hacia la puerta de entrada—. ¡Eres tú! ¡Gazel, amigo mío!

—Sí, soy yo... Empecé a preguntarme qué habría sido de ti puesto que no volviste a mandarme noticias. No tuve más remedio que venir a verte.

—Te lo agradezco. No tendrías que haberte molestado.

—¿Y bien?

—¿Qué ha sido de mí? Nada... Soy una huella aplastada por el pie del obispo. Un deshecho que ya empieza a tragarse esta tierra —dijo Bérenger, dando un zapatazo en el suelo.

—Me apena oírte hablar así. Todos los curas de la región están abogando por tu absolución. Monseñor de Beauséjour tendría que autorizarte a ejercer otra vez su ministerio.

Bérenger sonrió. Su amigo el abad Gazel, párroco de Floure, había estado siempre entre sus defensores. Era bondadoso, franco, leal, en cada visita le daba a Marie algo de dinero... Sin embargo, no conocía la verdad.

—Eso es lo único que no hará —replicó Bérenger—. Y me temo que también mis amigos tendrán que someterse y aceptar su decisión.

—¡Reacciona, Bérenger! ¡Reacciona! ¡Usa la fuerza de la fe! No estás solo, Dios está contigo. Rézale de corazón, con el alma desnuda, contempla sus obras, da gracias a Su voluntad, que es la única plenitud del Bien, y volverás a ser tú mismo. Si eso te parece demasiado incierto, o demasiado difícil, encomiéndate a la Virgen.

—¡Madre mía! ¿Por qué os ocupáis todos vosotros en mi bienestar? No me lo merezco. He perdido la fe, Gazel... La he perdido, ¿me entiendes? ¡Me la han robado! ¡Ha desaparecido! Ya no queda nada de fe en este cuerpo enfermo. No soy más que un estómago y unas tripas, una máquina a la que hay que darle de comer. Ésa es ahora mi misión, y mi única preocupación: buscar algo de comer, encontrar dinero para sobrevivir unos pocos días y después volver a empezar, una y otra vez.

—¿Por qué no te vas a Lourdes y vendes medallas entre los heridos del frente? Muchos curas lo hacen en estos tiempos difíciles. Tal vez allí puedas acercarte otra vez al espíritu.

—Lo meditaré.

Bérenger lo meditó. Pero no llegó a partir.

Siguió mendigando su pan por los alrededores, vendiendo los adornos, los libros, algún que otro mueble. ¿Qué sentido tenía ir a Lourdes? Según decían, se había convertido en un gigantesco hospital donde todo olía a muerte. A la verdadera muerte, irreparable, definitiva, que precipitaba a los seres humanos hacia la salud eterna o hacia una eternidad de penas. Había visto demasiados moribundos en su vida de sacerdote, demasiadas caras lívidas, presas del pánico. No quería ir a Lourdes a ver más.

—No tenemos aceite.

La voz de Marie retintineó como un gong en medio de sus angustiosos pensamientos. Bérenger miró por centésima vez los anaqueles en busca de una botella llena.

—¿Has oído lo que te he dicho? —masculló Marie.

No hubo respuesta. Bérenger siguió mirando a su alrededor. Cajas vacías. Cestos vacíos. Sacos vacíos, salvo los de las patatas.

—Ya no podemos hacer ni una tortilla —prosiguió Marie—. Tampoco quedan huevos.

Añadió en tono desesperado:

—Como no venda mis joyas no escaparemos de la sopa.

—¡No!

Bérenger derribó de un manotazo el montoncito de patatas que Marie había juntado sobre la mesa.

403

—Tarde o temprano iba a ser así.

—¡Jamás!

Marie se encogió de hombros y siguió pelando las patatas. Hubo un nuevo silencio. Era el silencio de la miseria, que llenaba la casa de espanto y desolación.

El aroma de las cebollas cocinándose en la marmita lo deprimió aún más. Cada día, desde hacía meses, habían respirado ese mismo olor. Era el olor de los pobres, un olor tan tenaz que había acabado impregnando los muros, sus ropas, sus cabellos, su misma piel.

A mediodía, Bérenger engulló despacio la sopa en la que zozobraban algunos trocitos de pan viejo. El líquido espeso y humeante no tenía ningún sabor, pero lo engulló sin decir palabra. Incluso empezaba a volverse tacaño con los gestos. Por debajo de la apatía, de la renuncia a sus principios, su cerebro seguía en plena actividad, sus pensamientos viajaban sin cesar a través de las tinieblas del pasado, hacia la negrura del futuro.

Más tarde, en el jardín, se sentó a beber vino ácido con los pastores y los cabreros que bajaban de la montaña. Contaban historias de bestias negras y aparecidos, de encuentros con el Paparaunha.[71] Eran hombres solitarios. Hombres como él. Sin embargo, ellos mismos no veían la semejanza más allá de las apariencias. Lo consideraban una persona inteligente, bondadosa, que apenas quería volver a ser su párroco, aunque de vez en cuando le tomaran del pelo.

—A su salud, padre.

—¡A la vuestra!

—A la de mademoiselle Marie.

Marie estaba inquieta. No le gustaban las visitas de los pastores. Le rezongó a Bérenger que los echara del jardín, o al menos aprovechara para sonsacarles un cordero. Pasó entre ellos atenta a sus manos, no por temor a que la manosearan, sino a que trazaran algún signo maléfico en las piedras. Eran todos un poco hechiceros. Respondió a sus saludos con falsas sonrisas: ¡qué carcajadas solía soltar cuando le hacían alguna broma pesada! También la sonrisa de Bérenger era impostada. Cuando abría la boca enseñando sus dientes blancos, anormalmente sanos, los colmillos puntiagudos y amenazadores, se le escapaba una sonrisita sardónica.

Todo era falso. Su vida misma era una impostura, de la que Marie era cada vez más consciente. Bérenger desempeñaba un papel que no era el suyo. Se hacía pasar por un salvaje entre los salvajes, rehuía a los curiosos, se encerraba en el misterio. Atrincherado en lo alto de la colina, se hundía cada día más en la zozobra, a la espera de que sus enemigos salieran de sus escondrijos.

«No podemos seguir así —se dijo Marie—. Dios mío, haz algo para sacarnos de aquí.»

La tarde llegó a su fin. Cayó la noche y los pastores se pusieron en marcha. Bérenger y Marie cenaron en silencio, mirando el fuego agonizante de la chimenea. Las horas pasaron otra vez. Bérenger se quedó dormido en la silla, con la cabeza entre los brazos y la frente apoyada sobre la mesa. Marie se dejó caer exasperada en el lecho, con los dientes rechinando de rabia y desesperación. Volvió a pedir ayuda a Dios.

A medianoche, cuando el péndulo del reloj acababa de des-

71. Monje antropófago fantasma.

granar las doce campanadas, oyó de repente la puerta de la cocina. Luego susurros, murmullos, varias voces que se confundían, el ruido de un cofre que se abrió y volvió a cerrarse. Finalmente, la voz de Bérenger.

—¡Marie! —la llamó.

—Sí —respondió ella, asomándose al umbral de la pieza.

En la puerta de la entrada había dos desconocidos. Eran campesinos de la región. Llevaban las boinas en la cabeza, las chaquetas de terciopelo cubiertas de manchas.

—Boudet está muriéndose. Salgo para Axât. Ve enseguida a traerme los santos óleos y saca las prendas de ceremonia. Pónmelas en el saco de viaje con el misal.

Marie se quedó perpleja. ¡Boudet estaba muriéndose! La noticia la reconfortó, aunque no sabía por qué. Vio en ella una señal de Dios.

—¿Marie?

—¡Voy enseguida! ¡Ya voy! —respondió y salió corriendo a ejecutar las órdenes de Bérenger.

Cuando el saco de viaje estuvo preparado, Bérenger subió a la carreta de los visitantes y la carreta se perdió en la noche. Marie permaneció en el vano de la puerta, embargada por el aturdimiento, por un extraño bienestar que paralizaba su espíritu. Se encaminó a la iglesia y se arrojó a los pies de la cruz. Las oraciones brotaban de su pecho casi hasta sofocarla, desbordadas de esperanza.

405

Axât, 29 de marzo de 1915

La carreta avanzó penosamente por las curvas de la ruta. En el desfiladero de Pierre-Lys L'Aude, escucharon el murmullo cercano del río por entre el traqueteo de las ruedas, perdiéndose en lo hondo de la noche: «Daos prisa, daos prisa: la vida de un viejo se escapa en un momento».

Sin embargo, no podían darse prisa. Uno de los hombres iba

delante, alumbrando el camino con la linterna. El otro endere-
zaba a cada tanto el rumbo de los caballos de labranza. Cuando
las montañas se cerraron a su espalda, todos lanzaron un suspiro. Retomaron la conversación en la encrucijada que llevaba a
Axât.

—Nunca le gustó la parroquia —dijo el primero—. Él mismo lo decía: «El alma se me ha quedado en el valle».

—Lo consolábamos como podíamos —añadió el segundo—.
Pero prefería leer sus libros a estar con nosotros.

—Leía toda la noche y todo el día. ¡Eso sí! Hasta tenía libros que no eran cristianos, ¿sabe?, de esos que hay que leer
empezando por el final, con letras que parecían cagadas de
mosca.

—Yo creo que le hacía falta que lo visitara de vez en cuando algún amigo… ¿Usted era amigo suyo?

—Hace tiempo —dijo con voz sorda Bérenger.

—Pues fue a usted a quien nos mandó llamar.

—Sí, dijo: «Tiene que venir Saunière, tráiganlo».

—No sabíamos ni dónde buscarlo, padre.

—Pero él mismo nos recordó su historia con el obispo.

—Y nos acordamos de todos esos artículos que salían en el
Semanario religioso de Carcassonne.

—Y de los chismes.

—¡De sus millones!

—¿Les parece que tengo cara de millonario? —preguntó
Bérenger.

—¡No! —contestaron los dos compadres.

—Entonces no hay más que hablar. Recen el padrenuestro
en silencio hasta que lleguemos.

En seis padrenuestros cubrieron los últimos mil metros
hasta la heredad de los Boudet, donde el abad de Rennes-les-
Bains se había retirado cuando le había llegado la hora de la jubilación.

La puerta de la casa se abrió. Bérenger se dejó llevar por varias mujeres que lo rodearon y lo condujeron a toda prisa al interior. En la salón, unas diez mujeres más se aglomeraban alrededor de la chimenea, con los niños pequeños en brazos o
sentados sobre las rodillas. Unos cuantos hombres taciturnos
aguardaban acodados en la mesa, en medio de una desbandada

de botellas, copas, trozos de queso y pan. Eran los parientes de Boudet. En cuanto entró Bérenger, una de las mujeres se santiguó y susurró algo al oído de su vecina, que se inclinó para escucharla. Cuando ya todas habían oído el mensaje, la más anciana hizo un gesto y las demás se dispersaron por la casa, cubriendo los espejos, dando vuelta a los calderos y a las cacerolas, a todos los objetos huecos de metal. Vaciaron también los jarrones y escondieron las tazas y los platos.

Bérenger lanzó un suspiro. Según la superstición, al dejar el cuerpo el alma de Boudet podía quedarse atrapada en su propia imagen o ahogarse en una de las ollas.

—Por aquí, padre —dijo una de ellas.

Lo condujo a la escalera. Subieron a la segunda planta. Bérenger percibió el olor a medicamentos al entrar en el cuarto del agonizante. Permaneció un instante inmóvil delante del lecho alumbrado por las velas. Alrededor, un corro de beatas desgranaban sin tregua los rosarios, de los que habían colgado cruces de cera. La letanía cobró ímpetu ante la aparición de Bérenger. Alguien le trajo su saco de viaje. El abad se vistió para el rito.

—Déjennos solos —dijo a todos.

Las mujeres se levantaron santiguándose y salieron de la habitación en medio de un susurro de zuecos y enaguas. Alguna dejó escapar un sollozo.

Bérenger se acercó al lecho. Boudet abrió los ojos. Parecía una vieja muñeca de trapo, amarillenta y comida por las polillas. Mil arrugas se habían añadido a las mil que ya surcaban su rostro en la época en que vivía en Rennes-les-Bains. Un hilo de babas le colgaba de la barbilla. Sus pupilas se encendían y volvían a apagarse, brillaban una vez más, como si a cada instante se alternaran en su interior el viento del desierto y la brisa del polo. El anciano abad cerró los ojos. Y volvió a abrirlos.

—Finalmente has venido —dijo.

La fortaleza de su voz extrañó a Bérenger.

—Sí, he venido…

—Tuve miedo de que no llegaras a tiempo. En unas horas, tal vez en unos minutos, quién sabe dónde estará mi espíritu, o dónde estará mi memoria.

El recuerdo de los años pasados acudió de repente a la memoria del anciano. Miró con lástima a Bérenger, que había estado a su lado tanto tiempo, compartiendo con él tantos pecados y silencios. Entreabrió los labios y pidió ayuda a Dios en un murmullo ininteligible. Se percató entonces de que Bérenger lo miraba también con compasión y habló de nuevo con voz fuerte, casi agresiva:

—¿De qué sirve llorar por el pasado? Lo hecho hecho está, Saunière. No aspiro a que me quieras en el momento de mi muerte. Sería pedir demasiado y tan sólo estimularía una vana complacencia. No me tengas lástima.

Bérenger vio las manos huesudas y manchadas que se aferraban a las sábanas. Los ojos del anciano eran otra vez fríos, recios, fulminantes, rebotaban como dos canicas de acero contra las sombras de la habitación.

—¿Ya se han marchado todas?

—Sí. Ya puedo oírte en confesión.

—Mi confesión puede esperar. Lo que tengo que decirte es mucho más importante que la salud de mi alma.

Bérenger se quedó estupefacto. Se inclinó sobre las sábanas y miró a los ojos a Boudet, buscando en ellos el fulgor de la locura… En la mirada del anciano no había más que determinación. Estaba hablando en serio.

—¿Te parece razonable hablar así? —preguntó Bérenger lleno de ansiedad.

Presentía que el abad estaba por hacerle una relevación extraordinaria, que lo pondría en peligro.

—Eres un buen alumno, Saunière. Ya lo has entendido. Ven, acércate más y escucha.

Bérenger se inclinó sobre su rostro. Sintió el calor malsano del moribundo, el fétido aliento que emanaba de su cuerpo. Su oreja rozó los labios grises de Boudet, que se contrajeron en una mueca tensa:

—Ocurrió en la primavera de 1912 —murmuró Boudet—. Estaba estudiando por enésima vez los manuscritos bajo la lámpara, repasando mis cálculos, cuando de pronto lo entendí todo. Las doce puertas secretas que llevaba años tratando de ubicar en los mapas estaban allí delante de mis ojos, indicadas por las letras. Había una a la que era fácil acceder, debajo de la Roca Temblorosa, como yo mismo había pensado en otra época pero sin creerlo en realidad... Sí, Saunière, está a menos de cien metros, bajando por la pendiente. Cualquier iniciado podría distinguirla a simple vista. Para quitarme la duda de encima fui hasta allí al día siguiente. No tendría que haber ido. ¡Nunca! ¡Nunca, Saunière! Es un lugar inaccesible a los hombres, salvo a los elegidos, que se encuentran preparados. ¡Tendrías que haber ido tú! ¡Nadie más! Elías se dejó allí el pellejo. Pero yo me dejé el alma. Sólo te revelaré el secreto de la entrada si me prometes que te reconciliarás con Dios.

—Pero...

—Prométemelo, si no quieres condenarte y condenarnos a todos....

—Te lo prometo.

—¿Lo juras sobre la Cruz?

—Sobre la Cruz.

—Recuerda bien lo que voy a decirte...

409

30 de marzo de 1915

El final había llegado. Los parientes pararon el péndulo y ataron el crespón negro a una de las vigas. Uno de los hombres subió al tejado y quitó una teja, para que el alma de Boudet tuviera por dónde salir. Las mujeres lloraban y gemían.

Bérenger se sentía flotar en medio de los preparativos funerarios. Nadie le prestaba ya atención. Recogido en un rincón, observaba a distancia el ajetreo un poco sórdido de los deudos. La realidad de la muerte lo habría entristecido, de no ser por el secreto que reverberaba en su cabeza.

Había confesado a Boudet, después de escuchar las revelaciones. Lo había ayudado luego a morir en compañía de las mujeres, que habían vuelto a entrar al cuarto en tropel. Cuando el viejo abad entregó el alma, otras mujeres con más experiencia acudieron a lavar y a vestir el cuerpo. Boudet reposaba ahora sobre la cama, enfundado en sus ropas de sacerdote, con el rosario entre las manos, la cruz de oro sobre el corazón y el misal a los pies. Las contraventanas estaban cerradas y tan sólo el cirio de la Candelaria alumbraba el rostro traslúcido, salpicado de gotas de agua bendita. Los dolientes se acercaban como sombras a la cabecera y desaparecían para que otras sombras tomaran su lugar. De cuando en cuando, alguno tomaba con manos fervorosas la rama de laurel sumergida en agua bendita para rociar de nuevo el cuerpo.

Pasaron dos horas. El olor del muerto empezó a mezclarse con el sudor y el tufo rancio de los cuerpos apretujados en la pieza. Seguía llegando gente. Todo Axat había acudido a casa de los Boudet después de que abrieran la puerta de la casa de par en par, para rendirle al muerto sus últimos respetos.

Los presentes miraban de soslayo a Bérenger, pues no dejaba de ser un forastero para ellos. Se sintió obligado a partir y dejó los oficios del funeral al cuidado del cura del pueblo. Se escurrió fuera del sofoco de la casa, salió de Axat y enfiló hacia la ribera del Aude. En la orilla del río sacó su cruz de plata y la levantó en alto entre los dedos, como si fuera un escudo.

«Vencerás por este signo.»

Boudet le había revelado la existencia de la Puerta, la existencia de la Fuerza, la existencia de ese Mal que no podía derrotarse sin la ayuda de Dios.

«Tienes que reconciliarte con Dios.»

Rezó largo rato como un autómata. Sabía que no sería cuestión de horas, antes de que lograra sacudirse de la inercia que se había apoderado de él. Pero todo acabaría por cumplirse. Cuando estuviera preparado, se adentraría bajo la colina.

Lourdes, octubre de 1915

La ciudad estaba atestada, repleta, bajo asedio, como una enorme estación situada en el fin del mundo, después de una calamidad. Los himnos a los cielos resonaban en miles de gargantas, en las calles se aglomeraban cientos de coches y caballos, los trenes depositaban en los andenes regimientos enteros de heridos, enfermeras, sacerdotes, cojos y ciegos, monjas que se levantaban los hábitos negros para vadear los rieles con elegancia y naturalidad, mientras permanecían impasibles sus caras blancas, sus sonrisas infantiles.

Bérenger salió del compartimiento siguiendo el tumulto de los viajeros. Respiró el aire fresco y se sintió lleno de vida, pero enseguida lo invadió la decepción. Los peregrinos lo empujaban y lo hacían tropezar, el suelo estaba cubierto de papeles grasientos, vendas, restos de comida. Atrapado en medio de la masa, se dejó conducir hacia la salida de la estación.

En la calle había una división completa del ejército. La mayoría de los soldados tenían las piernas amputadas y algunos se habían quedado ciegos por el gas de los alemanes. Todos aguardaban a que vinieran a llevárselos en las camillas. Un mar entero de color caqui, azul y gris, salpicado por todas partes de vendas blancas, en el que se ahogaban los gemidos y las oraciones. A Bérenger se le hizo un nudo en la garganta. No le alcanzarían las medallas que había traído para vender entre los heridos. Tampoco se atrevería a venderlas, antes de reconciliarse con Dios.

«¡Señor, ten piedad de mí», pensó alzando la vista hacia el cielo azul pálido, casi transparente, que se extendía por encima de los tejados y las montañas. Se detuvo varado en aquella marea humana, que se movía de vez en cuando al tañido lejano de unas misteriosas campanillas. Los heridos lo acorralaron, extendiendo sus manos quemadas y sus muñones sanguinolentos.

—Bendígame, padre.

—Rece por mí, padre.

—¿Dónde está el cura? ¿Dónde está?

—Compadézcame, padre.

Bérenger contuvo las lágrimas. Quería llorar de vergüenza y de temor, de rabia e impotencia, de congoja. Se quedó paralizado en medio de los moribundos, de aquellos cuerpos mutilados que le pedían un milagro, algún alivio.

—No nos abandone, padre.

—No os abandonaré, hijos —dijo con la voz entrecortada por la emoción, posando la mano en la frente de un soldado que no tenía piernas.

Sobrecogido por un repentino frenesí, empezó a repartir ben-

411

diciones, gestos de consuelo, citas del Evangelio. Caminó de grupo en grupo como un santo, sintiéndose zozobrar en el horror, al mismo tiempo que su alma parecía elevarse al cielo. Un arrebato loco de fe se había adueñado de su corazón, derribando todas sus reticencias. Caminaba sin rumbo, con los ojos iluminados. Atravesó la plaza reservada a los trastornados y se dejó arrastrar hacia el santuario por el torrente de muletas de los inválidos. Cuando su entusiasmo empezó a flaquear por la fatiga, se puso a rezar en voz alta en medio de aquel rebaño de bestias extraviadas y quejumbrosas. Su corazón se abrió de nuevo a Dios, trasportado por los cánticos, por el espectáculo de aquellos hombres derrotados.

—¿Dónde estamos? —tartamudeó un ciego.

—Ya vamos llegando, hijo —respondió la mujer que lo arrastraba por el cinturón y debía ser su madre.

—¿Ya vamos llegando a la gruta, mamá? ¿A la gruta misma?... Mamá, ¿crees que podré volver a ver?

—Sí, hijo, no te atormentes. ¿No es verdad que sí podrá, padre?

La madre le tomó la mano en busca de respaldo. Lo pilló desprevenido y Bérenger volvió a vacilar: aterrizó de un golpe de vuelta en la tierra. Contestó con todo el peso de la verdad, pues no creía que el muchacho fuera a recobrar la vista en vida:

—Oye las palabras de Job, hija: «Después de que me arranquen la piel, ya sin carne, veré a Dios, yo mismo lo veré, y no otro, mis propios ojos lo verán. Mi alma ruega dentro de mí». Que el alma de tu hijo ruegue a Dios y Lo verá.

—¡Y a la Virgen, padre! ¡Dicen que hace milagros!

—Si los hiciera cada día, todos éstos se irían curados.

Señaló entonces a todos los lisiados que caminaban a su alrededor. La angustia le atenazó la garganta, al adivinar en los ojos de la mujer la larga espera, las oraciones extáticas que le había rezado a la Virgen durante tantas noches y tantos días.

—Que Dios oiga sus plegarias, padre —dijo el muchacho, buscándolo a tientas para tocarle la sotana.

Bérenger se fijó en la condecoración que llevaba en la solapa de la guerrera.

—Se la dieron en el frente del Oeste —dijo la madre orgullosa, que había seguido su mirada.

—¡Calla, mamá! Sí, me la dieron los cabrones de la comandancia... Pero para no sentirse culpables. Sí, padre: repartían medallas por todos lados, igual que algunos de vosotros repartís las indulgencias. Querían acallar nuestras quejas y sus propios remordimientos con condecoraciones, aunque yo ni siquiera llegué a disparar un tiro.

—¡Henri! —tronó la madre.

—Por favor, mamá, déjame hablar... Ni siquiera estuve en las trincheras, sino en la retaguardia, porque mi compañía era de la reserva. Ya habíamos visto caer a muchos como moscas cuando los alemanes echaban el gas. Algunos lograban escapar, pero como ya habían respirado los vapores se nos morían al cabo de cinco minutos entre los brazos. ¡Una cabronada de guerra, eso es lo que es! Todavía los veo con las caras negras, escupiendo sangre... Yo tendría que haberme evadido, pero los hijos de puta de los oficiales nos dieron orden de contraatacar y nos amenazaron con el paredón. Así que salimos todos de la madriguera, corriendo hacia donde se diluía el gas. Esa misma noche, los que se habían librado de las ametralladoras estaban ciegos. Y yo estaba ahí, ciego también, tratando de abrirme paso entre las alambradas y el barro y los cadáveres. Así fue como me convertí en héroe, padre.

—Cálmate, hijo, cálmate —dijo la madre, y le dio un beso, acariciando con ternura la venda que cubría sus ojos muertos.

Bérenger estaba conmocionado. No dijo nada más, por miedo a que la voz lo traicionara o se le escurrieran las lágrimas. Nunca lloraría mientras se hallara en medio de todos aquellos desamparados. No tenía derecho, pues era un miembro de la Iglesia y lo que esperaban de él era la certeza, la fuerza del alivio, la compasión de Dios. Alejándose de la madre y el hijo, se encaminó hacia el epicentro del dolor.

La marea humana crecía sin cesar hasta estrellarse contra los bordes de la explanada de la gruta. Por encima de las olas de cabezas, los niños que iban en hombros de sus padres avistaron boquiabiertos la estatua blanca de la Inmaculada Concepción, entronizada en lo alto de su nicho entre las rocas.

Bérenger la contempló cuando le llegó el turno. Allí estaba

413

la efigie milagrosa, que iluminaba en ese momento el cielo de Lourdes.

Los peregrinos sostenían en alto las cruces, los rosarios, las manos suplicantes. Algunos rezaban en nombre de los santos de su devoción y otros en el de sus seres queridos. Todos pedían perdón por sus pecados, renunciaban a sí mismos, trataban de no pensar. Decían las oraciones a toda velocidad, por miedo a tener malos pensamientos.

Bérenger rezó con los demás. Sin embargo, habían vuelto a asaltarlo toda clase de distracciones. Pensaba en las revelaciones de Boudet, en el Arca, en Cabeza de Lobo, en Marie, en Emma, en Elías... Pero había venido a Lourdes para reconciliarse con Dios. También con la Virgen. Ansiaba volver a la fe, comulgar, recibir una vez más el cuerpo de Cristo en la comunión, con la esperanza de curarse de un golpe y reencontrar la paz. Que el cielo viniera en su auxilio, que nunca más volviera a atormentarlo la incertidumbre... Se hincó de rodillas, dándose golpes en el pecho. Y esperó.

414

Siguió esperando, un día tras otro. No sólo de palabra, también de obra. Cuando rezaba, cuando ayunaba, cuando invocaba a Dios, de pie, sentado, de rodillas, postrado en el suelo con los brazos en cruz. Empezó a adquirir nuevos hábitos, entre los heridos que poblaban ahora sus días. Los atendía, los consolaba y, puesto que ellos mismos se lo pedían, les vendía a su pesar las medallitas bendecidas. Se decía que le debía ese dinero a Marie, que lo aguardaba en la aldea, reducida a la miseria por su culpa.

El décimo día, mientras deambulaba por entre las camillas embargado por la piedad, sobrecogido por todos aquellos rostros lamentables, todos aquellos cuerpos arrojados entre los deshechos del género humano, reconoció a un hombre que había visto la víspera entre el tumulto. El extraño avanzaba cuando él avanzaba. Hacía un alto cuando él hacía un alto. Cambiaba de rumbo en cuanto volvía sobre sus pasos. Era un moreno de baja estatura, con bigotes a la turca, traje negro y sombrero bombín. Llevaba el pelo largo y sus grandes labios rojos parecían un trozo de carne recién cortado.

«Está siguiéndome —pensó Bérenger y dejó la explanada

para encaminarse a la basílica—. Vamos a averiguar de qué se trata.»

Apretó el paso y se coló por entre tres hileras de monjas. Desapareció en el interior del edificio con un grupo de sacerdotes catalanes. El extraño pasó por encima de varias camillas, tropezó con las monjas y se precipitó tras su rastro. Dentro de la basílica, se abrió paso a codazos y se alzó de puntillas, buscando la silueta corpulenta de Bérenger. El cura de Rennes había desaparecido entre los torrentes de fieles que se adentraban en la nave. Se dio una palmada en el muslo y murmuró una obscenidad antes de emprender el regreso. Fue entonces cuando Bérenger lo agarró por los hombros.

—¡Qué diablos…!

—¡Aquí no entra el diablo! —dijo Bérenger, tapándole la boca. Lo arrinconó enseguida dentro de un confesionario—. Estabas siguiéndome, ¿no?

—No —farfulló el hombre, cuando Bérenger entreabrió los dedos.

—Me seguías, lo sé —repitió Bérenger, al mismo tiempo que le retorcía el brazo.

—No es verdad. No lo conozco. Estoy enfermo, vengo a curarme…

Bérenger buscó en vano las pústulas, las llagas, los estigmas, los síntomas de alguna enfermedad. Vio otra vez la cara regordeta del hombrecillo, los bigotes perfumados, la nariz redonda, las ranuras opacas de los ojos. Eran los ojos de un mentiroso.

—Estás mintiendo. Te voy a matar.

—Au…

Bérenger volvió a taparle la boca para ahogar el grito: «¡Auxilio!»

—Un grito más y te tuerzo el pescuezo —dijo retirando despacio la mano.

—No se atrevería…

—¿Tengo cara de ser un mentiroso? —dijo Bérenger agarrándolo por la nuca.

—Yo… No… Claro que no.

Sus caras estaban a un palmo una de otra. Bérenger alcanzaba a oler el mal aliento del desconocido.

—Óyeme bien lo que voy a decirte.

—Sí, sí…

—Repíteselo a tu amo.

—Repetiré lo que usted me diga.

—Dentro de cuarenta días estaré esperándolo en «La silla del Diablo». Puede venir solo o con su banda de criminales. Ese día veremos cuál de los dos se deja el pellejo debajo de la montaña. Ahora lárgate, gusano. ¡Ve a decírselo!

Bérenger sonrió para sí mismo cuando el hombre saltó como un resorte fuera del confesionario. No se había sentido tan a gusto en muchos años. Echó a andar en pos del enano del bigotillo, que había salido de la basílica como si llevara a Satán en los talones. El sujeto subió por una callejuela, se detuvo ante un hotel y subió al asiento de atrás de un automóvil, un Torpedo blanco, en el que había un pasajero.

«Ha entregado el recado —se dijo Bérenger, escondido detrás de un plátano—. Ahora tengo cuarenta días para rezar y fortalecerme.»

Cuarenta días. Descendería entonces a las tinieblas, armado de todas sus súplicas y todas sus maldiciones. Sabría por fin si lo había llevado hasta allí el Amor de Dios, o la mano del Diablo.

XXXVI

Rennes-les-Bains, 25 de octubre de 1915

*B*érenger se volvió a mirar atrás cuando una rama se quebró a su espalda. Alcanzó a distinguir a los dos hombres que se acurrucaban entre los setos.

«Son aliados», se dijo, reanudando la marcha. Le parecía estúpido que prefirieran seguirlo a escondidas. Pero se habían pasado la vida entera escondiéndose. Y ahora seguían igual.

El cielo se había oscurecido aunque era mediodía. El aire era espeso, sombrío, como el de los días de invierno en Inglaterra. Rennes-les-Baines había quedado atrás y el camino desierto bordeaba ahora los meandros de la quebrada de la Blanque. Adelante, la bruma entrelazaba los picos de las montañas. De vez en cuando el sol asomaba como un ojo naranja en ese cielo que presagiaba la violencia. Una luz rojiza caía sobre los árboles y las rocas. Una que otra cabeza se asomaba por entre el follaje y volvía a desaparecer. Bérenger permanecía en guardia, atento a cada movimiento, y apretaba el paso para sacarles algo de ventaja.

«No tienen importancia. No debo sentir ningún temor.»

Anduvo un rato más despacio y dejó que se aproximaran, fingiendo que se había parado a descansar. Echó a andar otra vez, siguiendo el curso del agua, los meandros perezosos y las gargantas que se adentraban en el misterio. Llegó por fin a la roca conocida como «La silla del Diablo», que solía atraer hasta la orilla de la Blanche a toda clase de curiosos y discípulos de las fuerzas oscuras. Se detuvo, abrió la maleta de Elías y se percató de la presencia de un gran perro negro que había aparecido por entre los árboles de la otra orilla.

Bérenger no había parado de rezar desde que había salido

de Rennes. Al llegar a La Silla del Diablo, se había santiguado. Quizá por eso aquel perro imponente había salido ahora de las tinieblas. Quizá fuera una advertencia del más allá, del mundo subterráneo que presentía justo a sus pies.

Un guijarro rodó por la pendiente. Bérenger advirtió otra vez los movimientos imperceptibles en la espesura. Ya estaban allí. Cabeza de Lobo venía al frente, seguido de sus acólitos. Empezaron a acercarse. Bérenger se incorporó para hacerles frente. Todas las miradas se detuvieron en su rostro, incluida la del perro, que lanzó un aullido desafiante.

El aullido reverberó en el valle como una llamada salida del fondo del infierno. Bérenger miró espantado al perro, convencido ya de que el animal no era de este mundo. La bestia volvió a aullar, dio un salto y enfiló río arriba por entre Corvetti y sus secuaces. Bérenger disfrutó por un instante del terror que apareció a sus rostros. Sin embargo, el propio Corvetti no parecía asustado. Desenvainó la espada del bastón y se lanzó veloz y temerario contra el perro. La hoja de la espada se estrelló con un gemido siniestro contra la roca. El perro había eludido el mandoble y corría ya a toda prisa hacia la Roca Temblorosa, mostrándoles el camino.

—¿Preparado, abad? —gritó Corvetti.

—¡Preparado!

—Llévenos a la puerta y acabemos de una vez.

—Tendrás que venir tú solo.

—No quiera darme órdenes, Saunière. Necesito varios brazos para llevarme lo que hemos venido a buscar.

—Cómo tú quieras —dijo Bérenger.

Recogió la maleta de Elías y la ató con una cuerda a la mochila que llevaba a la espalda. Empezó a saltar de roca en roca hasta la ruta. Echó a correr.

—¡Se escapa! —bramó Corvetti—. ¡Síganlo!

Los hombres se lanzaron tras su rastro. Pero Bérenger corrió cuesta arriba por la ladera, se zambulló entre los matorrales y desapareció.

Oyó muy pronto los gritos, las voces de aliento. La jauría no tardaría en aparecer al final del sendero por el que avanzaba con prudencia. Había visto una sola vez al perro, más arriba, en el borde de un risco. Alguien gritó a su espalda: «¡Por aquí! ¡Ya lo tenemos!».

Reanudó la carrera hacia la cima, sin mirar atrás, tan rápido como lo llevaban sus piernas. Con el corazón dando tumbos, condujo a sus perseguidores cada vez más arriba, de matorral en matorral. El sendero acababa allí. Más arriba, había una trocha abandonada que moría al cabo de unos pasos. Reconoció el árbol cubierto de verrugas en el que el abad había grabado el círculo roto. Decidió entonces no seguir la ruta fácil que le había indicado Boudet. La puerta ya no estaba lejos. Pero la persecución iba a tornarse peligrosa. Un solo movimiento en falso significaría caer al vacío. Los sicarios tendrían que ponerse a prueba si aspiraban a alcanzarlo.

Enfiló por la ruta del precipicio. Tomó impulso, se aferró a una saliente y empezó a trepar. Se aferró primero a unas malezas y luego a una grieta entre las rocas. Cuando hundió los dedos en la grieta, echó la cabeza hacia atrás. Las piedras rojas y grises del barranco estaban rotas, erosionadas, cubiertas de hendiduras. Un hombre ágil podía escalar de una en una hasta la cima que se perdía entre las nubes. Pero él tampoco pensaba trepar tan alto. La entrada debía estar a una treintena de metros, debajo de aquellos matorrales que disimulaban la cornisa donde desembocaba la trocha abandonada que no había querido tomar. La cornisa estaba tallada en la propia roca, oculta por los derrumbes, fuera del alcance del ojo humano. Se preguntó cómo la habría descubierto Boudet.

—¡Lo tengo!

Bérenger miró atrás. Un hombre joven trepaba ya por el barranco con una sonrisa triunfal. Los demás acudieron al oír el grito, seguidos de Corvetti.

—¡Lo quiero vivo! —ordenó Corvetti, pero no emprendió él mismo la escalada.

Bérenger aplastó el cuerpo contra la roca, apoyándose en la punta acerada de sus zapatos. Arrancó unas cuantas raíces antes de alcanzar la piedra redonda que asomaba a la saliente. Se empinó, estiró el brazo, cogió la piedra y se la lanzó al hombre, que ya casi estaba a su altura. El proyectil le dio en plena frente. El sicario soltó un grito agudo, perdió el equilibrio y cayó

419

rebotando contra las crestas de la ladera antes de romperse el cuello contra el tronco de un árbol. Sus camaradas permanecieron paralizados, cambiando miradas, pero Corvetti profirió una amenaza y todos se lanzaron hacia el muro del barranco. Empezaron a trepar muy despacio.

Bérenger, entre tanto, se había acomodado en el borde del saliente. Tomó aliento y paró a reposar con el pecho jadeante, repentinamente consciente de sus limitaciones físicas. Los años le pesaban en los músculos. Había hecho demasiados esfuerzos. Había subido demasiado rápido.

«¡Tengo que llegar!»

La entrada estaba allí mismo. Lo presentía, alcanzaba a percibirla con el pensamiento. Una amenaza vibraba en el vientre de la montaña y la vibración palpitaba en su cuerpo. Avanzó dos metros, tres, luego cuatro, y se detuvo para acomodarse la maleta a la espalda. Volvió a trepar hasta encontrar la antigua trocha y se tendió contra el suelo, ahogado y ciego por el agotamiento. Los oídos le zumbaban. Tenía la garganta en llamas, los miembros destrozados por el esfuerzo que acababa de hacer. Pidió ayuda a Dios. Recordó las palabras de Boudet: «Encontrarás allí una piedra en la que está grabado el daimon del sol».

—El daimon del sol —balbuceó levantándose con dificultad.

Examinó vacilando las piedras del sendero. Caminó unos treinta pasos, hasta donde la trocha desembocaba en la enorme cornisa. Más allá, no había más que el muro pulido de la roca. Volvió sobre sus pasos.

Oyó más cerca a sus perseguidores. Reanudó la búsqueda con frenesí. Sabía que la puerta estaba apenas a unos pasos, pues en su cabeza habían empezado a reverberar ruidos extraños. De repente, lanzó un grito de alegría: había encontrado el daimon, escondido bajo unas ramas. De la esfera del signo partía una línea horizontal, que formaba luego un ángulo de cuarenta y cinco grados y remataba en dos minúsculos cuernos. Bordeó la pared cubierta de malezas hasta encontrar la ranura de sombra. Era apenas lo bastante grande para que un hombre se colara dentro. Palideció y volvió a vacilar al oír el ladrido del perro en lo hondo del túnel. Avistó entonces a uno de sus perseguidores, que subía con la cara contraída en una mueca. Entró en la cueva.

De repente, sus tobillos se hundieron en una polvareda. Sacó la lámpara de la mochila y la encendió un momento, para examinar el lugar donde se encontraba. Los visigodos no podían haber llevado el tesoro por esa vía hasta el centro de la colina. Se trataba de una cueva natural. Avanzó por la suave pendiente que se hundía paso a paso en lo oscuro y al cabo de unos cincuenta metros el polvo desapareció. De ahí en adelante el suelo era liso. De vez en cuando había incluso un escalón. Se preguntó si los escalones estarían tallados en la roca. Frunció las cejas. Ya no le hacía falta la linterna. De las paredes de la bóveda emanaba una extraña luminosidad, en la que no había reparado cuando estaba bajo la Pique.

—¡No te me escaparás, Saunière!

Bérenger se sobresaltó. La voz de Corvetti resonó de eco en eco desde la entrada de la galería.

Echó a correr otra vez. Al comienzo logró mantener el ritmo. La galería descendió y se cruzó con otra, se hizo más grande, y Bérenger sintió que algo empezaba a resquebrajarse en su interior. Sus ojos veían ya manchas rojas, la sangre le tamborileaba cada vez más rápido en sus oídos, como si estuviera a punto de ebullición. Aflojó el paso y trastabilló, aspiró el aire espeso con un estertor ronco.

—Aire... aire... —dijo jadeando.

Al cabo de un momento cayó de rodillas.

421

La banda había llegado a la entrada del túnel. También Cabeza de Lobo, ayudándose con las cuerdas y apoyándose en los hombros de dos de sus muchachos. Se había asomado primero al agujero para lanzar el grito: «¡No te me escaparás, Saunière!». Ahora todos descendían por la galería, con las armas en ristre y las linternas en alto.

—Nada de ponerse a disparar —dijo Corvetti al frente de la columna.

El miedo afloró otra vez a la cara de sus hombres. Había algo extraño en aquella gruta, algo que parecía decirles: «¡Ni un paso más, quedaos donde estáis!». Todos estaban temblando, a pesar de sí mismos. Se apretujaban tras los pasos de su jefe, con las miradas fijas en la cicatriz que Corvetti tenía en la nuca. Confiaban en él, y les inspiraba un temor aún mayor que aquella cueva.

Aún no habían recorrido treinta metros, cuando dos de ellos escucharon un repiqueteo de pasos, elevándose desde el fondo de la noche.

—¿Qué ha sido eso? —preguntó uno.

—¿Qué? ¿Qué pasa? —Corvetti se dio la vuelta y los fulminó con la mirada.

—¿No lo ha oído, señor? —dijo el segundo.

Los demás los miraron con incredulidad y los dos hombres recularon espantados.

—¿Qué os ha entrado? —masculló Corvetti.

—¡No os acerquéis! ¡No! —empezaron a gritar ambos, protegiéndose los ojos con las manos.

Abandonaron la columna y corrieron despavoridos hacia la salida. No oyeron ya los gritos de Corvetti, ordenando que regresaran: tan sólo la respiración de los espantos que les pisaban los talones. Unas manos los atraparon y los tumbaron al suelo, les desgarraron las entrañas mientras trataban de abrir fuego con los revólveres. Cuando ya estaban a punto de morir, vieron las cabelleras rojas de los «espantos» enroscadas en sus vientres ensangrentados.

—¡Seguid adelante, los demás! —ordenó Corvetti—. ¡Rápido! ¡Rápido!

—¡Jefe, usted mismo lo vio!

—¡Cállate!

—¡Los devoraron, jefe! ¡Y no había nada…!

—Es una alucinación. ¡Adelante!

—Salgamos de este lugar, jefe… —insistió uno de los sicarios, escrutando las sombras a su alrededor—, ¡se lo suplico!

—¡Muévete!

—No puedo…

Las palabras se ahogaron en su garganta. La espada del bastón le atravesó el pecho. Cayó al suelo y la sangre empezó a encharcarse en medio del polvo.

—¿Alguien más quiere regresar?

Los otros cinco hombres estaban estupefactos. Cabeza de Lobo no les dejaría abandonar la nave. Podían recurrir a sus armas y eliminarlo allí mismo. Pero una fuerza extraña se lo impedía.

—Síganme —dijo Corvetti con serenidad, retomando la cabeza de la columna.

Todos obedecieron. Menos uno. El último sicario permaneció inmóvil, como si se hubiera convertido en una estatua. Sus ojos siguieron clavados en Corvetti y en sus compañeros, hasta que se alejaron por el túnel y desaparecieron tras un recodo. No se habían percatado de su ausencia. ¡Qué suerte! «Uff... —se dijo, empezando a retroceder—, ahora podré salir de esta cueva encantada.»

La sonrisa se le borró de la cara. Tuvo un mal presentimiento. No había precisado aún de dónde venía el peligro, cuando sus ojos resbalaron al suelo. El polvo se arremolinó a sus pies, los remolinos se entrelazaron, las lenguas se enroscaron en sus tobillos y luego en sus piernas.

¡Salta! ¡Escápate! Lárgate! ¿Cómo apartarse de aquella caricia, de aquel placer? Palideció y trató de dar un paso, pero no llegó a levantar el pie del suelo. El olor acre que se elevaba del polvo envolvió su rostro y sintió crujir la tierra bajo las suelas, con un crujido, como el de una cáscara de huevo. ¿O crujían más bien sus huesos? Lanzó un alarido cuando el torniquete le estrujó el cráneo... El cadáver laminado permaneció inmóvil un instante antes de derrumbarse.

Los demás no habían oído nada. Todo había ocurrido a sus espaldas, como si estuvieran muy lejos. Llegaron al lugar del túnel donde se podían apagar las linternas.

«¿Y si muero antes de concluir mi obra?»

Bérenger zozobraba en el dolor, se deslizaba hacia la nada, divagaba tratando de aferrarse a la vida: «Soy lo que fue en su época Salomón... El caos... después de mí vendrá el caos... la humanidad se extinguirá... Soy el salvador del mundo...». Se echó a reír, a pesar del dolor: ¡el salvador del mundo! Él, Bérenger Saunière, una figura mítica. Todo parecía una fanfarronada grotesca. Golpeó el suelo con los puños.

«¿Qué me está ocurriendo? ¿El corazón está jugándome otra mala pasada? Podría ser también una maldición... La maleta, rápido, el pentáculo de Marte.»

Con los ojos ardiendo por las lágrimas, buscó la placa de metal donde estaban grabados el símbolo de «La Prueba y la Virgen», la letra hebrea *vau*, en medio de *lamed, hé* y *aleph*. La sa-

423

có del maletín. La placa brilló en la oscuridad. La sostuvo en alto y pronunció las palabras sagradas. Al cabo de unos segundos, recobró el aliento y se incorporó, sosteniendo el pentáculo delante de él.

«Señor, dame valor para enfrentarme a tus enemigos.»

También le harían falta fuerzas. Asmodeo estaba esperándolo. Bérenger sabía que estaría allí, en lo más profundo de las entrañas de Razès. Tendría que enfrentarse a él. Y hacerlo retroceder. Enviarlo al lugar de donde había venido, puesto que ningún ser humano podría abatir al Guardián del Templo. No confiaba del todo en sus capacidades, pero tenía que hacer el intento.

Al cabo de quinientos metros, o tal vez de mil (había perdido la noción de las distancias), una pesada puerta de madera apareció al final la galería. Bérenger trató de abrirla pero estaba cerrada por dentro. Le lanzó entonces una patada con todas sus fuerzas.

La puerta cayó al suelo con estrépito.

Atrás, Corvetti se había quedado solo. Todos sus hombres habían sucumbido a las trampas que habían dejado allí los magos y los hechiceros de otros tiempos. O al menos eso pensaba el propio Corvetti. Pero no le sorprendía que él mismo siguiera con vida. Había confiado siempre en su buena estrella, en su destino, en la protección divina que lo amparaba gracias a sus vínculos con la Iglesia de Juan, con los papas, con el cardenal De Cabrières, que le había dado una hostia consagrada por Pío X antes de que emprendiera su misión. Llevaba la hostia en el bolsillo, justo encima del corazón. Era la garantía de su victoria.

«El Arca será para mí —se dijo—, ¡para mí solo!»

Bérenger tenía la sensación de hallarse en una visión: el pasillo, las estatuas de los antiguos dioses que los bárbaros habían colocado a lado y lado del camino, los esqueletos de los obreros desperdigados aquí y allá, igual que bajo la Pique, desencajados bajo las vestiduras putrefactas, estrechando aún entre las falanges las armas oxidadas y ridículas

Ya no dio ni un paso más. Ahora debía aguardar a que llegara la novena hora.

Y era tan sólo la primera: en la unidad, los demonios cantaban las alabanzas de Dios, despojados de la cólera y la malicia.[72]

«Finalmente nos encontramos, Bérenger Saunière.»

Al divisar al sacerdote, Corvetti no lanzó un grito de triunfo sino más bien una risita, seguida de un suspiro de júbilo. Desenfundó la espada. Sus ojos se habían convertido en dos ranuras crueles, dos agujeros de fuego y sombra. Se acercó hasta Bérenger y plantó los pies en suelo para abatirlo de un solo tajo. Había estado esperando aquel momento desde hacía treinta años.

—Siempre supe que acabaría atrapándote —rugió.

Retrocedió un paso al ver la mirada de Bérenger. Por un momento el cura le pareció formidable, invencible. Le entraron dudas

—¿Qué espera aquí sentado? —chilló, balanceando la espada.

—Espero a que llegue la hora.

—Vaya, vaya… ¡Tiene miedo!, ¡confiéselo!

—Tengo miedo.

—Entonces quédese temblando en su rincón. Es un placer aún mayor que verlo muerto. Cuando regrese se prosternará a mis pies, porque ahora me dispongo a apoderarme de la Potencia.

—¿Es que no quieres vivir?

—¡Sí! Mucho más de lo que imagina…

Corvetti soltó una risotada y se aventuró por el amplio vestíbulo, lanzando miradas desafiantes a los dioses de piedra que lo observaban con ojos glaciales: Mercurio, Mitras, Zervan, Dagon, Júpiter, Saturno, Isis, Sobek, Morrigan, Baal Belit, otros tantos que los romanos habían secuestrado para someterlos a sus leyes, así como habían sometido a los pueblos que los veneraban.

Bérenger lo vio alejarse, intuyendo el peligro. Sabía que al final de la galería de dioses podían esconderse seres abominables sobre los que Cabeza de Lobo no tendría ningún poder. Hasta que llegara la hora él mismo no tendría poder alguno sobre ellos. Se sentía desarmado, abatido. Tenía miedo, y no podía tenerlo. Ésa era la última prueba que debía padecer en silencio. Empezó a temblar. Algo se deslizaba a ras del suelo. Era el dogo. Corvetti aún no lo había visto.

72. De *Le Nuctemeron*, tratado de alta magia asiria.

—¡Cuidado! —gritó Bérenger.

Su enemigo se volvió con la espada en ristre pero el dogo saltó por los aires como una flecha silenciosa y le arrancó el arma de un mordisco. Corvetti reculó, se torció un pie y cayó cuan largo era; los colmillos del animal se hundieron al momento en su garganta. «La hostia», pensó palpándose el bolsillo. La hostia tenía que protegerlo. Perdió la conciencia antes de blandirla entre los dedos. Corvetti estaba muerto. Bérenger tuvo la sensación de que había muerto con él una parte de su ser. Lo estremeció el nuevo aullido del perro. Agarró la maleta y se preguntó con qué podría defenderse de aquel monstruo. Pero la bestia se marchó por donde había venido.

Bérenger siguió estudiando sin descanso el contenido invaluable de la maleta.

La tercera hora: Las serpientes del caduceo de Marte se entrelazaban tres veces, Cerbero abría sus tres fauces y el fuego cantaba las alabanzas de Dios en las tres lenguas del relámpago.

La cuarta hora; en la cuarta hora, el alma regresaba a visitar la tumba, era el momento en que las lámparas mágicas se encendían en las cuatro esquinas de los círculos, la hora de los encantamientos y las ilusiones.

Bérenger pasó toda la cuarta hora penando, en la linde entre este mundo y el otro. Un bochorno espeso, cargado de miasmas y vapores, cayó como un sudario sobre los dioses. Se despojó de la sotana, respirando por la boca. Veía volar cosas a su alrededor y oía rechinar metales, percibía risas, voces que lo atormentaban con sus sarcasmos.

Las horas siguieron pasando. De vez en cuando, un relámpago repentino incendiaba la bóveda rocosa. Las estatuas parecían vacilar en sus pedestales. Pero Bérenger escuchaba luego un chisporroteo. No llegaba nunca el trueno.

La novena hora: era la hora del nombre que no debía revelarse.

«Dios impone al hombre su ley.»

Bérenger escuchó con toda claridad la voz de Elías.

—¡Elías! —gritó.

Silencio.

—Elías, ¿qué debo hacer?

Escuchó una carcajada. Luego un llanto. Luego las voces de unos niños. Luego el estruendo de una catarata que caía desde una altura vertiginosa. Luego los vítores de un ejército de sombras. Luego un galope monstruoso...

¿Qué debía hacer? Sacó de la maleta diferentes talismanes protectores. Sólo el pentáculo de Saturno parecía indispensable. Mientras pasaban todas las horas, había concebido un plan de batalla atiborrado de oraciones que contemplaba todos y cada uno de los métodos indicados para obligar a Asmodeo a batirse en retirada: el anatema, la fuerza, la seducción, la sorpresa, la súplica, el prospecto de una alianza con otros demonios y genios.

—No tengo miedo. ¡Ven por mí! —Bérenger avanzó con paso resuelto—. ¡Ven por mí, quienquiera que seas!

El dogo acudió primero a su llamada. Saltó a través de un velo de agua negra que caía entre dos estatuas y aterrizó delante de Bérenger, frunciendo los morros y enseñando los colmillos. El suelo se estremeció. La cabeza de Mercurio saltó como el corcho de una botella de champaña, destapando un géiser de fuego.

«No son más que alucinaciones —pensó Bérenger—. No debo tener miedo. No tengo miedo... ¡No tengo miedo!»

Se enfrentó al perro, sosteniendo el pentáculo de Saturno entre el pulgar y el índice de la diestra.

—¿Qué esperas? ¡Vamos, salta!

El dogo vaciló cohibido por su ausencia de temor. La tierra volvió a temblar. Varios látigos restallaron uno tras otro a lo lejos. Sin dejar de vigilar a su adversario, Bérenger echó una mirada hacia las estatuas, que se remecían a punto de caer.

—¿Entonces? ¡Salta, bestia inmunda!

Las alucinaciones lo asaltaron una vez más: oyó la voz de Emma cantando «La ronda del becerro de oro» de *Fausto*, vio rostros sin ojos, esculpidos a golpes de cuchilla, un remolino de esferas que venían hacia él... Eran sólo trampas para distraer

427

su atención. Una ola de calor le envolvió todo el cuerpo y vio el suelo hirviendo bajo sus pies. Empezó a sofocarse y cerró los ojos un instante. Cuando volvió a abrirlos, tenía delante de él las fauces del perro. Giró sobre sí mismo, eludió el salto del animal y consiguió rozarlo con el pentáculo.

La bestia lanzó un aullido. Empezó a gemir. Se revolcó babeando con una mancha verdosa en el flanco y luego se arrastró hasta un pozo negro que acababa de materializarse a unos pasos. Poco a poco se desmoronó allí.

Volvió la calma. La galería recobró su aspecto original. Mercurio recobró su cabeza. Bérenger prosiguió su camino y no tardó en divisar el Arca, que iluminaba con sus rayos de oro los tesoros amontonados a sus pies. Se hallaba en medio de una gruta inmensa, que no debía estar lejos de la otra donde había descubierto el candelabro de siete brazos, la Menorah del Templo de Salomón. Al fondo, a una distancia que no conseguía precisar, los pilares abrían vastas bocas de sombra. El sendero avanzaba en línea recta entre despojos de guerra, coronas, lingotes burdos, armas de plata que parecían flotar encima de las pilas de piedras preciosas. Era el tesoro más fabuloso de todos los tiempos.

Bérenger se hizo la señal de la cruz. Escuchó una respuesta más allá de los pilares: un rugido, un desgarramiento. Notó entonces el olor que había ido insinuándose poro a poco en su conciencia. Sólo después de haber oído la advertencia de la sombra, percibió el tufo tenue pero inconfundible de la podredumbre

—TE ESPERABA.

Se le pusieron los pelos de punta. ¿Quién había lanzado ese grito horrendo?

—¡ACÉRCATE!

Trató de determinar de dónde venía la voz: parecía estar en todas partes, fuera y dentro de su cabeza. Avanzó paso a paso con la mirada fija en el Arca, resuelto a llegar hasta el final. Era como la describían las Escrituras, como la había visto en sus sueños. Allí estaban sus tres partes, los tres mundos de la cábala, Aziluth, Jezirah y Briah. Un paso más. Y todavía otro más. Distinguía ya la base del cofre, los cuatro anillos de los postes que reproducían las antiguas columnas del Templo, Jakin y Bohas. En su interior estaban las cuatro letras del tetragrámaton divino, el poder absoluto, la inmortalidad. Después de haber estado encerrados durante tres mil años, el bastón florido de Aaron, el *gomor* del maná y las dos tablas de la Ley aguardaban al Elegido.

Bérenger no sentía temor alguno, salvo cuando la sombra rugía desde el fondo de la caverna El Arca lo llamaba, lo reconfortaba al cabo de su búsqueda. Se detuvo a sólo tres pasos de ella, inmóvil bajo el halo dorado. Pensó que ahora por fin podría morir, dichoso y pleno. Según la leyenda, sólo tendría que probar a abrirla en el momento en que se manifestaran las Potencias.

«No soy digno de ellas», se dijo prosternándose.

Bajo la luz del fuego que aclaraba la gruta, contempló con absoluta claridad su alma envilecida por todos aquellos años que había pasado entre los hombres. El tiempo se detuvo y sus sentidos se adormecieron. De rodillas, ya ciego y sordo, se arrepintió y se dijo que era ya demasiado tarde, que resultaba demasiado fácil, que nadie podía salvar así su alma, en el último momento, cuando su vida apenas pendía de un hilo. Poco a poco, sus dudas fueron haciéndose más hondas y el bramido de las sombras se apoderó de su cabeza. En sus ojos aparecieron las brasas del infierno.

—¡Dios mío! —gritó sacudiendo la cabeza, para espantar la pesadilla que había cobrado forma delante de sus ojos.

Asmodeo estaba allí, delante del Arca, con las patas encabritadas, levantando sus cuernos a la luz. Era al menos un metro más alto que él. Su monstruoso cuerpo de bronce se revolvía bajo los arneses de hierro y sus ojos buscaban los rayos del Arca, centelleando en el resplandor. Se volvió hacia el hombre encorvado en el suelo.

Bérenger miró extraviado las llamas de sus pupilas, veteadas de violeta y amarillo.

—¿ERES EL QUE ESPERO?

El estruendo de las palabras lo hizo recular. El Guardián sacudió entonces la melena rojiza que le caía por la espalda y una turba de demonios se descolgó de la bóveda para amontonarse detrás de él.

Asmodeo soltó una risotada formidable. Estiró sus zarpas

hacia el abad. Los rayos dorados del Arca se concentraron de nuevo en su cuerpo, refulgieron en todas direcciones.

«No son más que fantasías —se dijo Bérenger—. No existe. No puede existir. Soy yo quien lo ha creado dentro de mi espíritu.»

Se acercó al Guardián, tratando de serenarse. Una zarpa surcó el aire hasta tocarlo. Bérenger sintió el ardor en el hombro y luego el veneno que se propagaba por sus venas. Gritó de pavor cuando el Demonio levantó la pata para herirlo otra vez.

Asmodeo era real. Estaba allí, balanceándose sobre sus grandes piernas retorcidas, nudosas como milenarios troncos de olivo. Sus garras cortaron el aire, una y otra vez, mientras arrinconaba bajo el Arca a Bérenger.

—¿ERES EL QUE ESPERO?

La pregunta retumbó aún con más fuerza. Bérenger se encogió clavado en el suelo. Los demonios huyeron espantados hacia las sombras. Bajo los pasos del monstruo, el suelo temblaba, se abrían grietas. Era él quien llevaba consigo el hedor inmundo.

Bérenger apenas se tenía en pie. Desesperado, tomó la maleta de Elías y trató de concentrarse en busca de un objeto para su defensa. Sus manos tropezaron en la maleta con los dos pentáculos que ya había utilizado. No tuvo tiempo de sopesar si debía recurrir a otros. Avanzó hacia Asmodeo, rengueando y sosteniendo en alto los talismanes, con la determinación del desespero.

Escuchó la nueva risotada. Sintió el aliento fétido. El monstruo lo agarró por el hombro con sus dedos ganchudos y lo levantó en vilo.

Bérenger palideció. Los talismanes se habían disgregado entre sus manos como dos puñados de arena.

—¿ERES EL QUE ESPERO?

La pregunta estalló por tercera vez dentro de su cabeza. Asmodeo lo golpeó en el pecho con la otra mano. El Diablo lo arrojó por encima del Arca y Bérenger perdió la conciencia.

Estaba dentro de un manantial dorado. Se dejaba llevar por la corriente. Las puertas que lo separaban del otro mundo habían quedado atrás. Se adentraba en un nuevo universo. Allí estaban los Arcángeles, los Principados, las Potencias, las Virtudes, las Dominaciones, los Tronos, los Querubines y los Serafines. Todos estaban profundamente unidos a él, aunque él estuviera en el peldaño más bajo de la escalera. Al final del túnel de luz, vio un gigantesco brazo donde palpitaban las estrellas, un palacio abarrotado de jueces invisibles. Un ser cuyos límites no alcanzaba a discernir brotó del fondo del pozo oscuro que se hundía más allá del tiempo. El rostro, si era que tenía rostro, permaneció escondido.

«Bérenger —dijo el ser llamándolo por su nombre—, ¿qué es lo que quieres ver y escuchar, aprender y conocer con el pensamiento y el corazón?»

Bérenger buscó una respuesta pero no encontró nada que decir. Ni siquiera llegaba a distinguir lo que ocurría dentro de sí mismo de lo que sucedía a su alrededor. Sentía una profunda alegría, pues por fin estaba allí, un ansia de quedarse para siempre... Quería verlo todo, escucharlo todo, con tal de no retornar nunca a la tierra.

«No, Bérenger, todavía no perteneces a este mundo. Tu alma está aún llena de cargas. Volverás allí y escucharás una vez más la voz de la Serpiente, pues todo debe cumplirse. El Arca abre las puertas del mundo inferior y del mundo superior. Es obra y es destrucción, participa del Bien tanto como del Mal. Conviértete en su guardián durante el tiempo que te queda de vida y te concederá el poder después de la muerte.»

El ser infinito sopló entonces su aliento sobre él.

431

El Arca, la gruta, una vez más estaba debajo de la colina. Sus heridas estaban curadas y ya no había veneno en su cuerpo. Asmodeo clavó sus ojos en los suyos. Pero sus ojos desorbitados ya no tenían poder sobre él.

—¿ERES EL ELEGIDO?

—Soy el elegido —respondió Bérenger con serenidad y trazó en el aire la señal de la cruz.

En cuanto concluyó el gesto, el Guardián se desvaneció.

«Lo conseguí... Lo conseguí.... He visto los Mundos... He oído la voz del Señor... He vencido a Asmodeo.»

Bérenger no acababa de comprender las dimensiones de lo

ocurrido. Con temor, tocó el Arca, que vibró bajo sus dedos. Jamás se atrevería a abrir sus puertas. El poder ilimitado lo llenaba de horror. No era más que un hombre. Sin embargo, estaba también el oro. El tesoro. En el fondo de su alma, escuchó la voz de la Serpiente una vez más.

XXXVII

Rennes-le-Château, 14 de enero de 1917

*B*érenger había vendido una pequeña parte del oro en Burdeos y en Toulouse. No había sido fácil encontrar compradores. Por casualidad, entró en contacto con algunos amigos de Elías Yesolot, pero les ocultó la existencia del Arca.

Por lo demás, era improbable que conocieran el secreto. Lo acogieron con amabilidad, pues corrían tiempos de guerra y escaseaba el oro.

Un día de octubre de 1916, llegó a la aldea cargado de billetes. Marie comprendió enseguida que se trataba de dinero del Diablo.

Cuando su amante le entregó un sobre con treinta mil francos, se puso a gritar: «No los quiero… Los tiraré al fuego». Más tarde, escondió el sobre en villa Betania.

«Entonces prepárate para encender el fuego a menudo», le respondió entonces Bérenger, con una sonrisa enigmática.

Había fraguado ya un plan. Quería dar un golpe grande. Hasta entonces se había comportado con prudencia, incluso se había retrasado con el pago del crédito de 6.000 francos que debía al banco.

Estudió los planos en la torre Magdala, donde solía pasar encerrado hasta dieciséis horas diarias cuando no estaba bajo la colina. Al cabo de un mes, llamó a su viejo cómplice, el contratista Elías Bot, y bosquejó con su ayuda las líneas de su futura obra. Dibujó con entusiasmo, borró con celo, corrigió con aplicación, transformó y engrandeció el proyecto con el fulgor de la locura en la mirada. Con el mismo ardor que lo arrebataba ante cada nueva pasión, creó en ese mes uno de los monumentos más extraordinarios que el siglo había de conocer: la Torre de Babel.[73]

En los primeros planos la torre debía medir ochenta metros de altura, pero ahora Bérenger pensaba elevarla hasta los ciento veinte metros, incluso hasta los ciento cincuenta. No le faltaban recursos. Tenía dinero para reconstruir Babilonia, Roma, Luxor...

—Pondré en ella todos los libros de la tierra —vociferaba.

El rayo había dispersado a los constructores de Babel y había confundido sus lenguas. Él sería el nuevo constructor, el superhombre que volvería a unificar todos los idiomas.

Pero otra vez estaba divagando.

Perdía la noción del Bien y del Mal.

Escuchaba la voz de la Serpiente, tomándola por la voz de Dios.

Había olvidado que todo aquel que erige una «torre» para sustituir las revelaciones de los Cielos con sus propias obras ha de ser abatido por el rayo.

A su alrededor, el mundo naufragaba en un mar de sangre y fuego, en las trincheras morían millones de hombres. Y ése era el mundo que él quería someter a sus deseos.

«Abriré el Arca, comandaré todos los ejércitos, los reyes se postrarán en la colina a mis pies y a los pies de mi Torre, todos los pueblos me verán brillar.»

Empezó a alterarse, pensando en su reino. Soltó una carcajada e hizo luego una mueca, como si una mano de hierro le hubiera estrujado el corazón. Se derrumbó, fulminado por el rayo del ataque.

Había llegado la noche. Una llamita parpadeaba en la negrura. Bérenger abrió los ojos, atento a los murmullos. No eran más que las oraciones del rosario, que Marie recitaba en compañía de cuatro ancianas arrodilladas junto a la cabecera

¿Qué estaba haciendo en la cama? Un tenue dolor en el pecho le hizo recordar sus padecimientos.

73. El primer presupuesto de la obra (el único conocido por el autor) superaba la cifra de 85 millones de francos de 1987.

—Voy a morir —le dijo a Marie.

— He mandado llamar al doctor Roché. Ya debe estar por llegar.

Marie soltó un sollozo. Su rostro pálido se inclinó sobre la cama, como una flor de lis que se desploma poco a poco en tierra.

—Prométeme… —murmuró Bérenger.

—Sí.

—Prométeme que nunca revelarás el secreto de la colina.

—Te lo prometo… ¡No me dejes, Bérenger!

Su amante le acarició el rostro. Sus manos formaron una copa, en la que resbalaban las lágrimas de Marie. Eran aún manos recias, llenas de calor, todavía latía en ellas el pulso de su corazón enfermo.

—Tengo que confesarme.

—No, es demasiado pronto… Tienes que seguir viviendo.

—Manda a buscar al padre Rivière a Espéraza.

Enterrado en el fondo del lecho, Bérenger contempló las reacciones del párroco de Espéraza. El pecho de Rivière se alzaba una y otra vez, sus mejillas se ahuecaban, su frente se iba llenando de arrugas a medida que escuchaba sus pecados. El pánico centelleó en su mirada cuando le reveló el secreto. Bérenger mismo no sabía ya si su alma pertenecía a Dios o más bien al Diablo. Había escuchado la voz de la Serpiente. Se había aliado con las fuerzas de las Tinieblas al empeñarse en reconstruir la Torre de Babel. Había pretendido ser igual a Dios.

Por encima del lecho, el crucifijo de marfil brillaba solitario entre las sombras, iluminado por la débil llama de las dos bujías. Rivière ya no sabía decir si estaba allí al alcance de su mano o a dieciséis horas de camino. La salvación parecía alejarse con cada palabra de Bérenger.

No podía darle la absolución.

Las revelaciones de su amigo le habían hecho arder el alma. Rezó con todas sus fuerzas, ofreciendo su vida misma a cambio del perdón para su colega.

Bérenger aguardaba todavía, con una súplica en los ojos.

Rivière empezó a rezar una vez más, temblando, con el al-

435

ma y el cuerpo asqueados, atormentado por la indecisión. ¿Tenía acaso el poder de perdonarlo?

—Rivière… rápido. No me condenes a permanecer bajo la colina hasta el fin de los tiempos.

Rivière se percató de que su amigo le estrujaba la mano como si quisiera rompérsela. Inclinó la cabeza muy despacio, con un gesto que quería decir: «sí».

El párroco de Espéraza acabó de administrarle a su hermano extraviado los últimos sacramentos.[74] El 22 de enero de 1917, a las cinco de la mañana, le cerró los ojos. Los gritos de Marie resonaron entonces en toda la casa. Después vino el llanto. Ella misma lo vistió, sin dejar que nadie tocara aquel cuerpo que todavía le pertenecía. Lo acomodó luego en un diván y lo cubrió con una gruesa manta de pompones rojos.

Los habitantes de Rennes-le-Château acudieron todos a rendirle un último homenaje. Desfilaron en silencio delante del cadáver, y cada uno cortó al pasar un pompón para llevarlo en el recuerdo.

436

17 de enero de 1987… Y la historia continúa.

74. Nada de esto es seguro. Seis meses más tarde, el padre Rivière de Espéraza se había vuelto loco.

ANEXOS

ETFACTUMESTUMIN

SABBATOSECUNDO.PRIMO a

bIREPERCCETEDISGIPUYAUTEMILLTRISCOE
PERUNTUELLERESPICASETFRTCANTESMANTBUS + MANDU
CABANTQUIDAMAUTEMDEFARNIAEISDT
CEBANTCIECCEQUIAFACIUNTDTSCIPULITVISAB
BATIS + QUODNONLICETRESPON+ENSAUTEMINS
SETXTTADEOSNUMQUAMHOC
LECISTISQUODFECITDAUTDQUANDO
ESURUTIPSCETQVICUMFOERAI + INTBOIBITINDUMUM
DEIETPANESPROPOSITIONIS   REDIS
MANDUCAUITETDEDITETQUI   bIES
CUMERANTUXYBQUIBUSNO
NIREbATMANDUCARESINON   SOLIS SACERDOTIbUS

439

LA PARÁBOLA DE LAS ESPIGAS Y EL SABBAT

Sucedió que, en el día del sabbath llamado segundo primero, Jesús atravesó unos sembrados de trigo. Sus discípulos arrancaban y comían las espigas, desgranándolas con las manos. Algunos de los fariseos dijeron: «¿Por qué hacéis esto que no está permitido en el sabbath?». Y Jesús les respondió: «¿No habéis leído lo que hizo David cuando tuvieron hambre él y los que le acompañaban; cómo entró en la Casa de Dios, tomó los "panes de la proposición", los comió y los dio a los que estaban con él, pese a que sólo estaba permitido comerlos a los Sacrificadores?» Y les dijo: «El Hijo del hombre es señor incluso del sabbath».

Lucas VI, 1-5

440

LISTA DE LOS GRANDES MAESTROS DEL PRIORATO DE SIÓN, DESDE 1188 HASTA NUESTROS DÍAS

Jean de Gisors
Marie de Saint-Clair
Guillaume de Gisors
Edouard de Bar
Jeanne de Bar
Jean de Saint-Clair
Blanche d'Evreeux
Nicolas Flamel
René d'Anjou
Iolande de Bar
Sandro Botticelli
Leonardo da Vinci
Charles de Montpensier, condestable de Borbón
Ferdinando de Gonzaga
Louis de Nevers
Robert Fludd
Johann Valentin André
Robert Boyle
Isaac Newton
Charles Radclyffe
Charles de Lorraine
Charles Nodier
Víctor Hugo
Claude Debussy
Jean Cocteau
A.P.
...

BIBLIOGRAFÍA

ACKER, PAUL: «Emma Calvé». *L'Écho de Paris*, 6 de mayo de 1903.

ANCE: Note dans l'inventaire des manuscrits mégalithiques de France. *Bulletin de la société d'Études scientifiques de l'Aude*, 1900.

AMARDEL: *Les derniers chefs goths de la Septimanie*, 1901.

ANTOINE L'ERMITE: *Un trésor mérovingien à Rennes-le-Château*, 1961.

ARCASA: *Rennes-le-Château, de Rhedae à Bérenger Saunière.*

BAIGENT, MICHAEL; LEIGH, RICHARD y LINCOLN, HENRY: *L'énigme sacrée*, Pygmalion, 1983.

BEAUCEAN, NICOLAS: *Au pays de la Reine Blanche*, 1967.

BLANCASSAL, Madeleine: *Les descendants mérovingiens ou l'énigme du Razès wisigoth*, 1965.

BONNARD: *La Gaule thermale, sources et stations thermales et minérales de la Gaule à l'époque gallo-romaine*, 1908.

BORDES, RICHARD: *Les Mérovingiens à Rennes-le-Château, Mythes ou réalités*, 1984.

BOUDET, Henri: *La vraie langue celtique et le cromleck de Rennes-les-Bains*, 1886.

BOUMENDIL, CLAUDE; TAPPA, GILBERT: *Rennes-le-Château, l'Église, Tu le vaincras*, 1983.

BUREN, ELISABETH VAN: *The sign of the Dove. The mystery of Rennes-le-Château and Montsegur*, 1983.

CALVE, EMMA: *My Life*, D. Appleton, New York.

CERTAIN: «Monnaies et bagues trouvées à Rennes-le-Château». *Bulletin de la société d'Études scientifiques de l'Aude*, 1955.

CHARROUX, Robert: *Trésors du monde*, 1962.

CHATELAIN: *Le surintendant Nicolas Fouquet*, 1905.

CHAUMEIL, JEAN-LUC: «Les archives du prieuré de Sion», *Le Charivari*, n.° 18, 1973.

—: «Les trésors des Templiers», *Le Charivari*, n.° 19, 1974.

CHAUMEIL, JEAN-LUC y RIVIERE, JACQUES: *L'alphabet solaire. Introduction à la langue universelle*, con textos inéditos del abad Boudet, 1985.

CHERISEY, PHILIPPE DE: *Circuit*, 1968.

CHERISEY, PHILIPPE DE, PLANTARD, PIERRE: *Un trésor mérovingien à Rennes-le-Château*, 1965.

—: *Les descendants mérovingiens ou l'énigme du Razès wisigoth*, 1965.

—: *Dossiers secrets*, 1967.

—: *Au pays de la Reine Blanche*, 1967.

—: *L'énigme de Rennes*, 1978.

COCHET: *Le tombeau de Childéric Ier*, 1859.

DARAUL: *A history of Secret Societies*, Nueva York, 1969.

DELOUX, JEAN-PIERRE; BRETIGNY, JACQUES: *Rennes-le-Château, capitale secrète de l'histoire de France*, 1982.

DESCADEILLAS, René: *Notice sur Rennes-le-Château et l'abbé Saunière*, 1961.

—: *Rennes et ses derniers seigneurs*, 1964.

—: *Mythologie du trésor de Rennes. Histoire véritable de l'abbé Saunière, curé de Rennes-le-Château*, 1974.

DIGOT: *Histoire du royaume d'Austrasie*, 1863.

DODU: *Histoire des institutions dans le royaume latin de Jérusalem*, 1894.

FANTHORPE, PATRICIA y LIONEL: *The Holy Grail revealed. The real Secret of Rennes-le-Château*, 1982.

FABRE, Daniel; LACROIX, Jacques: *La vie quotidienne des paysans du Languedoc au XIXe siècle*, 1980.

FEDIE, LOUIS: *Étude historique sur le Haut-Razès*, 1878.

—: *Le comté de Razès et le diocèse d'Alet*, 1880.

FOLZ: *Tradition hagiobiographique et culte de saint Dagobert, roi des Francs. Le moyen Age*, 1963.

GIBERT: *La partie des meuniers ou le carnaval de Limoux*, 1972.

—: «Légendaire audois des eaux», *Folklore*, n.° 99, 1960.

GIRARD, GEORGES: *Emma Calvé, la cantatrice sous tous les ciels*, 1983.

HUTIN, SERGE: *Gouvernants invisibles et sociétés secrètes*, 1971.

443

JARNAC, PIERRE: *Histoire du trésor de Rennes-le-Château*, 1985.

LAROUANNE, URBAIN DE: *Géographie sacrée du Haut-Razès*, 1981.

—: *La voie de Dieu et du cromleck de Rennes-les-Bains*, 1982.

MARIE, FRANCK: *Rennes-le-Château, étude critique*, 1978.

MONTEILS, JEAN-PIERRE: *Nouveaux trésors à Rennes-le-Château ou le retour d'Ulysse*, 1974.

—: *Les mystères de Rennes-le-Château*, 1976.

—: *Le dossier secret de Rennes-le-Château*, 1981.

MONTS, Bruno de: *Rennes-le-Château et Rennes-les-Bains*, 1984.

NILUS: *Les protocoles des Sages de Sion*.

NODIER: *Histoire des sociétés secrètes de l'armée*.

PAOLI, MATHIEU: *Les dessous d'une ambition politique: Nouvelles révélations sur le trésor du Razès et de Gisors*, 1973.

PERBOSC: *Mythologie populaire*, 1941.

POUEIGH: *Le folklore des pays d'Oc*, 1952.

PINIES, JEAN-PIERRE: *Croyances populaires des pays d'Oc*, 1984.

POUSSEREAU: *Le château de Barbarie*, 1876.

RAHN: *La cour de Lucifer*, 1974.

RIMAILHO: *Lieux et histoires secrètes du Languedoc*, 1980.

RIVIERE, JACQUES: *Le fabuleux trésor de Rennes-le-Château! Le secret de l'abbé Saunière*, 1983.

ROBIN, JEAN: *Rennes-les-Bains : la colline envoûtée*, 1982.

RUCIMAN: *The médieval Manichee*, 1969.

SAINT-VENANT: *Les fouilles du vieux château de Barbarie*, 1906.

SEDE, GÉRARD DE: *L'or de Rennes*, 1967.

—: *Le trésor maudit*, 1969.

—: *La race fabuleuse*, 1973.

—: *Le vrai dossier de l'énigme de Rennes, réponse à M. Descadeillas*, 1975.

—: *Le mystère gothique, des runes aux cathédrales*, 1976.

—: *Signé: Rose-Croix*, 1977.

SIRE y Feraud: *La femme selon la sagesse populaire languedocienne*, 1941.

SOBOUL: *Survivances féodales dans la société française au XIXe siècle*, 1968.

STUBLEIN, EUGÈNE: *Description d'un voyage aux établissements thermaux de l'arrondissement de Limoux*, 1977.

SAUNIÈRE, BÉRENGER: *Mon enseignement à Antugnac*, 1890,
Coll. Bélisane, 1984.

TYSSEYRE, ELIE: *Excursion du 25 juin 1905 à Rennes-le-Château.*

VIALAR: *Les vents régionaux et locaux*, 1948.

VAN GENNEP: *Manuel de folklore français contemporain*, 7 volúmenes, 1943-1958.

Este libro utiliza el tipo Aldus, que toma su nombre del vanguardista impresor del Renacimiento italiano, Aldus Manutius. Hermann Zapf diseñó el tipo Aldus para la imprenta Stempel en 1954, como una réplica más ligera y elegante del popular tipo Palatino

* * *

* *

*

El misterio del Priorato de Sión se acabó de imprimir en un día de verano de 2005, en los talleres de Industria Gráfica Domingo, calle Industria, 1 Sant Joan Despí (Barcelona)

* * *

* *

*